LA DIRECTIVE JANSON

ROBERT LUDLUM

LA DIRECTIVE JANSON

roman

Traduit de l'américain
par
FLORIANNE VIDAL

BERNARD GRASSET
PARIS

L'édition originale de cet ouvrage a été publiée par St. Martin's Press,
en 2002, sous le titre :

THE JANSON DIRECTIVE

Il lui est facile de dispenser ses faveurs. Dût-il vivre éternellement, jamais sa fortune ne s'épuiserait car c'est lui qui possède le trésor des Nibelungen.

Chant des Nibelungen
vers 1200.

Prologue

8°37'N, 88°22'E
Nord de l'océan Indien, 250 miles à l'est du Sri Lanka
nord-est d'Anura

Une nuit oppressante, un air à la température du corps et pas un souffle de vent. Il avait plu en début de soirée. Une pluie fine et rafraîchissante. Mais à présent, la chaleur revenait. On aurait dit qu'elle sortait de partout, même du croissant de lune argenté que des lambeaux de nuages effleuraient de temps à autre. De la jungle elle-même semblait s'exhaler une haleine moite, comme celle d'un préda-teur tapi dans l'ombre.

Shyam ne cessait de s'agiter sur sa chaise en toile. Pour lui, c'était une nuit comme les autres, sur l'île d'Anura : au début de la saison des moussons, l'atmosphère était toujours chargée de lourds présages. Pourtant, le calme régnait, seulement perturbé par le vrombissement inlassable des moustiques. A une heure trente du matin, Shyam s'aperçut soudain qu'il montait la garde depuis quatre bonnes heures. Il avait vu passer sept véhicules en tout et pour tout. Deux châssis garnis de fils de fer barbelés posés en travers de la route – en « porte-couteaux » – à vingt-cinq mètres l'un de l'autre, délimitaient la zone de contrôle. Shyam et Arjun, les deux sentinelles de l'avant-poste, se tenaient devant la guérite en bois dressée sur le bas-côté. Deux de leurs collègues étaient censés surveiller l'autre flanc de la colline, mais cela faisait des heures qu'on ne les avait pas entendus. Ils avaient dû s'assoupir, de même que les hommes cantonnés dans les baraquements de fortune, une trentaine de mètres plus bas sur la route. Leurs supérieurs avaient recommandé la plus extrême vigi-lance, sous peine de sanction, mais l'ennui était le plus fort. C'était ainsi depuis des jours et des nuits. Sauf exception, il n'y avait pas grand-monde dans le nord-est de la province de Kenna, et ce jour-là n'était pas exceptionnel.

Poussé par la brise, aussi ténu qu'un lointain bourdonnement d'insecte, leur parvint un ronronnement de moteur.

Shyam se leva sans précipitation. Le son se rapprochait.

« *Arjun,* chantonna-t-il. *Ar-jun.* Voiture. »

Arjun tourna la tête, son cou craqua. « A cette heure-ci ? » Il se frotta les yeux. Avec l'humidité, les gouttes de sueur, au lieu de s'évaporer, lui engluaient la peau comme une huile minérale.

A travers les ombres de la forêt clairsemée, Shyam aperçut enfin les phares. Couvrant presque le bruit du moteur lancé à fond, on entendait de grands cris de joie.

« Des culs-terreux », grommella Arjun.

Shyam, pour sa part, se sentait soulagé. Enfin, quelque chose pour tromper l'ennui. Il venait de passer sept nuits en faction, au poste de contrôle de Kandar, un boulot plutôt harassant. Bien entendu, leur officier supérieur, avec son visage imperturbable, avait lourdement insisté sur le fait que leur mission était importante, cruciale, *vitale* même. Le poste de contrôle se trouvait sur la route menant au Palais de Pierre où le gouvernement tenait en ce moment une sorte de réunion secrète. Voilà pourquoi les mesures de sécurité étaient si strictes. C'était la seule voie de circulation digne de ce nom entre le palais et le territoire tenu par les rebelles, au nord. Les guérilleros du Front de libération kamaga connaissaient l'existence des postes de contrôle et s'en tenaient éloignés. Comme la plupart des gens du coin, d'ailleurs : lassés de subir à la fois les attaques des rebelles et les escarmouches anti-rebelles, plus de la moitié des villageois avaient fui la province. Et les quelques fermiers qui restaient à Kenna n'avaient pas le sou ; les gardes ne pouvaient donc compter sur eux pour arrondir leurs fins de mois. Non seulement il ne se passait jamais rien, mais le portefeuille de Shyam demeurait désespérément plat. Qu'avait-il fait pour mériter ça ?

Le camion arrivait ; il y avait deux jeunes gens torse nu dans la cabine. Comme le toit était ouvert, l'un des garçons se leva et se versa une canette de bière mousseuse sur la poitrine tout en criant à tue-tête. Le camion – contenant probablement une misérable récolte de *kurakkan* ou d'autres tubercules – prit le virage à cent à l'heure. Avec un moteur aussi poussif, il aurait difficilement pu aller plus vite. La radio branchée sur une station locale beuglait de la musique rock américaine.

Les glapissements, les hurlements de joie résonnaient dans la nuit. On aurait dit une horde de hyènes éméchées, pensa Shyam en soupirant de pitié. De joyeux fêtards fauchés comme les blés : des petits morveux qui ne pensaient qu'à s'amuser. Au matin, ils changeraient de ton. Ce genre d'incident s'était déjà produit quelques jours auparavant. Le lendemain matin, le propriétaire du camion avait reçu la visite des parents, morts de honte. Ils avaient restitué le véhicule en rajoutant plusieurs boisseaux de kurrakkan, en guise de dédommagement. Quant aux gamins, eh bien, ils ne pouvaient plus s'asseoir sans faire la grimace, pas même sur un siège de voiture bien rembourré.

Shyam s'engagea sur la route, son fusil à la main. Le camion ne prit pas la peine de ralentir ou de l'éviter. Shyam recula. Inutile de faire du zèle. Ces gosses étaient ivres morts. Une canette de bière s'envola en décrivant un arc de cercle. D'après le bruit mat qu'elle rendit en heurtant le sol, on devinait qu'elle était pleine.

Le camion vira pour contourner le premier barrage de barbelés, puis le second, et poursuivit son chemin.

« Que Shiva leur arrache bras et jambes », maugréa Arjun. Enfonçant ses gros doigts dans sa tignasse brune, il entreprit de se gratter le crâne. « Pas besoin de prévenir les autres à l'arrière. On les entend venir à des kilomètres.

— Qu'est-ce qu'on est censés faire ? » demanda Shyam. Ils n'étaient pas des agents de la circulation et le règlement ne leur permettait pas d'ouvrir le feu sur les véhicules qui refusaient de s'arrêter.

« Des petits paysans. Rien d'autre.

— Hé ! s'écria Shyam. Moi aussi je suis un petit paysan. » Il toucha l'écusson cousu sur sa chemise kaki : le sigle ARA y était inscrit. Armée de la République d'Anura. « Ce truc-là est pas tatoué sur ma peau. Quand j'aurai tiré mes deux ans, je retournerai à la ferme.

— C'est ce que tu dis maintenant. Moi, j'ai un oncle diplômé de l'université ; ça fait dix ans qu'il est fonctionnaire et il bosse deux fois moins que nous.

— Et toi tu rêves de l'imiter, lança Shyam sur un ton lourd de sarcasmes.

— Tout ce que je veux dire c'est qu'il faut saisir sa chance quand elle se présente. » D'un doigt, Arjun tapota la canette toujours posée sur la route. « On dirait qu'elle est encore pleine. Voilà un bon exemple, justement. De quoi se rafraîchir le gosier, mon pote.

— Arjun, protesta Shyam. On est censés monter la garde tous les deux, non ? Tous les deux, tu comprends ?

— T'en fais pas, mon pote. » Arjun sourit. « Je t'en laisserai. »

Huit cents mètres après le barrage routier, le chauffeur du camion relâcha la pédale de l'accélérateur. Le jeune homme debout sur le siège du passager s'assit, saisit une serviette et s'essuya le torse avant d'enfiler un tee-shirt noir et boucler sa ceinture de sécurité. Cette bière puante lui collait à la peau à cause de la touffeur de l'air. Sur le visage des deux guérilleros, l'hilarité avait laissé place à la gravité.

Un homme plus âgé était installé sur le banc à l'arrière. La sueur qui plaquait ses boucles brunes sur son front faisait luire sa moustache sous le clair de lune. Lorsque le camion avait déboulé devant le poste de contrôle, l'officier du FLK s'était couché à plat ventre pour passer inaperçu. Il appuya sur le bouton COMMUNICATE de son talkie-walkie, un modèle ancien mais robuste, et marmonna quelques instructions.

La portière de la remorque produisit un grincement plaintif lorsqu'on l'ouvrit. Les soldats entassés à l'intérieur purent enfin respirer.

*

La colline côtière possédait plusieurs noms, chacun rattaché à une légende. Les hindous l'appelaient Sivanolipatha Malai, l'empreinte de Shiva. Pour les bouddhistes, elle était Sri Pada, l'empreinte de Bouddha ; le saint homme y aurait posé le pied gauche. Les musulmans la nommèrent Adam Malai, la Colline d'Adam : des marchands arabes du Xe siècle prétendirent qu'Adam, chassé du Paradis, s'était arrêté sur ce promontoire pour y faire pénitence debout sur un pied, jusqu'à ce que Dieu lui accorde son pardon. Les colons – portugais puis hollandais – plus intéressés par ses aspects pratiques que spirituels y découvrirent l'emplacement rêvé pour une forteresse. Du haut de ses remparts, les pièces d'artillerie repousseraient sans peine les navires de guerre ennemis. Au XVIIe siècle, on érigea la première citadelle ; au cours des siècles suivants, on la reconstruisit sans trop prendre garde à la présence des petits sanctuaires voisins. Ces sanctuaires étaient toujours là comme autant d'étapes sur la route triomphale qu'emprunterait l'armée du Prophète au cours de l'assaut final.

En temps ordinaire, son chef, l'homme qui se faisait appeler le Calife, préférait se tenir à l'écart du désordre et des imprévus propres aux expéditions guerrières. Mais cette nuit n'avait rien d'ordinaire. Une page d'histoire était en train de s'écrire. Le Calife se devait d'être là. En outre, il savait qu'en se mêlant à ses hommes sur le champ de bataille, il leur remonterait le moral ; ayant appris qu'il se tiendrait à leurs côtés, ses fidèles se sentaient déjà invincibles. Les vaillants Kagamas qui l'entouraient désiraient ardemment que leur chef soit témoin de leurs actes de bravoure, ou de leur martyre le cas échéant. Quand ils contemplaient les contours de son visage, ses traits d'ébène finement ciselés, sa mâchoire volontaire, ils voyaient en lui non seulement l'homme choisi par le Prophète pour les libérer, mais aussi celui qui inscrirait leurs actions dans le Livre de la Vie, pour les siècles des siècles.

Aussi, cette nuit-là, le Calife veillait-il en compagnie de son détachement spécial, sur un promontoire rocheux. Le sol était dur et humide sous ses semelles fines, mais le Palais de Pierre – ou, plus précisément, son entrée principale – miroitait devant ses yeux. Le mur est, une haute paroi calcaire aux pierres érodées, était percé d'un grand portail repeint de frais, le tout baigné par des lumières fichées dans le sol. Un projecteur tous les soixante centimètres environ. Le palais scintillait comme un phare dans la nuit.

« Peut-être trouverez-vous la mort, ce soir », avait dit le Calife en s'adressant à ses soldats quelques heures auparavant. « Si vous mourez, votre martyre restera gravé – *à jamais!* Vos enfants, vos parents seront bénis, grâce à vous. On dressera des autels pour honorer votre mémoire! Les pèlerins visiteront ces lieux qui vous ont vus naître! On chérira votre souvenir, on vous vénérera, *éternellement*, comme les pères de notre nation. »

Ces hommes que l'Occident traitait de terroristes étaient des êtres possédés par la foi, la ferveur, le courage. Des terroristes! Quel mépris! Pour les Occidentaux – les seuls vrais terroristes sur cette terre –, c'était une manière à la fois commode et cynique de désigner les vrais fidèles. Le Calife détestait les tyrans d'Anura, mais haïssait cordialement ceux qui les maintenaient au pouvoir. Les usurpateurs anuriens, eux au moins, savaient qu'un jour ils devraient répondre de leurs crimes; les rebelles avaient tout fait pour qu'ils n'oublient pas cette leçon apprise dans le sang. En revanche, les Occidentaux étaient totalement dépourvus de scrupules. Ils agissaient en toute impunité, comme d'habitude. Une habitude qui allait peut-être changer.

En observant le flanc de la colline sur laquelle il était juché, le Calife sentait l'espoir refleurir – non pas simplement pour lui et ses partisans mais pour l'île elle-même. Anura. Dès qu'elle serait redevenue maîtresse de son destin, que de grandes choses n'accomplirait-elle pas! Les rochers, les arbres eux-mêmes et jusqu'aux versants couverts de végétation grimpante, tout semblait l'inciter à passer l'action.

Mère Anura donnerait raison à ses protecteurs.

Des siècles auparavant, pour mieux décrire la beauté de sa flore et de sa faune, les voyageurs recouraient à l'art poétique. Mais bientôt le colonialisme, fruit de l'envie et de la rapacité, avait imposé sa sinistre logique : ce qui était ravissant devait être ravi, ce qui captivait devait tomber en captivité. Anura devint un trophée convoité par les grands empires maritimes européens. Des créneaux s'élevèrent au-dessus des bouquets d'arbres à épices; des boulets de canon se nichèrent dans le sable des plages, parmi les conques. L'Occident apporta le carnage, il planta ses racines dans la terre de cette île meurtrie et se mit à proliférer comme une herbe empoisonnée nourrie d'injustice.

Que de mal ils t'ont fait, Mère Anura!

Du fond de leurs canapés, les diplomates occidentaux avaient tracé des lignes sur une carte tout en sirotant leur thé. Ils avaient bouleversé l'existence de millions d'individus d'un simple trait de plume, comme un enfant dessinant sur son ardoise magique.

L'*indépendance*, leur maître-mot! L'un des plus grands mensonges du XXe siècle, oui! Ce régime en lui-même était une déclaration de

guerre lancée au peuple kagama. A une telle violence, un seul remède : une violence encore plus grande. Chaque fois qu'un attentat
suicide supprimait un ministre du gouvernement hindou, les médias
occidentaux pontifiaient en parlant de « crime insensé », mais le
Calife et ses soldats savaient que rien n'était plus sensé. La vague
d'attentats à la bombe dont on avait le plus parlé – dirigée contre de
soi-disant cibles civiles, dans la capitale Caligo – avait été organisée
par le Calife lui-même. Ils avaient maquillé des fourgons avec les
décalcomanies de la compagnie internationale de livraison et de
transport ayant pignon sur rue. Une ruse fort simple ! Les fourgons
bourrés d'engrais au nitrate imbibés de diesel avaient livré leurs plis
mortels. Au cours des dix dernières années, cette série d'attentats
avait fait l'objet de vives condamnations de la part des nations du
monde entier – réaction particulièrement hypocrite puisque, en agissant ainsi, les Kagamas s'étaient contentés de rendre la monnaie de
leur pièce aux barbares qui avaient mis l'île à feu et à sang.

L'opérateur radio murmura quelques mots à l'oreille du Calife. La
base de Kaffra avait été détruite, son infrastructure de communication
démantelée. Les gardes du Palais de Pierre venaient de perdre leur
seul moyen d'appeler des renforts. Trente secondes plus tard, un
nouveau message arrivait déjà : une deuxième base militaire avait été
reprise par le peuple. Une autre brèche venait de s'ouvrir. Des frissons parcoururent l'échine du Calife. Dans quelques heures, toute la
province de Kenna serait débarrassée de la tyrannie. Le pouvoir
changerait de mains. Au matin, un nouveau soleil brillerait sur la
nation libérée.

Mais tout d'abord, il fallait investir le Steenpaleis, le Palais de
Pierre. Le Médiateur avait bien insisté sur ce point, et jusqu'à présent
le Médiateur ne s'était jamais trompé. C'était un homme précieux. Il
s'était présenté comme quelqu'un d'efficace et l'avait prouvé – au-
delà de toute espérance. Il s'était montré généreux jusqu'à la prodi-
galité en leur fournissant des armes et, chose tout aussi importante, les
trésors de son intelligence. Les ennemis du Calife avaient leurs
propres ressources, leurs commanditaires, leurs bienfaiteurs ; pourquoi le Calife n'aurait-il pas les siens ?

« Elle est encore fraîche ! » lança Arjun ravi, en ramassant la canette de bière. En effet, elle était glacée. Arjun la pressa sur sa joue et
gémit de contentement. Ses doigts tièdes imprimèrent des traces
ovales sur le givre qui brillait sous les lumières jaunâtres du poste de
contrôle, laissant présager d'autres plaisirs.

« Elle est vraiment pleine ? demanda Shyam sur un ton dubitatif.

— Intacte, répondit Arjun. Remplie d'un breuvage revigorant ! » En
effet, elle était lourde, bizarrement lourde. « On va s'en prendre une
sacrée lampée à la santé des ancêtres. Quelques bonnes rasades pour

moi. Je t'en laisserai quelques gouttes au fond, bien que tu n'aimes pas la bière, je le sais. » Les gros doigts d'Arjun tâtonnèrent à la recherche de la languette puis il tira dessus un bon coup.

Le « pan » assourdi du détonateur rappelait le son produit par ces boîtes à cotillons qui vomissent des confettis. Il se produisit quelques millièmes de seconde avant la déflagration proprement dite. Arjun eut quand même le temps de comprendre qu'on lui avait joué une petite farce ; quant à Shyam, il s'aperçut vite que ses soupçons – vagues mais bien réels – étaient fondés. Lorsque les quatre kilos de plastic explosèrent, les deux hommes perdirent à tout jamais le fil de leurs pensées.

Il y eut d'abord un bref halo de lumière aveuglante, accompagné d'un fracas épouvantable puis, tout de suite après, une immense boule de feu. Les ondes de choc soufflèrent les deux barrières de barbelés, la guérite en bois, les baraquements et les hommes qui dormaient à l'intérieur. Les gardes censés veiller de l'autre côté du barrage routier moururent dans leur sommeil. La chaleur était si intense qu'à un endroit, le sol de latérite rouge brique fut recouvert d'une couche vitreuse pareille à de l'obsidienne. Puis tout cessa – le bruit assourdissant, la lumière aveuglante – aussi brutalement que tout avait commencé. Comme le poing d'un homme disparaît lorsqu'il ouvre la main. La force de destruction est fugace, la destruction permanente.

Un quart d'heure plus tard, quand un convoi de camions bâchés passerait devant ce qui restait du poste de contrôle, il n'y aurait pas besoin de subterfuge.

Seuls ses adversaires apprécieraient à sa juste valeur l'ingéniosité de cet assaut nocturne. Il y avait quelque chose d'ironique là-dedans. Sur le terrain lui-même, la poussière des combats voilait ce qui, de plus loin, sautait aux yeux : la précision, la coordination des manœuvres. Le Calife savait que dans un jour ou deux, les analystes des agences de renseignement américaines examineraient les images satellite ; son plan d'attaque leur apparaîtrait aussi clairement qu'un diagramme dans un manuel scolaire. La victoire du Calife entrerait dans la légende ; sa dette envers le Médiateur était incommensurable et pourtant ce dernier ne voulait rien en retour. Le Calife ne serait redevable qu'à Allah, lui avait-il dit.

On apporta une paire de jumelles pour permettre au Calife d'observer la garde d'honneur déployée devant le portail principal.

Ces hommes n'étaient que des objets décoratifs, des figurines de papier découpées dans une feuille pliée en accordéon. Encore une des trouvailles de ce gouvernement stupide et élitiste. Les projecteurs qui illuminaient l'enceinte leur dessinaient des silhouettes de canards assoupis tout en les aveuglant. Ils étaient incapables de voir quoi que ce soit dans l'obscurité environnante.

La garde d'honneur était le corps d'élite de l'ARA – y entraient les fils de famille, des carriéristes qui se lavaient tous les jours et connaissaient le truc pour que leurs uniformes restent toujours dans les plis. Le dessus du panier, songea le Calife avec un mélange de cynisme et de mépris. C'étaient des soldats d'opérette, pas des guerriers. A travers ses jumelles, il étudia les sept hommes. Chacun tenait un fusil sur l'épaule, posture impressionnante mais parfaitement vaine. En fait, ils étaient pires que des soldats d'opérette : c'étaient des soldats de plomb. L'opérateur radio adressa un signe de tête au Calife : le commandant de la section était en position et, selon lui, les troupes stationnées dans la caserne seraient dans l'incapacité de se déployer. Un membre de l'escorte présenta un fusil au Calife : geste protocolaire inventé par le grand chef lui-même. Le protocole permettait de mieux asseoir son pouvoir. C'est lui qui ouvrirait le feu et, pour ce faire, il utiliserait un fusil ayant appartenu à un héros de la guerre d'indépendance. Cinquante ans auparavant, cette arme avait servi à assassiner le gouverneur général hollandais. Le Mauser M24 à rechargement manuel avait été soigneusement révisé et réglé. Une fois débarrassé du tissu de soie qui l'enveloppait, il brillait comme l'épée de Saladin.

Le Calife centra le garde numéro un dans sa lunette de visée et vida à demi ses poumons jusqu'à ce que la poitrine enrubannée de sa cible s'immobilise à la croisée du réticule. Quand il appuya sur la détente, il observa attentivement les expressions défilant sur son visage – stupeur, angoisse, hébétude. Sur le torse de l'homme, en haut à droite, un petit ovale rouge s'épanouit, comme un œillet passé à la boutonnière.

Le signal étant donné, les membres du détachement passèrent à l'action. Il y eut une brève fusillade. Tous les projectiles firent mouche. Comme des marionnettes dont on aurait coupé les fils, les sept militaires s'écroulèrent et roulèrent à terre, inanimés.

Le Calife ne put s'empêcher de rire. Des morts dépourvues de toute dignité ; aussi absurdes que la tyrannie dont ces soldats s'étaient faits les serviteurs. Une tyrannie qui aurait tout intérêt à se mettre à couvert, dès le lever du jour.

S'ils ne voulaient pas s'exposer à la vindicte populaire et mourir écartelés par la populace, les derniers représentants du gouvernement d'Anura n'auraient d'autre choix que de déchirer leurs uniformes.

Désormais Kenna ne ferait plus partie de l'illégitime République d'Anura. Kenna serait sienne.

C'était parti.

Le Calife sentit monter en lui un frisson de justice. La vérité éclatante l'emplit comme une lumière. Pour lutter contre la violence, il n'y avait qu'une seule solution : une violence encore plus grande.

Dans le Palais de Pierre, beaucoup mourraient au cours des prochaines minutes, d'autres auraient la chance de survivre. Une personne, en tout cas, serait épargnée... pour l'instant. Une personne bien particulière, venue sur l'île pour tenter de négocier la paix. C'était un homme puissant, révéré par des millions de gens, mais un agent du néo-colonialisme malgré tout. On le traiterait avec les plus grands égards. Car ce grand personnage – cet « artisan de la paix », ce frère de l'humanité, selon la formule chère aux médias occidentaux – méritait bien mieux qu'une balle dans la peau.

On lui réservait les plus subtils raffinements.

Puis on le décapiterait, comme le criminel qu'il était.

La révolution plongerait ses racines dans son sang !

Première partie

CHAPITRE 1

L E siège social de la multinationale Harnett Corporation occupait les deux derniers étages d'une étroite tour de verre noire donnant sur Dearborn Street, dans le quartier des affaires de Chicago. Harnett était une entreprise de travaux publics, mais pas de celles qui construisent des gratte-ciel dans les métropoles américaines. La plupart de ses chantiers étaient situés à l'étranger. Travaillant en collaboration avec des sociétés plus importantes qu'elle, telles que Bechtel, Vivendi, Suez Lyonnaise des Eaux, elle édifiait des barrages, des stations d'épuration, des centrales électriques à turbine à gaz — ouvrages peu prestigieux mais fort nécessaires. Si Harnett se préoccupait moins d'esthétique que d'ingénierie, elle avait malgré tout de nombreux défis à relever, et pour ce faire, il fallait savoir naviguer dans la zone fluctuante séparant secteurs public et privé. La Banque mondiale et le Fonds monétaire international ne cessaient de faire pression sur les pays du tiers-monde afin qu'ils liquident leurs biens publics. Aussi ces Etats passaient-ils leur temps à rechercher des repreneurs pour leurs systèmes de téléphonie, leurs installations d'eau et d'électricité, leurs chemins de fer et leurs exploitations minières. Quand un titre de propriété changeait de main, il fallait se mettre à construire. C'était alors que des sociétés très spécialisées comme Harnett Corporation entraient en scène et raflaient le marché.

« J'ai rendez-vous avec Ross Harnett, dit l'homme au réceptionniste. Je m'appelle Paul Janson. »

Le réceptionniste, un garçon roux au visage couvert de taches de son, hocha la tête et se mit en devoir d'appeler le bureau du président, tout en jetant un coup d'œil négligent sur son visiteur. Un Blanc entre deux âges avec une cravate jaune. Rien de bien remarquable.

La plupart du temps, Janson mettait un point d'honneur à passer inaperçu. A part sa carrure d'athlète, rien en lui ne sortait de l'ordinaire. Un physique totalement insignifiant. Avec son front plissé et ses cheveux argentés coupés courts, il accusait son âge. Une petite cinquantaine d'années. Qu'il fréquentât Wall Street ou la Bourse de Paris, il savait se rendre invisible. Le costume en worsted gris chiné qu'il avait fait tailler à grands frais, était un camouflage parfait, aussi adapté à la jungle financière que la peinture verte et noire dont il s'enduisait le visage autrefois, au Viêt-nam, l'était à la vraie jungle. Seul un excellent observateur aurait pu remarquer que son veston n'avait pas d'épaulettes et que cette carrure imposante était on ne peut plus naturelle. Et il aurait fallu passer du temps en sa compagnie pour noter sa curieuse manière de regarder les choses, sans en perdre une miette, de ses yeux gris ardoise ; et cet air doucement ironique.

« Il vous recevra dans deux minutes », lui dit le rouquin d'une voix atone. Pour tuer le temps, Janson s'approcha des photos exposées dans le hall d'accueil. On y voyait représentées les principales activités de la Corporation Harnett : réseaux hydrauliques et usines de recyclage des eaux usées en Bolivie, barrages au Venezuela, ponts au Saskatchewan, centrales électriques en Egypte. Tout cet étalage sentait la prospérité. Et en effet, les affaires marchaient plutôt bien pour Harnett – du moins jusqu'à une date récente.

Steven Burt, vice-président chargé de l'exploitation, estimait pour sa part qu'on aurait pu faire nettement mieux. Certains aspects de ce début de récession ayant éveillé ses soupçons, il avait obtenu de Paul Janson qu'il accepte de rencontrer Ross Harnett, PDG et président du conseil d'administration. Janson ne courait pas après les nouveaux clients : il exerçait le métier de consultant sur la sécurité des entreprises depuis cinq ans seulement mais s'était vite bâti une solide réputation. On le savait efficace, discret et donc on s'arrachait ses services. Seulement les missions qu'on lui proposait manquaient souvent d'intérêt. Si Steven Burt n'avait pas été un vieil ami, il aurait refusé tout net. Comme lui, Burt avait changé de vie en entrant dans le civil. L'autre, il l'avait laissée loin derrière lui. Janson ne voulait pas le décevoir. Il irait à ce rendez-vous, c'était le moins qu'il puisse faire.

La secrétaire personnelle de Harnett, une femme sympathique d'une trentaine d'années, traversa à grands pas le hall d'accueil, se présenta et l'escorta jusqu'au bureau de Harnett, une pièce moderne et austère dont les grandes baies vitrées donnaient au sud et à l'est. A travers les vitres polarisées, le soleil de l'après-midi n'était qu'une lueur froide. Assis à son bureau, Harnett parlait au téléphone. La femme s'immobilisa sur le seuil avec un regard interrogateur. D'un geste presque impérieux, Harnett désigna un siège à Janson. « Donc nous allons devoir renégocier tous les contrats avec Ingersoll-Rand », disait Harnett. Il portait une chemise bleu pâle à monogramme, ornée d'un col blanc ; ses manches étaient roulées autour de ses avant-bras musclés. « S'ils ne comptent pas tenir leurs engagements au niveau des prix, on ira voir ailleurs. Ils n'ont qu'à aller se faire foutre. Le contrat est annulé. »

Janson s'assit dans le fauteuil de cuir noir posé face au bureau, quelques centimètres plus bas que celui de Harnett – une mise en scène grossière qui, pour Janson, révélait plus le manque d'assurance que l'autorité. Janson consulta ouvertement sa montre, ravala son mécontentement et regarda autour de lui. Perché au vingt-sixième étage, ce bureau en coin bénéficiait d'une vue imprenable sur le lac Michigan et le centre-ville de Chicago. Fauteuil élevé, étage élevé : Harnett tenait à ce que tout le monde sache qu'il avait atteint les sommets.

Harnett était un homme de petite taille, bâti en force et s'exprimant d'une voix râpeuse. Il faisait partie de ces patrons qui tiennent à se rendre régulièrement sur les chantiers pour discuter avec leurs contremaîtres d'égal à égal, disait-on. A son air fanfaron, on aurait pu croire qu'il avait débuté comme manœuvre et s'était élevé jusqu'à ce superbe bureau à la force du poignet. En tout cas, c'est ce qu'il aurait voulu qu'on imagine de lui. Seulement la vérité était tout autre. Janson savait que Harnett avait obtenu une maîtrise de gestion à la Kellogg School de Northwestern, qu'il s'entendait plus à manier les chiffres que la truelle et avait monté sa société en rachetant pour une bouchée de pain des entreprises au bord de la faillite. Harnett avait compris que le bâtiment était un secteur d'activités soumis à de graves crises cycliques et qu'en négociant des participations au moment propice, on pouvait édifier une corporation solide et bien dotée en capital, sans débourser plus que le prix d'appel d'offres.

Finalement, Harnett raccrocha et regarda quelques instants Janson sans prononcer un mot. « Stevie me dit que vous passez pour un as dans votre partie, articula-t-il enfin sur un ton blasé. Je connais peut-être certains de vos clients. Avec qui avez-vous travaillé ? »

Janson lui lança un regard narquois. Comptait-il lui faire passer un entretien d'embauche, par hasard ? « La plupart des gens avec qui je *décide* de travailler, fit-il en marquant une pause après le mot "décide", m'ont été recommandés et non l'inverse. » Dit en ces termes, ça faisait un peu bête : Janson n'était pas du genre à collectionner références ou recommandations ; c'était à ses clients potentiels de montrer patte blanche. « Il arrive que mes clients discutent entre eux de mes prestations. Mais, pour ma part, j'ai toujours suivi la même politique : motus et bouche cousue.

— Un vrai totem indien, n'est-ce pas ? » Harnett semblait contrarié. « Je vous demande pardon ?

— Moi aussi, je vous demande pardon, parce que j'ai la nette impression que nous perdons notre temps l'un comme l'autre. Vous êtes un homme occupé, je suis un homme occupé, et ni vous ni moi n'avons envie de rester assis là, à nous regarder dans le blanc des yeux. Je sais que Stevie s'est mis en tête que le bateau prenait l'eau de toutes parts. Ce n'est pas le cas. En fait, les hauts et les bas sont dans la nature même de notre domaine d'activités. Stevie est encore trop neuf dans le métier pour le comprendre. J'ai construit cette compagnie, je sais ce qui se passe dans tous nos bureaux et sur tous nos chantiers de construction à travers vingt-quatre pays. Pour moi, la vraie question consiste à déterminer si nous avons impérativement besoin d'un consultant en matière de sécurité. Et la seule chose qui me soit venue aux oreilles à votre sujet, c'est que vos services ne sont pas donnés. Je crois sincèrement qu'une entreprise doit faire des économies. Mon évangile c'est la dépense zéro. Essayez de saisir ce que je dis : chaque centime que nous déboursons doit avoir une justification en soi. Si un truc n'apporte aucune valeur ajoutée, il n'a pas lieu d'être. C'est un secret industriel que je vous dévoile bien volontiers. » Harnett s'enfonça dans son siège, comme un pacha attendant qu'un serviteur arrive pour lui verser son thé. « Mais, faites-moi changer d'avis, je n'y vois aucun inconvénient ! J'ai dit ce que je pensais. Maintenant, à vous. »

Janson sourit discrètement. Il allait devoir présenter ses excuses à Steven Burt – Janson doutait que quiconque de bien disposé à son égard l'ait jamais appelé « Stevie » – mais de toute évidence ça ne collait pas du tout. Janson acceptait rarement les offres qu'on lui faisait, et il repousserait très certainement celle-ci. Il allait se tirer de là vite fait. « Vraiment, je ne sais que vous dire, monsieur Harnett. Il semblerait que rien n'échappe à votre contrôle. »

Harnett hocha la tête sans sourire, comme pour répondre que cela tombait sous le sens. « Je manœuvre serré, monsieur Janson, dit-il avec une condescendance pleine de suffisance. Nos chantiers à travers le monde sont *foutrement* bien protégés, ils l'ont toujours été, et nous n'avons jamais eu le moindre problème. Pas une fuite, pas même de vol important. Et je pense être le mieux placé pour savoir de quoi je parle – sommes-nous bien d'accord là-dessus ?

— Un PDG qui ignore ce qui se passe dans son entreprise n'est pas vraiment le maître du jeu, n'est-ce pas ? répliqua Janson sans s'énerver.

— Parfaitement, dit Harnett. Parfaitement. » Ses yeux se posèrent sur la console téléphonique. « Ecoutez, vous m'avez été chaudement recommandé – je veux dire, Stevie n'aurait pu se montrer plus élogieux, et je suis sûr que vous êtes excellent dans votre partie. J'apprécie que vous soyez venu nous voir, et je le répète, je suis navré que nous vous ayons fait perdre votre temps... »

Janson nota l'emploi du pronom « nous » et ce qu'il recouvrait : *navré qu'un membre de notre comité de direction nous ait placés tous les deux dans cette position inconfortable.* A n'en point douter, Steven Burt aurait bientôt droit à quelque cinglante remarque. Janson décida de s'accorder quelques mots d'adieu, ne serait-ce que pour le bien de son ami.

« Ne vous excusez pas, dit-il en se levant pour serrer la main de Harnett par-dessus le bureau. Je suis heureux de savoir que le navire est à flot. » Il dressa la tête et ajouta, l'air de rien : « Au fait, qu'en est-il de cette "offre secrète" que vous venez de faire sur le projet Uruguay ?

— Comment savez-vous cela ? » Harnett changea soudain d'expression. Enfin il écoutait ; Janson avait touché juste.

« Quatre-vingt-treize millions cinq cent quarante mille, c'est bien cela ? »

Harnett s'empourpra. « Attendez. J'ai donné mon accord sur cette offre hier matin seulement. Comment diable...

— Si j'étais vous, je m'inquiéterais, parce que votre concurrent français, Suez Lyonnaise, est au courant des chiffres lui aussi. A mon avis, vous découvrirez bientôt que leur prix sera précisément de deux pour cent inférieur au vôtre.

— *Quoi ?* » Harnett explosa d'une fureur volcanique. « C'est Steve Burt qui vous a raconté cela ?

— Steven Burt ne m'a fourni d'information d'aucune sorte. De toute façon, il s'occupe de l'exploitation, pas de la comptabilité ni du secteur des affaires – je doute même qu'il connaisse les modalités de ce marché. »

Harnett cligna les yeux à deux reprises. « Oui, c'est vrai, reconnut-il après une hésitation. Il ne peut pas être au courant. Sacré bon sang, *personne* n'est censé être au courant. Ce message a été envoyé par courriel crypté au ministère uruguayen.

— Et pourtant, on dirait que la nouvelle s'est répandue. D'ailleurs, ce ne sera pas la première fois cette année qu'on vous aura coupé l'herbe sous le pied, n'est-ce pas ? En fait, on vous a coiffé sur le poteau presque une douzaine de fois au cours des neuf derniers mois. Sur vos quinze dernières offres, onze ont été rejetées. Comme vous disiez, c'est un domaine d'activités qui connaît sans arrêt des hauts et des bas. »

Les joues de Harnett étaient cramoisies. Janson continua sur un ton badin. « Bon, dans l'affaire de Vancouver, les paramètres étaient différents. Pas de bol, les rapports des ingénieurs municipaux avaient prouvé la présence de plastique dans le béton utilisé pour la construction des piles. Ça facilite le moulage mais, d'un autre côté, ça fragilise la structure. Pas votre faute, bien sûr – vous aviez été très clair sur les caractéristiques techniques. Comment auriez-vous pu savoir que le sous-traitant avait soudoyé votre inspecteur de site pour qu'il falsifie son rapport ? Un sous-fifre empoche un misérable pot-de-vin de cinq mille dollars, et vous, vous vous retrouvez comme un imbécile avec votre projet de cent millions sur les bras. Rigolo, non ? D'autre part, vous avez joué de malchance avec certains de vos propres dessous-de-table. Je veux dire, vous êtes-vous déjà demandé ce qui avait fait foirer l'accord de La Paz... ?

— Eh bien quoi ? » l'interrompit brutalement Harnett. Il se raidit bizarrement, comme pétrifié.

« Disons seulement que Raffy a encore fait des siennes. Rafael Nuñez devait s'assurer que le pot-de-vin serait bien versé au ministère de l'Intérieur. Quand il a dit à votre directeur que c'était chose faite, le type l'a cru. Mais bien évidemment, ils ne l'ont jamais touché. Vous avez misé sur le mauvais intermédiaire, tout bonnement. Raffy Nuñez a mené en bateau pas mal d'entreprises au cours des années 90. La plupart de vos concurrents se méfient de lui aujourd'hui. Ils ont dû bien se marrer en voyant votre collaborateur dîner et descendre des tequilas avec Raffy au La Paz Cabana, vu qu'ils savaient exactement ce qui allait se passer. Mais où est le problème – au moins vous avez tenté le coup, pas vrai ? Peu importe que votre marge bénéficiaire ait chuté de trente pour cent cette année. Plaie d'argent n'est pas mortelle, hein ? C'est sans doute ce que vos actionnaires ne cessent de répéter, non ? »

Tout en parlant, Janson voyait le visage de Harnett passer du pourpre au terreux. « Bon d'accord, j'exagère, ils n'ont pas autant d'humour, poursuivit Janson. En fait, quelques-uns de vos plus gros actionnaires – Vivendi, Kendrick, peut-être Bechtel – sont en train de chercher ailleurs. Ils fomentent une prise de contrôle. Alors, regardez le bon côté des choses. S'ils s'en vont, eh bien, bon débarras. » Harnett cherchait son souffle ; Janson fit semblant de l'ignorer. « Mais je ne vous apprends rien, j'en suis sûr. »

Harnett semblait abasourdi, paniqué ; filtrant à travers l'énorme surface de verre polarisant, les rayons du soleil faisaient luire les gouttes de sueur froide qui parsemaient son front. « Ben ça alors ! », murmura-t-il. A présent, il fixait Janson comme un homme qui se noie fixe un radeau de sauvetage. « Dites votre prix, fit-il.

— Pardon ?

— Dites votre prix, merde ! s'écria Harnett. J'ai besoin de vous. » Il grimaça un sourire pour tenter de dissimuler son désespoir sous un masque de jovialité. « Steve Burt m'a dit que vous étiez le meilleur, et vous l'êtes, j'en suis fichtrement convaincu. Je ne faisais que vous taquiner, vous le savez bien. Maintenant, écoutez, champion, vous ne sortirez pas de cette pièce avant que nous soyons arrivés à un accord. C'est bien clair ? » La transpiration avait commencé à assombrir sa chemise sous les aisselles et autour du col. « Nous allons faire affaire tout de suite.

— Je ne pense pas, répliqua Janson, cordial. Tout compte fait, ce boulot ne m'intéresse pas. Je suis très difficile dans le choix de mes clients : c'est un luxe que je peux me payer puisque je travaille seul. Mais vraiment, je vous souhaite bien du plaisir. Rien de tel qu'une bataille par fondés de pouvoir interposés pour vous fouetter le sang, pas vrai ? »

Harnett partit d'un gros rire qui sonnait faux. « Vous me plaisez, dit-il en applaudissant. Bonne tactique de négociation. OK, OK, vous avez gagné. Dites-moi combien vous voulez. »

Janson secoua la tête en souriant, comme si Harnett en avait sorti une bien bonne, et s'avança vers la sortie. Juste avant de quitter le bureau, il s'arrêta et se retourna. « Au fait, juste un petit tuyau – gratis, dit-il. *Votre femme est au courant.* » Il eût été indélicat de prononcer le nom de la maîtresse vénézuélienne de Harnett, aussi Janson ajouta-t-il, sachant que l'autre comprendrait à mi-mot : « A propos de Caracas, je veux dire. » Il lui adressa un regard chargé de sens mais dépourvu de tout jugement ; ils étaient entre professionnels et Janson se contentait d'identifier un point de vulnérabilité.

De petites taches rouges apparurent sur les joues de Harnett qui sembla pris de nausées : il avait la tête d'un homme contemplant la perspective d'un divorce ruineux du haut d'une bataille financière qu'il était fort susceptible de perdre. « Je vous propose des stock-options », lança-t-il à Janson pour le retenir.

Mais le consultant était déjà dans le couloir menant aux ascenseurs. Sur l'instant, voir ce fanfaron se tortiller ne lui avait fait ni chaud ni froid ; en revanche, quand il atteignit le hall d'entrée, il éprouva une sensation d'écœurement, de temps gâché, d'immense futilité.

Une voix venue d'un lointain passé – une autre vie – résonnait faiblement à ses oreilles. *Et c'est ça qui donne un sens à votre vie ?* Phan Nguyen lui avait posé cette question d'un millier de manières différentes. C'était sa question fétiche. Malgré les années, Janson revoyait nettement ses petits yeux intelligents ; son large visage tanné ; ses bras minces comme ceux d'un enfant. Tout ce qui concernait l'Amérique semblait éveiller sa curiosité. Mi-fasciné mi-dégoûté, il ne cessait de l'interroger sur son pays. *Et c'est ça qui donne un sens à votre vie ?* Janson secoua la tête : va au diable, Nguyen.

Quand Janson monta dans sa limousine garée sur Dearborn, juste devant le hall de l'immeuble, il décida de se rendre directement à O'Hare ; il y avait un vol pour Los Angeles avant celui qu'il avait prévu de prendre. Il aurait tant aimé pouvoir balayer les questions de Nguyen de sa mémoire aussi facilement qu'on saute dans un avion.

Lorsqu'il entra dans la salle Platinium Club de Pacifica Airlines, il vit des femmes en uniforme gris-bleu derrière un comptoir gris-bleu. Les vestes des hôtesses étaient ornées de ce genre d'épaulettes qu'affectionnent les grandes compagnies aériennes. En d'autres temps, en d'autres lieux, songea Janson, elles auraient récompensé de hauts faits d'armes.

L'une d'elles discutait avec un malabar au menton carré, vêtu d'un blazer bleu déboutonné. Il avait un biper à la ceinture. Quand la lumière se refléta sur le badge métallique glissé dans sa poche intérieure, Janson comprit que le type était un inspecteur du ministère de l'Aviation profitant sans doute de sa pause pour faire un petit brin de causette. L'homme et la femme s'interrompirent lorsque Janson s'avança vers eux.

« Votre carte d'embarquement, je vous prie », dit l'hôtesse en se tournant vers lui. Son bronzage poudreux se terminait quelque part sous son menton et la couleur cuivrée de ses cheveux faisait tout aussi artificiel.

Janson présenta son ticket et la carte plastifiée dont Pacifica gratifiait ses meilleurs clients.

« Bienvenue sur Pacifica Platinium Club, monsieur Janson, annonça la femme, radieuse.

— Nous vous préviendrons lorsque nous procéderons à l'embarquement », dit l'autre employée – frange châtain, fard à paupières assorti à la ganse bleue de sa veste – sur le ton de la confidence. Elle lui désigna l'entrée du salon VIP comme s'il s'agissait des portes du paradis. « En attendant, profitez de nos structures d'accueil et détendez-vous. » Un hochement de tête encourageant et un large sourire ; celui de saint Pierre lui-même n'aurait pas été plus prometteur.

Loin de la foule, nichés entre les poutres et les piliers des grands aéroports, les lieux comme le Club Platinium de Pacifica étaient censés répondre à tous les besoins d'une clientèle fortunée. On y trouvait des petits bols remplis non pas de cacahuètes – réservées aux *misérables** de la classe touriste – mais de fruits secs plus raffinés : noix de cajou, amandes, noix, noix de pécan. Sur un comptoir couvert d'une plaque de granit, les pichets de cristal contenaient du nectar de pêche et du jus d'orange fraîchement pressé. Même la moquette en microfibre vous en mettait plein la vue ; le logo gris-bleu de la compagnie aérienne s'y étalait, orné d'entrelacs blancs et marine. Sur des tables rondes disposées entre des fauteuils profonds reposaient, impeccablement pliés, des exemplaires de l'*International Herald Tribune*, de *USA Today*, du *Wall Street Journal*, et du *Financial Times*. Un terminal Bloomberg affichait des chiffres et des images dépourvus de sens : l'économie mondiale en ombres chinoises. Les lattes des stores cachaient presque le tarmac.

Janson feuilleta négligemment quelques journaux. Quand il tomba sur la rubrique « veille financière » du *Journal*, il parcourut d'un œil vague les colonnes truffées de ces métaphores guerrières dont abusent les chroniqueurs : carnage à Wall Street, une armée de spéculateurs s'est lancée à l'assaut du Dow. La page sportive de *USA Today* était consacrée à l'effondrement de l'offensive des Raiders face aux furieux coups de boutoir des avants des Vikings. Pendant ce temps, d'invisibles haut-parleurs distillaient le tube interprété par la diva *du jour**, tiré de la bande originale d'un film à succès ayant pour thème

---

* En français dans le texte. Tous les mots en italique suivis d'un astérisque sont en français dans le texte original.

une légendaire bataille de la Seconde Guerre mondiale. Une débauche de sang et de sueur encouragée par une débauche d'argent et d'images créées par infographie.

Janson s'affala dans un fauteuil, posa sa nuque sur l'appuie-tête en tissu et laissa traîner son regard sur les postes de branchement Internet où des managers et chefs comptables plus vrais que nature, plongés dans leurs ordinateurs portables, consultaient leurs messageries électroniques où s'entassaient des courriers provenant de leurs clients présents ou futurs, employés, subalternes, amants et maîtresses. Ces gens passaient leur vie à sauter frénétiquement d'une activité à l'autre. Dans leurs attaché-cases, on apercevait des livres censés leur prodiguer des conseils en marketing, écrits par des adeptes de Sun Tzu : l'art de la guerre appliqué à la production des biens de consommation. Des gens lisses, satisfaits d'eux-mêmes, à l'abri de tout danger, songeait Janson en observant les hommes d'affaires qui l'entouraient. Ils aimaient la paix mais ça ne les empêchait pas d'adorer l'imagerie de la guerre ! Et pas qu'un peu ! Ils s'arrogeaient l'usage des attributs guerriers en les édulcorant pour les rendre inoffensifs, tout comme le taxidermiste transforme en objets décoratifs les plus féroces des animaux sauvages.

Par moments, Janson lui aussi avait l'impression d'avoir été empaillé et posé sur un socle. Aujourd'hui, presque tous les rapaces figuraient sur la liste des animaux en voie de disparition, à commencer par l'aigle d'Amérique. Lui-même avait été un rapace, autrefois – une force de frappe lancée contre d'autres forces de frappe. Janson avait connu d'anciens soldats tellement drogués à l'adrénaline et au danger qu'ils avaient pété les plombs, une fois mis sur la touche. Aujourd'hui, ces gars-là passaient leur temps à traquer des ennemis imaginaires dans la Sierra Madre, avec des fusils à cartouche de peinture ou, pire, à se galvauder auprès d'entreprises peu recommandables nourrissant des ambitions guère plus recommandables, souvent dans des régions du monde où le bakchich avait force de loi. Janson éprouvait un profond mépris pour ces pauvres types. Et pourtant il se demandait parfois si les conseils d'expert qu'il offrait aux firmes américaines n'étaient pas une version respectable de la même chose.

Il était solitaire, ça c'était vrai, et sa solitude n'était jamais si aiguë que dans ces étranges intervalles entrecoupant son existence agitée – le temps qui séparait l'enregistrement du décollage, le temps passé à attendre dans des salons trop chic ne servant qu'à une seule chose : attendre. Quand il débarquerait tout à l'heure, il n'y aurait personne pour l'accueillir, sauf un énième chauffeur de limousine brandissant une pancarte de carton blanc sur laquelle apparaîtrait son nom, mal orthographié ; et ensuite un énième client angoissé, directeur d'une firme d'industrie légère basée à Los Angeles. Sa vie n'était qu'une tournée d'inspection le faisant transiter d'un bureau de manager à un autre. Il n'avait ni femme ni enfants. Pourtant il avait été marié et aurait pu être père, car Helen était enceinte au moment de sa mort. « Si tu veux faire rigoler Dieu, dévoile-lui tes projets », avait-elle coutume de dire en citant son grand-père. La maxime s'était confirmée, et de quelle horrible manière !

Janson observa les bouteilles ambrées alignées derrière le bar ; leurs étiquettes surchargées servaient à masquer l'oubli qu'elles contenaient. Il entretenait sa forme physique, s'entraînait jusqu'à l'obsession et ne se permettait pas plus d'un verre ou deux, même quand il était en service. Ça ne pouvait pas faire de mal.

« Un appel à l'intention de Richard Alexander », claironna la voix nasillarde du haut-parleur. « Le passager Richard Alexander est prié de se présenter au comptoir d'embarquement de Pacifica. »

C'était le bruit de fond de n'importe quel aéroport, mais il tira Janson de sa rêverie. Richard Alexander était l'un de ses pseudonymes. Il l'avait fréquemment utilisé par le passé. Par réflexe, il pencha la tête et regarda autour de lui. Simple coïncidence, pensa-t-il, mais en même temps, son téléphone se mit à vibrer dans la poche de sa veste. Il enfonça l'oreillette de son Nokia tri-band et appuya sur SND. « Oui ?

— Monsieur Janson ? Ou devrais-je dire monsieur Alexander ? » Une voix de femme, tendue, désespérée.

« Qui est à l'appareil ? » Janson parlait posément. Le stress avait le don de l'engourdir, au moins de prime abord – il faisait disparaître en lui toute agitation.

« Je vous en prie, monsieur Janson. Il faut absolument que nous nous rencontrions tout de suite. » Sa prononciation était celle des étrangers qui ont appris l'anglais dans les meilleures écoles. Et le bruit de fond était encore plus révélateur.

« Dites-m'en davantage. »

Il y eut un temps d'arrêt. « Quand nous nous verrons. »

Janson appuya sur FIN pour clore la conversation et sentit un picotement au niveau de la nuque. La simultanéité de l'appel au micro et de ce coup de téléphone, le fait que la femme ait exigé de le rencontrer immédiatement : de toute évidence, cette personne n'était pas loin. Le vacarme qu'on percevait sur la ligne ne faisait que renforcer ses soupçons. Il passa rapidement en revue tous les gens qui l'entouraient, en se demandant qui venait de le convoquer ainsi.

Était-ce un piège tendu par un vieil adversaire en mal de vengeance ? Pas mal de gens auraient aimé le voir mort ; ils n'avaient d'ailleurs pas tous entièrement tort. Pourtant, cette éventualité lui paraissait fort improbable. Il n'était pas sur le terrain ; il n'était pas en train d'enlever un « transfuge » récalcitrant du VKR pour le conduire des Dardanelles via Athènes jusqu'à une frégate amarrée, histoire d'éviter les contrôles aux frontières. Il se trouvait dans l'aéroport

O'Hare, Dieu merci. Raison pour laquelle on lui donnait rendez-vous ici même, sans doute. Les gens ont tendance à se sentir en sécurité dans les aéroports, peut-être à cause des détecteurs de métaux et de tous ces vigiles. Ils doivent se dire que tirer avantage de cette illusion de sécurité est assez futé. Mais de fait, dans un aéroport qui voyait passer près de deux cent mille passagers par jour, la sécurité n'était qu'une illusion.

Il envisagea plusieurs possibilités qu'il écarta vite. Près de l'épaisse baie vitrée donnant sur le tarmac, assise dans la lumière du soleil, une femme blonde semblait étudier un tableur sur son portable ; son téléphone était posé à côté d'elle, mais il ne vit pas d'oreillette. Une autre femme, plus près de l'entrée, discutait vivement avec un homme dont l'alliance brillait par son absence : une fine bande de peau blanche cerclait son annulaire bronzé. Les yeux de Janson continuèrent à scruter l'espace jusqu'à ce que, quelques secondes plus tard, il la voie. C'était elle qui venait d'appeler.

Assise, faussement calme, dans un coin écarté, une femme élégante, entre deux âges, tenait un téléphone près de l'oreille. Ses cheveux blancs étaient relevés en chignon et elle portait un tailleur Chanel bleu marine garni de discrets boutons de nacre. Oui, c'était elle : il en était certain. En revanche, il ne savait rien de ses intentions. Était-ce une tueuse ou faisait-elle partie d'une bande chargée de l'enlever ? Il devait procéder par élimination, choisir parmi les centaines de possibilités, aussi faibles soient-elles. Le protocole tactique standard l'exigeait. Il était toujours ancré en lui ; on n'oubliait pas si facilement plusieurs années d'active.

Janson se leva brusquement. Il fallait qu'il bouge : c'était une règle de base. *Il faut absolument que nous nous rencontrions tout de suite,* avait dit la femme au téléphone ; dans ce cas, ce serait à lui de poser ses conditions. Comme il s'apprêtait à sortir du salon VIP, il attrapa un gobelet en carton sur une fontaine d'eau fraîche et le tint devant lui comme s'il était plein, tout s'approchant du comptoir d'accueil. Puis, bâillant à s'en décrocher la mâchoire, il fonça droit sur l'inspecteur du ministère de l'Aviation et le bouscula. L'homme recula, légèrement déséquilibré.

« Je suis navré, lâcha Janson, d'un air mortifié. Oh, seigneur, je ne vous ai pas taché, j'espère ? » Janson se mit à frotter frénétiquement le blazer de l'homme. « Je vous ai mouillé ? Mon Dieu, je suis vraiment navré.

— Pas de mal, répondit l'inspecteur sur un ton frisant l'agacement. Mais la prochaine fois, regardez où vous marchez. Vous n'êtes pas tout seul dans cet aéroport.

— C'est déjà terrible de ne pas savoir dans quel fuseau horaire on est, mais en plus — Seigneur, je ne sais pas ce qui m'arrive, s'écria Janson en jouant le passager nerveux et déphasé. Je suis une vraie loque. »

Ainsi qu'il s'y attendait, lorsqu'il sortit du salon VIP pour s'engager dans le couloir piétonnier conduisant au hall B, son téléphone se remit à bourdonner.

« Je crois que vous n'avez pas bien saisi à quel point mon appel était urgent, commença son interlocutrice.

— C'est exact, repartit Janson. Je n'ai pas saisi. Pourquoi ne pas m'expliquer de quoi il retourne ? » Arrivé à un angle du couloir, il remarqua un renfoncement, profond d'un mètre environ, puis une porte d'acier donnant sur une pièce interdite aux passagers. « STRICTEMENT RÉSERVÉ AU PERSONNEL AUTORISÉ », clamait la plaque fixée au-dessus.

« Je ne peux pas, dit la femme après une hésitation. Pas au téléphone. Mais je suis dans l'aéroport. Je pourrais vous rejoindre...

— Dans ce cas, rappelez-moi dans une minute », l'interrompit Janson en coupant la communication. Avec le plat de la main, il appuya fortement sur la barre horizontale de la porte et entra. Derrière, il découvrit une pièce exiguë aux murs couverts de panneaux électriques ; des affichages à cristaux liquides mesuraient les sorties de l'installation de chauffage et de réfrigération de l'aéroport, située à l'est du terminal. Accrochés à des portemanteaux, s'alignaient plusieurs casquettes et coupe-vent.

Trois employés vêtus d'uniformes bleu marine étaient assis autour d'une petite table en acier et Formica, à boire un café tout en bavardant. L'apparition de Janson les coupa net.

« Qu'est-ce que vous faites là ? lança l'un des trois types quand la porte claqua derrière Janson. Vous n'avez pas le droit d'entrer.

— C'est pas les chiottes ici », marmonna un autre.

Janson sourit sans amabilité. « Vous allez me maudire les gars. Mais devinez quoi ? » Il sortit le badge du FAA qu'il venait de subtiliser au malabar, dans le salon VIP. « Contrôle anti-stupéfiants. Eh oui, encore un ! Examen surprise du personnel au sol. Le transport aérien doit être irréprochable – comme il est écrit dans le tout dernier rapport de l'administrateur. C'est le moment de passer au pipi-room. Désolé pour le dérangement, mais c'est bien comme ça que vous arrondissez vos fins de mois, pas vrai ?

— Des *conneries* tout ça ! » hurla le troisième homme, l'air dégoûté. Il était presque chauve, hormis la couronne grisonnante qui lui ornait le crâne. Un petit crayon était coincé derrière son oreille.

« Magnez-vous le cul, les gars, aboya Janson. Nous suivons une nouvelle procédure, cette fois. Mon équipe est rassemblée Porte 2, Hall A. Ne les faites pas attendre. Quand ils perdent patience, il leur arrive de se tromper dans les échantillons, si vous voyez où je veux en venir.

— Des *conneries*, répéta le chauve.

— Vous voulez que je marque dans le rapport qu'un membre de

l'Association pour le Transport aérien a protesté et/ou a tenté d'échapper au contrôle anti-drogue ? Si votre test est positif, mieux vaut commencer à éplucher les petites annonces tout de suite. » Janson croisa les bras sur la poitrine. « Cassez-vous. *Et que ça saute !*

— J'y vais, grommela le chauve, déjà moins sûr de lui. C'est comme si j'y étais. » Sans cacher leur exaspération et leur mauvaise humeur, les trois hommes se dépêchèrent de quitter la pièce, en laissant derrière eux écritoires à pince et tasses de café. Il leur faudrait facilement dix minutes pour atteindre le Hall A. Janson jeta un œil sur sa montre et calcula les secondes qui lui restaient avant que son téléphone recommence à vrombir. La femme respecta la minute demandée.

« Il y a une cafétéria près des guichets, dit Janson. Je vous attendrai là. Ma table est à gauche, dans le fond. A tout de suite. » Il ôta sa veste, passa un coupe-vent bleu foncé, une casquette et se cacha dans le renfoncement. Trente secondes plus tard, il vit passer la femme aux cheveux blancs.

« Hé, chérie ! » appela-t-il. D'un seul mouvement, il lui passa un bras autour de la taille, lui colla une main sur la bouche et l'attira dans la pièce de service désertée. Janson vérifia que personne n'avait remarqué la manœuvre qui ne lui avait pris que trois secondes ; dans le cas contraire, son mouvement, couplé aux paroles qu'il avait prononcées, aurait pu passer pour une étreinte amoureuse.

Paralysée de peur, la femme n'essaya même pas de crier. Cette maîtrise de soi digne d'une professionnelle ne rassura nullement Janson. Dès que la porte se fut refermée sur eux, il lui fit signe de s'asseoir à la table en Formica. « On accouche », dit-il.

La femme, dont l'élégance paraissait excessivement déplacée dans cet espace utilitaire, s'assit sur l'une des chaises pliantes. Janson, lui, resta debout.

« Vous ne correspondez pas vraiment à l'idée que je me faisais de vous, dit-elle. Vous n'avez pas *l'air* d'un... » Devant son regard franchement hostile, elle renonça à terminer sa phrase. « Monsieur Janson, nous n'avons pas le temps.

— Je n'ai pas l'air d'un *quoi* ? dit-il en détachant ses mots. Je ne sais pas pour qui vous vous prenez, mais je ne pourrais pas vous faire la liste des infractions au protocole. Je ne pourrais aussi vous demander comment vous avez eu mon numéro de portable et comment vous avez appris ce que vous croyez savoir sur mon compte. Je m'en abstiendrai mais quand nous en aurons fini, il vaudrait mieux que vous ayez vidé votre sac. » Elle n'était peut-être qu'une simple citoyenne désireuse de louer ses services, mais sa façon de prendre contact avec lui le dérangeait. Elle était contraire aux règles. Le fait de le désigner par l'un de ses noms de guerre, alors qu'il ne l'utilisait plus depuis bien longtemps, représentait une transgression majeure.

« Vous avez raison, monsieur Janson, reconnut-elle. Mon approche était fort maladroite, j'en conviens. Il faut que vous me pardonniez...

— Il faut ? C'est vous qui le dites. » Quand il inspira, de légers effluves parfumés lui chatouillèrent les narines : Penhaligon's Jubilee. Leurs regards se croisèrent et Janson se calma un peu lorsqu'il remarqua son visage tendu, sa bouche tordue par l'angoisse, ses yeux gris-vert emplis d'une farouche détermination.

« Comme je le disais, nous n'avons pas le temps.

— Moi j'ai tout mon temps.

— Pas Peter Novak. »

Peter Novak.

Ce nom le fit sursauter ; c'était le but recherché. Légendaire financier et philanthrope hongrois, Novak avait reçu le prix Nobel de la paix l'année précédente pour son rôle dans la résolution des conflits à travers le monde. Novak, fondateur et directeur de la Liberty Foundation, une institution consacrée à la « démocratie dirigée » – sa grande passion – possédait des succursales dans la plupart des capitales européennes et un peu partout dans le tiers-monde. Janson se souvenait très bien de Peter Novak pour la bonne raison qu'il avait une dette envers lui, une dette si grande que, parfois, elle lui pesait comme un fardeau.

« Qui êtes-vous ? » demanda Janson.

Les yeux gris-vert de la femme soutinrent son regard. « Je m'appelle Marta Lang et je travaille pour Peter Novak. Je peux vous montrer une carte de visite, si vous l'estimez utile. »

Janson secoua lentement la tête. Sa carte de visite lui fournirait un titre dépourvu de signification ; il s'agissait sans doute d'une sorte de cadre supérieur au service de la Liberty Foundation. *Je travaille pour Peter Novak*, avait-elle dit, et rien qu'à la manière dont elle avait prononcé ces mots, Janson identifia sa fonction. Elle était le factotum, le bras droit, le lieutenant ; tous les grands hommes en ont un. Les gens comme elle préféraient rester dans l'ombre tout en exerçant le pouvoir sans en avoir l'air. A en juger d'après son nom et son léger accent, elle était sûrement hongroise, comme son patron.

« Qu'essayez-vous de me dire ? demanda Janson en plissant les yeux.

— Seulement qu'il a besoin d'aide. Comme vous autrefois. A Baaqlina. » Marta Lang prononça le nom de cette ville poussiéreuse comme si derrière lui s'ouvraient une phrase, un paragraphe, un chapitre. Pour Janson, Baaqlina représentait tout un roman. Un roman qu'il avait vécu dans sa chair.

« Je n'ai pas oublié, dit-il calmement.

— Alors, tout ce que vous avez besoin de savoir c'est que Peter Novak vous appelle à l'aide. »

En quelques mots, elle avait tout dit. Janson soutint son regard.

« Où ça ?

— Vous pouvez jeter votre carte d'embarquement. Notre jet privé est sur la piste, prêt à décoller. » Elle se leva. Son désespoir lui conférait force et autorité. « Il faut partir tout de suite. Au risque de me répéter, nous n'avons pas le temps.

— Je vais moi aussi prendre le risque de me répéter : où ça ?

— Ça, monsieur Janson, c'est à vous de nous le dire. »

CHAPITRE 2

J ANSON lui emboîta le pas. Ils montaient l'escalier d'aluminium antidérapant pour accéder au *Gulfstream V* de Novak, quand son œil fut attiré par l'inscription peinte sur la carlingue. Les lettres cursives blanches formaient un brillant contraste avec l'émail indigo : *Sok kicsi sokra megy*. Du hongrois, des mots vides de sens pour lui.

Sur la piste d'envol, le bruit semblait presque tactile. Le hurlement des adductions d'air formait une couche au-dessus du rugissement grave de l'échappement. En revanche, dès que la porte de la cabine se referma, le silence se fit, absolu, comme s'ils avaient pénétré dans un caisson insonorisé.

L'avion était confortable, sans plus. Apparemment, l'homme ne regardait pas à la dépense mais le luxe le laissait froid. Le marron dominait ; les sièges à hauts dossiers étaient spacieux, taille club, deux rangées d'un, de part et d'autre du couloir central ; certains se faisaient face, séparés par une table basse rabattable. Quatre hommes et femmes aux visages sévères, les collaborateurs de Marta Lang, sans doute, étaient déjà installés dans la queue de l'appareil.

Marta lui fit signe de s'asseoir en face d'elle, à l'avant de la cabine, puis elle saisit un interphone et murmura quelques mots. Janson perçut le gémissement très lointain du moteur prenant de la puissance. L'avion roulait. L'isolation sonore était vraiment remarquable. Une cloison moquettée les séparait du cockpit.

« Cette inscription sur le fuselage... que signifie-t-elle ?

— Elle signifie "Parfois, les petites choses s'additionnent pour en former une grande". Ce dicton hongrois est devenu la devise favorite de Peter Novak. Je suis sûre que vous en appréciez le sens.

— On ne peut pas dire qu'il renie ses origines.

— Pour le meilleur ou pour le pire, la Hongrie a fait de lui ce qu'il est. Et Peter n'est pas homme à oublier ses dettes. » Un regard chargé de sens.

« Moi non plus.

— J'en suis bien consciente, dit-elle. Voilà pourquoi nous sommes sûrs de pouvoir vous faire confiance.

— S'il a une mission à me confier, j'aimerais qu'on me mette au courant le plus vite possible. Et je préférerais que ce soit lui qui le fasse.

— C'est avec moi que vous traiterez. Je suis la directrice adjointe de la Fondation et je le seconde depuis de nombreuses années.

— Loin de moi l'idée de remettre en question votre absolue loyauté envers votre employeur, dit Janson avec froideur. Les collaborateurs de Novak sont... réputés pour leur intégrité. » A quelques rangées d'eux, au fond de l'avion, les membres de l'équipe semblaient penchés sur des cartes et des diagrammes. Que se passait-il ? Un sentiment de malaise monta en lui.

« Je comprends ce que vous dites. Je comprends aussi ce que vous êtes trop poli pour exprimer. Les gens comme moi sont souvent perçus comme des inconditionnels un tantinet naïfs, je le sais. Pourtant, veuillez comprendre qu'aucun d'entre nous ne se berce d'illusions. Peter Novak n'est qu'un simple mortel. Il enfile son pantalon une jambe après l'autre, comme vous dites, vous autres Américains. Nous savons cela mieux que quiconque. Ce n'est pas une religion. C'est un appel. Imaginez que la personne la plus riche que vous connaissiez soit en même temps la plus intelligente et la plus aimable. Vous voulez savoir pourquoi nous lui sommes tout dévoués ? C'est qu'il prend soin des autres – et il en prend soin avec un dévouement presque surhumain. Comme on dit chez vous, il ne les traite pas par-dessus la jambe. Il veut laisser derrière lui un monde meilleur que celui qu'il a trouvé en naissant. Appelez cela de la vanité si vous voulez, mais c'est de ce genre de vanité que nous avons besoin. Novak est peut-être un visionnaire mais le monde ne peut se passer de ses visions.

— "Visionnaire" : c'est le mot qu'a employé le comité Nobel.

— Je l'utilise à mon corps défendant. Il a perdu de son sens. Il suffit d'ouvrir le magazine *Fortune* pour s'apercevoir que n'importe quel magnat de l'audiovisuel, n'importe quel PDG vendeur de boissons gazeuses, peut se trouver bombardé "visionnaire". Mais la Liberty Foundation est sortie de l'imaginaire de Novak, et de lui seul. Il avait déjà foi en la démocratie dirigée quand cette idée passait pour un rêve creux. Il croyait que la société civile pouvait renaître dans les parties du monde où le totalitarisme et la guerre l'avaient anéantie. Il y a quinze ans, les gens riaient quand il leur parlait de son idéal. Mais maintenant, qui oserait rire ? Personne ne voulait l'aider – pas plus les Etats-Unis que l'ONU – alors il s'est débrouillé sans eux. *Il a changé le monde.*

— Rien à redire, fit Janson, laconique.

— Les analystes de votre Département d'Etat ont pondu des rapports interminables sur "les vieilles rivalités ethniques", les conflits frontaliers impossibles à résoudre. Ils ont même prétendu que toute tentative serait vouée à l'échec. Mais *lui* il a essayé. Inlassablement. Et il a réussi. Il a répandu la paix sur des régions qui avaient oublié jusqu'à la signification de ce mot. » Marta Lang s'étrangla et se tut.

De toute évidence, elle n'avait pas l'habitude de donner ainsi libre cours à ses émotions et Janson crut bon de lui laisser le temps de se remettre. Il prit donc la parole. « Je suis tout à fait d'accord avec vous. Votre patron est un homme qui cherche la paix pour la paix, qui veut instaurer la démocratie pour la démocratie. C'est parfaitement exact. Tout comme il est exact que sa fortune personnelle est aussi importante que le PNB de la plupart des pays avec lesquels il traite. »

Lang hocha la tête. « Orwell a dit que les saints devraient être déclarés coupables jusqu'à ce qu'on prouve leur innocence. Novak a prouvé qui il était réellement, et à de nombreuses reprises. L'homme de toutes les causes justes, l'homme de tous les peuples. Aujourd'hui, on aurait du mal à concevoir le monde sans lui. » Elle le regarda de ses yeux rougis.

« Dites-moi, fit Janson. Pourquoi suis-je ici ? Où est Peter Novak ? »

Marta Lang inspira profondément, comme si les paroles qu'elle s'apprêtait à prononcer allaient lui causer une douleur physique. « Il est entre les mains des rebelles kagamas. Nous avons besoin de vous pour le libérer. Une "exfiltration", je crois que c'est ainsi que vous appelez cela, dans votre jargon. Sinon, il ne sortira pas vivant de sa prison d'Anura. »

Anura. Prisonnier du Front de libération kagama. Raison de plus – la raison principale, sans doute – pour qu'ils l'aient choisi pour exécuter ce boulot. Ce pays le hantait depuis cinq ans. Il y pensait tous les jours. Son petit enfer portatif.

« Je commence à comprendre, fit Janson en déglutissant.

— Voilà quelques jours, Peter Novak est venu sur l'île pour tenter de négocier un traité de paix entre les rebelles et le gouvernement. De nombreux signes d'espoir sont apparus. Le FLK a déclaré qu'il considérait Peter Novak comme un négociateur honnête, et ils ont convenu de se rencontrer quelque part dans la province de Kenna. La délégation rebelle a donné son accord sur une série de points qu'ils avaient purement et simplement rejetés auparavant. Arriver à un accord de paix durable à Anura – mettant fin à la terreur – aurait été une grande victoire. Je pense que vous comprenez cela aussi bien que quiconque. »

Janson ne répondit rien, mais son cœur se mit à battre la chamade.

Leur maison, fournie par l'ambassade, se trouvait à Cinnamon Gardens, dans la grande cité de Caligo. Ce quartier, autrefois recouvert par la forêt, était encore planté d'arbres. Dans la brise matinale, les feuilles bruissaient, les oiseaux piaillaient. Mais ce jour-là, il sortit de son léger sommeil en entendant un petit toussotement dans la salle de bains, puis un robinet qui coulait. Helen apparut. Elle se brossait vigoureusement les dents. « Et si tu restais à la maison au lieu d'aller travailler, aujourd'hui ? », avait-il dit d'une voix encore pâteuse. Helen fit non de la tête. « Ce n'est pas pour rien qu'on appelle ça des nausées matinales, mon chéri, lui répondit-elle dans un sourire. Elles disparaissent comme la rosée du matin. » Elle entreprit de s'habiller pour se rendre à l'ambassade. Quand elle souriait, tout son visage s'épanouissait : sa bouche, ses joues, ses yeux – surtout ses yeux... Les images affluèrent à son cerveau... Helen préparant sa tenue de travail, relisant les épreuves d'un rapport du Département d'Etat. Une jupe de lin bleu. Un chemisier de soie blanche. Helen ouvrant en grand les fenêtres de la chambre pour inviter l'air matinal, fleurant bon la cannelle, la mangue et le frangipanier, à s'engouffrer dans la chambre. Son teint radieux, son nez retroussé et ses yeux d'un bleu limpide. Quand les nuits de Caligo se faisaient étouffantes, il trouvait la fraîcheur en se lovant contre son corps. Que sa peau burinée lui semblait calleuse et rêche auprès de sa peau à elle, douce comme du velours. « Prends ta journée, mon amour », lui avait-il dit. « Je préfère pas, chéri. De deux choses l'une, soit je leur manque, soit je ne leur manque pas, et dans les deux cas, c'est pas bon. » Elle l'embrassa sur le front en partant. Si seulement elle était restée à ses côtés, ce jour-là. Si seulement.

Actes publics, vies privées... le plus sanglant des carrefours.

Aussi vaste que la Virginie, l'île d'Anura, dans l'océan Indien, comptait douze millions d'habitants. Ses paysages d'une rare beauté n'avaient d'égal que son héritage culturel. Janson y avait été détaché pour une mission de dix-huit mois. Il avait pris la tête d'une équipe chargée de collecter des renseignements dans le but de procéder à une évaluation indépendante de la situation politique sur l'île et de déterminer si des forces extérieures contribuaient à alimenter les troubles. En effet, depuis quinze ans, l'une des organisations terroristes les plus dangereuses du monde, le Front de libération kagama, sévissait dans ce petit paradis. Des milliers de jeunes gens, esclaves de l'homme qu'ils appelaient le Calife, portaient sur eux des pendentifs en cuir contenant une capsule de cyanure, symbole de leur dévouement absolu à la cause. Le Calife avait un faible pour les attentats à la bombe. Plusieurs années auparavant, lors d'un rassemblement politique autour du Premier ministre d'Anura, une jeune kamikaze transportant sous son sari une grande quantité d'explosifs mêlés à des roulements à billes, avait ensanglanté l'histoire de l'île. Le Premier ministre avait trouvé la mort, ainsi que plus d'une centaine de participants. Ensuite il y eut des attentats au camion piégé, dans le centre-ville. L'un d'eux détruisit l'International Trade Center de Caligo. Un autre, perpétré au moyen d'un fourgon de livraison, *avait envoyé ad patres une douzaine d'employés de l'ambassade américaine à Anura.*

Parmi ces gens, se trouvait Helen. Une victime de la violence aveugle parmi tant d'autres. Une victime ou plutôt deux, puisqu'elle portait leur enfant.

Presque anéanti par la douleur, Janson avait demandé à accéder aux interceptions de la NSA, et tout spécialement aux transmissions par téléphone satellite des chefs de la guérilla. Les transcriptions, rapidement traduites en anglais, rendaient mal les intonations et le contexte ; un dialogue rapide était réduit à de simples caractères noirs sur fond blanc. Mais dans l'ensemble, le ton était triomphal. L'attentat perpétré contre l'ambassade faisait partie des plus glorieux faits d'armes du Calife.

Helen, tu étais mon soleil.

*

Marta posa la main sur le poignet de Janson. « Je suis désolée, monsieur Janson. Je mesure l'angoisse que cela doit vous causer.

— Je n'en doute pas un seul instant, fit Janson d'une voix dépourvue d'affect. C'est en partie pour cela que vous m'avez choisi. »

Marta n'évita pas son regard. « Peter Novak est sur le point de mourir. La conférence de Kenna n'était qu'un piège.

— C'était une folie dès le départ, rétorqua Janson.

— Vous croyez ? Naturellement, le reste du monde s'en est lavé les mains, hormis ceux qui encouragent la violence en coulisse. Mais rien ne révolte plus Peter que le défaitisme. »

Janson rougit de colère. « Le FLK a appelé à la destruction de la République d'Anura. Le FLK prétend croire en la noblesse de la violence révolutionnaire. Comment peut-on négocier avec de tels fanatiques ?

— Je vous passe les détails. Ils n'ont rien d'exceptionnel. En son dernier état, le plan consistait à faire passer Anura sous un gouvernement fédéral accordant une plus grande autonomie aux provinces. On prévoyait de remédier au problème kagama en instaurant un système raisonné d'autogestion tout en offrant une véritable protection au peuple anurien. Les deux parties y auraient trouvé leur compte. C'était une question de simple bon sens. Et parfois le bon sens triomphe : Peter l'a prouvé à maintes et maintes reprises.

— Je ne sais pas trop quoi penser de vous – est-ce de l'héroïsme ou de l'arrogance ?

— Ces deux choses sont-elles si faciles à distinguer ? »

Janson garda le silence un instant. « Contentez-vous de leur donner ce qu'ils veulent, à ces salauds, dit-il enfin, d'une voix sourde.

— Ils ne veulent rien, articula Lang. Nous leur avons demandé ce qu'ils désiraient en échange de la libération de Peter. Ils nous ont ri au nez. Vous connaissez ce cas de figure mieux que moi. Ces gens sont des fanatiques. Leur comportement est toujours le même : Peter Novak a été condamné à mort pour crimes contre le peuple opprimé, et la sentence est "irrévocable". Connaissez-vous la fête religieuse sunnite de l'Aïd-el-Kebir ?

— Celle qui commémore le sacrifice d'Abraham ? »

Lang hocha la tête. « Le mouton dans les chardons. Le Calife dit que cette année, le clou de la fête sera le sacrifice de Peter Novak. Ils le décapiteront lors de l'Aïd-el-Kebir. Et c'est *vendredi prochain*.

— Pourquoi ? Pour l'amour du ciel, *pourquoi ?*

— *Parce que*, dit Lang. Parce que Novak est un funeste agent du néocolonialisme – selon les termes du FLK. Parce qu'en agissant ainsi, le FLK se fera connaître du monde entier. Parce qu'ils espèrent acquérir une notoriété que les attentats de ces quinze dernières années ne leur ont pas conférée. Parce que leur soi-disant Calife a été sevré trop tôt – on peut tout supposer. Nous réfléchissons avec notre raison ; pas les terroristes.

— Mais nom de Dieu ! s'exclama Janson. S'ils cherchent à se faire mousser, quelles que soient leurs motivations, pourquoi ne se sont-ils pas encore manifestés ? Pourquoi les médias ne se sont-ils pas emparés de l'affaire ?

— Le Calife est prudent. En choisissant d'attendre que son forfait soit accompli pour le rendre public, il évite les pressions de l'opinion internationale. En même temps, il sait que nous n'oserons pas en parler, que nous ne prendrons pas le risque d'anéantir toute possibilité de négociation.

— Le gouvernement d'une grande nation a-t-il besoin de la pression internationale pour intervenir ? C'est là que je ne vous suis pas. Vous l'avez dit vous-même, Novak est l'homme de tous les peuples. Si l'on admet que l'Amérique est la seule superpuissance – pourquoi ne pas demander l'aide de Washington ?

— Nous l'avons fait dès le départ. Ils nous ont fourni certaines informations et se sont répandus en excuses avant de nous expliquer qu'ils n'étaient pas en mesure d'offrir leur aide officielle.

— C'est absurde. La mort de Novak risque de déstabiliser des douzaines de pays et si Washington est à cheval sur un truc c'est bien sur la notion de stabilité.

— Il est aussi à cheval sur le principe de protection des citoyens américains. Le Département d'Etat estime qu'actuellement, toute intervention américaine pourrait mettre en danger la vie des nombreux citoyens américains vivant aujourd'hui sur le territoire occupé par les rebelles. »

Janson gardait le silence. Il connaissait bien ce type de calcul purement politicien pour en avoir assez souvent fait les frais.

« Les Américains nous ont également appris l'existence d'autres... *complications.* » Marta prononça ce mot avec un dégoût évident. « Leurs alliés saoudiens, par exemple, ont soutenu le FLK depuis la coulisse pendant de nombreuses années. Ils ne sont pas particulièrement ravis de leur façon de faire, mais s'ils se retournaient contre leurs frères opprimés de l'océan Indien – ce lac islamique –, ils se discréditeraient aux yeux des autres pays musulmans. Et puis il y a l'affaire Donna Hederman. »

Janson hocha la tête. « Une étudiante en anthropologie de l'université de Columbia effectuant des recherches dans le nord-est d'Anura. Une femme aussi folle que brave. Capturée par les rebelles kagamas qui lui reprochent d'être un agent de la CIA. Une accusation aussi insensée que perverse.

— Ils la gardent au secret depuis deux mois. Les Etats-Unis ont protesté pour la forme, mais ils n'ont pas bougé le petit doigt. Ils ne voulaient pas "compliquer une situation déjà bien compliquée".

— Je vois le tableau. Si les Etats-Unis refusent d'intervenir pour une citoyenne américaine...

— ... de quoi auraient-ils l'air s'ils retournaient leur veste et envoyaient un commando pour sauver un milliardaire hongrois ? Oui. Ils ne l'ont pas énoncé aussi brutalement, mais c'est l'excuse qu'ils ont avancée. L'expression "politiquement incorrect" trouve dans ce cas de figure une application très concrète.

— Je suppose que vous leur avez présenté tous les arguments contraires tombant sous le sens...

— Plus quelques autres qui tombaient moins sous le sens. Nous avons remué ciel et terre. Au risque de paraître prétentieuse, je dirais que ce genre de méthodes nous réussit la plupart du temps. Mais pas cette fois-là. C'est alors qu'un autre élément est entré en jeu.

— Laissez-moi deviner. Vous avez eu ce qu'ils appellent une "discussion franche et cordiale", dit Janson. Et mon nom est arrivé sur le tapis.

— A plusieurs reprises. Quelques hauts fonctionnaires du Département d'Etat et de la CIA vous ont chaudement recommandé. Vous ne travaillez plus pour le gouvernement. Vous êtes un indépendant, vous possédez dans le monde entier des contacts travaillant dans le même domaine que vous, ou ayant travaillé dans le même domaine que vous. D'après vos anciens collègues des Opérations consulaires, Paul Janson est "le meilleur dans sa partie". Je crois que ce sont les mots exacts.

— Ils n'auraient pas dû utiliser le présent. Ils vous ont dit que j'avais donné ma démission mais ont-ils précisé pourquoi ?

— Une chose est sûre, vous êtes à votre compte, aujourd'hui. Depuis cinq ans, vous n'avez plus rien à voir avec les Opérations consulaires. »

Janson pencha la tête. « C'est un peu comme lorsqu'on dit au revoir à quelqu'un dans la rue et qu'on s'aperçoit ensuite qu'on part tous les deux dans la même direction. »

Pour démissionner des Opérations consulaires, il lui avait fallu plus d'une douzaine d'entretiens. Certains s'étaient passés dignement, d'autres avaient été franchement désagréables, et d'autres enfin carrément orageux. Il gardait le souvenir précis de l'un d'entre eux. Le sous-secrétaire Derek Collins l'avait convoqué dans son bureau. Sur le papier, l'homme dirigeait le Service des renseignements et de la recherche au sein du Département d'Etat ; en réalité, c'était le patron de sa branche clandestine, les Opérations consulaires. Il revoyait nettement la scène. D'un air las, Collins avait enlevé ses lunettes à monture noire pour se masser le nez. « Je vous plains, Janson, avait dit Collins. Jamais je n'aurais cru devoir vous dire cela un jour. Vous étiez "la machine", Janson. Vous aviez une dalle de granit à la place du cœur. Et voilà qu'à présent, vous prétendez que la fonction dans laquelle vous excellez vous répugne au plus haut point. Qu'est-ce que ça veut dire, bon sang ? On croirait entendre un chef pâtissier annoncer qu'il n'aime plus les gâteaux. Un pianiste déclarer que la musique lui donne la migraine. Janson, vous êtes un virtuose de la violence. Et voilà que vous faites la fine bouche.

— Je ne vous demande pas de comprendre, Collins, avait-il répondu. Disons seulement que je n'ai plus le cœur à l'ouvrage.

— Vous n'avez pas de cœur, Janson. » Les yeux du sous-secrétaire étaient froids comme de la glace. « Voilà pourquoi vous faites ce que vous faites. Sacré bon sang, c'est pour cela que vous êtes ce que vous êtes.

— Peut-être bien. Mais peut-être vous méprenez-vous à mon sujet. »

Collins partit d'un rire bref, comme un jappement. « Je suis incapable de grimper à la corde, Janson. Je suis incapable de piloter un fichu PBR, et regarder à travers une lunette infra-rouge me donne des haut-le-cœur. Mais je connais les gens, Janson. C'est *ça* mon boulot. Vous prétendez en avoir ras le bol des tueries. Eh bien moi, je vais vous dire ce que vous découvrirez un beau jour par vous-même : tuer est le seul moyen dont vous disposez pour vous sentir vivre. »

Janson secoua la tête. Cette déclaration le fit frémir tout en le confortant dans sa décision. Il devait partir, il n'avait que trop attendu. « Quel genre d'homme... » commença-t-il avant de s'interrompre, envahi par le dégoût. Il respira profondément. « Quel genre d'homme est obligé de tuer pour se sentir vivre ? »

Le regard de Collins sembla le transpercer. « J'allais justement vous poser la question. »

Dans le jet privé de Novak, Janson insista. « Que savez-vous de moi, exactement ?

— Monsieur Janson, comme vous le supposez sans doute, vos anciens employeurs m'ont appris que vous aviez un compte à régler avec les Kagamas.

— Quelle expression ont-ils vraiment employée ? "Compte à régler" ? »

Elle hocha la tête.

Des lambeaux de vêtements, des fragments d'os, des membres arrachés, projetés çà et là. Voilà tout ce qui restait de la femme de sa vie. Le reste : « indifférencié », selon les termes sinistres qu'avait employés le médecin légiste américain. Une communion dans la mort et dans la destruction, du sang et des morceaux de corps, entremêlés, indistincts, impalpables. Pour quoi tout ce gâchis ?

Pour quoi ?

« Ainsi soit-il, dit Janson après une pause. On ne peut pas dire que ces types aient des âmes de poètes.

— Ah, j'oubliais, ils se doutaient aussi que votre nom ne nous était pas totalement inconnu.

— A cause de Baaqlina.

— Venez, dit Marta en se levant. Je vais vous présenter à mon équipe. Ces gens vous aideront de leur mieux. Si vous avez besoin d'un renseignement, ils vous le fourniront, ou s'arrangeront pour l'obtenir. Nous possédons des dossiers remplis d'interceptions de transmissions et de toute l'information pertinente que nous avons pu rassembler, malgré le peu de temps dont nous disposions. Des plans, des cartes, des reconstitutions architecturales. Tout cela est à votre disposition.

— Juste une chose, fit Janson. Je connais les raisons pour lesquelles vous m'avez choisi, et je ne peux pas me dérober. Mais vous êtes peut-être passés à côté d'un détail. Je ne suis pas forcément le mieux placé pour accomplir cette mission, et ce pour les mêmes raisons. »

Marta Lang lui lança un regard d'acier mais ne répondit pas.

Vêtu d'une somptueuse tunique blanche, le Calife traversa le grand Hall du Palais de Pierre, un vaste atrium situé au premier étage de l'aile ouest. Toutes les traces du massacre avaient été effacées, ou presque. Au milieu des savants entrelacs ornant le carrelage ciré, on devinait de légères taches rouille, aux endroits où le sang avait eu le temps de pénétrer.

Il s'installa au bout d'une table longue de dix mètres, devant une tasse de thé récolté dans la province de Kenna. Debout de chaque côté de lui, se tenaient les membres de sa garde personnelle, de robustes gaillards qui le servaient depuis des années et ne le quittaient pas des yeux. On avait convoqué les délégués kagamas – les sept hommes ayant participé aux négociations organisées par Peter Novak. Ils ne tarderaient pas à se montrer. Tous avaient scrupuleusement accompli leur mission en déclarant que la lutte connaissait des signes d'essoufflement, que les rebelles tenaient compte des « nouvelles réalités ». Autant de paroles apaisantes destinées à endormir le milliardaire touche-à-tout et les représentants du gouvernement. Des paroles laissant entrevoir de possibles « concessions » et autres « compromis ».

Les sept vieux Kagamas, dûment accrédités par le Calife, avaient exécuté leur mission dans ses moindres détails. Pour les remercier, on allait exiger d'eux qu'ils accomplissent leur devoir jusqu'au bout.

« Sahib, les délégués sont arrivés, dit un jeune messager en s'approchant, les yeux baissés.

— Alors, si tu veux, reste et regarde bien pour raconter aux autres ce qui s'est passé dans cette magnifique salle », lança le Calife. C'était un ordre et il fallait y obéir.

A l'autre bout du grand Hall, les larges portes d'acajou s'ouvrirent. Les sept délégués étaient rouges d'excitation, savourant par avance la gratitude du Calife.

« J'aperçois ici les hommes qui ont négocié de manière si experte avec les représentants de la République d'Anura », dit le Calife à haute et intelligible voix. Il se leva. « Vénérables officiers du Front de libération kagama. »

Les sept hommes inclinèrent humblement la tête. « Nous n'avons fait que notre devoir », dit le plus âgé. Ses cheveux grisonnaient mais ses yeux brillaient comme des braises. L'attente fébrile de la récompense faisait trembler son sourire. « C'est vous l'architecte de nos destinées. Ce que nous avons fait n'est que l'accomplissement majestueux de votre...

— Silence ! l'interrompit le Calife. Ces vénérables membres du Front de libération kagama ont trahi la confiance que nous avions placée en eux. » Il jeta un coup d'œil sur les membres de son escorte. « Regardez ces traîtres minauder et se tortiller devant moi, devant nous tous. Ils n'éprouvent aucune honte. Ils vendraient notre glorieux destin pour un plat de lentilles ! *Jamais* ils n'ont reçu l'autorisation d'agir comme ils ont tenté de le faire. Ce sont des laquais de l'oppresseur républicain, les apostats d'une cause sacrée aux yeux d'Allah. A chaque instant, ils souillent cette terre de leur souffle et font insulte au Prophète, *salla Allah u alihi wa sallam.* »

D'un index recourbé, il intima aux soldats de sa garde d'exécuter les ordres.

Une rafale de mitraillette assourdie par un silencieux fit taire les protestations éberluées des délégués. Leurs corps furent agités de saccades et de spasmes. Sur leurs tuniques blanches, des taches rouge vif apparurent. Les tirs résonnaient dans la salle, pétaradant comme des feux de Bengale. Quelques délégués laissèrent échapper des hurlements de terreur avant d'expirer et de tomber face contre terre, empilés les uns sur les autres comme des branches mortes.

Le Calife était déçu ; ces hommes se comportaient comme des fillettes effarouchées. Pourtant c'étaient des gens courageux : pourquoi ne mouraient-ils pas dignement ? Le Calife tapa sur l'épaule d'un de ses gardes. « Mustafa, dit-il, s'il te plaît, qu'on nettoie ce désordre au plus vite. » Ils savaient maintenant que le sang abîmait le carrelage. Et pour cause ! Le Calife et ses lieutenants étaient désormais les maîtres du palais ; ils devaient veiller à son entretien.

« Il en sera fait selon votre bon plaisir », répondit le jeune homme qui s'inclina profondément tout en tripotant son collier de cuir. « Tout de suite. »

Le Calife se tourna alors vers le plus âgé des membres de son escorte, un homme qui ne manquait jamais de l'informer des affaires en cours. « Comment se porte le mouton du sacrifice ?

— Sahib ?

— Le prisonnier s'habitue-t-il à ses nouveaux appartements ?

— Pas vraiment.

— Je veux qu'il reste en vie ! s'emporta Calife. Qu'on prenne soin de lui. » Il reposa sa tasse de thé. « S'il meurt, nous ne pourrons pas le décapiter vendredi. Et cela m'ennuierait beaucoup.

— Nous y veillerons. La cérémonie se déroulera comme vous l'avez prévu. Au détail près. »

Les petites choses avaient leur importance, même la mort d'êtres aussi insignifiants que les délégués. Ils s'étaient sacrifiés à la cause. L'avaient-ils compris ? Avaient-ils pris la mesure de l'amour qui avait fait jaillir cette pluie de balles ? Le Calife leur était sincèrement reconnaissant. D'autant que leur sacrifice tombait à point nommé, puisque le FLK venait d'envoyer un communiqué dénonçant les négociations : ces pourparlers n'étaient qu'un complot anti-kagama et ceux qui y avaient participé des traîtres. Leur assassinat avait servi à rendre le communiqué crédible. Tout simplement. Comment aurait-on pu leur expliquer cela ? Le Calife espérait quand même que certains d'entre eux avaient deviné la vérité un instant avant de passer de vie à trépas.

Tout concordait. L'exécution de Peter Novak et le désaveu des négociateurs allaient à coup sûr galvaniser ses troupes. Il exigerait une victoire complète et inconditionnelle. Il empêcherait que d'autres étrangers – ces agents du néocolonialisme agissant sous couvert de telle ou telle organisation humanitaire – ne viennent fourrer leur nez dans ses affaires. Ces gens-là ne cherchaient qu'à saper la détermination des vrais croyants en faisant semblant d'en appeler aux tendances « modérées », « pragmatiques » de la société. Les demi-mesures, les compromis étaient une insulte au Prophète et aux milliers de Kagamas qui avaient trouvé la mort dans le conflit. Pas question de couper la poire en deux – on couperait juste les têtes des traîtres.

Ainsi le monde apprendrait à respecter le Front de libération kagama, à obéir à ses exigences et à redouter ses sentences.

Le massacre. L'immolation d'une légende vivante. Il fallait en passer par là pour se faire entendre dans ce monde de sourds.

Il savait que son peuple comprendrait le message. Mais pour les médias internationaux, ce serait une autre affaire, comme toujours. Les spectateurs occidentaux n'accordaient de valeur qu'au divertissement. Eh bien, ils apprendraient sous peu que la lutte pour la libération nationale n'avait rien d'une émission de variétés. Pour avoir passé du temps parmi eux, le Calife connaissait bien la mentalité des Occidentaux. La plupart de ses fidèles étaient des hommes peu instruits qui croyaient tout ce qu'on leur racontait ; ils n'avaient jamais pris l'avion et ne savaient pas grand-chose du monde en dehors de ce qu'ils entendaient sur les stations de radio kagamas, soumises à une censure radicale.

Le Calife respectait leur innocence mais ne la partageait pas. Il se devait de posséder la connaissance : pour démanteler la maison du maître, il fallait employer les instruments du maître. Après avoir étudié à l'université de Hyderabad, il avait obtenu en deux ans un diplôme d'ingénieur à l'université du Maryland, College Park ; comme il aimait à le dire, il avait séjourné au cœur des ténèbres. Au cours de son passage aux Etats-Unis, le Calife – on l'appelait Ahmad Tabari, à l'époque – avait découvert les Occidentaux et la façon dont ils percevaient le reste du monde. Il avait fréquenté la bonne société américaine, des hommes et des femmes ayant grandi au sein de familles puissantes et privilégiées. Dans ce milieu-là, les plus grandes batailles se livraient autour de la télécommande et le danger le plus redoutable n'était autre que l'ennui. A leurs yeux, des pays comme Anura, le Sri Lanka, le Liban, le Cachemire ou la Birmanie n'étaient que des métaphores de la barbarie dans laquelle se complaisaient les peuples du tiers-monde. L'Occident et son incroyable amnésie. L'Occident complice de toutes les violences oubliait allégrement que sa propre barbarie éclipsait celle des autres.

Les Occidentaux ! Pour la plupart de ses fidèles, ils n'étaient qu'une abstraction, une notion fantomatique, voire démoniaque. Mais pour le Calife, ils n'avaient rien d'abstrait ; il les voyait, il les devinait, comme autrefois. Il les reconnaissait à l'odeur. Prenons l'exemple de cette bourgeoise blasée, mariée à un doyen d'université, dont il avait fait la connaissance lors d'une réunion organisée pour les étudiants étrangers. Elle lui avait demandé de lui faire le récit de sa vie mouvementée. Tout en parlant, il l'avait observée, ses yeux écarquillés, ses joues qui s'empourpraient. C'était une blonde âgée d'une bonne trentaine d'années s'ennuyant à mourir dans sa cage dorée. Leur conversation avait débuté autour d'une coupe de punch et s'était poursuivie le lendemain matin, autour d'un café. Ensuite, elle avait insisté pour que leurs relations deviennent plus intimes. Le récit de ses tortures, les brûlures de cigarette sur son torse l'avaient excitée ; mais ce qui l'émoustillait le plus c'était ce frisson d'exotisme qu'elle ressentait à son contact, bien qu'à l'en croire, seule son « intensité » l'attirât. Quand il lui avait parlé des électrodes qu'on lui avait posées sur les organes génitaux, elle avait paru à la fois horrifiée et fascinée. Y avait-il des séquelles ? lui avait-elle demandé sur un ton inquiet. Sa réaction l'avait d'abord fait rire puis il lui avait proposé de constater par elle-même. Son mari ne rentrerait pas avant plusieurs heures. Soit dit en passant, le mari en question était un vieux schnock à l'haleine fétide qui marchait en se dandinant comme un poulet.

Cet après-midi-là, les doigts encore humides de plaisir, Ahmad avait récité une *salat*, la prière rituelle, à genoux sur une taie d'oreiller en guise de tapis de prière.

C'était ainsi qu'avait commencé sa formation intensive. En quelques semaines, il en apprit davantage sur les mœurs occidentales que durant ses deux années d'études à l'université du Maryland. Il eut d'autres maîtresses, dont aucune ne connaissait l'existence des autres. A les entendre, elles n'éprouvaient que mépris pour leur vie oisive, mais pas une seule n'aurait eu le courage ni l'envie de passer à l'acte et tout abandonner. Ces salopes blanches regardaient le journal télévisé, ou du moins la lueur bleuâtre qui nimbait l'écran, tout en secouant les mains pour faire sécher leur vernis à ongles. La télévision américaine avait le don de réduire les événements internationaux les plus graves à de simples flashes d'une quinzaine de secondes : les tueries qui ensanglantaient le monde étaient coincées entre les publicités vantant les nouveaux régimes à la mode, les annonces pour la protection des animaux en voie de disparition et les messages de prévention contre ces jouets coûteux qui risquaient d'étouffer les petits Américains qui les portaient à la bouche. Les Etats-Unis étaient peut-être le phare des nations, mais un phare comme celui-là ne servait qu'à précipiter les navires contre les écueils !

Le jeune diplômé de vingt-quatre ans avait retrouvé son pays natal la révolte au cœur. L'injustice n'avait que trop duré. Et – il ne le dirait jamais assez – la seule solution à la violence était une violence encore plus grande.

Janson passa l'heure suivante à consulter les dossiers et à écouter les brefs commentaires des quatre associés de Marta Lang. Il n'apprit pas grand-chose ; certaines de ces analyses reprenaient les rapports qu'il avait lui-même rédigés sur Caligo, cinq ans plus tôt. Deux jours auparavant, les rebelles s'étaient emparés des bases militaires, avaient franchi les postes de contrôle et investi la province de Kenna. De toute évidence, l'opération avait été soigneusement orchestrée. La preuve en était qu'ils avaient tenu à ce que le sommet se déroule dans la province. Dans son dernier communiqué à l'intention de ses fidèles, le FLK avait officiellement réprouvé la participation des délégués kagamas à cette conférence, allant jusqu'à les qualifier de traîtres agissant sans autorisation. Bien sûr, ce n'était qu'un mensonge parmi tant d'autres.

Il y avait quand même quelques détails inédits. Au cours des dernières années, Ahmad Tabari, l'homme qu'on appelait le Calife, avait peu à peu gagné le soutien du peuple. Ses programmes alimentaires lui avaient valu la sympathie de ses concitoyens, et même de certains paysans hindous. On l'avait surnommé l'Exterminateur – non pas en raison de sa propension à assassiner les civils mais en référence à sa campagne d'éradication des rongeurs. Dans les zones contrôlées par le FLK, des mesures drastiques avaient été prises contre le rat péramèle, une espèce indigène nuisible s'attaquant à la volaille et aux récoltes de céréales. En fait, l'action de Tabari était surtout liée à une ancienne superstition. Au sein de son clan – l'immense famille de son père – le rat péramèle symbolisait la mort. Ahmad Tabari avait beau connaître par cœur de nombreux versets du Coran, ce tabou archaïque n'en demeurait pas moins inscrit en lui de manière indélébile.

Plus que la dimension psychologique, c'était la réalité physique qui intéressait Janson. Elle monopolisait toute son attention. Il passa deux heures à examiner des relevés topographiques détaillés, des images satellites granuleuses montrant les diverses phases de l'incursion rebelle, d'anciennes gravures de l'enceinte coloniale du gouverneur général et de la forteresse qui l'avait précédée – le bâtiment perché sur Adam's Hill que les Hollandais avaient baptisé Steenpaleis, le Palais de Pierre.

Inlassablement, il étudia les plans en élévation d'Adam's Hill et du Palais de Pierre, passant alternativement des vues aériennes aux relevés d'architecture. La conclusion qu'il tira de son examen lui parut incontournable. Si le gouvernement américain avait refusé d'envoyer des SEAL, ce n'était pas seulement par calcul politique mais parce que la configuration des lieux ne permettait guère d'envisager une telle intervention. Une opération d'exfiltration n'aurait eu que de faibles chances de réussir.

Les associés de Lang le savaient. Janson le voyait sur leurs visages : ils lui demandaient de prendre la tête d'une mission vouée à l'échec. Mais sans doute aucun d'entre eux n'avait-il eu le courage de l'avouer à Marta Lang. A moins qu'elle n'ait refusé de les entendre. Pour elle, Peter Novak méritait qu'on lui sacrifie sa vie. Et comme toutes les personnes de son acabit, Marta était prête à offrir celle des autres en même temps que la sienne. Après tout, comment lui donner tort ? On avait sacrifié tant d'Américains à des fins dérisoires – par exemple, ce pont sur la Dak Nghe reconstruit dix fois de suite et dix fois de suite détruit au petit matin. Peter Novak était un grand homme. Il avait sauvé des tas de gens. Janson lui-même lui devait la vie; il aurait préféré oublier cet épisode, mais c'était ainsi.

Novak, digne apôtre des Lumières, avait voué son existence à la paix et à la démocratie. Face à une telle abnégation, quelle attitude adopter? S'enfuir, privilégier sa propre sécurité? Et faire fi de ces grands idéaux humanistes? Les extrémistes méprisaient les Occidentaux et la tiédeur de leurs convictions, mais les Occidentaux, de leur côté, n'étaient-ils pas extrémistes dans leur façon d'ériger la modération en principe suprême? N'y avait-il pas là une contradiction éthique? Si Janson avait choisi de changer de métier c'était sans doute à cause de cet insoluble dilemme.

Janson se redressa brusquement sur son siège. Il existait un moyen... peut-être.

« Il nous faudra un avion, des bateaux, et surtout, quelques hommes de valeur », dit-il à Lang d'une voix légèrement différente. Jusqu'à présent, il avait réuni des informations, à présent il distribuait des ordres. Il se leva et se mit à faire les cent pas, sans rien dire. Ils le joueraient à quitte ou double et tout reposerait sur le facteur humain, pas sur les machines.

Abandonnant pour un temps ses mines de veuve éplorée, Marta Lang posa sur ses compagnons un regard interrogateur.

« J'ai besoin d'une équipe de cracks, reprit-il. Le dessus du panier. Nous n'avons pas le temps de nous entraîner – il faut que ces gens aient déjà travaillé ensemble, qu'ils aient déjà travaillé avec *moi* et que je puisse leur faire totalement confiance. » Dans son esprit, des visages défilèrent, comme une succession de photos d'identité. Janson opéra une sélection en fonction de critères essentiels. A la fin, il n'en resta plus que quatre. Il avait collaboré avec chacun d'eux, au cours de sa précédente carrière. Il leur faisait une confiance aveugle, au point de mettre sa vie entre leurs mains; à dire vrai, ils lui devaient la vie, et pour eux une dette d'honneur était chose sacrée. Parmi eux, aucun citoyen américain. Le Département d'Etat pourrait dormir sur ses deux oreilles. Il remit la liste à Lang. Quatre hommes originaires de quatre pays différents.

Soudain, Janson écrasa son poing sur la table. « Bon sang! fit-il en hurlant presque. Où avais-je l'esprit? Il va falloir rayer le dernier nom, Sean Hennessy.

— Il est mort?

— Pas du tout. Il est derrière les barreaux. Aux frais de la reine d'Angleterre. HMP Wormwoods Scrubs. On l'a emprisonné voilà quelques mois pour détention d'armes. On le soupçonne d'appartenir à l'IRA.

— C'est le cas?

— Pas que je sache. Il a quitté l'organisation à l'âge de seize ans, mais la police militaire a quand même gardé son nom dans ses dossiers Provo. En fait, au moment de son arrestation, il travaillait pour Sandline Ltd. – il assurait la sécurité en République démocratique du Congo pour l'extraction du coltan [1].

— Sera-t-il à la hauteur de la mission que nous voulons lui confier?

— Je mentirais si je prétendais le contraire. »

Lang composa un numéro sur une sorte de console téléphonique plate et porta l'écouteur à son oreille.

« Ici Marta Lang, dit-elle en détachant ses mots. Marta Lang. Vérifiez, je vous prie. »

Soixante secondes interminables s'écoulèrent avant qu'elle ne reprenne la parole. « Sir Richard, s'il vous plaît. » Le numéro qu'elle avait composé n'était certainement pas de ceux qu'on trouve dans l'annuaire; Lang n'avait pas eu besoin de préciser à son interlocuteur qu'il s'agissait d'une urgence, la chose allait de soi. La vérification consistait sans doute dans l'analyse de l'empreinte vocale et la recherche de la signature ANSI propre à chaque ligne téléphonique nord-américaine, même celles passant par le réseau satellite.

« Sir Richard, dit-elle d'une voix légèrement plus suave. J'ai le nom d'un détenu HMP, un certain Sean, S-E-A-N, Hennessy, deux *n*, deux *s*. Probablement arrêté par le SIB [2], voilà trois mois environ. Statut : détention préventive, dans l'attente de son procès. » Les yeux de Lang cherchèrent ceux de Janson qui hocha la tête pour confirmer.

« Je souhaiterais que vous le relâchiez et que vous le placiez à bord d'un avion en partance pour... » Elle marqua une pause, le temps de peser la question. « Nous avons un jet à l'aéroport de Gatwick. Qu'il le prenne sans tarder. Rappelez-moi dans quarante-cinq minutes pour me donner l'heure d'arrivée estimée. »

Janson hocha la tête, émerveillé. « Sir Richard » devait être Richard Whitehead, directeur du SIB. Mais le plus impressionnant était le ton placide qu'elle avait adopté pour distribuer ses ordres. Whitehead devait la rappeler pour lui faire savoir non pas si sa requête serait exécutée mais *quand* elle serait exécutée. En tant que bras droit de Novak, elle était bien connue des élites politiques du monde entier. Janson s'était inquiété des appuis dont pouvaient jouir ses adversaires anuriens mais apparemment, en matière d'appui, les collaborateurs de Novak n'étaient pas en reste.

D'instinct, Lang avait respecté le secret de la mission; Janson appréciait cette discrétion. Elle n'avait pas divulgué leur destination finale; il suffirait que le jet de la Liberty Foundation à Gatwick

---

1. Le coltan est un élément essentiel qui rentre dans la fabrication de certains composants électroniques. (N.d.l.T.)

2. Section des Enquêtes spéciales auprès du gouvernement britannique. (N.d.l.T.)

fournisse un plan de vol approximatif. Et au moment où il pénétrerait dans l'espace aérien international, on indiquerait au pilote le point de rendez-vous fixé par Janson, dans l'archipel de Nicobar.

Janson entreprit de dresser la liste de l'équipement militaire requis pour la mission, avec l'aide du nommé Gerald Hochschild qui se trouva de fait promu officier logistique. A chacune de ses demandes, Hochschild ne répondait ni par oui ni par non. Il énonçait une durée : douze heures, quatre heures, vingt heures. Le temps nécessaire pour localiser et transporter le matériel jusqu'à Nicobar.

C'était presque trop facile, se dit Janson. Puis il comprit pourquoi. Alors que les organisations humanitaires tenaient des conférences pour débattre du commerce des armes conventionnelles en Sierra Leone ou du trafic des hélicoptères militaires au Kazakhstan, la Foundation de Novak, elle, achetait ces équipements. Le marché se trouvait débarrassé d'un seul coup et le problème était réglé. Comme le confirma Hochschild, la Liberty Foundation rachetait systématiquement les modèles de fins de série, les stockait puis les recyclait. Soit ils finissaient à la ferraille, soit, dans le cas des véhicules de transport militaire par exemple, on les adaptait à l'usage civil.

Trente minutes plus tard, une lumière verte clignota sur la console téléphonique. Marta Lang saisit le combiné. « Ah bien. Il est en route, dites-vous ? Il va bien ? » Elle écouta avant d'ajouter : « Dans ce cas, nous prévoyons un départ dans moins de soixante minutes. » Sa voix s'adoucit. « Vous êtes un amour. Nous sommes ravis. Merci beaucoup. Vraiment. Et n'oubliez pas d'embrasser Gillian pour moi, n'est-ce pas ? Vous nous avez manqués à Davos, cette année. Je vous assure que Peter a passé un savon au Premier ministre quand il a su que vous ne viendriez pas ! Oui. Oui. Ce n'est que partie remise... rassurez-vous. »

Quelle bonne comédienne, pensa Janson non sans admiration.

« Il y a de fortes chances pour que votre M. Hennessy arrive avant nous au point de rendez-vous, lui dit Marta aussitôt après avoir raccroché.

— Je vous tire mon chapeau », se contenta de répondre Janson.

A travers les hublots, le soleil formait une sphère dorée, nimbée de nuages blancs cotonneux. L'avion volait vers le couchant, à la poursuite de l'astre dont la course semblait du coup se figer dans le ciel. Quand les yeux de Lang se posèrent sur sa montre, Janson comprit qu'elle ne vérifiait pas simplement l'heure qu'il était en cet instant précis mais qu'elle calculait le temps qui restait à Peter Novak. Elle croisa le regard de Janson et réfléchit un instant avant de parler. « Quoi qu'il arrive, dit-elle, je veux vous remercier pour le cadeau que vous nous avez fait.

— Je ne vous ai rien donné, protesta Janson.

— Vous nous avez offert une chose inestimable, dit-elle. L'espoir. »

Janson s'entendit lui répondre quelque chose au sujet des contingences, des maigres chances de réussite, des obstacles qui pouvaient se présenter. Il s'interrompit : quelle importance ? A ce stade d'une mission, mieux valait un faux espoir que pas d'espoir du tout.

CHAPITRE 3

C ES souvenirs dataient de trente ans, mais on aurait dit que c'était hier. La nuit, ils revenaient dans ses rêves – surtout à la veille d'une mission particulièrement délicate – et bien que leurs scènes varient, on les aurait crues extraites d'une seule et même bande défilant de manière continue.

Dans la jungle, il y avait une base. Dans la base, un bureau. Dans le bureau, une table. Sur la table, une feuille de papier.

Il s'agissait de la liste des opérations ennemies programmées pour les vingt-quatre heures à venir.

Possible attaque de missiles viêt-cong, coordonnées du site de lancement AT384341, entre 0200 et 0300 ce matin.

Réunion de cadres politiques viêt-cong, village Loc Ninh, BT415341, à 2200 ce soir.

Tentative d'infiltration viêt-cong, par la rivière Go Noi, AT404052, entre 2300 et 0100.

La pile de fiches cornées entassées sur le bureau du lieutenant-colonel Alan Demarest comprenait quantité de documents similaires, fournis par les informateurs aux officiers ARVN [1] qui ensuite les refilaient au MACV [2]. On évaluait la fiabilité des informateurs et des rapports en leur attribuant une lettre et un chiffre. Presque tous ces rapports étaient classifiés F/6 : fiabilité de l'informateur indéterminée, fiabilité du rapport indéterminée.

Indéterminée était un euphémisme. Les auteurs des rapports étaient soit des agents doubles, soit des sympathisants viêt-cong, des informateurs rétribués, ou pire, de simples villageois qui

---

1. L'ARVN (Armée de la République du Viêt-nam) combattait aux côtés des soldats américains contre les Viêt-cong. Certains Américains ont prétendu que leur discipline et leur désir de remporter la victoire laissaient à désirer. (N.d.l.T.)

2. Le MACV, constitué le 8 février 1962, sous l'égide du haut commandement pour le Pacifique, avait pour mission d'assister l'ARVN et d'aider le gouvernement du Sud-Viêt-nam à instaurer une société indépendante des forces communistes. Implanté à Saigon, il assurait également le contrôle des forces américaines au Viêt-nam. (N.d.l.T.)

recouraient à la délation pour se débarrasser d'un voisin encombrant.

« Ces documents sont censés constituer la base de notre force d'intervention, avait dit Demarest à Janson et Maguire. Mais ce n'est qu'un ramassis de conneries. Je suppose qu'un quelconque binoclard a dû les rédiger dans son bureau de Hanoï, avant de les envoyer au MACV. Ces trucs-là, messieurs, ne servent qu'à gâcher des munitions. Vous savez comment je le sais ? » Il ramassa une fiche et la secoua comme un fanion. « Il n'y a pas de sang sur ce papier. » Pendant ce temps, de minuscules enceintes reliées à un magnétophone huit pistes, l'un des péchés mignons de Demarest, diffusaient un chant choral du XIIe siècle.

« Trouvez-moi un foutu messager viêt-cong, maugréa Demarest. Non, trouvez m'en une douzaine, allez. S'ils ont des documents sur eux, ramenez-les-moi – authentifiés par du sang viêt-cong. Prouvez-moi que l'expression *military intelligence* n'est pas contradictoire. »

Ce soir-là, ils partirent à six, après avoir retourné le STAB, le canot de combat tactique à coque en fibre de verre, pour le mettre à flot. Les eaux peu profondes de la Ham Luong étaient tièdes comme l'eau d'un bain. Ils pagayèrent dans la vase pendant deux cents mètres et accostèrent sur une île en forme de poire. « Revenez avec des prisonniers ou ne revenez pas », avait dit leur supérieur. Avec un peu de chance, ils y parviendraient : on savait que l'île de Noc Lo était sous la coupe du Viêt-cong. Mais ces derniers temps, la chance était devenue une denrée rare.

Les six hommes portaient des pyjamas noirs, comme leurs adversaires. Pas de plaques d'identification, pas d'insignes indiquant le grade ou l'unité. On ne devait pas savoir qu'ils faisaient partie des SEAL, ni même qu'ils étaient les Diables de Demarest. Pendant deux heures, ils avaient traversé la jungle, tous les sens en alerte – guettant les sons, les empreintes de pas, même l'odeur du nuoc-mâm que l'ennemi versait sur sa nourriture.

Ils s'étaient divisés en trois groupes : les deux premiers marchaient devant, séparés d'une dizaine de mètres ; les deux autres, postés en arrière-garde, transportaient le M60 de vingt kilos, prêts à couvrir leurs camarades.

Janson avançait aux côtés de Hardaway, un grand Noir bâti en hercule, aux yeux très écartés. Son crâne était toujours impeccablement rasé et, pour ce faire, il utilisait une tondeuse électrique. Hardaway n'avait plus que soixante jours à tirer et la perspective de retrouver la vie civile le rendait nerveux. Un mois plus tôt, il avait arraché la page centrale d'une revue porno et l'avait déchirée en menus morceaux. Chaque jour, il en recollait un bout. Quand il aurait reconstitué l'image, il ramènerait la fille de papier glacé à la maison et l'échangerait contre une vraie. En tout cas, c'était ce qu'il avait l'intention de faire.

Arrivé à trois cents mètres à l'intérieur des terres, Hardaway ramassa un vague truc en caoutchouc et en toile, et le montra à Janson en l'interrogeant du regard. Des tongs. Les Viêt-cong, légers comme des plumes, utilisaient ce type de chaussures pour se faufiler dans les marécages sans laisser de traces. Depuis quand étaient-elles posées là ?

Janson demanda à ses hommes de rester sans bouger et de tendre l'oreille pendant trente secondes. L'équipe s'immobilisa. Noc Lo se trouvait dans une zone où les tirs étaient autorisés à tout moment et sans restriction. Au loin, on entendait le martèlement des mortiers qui explosaient à une demi-seconde d'intervalle. Là-bas, loin des fourrés, des pulsations lumineuses éclairaient par intermittence la ligne d'horizon. Au bout de trente secondes, ils conclurent que tout était calme dans le proche voisinage.

« Tu sais à quoi le tir de mortier me fait penser, des fois ? demanda Hardaway. Ça me rappelle quand les gens frappent dans leurs mains à la messe, par chez moi. Quelque chose de religieux, comme qui dirait.

— L'extrême-onction, te répondrait Maguire », répliqua Janson sans pour autant le brusquer. Il avait toujours apprécié Hardaway. Ce soir-là son ami semblait plus distrait qu'à l'accoutumée.

« Eh, on ne l'appelle pas l'Eglise de la Sainteté pour rien ! Quand tu viendras à Jacksonville, je t'y emmènerai un dimanche. » Hardaway se mit à secouer légèrement la tête tout en frappant dans ses mains, comme pour suivre le rythme. « "Bénissez-moi Seigneur, bénissez-moi Seigneur".

— Hardaway », l'avertit Janson en portant la main à sa ceinture.

On entendit le claquement d'un fusil. L'ennemi les avait repérés. Ils auraient dû plonger aussitôt face contre terre, s'apprêter à prendre la tangente.

Mais pour Hardaway, il était trop tard. Un petit geyser de sang jaillit de son cou. Il chancela, essaya de marcher quand même, comme un coureur de vitesse après avoir franchi la ligne d'arrivée, puis s'écroula.

La mitrailleuse de Maguire se mit à cracher du plomb au-dessus de leurs têtes. Janson profita de la diversion pour ramper jusqu'à Hardaway. Il avait été touché à la base du cou, près de l'épaule droite ; Janson lui attrapa la tête et appliqua ses deux mains sur la blessure pour tenter d'arrêter l'hémorragie.

« Bénissez-moi Seigneur », murmurait Hardaway.

La pression exercée sur la plaie battante ne servait à rien. Janson sentait sa chemise s'imbiber d'un liquide tiède. Puis il comprit. La balle avait traversé le cou de Hardaway pour ressortir par la nuque, tout près de la colonne vertébrale. De ce deuxième orifice s'écoulait un sang artériel écarlate.

Soudain Hardaway sembla recouvrer assez de forces pour repousser les mains qui lui enserraient le cou. « *Laisse*-moi, Janson. » Il aurait voulu crier, mais ne put émettre qu'un faible gémissement. « Laisse-moi ! » Il rampa sur quelques centimètres puis, prenant appui sur les bras, tourna la tête vers la ligne des arbres pour apercevoir la silhouette de ses assaillants.

La rafale qui l'atteignit à l'estomac le projeta contre le sol. Janson comprit que son ami ne s'en sortirait pas. Il venait de perdre un homme. Combien d'autres connaîtraient le même sort ?

Janson roula derrière un buisson d'épines.

C'était une saloperie d'embuscade !

Le Viêt-cong était là depuis longtemps à les attendre tapi dans le sous-bois.

Furieux, il braqua sa lunette de visée sur les herbes et les palmiers du marécage et les vit. Trois Viêt-cong étaient en train de dévaler le sentier qui menait droit vers lui.

Ils attaquaient ? Non, décida-t-il, c'était autre chose : les rafales du M-60 les avaient très certainement contraints à se repositionner. Quelques secondes plus tard, il entendit le claquement des balles s'enfonçant dans le sol, à ses pieds.

Bordel ! Une attaque comme celle-là n'avait rien d'une improvisation. Elle était trop nourrie, trop précise. Seule explication : que Charlie [1] ait été averti. Mais comment ?

Pour passer le secteur au crible, il fit rapidement glisser sa lunette de visée d'un endroit à l'autre en changeant plusieurs fois d'objectif. Là : une cabane sur pilotis. Et juste derrière, un Viêt-cong pointant un Chicom AK-47 dans sa direction. C'était sans doute ce petit homme terriblement adroit qui avait donné le coup de grâce au soldat Hardaway.

Il repéra ses yeux, sous le clair de lune, et juste en dessous, le trou béant du canon. Il savait que l'autre l'avait repéré lui aussi. La puissance du AK-47 compensait largement son manque de précision. Il vit le Viêt-cong coincer la crosse contre son épaule et se préparer au tir. Au même moment, Janson centrait le torse de l'homme dans le réticule de son viseur. Dans quelques secondes, l'un d'eux allait mourir.

L'univers de Janson rétrécit jusqu'à ne plus compter que trois éléments : doigt, détente, viseur. En cet instant précis, rien d'autre n'existait, il n'avait besoin de rien d'autre.

Deux petits coups – deux tirs bien ajustés – et le petit homme à la mitraillette bascula en avant.

---

1. Nom de code (Victor Charlie) donné aux Viêt-cong par les Américains. (N.d.l.T.)

Combien d'autres Viêt-cong traînaient-ils encore dans les parages ?

« Sortez-nous de cette merde ! cria Janson dans la radio reliée à la base. On a besoin de renforts, tout de suite ! Envoyez un bateau Mike. Envoyez tout ce qui vous tombe sous la main. Et magnez-vous le cul !

— Un instant », répondit l'opérateur radio. C'est alors que Janson entendit la voix de son officier supérieur : « Alors, tu tiens le coup, fiston ? s'enquit Demarest.

— Chef, ils nous attendaient ! » s'écria Janson.

Après une pause, la voix de Demarest sortit en grésillant des écouteurs. « Bien sûr.

— Mais comment savaient-ils, chef ?

— Prends ça comme une épreuve, fils. Un simple test pour savoir si mes hommes en ont. » Janson crut entendre une musique chorale en arrière-fond. « Vous n'allez pas vous plaindre à cause des Viets, quand même ? Ce n'est qu'une bande de gosses en pyjamas. »

Malgré l'oppressante chaleur tropicale, Janson ne put réprimer un frisson. « Comment pouvaient-ils savoir, chef ?

— Si tu préférais t'entraîner au tir sur des cibles en carton, il fallait rester au camp de Little Creek, en Virginie.

— Mais Hardaway... »

Demarest le coupa. « Il était faible. Il a raté le test. »

Il était faible : la voix de Demarest. Mais Janson, lui, ne serait pas faible. Dans un frisson, il ouvrit les yeux. Au même moment, le train d'atterrissage heurta le tarmac.

Pendant des années, Katchall n'avait été accessible que sur autorisation de la Marine indienne. A l'époque, l'île faisait partie d'un périmètre de sécurité englobant la quasi-totalité de l'archipel de Nicobar. Une fois rezonée, elle devint un simple comptoir commercial. Chaque jour, mangues, papayes, durians, PRC-101 et C-130 entraient et sortaient de cet ovale de terre brûlé par le soleil. Janson savait que c'était l'un des rares endroits où personne ne s'étonnerait de voir débarquer des véhicules de transport militaire et des munitions.

De surcroît, les autorités de Katchall n'étaient pas vraiment à cheval sur le contrôle des frontières. Dès que Janson sortit de l'avion, une jeep le conduisit jusqu'au camp situé sur la rive ouest, où son équipe l'attendait dans une hutte Quonset de couleur olivâtre, une structure en aluminium recouvrant une armature de baleines d'acier recourbées. Le sol était en béton, les parois intérieures en aggloméré. Tout près, se dressait un petit entrepôt en préfabriqué. La Liberty Foundation possédait un bureau discret à Rangoon, d'où elle avait dépêché en avant-garde quelques personnes chargées de préparer les locaux pour le grand rendez-vous.

Peu de choses avaient changé depuis l'époque où Janson y avait installé son camp de base. Cette hutte Quonset était loin d'être la seule dans son genre sur cette île. Edifiées à l'origine par l'armée indienne, elles étaient aujourd'hui soit abandonnées soit recyclées à des fins purement commerciales.

Theo Katsaris était là pour l'accueillir ; les deux hommes tombèrent dans les bras l'un de l'autre. Katsaris, le Grec, un des anciens protégés de Janson, était probablement le meilleur agent avec lequel il ait jamais travaillé. Une seule chose chiffonnait Janson : son goût – plus exactement, son appétit – du risque. A l'époque où il servait dans les SEAL, Janson avait connu des tas de casse-cou. Ses gars-là se ressemblaient tous : souvent originaires des villes en crise de la Rust Belt, où leurs amis et parents gâchaient leur vie à tenter de la gagner, ils étaient prêts à tout pour échapper à la pointeuse de l'usine à boulons – prêts à tout et même à rempiler pour un nouveau séjour dans les territoires sous contrôle viêt-cong. Mais Katsaris, lui, avait tout pour être heureux, y compris une épouse d'une beauté époustouflante. Un type adorable qui menait une vie délicieuse à laquelle, paradoxalement, il attachait peu d'importance. Sa seule présence vous remontait le moral ; les gens adoraient sa compagnie : il avait l'aura solaire d'un homme à qui tout souriait.

Manuel Honwana se trouvait dans le hanger voisin mais quand il apprit l'arrivée de Janson, il accourut. Ancien colonel de l'Armée de l'air du Mozambique, formé par les Russes, il n'avait pas son pareil pour voler en rase-mottes sur les collines recouvertes de végétation tropicale. Joyeusement apolitique, il possédait une grande expérience de la guérilla. On ne comptait plus les sorties qu'il avait effectuées aux commandes de vieux coucous, les seuls engins que son pays misérable pouvait se payer, point qui jouait en sa faveur. La plupart des pilotes américains passaient leur brevet sur des Playstations et ne savaient voler qu'entourés d'une batterie d'avionique digitale coûtant plusieurs millions de dollars. Si bien que leur instinct tendait à s'atrophier : asservis à la machine, ces types-là étaient plus des informaticiens que des pilotes. Or pour ce boulot, il fallait un vrai pilote. En cas de besoin, Honwana était capable de remonter un moteur de Mig avec un couteau suisse. S'il avait des instruments à sa disposition, tant mieux ; s'il n'en avait pas, tant pis, il faisait sans. Et si un atterrissage d'urgence particulièrement délicat se présentait, Honwana vous ramenait le coucou en bon état : dans les missions qu'il avait à la fois commandées et exécutées, les vraies pistes d'atterrissage étaient l'exception, pas la règle.

Enfin, il y avait le Norvégien Finn Andressen, ancien officier des forces armées de son pays. Diplômé de géologie, il savait évaluer les terrains comme personne. Son travail consistait à concevoir des dispositifs de sécurité pour les compagnies minières. Il arriva dans l'heure qui suivit puis ce fut le tour du flegmatique Sean Hennessy, un aviateur irlandais remarquablement doué. Les membres de l'équipe se saluèrent en échangeant de grandes tapes sur l'épaule ou de simples poignées de main, selon leur tempérament.

Janson leur exposa le plan d'attaque en commençant par les grandes lignes avant d'en arriver aux détails et aux options alternatives. Tandis que les hommes assimilaient le protocole de mission, le soleil descendit sur l'horizon, comme une énorme boule rouge entraînée vers la mer par son poids. Pour eux, l'astre déclinant était une sorte de sablier géant égrenant les quelques minutes qui restaient avant le grand départ.

Par groupes de deux, ils peaufinèrent le plan, de manière à l'adapter aux exigences du terrain. Penchés au-dessus d'un établi pliant en bois, Honwana et Andressen examinaient les cartes des courants aériens et les modèles de flux océaniques. Janson et Katsaris, quant à eux, étudiaient une réplique en pâte à modeler du Steenpaleis, le Palais de Pierre.

Pendant ce temps, Sean Hennessy faisait des tractions sur une poutre tout en écoutant les autres discuter ; cet exercice avait constitué l'une de ses rares distractions au cours de ces derniers mois passés à la prison de Wormwood Scrubs. Janson lui jeta un coup d'œil ; tiendrait-il le coup ? Il n'avait aucune raison de penser le contraire. L'Irlandais était peut-être plus pâle qu'à l'accoutumée mais il semblait avoir pris de la carrure. Janson lui avait fait passer un vague bilan de santé et, à son grand soulagement, avait pu constater que ses réflexes étaient toujours aussi vifs.

Andressen leva le nez de ses cartes. « Est-ce que tu réalises, dit-il à Janson, qu'il y aura au moins une centaine de gars rien que dans le Palais de Pierre ? Tu es sûr que nos effectifs suffiront ?

— Largement, répliqua Janson. Si on avait eu besoin de cinq cents Gurkhas, je les aurais obtenus. J'ai demandé l'effectif nécessaire. Si je pouvais le faire avec moins, je le ferais. Moins on a d'hommes moins on a de complications. »

Janson laissa la maquette de côté pour passer aux croquis détaillés, élaborés au cours des quarante dernières heures par un détachement spécial d'architectes et d'ingénieurs constitué par la Liberty Foundation. Il savait que ces schémas représentaient un véritable tour de force. Les experts avaient travaillé à partir de comptes rendus oraux, de descriptions fournies par des observateurs, venant s'ajouter à une profusion de photographies historiques et même à des images satellites. On avait également eu recours aux archives coloniales des Pays-Bas. Malgré la rapidité avec laquelle ce travail avait été exécuté, les collaborateurs de Novak l'estimaient « extrêmement précis » à de très nombreux égards. En revanche, ils avaient averti Janson qu'ils étaient « moins affirmatifs » sur d'autres aspects, ceux ayant trait aux secteurs peu fréquentés par exemple ; en outre, certaines analyses de documents restaient « incertaines » et sujettes à caution.

Moins affirmatifs. Incertaines. Des mots que Janson entendait trop souvent, à son goût.

Mais avait-il le choix ? Ces cartes, ces maquettes étaient tout ce dont ils disposaient. L'enceinte du gouverneur général hollandais avait été installée sur l'emplacement d'une ancienne forteresse perchée sur un promontoire, cent mètres au-dessus de l'océan. Les murs de calcaire, épais d'un mètre cinquante, avaient été conçus pour résister aux boulets de canon tirés à partir des vaisseaux de guerre portugais. A l'époque, on arrosait les schooners et les corvettes ennemis du haut des créneaux qui coiffaient les murailles donnant sur la mer.

Tous les hommes que Janson avait réunis dans cette hutte Quonset prenaient parfaitement la mesure de la situation. Ils connaissaient l'enjeu, mais aussi les obstacles qu'ils devraient affronter pour déjouer les entreprises criminelles du Calife. Ils ne gagneraient rien à sacrifier leur vie pour sauver celle de Novak.

Le temps de l'ultime briefing était venu. Trop nerveux pour s'asseoir, Janson commença ainsi : « Bon, Andressen, si on parlait du terrain ? »

Le Scandinave à la barbe rousse tourna les grandes feuilles quadrillées sur lesquelles figuraient les relevés topographiques. De son index long et fin, il suivit la ligne du massif, indiqua le Pikuru Takala culminant à presque trois mille mètres et glissa vers les plateaux de schiste et de gneiss. Ensuite, il leur montra les vents de mousson qui soufflaient du sud-ouest puis un gros plan d'Adam's Hill. « Ce sont des secteurs récemment défrichés, dit-il en tapotant la photo. Pas question d'appareils de contrôle sophistiqués. Nous serons surtout amenés à composer avec les protections naturelles offertes par le terrain.

— Tu as repéré une trajectoire de vol ?

— Au-dessus de la jungle de Kikala, si le Pétrel le sent. »

C'était Honwana qu'on surnommait le Pétrel, un sobriquet bien mérité puisqu'il était capable de voler au ras du sol, à la manière du gros oiseau frôlant les vagues.

« Le Pétrel le sent », dit Honwana. Ses lèvres s'entrouvrirent sur des dents couleur ivoire mais son sourire manquait de gaieté.

« Rappelle-toi, poursuivit Andressen, si on peut attendre quatre heures du matin pour sauter, on bénéficiera d'une épaisse couverture nuageuse. C'est préférable pour passer inaperçus.

— Il s'agirait d'un saut à haute altitude à travers une épaisse couverture nuageuse, c'est ça ? demanda Hennessy. Un saut à l'aveugle ?

— Une question de foi, dit le Scandinave. Un truc religieux. A la grâce de Dieu, comme on dit.

— Fichtre, je croyais qu'il s'agissait d'une opération commando, pas d'une mission suicide, intervint Hennessy. Dis-moi Paul, quel est le cinglé qui devra faire le grand saut ? » L'Irlandais regarda ses camarades avec une inquiétude non feinte.

Janson se tourna vers Katsaris. « Toi, dit-il au Grec. Et moi. »

Katsaris le fixa intensément pendant quelques instants. « Ça me va.

— Le Ciel t'entende », fit Hennessy.

CHAPITRE 4

PLIER son parachute : c'était presque un rituel, une superstition militaire. Un parachutiste quittait le camp d'entraînement avec cette habitude ancrée en lui, aussi systématique que se brosser les dents ou se laver les mains.

Pour ce faire, Janson et Katsaris s'étaient retirés dans l'entrepôt adjacent. Ils commencèrent par étaler la toile et les suspentes sur le vaste sol en ciment. Puis ils aspergèrent de la silicone sur le câble de ·la poignée d'ouverture, la goupille et la boucle de fermeture. Ils connaissaient par cœur les étapes suivantes. Janson se coucha sur le parachute noir en nylon à porosité zéro et roula sur lui-même pour écraser les plis et en exprimer l'air. Il lissa les filins et les cabillots de stabilisation et plia la toile aplatie de manière que le parachute s'ouvre instantanément, tout en veillant à ce que les commandes de manœuvre restent à l'extérieur des plis. Enfin, il enfonça le tout dans le sac maillé noir, en appuyant pour faire sortir l'air restant par la fente latérale, avant de glisser une boucle à travers l'œillet.

Katsaris, toujours aussi habile, avait mis deux fois moins de temps.

Il se tourna vers Janson. « Inspection de l'armement, dit-il. Jetons un œil sur la quincaillerie. »

Les membres d'une équipe partaient du principe que tout risque devait être partagé. Il fallait absolument respecter une éthique égalitaire et toute idée de favoritisme nuisait à cette éthique. A l'intérieur du groupe qu'ils formaient, Janson s'adressait désormais à ses hommes sur un ton à la fois brusque et amical. Mais, même à l'intérieur des élites, des individus se distinguaient – même à l'intérieur des cercles les plus fermés réunissant la crème de la crème, il y a un élu, un préféré.

Janson lui aussi avait été un préféré. Autrefois. Presque trente ans plus tôt. Quelques semaines après son arrivée dans le camp d'entraînement des SEAL, à Little Creek, Alan Demarest l'avait repéré parmi toutes les recrues et transféré dans des équipes de combat encore plus performantes, astreintes à un régime encore plus épuisant. Les groupes d'entraînement se réduisaient à vue d'œil – ses camarades abandonnaient, vaincus par le rythme exténuant des exercices. Puis, un jour, Demarest le prit à part pour lui faire subir des séances de formation intensive au corps à corps.

Tes doigts sont des armes! Garde-les toujours libres. La moitié de l'intelligence d'un guerrier se situe dans ses mains.

N'appuie pas sur la veine, mais sur le nerf! Mémorise les centres nerveux pour pouvoir les retrouver avec les doigts, pas avec les yeux. Ne regarde pas – ressens!

Je repère ton casque au-dessus de cette crête. Tu es un homme mort!

Pas de solution en vue? Prends le temps de reconsidérer les choses. Regarde les deux cygnes blancs au lieu du noir. Regarde la tranche de gâteau au lieu du gâteau entamé. Rabats le cube de Necker dans l'autre sens. Maîtrise la gestalt, mon mignon. Elle te rendra libre. La puissance de feu en elle-même n'est rien. C'est comme ça que tu trouveras la solution.

Oui! Le chasseur deviendra la proie, ta proie! Ça y est, tu piges!

C'était ainsi qu'un grand guerrier transmettait son savoir à son successeur. La première fois que Janson vit Theo Katsaris, il le *reconnut* – pour lui c'était une évidence, comme ç'avait été une évidence pour Demarest quand il l'avait fait sortir du rang, sans doute.

Pourtant même si Katsaris n'avait pas été aussi doué, l'amitié les aurait quand même réunis. Une profonde amitié qui s'était renforcée avec le temps et qui dépassait largement le contexte de cette mission de commando. Ils avaient tant de souvenirs en commun, ils se devaient tant l'un à l'autre. Quand ils discutaient, c'était avec passion et franchise. Mais toujours en privé.

Ils se dirigèrent vers le fond de l'entrepôt où l'arsenal fourni par la Fondation avait été déposé quelques heures plus tôt. Katsaris démonta puis remonta les armes de poing et les armes à longue portée qu'ils avaient sélectionnées, en vérifiant que leurs pièces étaient bien huilées, mais pas trop – le lubrifiant carbonisé produisait des panaches de fumée, des fuites visuelles ou olfactives. Des canons mal ajustés pouvaient chauffer trop vite. Les charnières devaient être serrées mais sans excès. Les magasins devaient glisser et s'insérer à la bonne place, mais avec une résistance suffisante pour qu'on soit assuré de leur bonne tenue. Les parties pliantes, comme celles des MP5K, devaient se rabattre facilement.

« Tu sais pourquoi je fais ça, dit Janson.

— Pour deux raisons, répondit Katsaris. En fait, ces deux raisons devraient plutôt t'en dissuader. » Les mains de Katsaris ne cessaient de s'activer tandis qu'il parlait, le cliquetis et le claquement du métal formant un contrepoint rythmique à la conversation.

« Et si tu étais à ma place?

— Je ferais exactement la même chose », dit Katsaris. Il démonta la chambre d'une carabine, la leva jusqu'à son nez et renifla. Elle était trop lubrifiée. « La branche armée de Harakat al-Muqaama al-Islamiya n'a pas la réputation de restituer les objets volés. » *Les objets volés* : les otages, surtout ceux qu'ils soupçonnaient d'appartenir aux services de renseignement américains. Sept ans auparavant, à Baaqlina, au Liban, Janson avait été enlevé par le groupuscule extrémiste. Il s'était fait passer pour un homme d'affaires américain ; d'abord ils l'avaient cru, mais quand ils virent que cet enlèvement suscitait une avalanche de réactions, ils commencèrent à se poser des questions. Les négociations déraillèrent rapidement, entraînant des luttes de pouvoir à l'intérieur même de la faction. Il fallut l'intervention d'une tierce partie – la Liberty Foundation, comme on l'apprit par la suite – pour qu'ils acceptent de revoir leur position. Après douze jours de captivité, Janson fut relâché. « On sait que Novak n'a joué aucun rôle dans cette affaire. Il ne connaissait même pas la situation, poursuivit Katsaris. Mais c'est sa Fondation. Donc, tu lui dois la vie. Et voilà que cette brave dame se présente à toi et te demande de rembourser la dette de Baaqlina. Il a bien fallu que tu acceptes.

— Tu lis en moi comme en un livre ouvert, dit Janson dans un sourire qui creusa les rides cernant ses yeux.

— Ouais, un livre imprimé d'un seul bloc, comme avec un tampon. Dis-moi une chose. Tu penses souvent à Helen ? » Les yeux bruns du guerrier étaient étonnamment doux.

« Tous les jours.

— Elle était merveilleuse, n'est-ce pas ? Elle avait l'air tellement... libre.

— Un esprit libre, dit Janson. Mon contraire absolu. »

Katsaris glissa une brosse en nylon dans le canon d'une arme automatique, pour vérifier la présence d'éventuelles fissures, de dépôts de charbon ou autres défauts, puis regarda Janson droit dans les yeux. « Un jour tu m'as dit un truc, Paul. Il y a des années de cela. Aujourd'hui, c'est à moi de te le dire. » Il posa la main sur l'épaule de Janson. « *La vengeance n'existe pas*. Pas sur cette terre. Tout ça c'est du roman. Dans notre monde, il y a des raids et des représailles, encore et encore. Mais la vengeance parfaite, l'ardoise qu'on efface d'un coup d'éponge... n'est qu'une vue de l'esprit.

— Je sais.

— Helen est morte, Paul.

— Oh. C'est sans doute pour ça qu'elle ne répond pas à mes coups de fil. » Son humour froid masquait mal l'océan de douleur qui bouillonnait en lui.

Sans le quitter des yeux, Katsaris serra l'épaule de son ami. « Rien... rien... ne pourra te la ramener. Fais ce que tu veux avec les fanatiques kagamas, mais n'oublie pas cela.

— Ça fait cinq ans, articula Janson.

— Tu as vraiment l'impression que ça fait cinq ans ?

— C'est comme si c'était hier », dit-il dans un murmure. Son ton n'avait rien à voir avec celui d'un officier discutant avec un subalterne. Bien sûr, puisque Janson était en train de parler à son seul véritable ami, un homme auquel il était incapable de mentir. Il poussa un profond soupir. « Tu as peur que je devienne fou furieux et que je répande la colère de Dieu sur les terroristes qui ont tué ma femme.

— Non, répondit Katsaris. J'ai peur que tout au fond de toi tu croies que la seule manière d'effacer l'ardoise et d'honorer la mémoire d'Helen consiste à te faire tuer par ses assassins. »

Janson secoua vigoureusement la tête en signe de dénégation. Pourtant, Katsaris n'avait peut-être pas entièrement tort. « Personne ne mourra cette nuit », déclara-t-il. En disant cela, il espérait surtout s'en convaincre. Aucun des deux hommes n'était dupe.

« L'ironie suprême c'est qu'Helen avait toujours éprouvé de la sympathie pour les Kagamas, ajouta Janson après un temps. Pas pour les terroristes, pas pour le FLK, bien sûr, mais pour le peuple kagama, les gens ordinaires piégés par cette violence. Si elle avait vécu, elle aurait sans doute pris fait et cause pour Novak ; elle aurait tenté d'œuvrer en faveur de l'accord de paix. Le Calife est un grand manipulateur mais c'est la souffrance des gens qui lui permet de les manipuler.

— Si nous sommes ici pour jouer les assistantes sociales, je crains qu'on n'ait pas pris le bon équipement. » Theo fit courir l'ongle de son pouce sur la lame d'un poignard de combat, pour en éprouver le tranchant. « En plus, Peter Novak s'y est essayé, et regarde où ça l'a mené. Il s'agit d'un simple aller-retour. Insertion, extraction. »

Janson hocha la tête. « Si tout va bien, nous passerons en tout une centaine de minutes à Anura. Si on doit affronter ces gens, mieux vaut savoir d'où ils viennent.

— Au point où nous en sommes, répliqua Katsaris d'un air résolu, il est déjà trop tard. »

« Ça me plairait assez d'emmener ce joujou faire une petite balade », s'écria Honwana d'un air admiratif. Janson, Hennessy et lui avaient du mal à s'accoutumer à l'obscurité du hangar.

Le BA609 était un tiltrotor équipé pour l'amerrissage ; comme sur les anciens Ospreys, ses réacteurs permettaient le décollage et l'atterrissage verticaux mais, quand ils basculaient en position horizontale, il fonctionnait comme un engin classique. Pour ce prototype, Bell/Agusta avait conçu un fuselage en résine moulée, matériau particulièrement résistant et beaucoup plus léger que l'acier. Du coup, avec la même quantité de carburant, cet appareil était capable de couvrir une distance bien plus importante – environ quatre fois supérieure – que n'importe quel avion classique. Ce détail non négligeable jouerait un rôle majeur dans le succès de leur mission.

Honwana effleura la surface non réfléchissante du bout des doigts. « Une petite merveille.

— Une petite merveille d'invisibilité... si les dieux sont avec nous, précisa Janson.

— Je ferai une prière aux ancêtres », dit Honwana sans cacher son amusement. Athée convaincu éduqué à Moscou, il n'éprouvait aucune sympathie pour les pratiques religieuses ancestrales ni pour celles professées par les missionnaires.

« Le plein est fait. Si vous n'avez pas tous engraissé depuis la dernière fois où nous avons travaillé ensemble, j'imagine que cet engin pourra nous emmener là-bas et nous ramener sans trop souffrir.

— Tu calcules juste. Au niveau des tolérances, je veux dire. » Le Mozambicain lui adressa un regard chargé d'inquiétude.

« Pas le choix. C'est pas moi qui ai écrit le scénario mais le FLK, hélas. Moi, j'essaie juste de m'adapter. Il ne s'agit pas d'un plan d'intervention bien huilé. On improvise. Ça me rappelle le film avec Mickey Rooney et Judy Garland : "Hé, les enfants, si on montait un spectacle dans la grange ?"

— Sauf qu'ici la grange est truffée d'explosifs », fit remarquer Hennessy.

La côte nord d'Anura avait un peu la forme d'un cœur. Le ventricule est, à peine habité, était recouvert d'une épaisse végétation. Honwana fit descendre le tiltrotor pour survoler la jungle de Nikala. Dès qu'il arriva au-dessus de la mer, l'avion releva brusquement le nez, selon un angle de quarante degrés.

Malgré cette étrange trajectoire, Honwana pilotait avec une douceur étonnante, anticipant et compensant l'effet des vents et des courants ascendants. Les nacelles, placées à l'horizontale à présent, émirent un bruit puissant tenant à la fois du bourdonnement et du rugissement.

Faisant office de membres d'équipage, Andressen et Hennessy s'étaient installés à l'avant pour aider Honwana, laissant les deux parachutistes seuls à l'arrière, derrière la cloison. Sur leurs bancs non rembourrés, Janson et Katsaris s'affairaient aux derniers préparatifs.

Après une demi-heure de vol, Katsaris consulta sa Breitling antichoc et avala un cachet de 100 mg de Provigil. Cette substance réglerait ses rythmes circadiens et le garderait en état d'alerte, bien mieux que les amphétamines qui stimulent excessivement l'organisme et rendent trop sûr de soi. Ils atteindraient la zone de largage dans deux heures. Le Provigil produirait son effet maximum durant l'opération. Puis il prit une autre petite pilule, un inhibiteur de transpiration.

Il désigna les deux gros tubes noirs en aluminium que Janson tenait près de son oreille.

« Tu crois que ces trucs-là vont marcher ? demanda-t-il.

— Oh oui, dit Janson. Tant que le mélange gazeux ne fuit pas. Ces petits chéris vont péter le feu. Comme toi. »

Katsaris lui tendit une plaquette de Provigil. « T'en veux un ? »

Janson fit non de la tête. Katsaris savait ce qu'il faisait, mais Janson n'ignorait pas que les médicaments pouvaient avoir des effets secondaires différents selon les individus et préférait s'abstenir d'absorber une substance sans l'avoir expérimentée auparavant. « Alors, dis-moi un peu, Theo, fit-il en écartant les tubes pour reclasser les croquis, comment va la patronne ? » A présent que les autres ne les entendaient pas, il pouvait recommencer à appeler son ami par son prénom.

« La patronne ? Elle sait que tu l'appelles comme ça ?

— Hé, je l'ai connue avant toi. La belle Marina. »

Katsaris se mit à rire. « Une beauté pareille, tu ne peux pas te l'imaginer. Tu crois que tu peux, mais tu te trompes. En ce moment, elle rayonne. » Il insista sur ce dernier mot.

« Attends un peu, dit Janson. Tu ne veux pas dire qu'elle est...

— C'est le tout début. Les trois premiers mois. Quelques nausées le matin. Autrement, c'est la grande forme. »

Soudain, Janson revit Helen, et ce fut comme si une main gigantesque lui serrait le cœur jusqu'à l'écraser.

« Nous formons un beau couple, n'est-ce pas ? » Katsaris faisait le fanfaron pour plaisanter mais c'était l'indiscutable vérité. Theo et Marina Katsaris étaient des êtres d'exception, alliant à la perfection la force et la beauté des Méditerranéens. Janson se souvenait encore de la semaine qu'il avait passée avec eux, à Mykonos, et tout particulièrement de l'après-midi où ils avaient rencontré une Française pète-sec, photographe de mode. Cette femme croyait dur comme fer à la recette miracle combinant maillots de bain minuscules, grandes plages de sable blanc et flots azuréens. Persuadée que Theo et Marina étaient mannequins, elle leur avait demandé le nom de leur agence, incapable de voir autre chose que leurs dents éclatantes, leur peau mate sans défaut, leurs cheveux noirs et brillants... Le fait que toutes ces qualités ne soient pas au service d'une quelconque entreprise commerciale l'avait choquée au plus haut point. Pour elle, c'était un lamentable gâchis, une négligence criminelle.

« Alors, comme ça tu vas être père », dit Janson. La bouffée de chaleur qu'il avait ressentie en apprenant la nouvelle disparut bien vite.

« Ça n'a pas l'air de te faire sauter au plafond », répliqua Katsaris.

Janson garda le silence un instant. « Tu aurais dû me le dire.

— Pourquoi donc ? répliqua-t-il d'un air badin. C'est Marina qui est enceinte, pas moi.

— Tu sais pourquoi.

— Nous avions l'intention de t'en parler bientôt. En fait, nous espérions que tu accepterais d'être le parrain. »

Janson répondit sur un ton presque agressif. « Tu aurais dû me le dire avant. »

Theo haussa les épaules. « Toi tu penses qu'un futur père n'a pas le droit de prendre de risques. Et moi je pense que tu te tracasses trop, Paul. Tu n'as pas encore réussi à me faire tuer. Ecoute, je mesure les risques.

— Mais moi je ne les mesure pas, sacré bon sang ! On ne sait pas ce qui peut se passer.

— Tu ne veux pas que mon gosse soit orphelin. Eh bien, devine quoi... moi non plus. Je vais être père, et ça me rend très très heureux. Mais cela ne modifiera en rien ma façon de vivre. Je suis fait comme ça. Marina le sait. Et tu le sais, toi aussi... c'est bien pour ça que tu m'as choisi.

— Je ne pense pas que je t'aurais choisi si j'avais su...

— Je ne parle pas d'aujourd'hui, je parle d'autrefois. D'Epidaure. »

Voilà tout juste huit ans, un contingent de l'armée grecque composé de vingt soldats avait été affecté à un exercice d'interception organisé par les Opérations consulaires. L'objectif consistait à entraîner les Grecs pour qu'ils soient en mesure d'éradiquer le trafic d'armes légères qui prenait de l'ampleur depuis quelque temps. Les trafiquants utilisaient des cargos grecs. Pour l'exercice, on avait choisi au hasard un navire qui croisait à quelques milles des côtes d'Epidaure. Or le même hasard avait voulu que ce navire transportât effectivement des marchandises de contrebande. Pour parachever le tableau, un trafiquant de drogue turc se trouvait à bord, accompagné de son garde du corps équipé d'un véritable arsenal. Les choses avaient mal tourné. Malchance et malentendus en chaîne. Des deux côtés, les hommes inexpérimentés avaient cédé à la panique : les superviseurs des Opérations consulaires voyaient et entendaient tout – grâce à un télescope digital et aux appareils d'écoute à distance fixés sur la combinaison des hommes grenouilles – mais, malheureusement, ils étaient trop loin pour intervenir sans mettre en péril la sécurité des troupes.

A bord d'une petite frégate ancrée à un demi-mile nautique de là, Janson avait assisté, horrifié, à cette regrettable mésaventure ; il se souvenait en particulier des vingt secondes de tension extrême durant lesquelles les choses auraient pu tourner à la catastrophe. Deux bandes armées se faisaient face, composées d'un même nombre d'individus. N'importe lequel d'entre eux aurait pu décider d'ouvrir le feu pour sauver sa vie. Mais dès cet instant, le camp adverse n'aurait eu d'autre alternative que répliquer de la même manière. Ce genre de « combat à la loyale », tenant plutôt du suicide, risquait fort de se terminer par un match nul, avec cent pour cent de pertes dans les deux camps. En même temps, on ne pouvait guère compter sur une reddition des trafiquants turcs – cet acte de lâcheté aurait été perçu par leurs compatriotes comme une trahison passible de mort.

« Ne tirez pas ! » hurla un jeune Grec. Il baissa son arme dans un geste trahissant plus la lassitude que la peur. Dans l'appareil de transmission, sa voix avait un rendu métallique mais Janson entendait bien ce qu'il disait : « Espèces de crétins ! Bande d'empotés ! Ingrats ! C'est pour vous qu'on travaille. »

Les Turcs le huèrent copieusement mais les insultes qu'ils venaient d'essuyer les intriguaient suffisamment pour qu'ils cherchent à obtenir de plus amples explications.

Et l'explication arriva, mêlant la réalité à la fiction. Un discours brillamment improvisé et débité sans la moindre hésitation. Le jeune Grec prononça le nom d'un puissant magnat de la drogue turc, Orham Murat, dont le trafiquant turc faisait partie du cartel. Il expliqua que ses camarades et lui avaient reçu l'ordre de rechercher des cargos suspects mais que Murat les avaient grassement payés pour qu'ils n'arraisonnent pas ses navires. « C'est un homme très généreux, avait ajouté le jeune officier grec sur un ton à la fois solennel et cupide. C'est grâce à lui que mes gosses mangent tous les jours à leur faim. Avec ce que le gouvernement nous donne ? Bah ! » Les autres Grecs n'en croyaient pas leurs oreilles mais leur perplexité ressemblait à de la crainte. Puis lorsqu'ils comprirent que leur collègue avait inventé cette fable pour les sauver, ils hochèrent la tête puis baissèrent leurs armes en piquant humblement du nez.

« Si tu mens... gronda le plus âgé des gardes turcs.

— Tout ce qu'on veut c'est que vous évitiez de parler de notre rencontre sur votre radio de bord – nos supérieurs surveillent toutes les communications maritimes, et ils ont vos codes.

— *Mensonges !* » aboya un Turc aux cheveux gris. Le marchand en personne avait fini par apparaître sur le pont.

« C'est la pure *vérité* ! Le gouvernement américain les a aidés à mettre en place ce système. Si jamais vous parlez de nous à la radio, nous sommes foutus. Ce sera le peloton d'exécution. Vous feriez tout aussi bien de nous abattre tout de suite. En fait, je préférerais mourir de vos mains. Comme ça, l'armée grecque nous traitera en héros et nos familles toucheront une pension. En revanche, je doute qu'Orham Murat se montre aussi généreux pour *vos* veuves et *vos* orphelins quand il apprendra que vous avez fait capoter une opération qu'il a passé des mois à monter et dans laquelle il a englouti des sommes folles – c'est à vous de décider. »

Un long silence gêné s'ensuivit. Finalement, le marchand intervint · « Ce que vous dites est absurde ! S'ils avaient accès à nos communications...

— Si ? *Si ?* Vous pensez peut-être qu'ils nous ont demandé

d'aborder votre cargo par hasard ? » Le jeune Grec renifla d'un air dédaigneux. « *Vous croyez vraiment aux coïncidences ?* »

Ces derniers mots furent déterminants ; ils avaient eu chaud, mais l'officier grec avait retourné la situation. Les contrebandiers – du moins ceux qui survécurent à cette rencontre inopinée – ne croyaient pas aux coïncidences.

L'officier grec ordonna à ses camarades de plonger pour rejoindre la frégate battant pavillon américain. Pertes : zéro. Sept heures plus tard, une flotille de vaisseaux de la sécurité maritime convergeait sur le *Minas* : l'artillerie ouvrait le feu. Incapables de résister à un déploiement de forces bien supérieures aux leurs, le trafiquant et ses sbires se rendirent.

Ensuite, Janson se présenta au jeune Grec qui avait eu la présence d'esprit et l'intelligence de transformer une aventure peu vraisemblable – un cargo transportant de la drogue qu'on aurait arraisonné par accident – en une histoire crédible. Janson s'aperçut vite que le jeune homme en question, Theo Katsaris, était un individu non seulement équilibré, brillant et courageux, mais remarquablement agile. Il avait atteint des scores faramineux aux épreuves pratiques. Plus Janson en apprenait sur son compte, plus il comprenait combien ce gars-là sortait de l'ordinaire. Contrairement à la plupart de ses camarades, il était issu de la haute bourgeoisie ; son père, attaché d'ambassade, avait été en poste à Washington. Adolescent, Katsaris avait fréquenté l'école St. Alban pendant deux ans. Janson aurait pu être tenté de le considérer comme un accro de l'adrénaline – ce qui n'aurait pas été totalement faux, d'ailleurs – mais le tempérament passionné de Katsaris et son désir de changer le monde lui paraissaient sincères.

Quelques jours plus tard, Janson profita de ce qu'il prenait un verre avec un général grec de sa connaissance, lui-même issu de l'US Army War College de Carlisle, Pennsylvanie, pour lui raconter l'histoire de l'officier grec. Le jeune homme possédait un énorme potentiel. Jamais l'armée de son pays d'origine ne lui offrirait l'occasion d'exploiter ses nombreux talents. Il lui proposa de le prendre sous son aile et de superviser personnellement son entraînement. A l'époque, le commandement des Opérations consulaires encourageait volontiers les « partenariats stratégiques » – opérations menées en collaboration avec les alliés de l'OTAN. Tout le monde y trouverait son compte. Les Opérations consulaires bénéficieraient d'une excellente recrue ; et, à long terme, la Grèce récupérerait un expert capable de transmettre les savoir-faire et les techniques du contre-terrorisme à ses concitoyens. Au troisième cocktail, l'affaire était dans le sac.

*

A l'arrière du tiltrotor, Janson considéra Katsaris d'un air glacial. « Marina sait ce que tu es en train de faire ?

— Je ne lui ai pas donné de détails, et elle n'a pas insisté. » Katsaris se mit à rire. « Marina a plus de couilles que toute la VIIIe Division de l'Armée grecque. Tu le sais.

— Je le sais.

— Alors laisse-moi décider par moi-même. En plus, si tu estimes que cette opération est trop risquée pour moi, comment peux-tu en toute conscience demander à un autre de prendre ma place ? »

Janson se contenta de secouer la tête.

« Tu as besoin de moi, dit Katsaris.

— J'aurais pu trouver quelqu'un d'autre.

— Je suis le meilleur.

— C'est un fait. » Ni l'un ni l'autre n'avait plus envie de plaisanter.

« En plus, nous savons tous les deux ce que cette opération signifie pour toi. Je veux dire, ce n'est pas un travail comme les autres.

— Ça aussi, c'est un fait. On pourrait même aller jusqu'à affirmer que cette opération signifie beaucoup pour le monde entier.

— Je te parle de Paul Janson, pas de la planète Terre. Les gens passent avant les abstractions, non ? Voilà encore une chose sur laquelle nous étions d'accord. » Ses yeux bruns ne cillaient pas. « Je ne te laisserai pas tomber », dit-il tranquillement.

Janson fut étrangement touché par ces paroles. « Tu ne me surprendras donc jamais », fit-il.

Comme l'heure H approchait, l'angoisse monta de plusieurs degrés. Ils avaient pris toutes leurs précautions. L'appareil était parfaitement invisible. Il volait toutes lumières éteintes et sa surface était conçue pour que rien ne s'y reflète. Assis sur des baudriers de toile, près de la rampe huilée de l'avion, Katsaris et Janson avaient respecté le même mot d'ordre ; ils ne portaient rien de réfléchissant. Bientôt ils atteindraient la zone de saut ; ils enfilèrent leur tenue de combat en nylon noir et s'enduisirent le visage de peinture. Il valait mieux faire cela au dernier moment, pour éviter les risques d'échauffement. Leurs vestes bourrées d'équipement formaient des bosses sous la combinaison de saut, mais ils n'avaient pas le choix.

Ils allaient devoir affronter plusieurs incertitudes. La première était le saut. A eux deux, ils en comptabilisaient trois mille. Mais la mission de cette nuit dépasserait tout ce qu'ils avaient pu vivre jusqu'à présent.

Le seul point faible de l'enceinte se situait à sa verticale. Janson se flattait d'avoir compris intuitivement que l'unique moyen d'arriver discrètement sur les lieux consistait à se laisser tomber de nuit, en plein milieu de la cour. Quant à évaluer les chances de réussite d'une telle tentative, c'était une autre paire de manches.

Pour pénétrer dans l'enceinte sans se faire repérer, il leur faudrait atterrir dans le plus grand silence, en comptant sur l'épaisseur de la nuit. Les nuages portés par la mousson cacheraient la lune et les étoiles. Les relevés satellite de la météo confirmaient qu'à quatre heures du matin, et durant l'heure qui suivrait, la couverture nuageuse serait totale.

Mais ils étaient des hommes, pas des images de synthèse. Ils devraient toucher le sol avec une remarquable précision. Comme si les choses n'étaient déjà pas assez compliquées, la même dépression atmosphérique qui rassemblait les nuages produisait aussi des vents imprévisibles – autres ennemis de la précision. En temps normal, un seul de ces handicaps aurait suffi à le faire renoncer au parachutage.

L'aventure était bien trop hasardeuse, et à de nombreux égards. Mais c'était aussi le seul moyen de sauver Peter Novak.

Honwana ouvrit la trappe à l'altitude convenue : vingt mille pieds. A cette hauteur, l'air serait glacial, moins trente peut-être. Mais ils ne resteraient pas longtemps exposés à cette température. Ils seraient protégés par les lunettes, les gants, les casques étroitement ajustés aux allures de cagoules de plongée, et les combinaisons de vol en nylon.

S'ils avaient choisi un largage au-dessus de la mer, à plus d'un mile latéral du Palais de Pierre, c'était aussi pour pouvoir se débarrasser, au cours de la descente, de certains objets comme la poignée d'ouverture et les gants, sans craindre de les voir tomber sur la cible comme autant de prospectus publicitaires.

En outre, grâce au largage à haute altitude, ils disposeraient d'un laps de temps plus important pour se positionner, ce qui ne serait pas une mince affaire, malgré tout. Sans avoir répété la manœuvre au préalable, impossible de savoir si telle était la bonne décision. Mais il fallait bien en prendre une.

« OK, dit Janson, debout devant la trappe béante. Rappelle-toi bien. On ne joue pas à saute-mouton. Tu me suis bien sagement.

— C'est pas sympa, s'écria Katsaris. Faut toujours que tu sois le premier.

— L'âge passe avant la beauté », grommela Janson tout en descendant les cent vingt centimètres de la rampe d'aluminium.

Puis il s'élança dans le ciel d'encre.

CHAPITRE 5

PROPULSÉ par le sillage de l'avion, fouetté par les courants glacials, Janson luttait de toutes ses forces pour rester dans la ligne. *Chute libre*, c'était le terme consacré, et pourtant il n'avait pas l'impression de chuter. Tout en succombant à la force de gravité, il se sentait parfaitement immobile – figé, face aux vents puissants qui lui sifflaient aux oreilles jusqu'à l'assourdir. De plus, cette chute n'aurait rien de libre. Et pour cause. Six kilomètres au-dessous de lui, l'océan grondait. Pour se placer dans la bonne trajectoire, il lui faudrait contrôler sa descente à la seconde près. Si les deux prochaines minutes ne se déroulaient pas comme prévu, la mission serait terminée avant même d'avoir commencé.

Mais comment contrôler quoi que ce soit au milieu de ces turbulences ?

Presque aussitôt, il fut ballotté par des bourrasques puis se mit à tournoyer comme une toupie, lentement d'abord puis de plus en plus vite. *Bon sang !* Une terrible sensation de vertige le paralysa. Il perdait peu à peu tout repère. Deux handicaps mortels à cette altitude.

Résolument, il s'arc-bouta en tendant bras et jambes. Son corps cessa de tournoyer, le vertige se calma. Mais combien de temps s'était écoulé ?

D'habitude, une chute libre se terminait à la vitesse de cent soixante kilomètres-heure environ. A présent qu'il avait réussi à se stabiliser, il fallait ralentir la descente le plus possible. Il prit la position de l'araignée, membres toujours tendus, dos arrondi. Pendant ce temps, les vents mordants redoublaient de violence, comme si les efforts qu'il déployait pour les utiliser à son avantage les avaient rendus fous de rage. Ils fouettaient son sac à parachute, son barda, ses vêtements, s'engouffraient sous ses lunettes et son casque de vol. Ses doigts gantés s'engourdissaient comme s'il leur avait injecté de la novocaïne. Lentement, il déplaça son poignet droit vers son visage pour observer à travers ses lunettes les gros cadrans lumineux de l'altimètre et de l'unité GPS.

C'était un exercice de maths niveau lycée. Il lui restait quarante secondes pour atteindre la zone de saut. Un gyroscope inertiel lui aurait permis de savoir si la direction était la bonne ; en revanche, pour corriger sa trajectoire, il n'aurait servi à rien.

Il leva la tête vers Katsaris.

Aucun signe de lui. Cela n'avait rien d'étonnant. La visibilité était quasiment nulle. Katsaris se trouvait-il cinq cents pieds au-dessus de lui ? Cinquante ? Cent ? Mille ?

La question avait son importance : deux hommes aveugles se déplaçant à toute vitesse à travers une purée de pois risquaient fort de se percuter. Certes, les probabilités restaient infimes mais toute cette opération n'était qu'un immense défi lancé au calcul des probabilités.

Si jamais ils se posaient à ne serait-ce que dix mètres du point d'arrivée prévu, ce serait un désastre. Or la même couverture nuageuse qui leur conférait l'invisibilité rendait leur atterrissage rien moins qu'approximatif. En temps normal, un parachutiste se posait sur une zone de largage bien indiquée – la pratique standard voulait qu'on la délimite par des signaux traçants ; on se servait de ses yeux et des cabillots pour se diriger. Chez un professionnel, la manœuvre devenait instinctive. Mais cette nuit, l'instinct ne serait d'aucune utilité. Quand ils arriveraient en vue du sol, il serait peut-être trop tard. Mieux valait renoncer aux vieux réflexes et se fier aux instruments de positionnement global ceignant leurs poignets, comme s'ils étaient devant une console de jeux.

Trente-cinq secondes. La fenêtre se fermait : il allait bientôt devoir se placer en position delta.

Glissant les bras vers l'arrière, Janson tenta de se diriger avec les épaules et les mains. Raté : un formidable contre-courant le heurta de plein fouet et l'attira dans un couloir de vol trop raide. Il reprit ses esprits aussitôt. Il tombait vite. Bien trop vite.

Que pouvait-on y faire ?

Sa seule chance de s'en sortir consistait à augmenter la résistance. Pourtant il devait descendre vers l'enceinte aussi vite que possible s'il voulait l'atteindre. Il fallait choisir.

Avait-il définitivement compromis cette mission quelques minutes à peine après son lancement ?

C'était impossible.

Et pourtant si.

Les bourrasques glaciales n'en finissaient pas de le malmener ; pendant ce temps, un combat tout aussi tempétueux se livrait à l'intérieur de lui. Son esprit s'était divisé en deux ; d'un côté la voix de l'expert lui intimait de s'en tenir à la raison, de l'autre les reproches pleuvaient. *Tu savais que ça ne marcherait pas ; ça ne pouvait pas marcher. Trop d'inconnues, trop de variables incontrôlables. Pourquoi as-tu accepté cette mission ? L'orgueil ? L'orgueil du professionnel ? L'orgueil est l'ennemi du professionnalisme : Alan*

Demarest ne cessait de te le répéter et pour une fois il avait raison. L'orgueil tue. Cette opération était vouée à l'échec dès le départ. Aucune personne saine d'esprit, aucune autorité militaire responsable ne se serait fourrée dans ce guêpier. Voilà pourquoi ils sont venus te chercher, toi et pas un autre.

Une voix plus sereine résonna au milieu du vacarme. *Max track.*

Il devait se placer en position. C'était sa propre voix qu'il entendait à présent, une voix surgie du passé. Des dizaines d'années plus tôt. A l'époque où il formait de nouvelles recrues en vue de constituer une équipe spéciale de SEAL. *Track maximum.*

En était-il capable? Cela faisait tellement longtemps qu'il n'avait pas tenté cette manœuvre. D'ailleurs, jamais il ne s'y était essayé sur un saut guidé par GPS. *Tracker* signifiait atteindre un plan de sustentation en se laissant porter par une rafale, tout en adoptant le profil bisauté d'une aile d'avion de manière à acquérir de la portance. Pendant quelques secondes, Janson tomba comme une pierre, tête la première, membres légèrement écartés. Puis il replia un peu les bras et la taille, avança les épaules, comme pour se prosterner, et mit ses mains en coupe. Enfin, il recula la tête, serra les jambes et tendit les pointes de pieds à la manière d'une ballerine.

Rien ne se passa.

Il tombait toujours. Ce n'est qu'au bout de dix secondes qu'il commença à ressentir une impression de portance. Il ralentissait. Dans un *max track*, on devait pouvoir atteindre un angle de descente proche de quarante-cinq degrés à partir de la verticale.

En théorie.

Normalement, dans un *max track*, on devait pouvoir se déplacer aussi rapidement à l'horizontale qu'à la verticale – chaque mètre parcouru rapprochant le parachutiste de sa zone de largage.

En théorie.

Mais dans la réalité? Dans la réalité, l'homme qui tombait en ce moment même était un commando transportant un matériel encombrant; sous sa combinaison de vol, il avait presque vingt kilos d'ustensiles divers arrimés à sa veste de combat. Et cet homme avait quarante-neuf ans, l'air glacial qui transperçait sa combinaison raidissait ses articulations. Pour réussir un *max track*, il fallait une forme physique qu'il n'était pas sûr d'avoir. Combien de temps ses muscles rabougris résisteraient-ils à la tension?

Dans la réalité, il suffisait d'un simple coup d'œil sur l'altimètre ou l'unité GPS pour perturber la trajectoire. Et pourtant, sans ces instruments, il était totalement aveugle.

Il se concentra pour faire le vide dans son esprit, en chasser toute angoisse; en cet instant précis, il n'était qu'une machine, un automate, il ne devait s'occuper que d'une chose : sa trajectoire de vol.

De nouveau, il jeta un regard furtif sur les instruments à son poignet.

Le GPS clignota pour l'avertir qu'il était en train de dévier. De combien exactement ? Quatre degrés, peut-être cinq. Il inclina les deux mains en parallèle selon un angle de quarante-cinq degrés, ce qui déforma légèrement le coussin d'air qui l'entourait. Ce geste lui permit d'amorcer une lente giration.

Lorsque l'unité GPS cessa de clignoter, une bouffée d'espoir irraisonné l'envahit.

Ça y était, il partait en *track*. Janson se mit à planer dans le ciel d'encre, porté par un coussin d'air sur lequel il glissait à l'horizontale vers son point de chute. Son corps était noir, le ciel était noir, il ne faisait qu'un avec les courants. Il sentait le vent sur son visage et tout autour de lui. Un vent qui le maintenait en l'air comme la main d'un ange. Janson était vivant.

Son poignet vibra. L'alarme de l'altimètre.

Il atteignait le point vertical de non-retour – s'il descendait encore, ce serait la chute mortelle. Dans les manuels, on vous présente la chose en des termes moins dramatiques : on parle de « l'altitude minimum pour l'ouverture du parachute ». Rien n'était plus périlleux qu'un saut à haute altitude avec ouverture tardive : si l'ouverture se produisait trop tard, le sol l'emboutirait comme un semi-remorque le percutant de plein fouet sur une autoroute.

Et pourtant, la zone de largage était encore loin, plus loin qu'il ne l'avait prévu. Normalement, à ce moment du saut, c'est-à-dire quelques secondes avant le déploiement du parachute, il aurait dû se trouver dans le voisinage immédiat de l'enceinte. D'abord, parce qu'avec les courants aériens, il serait autrement plus difficile de manœuvrer un parachute ouvert, ensuite, parce qu'en dérivant lentement vers le Palais de Pierre, il augmenterait considérablement les risques de se faire repérer. Un homme en chute libre à 250 kilomètres à l'heure était moins visible qu'une grande voile rectangulaire planant benoîtement dans le ciel.

Quelle que soit l'option choisie, elle comportait sa part de risque. Il fallait qu'il tranche. Tout de suite.

Il tordit le cou et balaya l'espace autour de lui pour tenter d'apercevoir quelque chose, n'importe quoi, à travers les ténèbres. Il n'avait jamais ressenti cela au cours d'un vol libre : la claustrophobie.

Et cette sensation inconnue fut l'élément déterminant : il y avait sûrement du brouillard. Lui et son parachute noir passeraient inaperçus quand ils se profileraient contre l'écran de cette nuit sans étoiles. Il se redressa pour se placer en position verticale, tendit la main vers la poignée de libération et tira. On entendit comme un court battement d'ailes lorsque le parachute bien plié s'épanouit enfin. Quand les suspentes achevèrent de se dérouler, Janson reconnut la secousse familière et cette sensation qu'il connaissait si bien, comme si on l'agrippait par les épaules et le siège. Puis le vent se tut, comme si quelqu'un avait appuyé sur la touche SILENCE.

Il jeta la poignée de libération et leva la tête pour s'assurer que le parachute en nylon noir était correctement ouvert. Il eut un peu de mal à apercevoir sa silhouette rectangulaire dans le ciel nocturne, cinq mètres au-dessus de lui. En d'autres circonstances, il s'en serait inquiété ; cette nuit, c'était plutôt rassurant.

Tout à coup, une nouvelle rafale le repoussa sur le côté. Il eut presque l'impression qu'on le saisissait à bras-le-corps. Il lui faudrait contrôler soigneusement le gréement ; si jamais il survivait, il ne retrouverait sans doute pas la zone de largage. De plus, il percevait nettement le rapport d'échange entre la direction et la vitesse : le parachute atteignait sa vitesse latérale de pointe quand les filins de direction n'étaient pas déployés.

Sur son indicateur GPS, il constata qu'il avait considérablement dévié de sa trajectoire.

Oh, Bon Dieu, non !

Tout en se battant contre les vents tourbillonnants, il restait parfaitement conscient que le plus dur restait à faire. Katsaris le savait lui aussi. Il leur faudrait atterrir dans le silence absolu, sans qu'on les voie et dans une cour fermée par une enceinte, qui plus est. Si l'un d'eux commettait la moindre erreur, tous les deux en pâtiraient. Et même à supposer qu'ils parviennent à effectuer la manœuvre de manière impeccable, des milliers d'autres obstacles imprévisibles pouvaient se présenter, aussi mortels les uns que les autres. Si jamais un soldat patrouillait dans le voisinage de la cour centrale – et la chose était plus que probable – ils y passeraient à coup sûr. Ce serait la fin de la mission. Et, selon toute vraisemblance, l'homme qu'ils étaient censés secourir serait sommairement exécuté. Leurs amis terroristes agiraient en fonction de la procédure standard. On répliquait à une mission de sauvetage en détruisant l'objet du sauvetage – et sans tarder.

Janson tira sur son filin de direction droit. Il devait se dépêcher de virer avant qu'une autre rafale ne le projette au-delà du point de récupération. Son geste produisit aussitôt l'effet attendu : il se mit à se balancer sous le parachute, comme un pendule fou. Et le gros œil de l'altimètre lui confirma ce que son corps avait déjà deviné : sa vitesse de descente venait d'augmenter considérablement.

Mauvais. Il était plus proche du sol qu'il n'aurait dû, mais au moins il avait retrouvé le bon angle de vol. De nouveau, il leva les filins de direction, afin que l'aile se déploie au maximum, c'est-à-dire sur vingt-quatre mètres carrés, et arrive au maximum de sa résistance verticale. Janson était un spécialiste en la matière ; il savait jouer avec les courants aériens mais l'imprévisibilité même de ces courants faussait tous les calculs. Il ne voyait qu'une chose : il était en dehors de la ligne du vent ; pour y rentrer, il lui faudrait ruser. Comme il l'avait déjà fait des centaines de fois auparavant, il fit bouger les cabillots pour établir la direction des vents dominants et découvrit qu'il parviendrait à ses fins en effectuant de légers tournants en forme de S. Chaque fois qu'il sortait de la ligne du vent, il rétablissait sa position. Cette opération requérait une concentration totale, surtout en raison des courants ascendants aléatoires que la mer envoyait vers lui – à ce qu'il semblait. Le ciel anurien était comme un cheval rétif, refusant de se laisser dompter.

Son pouls s'accéléra. Peu à peu, telles les voilures d'un vaisseau fantôme, les remparts émergeaient du brouillard. Les anciennes murailles de calcaire blanc renvoyaient la lumière spectrale qui filtrait à travers la couverture nuageuse. Ce spectacle lui causa un choc ; c'était la première chose qu'il voyait depuis le saut. Vite, il se défit de ses gants et de sa casquette de vol puis se prépara mentalement à la manœuvre d'atterrissage. Contre le vent. Sous le vent. Jambes fléchies. Approche finale.

Pour réduire la vitesse d'atterrissage, il était essentiel d'arriver contre le vent. Il dériva à contre-courant sur quelque trois cents mètres vers la droite. Puis reprit le sens du vent sur cent cinquante mètres, en dépassant volontairement la cible. Il lui resterait à parcourir quatre-vingts mètres contre le vent pour l'approche finale. C'était une manœuvre compliquée mais nécessaire. Il aurait pu ralentir son avancée en tirant sur les coins du parachute au moyen des deux cabillots, mais alors sa vitesse de descente aurait atteint un niveau inacceptable. Il n'avait plus qu'à se fier au vent lui-même pour réduire sa vitesse horizontale.

Il pria pour ne pas avoir à se repositionner à l'aplomb de la cour, ce qui l'aurait contraint à amorcer un virage brusque et dangereux qui l'aurait précipité vers le sol. Les quinze dernières secondes étaient les plus importantes. Aucune erreur ne serait permise ; les hauts murs d'enceinte interdisaient toute approche rasante.

L'air lui parut soudain terriblement chaud et humide – c'était comme s'il était passé d'un congélateur à un bain de vapeur. L'eau se condensait sur ses extrémités gelées. Quand il saisit les cabillots et s'aperçut que ses doigts étaient mouillés, il ressentit une brusque montée d'adrénaline ; pourvu qu'ils ne glissent pas.

Les cabillots à leur hauteur maximum, le parachute entièrement déployé, il glissa vers le centre de la cour. En fait, ses yeux ne percevaient qu'un jeu d'ombres noires. Dès que ses mains furent libres, il désactiva les instruments qu'il portait au poignet, de peur que leur lueur ne le trahisse.

Son cœur se mit à battre la chamade : il y était presque – ne lui restait qu'à réussir, malgré ses doigts humides et glissants, la dernière manœuvre, celle du contact avec la terre.

Choisir l'instant correct était crucial. Maintenant ? Ses bottes flottaient dans le vide, à cinq mètres du sol ; il se trouvait à peu près à mi-distance entre le sol et le parachute. Non. Même à l'intérieur des murs d'enceinte, les rafales étaient trop imprévisibles. Il attendrait encore un peu.

Maintenant.

Il ramena les deux cabillots au niveau de l'épaule puis, d'un seul mouvement tournant des poignets, les attira vers le bas, entre ses cuisses, stoppant net son avancée horizontale. Contractant les muscles de ses jambes, il fit pivoter son corps dans le sens de la chute, en fléchissant légèrement les genoux. Deux secondes avant de heurter le sol, il fallut choisir entre le roulé-boulé – genoux et pieds joints – et l'atterrissage debout, jambes écartées. Pile ou face : il tenterait un contact debout.

Relâchant les muscles de ses cuisses, il toucha le sol avec les semelles de ses bottes. Le caoutchouc souple était censé ne produire aucun bruit et, en effet, ce fut dans le plus grand silence qu'il rebondit sur les orteils. Il avait prévu une perte d'équilibre. Il resta bien campé sur ses jambes.

Il était debout. Sur le sol de la cour.

Il avait réussi.

Janson regarda autour de lui. La nuit était tellement noire qu'il pouvait à peine discerner les contours de la vaste cour déserte, trois fois plus longue que large. Une grande structure claire – la vieille fontaine, si l'on en croyait les plans – se profilait quelques mètres plus loin. Il se trouvait presque au centre d'une surface grande comme la moitié d'un terrain de football. Tout était étrangement calme. Pas le moindre mouvement. Personne ne l'avait donc vu atterrir.

Il décrocha son gréement, ôta sa combinaison de vol et rassembla rapidement la toile du parachute déployée sur la cour pavée. Avant de passer à l'action, il s'agissait de la cacher. Même dans une nuit sans étoiles, il y avait toujours un peu de lumière. Le nylon noir qui lui avait permis de se fondre dans le ciel nocturne contrastait avec les pavés gris clair. Il ne pouvait pas le laisser traîner.

Mais où était Katsaris ?

Janson regarda autour de lui. Katsaris avait-il dépassé la cour ? S'était-il posé sur la plage, en contrebas ? Ou sur la route goudronnée menant à l'enceinte ? Toute erreur pouvait s'avérer fatale – autant pour lui que pour les autres membres de la mission.

Bordel ! Encore une fois, le doute germa en lui. Un doute affreux, lancinant, mêlé de peur et d'une terrible fureur. Il avait foncé tête baissée, poussé par ses certitudes. Il était responsable de cette situation, c'était lui qui avait tout organisé et il avait commis l'erreur de croire que ce qui fonctionnait sur le papier fonctionnerait aussi sur le terrain. La marge de manœuvre était minime. Chaque membre de l'équipe le savait ; mais ils respectaient trop sa prétendue supériorité pour oser le contredire. Or, pour réussir un saut pareil, il fallait approcher de la perfection, et la perfection n'est pas de ce monde. Janson ressentit une vague d'amertume : il était bien placé pour le savoir. Sa réussite ponctuelle n'était due qu'au hasard.

Tandis qu'il remâchait ses idées noires, il entendit un léger froissement – le bruit produit par les fuseaux d'un parachute de nylon se flétrissant doucement au-dessus de lui. Janson leva les yeux vers le ciel noir. C'était Katsaris. Il tombait au ralenti, comme s'il flottait, puis atterrit en roulant doucement, sans faire aucun bruit. Le Grec se redressa et s'avança vers Janson.

Ils étaient deux, à présent.

Deux soldats très expérimentés, très talentueux.

Et ils étaient dans la place – au milieu de la cour du Palais de Pierre. Le dernier endroit, il fallait bien le reconnaître, où l'on pouvait s'attendre à voir débarquer des visiteurs.

Ils étaient deux – deux contre tout un bataillon de guérilleros armés jusqu'aux dents.

Mais c'était un bon début.

CHAPITRE 6

J ANSON activa le micro miniaturisé placé près de sa bouche et siffla entre ses dents. Protocole militaire.

Katsaris lui aussi ôta sa combinaison de vol puis rassembla la toile du parachute.

Les deux hommes tassèrent le tissu de nylon avant de le jeter dans le bassin de la grande fontaine de pierre qui se dressait au centre de la cour. Cet ancien chef-d'œuvre de la sculpture – on remarquait encore les fines ciselures ornant le marbre – était aujourd'hui rempli d'eau de pluie mêlée d'algues. L'écume qui salissait les rebords du large bassin circulaire absorbait la lumière. C'était parfait. Noir sur noir : le camouflage de la nuit.

Janson tâta sa veste et son treillis pour vérifier que toutes les pièces de son équipement étaient bien là. Non loin de lui, Katsaris faisait de même ; chacun inspecta le camouflage et le barda de l'autre, procédure standard lors de telles opérations. Peu de temps s'était écoulé depuis leur saut dans le vide mais ils avaient essuyé de terribles turbulences et beaucoup de choses auraient pu se passer. Malmenés par les courants violents soufflant dans le sillage de l'avion, fouettés par les vents contraires, ils auraient très bien pu perdre une partie de leur matériel, malgré les solides attaches qui le fixaient aux treillis. Janson avait appris cela chez les SEAL ; Katsaris, lui, l'avait appris grâce à Janson.

Ce dernier observa son partenaire. Il devait se fier au blanc de ses yeux pour repérer son visage noirci. Puis il aperçut une tache claire sur son épaule droite. La chemise de Katsaris s'était déchirée durant son roulé-boulé. On voyait la peau. Janson lui fit signe de ne pas bouger, prit dans son treillis un rouleau de Chatterton dont il décolla quelques centimètres et répara l'accroc. La tache claire disparut. *Faire de la couture sur la zone de largage,* pensa Janson.

Et pourtant, mieux valait ne pas négliger ce genre de détail. Si leur tenue noire les aidait à se fondre dans les ténèbres de la cour, il aurait suffi de quelques centimètres de chair argentée brillant dans le faisceau vagabond d'une torche pour tout compromettre bêtement.

Comme il l'avait fait remarquer à Katchall, les rebelles ne disposaient peut-être pas d'une défense de périmètre high-tech, mais possédaient en revanche un atout que la technologie n'avait pas encore réussi à égaler : leurs cinq sens. L'être humain était capable de détecter les anomalies dans les champs visuel, auditif et olfactif bien plus sûrement que n'importe quel ordinateur.

Lors de la descente, ils avaient dû affronter des vents glacials, mais au niveau du sol, même à quatre heures du matin, il faisait trente degrés et l'air était chargé d'humidité. Janson sentit son corps se couvrir de transpiration – de la vraie transpiration, pas de la condensation. A tout moment, son odeur risquait de le trahir. Les Anuriens qui se nourrissaient essentiellement de légumes et de currys de poisson auraient tôt fait de repérer les émanations de ses protéines dermiques de carnivore. Restait à espérer que les brises salines balaieraient les signaux olfactifs de sa présence.

Janson saisit les lunettes de vision nocturne accrochées à sa veste et les porta à ses yeux ; la vaste cour se trouva soudain baignée d'une douce lueur verte. Il s'assura que les œilletons de caoutchouc noir collaient bien à son visage avant d'activer la luminosité : la lumière émise par les lunettes à infrarouge pouvait alerter une sentinelle. Un jour, un commando s'était fait tuer devant ses yeux par une patrouille qui, avertie par une lueur verte, avait tiré au jugé. A dire vrai, l'homme était mort à cause de son écran de montre lumineux.

Katsaris et lui se tenaient dos à dos, chacun balayant de ses jumelles l'espace qui s'étendait devant eux.

Sur le côté nord de la cour, ils virent trois taches orange phosphorescentes, dont deux superposées – un éclair blanc jaillit soudain entre ces taches floues. Janson éteignit les jumelles et les abaissa pour observer la scène à l'œil nu. Il se trouvait à six mètres mais voyait nettement la flamme qui vacillait. On avait craqué une allumette – une allumette de cuisine comme il en existait autrefois – et deux sentinelles étaient en train d'allumer leur cigarette à sa flamme.

Des amateurs, songea Janson. Une bonne sentinelle devait éviter d'attirer l'attention sur elle, et surtout, garder libre son arme la plus importante : ses mains.

Mais alors, qui étaient ces gars ? Le Calife et ses principaux lieutenants, formés par des cellules terroristes au Moyen-Orient, étaient d'une autre trempe que leurs fidèles, souvent recrutés parmi les villageois illettrés.

Il y avait certainement des sentinelles aguerries et de vrais soldats, dans cette forteresse, mais on avait dû les poster sur les créneaux, dans les tours de guet, afin qu'ils surveillent les abords de l'enceinte. Les hommes stationnés dans la cour intérieure remplissaient sans doute des missions plus banales, veillant par exemple à ce que le sommeil du Calife ou des membres de son escorte ne soit pas perturbé par un soiffard imbibé de ganja.

Janson et Katsaris se tenaient presque côte à côte mais le Grec se servit de son micro pour s'adresser à son ami. Son murmure lui parvint amplifié par l'écouteur : « Sentinelle. Coin sud-est. Assise. » Un temps d'arrêt. « Probablement assoupie. »

Janson chuchota : « Trois sentinelles. Véranda nord. Tout ce qu'il y a d'éveillées. »

L'un comme l'autre savaient parfaitement que dans ce genre d'opération, il fallait se diriger vers les gardes, car il y avait de fortes chances pour que les otages ne soient pas très loin. Sauf en cas de guet-apens : il arrivait qu'on place ostensiblement une troupe dans un secteur donné, les otages dans un autre, et d'autres soldats en embuscade. Mais en l'occurrence, aucun doute n'était permis. Les plans du site montraient clairement que le cachot se situait au nord de la cour.

Janson se déplaça lentement sur sa gauche, le long du mur, avant de passer sous l'auvent de la véranda ouest, en se tenant penché derrière le parapet. Certes il faisait noir comme dans un four mais il suffisait d'un seul photon pour activer les bâtonnets de la rétine humaine. Même au cœur de la nuit la plus épaisse, il y avait des ombres. Janson et Katsaris resteraient à l'abri de ces ombres aussi longtemps que possible : ils raseraient les limites de la cour en évitant le centre.

Pendant quelques instants, Janson demeura parfaitement immobile. Il retenait son souffle, l'oreille dressée. Lui parvenaient le doux mugissement de la mer qui baignait la base du promontoire, quelques chants d'oiseaux – des cormorans, peut-être – et, de plus loin encore, les stridulations des insectes tropicaux infestant les forêts au sud. Tel était le bruit de fond de la nuit ; ils feraient bien d'y prêter attention. Tout déplacement, même le plus furtif, produisait des ondes sonores : le tissu frottait contre le tissu, les fibres de nylon s'étiraient et se contractaient autour des membres en mouvement. Il y avait aussi les bruits de pas, perceptibles malgré les épaisses semelles de caoutchouc ; les carapaces des insectes morts, scarabées ou cigales, craquaient sous les bottes. La trame sonore de la nuit atténuerait certains bruits mais pas tous.

Il tendit l'oreille pour essayer de discerner le déplacement de Katsaris, en se concentrant davantage qu'une sentinelle, mais n'entendit rien. Ferait-il aussi bien ?

Trois mètres, six mètres, le long du mur. Il y eut un frottement, puis une minuscule combustion : le troisième garde allumait sa cigarette.

Janson était assez proche pour observer son geste : une grosse allumette frottée contre la brique, une flamme épaisse comme celle d'une bougie, léchant l'extrémité d'un fin cigarillo, pour autant qu'il puisse voir. Au bout de vingt secondes, la fumée du tabac lui chatouilla les narines – en effet, c'était bien un cigarillo. Janson se détendit un peu. L'éclat de l'allumette contracterait les iris des sentinelles, réduisant temporairement leur acuité visuelle. La fumée du tabac les empêcherait d'exercer leur odorat. Et le geste même de fumer ralentirait leurs réactions en cas d'attaque. Il suffisait d'une fraction de seconde pour passer de vie à trépas.

Janson n'était plus qu'à cinq mètres de la véranda nord, dont il apercevait la pierre érodée et la grille de fer forgé. Les tuiles en terre cuite qui couvraient le toit n'étaient pas d'origine et juraient sur ce bâtiment ayant connu tant de réaménagements au cours des siècles : trois étages qui avaient dû faire la fierté de leur commanditaire, un arrogant seigneur hollandais désireux de transformer l'ancienne forteresse portugaise en « palais ». Les fenêtres des grandes salles du premier étaient ornées de vitres au plomb, de moulures en encorbellement et d'impostes voûtées. La plupart étaient sombres ; à travers l'une filtrait une lueur provenant d'un couloir. Où pouvait bien dormir le Calife, le grand architecte de la mort ? Janson avait sa petite idée sur la question.

Ce serait si facile. Une grenade à fragmentation, lancée à travers la vitre, un missile Stinger explosant dans la chambre à coucher. Et c'en serait fait d'Ahmad Tabari. Son corps retournerait à la poussière. Comme celui d'Helen. Il chassa cette pensée. C'était un pur fantasme. Un fantasme auquel il ne pouvait se permettre de céder, car il n'avait rien à voir avec l'objectif de cette mission. Peter Novak était un grand homme. Non seulement Janson lui devait la vie mais le monde entier lui devrait peut-être sa survie dans l'avenir. Aussi bien sur le plan moral que stratégique, le calcul était imparable : la sauvegarde d'un grand homme prévalait sur l'anéantissement d'un être nuisible.

Le regard de Janson passa de la suite du gouverneur à la véranda nord, en contrebas.

De là où il se tenait, il voyait assez bien le visage des sentinelles. Des paysans aux traits épais dont l'expression disait l'absence de méfiance, l'absence d'artifices. Leur jeunesse le surprit. L'agent bientôt quinquagénaire se prit à songer qu'autrefois, lorsqu'il servait sur le terrain, il ne les aurait pas trouvés si jeunes que cela. Ces types étaient plus âgés que lui, du temps où il combattait derrière la Ligne Verte, près de la frontière cambodgienne. Plus âgés que lui, le jour où il avait tué pour la première fois, le jour où il avait failli se faire tuer pour la première fois.

Il apercevait leurs mains usées par les travaux des champs plus que par le maniement des armes. *Des amateurs, oui,* se répéta-t-il ; mais cette pensée n'était pas faite pour le rassurer. Le FLK était trop bien organisé pour avoir placé un trésor aussi inestimable sous la protection de simples paysans. Ils constituaient une première ligne de défense. Mais pourquoi une première ligne de défense alors que, logiquement, aucune défense n'était nécessaire ?

Et où était Katsaris ?

Le regard de Janson tenta vainement de percer les deux cents mètres d'obscurité qui le séparaient de l'autre extrémité de la cour. Katsaris était invisible. Ou ailleurs.

Il émit un léger sifflement dans le micro, en tentant de moduler le son afin de le rendre semblable aux bruits des insectes et des oiseaux nocturnes.

On lui répondit de la même manière. Katsaris était à son poste, prêt à l'action.

Sa première décision serait essentielle ; d'elle dépendrait la suite de l'opération : était-il prudent de descendre ces hommes ? Servaient-ils de leurres – comme des oiseaux sur un fil ?

Y avait-il un fil ?

Janson se releva pour observer les fenêtres derrière la grille en fer forgé. La transpiration s'étalait sur lui comme un film de boue ; l'humidité de l'air empêchait toute évaporation. A présent, il regrettait d'avoir refusé les pilules de Katsaris. La transpiration ne le rafraîchissait pas ; elle lui collait à la peau tel un vêtement trop étroit.

En même temps, il se disait qu'il ne devrait pas se laisser distraire par des pensées aussi futiles. Il fallait se concentrer. *Y avait-il un fil ?*

Il dirigea ses lunettes à infrarouge vers la grille, derrière les paysans qui fumaient. Rien.

Si, quelque chose. Une tache orange, trop petite pour correspondre à un corps humain. Selon toute probabilité, c'était la main d'un homme caché derrière un mur de pierre.

On pouvait raisonnablement imaginer que les gardes sur la véranda se croyaient seuls. S'ils avaient su que d'autres soldats étaient là en renfort, ils auraient encore plus relâché leur attention déjà flottante. Donc ils ignoraient la présence de leurs collègues.

Quant aux renforts, avaient-ils eux-mêmes des renforts ? S'agissait-il d'une opération séquentielle ?

Improbable. Mais pas impossible.

D'une longue poche cousue au niveau de la cuisse, Janson extirpa un tube en aluminium noir, long de trente-trois centimètres, large de dix. Ses parois internes tapissées d'un épais réseau de mailles d'acier étouffaient les bruits produits par la créature vivante qui s'y trouvait enfermée. Les 90 % d'oxygène pur composant l'atmosphère à l'intérieur de l'étui empêchaient que l'animal ne meure d'asphyxie durant l'opération.

Le moment était venu de faire du bruit, de distraire l'ennemi.

Il dévissa l'extrémité du tube ; le couvercle et le pas de vis revêtus de teflon glissèrent silencieusement l'un contre l'autre.

Il attrapa le rongeur par sa longue queue pelée et le lança vers la véranda. L'animal décrivit un arc de cercle et atterrit comme un prédateur nocturne ayant glissé d'un toit.

Son pelage noir luisait dans l'obscurité. La bestiole se mit à pousser ses habituels grognements porcins. Au bout de quatre secondes les sentinelles s'aperçurent qu'elles avaient un visiteur. Crâne rond, museau large, queue écailleuse dépourvue de poils. Trente centimètres de long, deux livres et demie. Un rat péramèle. *Bandicota bengalensis* était son nom savant. La *bête noire** de Ahmad Tabari. Au sens propre.

Les gardes kagamas se mirent à murmurer en dravidien. Des phrases brèves, précipitées.

« *Ayaiyo, ange paaru, adhu yenna theridhaa ?* »

« *Aiyo, perichaali !* »

« *Adha yepadiyaavadhu ozrikkanum.* »

« *Andha vittaa, naama sethom.* »

« *Anga podhu paaru.* »

Suivant son instinct, l'animal fila vers une entrée, tandis que les gardes, suivant le leur, essayaient de l'arrêter. La tentation était grande d'abattre l'énorme rongeur d'un coup de feu, mais le bruit aurait réveillé tout le monde et on n'aurait pas fini de se moquer d'eux. Plus grave, si jamais on apprenait qu'ils avaient laissé entrer un rat paramèle, il leur en coûterait. Comment prévoir la réaction du Bien-Aimé, qui dormait dans la suite du gouverneur, si jamais il tombait sur ce présage de mort trottinant dans ses appartements ? Il entrerait peut-être dans une fureur noire et, mettant lui-même à exécution le présage dont le rat était porteur, ordonnerait qu'on liquide les sentinelles coupables de négligence. Ils n'avaient pas oublié ce qui s'était passé l'autre jour.

Devant la consternation des sentinelles, les hommes placés en renfort – la seconde équipe – crurent bon de venir voir ce qui se passait, comme Janson l'avait espéré. Combien étaient-ils ? Trois – non, quatre.

Ceux-là étaient équipés de M16 américains, datant probablement du Viêt-nam. C'était le fusil standard des fantassins à l'époque. Après la chute du Sud, la NVA[1] en avait récupéré des milliers d'exemplaires. Par la suite, le M16 pénétra sur le marché international et devint le semi-automatique préféré des mouvements de guérilla partout dans le monde. Ces groupuscules souvent nécessiteux les achetaient à crédit, pinaillaient sur le prix et ne dépensaient jamais plus que nécessaire. Des guerres à tempérament. Les M16 tiraient de courtes rafales qui faisaient un bruit de scie, s'enrayaient rarement et, si on les entretenait, résistaient assez bien à la rouille, même sous les climats humides. Janson respectait cette arme ; il respectait toutes les armes. Mais il savait aussi qu'on ne les utilisait jamais sans nécessité. Il fallait une raison sacrément valable pour que des soldats prennent le risque de réveiller leur chef endormi, au beau milieu de la nuit.

---

1. Armée nord-vietnamienne. (N.d.l.T.)

Janson sortit un deuxième rat de son habitacle, celui-là encore plus gros que le premier. Tandis que l'animal se tortillait entre ses mains gantées, Janson lui enfonça dans le ventre l'aiguille d'une petite seringue hypodermique remplie d'amphétamine-d. La substance rendrait le rongeur hyperactif, plus téméraire et rapide que son congénère et, aux yeux des sentinelles, bien plus dangereux que lui.

Il l'empoigna et le lança en l'air. Les petites griffes acérées s'agitèrent dans le vide puis l'animal atterrit sur la tête d'un jeune paysan converti en sentinelle – qui poussa un hurlement bref mais strident.

Janson n'en demandait pas tant.

Avait-il outrepassé le but recherché ? Si le cri attirait d'autres soldats vers l'aile nord, la manœuvre se révélerait néfaste, totalement contraire à ses attentes. Pour l'instant, rien de tel ne semblait se passer. En revanche, il avait semé la panique parmi les sentinelles postées dans la cour. Tournant la tête vers la limite de l'accotement, il contempla avec satisfaction la confusion et le désarroi qui se répandaient dans tout le secteur nord. C'était là qu'il comptait se rendre. Or, aucun passage couvert n'y menait car les couloirs en pierre prolongeant les longues murailles est et ouest de l'enceinte s'interrompaient à cinq mètres du mur opposé.

Les gardes étaient dans la lumière ; Katsaris et lui resteraient dans le noir. C'était une protection, mais insuffisante en l'occurrence ; leurs déplacements s'inscriraient quand même dans le champ visuel de leurs ennemis, sans compter que la faible lueur venant du bâtiment éclairait l'étendue pavée devant la véranda nord. La mission requérait une discrétion absolue : ils avaient beau être surentraînés et suréquipés, ils seraient bien incapables à eux deux de tenir en respect la centaine de guérilleros cantonnés dans les baraquements du Palais de Pierre. S'ils se faisaient repérer, c'était la mort pour eux. Ça ne faisait pas un pli.

Dix mètres devant, un homme de haute taille apparut à l'étage, surplombant les autres d'une hauteur de deux mètres. Plus âgé qu'eux, sa peau brune et burinée était marquée de rides profondes. Il leur imposa le silence. Silence : ce mot signifiait qu'il ne fallait pas réveiller les hauts personnages ayant élu domicile dans le palais. Quand Janson l'examina, son malaise grandit. Son expression laissait soupçonner une tout autre préoccupation que le silence. L'homme devait se douter de quelque chose, à voir son regard inquiet, ses yeux plissés, passant d'une sentinelle à l'autre, observant attentivement les soldats paniqués qui s'agitaient dans la cour obscure, avant de se porter vers les fenêtres à barreaux, au-dessus de lui. C'était un regard très particulier ; l'homme connaissait les caractéristiques de la vision nocturne : la nuit, la vision périphérique était plus précise que la vision directe qui, elle, transformait les images au gré de l'imagination. Pour voir dans la pénombre, il fallait bouger les yeux de telle manière que le cerveau assemble une image à partir des formes incertaines transmises par le nerf optique.

Janson continuait d'étudier son visage ridé et d'émettre des conjectures. Il s'agissait d'un individu intelligent, d'un guerrier ; pour lui, l'incident n'avait rien d'anodin. On voyait que c'était un chef à la manière dont les soldats le considéraient. On pouvait aussi le deviner à l'arme qu'il portait en bandoulière : un KLIN russe. Un modèle assez courant, mais plus petit et un poil plus cher que le M16. Le KLIN était plus fiable pour le tir ajusté que son homologue américain convenant davantage aux hommes de troupe dont l'entraînement souffrait de pas mal de lacunes.

Les autres lui devaient sans doute obéissance.

Janson le vit prononcer quelques mots en kagama tout en désignant la cour obscure. Il réprimandait le fumeur. Ce type-là n'avait rien d'un amateur.

S'ils se faisaient repérer, c'était la mort assurée. Les avait-on repérés ?

Mieux valait supposer le contraire. *Supposer le contraire* : comment aurait réagi le lieutenant-colonel Alan Demarest devant un si piètre raisonnement ? Comment aurait-il pris cet optimisme forcé, cet espoir irraisonné de voir les événements se conformer aux impératifs de l'opération ? Mais Demarest était mort – il était mort devant un peloton d'exécution – et, s'il existait une justice dans cet univers, il pourrissait en enfer. A quatre heures du matin, dans la moiteur de la nuit anurienne, coincé dans la cour du Palais de Pierre, entouré de terroristes lourdement armés, à quoi bon calculer les chances de succès de leur mission ? Tout cela relevait presque de la théologie. *Credo quia absurdum.* J'y crois parce que c'est absurde.

Et le vieil homme ridé : en quoi croyait-il, lui ? Il avait réagi le premier. Mais du temps avait passé. Maintenant, tous les soldats en faction devaient être au courant de l'incident. En même temps, l'essentiel était que les esprits se calment – ce n'était qu'un rat, après tout ! Parce qu'il y aurait d'autres bruits, inévitablement. Les bruits explicables étaient inoffensifs, les autres inquiétaient ; ils essaieraient d'en savoir plus et, du coup, tout risquait de tomber à l'eau.

D'un étui qui pendait à son treillis noir, Janson extirpa le Blo-Jector, un tube en aluminium anodisé long de soixante centimètres. La conception des poches et des étuis avait représenté un vrai casse-tête. Afin d'éviter le crissement râpeux du Velcro qu'on décolle et le tintement des métaux qui s'entrechoquent, on avait inventé un système de fermeture insonore. Une paire de barrettes magnétiques, insérées dans un fin tissu de laine, faisait l'affaire : les aimants assuraient une fermeture efficace et une ouverture discrète.

Janson exposa son plan à voix basse dans le micro. Il s'occuperait de l'homme de haute taille et du garde placé à sa droite ; Katsaris des autres. Janson porta à ses lèvres l'embout en caoutchouc de la sarbacane, le regard fixé au loin. La flèche était d'une conception particulière : une fine aiguille de calibre 33, un réservoir de poison, le tout à l'intérieur d'une fausse guêpe en acrylique et Mylar. Si les gardes prenaient la peine de regarder la guêpe de près, la supercherie serait facilement découverte mais il y avait fort à parier qu'ils ne s'y attarderaient pas. Il souffla dans l'embout puis inséra très vite une autre flèche, la lança et s'accroupit de nouveau.

Le vieil homme porta la main à son cou, extirpa le dard et l'examina sous la faible lumière. Le poison avait-il eu le temps de se diffuser ? La chose avait la forme et la consistance d'un gros insecte : un exosquelette rigide, un corps rayé. Son poids, en revanche, pouvait éveiller les soupçons, surtout si la fausse guêpe contenait encore le liquide paralysant, un millilitre de citrate de carfentanile. L'homme ridé considéra la bestiole d'un air furieux puis ses yeux fouillèrent la pénombre, en privilégiant l'endroit où se cachait Janson. Il l'avait sûrement repéré.

Le soldat saisit le revolver qu'il portait à la ceinture – et bascula par-dessus la balustrade. Janson entendit le bruit sourd de son corps heurtant les pavés, deux mètres en dessous. Deux autres sentinelles s'effondrèrent, évanouies.

A gauche, il perçut une conversation affolée. Deux des gardes restants venaient de s'apercevoir que quelque chose ne tournait pas rond. Que fabriquait Katsaris ?

S'ils avaient choisi d'utiliser un paralysant, ce n'était pas uniquement par humanité. Rares étaient les êtres humains ayant fait l'expérience de la flèchette au carfentanile ; pendant dix secondes, les victimes croyaient à une piqûre d'insecte. Dix secondes cruciales qu'on n'obtenait pas avec une arme munie d'un silencieux : si jamais le tireur ne touchait pas la région cérébrale – seule manière d'induire une perte de conscience immédiate – le blessé avait le temps de crier et de donner l'alerte. Dans un corps à corps, le meilleur moyen de paralyser discrètement l'adversaire était le garrot qui coupait à la fois la respiration et la circulation, mais dans le cas présent, c'était infaisable. La sarbacane comportait aussi certains risques ; cependant, une bonne tactique ne reposait pas sur le choix de la meilleure approche possible, mais sur celui de la meilleure approche envisageable en fonction de la situation.

Janson pointa sa sarbacane vers les deux gardes qui baragouinaient. Il s'apprêtait à leur décocher une autre flèchette quand ils tombèrent dans les vapes ; tout compte fait, Katsaris les avait touchés.

Le silence revint, entrecoupé par les jacassements des pies et des mouettes, les stridulations des grillons et des criquets. Un bruit de fond parfaitement normal. On aurait pu croire qu'une fois résolu le problème du rat, les hommes avaient repris leur poste de surveillance.

Pourtant la garantie dont ils venaient de s'assurer pouvait disparaître à tout moment. Selon les informations grappillées à partir des images satellite, l'équipe ne serait relevée que dans une heure – mais comment savoir si l'horaire n'avait pas été modifié ? Maintenant chaque minute comptait.

En toute hâte, Janson et Katsaris traversèrent la véranda nord dans l'obscurité et se faufilèrent entre les épais piliers qui la supportaient, espacés d'un mètre les uns des autres. D'après les plans, la dalle circulaire se trouvait au milieu de la muraille nord, touchant presque l'enceinte principale. Janson fouilla le sol à l'aveuglette. Il passa les mains sur les gravats accumulés au point de jonction entre le sol et le mur du bâtiment. Soudain, il sentit un relief, une forme lisse comme un tuyau de caoutchouc, et fit un bond en arrière. Il venait de déranger un serpent. La plupart des espèces indigènes étaient inoffensives, mais les serpents venimeux – dont la vipère *echis carinatus* et le *bungarus* anurien – n'étaient pas rares. Il tira un poignard de combat de son treillis et l'abattit à l'aveuglette. Le couteau rencontra une résistance – il avait heurté quelque chose. Une chose épaisse et sinueuse se déroba devant la lame acérée.

« Je l'ai trouvée », murmura Theo, à quelques pas de là.

Janson alluma une petite torche infrarouge, la fixa sur ses lunettes de vision nocturne en la faisant passer du mode lumière des étoiles au mode IR.

Theo se tenait accroupi devant un grand disque de pierre. La grotte cachée sous leurs pieds avait connu divers usages au fil des ans. Mais elle avait surtout fait office de prison. En d'autres temps, on y avait stocké des choses inanimées : vivres, munitions. Sous la lourde maçonnerie circulaire s'ouvrait un conduit vertical servant de toboggan. A l'origine, la plaque avait été conçue de manière à ce qu'on puisse la déplacer aisément, mais depuis lors, les choses avaient changé. Si déjà ils arrivaient à la déplacer tout court, ils auraient de la chance.

La dalle comportait deux poignées creusées. Theo agrippa l'une d'elles, s'arc-bouta sur ses jambes puissantes et tira de toutes ses forces. Rien. On n'entendit qu'un grognement étouffé.

Janson vint lui prêter main-forte. Il s'accroupit en face de lui, glissa ses deux mains dans la fente conçue à cet effet et, prenant lui aussi appui sur ses jambes, tira en même temps que son ami. Il entendit Theo vider lentement ses poumons pour accompagner le mouvement.

Rien.

« Dévisse, murmura Janson.

— C'est pas un bocal d'olives », dit Theo en changeant de position. Il coinça ses hanches contre le mur perpendiculaire, saisit fermement le rebord cannelé de la plaque et poussa. En face de lui, Janson tira dans le même sens, celui des aiguilles d'une montre.

Et enfin, quelque chose bougea ; on entendit le raclement de la pierre, un bruit faible mais bien reconnaissable. Janson comprit pourquoi ils avaient tant peiné. Le couvercle reposait sur une sorte d'argile réfractaire et, au fil des ans, la surface de calcaire s'étant peu à peu décomposée sous l'effet de l'humidité tropicale, les fragments minéraux de la glaise et du calcaire avaient fini par s'amalgamer pour former un mortier naturel. En somme, la plaque s'était retrouvée scellée. Maintenant qu'ils avaient brisé le sceau, restait à soulever le couvercle.

Ils s'accroupirent de nouveau pour tirer de concert. La plaque, épaisse de vingt centimètres, était excessivement lourde. Normalement, il fallait quatre hommes costauds pour la déplacer, pas deux. Mais c'était faisable. Bandant leurs muscles, ils la soulevèrent et la firent tout doucement glisser sur le côté.

Janson coula un regard dans le trou qui s'ouvrait sous leurs pieds. A quelques centimètres, il trouva une grille. Au-delà de cette grille, régnait un brouhaha montant d'un souterrain.

Des voix sourdes, indistinctes, dont on ne percevait que les intonations – colère, peur, joie, mépris, anxiété. Si l'on y réfléchissait bien, les paroles étaient purement décoratives, en règle générale ; elles servaient surtout à tromper l'interlocuteur. La formation aux techniques d'interrogatoire insistait sur la manière de déceler, à travers les mots prononcés, les diverses particularités des intonations. Les sons qui refluaient vers eux ne venaient pas des prisonniers – Janson le savait pertinemment. Et si ce n'étaient pas des prisonniers, qui étaient ces types installés dans les cachots ? Des gardes bien sûr. Ceux qui allaient leur donner du fil à retordre.

Couché à plat ventre, Janson tendit le cou pour placer sa tête juste au-dessus de la grille. L'air souterrain lui rafraîchit le visage et bientôt l'odeur de la fumée de cigarette lui chatouilla les narines. Au départ, les sons ressemblaient au murmure d'un ruisseau mais au bout d'un instant, il parvint à distinguer plusieurs voix différentes. Combien ? Impossible à déterminer avec exactitude. Quant à savoir si le nombre de voix entendues correspondait à celui des gardes présents dans la pièce, rien n'était moins évident.

Le toboggan se prolongeait sur plusieurs mètres, incliné à quarante-cinq degrés presque tout le temps. Ensuite, la pente s'adoucissait. Le conduit était donc trop incurvé pour qu'on puisse apercevoir quoi que ce soit, malgré la faible lumière qui filtrait à travers la grille.

Katsaris tendit à Janson la caméra à fibre optique. L'objet, fixé au bout d'une longue cordelette, ressemblait vaguement à un petit coffret à maquillage. Janson s'accroupit, le dos collé aux moellons de calcaire et glissa la cordelette à travers les barreaux, très lentement, pour ne pas dépasser la limite. Epaisse comme un fil de téléphone ordinaire, son autre extrémité n'était guère plus grosse qu'une tête d'allumette. A l'intérieur du câble courait une double fibre de verre transmettant les images sur un écran de sept centimètres sur douze, le « coffret à maquillage » placé à l'autre bout. Sans quitter des yeux le petit affichage à cristaux liquides, Janson continua de faire descendre la cordelette par la grille. Si l'un des types en bas remarquait l'objet et l'identifiait, c'en serait fini de la mission. La brume grise qui voilait l'écran se dissipa peu à peu. Brusquement, s'afficha une image déformée par le grand angulaire. Une salle faiblement éclairée. Janson ramena la corde sur deux centimètres. Maintenant la vue était en partie bouchée mais une grande partie de l'image précédente restait encore à l'écran. L'extrémité du câble se trouvait probablement à un millimètre de la sortie du toboggan. Il y avait peu de risques qu'on la repère. Cinq secondes plus tard, grâce au programme de mise au point automatique, Janson obtint une image d'une netteté et d'une luminosité maximales.

« Combien ? demanda Katsaris.

— Pas génial, dit Janson.

— Combien ? »

Avant de répondre, Janson actionna le bouton qui faisait pivoter le bout de la caméra. « Dix-sept gardes. Armés jusqu'aux dents. Mais quand on aime... on ne compte pas.

— Merde, marmonna Katsaris.

— Je suis d'accord, grogna Janson.

— Si seulement on les avait en ligne de mire, on pourrait les arroser, ces salauds.

— Mais ce n'est pas le cas.

— Et si on leur envoyait une grenade à fragmentation ?

— S'il en reste un seul en vie, le prisonnier y passe, répondit Janson. On a vu ce qu'on voulait voir. Mieux vaut bouger son cul et rejoindre l'Entrée A. » L'Entrée A, comme on la désignait sur les plans, était une issue depuis longtemps désaffectée conduisant à l'arrière des cachots. C'était un élément clé : pendant qu'ils feraient sortir le prisonnier par les boyaux de l'enceinte, ils comptaient lancer une grenade silencieuse au phosphore dans le toboggan, pour paralyser les gardes.

« Compris, dit Katsaris. Si l'entrée est bien là où on le pense, je devrais être de retour dans trois minutes. J'espère seulement que tu en profiteras pour leur faire passer un sale quart d'heure.

— Grouille-toi de revenir », lança Janson l'air de rien. Il régla l'image manuellement, en tournant de temps en temps l'extrémité de la caméra sous un nouvel angle.

A travers la fumée bleutée des cigarettes, il vit que les hommes jouaient aux cartes, assis autour de deux tables. Tel était le passe-temps favori des soldats, Janson le savait. Ces hommes forts, armés, investis d'un pouvoir de vie et de mort, combattaient leur plus redoutable ennemi, l'ennui, au moyen de fins rectangles de carton plastifié. Lui-même avait disputé d'innombrables parties, quand il était soldat. Il préférait oublier combien.

Janson étudia leurs mouvements, leur façon de ramasser, de jeter. Il connaissait ce jeu. Il y avait passé des heures, autrefois, dans la jungle mauricienne. On l'appelait le proter, un sorte de rami à la mode de l'océan Indien.

Et tandis que Janson suivait l'évolution de la partie, son regard fut attiré par un jeune homme – dix-huit, dix-neuf ans ? – assis à la plus grande table. Il épiait les autres d'un air à la fois circonspect et admiratif.

Le jeune soldat regardait autour de lui. Ses joues couvertes d'acné se plissèrent dans un sourire qui révéla ses dents blanches et fit briller ses yeux. Il tenait la victoire.

Janson connaissait ce jeu. Pas seulement le jeu de proter mais aussi celui auquel se livrait le jeune homme : risquer gros pour gagner gros. Après tout, ils y jouaient tous les deux.

Il portait sur l'épaule une cartouchière munie de sept cartouches 7 mm; une Ruger Mini-14 avec bretelle reposait en travers de sa poitrine. Une arme automatique plus lourde – Janson n'y voyait pas assez clair pour identifier la marque – était posée contre sa chaise. Elle allait certainement avec la cartouchière. A voir tout cet arsenal, on devinait que le jeune homme occupait une position de leader, autant du point de vue militaire que récréatif.

Il frotta les jointures de ses doigts sur le tissu bleu qui lui ceignait la tête et ramassa toutes les cartes.

Quelques cris fusèrent : les autres n'en croyaient pas leurs yeux.

Prendre ce genre de décision à ce stade du jeu tenait un peu du suicide – enfin, à moins que le joueur ne soit certain de pouvoir se débarrasser de toutes ses cartes à la fois. Une telle assurance requérait une puissance d'observation et un sang-froid hors du commun.

La partie s'arrêta momentanément. Même les soldats installés à la deuxième table, plus petite, se levèrent pour regarder. Quand ils se déplacèrent, Janson vit qu'ils avaient tous un fusil, plus une arme de poing, au moins. Leur équipement, plus très neuf, semblait correctement entretenu.

Le jeune homme abattit ses cartes, l'une après l'autre, dans une suite parfaite. On avait l'impression d'assister à une partie de billard américain, au moment où le maître fait disparaître une boule après l'autre, comme s'il jouait tout seul. Bientôt il n'eut plus rien en main. Alors, il rejeta la tête en arrière et sourit de toutes ses dents. Une série de treize cartes – ses camarades qui, apparemment, n'avaient jamais rien vu de tel, éclatèrent en applaudissements – devant la virtuosité de leur compagnon, leur colère avait laissé place à l'admiration.

Un simple jeu. Un chef guérillero kagama, et champion de proter par-dessus le marché. Serait-il aussi habile avec la mitraillette posée près de sa chaise ?

A travers la caméra à fibre optique, Janson regarda attentivement le visage du jeune homme. Une autre partie commençait. S'ils avaient le temps de la terminer, son issue était prévisible.

Il s'agissait non pas de simples fermiers, mais de soldats aguerris. Janson le devinait rien qu'à la manière dont leurs armes pendaient sur leurs tenues de combat. Ils connaissaient leur métier. Si jamais ils se trouvaient assiégés, ne disposant que de quelques secondes pour se ressaisir, ils abattraient le prisonnier. D'après les messages interceptés qu'il avait eu l'occasion de parcourir, telle était la teneur de leurs ordres.

Il zooma sur le jeune boutonneux avant de faire de nouveau pivoter l'objectif. Dans cette salle se trouvaient dix-sept guerriers expérimentés dont au moins un possédait des facultés d'observation et un sang-froid presque surhumains.

« *On est baisés* », déclara soudain Katsaris dans le micro, comme s'il s'agissait d'une simple constatation.

« J'arrive », dit Janson en reculant la caméra de quelques centimètres dans le renfoncement du toboggan. Son estomac se contracta en une petite boule de matière dense.

Il se redressa autant que l'espace le lui permettait ; ses jambes lui faisaient mal d'être restées trop longtemps fléchies en position accroupie. En vérité, il était trop vieux pour ce genre d'aventure, trop vieux d'au moins dix ans. Pourquoi avait-il décidé de tenir ce rôle, le plus dangereux et le plus exigeant qui soit ? Pourquoi ? Parce que personne d'autre n'aurait accepté de le faire, de tenter le coup. Voilà pourquoi. Ou plutôt, s'il n'avait pas dit oui, personne d'autre ne se serait senti dans l'obligation de se substituer à lui. En plus, son expérience était irremplaçable. Ayant conçu le plan, il était le mieux à même de le modifier en cas de nécessité. Telles étaient les pensées qui tournaient dans sa tête. Avait-il fait preuve de vanité ? Voulait-il se prouver qu'il était encore à la hauteur ? Ou bien la dette d'honneur qui le liait à Peter Novak était-elle si obsédante que pour s'en acquitter, il avait pris sans réfléchir une décision susceptible, au bout du compte, de mettre en péril la vie de celui qu'il espérait sauver, tout autant que la sienne ? Assailli par le doute, il dut se contrôler pour garder son calme. *Clair comme l'eau, froid comme la glace.* Ce mantra, il se l'était souvent répété au cours de ces interminables journées et nuits passées dans la terreur et l'angoisse, quand il était prisonnier de guerre au Viêt-nam.

Katsaris était posté à l'endroit précis où les plans indiquaient l'emplacement de la deuxième entrée – l'entrée sans laquelle toute cette opération eût été impossible.

« Le truc est bien à l'endroit prévu, dit Katsaris. On voit la forme de la trappe.

— Ça c'est une bonne nouvelle. J'aime les bonnes nouvelles.

— On l'a scellée avec du parpaing.

— J'ai horreur des mauvaises nouvelles.

— La maçonnerie paraît en bon état. Pas plus de trente ans d'âge, à vue de nez. On dirait que l'entrée a souffert des inondations par le passé. On l'a réparée comme ça. Enfin, je suppose. Résultat, l'Entrée A n'existe plus. »

L'estomac de Janson se contracta encore plus. *Clair comme l'eau, froid comme la glace.*

« C'est pas un problème, dit Janson. Il y a un autre moyen. »

Mais le problème existait bel et bien, contrairement à l'autre moyen. Seulement un officier supérieur ne doit jamais paniquer devant ses hommes.

Ils s'étaient embringués dans cette aventure sans connaître tous les détails. Sachant que Peter Novak était détenu dans le cachot colonial – chose que les écoutes leur avaient confirmée –, ils en avaient déduit, ça tombait sous le sens, que Novak serait étroitement surveillé. D'où la nécessité d'une insertion par les airs. Mais ensuite ? Janson n'avait jamais caressé l'éventualité d'une attaque frontale de la prison – en fonçant tête baissée, il aurait signé l'arrêt de mort du détenu et de ses sauveteurs. Non. L'intérêt de son plan résidait dans la notion de simultanéité : il fallait immobiliser les gardes et profiter de leur impuissance pour récupérer l'otage. Mais à présent, voilà que l'entrée de service était condamnée. Et la mission avec elle.

« Suis-moi, dit Janson. Je vais te montrer. »

Katsaris et lui retournèrent vite au toboggan. Et tout en marchant, Janson se torturait les méninges pour imaginer une solution de remplacement. Il y en avait une. La vague idée qui venait de surgir était un pis-aller, mais c'était mieux que rien. Elle avait au moins l'intérêt de ranimer l'espoir.

Il manipula les commandes de la caméra à fibre optique pour passer du soldat assis aux marches usées de l'escalier qui s'élevait au fond de la salle. « Escalier, dit-il. Palier, canalisation, rebord. » Dépassant du palier formant entresol, on apercevait un rebord en béton. « Un rajout relativement récent – datant des derniers travaux de plomberie. Quelques dizaines d'années, je dirais.

— On peut pas y arriver sans se faire remarquer.

— Peut-être que si. Pour passer du palier au rebord en béton, il ne faut que quelques secondes. Tablons sur la fumée de cigarette et le fait que les gardes sont plongés dans cette captivante partie de proter. Tu connais encore le principe de simultanéité. On va se servir de l'entrée principale et du toboggan en même temps.

— C'était ça ton plan de remplacement ? répliqua Katsaris. Question d'improvisation, le Miles Davis Quintet ne t'arrive pas à la cheville. Bon Dieu, Paul, c'est une mission ou un bœuf ?

— Theo ! » s'exclama Janson pour inciter Katsaris à faire un effort de compréhension.

« Et comment savoir s'ils n'ont pas posté un garde dans le cachot, avec le prisonnier ?

— Tout contact rapproché avec Peter Novak représente un danger. Les types du FLK en sont parfaitement conscients – ils le retiennent prisonnier mais évitent qu'il côtoie les rebelles kagamas.

— Que craignent-ils – qu'il poignarde une sentinelle avec une menotte ?

— Ils n'ont pas peur de lui mais de ce qu'il pourrait dire, Theo. Dans un pays pauvre, les paroles d'un homme riche sont des armes dangereuses – bien plus efficaces pour briser les barreaux d'une cage que n'importe quelle scie à métaux. Voilà pourquoi les gardes sont tous regroupés loin du prisonnier. Si jamais Novak avait l'occasion de nouer des liens avec un seul d'entre eux, il pourrait le manipuler et Dieu sait ce qui s'ensuivrait. Rappelle-toi, Theo, à Anura, le produit national brut par habitant n'atteint pas les sept cents dollars par an. Imagine le tableau : un garde kagama en train de converser avec un milliardaire. Tout le monde sait que Novak est un homme de parole. Mets-toi à la place d'un de ces rebelles. Novak te promet d'exaucer tes rêves les plus fous, de t'offrir assez d'argent pour vivre dans l'opulence avec ta famille, jusqu'à la fin de tes jours. Il est évident que tu vas commencer à te poser des questions – c'est dans la nature humaine. Il arrive que la ferveur idéologique immunise certaines personnes contre la tentation. Le Calife est dans ce cas. Les types qui tiennent les commandes connaissent les risques. MVTQC – mieux vaut tenir que courir. Alors on l'enferme, mais en l'isolant. C'est le seul moyen d'éviter les écueils. »

Curieusement, Katsaris sourit. « OK, patron, dis-moi ce que je dois faire ». Les deux hommes avaient atteint un espace mental se situant au-delà de la peur ; une étrange sérénité propre aux situations désespérées les possédait. Enfin, pour l'instant.

Ils joignirent leurs forces pour soulever la grille, geste d'autant plus délicat qu'il devait s'effectuer sans bruit. Puis Janson partit de son côté. Il se sentait mal. Ses articulations, ses muscles malmenés refusaient de lui obéir. Il était rouillé. Tout simplement. Le Beretta glissé dans son holster lui meurtrissait la cuisse. Sur son visage couvert de peinture waterproof, perlaient des gouttes de transpiration qui ruisselaient dans ses yeux irrités. Il fallait se rendre à l'évidence, il n'avait plus la même faculté de récupération, et il était en train de l'apprendre à ses dépens ; ses muscles avaient de la peine à se décontracter – ils lui faisaient mal alors que la douleur physique était la dernière chose dont il devait se préoccuper en cet instant même. Autrefois, quand il combattait, son corps tout entier était une arme mortelle, un automate tendu vers un but. A présent, il n'était plus qu'un homme. Sa combinaison trempée de sueur lui collait aux genoux, à l'entrejambe, aux aisselles, aux coudes.

Il avait présumé de ses forces. Il aurait peut-être dû rester près du toboggan et laisser la place à Katsaris. Gravissant péniblement la maçonnerie en blocage qui soutenait le mur, il s'avança vers l'un des nombreux espaces rectangulaires conduisant au rebord intérieur de la véranda. Ces étroits intervalles servaient à éviter que l'eau ne détrempe le rez-de-chaussée pendant les violentes averses de la mousson. En se tortillant, il se glissa dans les quarante centimètres de la gouttière. Il avait du mal à respirer : l'effort ? la peur ? Katsaris l'avait félicité pour son idée. Il n'en pensait pas moins, Janson le savait. C'était un plan foireux mais ils n'en avaient pas d'autre.

Toujours secoué de spasmes musculaires, Janson s'engagea dans un corridor de service attenant à la salle de réception de l'aile nord. Il jeta un œil sur les plans : longer le corridor à gauche, sur six mètres. La porte serait au bout du couloir. Discrète. Pierre recouverte de bois. Cette porte qui n'avait l'air de rien ouvrait sur le plus lugubre des cachots. Les deux chaises posées de chaque côté étaient vides. Les sentinelles, attirées par le vacarme de tout à l'heure, étaient sans doute évanouies au pied de la véranda. De même que les deux gardes placés en renfort, qui normalement auraient dû surveiller l'enfilade du couloir. Sept hommes hors d'état de nuire. Il en restait dix-sept.

Quand il se posta devant la porte, Janson sentit son cœur s'emballer. La serrure ne datait pas d'hier, il en viendrait à bout facilement. S'il avait réussi à arriver jusque-là, ce n'était pas pour se laisser arrêter par un malheureux verrou. Après une rapide inspection, il constata qu'il s'agissait d'un verrou à bascule, dont la conception datait sans doute du milieu du XXe siècle. Plaques de métal rectangulaires au lieu de goupilles, ressorts placés à l'intérieur du cylindre lui-même. Il sortit une tige d'acier en forme de crochet, un peu plus grosse qu'une allumette, en enfonça l'extrémité recourbée dans le trou de la serrure tout en appuyant sur l'autre bout afin d'augmenter la tension et mieux percevoir les infimes vibrations du métal. L'une après l'autre, il releva toutes les plaques et dégagea la ligne de césure. L'opération lui prit dix secondes. Mais la serrure n'était pas déverrouillée pour autant. Il inséra un deuxième outil, sorte de pic en carbure fin mais rigide, et le tourna dans le sens des aiguilles d'une montre.

Il retint son souffle et, laissant les deux instruments dans le trou de la serrure pendant qu'il entendait le frottement du pêne sortant de la gâche, il s'en servit pour tirer légèrement le battant vers lui ; il pivota facilement sur ses gonds bien graissés. Et il fallait qu'ils le soient, car la porte était épaisse de quarante centimètres. Le gouverneur général n'avait pas hésité à faire construire un cachot juste sous ses appartements mais il n'était pas question que le moindre bruit gênant parvienne jusqu'à ses oreilles.

Janson ouvrit encore un peu mais s'abstint de passer sur le palier, au cas où quelqu'un serait là à l'attendre.

Avec maintes précautions, il vérifia que le champ était libre, du moins sur les quelques mètres de couloir qui se profilaient devant lui, puis s'engagea sur les dalles de pierre lissées par le temps. Au moyen d'un bout de Chatterton, il colla le pêne en cuivre contre le battant pour éviter qu'il se referme.

Et il commença à descendre. Par chance, les marches étaient en pierre, pas en bois. Bientôt il rencontra un deuxième obstacle, une grille munie de barreaux d'acier.

Grâce à ses outils, il eut facilement raison de la grille ; cette dernière opération lui prit moins de temps que pour la porte à l'étage supérieur, mais, en revanche, elle fut moins discrète.

Quand elle s'ouvrit, la grille frotta contre le sol de pierre, produisant un crissement que les gardes assemblés dans la salle du bas entendraient forcément.

Or curieusement, il n'y eut aucune réaction de leur part. Pourquoi ?

Janson commençait à paniquer quand tout à coup il entendit le mot *Theyilai !*

De la langue anurienne, il ne connaissait que les quelques mots figurant dans les listes de vocabulaire des guides touristiques mais celui-ci en faisait partie. Ça voulait dire thé. Les gardes attendaient quelqu'un – quelqu'un censé leur apporter du thé. Voilà pourquoi le bruit ne les avait pas étonnés. D'un autre côté, si le fameux thé n'arrivait pas bientôt, ils se poseraient des questions.

Janson voyait enfin de ses propres yeux ce que la caméra lui avait permis de deviner tout à l'heure. La salle éclairée par une unique ampoule. Le faible bourdonnement des conversations reprit, les cartes circulèrent de plus belle. D'après la fumée dont le nuage dérivait vers l'escalier, on pouvait supposer qu'une douzaine de cigarettes étaient en train de se consumer.

Dix-sept gardes pour un prisonnier. Pas étonnant qu'ils se préoccupent si peu de leur otage.

Janson songea au jeune champion de proter, à sa manière de jouer, de tenter le diable. Soit il y laissait sa chemise soit il ramassait le paquet. Entre désastre et triomphe, l'homme ne connaissait pas de voie moyenne.

A présent, tout n'était plus qu'une question de timing. Katsaris attendait son ordre, une grenade au thermite silencieuse à la main. En temps normal, ils auraient opté pour le grand feu d'artifice, mais en l'occurrence ils ne pouvaient se permettre d'alerter les renforts cantonnés dans les baraquements. Si jamais ceux-là se portaient au secours de leurs camarades, leurs chances de réussite, déjà infimes, seraient réduites à néant.

Katsaris et Janson disposaient chacun d'un MP5K modifié, une mitrailleuse Heckler & Koch de 4,4 livres, munie d'un canon court, d'une crosse avec courroie et d'un silencieux. Les chargeurs contenaient trente cartouches à pointe creuse, pour tir rapproché. Les balles Hydra-Shock 9 mm étaient moins sujettes aux ricochets ; en même temps, elles faisaient beaucoup de dégâts, déchirant les chairs au lieu de simplement s'y enfoncer. L'arme tirait neuf cents cartouches à la minute. Jamais à court d'humour noir, les camarades SEAL de Janson l'avaient surnommée le « balayeur ». On l'entendrait à peine, contrairement aux cris de ses victimes. Mais la porte du couloir assourdirait les bruits, et le plafond de la salle souterraine était séparé du sol de la cour par plusieurs couches de pierres.

Janson descendit six marches avant de sauter sur la saillie en béton dépassant du mur. Comme il l'avait prévu, la plate-forme large d'un mètre vingt était encombrée de tuyaux en PVC et de câbles électriques, mais il atterrit en silence. Bon, tout allait bien pour l'instant. Les soldats étaient concentrés sur leurs cartes ; personne n'observait le plafond.

Il s'aplatit contre le mur et progressa prudemment le long du rebord ; plus il s'éloignerait de l'escalier, plus leur surprise serait grande – et plus vite il atteindrait la cellule de Peter Novak. Malgré tout, il aurait préféré une meilleure cachette ; les soldats assis au bout de la plus grande table pouvaient l'apercevoir rien qu'en levant les yeux. Il essaya de se convaincre qu'ils n'avaient aucune raison de le faire.

« *Veda theyilai ?* » demanda le champion de proter tout en feuilletant ses cartes d'un pouce négligent. Le léger ennui qui filtrait dans sa voix lui fit lever les yeux au ciel. Avait-il remarqué quelque chose ?

Un instant passa puis, de nouveau, l'homme leva les yeux. Cette fois, il fouilla les ombres obscurcissant la corniche au-dessus de lui. Ses mains se déplacèrent vers la Ruger Mini-14 reposant sur sa poitrine.

Janson avait eu raison de se méfier de lui. *Il l'avait repéré.*

« Maintenant ! » murmura Janson dans son micro, tout en se retranchant au creux de la corniche. Se couchant sur le ventre, il chaussa ses lunettes polarisantes avant de rabattre le cran de sûreté de son arme. Il était prêt.

Le jeune homme se leva d'un bond en hurlant quelque chose en kagama et tira sur Janson. La première balle fit voler un éclat de ciment à deux centimètres de sa tête. La deuxième arracha la canalisation la plus proche.

Soudain, la pièce mal éclairée s'emplit d'une lumière éblouissante. La température grimpa en flèche. La grenade au thermite à combustion lente venait d'exploser : un petit soleil intérieur aveuglait même ceux qui détournaient le regard. Une brillance plusieurs fois supérieure à celle émise par un puissant chalumeau. Comme les gardes étaient longtemps restés dans la pénombre, l'effet produit par le brusque flot de lumière n'en fut que plus radical. Janson essuya quelques rafales, mais l'angle où il était placé interdisait les tirs ajustés.

A travers ses lunettes presque noires, Janson observait le désarroi et la confusion qui s'étaient emparés des soldats. Les uns se protégeaient les yeux avec les bras et les mains, les autres tiraient à l'aveuglette vers le plafond.

Même les balles tirées à l'aveuglette peuvent être mortelles. Malgré l'éclat surnaturel qui embrasait la salle, il décida de répliquer. Des rafales groupées, très précises. Il vida un chargeur de trente balles et en inséra un autre. Les hommes se mirent à hurler.

C'est alors que Katsaris apparut. Il dévala l'escalier, muni de ses lunettes polarisantes. Son MP5K bourdonna légèrement quand il visa les guérilleros désormais pris sous un feu croisé.

En quelques secondes, tout fut terminé. Les Kagamas n'avaient même pas eu l'occasion de voir les yeux de leurs exécuteurs, songea Janson. Ces hommes avaient été massacrés par un ennemi invisible armé d'une mitrailleuse presque inaudible crachant le feu à un rythme de quinze coups à la seconde. Le silence sépulcral conférait à cette scène de tuerie une étrange sérénité. Janson dut réfléchir quelques instants avant de faire le lien : le son feutré du MP5 lui rappelait le bruissement des cartes qu'on bat avant de les distribuer. *L'acte de donner la mort ne devrait pas produire un son aussi trivial*, pensa Janson. La mort était une chose trop grave.

Tout était calme à présent. De nouveau, il faisait sombre. Janson et Katsaris enlevèrent leurs lunettes. L'ampoule de quarante watts qui pendait du plafond n'avait pas souffert. Il n'en était pas de même des gardes. Leurs corps étaient éparpillés à terre comme des insectes épinglés par les balles à pointe creuse. Elles avaient rempli leur rôle de destruction. Une fois la cible atteinte, elles s'étaient arrêtées à quelques centimètres sous la chair, déchirant les organes vitaux rencontrés sur leur passage. Lorsque Janson s'approcha, il constata que plusieurs de leurs victimes avaient été terrassées avant même d'avoir pu ôter le cran de sûreté de leur M16.

Il regarda autour de lui pour s'assurer que rien ne bougeait. Et au bout de quelques instants, il le vit. Le jeune homme qui avait abattu l'étonnante série de treize cartes – celui qui avait levé les yeux vers la saillie en béton – remuait encore. Malgré le sang qui imbibait ses vêtements au niveau du ventre, il tendait le bras pour saisir le revolver d'un soldat mort, couché près de lui.

Janson tira une dernière rafale. Un dernier bruissement de cartes. Les jeux étaient faits. Le jeune homme se raidit pour toujours.

La cave ressemblait à un abattoir. Une horrible puanteur montait

des flaques de sang et des viscères déchiquetés. Janson ne la connaissait que trop, cette puanteur : c'était l'odeur de la vie une fois que la
vie s'en était allée.

Oh Seigneur ! Quelle horreur ! C'était un carnage pur et simple, une
vraie boucherie. Et il en était l'auteur. *Il n'était donc rien d'autre ?*
Les mots inscrits dans un vieux rapport d'aptitude revinrent le nar-
guer : était-il vraiment « dans son élément » ? Une fois de plus, il se
remémora l'un de ses entretiens de sortie, juste après qu'il eut donné
sa démission.

« *Vous n'avez pas de cœur, Janson. Voilà pourquoi vous faites ce
métier. Voilà pourquoi vous êtes ce que vous êtes. Fourrez-vous ça
dans le crâne.*

— *Peut-être bien. Mais peut-être vous trompez-vous sur mon
compte.*

— *Vous prétendez en avoir plus qu'assez de tuer. Mais moi, je vais
vous dire ce que vous découvrirez un jour par vous-même : tuer est
votre seule façon de vous sentir exister.*

— *Quel genre d'homme a besoin de tuer pour se sentir exister ?* »
Quel genre d'homme était-il ?

Un liquide chaud et acide éclaboussa le fond de sa gorge. Avait-il
perdu la main ? Avait-il tant changé qu'il était devenu incapable de
venir à bout de la tâche qu'il avait acceptée ? Non, c'était autre chose.
Il avait dû rester trop longtemps en dehors de tout ça et, du coup, il
s'était amolli.

Il avait envie de vomir mais il ne vomirait pas. Pas devant Theo,
son cher protégé. Pas en pleine mission. Pas maintenant. Il ne se
permettrait pas un tel laisser-aller.

Dans sa tête, une voix sévère prit la relève : leurs victimes étaient des
soldats, après tout. Ces gens-là savaient qu'ils n'étaient que des pions.
Le groupe terroriste auquel ils appartenaient avait capturé un homme de
renommée internationale et juré solennellement de l'exécuter. En
emprisonnant injustement un civil, ils s'étaient eux-mêmes placés dans
la ligne de mire. Ils s'étaient tous engagés à donner leur vie pour Ahmad Tabari, le Calife. Janson n'avait fait que les prendre au mot.

« Allons-y ! », cria Janson à Katsaris. Il pouvait toujours aligner
toutes les excuses possibles et imaginables, en se répétant qu'elles
n'étaient pas toutes oiseuses, aucune d'entre elles ne justifiait la
boucherie qu'il avait sous les yeux.

Sa seule consolation était le sentiment de dégoût qu'il éprouvait. Il
n'y avait que les terroristes, les extrémistes, les fanatiques – une
espèce qu'il avait passé toute sa vie à combattre, une espèce à laquelle
il avait craint, en un certain sens, d'appartenir – pour considérer une
telle violence d'un œil froid. Il avait peut-être commis des actes
horribles, mais le fait qu'il ne puisse les contempler sans frémir
prouvait qu'il n'était pas devenu un monstre.

Il descendit prestement de la saillie de béton et rejoignit Katsaris devant la porte blindée menant au cachot du gouverneur général. Comme les siennes, les semelles des bottes de son ami étaient luisantes de sang. Il détourna vite les yeux.

« Je vais te faire visiter », dit Katsaris en brandissant l'antique trousseau de clés qu'il avait pris sur l'un des gardes tombés au champ d'honneur.

Trois clés. Trois verrous. La porte s'ouvrit en grand et les deux hommes pénétrèrent dans un endroit sombre et exigu. L'air humide et froid était saturé d'odeurs nauséabondes. Celle du moisi se mêlait aux relents de vomi et de transpiration. Cette horrible combinaison produisait une puanteur indescriptible. On n'y voyait pas grand-chose, car il faisait encore plus sombre que dans la salle de garde.

Katsaris fit passer sa torche du mode infrarouge à la lumière optique. Le puissant faisceau perça l'obscurité.

Ils se mirent à écouter le silence.

Quelqu'un respirait dans l'ombre.

Lorsque l'étroit couloir s'élargit, ils virent comment se présentait le cachot vieux de deux siècles. Une rangée de barreaux incroyablement épais, placés à un mètre vingt de la muraille, fermait les cellules séparées entre elles par des cloisons de pierre et de mortier s'élevant tous les trois mètres. Pas de fenêtres, aucune source de lumière en dehors des quelques lanternes au kérosène fichées dans les murs ; elles devaient dater de l'époque où ces cachots servaient encore de prison officielle.

Janson frissonna devant ces horreurs surgies d'un autre temps. Quels crimes avaient pu commettre les prisonniers du gouverneur général, pour mériter un tel châtiment ? Sûrement pas des délits de droit commun : à l'époque, on incitait les chefs de village à régler ce type d'affaire comme ils l'avaient toujours fait, tout en leur conseillant de temps à autre de se montrer « civilisés » dans leurs punitions. Non, les personnes qui avaient croupi dans les geôles du seigneur colonial étaient des résistants luttant contre les envahisseurs blancs, de simples citoyens estimant que le peuple indigène était en droit de décider de son sort par lui-même, sans subir la loi de l'empire hollandais décadent.

Et à présent, d'autres rebelles avaient investi cette prison et, comme tant d'autres avant eux, au lieu de la détruire, l'utilisaient à leurs propres fins. C'était une vérité à la fois amère et incontournable : les révolutionnaires français avaient-ils enfermé leurs ennemis dans les prisons de leurs anciens oppresseurs ?

L'espace fermé par la grille était plongé dans l'obscurité. Katsaris y fit glisser le faisceau de sa torche jusqu'à ce qu'ils l'aperçoivent.

Un homme.

Un homme qui n'avait pas l'air très heureux de les voir. Aplati contre la muraille, il tremblait de peur. Quand le rayon passa sur lui, il se laissa tomber par terre, se recroquevilla dans un coin comme un animal terrifié essayant d'échapper à l'attention de son prédateur.

« Peter Novak ? » demanda doucement Janson.

L'homme enfouit son visage dans ses bras, tel un enfant qui croit qu'en se bouchant les yeux, personne ne le verra.

Soudain, Janson comprit : il devait faire peur avec son visage maculé de peinture noire et son treillis, ses bottes couvertes de sang. Avait-il l'air d'un sauveteur – ou d'un *agresseur* ?

Katsaris éclaira l'homme blotti, si bien que Janson put apercevoir sa chemise de drap fin d'une élégance incongrue. Un vêtement non pas amidonné par une blanchisseuse française mais empesé par la saleté et le sang séché.

Janson respira profondément et prononça les mots qu'il avait bien cru ne jamais pouvoir prononcer.

« Monsieur Novak, je m'appelle Paul Janson. Vous m'avez sauvé la vie, autrefois. Je suis venu vous rendre la pareille. »

CHAPITRE 7

L'HOMME resta sans bouger pendant plusieurs interminables secondes. Puis, toujours accroupi, il leva la tête et fixa la lumière ; Katsaris détourna vite le faisceau de sa torche, afin de ne pas l'éblouir.

C'était Janson qui était ébloui.

A quelques pas de lui, se tenait le personnage qui avait fait la une d'un nombre incalculable de journaux et de magazines. Ce visage que les gens adulaient autant que celui du pape – et peut-être plus, en cet âge profane. Cette épaisse chevelure qui lui cachait en partie le front, encore brune malgré quelques mèches argentées. Ces hautes pommettes qui lui donnaient un faux air d'Asiatique. Peter Novak. Lauréat du dernier prix Nobel de la Paix. Le plus grand humanitaire que la terre ait porté.

La célébrité même de ces nobles traits rendait l'apparence actuelle de Novak encore plus choquante. Ses yeux étaient soulignés de cernes tirant presque sur le violet ; son regard autrefois si résolu était à présent empli de terreur. Quand l'homme se redressa en vacillant, Janson remarqua les petits frissons qui secouaient son corps. Les mains de Novak tremblaient ; ses sourcils bruns tremblaient.

Janson connaissait bien ce genre de regard ; c'était celui d'un homme ayant perdu tout espoir. Lui-même avait vécu cela autrefois. *Baaqlina*. Une ville libanaise couverte de poussière. Des ravisseurs auxquels la haine avait ôté toute humanité. Jamais il n'oublierait leurs yeux, leurs cœurs durs comme pierre. *Baaqlina*. Il avait été convaincu que cette ville serait son tombeau. Or, finalement, on l'avait libéré, grâce à l'intervention de la Liberty Foundation. Contre de l'argent ? Il ne l'avait jamais su. Par la suite, il se demanda souvent si cette fin heureuse avait vraiment changé le cours de son destin ou si cette mort promise se représenterait devant lui tôt ou tard. Ces pensées, ces sensations n'avaient rien de rationnel. Du coup, Janson n'en avait jamais parlé à quiconque. Mais peut-être un jour se sentirait-il poussé à les confier à Peter Novak. Savoir que son calvaire n'était pas unique lui mettrait sans doute un peu de baume au cœur. Janson lui devait tant. Non, il lui devait tout. Et ils étaient des milliers, des millions partout dans le monde à tout lui devoir.

Peter Novak avait passé des années à sillonner la planète pour résoudre des conflits sanglants. Et voilà qu'aujourd'hui, un homme avait inversé le cours des choses en le plongeant lui-même au cœur d'un conflit sanglant. Cet homme paierait pour son crime.

Janson ressentit un élan d'affection pour Peter Novak et, en même temps, une terrible colère s'empara de lui, dirigée contre les sinistres individus qui avaient voulu l'écraser. Pendant des années, Janson avait travaillé à enfouir ce type de sentiments ; il passait pour quelqu'un d'insensible – on l'avait surnommé « la Machine ». Certaines personnes se sentaient mal à l'aise devant lui ; à d'autres il inspirait une confiance indéfectible. Mais Janson, lui, savait que sa froideur n'était qu'une façade : il intériorisait, tout simplement, et il était assez doué pour ça. S'il montrait rarement sa peur, c'était qu'il crevait de trouille. Il taisait ses émotions parce qu'elles le torturaient. Surtout depuis l'attentat de Caligo, depuis qu'il avait perdu tout ce qui comptait dans sa vie. Il était si difficile d'aimer quand vous saviez que l'objet de votre amour pouvait vous être arraché d'une seconde à l'autre. Il était si difficile de croire en quelqu'un quand vous aviez vous-même vécu la trahison. Il y a bien longtemps, voilà des dizaines d'années de cela, vivait un homme ; un homme que Janson plaçait au-dessus de tous les autres ; et cet homme-là l'avait trahi. Il l'avait trahi lui, mais aussi l'humanité tout entière.

Un jour, Helen l'avait traité de chasseur de trésors. *La chasse est terminée,* lui avait-il répondu. *Je t'ai trouvée,* et il l'avait tendrement embrassée sur le front, les yeux, le nez, les lèvres, le cou. Mais en disant cela, Helen avait voulu exprimer autre chose : pour elle, Janson était à la recherche du sens, il poursuivait la quête d'une idée, d'un être susceptible de le dépasser. Un être comme Peter Novak, songeait-il aujourd'hui.

Peter Novak : un homme brisé, à en croire le spectacle qu'il avait devant les yeux, en cet instant. Un homme brisé et un saint. Il aurait pu mener une brillante carrière d'économiste, et d'ailleurs certains de ses articles théoriques faisaient autorité. Il aurait pu être le Midas du XXIe siècle, l'enfant chéri des dieux, la réincarnation de Shah Jahan, l'empereur moghol bâtisseur du Taj Mahal. Mais il ne s'intéressait qu'à une seule chose sur cette terre : le bonheur de ses semblables. Il voulait rendre le monde meilleur, en tout cas bien meilleur que celui qui l'avait vu naître, voilà une soixantaine d'années, en plein conflit mondial.

« Nous sommes venus vous chercher », lui dit Janson.

Peter Novak s'éloigna de la muraille et tenta de faire un pas vers eux en bombant légèrement le torse comme pour se remplir les poumons. Le simple fait de parler semblait lui coûter un terrible effort.

« Vous êtes venus me chercher », répéta Novak. Il n'avait sans doute pas prononcé une seule parole depuis plusieurs jours tant sa voix était rauque et pâteuse.

Que lui ont-ils fait subir ? Lui ont-ils brisé le corps ou l'esprit ? Le corps guérissait plus rapidement, Janson le savait par expérience. Novak respirait difficilement. Il avait dû attraper une pneumonie dans l'atmosphère humide et confinée de ce cachot à l'air saturé de spores. Quand il se remit à parler, son discours n'avait ni queue ni tête.

« Vous travaillez pour *lui*, dit Novak. Bien sûr. Il dit qu'il ne peut y en avoir qu'*un* ! Quand il m'aura éliminé, rien ne pourra plus l'arrêter. Il le sait. » Ces paroles n'avaient aucun sens mais le ton passionné de Novak semblait leur en conférer un.

« Nous travaillons pour vous, dit Janson. Nous sommes venus pour vous ramener chez vous. »

Dans les yeux fixes du grand homme passa une expression de panique. *« Vous ne pouvez pas l'arrêter !*

— De qui parlez-vous ?

— De Peter Novak !

— Vous êtes Peter Novak.

— *Oui !* Bien sûr ! » Il croisa les bras sur sa poitrine et se raidit comme un diplomate lors d'une cérémonie officielle.

Avait-il perdu l'esprit ?

« Nous sommes venus vous chercher », répéta Janson tandis que Katsaris enfonçait l'une des clés du trousseau dans la serrure de la grille. Quand la cellule s'ouvrit, Novak ne bougea pas. Janson examina ses pupilles pour voir si on l'avait drogué et, constatant que non, se dit que le traumatisme dû à la captivité pouvait faire autant de ravages que certaines drogues. L'homme vivait dans le noir total depuis trois jours, on lui avait sans doute apporté de la nourriture et de l'eau mais enlevé tout espoir.

Janson identifia les symptômes de la psychose post-traumatique. Dans une ville libanaise couverte de poussière, lui-même avait failli y succomber. En général, on s'attendait à ce que les otages libérés, éperdus de gratitude, tombent à genoux devant leurs sauveteurs, ou repartent avec eux, bras dessus, bras dessous, comme dans les films. Dans la réalité, les choses se passaient rarement ainsi.

Katsaris regarda Janson d'un air affolé en tapotant sa Breitling. Chaque minute qui s'écoulait augmentait les risques.

« Pouvez-vous marcher ? » demanda Janson, sur un ton plus coupant qu'il ne l'aurait voulu.

Novak prit son temps avant de répondre. « Oui, dit-il. Je crois que oui.

— Il faut partir.

— Non, fit Peter Novak.

— Je vous en prie. Nous ne pouvons plus nous permettre

d'attendre. » Tous les captifs souffrent de confusion, de désarroi au moment où on les libère. Le comportement de Novak n'avait donc rien d'anormal. Mais il y avait peut-être un autre problème. Le syndrome de Stockholm ? Novak avait la réputation d'aimer l'humanité tout entière. Ce louable sentiment s'étendait-il à ses geôliers ?

« Non – il y a quelqu'un d'autre ! murmura-t-il.

— Qu'est-ce que vous racontez ? intervint Katsaris.

— Quelqu'un d'autre. » Il toussa. « Enfermé ici.

— Qui ? insista Katsaris.

— Une Américaine, répondit-il en désignant la cellule au fond du couloir. Je ne partirai pas sans elle.

— C'est impossible ! s'exclama Katsaris.

— Si vous la laissez, ils la tueront. Ils la tueront aussitôt ! » Les yeux du grand humaniste se firent implorants, puis impérieux. Il s'éclaircit la gorge, humecta ses lèvres craquelées et prit une nouvelle inspiration. « Je ne veux pas avoir sa mort sur la conscience. » Il parlait dans un anglais châtié, mâtiné d'un très léger accent hongrois. Encore une fois, il fit un terrible effort pour inspirer. « C'est à vous de vous en charger. »

Petit à petit, le prisonnier reprenait figure humaine. Il redevenait lui-même. En regardant ses yeux sombres et perçants, Janson se souvint que Novak n'était pas un homme ordinaire mais un aristocrate habitué à distribuer ses ordres. Il avait un don pour le commandement, un don qu'il employait au service du bien.

Janson étudia le regard fixe de Novak. « Et si c'est impossible...

— Alors il faudra me laisser ici. » Ces paroles étaient hachées mais péremptoires.

Janson le contempla d'un air incrédule.

Un instant, le visage de Novak fut tordu par un tic, puis il reprit : « Je doute que vous ayez prévu ce genre de réaction de ma part. »

Son esprit avait recouvré toute sa vivacité, c'était évident. Il avait tout de suite joué sa carte maîtresse. Janson comprit que l'homme ne céderait devant aucun argument.

Janson et Katsaris échangèrent des regards. « Theo, dit Janson tranquillement. Va la chercher. »

Katsaris hocha la tête à contrecœur. Puis soudain, tous deux s'immobilisèrent.

Le bruit.

Le raclement de l'acier contre la pierre.

Un bruit familier : celui de la grille qu'ils avaient franchie pour arriver jusqu'ici.

Janson se souvint du cri de joie poussé par le soldat : *Theyilai !*

Celui qu'ils attendaient, celui qui devait leur apporter le thé.

Janson et Theo sortirent précipitamment du cachot et regagnèrent la salle voisine et les cadavres ensanglantés. C'est alors qu'ils entendirent le cliquetis d'une clé suspendue au bout d'une chaîne. Puis le plateau apparut – surmonté d'une théière en métal martelé et de plusieurs piles de tasses en céramique.

Janson découvrit aussi les mains qui tenaient le plateau – des mains étonnamment petites. Puis enfin, l'homme à qui appartenait les mains – à ce détail près qu'il ne s'agissait nullement d'un homme.

C'était un jeune garçon. Si Janson avait eu le temps de réfléchir à cela, il lui aurait donné huit ans. De grands yeux, une peau café au lait, des cheveux noirs coupés court. Torse nu, il ne portait qu'un short en madras bleu. Ses chaussures de tennis disproportionnées au bout de ses jambes grêles lui donnaient l'allure d'un pantin. L'enfant ne quittait pas des yeux l'escalier qu'il était en train de descendre : on lui avait confié une importante responsabilité, il n'était pas question de trébucher. Il ne renverserait rien. Il ne répandrait rien.

Arrivé aux dernières marches, il s'arrêta net, probablement alerté par l'odeur – ou par le silence. Il se passait quelque chose d'inhabituel.

Le garçon se tourna et découvrit le carnage – les gardes baignant dans leur sang coagulé. Janson entendit son cri étouffé. Il laissa tomber le plateau. Son précieux plateau. Le plateau que normalement les gardes auraient dû accueillir avec tant de gratitude, tant de joie. L'objet roula comme un cerceau, dévala les marches, les tasses se fracassèrent et la théière répandit son contenu fumant aux pieds de l'enfant. Janson vit la scène se dérouler au ralenti.

Tout serait renversé. Tout serait répandu. Y compris le sang.

Janson savait précisément ce qu'il devait faire. S'il le laissait partir, l'enfant aurait tôt fait de prévenir les autres. C'était douloureux mais nécessaire. Il n'avait pas le choix. D'un seul mouvement fluide, il leva son HK vers le garçon.

Un garçon qui posait sur lui ses grands yeux effrayés.

Un enfant de huit ans qui le contemplait bouche bée. Un innocent qui n'avait pas choisi son destin.

Ce n'était pas un combattant. Ni un conspirateur. Ni un rebelle. Il n'avait rien à voir dans cette histoire.

Rien qu'un gosse. Armé – quelle dérision ! – d'un pichet de thé à la menthe.

Peu importait. Dans les manuels d'instruction militaire, les gens comme lui portaient un nom bien précis : non-combattants engagés. Janson savait ce qu'il lui restait à faire.

Mais sa main, elle, ne le savait pas. Elle refusait de lui obéir. *Ses doigts étaient incapables d'appuyer sur la détente.*

Janson resta planté, paralysé pour la première fois de sa vie, le cerveau en proie aux turbulences du doute. Tout à coup, le « protocole tactique standard » et ses nécessaires dommages collatéraux lui donnèrent envie de vomir.

Le garçon se détourna et s'enfuit dans l'escalier en grimpant les marches deux à deux – l'escalier était son dernier refuge.

Un refuge pour lui, une catastrophe pour eux ! Janson se maudissait. Les reproches qu'il s'adressait l'emplissaient comme une lave en fusion : pour deux secondes de sentimentalisme, il avait compromis leur mission.

Le gamin allait donner l'alerte. En lui laissant la vie, Janson avait signé l'arrêt de mort de Peter Novak. De Theo Katsaris. Le sien aussi. Et très probablement celui des autres membres de la mission.

Il avait commis une erreur intolérable, impardonnable. Son hésitation avait fait de lui un meurtrier. Il avait épargné un enfant, mais beaucoup de gens allaient mourir par sa faute. Son regard consterné passa de Novak à Katsaris. Le premier, il l'admirait plus que quiconque ; le second, il l'aimait comme un fils. L'opération était terminée. Sabotée par une force incontrôlée impossible à prévoir : lui-même.

Il vit Katsaris filer comme une flèche, il vit ses empreintes de semelles dans les flaques de sang ; il avait pris le chemin le plus court pour atteindre l'escalier, en bondissant par-dessus les corps et les chaises renversées. Le garçon avait probablement posé la main sur la poignée de la porte du couloir lorsque Katsaris pressa sur la détente et lui logea une balle en plein cœur. Après que le canon de son arme eut craché son feu mortel, Katsaris resta en position de tir de précision, soutenant fermement de la main gauche celle qui tenait le pistolet. La position d'un homme qui ne pouvait se permettre de rater sa cible. La position du soldat tirant sur une personne sans défense mais dont la survie constituait en elle-même une menace.

L'espace d'une seconde, tout se brouilla devant les yeux de Janson, et quand il retrouva la netteté, ce fut pour voir le petit corps inerte dévaler l'escalier de pierre, en rebondissant sur chaque marche.

Puis le cadavre vint s'étaler sur la dernière, comme une poupée de chiffon abandonnée par un enfant négligent.

Janson fit un pas en avant. La tête du garçon reposait sur le plateau de métal qui avait fait sa fierté. Une bulle de salive s'était formée sur ses douces lèvres enfantines.

Le cœur de Janson battait à coups lents mais violents. Il était écœuré. Ecœuré par lui-même et par ce qui aurait pu se passer à cause de lui. Mais aussi écœuré par ce qu'ils avaient été obligés de faire. Par cet immense gâchis, la dilapidation de la plus grande richesse existant sur cette terre : la vie humaine. Les Derek Collins du monde entier étaient bien incapables de comprendre cela. Il se rappela pourquoi il avait donné sa démission. Il fallait bien admettre qu'à certains moments, de telles décisions s'imposaient. Mais s'il avait quitté les Cons Op, c'était justement pour ne plus avoir à les prendre.

Katsaris le regarda d'un air interdit : Pourquoi n'avait-il pas réagi ? Qu'est-ce qui lui était passé par la tête ?

L'expression du Grec trahissait plus la perplexité que le reproche. Janson en fut étrangement ému. Katsaris aurait dû être furieux contre lui. Seul l'affection du soldat pour son instructeur avait pu changer l'indignation en stupéfaction.

« Il faut qu'on sorte d'ici ! », s'écria Janson.

Katsaris désigna les escaliers, l'issue prévue dans le plan revu et corrigé par Janson.

Mais, l'ayant conçu, Janson pouvait aussi se permettre de le modifier pour le bien de la mission. « C'est trop dangereux maintenant. Trouvons un autre chemin. »

Katsaris allait-il continuer à lui faire confiance ? Une mission sans commandant aboutissait imparablement au désastre. Il fallait montrer qu'il avait la situation bien en main.

« Une chose après l'autre. Allons chercher l'Américaine », ajouta-t-il.

Deux minutes plus tard, Katsaris jouait avec la serrure d'une autre porte en fer, sous les yeux de Janson et de Novak. Le battant pivota en gémissant.

La torche éclaira des cheveux emmêlés qui avaient dû être blonds.

« Je vous en prie, ne me faites pas de mal, pleurnicha la femme tout en se recroquevillant au fond de sa cellule. *Je vous en prie, ne me faites pas de mal !*

— Nous allons juste vous ramener chez vous », dit Theo en dirigeant le faisceau sur elle, afin de pouvoir évaluer sa condition physique.

C'était Donna Hedderman, l'étudiante en anthropologie ; Janson reconnut son visage. Dès que le FLK s'était emparé du Steenpaleis, ils y avaient conduit l'Américaine en se disant sans doute qu'il leur serait plus facile de surveiller deux prisonniers enfermés dans un même lieu.

Donna Hedderman était une femme corpulente, au nez large, aux joues rondes. Ses soixante-dix jours de captivité n'avaient pas suffi à lui faire perdre toutes ses formes. Comme la plupart des groupes terroristes qui se respectaient, le FLK veillait à ce que ses prisonniers soient copieusement nourris. Mais pas par bonté d'âme, tout au contraire. Un otage affaibli par le jeûne risquait de tomber malade et de mourir, échappant ainsi à leur emprise. Comment exécuter un prisonnier mort ?

Donna Hedderman avait pourtant connu l'enfer : on remarquait ça à sa peau décolorée, livide, ses cheveux hirsutes, ses yeux fixes. Janson avait vu des photos d'elle dans les journaux relatant son enlèvement. Sur ces clichés datant d'une époque plus heureuse, elle était ronde et rayonnante. Un visage de chérubin. « Pleine d'entrain » répétaient les journalistes à longueur d'articles. Mais les interminables semaines d'isolement avaient tout balayé. Dans un communiqué, le FLK l'avait identifiée comme un agent de renseignement américain ; accusation hautement fantaisiste quand on connaissait ses opinions politiques. Femme de gauche, elle nourrissait une certaine sympathie pour les Kagamas. Mais le FLK méprisait la sympathie, sentiment typiquement contre-révolutionnaire. La sympathie et la peur ne faisaient pas bon ménage ; or le Calife basait toute sa politique sur la peur.

Une longue pause. « Pour qui travaillez-vous ? demanda-t-elle d'une voix chevrotante.

— Pour M. Novak », dit Janson en jetant un coup d'œil à Novak dans l'espoir qu'il confirme ses dires.

Au bout d'une seconde d'hésitation, ce dernier hocha la tête. « Oui, dit-il. Ce sont nos amis. »

Donna Hedderman se leva et s'avança vers la porte ouverte. L'œdème qui gonflait ses chevilles lui donnait une démarche claudicante.

Janson s'entretint à voix basse avec Katsaris. « Il y a un autre moyen et je ne vois pas de meilleure solution, pour l'instant. Mais nous aurons besoin d'unir nos ressources. Nous avons chacun trente grammes de Semtex dans notre kit. Les deux charges seront nécessaires. » Leur équipement – l'équipement standard des missions spéciales – contenait une petite boule de Semtex assortie d'un détonateur. Ce matériel servait au cours de certaines opérations se déroulant dans des contextes aléatoires.

Katsaris le regarda intensément puis hocha la tête. Le ton de la voix de Janson, la précision de ses instructions étaient curieusement rassurants. Janson n'avait pas changé. Ou s'il avait changé, ce n'était qu'un incident sans lendemain. Janson était toujours Janson.

« Des lanternes au kérosène. » Janson les désigna de la main. « Avant qu'on installe l'électricité ici, elles ont dû constituer la principale source de lumière. Le sous-sol de l'enceinte du gouverneur général accueillait sûrement une citerne de kérosène qu'on remplissait de l'extérieur. Je suppose qu'il voulait disposer d'une bonne provision, au cas où.

— Ils ont pu l'enlever, fit remarquer Katsaris. La combler avec du ciment.

— C'est possible. Mais, à mon avis, ils l'ont laissée rouiller dans son coin. Le sous-sol est vaste. Ce n'est pas comme s'ils avaient manqué de place.

— Vaste, là je suis d'accord. Justement, comment allons-nous faire pour la trouver ?

— Les plans indiquent la présence d'une citerne à deux cents mètres environ du mur de soutien nord-ouest. Je n'avais pas bien saisi à quoi elle servait, mais à présent je comprends mieux.

— Ça fait un bout de chemin, dit Katsaris. Elle va pouvoir marcher jusque-là ? »

Donna Hedderman s'aidait des barreaux pour rester debout ; de toute évidence, ses muscles avaient souffert de cette période de relative inactivité et ils avaient du mal à soutenir sa masse corporelle toujours impressionnante.

Novak la regarda et se détourna, embarrassé. Janson comprenait le genre de relations qui s'était développé entre les deux prisonniers tenaillés par la peur, incapables de communiquer autrement qu'en chuchotant à travers les tuyaux, en tapotant des messages codés sur les barreaux, en se passant des bouts de tissu ou de papier griffonnés avec de la poussière.

« Tu pars le premier, Theo. Dis-moi quand tu l'auras repérée et j'arriverai avec les autres. »

Trois minutes s'écoulèrent avant que son écouteur ne lui transmette le cri de victoire de Katsaris. « Gagné ! »

Janson regarda sa montre : attendre davantage comportait un risque. A quelle heure était prévue la relève ? A quelle heure entendraient-ils la grille d'acier frotter sur le palier de pierre ?

Tous trois s'engagèrent dans le sombre corridor souterrain conduisant à l'ancienne citerne de kérosène. Hedderman s'accrochait au bras de Janson mais elle avait quand même du mal à marcher. N'ayant pas eu le choix des cartes, il devait s'accommoder du jeu qu'il tenait en main.

La citerne, visiblement abandonnée depuis des lustres, était pourvue d'une porte de fer munie de boudins en plomb destinés à la fermer de manière hermétique.

« Pas le temps, dit Janson. On va défoncer ce foutu machin. Les charnières sont déjà en train de rouiller. Il faut juste qu'on les aide un peu. » Il fonça vers la porte et lui balança un violent coup de pied. Si la porte ne cédait pas, il risquait fort de se briser un os. Mais elle céda et s'effondra dans un nuage de poussière et de métal oxydé.

Janson toussa. « Sors ton Semtex », ordonna-t-il.

Il parcourut à grandes enjambées l'intérieur de l'ex-citerne de kérosène. La chambre tapissée de cuivre puait encore le pétrole. L'orifice de remplissage était presque caché par les résidus ressemblant à du goudron solidifié qui couvraient les parois – des impuretés ayant résisté à des années d'abandon.

Avec la crosse de son HK, il cogna contre la paroi. Le cuivre produisit un son creux. C'était ici. Le sol se trouvait sans doute un peu plus d'un mètre au-dessus, à moins que le temps ne l'ait aplani.

Katsaris tassa le mastic couleur ivoire, épais comme un gros chewing-gum, autour de la bonde de fer rouillé et le pressa pour lui donner la forme de deux filaments qu'il relia à une petite pile ronde au lithium, comparable à celles qu'on emploie pour les montres et les sonotones. Comme la pile menaçait de se détacher, Katsaris décida de la coller sur le Semtex.

Pendant ce temps, Janson amorça son propre bloc de Semtex, puis passa quelques instants à déterminer l'emplacement optimal de la deuxième explosion. Le positionnement du plastic était crucial pour obtenir le résultat escompté, et ils ne pouvaient se permettre d'échouer. Jusqu'à présent, les murailles de la prison les avaient protégés – les épaisseurs de pierre les isolant du reste de l'aile nord. Malgré le raffut qu'ils avaient fait, aucun son n'avait filtré. En revanche, il leur était impossible de sortir de la forteresse sans faire de bruit. Pour tout dire, les vibrations produites par l'explosion se répandraient presque instantanément à travers le Palais de Pierre, alertant tous les occupants de l'immense enceinte. Les rebelles auraient tôt fait de comprendre d'où venait la déflagration, et les gardes arriveraient sur les lieux sans tarder. Le chemin de la liberté ne devait s'encombrer d'aucune anicroche, sinon tous les efforts accomplis jusqu'à présent se révéleraient inutiles.

Janson colla sa dose de Semtex sur un coin de la paroi, tout près du dôme de la citerne, un mètre au-dessus du plastic posé par Katsaris.

Le plastic tomba, Janson le rattrapa au vol. Le mastic ivoire n'adhérait pas à la surface graisseuse.

Alors quoi ? Il sortit son poignard de combat et se mit à racler le résidu gommeux salissant le revêtement de cuivre. La lame s'émoussa très vite mais quand il éclaira la surface avec sa petite torche, Janson vit une surface brillante, là où il venait de gratter.

Il écrasa le côté propre du Semtex sur cette zone. Le plastic se remit à pendre dangereusement.

« Tire-toi de là ! » cria Janson.

Janson jeta un dernier regard pour s'assurer que le Semtex tenait encore et tous deux sortirent de la citerne. Quand ils eurent rejoint les otages, à un tournant du corridor, ils appuyèrent ensemble sur les commandes à fréquence-radio activant les piles.

L'explosion fut assourdissante, son écho se répercuta contre les parois de la cave comme le grondement du tonnerre. On aurait dit qu'une série d'enceintes de quarante mille watts faisaient exploser leurs basses. Les ondes de choc leur traversèrent le corps si violemment que même leurs yeux vibrèrent. Des volutes de fumée blanche vinrent leur chatouiller les narines de cette odeur azotée si familière : celle du plastic, mais pas seulement elle. S'y ajoutaient les effluves piquants de la brise marine. La voie était libre.

A condition qu'ils vivent assez longtemps pour pouvoir l'emprunter.

CHAPITRE 8

Combien de temps faudrait-il aux forces du FLK pour se lancer à l'attaque ? Deux minutes ? Moins que cela ? Combien y avait-il de gardes en faction ? Combien d'entre eux étaient postés le long des remparts ?

Ils seraient fixés bien assez tôt.

Un pan de l'épaisse muraille s'était écroulé sous le choc de l'explosion et de grosses plaques de métal gisaient un peu partout. Mais la lampe de poche de Theo confirma ce que la brise marine avait promis. L'ouverture était assez large pour leur permettre de grimper et de sortir de l'enceinte. Katsaris passerait le premier, Janson le dernier. A eux deux, ils aideraient les prisonniers affaiblis à enjamber les gravats pour atteindre le terrain plat.

Quatre-vingts secondes plus tard, c'était chose faite. Le vent du large soufflait plus fort, le ciel s'était éclairci ; la couverture nuageuse commençait à se dissiper. On voyait les étoiles et un bout de la lune.

Cette lueur nocturne non prévue tombait mal. Ils étaient sortis de la prison mais n'étaient pas libres pour autant.

Pas encore.

Janson rejoignit les autres et s'appuya contre le mur de calcaire, le temps de déterminer leur position. La brise lui faisait beaucoup de bien. Elle le lavait des remugles sanglants qui avaient imprégné ses narines et de la puanteur animale émanant des corps sales des prisonniers.

A certains égards, le secteur situé au pied du mur d'enceinte était plus sûr que l'espace s'étendant au-delà. Les remparts qui donnaient sur la mer étaient truffés d'hommes en armes, dont certains semblaient équipés de pièces d'artillerie lourde. C'était à cela qu'avaient servi les remparts à l'époque de leur construction – à tirer sur les corvettes et les schooners ennemis. Plus ils avanceraient, plus ils s'exposeraient.

« Pouvez-vous courir ? demanda Janson à Novak.

— Sur une courte distance ?

— Oui, quelques mètres, dit-il pour le rassurer.

— Je ferai l'impossible », répondit le milliardaire en serrant la mâchoire d'un air résolu. Malgré son âge et son séjour en prison, il avait gardé toute sa détermination.

Janson en fut soulagé. En revanche, Donna Hedderman l'inquiétait. Elle semblait du genre à piquer une crise de nerfs sans prévenir. Et elle était trop lourde pour qu'il la hisse sur l'épaule.

Il lui toucha le bras. « Hé, fit-il. Personne ne vous demande de faire une chose dont vous vous sentez incapable. Vous comprenez ? »

Elle gémit et lui lança un regard implorant. Les visages couverts de peinture noire du commando n'étaient pas pour la réconforter.

« Je veux que vous regardiez attentivement, OK ? » Il désigna un affleurement rocheux, à cinquante mètres de là. En dessous, c'était la paroi de la falaise dont la limite était marquée par une barrière basse, recouverte d'une peinture blanche écaillée. Il s'agissait plus d'un repère visuel que d'un obstacle physique. « C'est là que nous allons. »

Pour son bien, il choisit de ne pas entrer dans les détails de son plan. En effet, il comptait leur faire enjamber le rebord de la falaise. Ensuite, accrochés à des cordes, ils se laisseraient glisser jusqu'au bateau qui les attendait quatre-vingts mètres plus bas.

Katsaris et Novak coururent jusqu'au promontoire rocheux ; Janson, ralenti par l'Américaine gémissante, fermait la marche.

L'obscurité donnait au paysage l'allure d'un bout du monde repeint en gris. Un rocher escarpé, couleur de lune, et ensuite le néant, complet, absolu.

Et c'était dans ce néant qu'ils allaient devoir plonger ; leur unique salut.

S'ils y arrivaient à temps.

« Trouve un point d'ancrage ! » hurla Janson à Katsaris.

C'était une falaise de gneiss, une roche rude et métamorphique pleine d'anfractuosités et de protubérances dues à l'érosion. Près du vide, ils repérèrent deux rochers en forme de corne. Au lieu de planter chevilles et pitons dans les crevasses, mieux valait se servir de ces rochers-là. D'une main sûre et habile, Katsaris enroula deux fois sa corde autour du plus gros, doubla le filin et l'assura avec un nœud supplémentaire. Si jamais une corde cédait – à la suite d'une friction excessive ou à cause d'une balle perdue – l'autre tiendrait. Janson avait choisi une corde Beal 9.4 mm, assez élastique pour leur permettre de contrôler le rythme de décélération. Elle était compacte mais suffisamment solide pour l'usage qu'ils comptaient en faire.

Katsaris s'occupait de l'amarrage, Janson de Novak. Il lui passa un harnais d'escalade en nylon, en vérifiant bien les attaches au niveau des cuisses et de la taille. Il ne s'agirait pas d'une descente en rappel : tout le travail serait fait par le matériel, et non par l'homme. Et il ne fallait pas que ce matériel soit trop compliqué. Un descendeur en huit ferait office de frein. C'était une simple pièce d'acier poli, plus petite que la main, avec deux anneaux à chaque bout d'une tige centrale, un gros et un petit. Pas d'éléments amovibles. Le genre de matos facile et rapide à manipuler.

Katsaris passa une boucle de la corde de rappel dans le gros anneau avant de l'enrouler autour de la tige, puis il arrima le petit anneau au harnais de Novak au moyen d'un mousqueton. Malgré son caractère rudimentaire, ce dispositif fournirait assez de friction pour réduire la vitesse de descente.

D'une tour dominant les remparts, un garde tira une longue rafale dans leur direction.

Ils étaient repérés.

« Bon Dieu, Janson, on n'a plus le temps ! » hurla Katsaris.

Janson prit une grenade incapacitante dans sa veste de combat, la dégoupilla et la jeta vers la tour de guet. Elle décrivit un arc de cercle avant de retomber dans la guérite du garde.

En même temps, il balança le rouleau de corde par-dessus la falaise. Plus vite Novak plongerait dans le vide, plus tôt il serait en sécurité : et pour cela, il lui faudrait atteindre le bas de la falaise en un seul bond.

Malheureusement pour eux, le Kagama posté dans la tour de guet était loin d'être maladroit : il saisit prestement la grenade et la rejeta au loin, quelques secondes avant qu'elle n'explose. Ce qu'elle fit en plein vol. La déflagration éclaira les quatre fugitifs sur leur falaise, tel un projecteur placé au sommet d'un mirador.

« Et maintenant ? demanda Novak. Je ne suis pas alpiniste.

— Sautez, commanda Katsaris. *Maintenant !*

— Vous êtes *dingue* ! » s'exclama Novak terrifié par le gouffre noir qui béait sous ses pieds.

Katsaris souleva brusquement le philanthrope et, prenant garde à ne pas perdre lui-même l'équilibre, le précipita dans le vide.

Geste peu élégant mais nécessaire. Le grand homme n'était pas en état d'assimiler les bases de la descente en rappel : pour lui, la seule option était le saut de l'ange contrôlé. Et grâce au surplomb, il ne risquait pas de heurter la paroi rocheuse.

Janson entendit le frottement régulier de la corde de 9.4 mm glissant à travers les boucles du descendeur en huit, ce qui lui permit de s'assurer que la corde supporterait Novak sans à-coups jusqu'aux récifs baignés d'écume. La falaise à pic protégerait Novak des tireurs postés sur les remparts mieux qu'un bouclier. Les balles lui siffleraient peut-être aux oreilles mais ne l'atteindraient pas. Novak n'avait plus qu'à attendre que la force de gravité joue son rôle.

Dans le bateau, l'équipe B prendrait le relais.

Durant des siècles, la forteresse avait été protégée de toutes parts, le surplomb de la falaise empêchant les attaques amphibies, les récifs interdisant l'approche des navires de guerre. Un emplacement idéal pour une place forte. Mais aujourd'hui ces mêmes défenses allaient servir à protéger les envahisseurs.

Peter Novak était presque sauvé.

Mais pour les autres, ce serait une autre paire de manches.

Janson et Katsaris pourraient facilement descendre en rappel. Mais Donna Hedderman ? Il ne restait plus de harnais ni de système de freinage pour elle. Janson et Katsaris échangèrent un long regard : sans un mot, ils convinrent d'un plan. Un ultime recours.

Pendant que Theo enroulait la corde autour de l'autre rocher, comme il l'avait fait la première fois, l'expression de son visage trahissait les pensées qui tournaient dans sa tête. Satanée Américaine ! Mais il n'était pas question de l'abandonner.

Une rafale de mitraillette arracha un morceau de rocher.

Ils n'avaient plus le temps.

Apparemment, toutes les sentinelles s'étaient rassemblées sur les remparts. Gênées par l'obscurité et le brouillard, elles avaient du mal à viser. Quarante mètres les séparaient. Pour compenser cette série de handicaps, les rebelles reboublaient d'agressivité. Les balles leur sifflaient aux oreilles. Sous peu, l'un d'entre eux serait touché.

« A toi ! », ordonna Janson à Katsaris tout en attachant la femme avec son propre harnais, trop petit pour elle. La sangle en nylon lui comprimait les cuisses et la taille. A la hâte, il fixa le descendeur en huit et, sans autre ménagement, la fit basculer dans le vide.

Janson allait devoir descendre sans aucun équipement. Il se plaça face au rocher en forme de corne, enjamba la corde, l'enroula autour de sa fesse gauche puis la remonta sur la poitrine, la fit passer autour de sa tête, de son épaule droite, avant de la laisser glisser le long de son dos jusqu'à sa main gauche. La corde formait à présent un S autour de son torse. De la main droite, il la guiderait tout en régulant la vitesse de la gauche. En l'empoignant, paume tournée vers le haut, il lui suffirait de la diriger vers l'arrière pour augmenter la vitesse et la ramener autour de la hanche s'il voulait ralentir. Sa combinaison de nylon le prémunirait contre les brûlures dues au frottement. Pourtant, il ne nourrissait guère d'illusions. Il n'avait expérimenté cet exercice qu'une seule fois dans sa vie, lors d'un entraînement, et il lui avait laissé un souvenir cuisant.

« Ça marche ce truc ? demanda Katsaris sceptique.

— Pas de souci, dit Janson. Je l'ai déjà fait. » Il omit de préciser qu'il s'était juré de ne jamais recommencer.

Plusieurs rafales percutèrent la falaise comme une averse de plombs. Le rocher à leurs pieds explosa ; des fragments écorchèrent le visage de Janson. *Ils n'avaient plus le temps.*

« Je suis *coincée* ! geignit Donna Hedderman, quelque dix mètres en contrebas.

— On arrive », lui lança Janson, tandis que Katsaris et lui sautaient à leur tour. Autant que possible, ils essayèrent de garder les pieds posés contre la paroi, de manière à descendre en « marchant ». Pour Janson, c'était une terrible épreuve ; son vêtement de nylon n'était pas rembourré, si bien que la corde lui mordait les chairs. La seule manière de calmer la douleur due à la pression consistait à se servir de ses muscles déjà fort malmenés.

« Aidez-moi ! » La voix chevrotante de la femme résonna contre la paroi verticale.

Quand ils la retrouvèrent à un tiers du chemin, ils comprirent ce qui s'était passé. Ses longs cheveux emmêlés s'étaient pris dans le descendeur. Ils auraient dû y penser. Katsaris sortit un couteau et, prenant son élan d'un coup de pied, se propulsa vers elle. La femme poussa un cri strident. D'un seul coup de lame, il la libéra. Mais le problème risquait de se reposer. Katsaris lâcha la corde et enclencha le bloqueur pour rester à son niveau.

« Tenez bon », dit-il et, se rapprochant d'elle un peu plus, il lui attrapa les cheveux à pleine main et trancha sans s'occuper de ses cris de protestation. Sa nouvelle coupe n'avait rien d'élégant mais comme mesure de sécurité, c'était parfaitement réussi.

Janson, lui, faisait des efforts désespérés pour se maintenir à leur hauteur. Quand la corde le comprimait trop, il serrait les dents. Tantôt, elle se tendait autour de sa cage thoracique comme un python cherchant à l'étouffer entre ses anneaux ; tantôt elle s'enfonçait dans ses muscles fessiers. La descente en rappel était aussi simple et naturelle qu'un accouchement, songea-t-il. Mais comme pour un accouchement, c'était la douleur qui posait problème. Ses mains étaient à vif ; pourtant s'il laissait aller la corde, il s'écraserait sur les rochers en contrebas.

Il fallait tenir encore un peu. Il fallait se souvenir qu'au pied de la paroi, les autres membres de l'équipe les attendaient, frais et dispos, dans le canot pneumatique rigide ultra-léger qu'ils avaient sorti du BA609. Janson et ses compagnons n'auraient plus qu'à s'en remettre à eux. Si seulement ils parvenaient à les rejoindre.

Clair comme l'eau, froid comme la glace.

Les secondes duraient des heures. Il entendit ses équipiers détacher le harnais de Peter Novak et l'embarquer à bord du canot.

C'était une course contre la montre. Si jamais il subsistait un doute dans la tête des sentinelles sur la direction qu'ils avaient prise pour s'enfuir, les câbles attachés aux rochers les renseigneraient utilement. Il leur suffirait de trancher les amarres pour précipiter trois personnes dans l'abîme. L'obscurité et le brouillard étaient leurs meilleurs alliés, le temps leur plus redoutable ennemi.

Pour survivre, il fallait faire vite – se débarrasser des cordes et monter dans le bateau.

Depuis combien de temps étaient-ils suspendus entre ciel et terre ? Quarante secondes ? Cinquante ? Soixante ?

Juste au moment où ses muscles étaient sur le point de lâcher, Janson sentit des mains se tendre vers lui pour l'attraper. Il desserra enfin cette corde muée en instrument de torture et se laissa tomber. Tout en s'installant dans l'embarcation à fond plat, il regarda autour de lui. Ils étaient six. Novak. Hedderman. Katsaris. Andressen. Honwana. Hennessy, lui, était resté aux commandes du BA609.

Le moteur du canot – un Sea Force 490 – fit entendre un gémissement quand ils démarrèrent pour se dégager des récifs. Ils suivirent la côte sur un demi-mille avant de s'enfoncer dans les brumes du large qui les dissimuleraient aux yeux des tireurs de la forteresse. De plus, l'itinéraire choisi les placerait hors de portée de leur artillerie fixe. « Tout le monde est là, dit Andressen dans son appareil transmetteur, à l'intention de Hennessy. Plus une invitée. »

Des balles cloquèrent la surface de l'eau, à quelque distance de l'embarcation. C'étaient des tentatives désespérées mais il arrivait trop souvent que des balles perdues produisent le même résultat que les tirs bien ajustés.

Un quart de mille plus loin, ils cessèrent d'entendre les coups de feu des troupes rebelles : le FLK n'avait sans doute pas renoncé à tirer mais l'écho des détonations se perdait dans le vacarme de l'océan.

Le Sea Force se soulevait au rythme des vagues ; son moteur puissant se battait contre les rouleaux gonflés par la mousson. Tandis que la côte d'Anura disparaissait dans les brumes, Janson eut une drôle d'impression. Ce canot était si léger, une coquille de caoutchouc et de métal se propulsant à travers l'océan. Il n'était qu'un point sur l'immensité. Et pourtant il transportait un trésor inestimable aux yeux des gens de bonne volonté.

Peter Novak se tourna vers l'avant du bateau. Son mouvement de menton disait clairement qu'il retrouvait peu à peu son identité, sa personnalité. Pourtant, ses traits n'exprimaient rien. Il avait l'esprit ailleurs. Les embruns et l'écume de l'océan faisaient luire ses cheveux et son visage ; l'eau salée éclaboussait sa chemise de drap fin. De temps en temps, il passait une main dans ses cheveux hirsutes.

Hedderman, elle, était recroquevillée sur elle-même, le visage dans les mains. Il lui faudrait du temps pour guérir, Janson le savait. Les circonstances de leur capture par le FLK étaient totalement différentes et cela se voyait à leur comportement respectif.

Les hommes de Janson, eux aussi, gardaient le silence, perdus dans leurs pensées ou occupés à répéter les prochaines étapes de leur mission.

Les rebelles étaient-ils en train de les poursuivre à bord d'une vedette ? C'était possible mais peu probable. Il fallait s'y connaître en escalade pour descendre en rappel une falaise aussi escarpée que celle d'Adam's Hill.

Les six occupants du canot entendirent le vrombissement des rotors avant même d'apercevoir l'engin. Trois cent mètres les séparaient de lui. Andressen consulta sa montre et accéléra. Ils avaient dépassé l'horaire imparti : l'exfiltration avait pris plus de temps que prévu. Comme du bois flotté, le petit bateau était ballotté au gré des vagues, mais son moteur était assez puissant pour lutter contre les courants latéraux. Le BA609 était là, devant eux, reposant sur un hélipad de flottaison, un coussin de caoutchouc noir autogonflable. Le souffle des rotors faisait rouler la mer autour de lui. Hennessy, censé les ramener au bercail pendant que Honwana se reposait, était simplement en train de vérifier les circuits hydrauliques.

Les premières lueurs de l'aube, comme une corolle rose s'épanouissant à l'horizon, soulignaient la coque de résine mate du canot. Quelques minutes plus tard, la corolle se dilua dans le ciel tout en s'intensifiant, telle une lampe à arc aperçue à travers une main formant écran. Le soleil se levait. Le ciel s'éclaircissait en passant rapidement du violet foncé au bleu céruléen. L'aurore sur l'océan Indien. La première à laquelle Peter Novak assistait depuis plusieurs jours.

Hennessy ouvrit sa vitre pour interpeller Janson. « C'est qui cette femme ? demanda-t-il d'une voix tendue.

— Tu ne connais pas Donna Hedderman ?

— Nom de Dieu de merde ! Cette extraction était prévue pour un individu. L'appareil ne peut recevoir personne d'autre. Bordel, on est déjà limite question carburant. Impossible d'embarquer encore cent kilos de charge sans risquer de tomber en rade. On est vraiment trop justes.

— Je comprends.

— Encore heureux. C'était ton plan, grand chef. Alors trouve-moi une zone d'atterrissage plus proche. »

Janson secoua la tête. « Il n'en existe aucune. Aucune de sûre, en tout cas.

— Qu'est-ce que tu as prévu, dans ce cas de figure ? demanda l'Irlandais.

— Je reste, dit Janson. Il y a assez de carburant dans ce canot pour aller jusqu'au Sri Lanka. » Hennessy le considéra d'un air incrédule. Janson ajouta : « En naviguant à vitesse réduite et en me servant des courants. Fais-moi confiance, je sais ce que je fais.

— Le Sri Lanka n'est pas sûr. Tu viens de le dire.

— Pas sûr pour Novak. Mais moi, je m'en accommoderai. J'avais prévu ce plan de secours, en cas de nécessité. » Il ne bluffait qu'à moitié. Le plan auquel il faisait allusion était susceptible de marcher, par contre il venait juste de l'inventer.

On conduisit Donna Hedderman à bord de l'appareil. Elle ne cessait de hoqueter, de cracher, son visage était cramoisi, ses vêtements trempés par les embruns.

« Monsieur Janson ? » La voix du Hongrois s'éleva, claire et sonore malgré la pulsation assourdissante des rotors. « Vous êtes un homme très courageux. Vous m'épatez et pourtant j'avoue que plus grand-chose ne m'épate. » Il lui serra le bras. « Je n'oublierai jamais ce que vous venez de faire. »

Janson inclina la tête puis planta son regard dans les yeux bruns de Peter Novak. « Au contraire, il serait préférable que vous oubliiez ce qui s'est passé, pour ma sécurité et pour celle de mon équipe. » C'était la réponse professionnelle. Et Janson était un professionnel.

Longue pause. « Vous êtes un homme bien », dit le philanthrope. Katsaris aida Peter Novak à escalader la rampe et à pénétrer dans l'appareil puis redescendit.

Le Grec tourna vers Janson un visage tendu par la détermination. « C'est moi qui reste. Toi tu pars.

— Non, mon ami, répondit Janson.

— Je t'en prie, supplia Katsaris. On a besoin de toi ici. C'est toi le chef de mission, non ? Au cas où quelque chose tournerait mal.

— Au point où nous en sommes, plus rien ne tournera mal, rétorqua Janson. Novak est entre de bonnes mains.

— Dans un canot pneumatique, au milieu de l'océan, à cent milles de la côte du Sri Lanka – ça n'a rien d'une plaisanterie, insista Katsaris imperturbable.

— Serais-tu en train de me suggérer que je suis trop vieux pour une petite balade en mer ? »

Katsaris secoua la tête, sans sourire. « Je t'en prie, Paul. C'est à moi de rester. » Ses cheveux noirs brillaient dans la lumière de l'aube.

« Ah ça non ! cria Janson en sortant de ses gonds. C'est moi qui vous ai embringués là-dedans, c'est moi qui ai merdé, c'est moi le responsable. Aucun membre de mon équipe ne se sacrifiera à ma place. Cette conversation est terminée. » C'était une question d'honneur – on ne plaisantait pas avec ça dans le monde viril des agents secrets. Katsaris avala sa salive et obtempéra sans toutefois pouvoir effacer l'inquiétude qui plissait son front.

Janson diminua la vitesse du moteur de manière à économiser le carburant. Puis il vérifia sa direction avec la boussole ajustée au cadran de sa montre.

Il lui faudrait trois ou quatre heures pour atteindre les plaines côtières, au sud-est du Sri Lanka. Ensuite, l'un de ses contacts sur place le ferait monter à bord d'un camion à destination de l'aéroport international de Colombo. En espérant qu'il ne soit pas retombé aux mains des Tigres pour la Libération du Tamil Eclam. Ce n'était pas l'idéal ; seulement, encore une fois, il n'avait pas le choix.

Il regarda le petit appareil turquoise s'élever dans les airs en décrivant des cercles, comme s'il suivait les degrés d'une ziggourat. Bientôt, il atteindrait son altitude de croisière et se servirait des vents dominants pour mener à bien son long voyage vers Katchall.

Le ciel matinal était à présent d'un bleu magnifique, presque assorti au revêtement de résine du rotorcraft. Au fur et à mesure que l'appareil s'éloignait dans l'azur, Janson se laissait gagner par le calme. Quel soulagement !

Il se permit un bref élan d'orgueil. Ils avaient triomphé d'une situation quasiment désespérée. Peter Novak était libre. Ses ravisseurs assoiffés de sang avaient perdu leur prestigieux otage. Quelle cuisante humiliation pour le Calife ! Janson s'adossa contre le rebord du bateau et regarda le rotorcraft s'élever encore un peu plus haut, avec ce curieux déplacement sur trois axes qui le faisait ressembler à une créature vivante, une guêpe par exemple.

Pour aborder les plaines côtières du Sri Lanka, il lui faudrait manœuvrer serré ; on rencontrait parfois près du rivage des barres capables de vous faire chavirer en moins de deux. Mais une fois à Colombo, tout irait mieux. Il y avait un vol direct pour Bombay. Ensuite, retour au bercail. Il avait appris par cœur le numéro de la ligne privée de Marta Lang – Katsaris aussi ; avec ce numéro, il serait en mesure de la joindre où qu'elle soit, lui avait-elle précisé. Il ne disposait actuellement d'aucun moyen de communication, mais il savait que Katsaris s'en chargerait. Dans quelques minutes, l'adjointe de Novak apprendrait la réussite de la mission. Janson aurait aimé pouvoir la lui annoncer lui-même mais Theo le méritait tout autant que lui : il avait été extraordinaire, il avait joué un rôle essentiel dans le bon déroulement de cette histoire de fous.

Comme Janson connaissait la Liberty Foundation, ils avaient dû prévoir un accueil en règle. Il y avait fort à parier qu'une flottille aérienne attendrait le BA609 dans le ciel de Katchall. Janson n'en finissait pas de contempler l'appareil qui grimpait toujours plus haut, comme porté en triomphe.

Et puis – non ! c'était impossible, sûrement un effet de lumière ! – il vit l'éclair, l'explosion éblouissante et les panaches de fumée se dispersant dans les airs. Pendant une fraction de seconde, le ciel d'azur prit une couleur laiteuse puis tout de suite après, vint l'embrasement. Une grande lumière jaune pâle, produite par le carburant enflammé. Des petits morceaux de fuselage commencèrent à dégringoler vers la mer.

Non ! Oh, mon Dieu, non !

Janson resta là à fixer le ciel, sans y croire. Il ferma les yeux, les rouvrit : il avait rêvé ou quoi ?

Oh, Seigneur !

Jamais il n'avait assisté à une telle catastrophe. Son cœur se serra, fort, très fort. Theo. Theo Katsaris, le fils qu'il n'avait jamais eu. Son ami le plus cher. « Permets-moi de rester », l'avait-il supplié et, par vanité, par pur orgueil, Janson avait refusé.

Mort. Carbonisé devant ses yeux.

Il vit défiler les visages des autres, comme dans un kaléidoscope. Manuel Honwana, le taciturne, toujours d'humeur égale. Andressen, si loyal, méthodique, fiable, jamais un mot plus haut que l'autre – si dépourvu d'amour-propre que les ignorants avaient tendance à le sous-estimer. Sean Hennessy qu'il avait fait libérer de sa prison anglaise pour le conduire à la mort. Et Donna Hedderman – cette brave Américaine poursuivie par la poisse.

Partis en fumée, à cause de lui.

Et Peter Novak. Le plus grand humanitaire de ce siècle naissant. Un géant dans un monde de nains. L'artisan de la paix. L'homme qui lui avait sauvé la vie. Et l'objet de toute cette mission.

Réduits en cendres, à trois mille pieds au-dessus de l'océan Indien.

Au lever du jour, l'incroyable triomphe s'était transformé en cauchemar.

Une chose était sûre : il ne s'agissait pas d'un accident, ni d'une panne de moteur. La double explosion – la déflagration qui avait précédé, de quelques secondes cruciales, l'explosion du carburant enflammé – le prouvait. C'était un attentat. Un crime atroce qui venait de coûter la vie à quatre valeureux soldats et à l'homme le plus généreux que la terre ait porté.

Mais que s'était-il passé ? Qui aurait pu concevoir pareille ignominie ? Quand ?

Et pourquoi ? Pour l'amour du ciel, *pourquoi* ?

Janson se laissa tomber au fond du canot, paralysé de douleur, d'impuissance et de rage ; en pleine mer, il se sentait comme au cœur d'une crypte, étouffé par le poids de sa souffrance. Il ne pouvait plus respirer. Son sang était comme coagulé. La mer écumeuse lui faisait signe de la rejoindre dans ses profondeurs apaisantes, porteuses d'un éternel oubli. Il savait parfaitement comment faire taire à jamais la tourmente qui ravageait son cœur.

Mais ce n'était pas une solution.

Il aurait donné sa vie pour n'importe lequel d'entre eux. Il le savait à présent.

Mais ce n'était pas une solution.

Il était le seul survivant.

Au fond de son cerveau, un mécanisme s'enclencha et se mit à tourner comme une horloge. Une rage froide s'empara de lui. Il avait pris les armes contre un bataillon de terroristes mais une terreur bien plus diabolique venait de le terrasser. Un profond sentiment de révolte, une révolte calculée, glaciale, se fit jour en lui. Il fallait se débarrasser de l'abattement, du chagrin, pour laisser place à une émotion bien plus formidable : la soif de justice, absolue, inexorable. Il était le dernier survivant – il n'aurait de cesse que de faire la lumière sur ce qui venait de se passer.

Deuxième partie

CHAPITRE 9

L A première consigne, c'est le secret », dit le représentant de
« la Defense Intelligence Agency aux autres personnes présentes dans la pièce. Avec ses sourcils épais et sombres, ses
épaules carrées et ses bras musclés, on l'aurait plutôt classé dans la
catégorie travailleurs manuels ; en réalité, Douglas Albright était un
cérébral qui passait son temps à se torturer les méninges. Titulaire
d'un doctorat de sciences politiques comparées, il s'était spécialisé
dans les fondements de la théorie du jeu. « Le secret est notre priorité
numéro un, deux et trois. Je tiens à ce que cela soit clair. »

C'était on ne peut plus clair. Il n'y avait qu'à voir le lieu improbable où on les avait convoqués à la dernière minute. Le Meridian
International Center situé sur Crescent Place, près de la 16ᵉ Rue, sur
Meridian Hill, était construit dans le style néoclassique propre à la
plupart des bâtiments officiels de Washington. Mais avec son charme
discret, il ressemblait davantage à un bâtiment privé. Censé abriter
une association pour l'éducation et la culture, il était essentiellement
dédié à des activités gouvernementales ultrasecrètes. On y pénétrait
par une élégante porte en chêne sculpté. Mais l'entrée la plus importante se trouvait sur le côté ; une allée privée permettait aux dignitaires de circuler sans attirer l'attention. Séparé de la Maison-Blanche de
presque deux kilomètres, le centre possédait pourtant quelques avantages non négligeables. S'y tenaient des réunions informelles et, en
particulier, des conciliabules interdépartementaux. Pour s'y rassembler, on n'avait pas besoin de remplir toute la paperasse requise par
les procédures de sécurité en vigueur à la Maison-Blanche, à l'Old
Executive Office Building, au Pentagone ou dans les agences de
renseignement. Ces réunions n'étaient pas mentionnées dans les
registres officiels. Elles n'existaient donc pas.

Les cinq hommes au teint hâve assis autour de la petite table de
conférence appartenaient tous au même domaine d'activité, et pour-

tant, étant donné la structure des agences gouvernementales, ils auraient eu peu de chances de se rencontrer en temps ordinaire. Seulement le programme qu'ils menaient en commun n'avait rien d'ordinaire ; tout comme les événements qu'ils avaient à gérer, d'ailleurs. Evénements risquant d'avoir des conséquences catastrophiques.

Contrairement à leurs supérieurs en titre, ce n'étaient pas des hommes politiques mais des bureaucrates pur jus, des condamnés à perpète travaillant sur des projets se prolongeant largement au-delà de la durée de n'importe quel mandat présidentiel. Ils assuraient la liaison et présentaient des rapports aux élus de la nation, ces hommes et ces femmes qui apparaissaient un jour sur la scène politique, faisaient un petit tour et disparaissaient quatre ans après. Les responsabilités dont ces hauts fonctionnaires étaient investis dépassaient de loin cet horizon.

Face au représentant de la DIA était assis le directeur adjoint de l'Agence pour la Sécurité nationale, un homme au front haut et sans rides, aux traits fins, austères, qui se faisait une gloire de conserver un air serein en toutes circonstances. Cet air-là semblait sur le point de se dissiper, et la gloire avec lui. « Le secret, bien sûr – la chose est parfaitement claire, dit-il d'une voix posée. En revanche, la nature de notre sujet ne l'est pas.

— Paul Elie Janson », fit le sous-secrétaire du Département d'Etat, qui portait le titre officiel de directeur du bureau des Renseignements et de la Recherche. Il n'avait rien dit depuis un moment. Un visage lisse, une allure athlétique, des cheveux ébouriffés, couleur paille, et de grosses lunettes cerclées de noir qui lui donnaient une expression austère. Le sous-secrétaire était un survivant, les autres le savaient et considéraient ses prises de position avec la plus grande attention. « Janson était l'un des nôtres, vous ne l'ignorez pas. Les documents qu'on vous a remis à son sujet sont un peu succincts. Veuillez m'en excuser – c'est ainsi qu'on rédige les dossiers et nous avons dû activer les préparatifs. Quoi qu'il en soit, je pense qu'ils vous permettront de vous faire une idée.

— Une foutue machine à tuer, comme nous en avons le secret, Derek. Voilà ce qu'il est », intervint Albright en lançant un regard courroucé au sous-secrétaire. Albright occupait un très haut poste mais n'avait jamais quitté son bureau. C'était un analyste pur et dur et il le resterait jusqu'à la fin de ses jours. La méfiance foncière que les hommes de son acabit concevaient envers leurs homologues exerçant sur le terrain était trop souvent justifiée. « Vous créez des robots, vous les lâchez dans la nature et ensuite vous laissez les autres ramasser les débris. Je ne vois pas du tout à quel genre de jeu il joue. »

L'homme du Département d'Etat rougit de colère. « Avez-vous

envisagé la situation inverse : que quelqu'un se joue de lui ? » Un regard appuyé : « A votre place, je me garderais de tirer des conclusions trop hâtives. Pour moi, Janson n'est pas un renégat.

— Le fait est que nous n'avons aucune certitude », dit l'homme de la NSA, Sanford Hildreth, après un temps d'arrêt. Il se tourna vers l'individu installé à côté de lui, un informaticien qui, dans sa jeunesse, avait conçu la première base de données pour la CIA. Ce tour de force accompli en solo ou presque lui avait valu une réputation de petit génie. « Oublions-nous quelque chose, Kaz ? »

Kazuo Onishi fit non de la tête. Il avait étudié au California Institute of Technology et gardait de son enfance passée en Californie du Sud un léger accent traînant qui cadrait mal avec sa vraie nature. « Je peux vous dire que nous avons constaté des activités anormales, des ruptures potentielles dans les pare-feu. Je n'ai pas réussi à identifier l'auteur de la violation. Pas encore, en tout cas.

— Admettons que vous ayez raison, Derek, poursuivit Hildreth. Dans ce cas, ce type me paraîtrait plutôt sympathique. Seulement rien ne doit compromettre le programme. Doug a raison – le secret est la première directive. Un secret absolu et sans faille. Sinon autant dire adieu à la Pax Americana. Peu importe ce qu'il avait en tête en faisant cela. Tout ce que nous pouvons dire, c'est que ce brave Janson ignore totalement ce qu'il a déclenché par sa maladresse. » Il porta sa tasse de café à ses lèvres, prit une petite gorgée et la reposa sur la soucoupe en espérant que personne ne remarquerait que sa main tremblait. « Et il l'ignorera toujours. » Ces mots sonnaient plus comme une déclaration que comme une remarque.

« Ça me va comme ça, dit l'homme du Département d'Etat. Quelqu'un a-t-il averti Charlotte ? » Charlotte Ainsley, conseillère pour la Sécurité nationale auprès du Président, était leur principal lien avec la Maison-Blanche.

« Ce sera fait dès aujourd'hui, déclara le représentant de la NSA. Mais voyez-vous se dessiner des alternatives valables ?

— En cet instant même ? Janson est en train de s'enfoncer dans les sables mouvants. Même si nous voulions l'aider, nous ne le pourrions pas.

— Tout irait mieux s'il ne se rebiffait pas, fit remarquer l'analyste de la DIA.

— Cela va sans dire, intervint Derek Collins. Mais il se rebiffe et ça ne m'étonne pas, tel que je le connais. Ce type va nous donner du fil à retordre.

— Alors, nous allons devoir prendre des mesures radicales, rétorqua l'analyste. Si le programme vient à être connu, même s'il n'en filtre que un pour cent, tout sera fichu, non seulement nous mais aussi tout ce à quoi nous tenons. Tout. L'histoire fera un bond de vingt ans en arrière. Et ça c'est le scénario optimiste. L'autre scénario, le plus probable, débouche sur une nouvelle guerre mondiale. Sauf que cette fois-ci, nous serons dans le camp des vaincus.

— Pauvre type, dit le directeur adjoint de la NSA en feuilletant le dossier de Janson. Il est complètement dépassé. »

Le sous-secrétaire d'Etat réprima un frisson. « Le pire dans cette affaire, répliqua-t-il d'un air sinistre, c'est que nous le sommes aussi. »

Athènes

Les Grecs ont un mot pour désigner ce mélange de pollution et de brouillard : *nephos*. Le brouillard – cadeau de la civilisation occidentale au pays qui en est le berceau. Encerclé de montagnes, écrasé au sol par l'inversion atmosphérique, il acidifiait l'air, accélérait la décrépitude des monuments antiques et irritait les yeux et les poumons de quatre millions de personnes. Les mauvais jours, il s'étendait sur Athènes comme un voile empoisonné. C'était un mauvais jour.

Janson avait pris un vol direct Bombay-Athènes et débarqué au terminal est de l'aéroport international Ellinikon. Il se sentait vidé ; tel un zombie en costume cravate vaquant à ses affaires. *Vous avez une dalle de granit à la place du cœur.* Si seulement c'était vrai.

Il avait appelé Marta Lang à plusieurs reprises, sans résultat. C'était horripilant. Grâce au numéro qu'elle lui avait donné, il pouvait la joindre n'importe où, lui avait-elle affirmé : c'était celui de sa ligne privée au bureau et si elle ne décrochait pas après trois sonneries, l'appel était transféré sur son portable. Seules trois personnes connaissaient ce numéro, avait-elle précisé. Et tout ce qu'il obtenait, c'était le ronronnement électronique d'une ligne non attribuée. Il avait tenté le coup auprès des divers sièges de la Liberty Foundation, à New York, Amsterdam, Bucarest. *Mlle Lang n'est pas disponible*, l'informèrent des sous-fifres aux voix d'hôtesses de l'air. Janson avait insisté. C'était une urgence. Elle lui avait laissé un message lui demandant de la rappeler. Ils se connaissaient bien. Il devait l'entretenir d'une affaire de la plus haute importance. Concernant Peter Novak lui-même. Il avait essayé toutes les approches, toutes les tactiques de harcèlement, sans rien obtenir.

La commission lui sera faite, lui répondait-on à chaque fois en adoptant systématiquement la voix passive. Mais comment auraient-ils pu lui faire la commission, la vraie, celle qui aurait révélé l'épouvantable vérité ? Et lui, que pouvait-il leur dire ? Que Peter Novak était mort ? Ses interlocuteurs semblaient n'être au courant de rien et Janson préférait se taire.

Le système de sonorisation du terminal est diffusait le dernier tube de l'incontournable diva pop américaine, une chanson qu'on entendait partout, tirée de la bande originale d'un film américain à gros budget qu'on voyait partout. C'était cela un aéroport international de nos jours : un espace bien calfeutré où rien ne dépassait, un endroit aseptisé, enveloppé dans une couverture pseudo-culturelle.

La commission lui sera faite.

C'était rageant ! Où était-elle ? L'avait-on tuée, elle aussi ? Ou alors – cette éventualité l'horrifiait comme la lame acérée d'un rasoir sifflant devant ses yeux – faisait-elle partie d'un terrible et insondable complot ? Novak avait-il été exécuté par un membre ou des membres de sa propre organisation ? C'était une hypothèse comme une autre, même si elle comportait d'atroces implications. Dans ce cas, lui-même n'aurait été qu'un pion dans cette conspiration ; au lieu de sauver l'homme à qui il devait la vie, il serait devenu l'intrument même de sa destruction. Mais c'était une idée absurde ! Cela n'avait aucun sens – rien de tout cela n'avait de sens. A quoi bon tuer un homme déjà condamné à mort ?

Janson sauta dans un taxi et demanda qu'on le conduise dans le quartier du Mets, au sud-ouest du Stade Olympique. La tâche qui l'attendait était du genre délicat. Il fallait qu'il annonce la triste nouvelle à Marina Katsaris, qu'il la lui dise en face, et cette perpective l'écrasait comme un rocher pesant sur sa poitrine.

L'aéroport était à dix kilomètres du centre d'Athènes ; coincé sur la banquette arrière sans pouvoir déplier ses longues jambes, Janson regardait le paysage d'un air las. L'autoroute reliant Glyfada, la banlieue où se situait l'aéroport, aux collines sur lesquelles la ville d'Athènes était perchée, ressemblait à un trottoir roulant saturé de voitures ; le mélange des gaz d'échappement entretenait en continu l'odeur étouffante du dioxyde de soufre qui planait au ras du sol.

Il remarqua le petit « 2 » affiché sur le compteur et ses yeux croisèrent ceux du chauffeur, un homme trapu au menton assombri d'une barbe naissante du genre qui ne disparaît jamais complètement au rasage.

« Y a-t-il quelqu'un dans le coffre ? s'enquit Janson.

— Quelqu'un dans le *coffre* ? répéta le chauffeur hilare, tout fier de son anglais. Ha ! Il n'y avait personne la dernière fois que j'ai vérifié, chef ! Pourquoi vous dites ça ?

— Parce que, ne voyant personne d'autre que moi sur la banquette arrière, je me demandais pourquoi vous aviez réglé votre compteur sur "2".

— Je me suis trompé », répondit le taxi après un temps d'hésitation. Il avait perdu sa belle assurance. D'un air maussade, il rectifia sa soi-disant erreur, ce qui eut non seulement pour effet de rétablir le tarif normal mais aussi d'effacer les drachmes qui s'étaient déjà accumulées.

Janson haussa les épaules. C'était un vieux truc des chauffeurs de taxi athéniens. Si ce type avait recouru à cette mesquine arnaque avec lui, ça signifiait surtout qu'il devait avoir l'air épuisé et particulièrement distrait.

La circulation dans Athènes était si dense que le dernier kilomètre leur prit plus de temps que les neuf précédents. Les rues du Mets s'étiraient sur une colline escarpée où les maisons, datant d'avant la guerre – et le boom démographique –, évoquaient un passé plus agréable. Elles avaient presque toutes des murs couleur sable, des toits en tuiles et des volets rouges aux fenêtres. A l'arrière, on apercevait de petits jardins ornés de plantes en pot et des escaliers extérieurs en colimaçon. La maison de Katsaris se trouvait dans une rue étroite de Voulgareos, à quelques rues du Stade Olympique.

Après lui avoir laissé 2 500 drachmes, Janson renvoya le chauffeur de taxi et sonna tout en espérant vaguement qu'on ne lui répondrait pas.

La porte s'ouvrit au bout de quelques instants seulement. Marina apparut, telle que dans son souvenir – et même plus belle encore, si c'était possible. Janson regarda ses pommettes hautes, son teint de miel, ses yeux noisette au regard franc, ses cheveux noirs, lisses et soyeux. On remarquait à peine son ventre rond, une courbe voluptueuse parmi d'autres, presque caché sous son ample robe en soie sauvage.

« Paul ! » s'exclama-t-elle, enchantée de le voir. L'enchantement s'évapora dès qu'elle nota son expression : son visage devint blême. « Non », souffla-t-elle.

Janson ne répondit pas mais son air égaré parlait de lui-même.

« Non », répéta-t-elle dans un murmure.

Elle se mit à trembler, son visage se tordit de douleur, puis de rage. Quand il la suivit à l'intérieur, elle se retourna vers lui et le gifla plusieurs fois. Ses bras volaient comme des fléaux ; on aurait dit qu'en le frappant ainsi, elle espérait tenir à distance la révélation qui menaçait d'anéantir son univers.

Les coups faisaient mal, mais pas tant que la colère et le désespoir qu'ils recouvraient. Finalement, Janson lui saisit les poignets. « Marina, dit-il d'une voix lourde de tristesse. Je t'en prie, Marina. »

Elle le dévisagea comme si elle aurait pu le faire disparaître par sa seule volonté, et avec lui la nouvelle catastrophique dont il était porteur.

« Marina, je n'ai pas de mots assez forts pour te dire combien je suis désolé. » Dans ces moments-là, les clichés surgissaient d'eux-mêmes, mais ces clichés reflétaient quand même la vérité. Il ferma très fort les yeux en tentant de trouver des paroles de réconfort. « Theo s'est comporté en héros jusqu'à la fin. » Quand ces mots sortirent de sa bouche, ils lui parurent étrangement vides : la peine qu'ils partageaient, Marina et lui, se situait au-delà des mots. « C'était un être unique. Et les choses que je l'ai vu faire...

— *Mpa! Thee mou.* » Elle le bouscula et courut jusqu'au balcon donnant sur le petit jardin. « Tu ne comprends pas ? Ces trucs-là ne m'intéressent plus. Le récit des exploits des agents secrets, les jeux de cow-boys et d'Indiens ne m'intéressent plus. Ils ne signifient plus rien à mes yeux !

— Tu n'as pas toujours dit cela.

— C'est vrai, reconnut-elle. Mais c'est qu'autrefois, je jouais le jeu moi aussi...

— Bon sang, ce que tu as fait dans le Bosphore... c'était extraordinaire. » L'opération en question avait eu lieu six ans plus tôt, peu avant que Marina ne démissionne des services de renseignement grecs. Une cargaison d'armes destinée au 17 Noemvri, le groupe terroriste du 17 novembre, avait été saisie, ses fournisseurs appréhendés. « Je connais des pros du renseignement qui n'en reviennent toujours pas.

— Et après, seulement après, on se demande : à quoi tout cela a-t-il bien pu servir ?

— A sauver des vies !

— Vraiment ? Pour une cargaison d'armes légères saisie, combien d'autres nous sont passées sous le nez. Je suppose que ça sert à maintenir les cours et à engraisser les trafiquants.

— Theo ne voyait pas les choses comme ça, intervint Janson d'une voix douce.

— Theo n'a jamais réussi à envisager les choses sous cet angle-là, en effet. Et il ne pourra plus changer d'avis désormais. » Sa voix se mit à trembler.

« Tu m'en veux.

— C'est à moi que j'en veux.

— Allons, Marina !

— C'est bien moi qui l'ai laissé partir, non ? Si j'avais insisté, il serait resté. Tu en doutes ? Mais je n'ai pas insisté. Et tu sais pourquoi ? Même s'il m'avait écoutée cette fois-ci, il y aurait eu un autre appel, et un autre et puis un autre encore. Et il ne serait pas parti, il ne serait jamais parti – et ça l'aurait tué tout pareillement. Theo était un as dans sa partie. Je le sais bien, Paul. C'était sa fierté. Comment pouvais-je le priver de cela ?

— C'est un choix que nous avons fait.

— Et comment aurais-je dû m'y prendre pour lui faire comprendre qu'il était doué pour des tas d'autres choses ? Qu'il était quelqu'un de bien. Qu'il aurait été un père génial.

— C'était un ami génial.

— Un ami génial pour toi, lui renvoya Marina. Mais toi pour lui ?

— Je ne sais pas.

— Il t'adorait, Paul. Voilà pourquoi il est parti.

— Je comprends cela, fit Janson d'une voix éteinte. Je comprends.

— Tu étais tout pour lui. »

Janson garda le silence un instant. « Je suis tellement désolé, Marina.

— C'est grâce à toi que nous nous sommes rencontrés. Et maintenant c'est toi qui nous sépares. Sans cela, nous aurions passé toute notre vie ensemble. » Le regard sombre de Marina se fit implorant ; soudain quelque chose se brisa en elle. Elle se mit à sangloter comme hurle un animal, laissant libre cours à son désespoir ; durant quelques minutes, elle resta là, agitée de convulsions, sur une chaise noire laquée, entourée des choses que Theo et elle avaient achetées pour décorer la maison : le tapis de laine tissé, le parquet clair qui venait d'être refait ; l'agréable petit foyer où son mari et elle avaient vécu côte à côte – où ils s'étaient préparés, ensemble, à accueillir une autre vie. Janson songea que son destin et celui de Théo se ressemblaient étrangement : une île de l'océan Indien, déchirée par la guerre, les avait tous deux privés de la joie d'être père.

« Je ne voulais pas qu'il s'en aille, s'écria-t-elle. Je n'ai jamais voulu qu'il s'en aille. » Son visage était rouge et quand elle ouvrit la bouche, un filet de salive s'étira entre ses lèvres gonflées. Jusqu'à présent, Marina avait pu se raccrocher à sa colère comme à une amarre. A présent, sa colère avait disparu et sa force avec elle.

« Je sais, Marina », dit Janson, les yeux humides. La voyant sur le point de s'effondrer, il la prit dans ses bras et la serra très fort contre lui. « Marina. » Il murmurait son nom comme une supplique. Par la fenêtre, triste paradoxe, le soleil resplendissait sur le paysage, les klaxons des automobilistes énervés déposaient comme un baume sur leurs plaies, un bruit de fond vibrant dans l'air de cet après-midi finissant. Une marée de banlieusards qui regagnaient leur foyer en toute hâte : des hommes, des femmes, des fils, des filles – la géométrie de la vie domestique.

Quand elle posa de nouveau son regard sur lui, elle le vit à travers la lentille déformante des larmes. « A-t-il sauvé quelqu'un ? A-t-il sauvé une personne ? Dis-moi qu'il n'est pas mort en vain. Dis-moi qu'il a sauvé une vie. *Dis-moi*, Paul ! »

Janson restait assis sans bouger sur sa chaise en osier.

« Raconte-moi ce qui s'est passé », le supplia Marina, comme si le fait de connaître les détails de l'événement pouvait l'empêcher de sombrer dans la folie.

Une minute s'écoula avant qu'il retrouve assez d'assurance pour parler. Alors il lui raconta ce qui s'était passé. C'était pour cela qu'il était venu, après tout. Il était le seul à connaître les circonstances précises de la mort de Theo. Marina voulait savoir, avait besoin de savoir, et elle saurait. Pourtant, tout en parlant, il s'apercevait que ses explications souffraient de nombreuses lacunes. Il ignorait tant de choses. Il restait tellement de questions en suspens. Mais les réponses, il les trouverait, dût-il en mourir.

A quelques rues de la place Syntagma, le Spyros était construit dans le style passe-partout des grands hôtels internationaux : cabines d'ascenseur plaquées de faux travertin en résine, portes recouvertes d'acajou et meubles étudiés pour en mettre plein la vue dans les dépliants mais offrant le minimum requis en termes de confort.

« Votre chambre sera prête dans cinq minutes, lui annonça calmement le réceptionniste. Asseyez-vous dans le hall. On s'occupe de vous. Cinq minutes, pas plus. »

Les cinq minutes promises, mesurées à l'aune du temps athénien, furent multipliées par deux. Finalement on lui remit sa carte-clé et il monta au huitième étage où se situait sa chambre. Selon un rituel parfaitement rodé, il inséra la carte dans la fente, attendit que la diode verte clignote, tourna la poignée et poussa le lourd battant.

Le poids qui pesait sur lui était bien plus lourd que n'importe quelle valise. Ses épaules et le haut de son dos lui faisaient mal. La rencontre avec Marina avait été aussi éprouvante que prévu. Le chagrin les avaient réunis l'espace de quelques minutes ; Janson était la cause immédiate de ce chagrin, impossible de prétendre le contraire, et à présent qu'il l'avait quittée, sa douleur redoublait d'intensité. Comment Marina pourrait-elle jamais comprendre le désespoir lancinant, le sentiment de culpabilité qui le tenaillaient ?

Quand il entra dans la chambre, il nota une légère odeur de transpiration, preuve du récent passage de l'employé d'entretien. Et les rideaux étaient tirés alors qu'à cette heure de la journée, ils auraient dû être ouverts. Perdu dans d'amères pensées, Janson oublia ses réflexes appris. Il aurait dû faire fonctionner ses méninges, tirer des conclusions. La douleur s'interposait entre lui et le monde comme un écran de gaze.

Il dut attendre que ses yeux s'accoutument à l'obscurité pour remarquer l'homme assis dans un fauteuil profond, de dos à la fenêtre.

Janson tressaillit et chercha une arme qu'il n'avait pas.

« Ça fait bien longtemps qu'on n'a pas trinqué ensemble, Paul », dit l'homme.

Janson reconnut l'intonation onctueuse de son visiteur, cette diction parfaite qui ne laissait passer qu'une pointe d'accent grec. Nikos Andros.

Les souvenirs affluèrent, presque tous désagréables.

« Je suis choqué ! Tu débarques à Athènes sans même me prévenir », poursuivit Andros en se levant. Il fit quelques pas vers lui. « Moi qui nous croyais amis. J'imaginais que tu aurais sauté sur l'occasion pour venir boire un verre avec moi, un verre d'ouzo, en souvenir du bon vieux temps, mon ami. Non ? »

Joues râpeuses, petits yeux perçants, Nikos Andros appartenait à une autre époque de sa vie, une enclave temporelle dont il avait condamné l'accès en quittant les Opérations consulaires.

« Je me fiche de savoir comment tu es entré ici – la seule chose qui m'intéresse c'est comment tu préfères en sortir, marmonna Janson, absolument pas d'humeur à supporter une telle jovialité. Le balcon serait la méthode la plus rapide. Une chute de huit étages, ça te dit ?

— Est-ce une façon de saluer un ami ? » Andros avait des cheveux bruns très courts et, comme toujours, il portait des vêtements coûteux, aux plis impeccables : blazer de cachemire noir, chemise en soie bleu nuit, chaussures en croûte de veau. Janson jeta un coup d'œil sur le petit doigt d'Andros. Son ongle était long, coutume propre aux dandys athéniens désireux d'afficher leur mépris pour le travail manuel.

« Ami ? Nous avons fait des affaires ensemble, Nikos. Mais tout ça c'est du passé. Je doute que tu aies quelque chose d'intéressant à me vendre.

— Pas le temps de "parler business" ? Tu dois être pressé, alors. Peu importe. Je fais dans les bonnes œuvres aujourd'hui. Je ne suis pas venu te vendre des informations mais te les offrir. Sans rien demander en échange. »

En Grèce, Nikos Andros s'était bâti une réputation de protecteur des trésors nationaux. Conservateur du Musée archéologique du Pirée et fervent défenseur du patrimoine, il était célèbre pour son action en faveur du rapatriement des objets historiques. La restitution des marbres d'Elgin [1] était son cheval de bataille. Il habitait une villa néoclassique à Kifissa, la banlieue boisée d'Athènes, au pied du mont Pendeli, et passait pour un des membres les plus originaux de la bonne société athénienne. Expert en archéologie classique, son érudition faisait merveille dans les salons de la jet-set européenne. Les riches, les puissants l'adoraient. Comme il vivait sur un grand pied et ne se gênait pas pour faire de temps en temps allusion à la fortune familiale, il jouissait d'un grand respect auprès de ses compatriotes, toujours en mal d'admiration pour les *anthropos kales anatrophes*, les hommes de haut lignage.

Janson, lui, savait que cet historien tiré à quatre épingles était le fils d'un marchand de chaussures de Thessalonique et que la haute position sociale à laquelle Andros avait accédé à la force du poignet servait surtout de couverture à ses activités clandestines. L'homme avait été enrôlé comme informateur durant la guerre froide, du temps où Athènes était la plaque tournante des réseaux d'espionnage, CIA et KGB confondus. A l'époque, le détroit du Bosphore voyait souvent passer les transfuges de l'Est. A partir de la péninsule égéenne,

---

1. Thomas Elgin, diplomate britannique du début du XIXe siècle, fit transporter au British Museum une partie de la frise du Parthénon. (N.d.l.T.)

quantité d'opérations complexes étaient lancées, impliquant les pays d'Asie Mineure. Andros se souciait peu des grandes stratégies opposant les superpuissances ; il ne privilégiait ni l'Est ni l'Ouest, tout comme un commerçant ne favorise pas un client au détriment d'un autre.

« Si tu as quelque chose à dire, tonna Janson, accouche et fiche le camp.

— Tu me déçois, rétorqua Andros. Je te considérais comme un homme du monde, un individu sociable, bien élevé. Je t'ai toujours respecté pour cela. Faire des affaires avec toi était un vrai plaisir, ce qui n'est pas courant dans le métier. »

Janson, quant à lui, avait un souvenir plutôt pénible des affaires qu'il avait traitées avec Andros. Les choses se passaient plus simplement avec les types qui estimaient leurs services à leur juste valeur et se contentaient d'un échange clair et net, donnant-donnant. Andros, en revanche, avait besoin qu'on le flatte, qu'on le cajole. L'argent ne lui suffisait pas. Janson se rappelait parfaitement toutes ses exigences alambiquées. Il voulait qu'on lui fournisse des variétés d'ouzo introuvables. Et puis il trimbalait toujours avec lui des prostitués des deux sexes, qu'il emmenait même dans des lieux où il aurait dû se rendre seul. Il fallait qu'il se fasse remarquer. La sécurité des autres passait en second. Ce type représentait un vrai danger pour les réseaux avec lesquels il entrait en contact.

Nikos Andros avait largement profité de la guerre froide ; c'était aussi simple que cela. Janson n'éprouvait que mépris pour les gens tels que lui, mais en ce temps-là, on n'avait pas le choix et il avait fallu faire avec. Ce temps-là était révolu.

« Qui t'envoie ? demanda Janson.

— Oh, mon cher, dit Andros. Voilà que tu te conduis comme un *koinos eglimatias*, un vulgaire voyou – dangereux pour toi et pour les autres. Tu sais, les gens qui te connaissent sont partagés en deux catégories : ceux qui croient que tu as changé depuis le Viêt-nam... et ceux qui sont persuadés du contraire. »

Janson se raidit ostensiblement. « Tu racontes n'importe quoi. » Les joues lui brûlaient.

« Ah bon ? Tu t'es fait pas mal d'ennemis à cette époque. Certains de ces types ont embrassé le même genre de carrière que toi. J'en connais qui ont du mal à t'oublier. Au cours de mes voyages, j'en ai rencontré un ou deux. Après quelques verres d'ouzo, ils avouent qu'ils te considèrent comme un monstre. A ce qu'on raconte, tu as fourni assez de preuves pour faire condamner et exécuter ton supérieur pour crimes de guerre. Alors que ton propre comportement ne valait pas mieux que le sien. Ton sens de la justice m'étonne. Il est toujours dirigé vers l'extérieur, comme les canons d'une forteresse. »

Janson s'avança, posa la main sur la poitrine d'Andros et le projeta

violemment contre le mur. Une clameur résonna dans son cerveau –
qu'il fit taire par la seule force de sa volonté. Il fallait se concentrer.
« Qu'est-ce que tu as à me dire, Andros ? »

Une lueur de haine fit briller les yeux du Grec ; Janson comprit
enfin que le mépris qu'il éprouvait pour cet homme était réciproque.
« Tes anciens employeurs veulent te voir.

— Qui ça ?

— Voilà le message qu'on m'a demandé de délivrer. Ils ont besoin
de te parler. Ils veulent que tu te présentes. »

Que tu te présentes : l'expression consacrée dont Andros connaissait la signification autant que quiconque. *Que tu te présentes* – ça
voulait dire se présenter devant les quartiers généraux américains, se
soumettre à l'analyse, à l'interrogatoire ou à toute forme de debriefing
jugée nécessaire. « Tu dis n'importe quoi. Si le commandement des
Cons Op voulait que je me présente, il n'aurait pas confié ce message
à un sociopathe dégénéré comme toi. Tu es du genre à frayer avec
n'importe qui pour quelques dollars. J'aimerais bien savoir quel est
ton vrai patron aujourd'hui, monsieur le garçon de courses.

— "Garçon de courses", tu dis ?

— C'est ce que tu as toujours été. »

Andros sourit. Un réseau de plis se forma autour de ses yeux. « Tu
te rappelles cette histoire qui se serait déroulée lors du tout premier
marathon ? Au Ve siècle avant J.-C., les Perses partirent envahir la
Grèce. Ils accostèrent devant la ville côtière qui porte le même nom,
Marathon. Un garçon de courses, Phidippides, fut chargé de foncer à
pied jusqu'à Athènes pour prévenir les troupes. L'armée athénienne
lança une attaque surprise, à quatre contre un, et ce qui au départ
ressemblait à un suicide se transforma en une époustouflante victoire.
Des milliers de Perses y laissèrent la vie. Les autres regagnèrent leurs
navires en toute hâte, pour tenter d'attaquer directement la ville
d'Athènes, si bien qu'il fallut prévenir Athènes à la fois de la victoire
et de l'assaut qui s'annonçait. De nouveau, on envoya le fameux
messager, Phidippides. Souviens-toi, il avait passé toute la matinée
sur le champ de bataille, sous une lourde armure. Mais peu importe. Il
courut ventre à terre, aussi vite que ses pieds pouvaient le porter.
Quarante kilomètres. Il délivra son message et tomba mort. Sacrée
tradition que celle du garçon de courses athénien.

— Les attaques surprises et les messages secrets – je comprends
pourquoi cette légende te captive. Mais tu ne réponds pas à ma question, Andros. Pourquoi toi ?

— Parce que, vois-tu mon ami, il se trouve que je passais dans le
coin. » Andros sourit de nouveau. « Je me plais à imaginer que telles
furent les dernières paroles que ce jeune Grec murmura avant de
mourir d'épuisement. Non, Janson, tu as faux sur toute la ligne. En
l'occurrence, le messager a été choisi sur un autre critère. J'étais le

seul capable de localiser le destinataire. Ils ont envoyé des milliers de pigeons voyageurs – mais un seul d'entre eux est allé au bout de sa mission. Il semble que tes vieux collègues aient perdu ta trace au moment où tu as mis le pied en Grèce. Ils avaient besoin de moi et de mes relations. J'ai des informateurs dans presque tous les hôtels, *taverna*, *kapheneion*, et *ouzeri* de ce quartier. J'ai fait passer le mot et voilà le résultat. Crois-tu qu'un *attaché* américain serait capable de travailler aussi vite ? » Andros exhiba une rangée de dents régulières et tranchantes comme la mâchoire d'un fauve. « Alors si j'étais toi, je me préoccuperais moins du chanteur que de la chanson. Vois-tu, ils ont hâte de te parler. Ils ont besoin que tu leur expliques certaines choses.

— Quelles choses ? »

Andros poussa un profond soupir. « Ils se posent des questions sur tes récentes activités, des questions qui nécessitent une explication immédiate. » Il haussa les épaules. « Ecoute, je ne sais absolument pas de quoi il retourne. Je me contente de répéter le texte qu'on m'a demandé de dire, comme un de ces vieux acteurs qui se produisent dans nos *epitheorisi*, les soap operas à la grecque. »

Janson partit d'un rire dédaigneux. « Tu mens.

— Ta grossièreté m'offense.

— Je ne vois vraiment pas pourquoi mes anciens employeurs t'auraient confié une telle mission.

— Parce que je suis un *outheteros* ? Un non-engagé ? Mais j'ai changé, tout comme toi tu as changé. Je suis un homme neuf.

— Toi, un homme neuf ? se moqua Janson. Tu es à peine un homme, alors neuf... »

Andros se raidit. « Tes anciens employeurs... sont devenus *mes* employeurs.

— Encore un mensonge.

— Pas du tout. Nous les Grecs, nous avons inventé l'*agora*, la place du marché. Mais il n'y a pas de marché sans concurrence. La libre entreprise, la loi de l'offre et de la demande, tout ça. Ces concepts, vos politicos en ont plein la bouche. Le monde a bien changé au cours de ces dix dernières années. Autrefois, la concurrence était vive. Aujourd'hui, vous avez l'agora pour vous tout seuls. Vous possédez tout le marché et voulez nous faire croire qu'il est libre. » Il pencha la tête. « Alors que faire ? Quand mes anciens clients de l'Est ouvrent leurs portefeuilles, il n'en sort que des mites. Tout ce qui les intéresse c'est de savoir si Moscou disposera d'assez de combustible pour se chauffer cet hiver. Un homme comme moi constitue un luxe qu'ils ne peuvent plus s'offrir.

— Au KGB, il reste des tas de types de la ligne dure qui paieraient encore volontiers pour tes services.

— A quoi sert une ligne dure sans devise solide ? Le temps est venu de choisir son camp, pas vrai ? Tu m'as souvent répété cela, si je me souviens bien. J'ai choisi mon camp. Le camp possédant – quelle est donc cette charmante expression que vous employez, vous les Américains ? – la plus belle pelouse.

— Je ne vois pas la différence avec avant. La seule chose qui t'ait jamais inspiré de la loyauté c'est l'argent.

— Tes paroles me blessent. » Il souleva les sourcils. « Elles me dévalorisent à mes propres yeux.

— Quel jeu joues-tu, Andros ? Tu essaies de convaincre les gens que tu es inscrit dans les registres du renseignement américain, maintenant ? »

Les yeux du Grec brillèrent de colère et d'indignation. « Tu me vois en train de raconter à mes amis que je fricote avec les Etats-Unis ? Tu imagines vraiment qu'un Grec peut se permettre de se vanter de ce genre de choses ?

— Pourquoi pas ? Ça te donnerait un certain prestige, tu passerais pour quelqu'un d'important...

— Non, Paul. On me prendrait pour un *Americanofilos*, un complice de l'oncle Sam.

— Et quel mal y a-t-il à cela ? »

Andros secoua la tête d'un air compassé. « De la part d'un autre que toi, un tel aveuglement ne m'étonnerait pas. Mais toi, tu sais comment fonctionne le monde. Les Grecs ne haïssent pas l'Amérique pour ce qu'elle fait. Ils la haïssent pour ce qu'elle est. On déteste l'oncle Sam dans ce pays. Mais tout compte fait, ton innocence n'est peut-être pas si surprenante. Vous les Américains n'avez jamais réussi à vous faire à cette idée. Vous voulez tellement qu'on vous aime que vous n'arrivez pas à piger pourquoi on vous aime si peu. Demande-toi pourquoi l'Amérique est en butte à tant de haine. A moins que ce ne soit au-dessus de tes forces. L'homme qui écrase les fourmis sous ses bottes se demande pourquoi elles le craignent et le haïssent – alors que lui n'éprouve qu'indifférence à leur égard ! »

Janson ne répondit rien. Si Andros avait établi des relations avec le renseignement américain, le moins qu'on puisse dire c'était qu'il ne l'avait pas fait pour la gloire. Mais que fallait-il croire ?

« Quoi qu'il en soit, poursuivit Andros, j'ai expliqué à tes anciens collègues que toi et moi étions copains comme cochons. Liés par une affection et une confiance vieilles de plusieurs années. »

C'était Andros tout craché : il mentait comme il respirait, rien que du vent. Janson voyait parfaitement le tableau : ayant appris que les Américains cherchaient un contact, Andros avait fait des pieds et des mains pour décrocher le job. Un jeu d'enfant pour lui. *Janson écouterait son vieil ami et se confierait à lui sans se méfier.* C'est ce qu'il avait dû raconter à l'officier de liaison des Cons Op.

Janson fixa l'intrus. La tension montait en lui comme une vague. *Ils veulent que tu te présentes.* Mais pourquoi ? Ses anciens employeurs n'avaient pas utilisé ces mots-là à la légère. Des mots qu'on ne pouvait ignorer sans encourir certaines représailles.

« Tu me caches quelque chose, insista Janson.

— Je t'ai dit ce qu'on m'a ordonné de te dire, rétorqua Andros.

— Tu m'as dit ce qu'on t'a ordonné de me dire. Maintenant dis-moi le reste. »

Andros haussa les épaules. « J'entends des choses.

— Quelles choses ? »

Il secoua la tête. « Je ne travaille pas pour toi. Pas d'argent, pas d'information.

— Espèce de salopard ! explosa Janson. Dis-moi ce que tu sais ou alors...

— Ou alors quoi ? Qu'est-ce que tu vas faire... me tirer dessus ? Laisser ta chambre d'hôtel tachée du sang d'un homme auquel les Américains attachent tant d'importance ? Bon d'accord, ça rafraîchirait l'air. »

Janson le fixa du regard. « Je ne te tirerai pas dessus, Nikos. Mais tes nouveaux patrons pourraient bien charger quelqu'un d'autre de le faire. Quand ils auront entendu parler de tes liens avec *Noemvri*. »

Son allusion au sinistre groupe du 17 novembre, l'insaisissable cellule terroriste qui avait longtemps fait courir les services secrets américains, provoqua une réaction immédiate.

« Je ne connais pas ces gens-là ! s'exclama Andros.

— Dans ce cas, tu n'auras qu'à le leur expliquer. Ils te croiront à coup sûr.

— Vraiment, tu es exaspérant. Tu racontes n'importe quoi. Tout le monde sait que j'étais contre les colonels, mais de là à me compromettre avec les terroristes ? Absurde. Une pure calomnie.

— Oui. » Un vague sourire passa sur les lèvres de Janson.

« Bien. » Andros se trémoussa, mal à l'aise. « Ils ne te croiraient pas, de toute façon.

— Si c'est moi qui le leur annonce, certes. Mais je peux encore me servir du système. J'ai travaillé des années dans le contre-espionnage. Je sais exactement comment passer une information sans qu'on retrouve jamais sa provenance, et faire en sorte qu'elle gagne en crédibilité à chacune des phases de sa propagation.

— A mon avis, tu déconnes à pleins tubes.

— Pour soulager sa conscience, un député grec se confie à un autre sans savoir que ce dernier travaille pour la CIA. Au bout de quelques étapes, recoupements et autres filtres, l'information finit dans un MemCon, un memorandum de conversation rédigé par le chef de station local qui, soit dit en passant, n'a pas oublié que les terroristes du 17 novembre ont assassiné l'un de ses prédécesseurs. Evaluation de la source : hautement crédible. Evaluation du mémo : hautement crédible. On trace un point d'interrogation à l'encre à côté de ton nom. Et voilà ! Tes employeurs se retrouvent devant un dilemme fort déplaisant. La simple possibilité qu'un sympathisant du *17 Noemvri* perçoive des fonds américains créerait un scandale à l'intérieur de la communauté du renseignement. Un scandale qui mettrait fin à la carrière de toutes les personnes impliquées. Un responsable pourrait avoir l'idée d'ouvrir une enquête. Mais ce serait un gros risque à courir. Parce que si jamais le résultat était positif, les officiers de renseignement n'auraient plus qu'à se faire hara-kiri. Il s'ensuivrait une avalanche de rapports internes attestant que l'argent du contribuable américain sert à garnir les poches d'un terroriste antiaméricain. Alors que faire ? » Tout en parlant, Janson ne quittait pas des yeux son interlocuteur. « Comment s'en sortir *sans dommages* ? Un accident ? Imagine que l'une des putes que tu ramènes chez toi te fasse goûter d'un petit jouet très spécial et que le lendemain matin, tu ne te réveilles pas. "Un conservateur de musée terrassé par une crise cardiaque" – je vois d'ici le titre de l'article, et d'un coup tout le monde respire bien mieux. A moins qu'on ne te fasse passer pour la victime d'un crime crapuleux, d'une agression qui aurait mal tourné. Ou alors, un client mécontent pourrait te régler ton compte.

— Ridicule ! lança Andros sans grande conviction.

— D'un autre côté, ils pourraient décider de te rayer des listes, d'effacer toute trace de paiement et de te fiche la paix. En fait, c'est tout à fait possible. » Une pause. « Tu veux tenter le coup ? »

Andros faisait jouer les muscles de ses mâchoires ; une veine battait sur son front. « Bon d'accord, capitula-t-il, ils veulent savoir pourquoi tu possèdes seize millions de dollars sur ton compte aux îles Caïmans. La banque de Mont Verde. Seize millions de dollars qui n'y étaient pas voilà quelques jours.

— Encore un de tes mensonges ! rugit Janson.

— Non ! » implora Andros. La peur qui emplissait son regard était suffisamment éloquente. « Que ce soit vrai ou pas, c'est ce qu'ils croient. Et ça, ce n'est pas un mensonge. »

Janson respira profondément à plusieurs reprises en contemplant Andros d'un air farouche. « Sors d'ici, dit-il. Ta vue me rend malade. »

Sans ajouter un mot, Andros quitta en toute hâte l'hôtel, visiblement choqué d'avoir dû passer aux aveux. Peut-être se rendait-il compte également que si Janson lui avait ordonné de disparaître, c'était pour son bien. L'Américain aurait très bien pu passer sa colère sur lui.

Janson se retrouva seul dans sa chambre, en proie à une profonde confusion. Ça n'avait aucun sens. Andros était un menteur professionnel, mais cette information – le soi-disant magot qu'il aurait mis de côté – ne ressemblait pas à un banal mensonge. Il y avait plus gênant encore : l'allusion au compte des îles Caïmans ; Janson en avait effectivement ouvert un à la banque de Mont Verde, mais n'en avait jamais parlé à personne. Son existence n'était consignée nulle part – on n'en possédait aucune preuve. Par conséquent, comment pouvait-on expliquer cette référence à un compte que lui seul était censé connaître ?

Ou plus exactement, que pouvait bien mijoter Nikos Andros ?

Janson alluma son ordinateur portable et composa les chiffres lui permettant de se connecter, via Internet, à la banque en question. Les signaux seraient doublement encodés au moyen d'un lien aléatoire, généré par l'appareil électronique de Janson. Lien à usage unique. Le message ne pouvait être intercepté. L'encryptage à 1 024 bits ralentissait le processus, mais en l'espace de dix secondes, Janson avait téléchargé ses derniers relevés bancaires.

Lors de sa dernière vérification, le solde était créditeur de 700 000 dollars.

A présent, il s'élevait à 16,7 millions.

Comment était-ce possible ? Le compte était protégé contre les dépôts non autorisés.

Ils veulent que tu te présentes.

Ces paroles lui revenaient, acérées comme une lame.

Durant les trente minutes qui suivirent, Janson passa au peigne fin une série de transferts qui nécessitaient sa propre signature digitale, une suite de chiffres non reproductibles, connus de lui seul – une « clé privée » digitale à laquelle la banque elle-même n'avait pas accès. *C'était impossible.* Et pourtant le relevé ne laissait planer aucun doute : Janson avait bel et bien accepté un dépôt de seize millions de dollars. L'argent avait été versé par moitié. Huit millions quatre jours auparavant. Et huit autres millions hier, à 19 h 21, heure de l'EST.

A peu près un quart d'heure après la mort de Peter Novak.

CHAPITRE 10

D ANS la pièce, l'air semblait s'épaissir, les murs se rapprocher. Janson avait besoin de reprendre ses esprits, de se dégourdir les jambes. Le quartier entourant la place Syntagma était constellé de kiosques et de boutiques. Plus on se rapprochait de la place elle-même, plus les commerces devenaient luxueux. Mais on y trouvait quand même tous les porte-drapeaux de la mondialisation : un Wendy's, un McDonald, un Arby's. Poursuivant son chemin, Janson passa devant les façades néoclassiques d'immeubles ottomans du XIXᵉ siècle, la plupart recyclés en bâtiments administratifs. Il descendit à grandes enjambées la rue Hérode Atticus puis Vassilissis Sofias et s'arrêta devant la Vouli, le Parlement grec, un vaste bâtiment couleur chamois, avec des fenêtres relativement petites et un long portique. Devant, paradaient quelques *evzones*, équipés de fusils à baïonnette, de calots et de kilts à pompons bordeaux. Une série de boucliers de bronze rendait hommage à des victoires oubliées.

Il dirigea ses regards vers les Jardins nationaux s'étendant en face de la Vouli. Il y régnait un air plus frais. Des statues de guingois, de petits étangs se cachaient parmi les buissons et les arbres. Bondissant le long des charmilles, on apercevait des centaines de chats sauvages. Les femelles avaient de grosses mamelles brunes. Chose étrange : ils passaient facilement inaperçus mais, dès qu'on les voyait, ils semblaient surgir de partout.

Il salua d'un hochement de tête un homme aux cheveux blancs qui paraissait l'observer depuis son banc ; l'homme détourna le regard un peu trop vite, étant donné la courtoisie des Grecs en général. Janson se dit que ses nerfs lui jouaient des tours ; il était comme un chat qui pourchasse les ombres.

Janson remonta ensuite vers Omonia, un quartier un peu minable au nord-ouest de Syntagma où il connaissait un homme travaillant dans un domaine très spécial. Sur Stadiou, une avenue commerçante remplie de boutiques et de *kapheneion,* un visage attira son attention. Pas un visage familier, un visage tout simplement. De nouveau, on se détourna trop rapidement à son approche. Se mettait-il à gamberger ?

Il fit redéfiler la scène dans son esprit. Lorsque Janson avait passé le coin de la rue, l'homme, que rien ne distinguait dans son accoutrement, était en train d'étudier un panneau, puis en l'apercevant il s'était vite tourné vers la boutique d'à côté. Un mouvement trop brusque au goût de Janson ; celui d'un observateur craignant d'être pris sur le fait par l'objet même de son observation.

Janson était devenu extrêmement attentif à son environnement. Un pâté de maisons plus loin, il remarqua une femme absorbée dans la contemplation d'une bijouterie. Encore une fois, son attitude sonnait faux. Le soleil qui tapait à l'oblique sur la vitrine la transformait en miroir. Normalement, pour bien voir les colliers et les bracelets exposés à l'intérieur, elle aurait dû se poster de l'autre côté, de dos au soleil, de manière à créer une ombre rendant à la vitre sa transparence. Quelques instants auparavant, devant la même vitrine, un autre badaud avait levé son grand chapeau au-dessus de sa tête pour arrêter les rayons de soleil. Peut-être la femme ne s'intéressait-elle pas aux bijoux mais simplement aux reflets dans la vitre !

L'instinct de Janson commençait à lui crier de se méfier. On le filait : il repensa au couple de tout à l'heure, devant l'étal du fleuriste en face de l'hôtel, le visage caché derrière un immense plan de la ville. La plupart des touristes se contentaient de la version de poche, surtout quand ils circulaient à pied.

Que diable se passait-il ?

Il s'engouffra dans la grande boucherie d'Omonia, une halle construite au XIXe siècle, ornée d'une façade en fer forgé. Sur des lits de glace pilée, s'entassaient des montagnes d'organes luisants : cœurs, foies, panses. Des carcasses entières de bœufs, de porcs et de volatiles d'une grosseur étonnante étaient alignées à la verticale, en quinconce, composant une grotesque nature morte animale.

Janson observait intensément tout ce qui l'entourait. A sa gauche, plusieurs étals plus loin : un client en train de tâter une panse de porc – c'était l'homme qui avait évité son regard, quelques minutes auparavant, dans les Jardins nationaux. Sans lui laisser deviner qu'il l'avait repéré, Janson se glissa prestement derrière une rangée de moutons suspendus, véritable rideau de carcasses accrochées à des esses enfilées sur une longue tringle d'acier. Entre deux moutons, il vit l'homme aux cheveux blancs changer de comportement. Se désintéressant soudain de l'animal de boucherie qui semblait le captiver quelques secondes auparavant, il entreprit de longer une rangée de carcasses en essayant de voir ce qui se passait de l'autre côté. Janson saisit l'un des plus gros spécimens par les sabots des pattes arrière, le tira vers lui, attendit que l'homme arrive à son niveau et balança la bête dans sa direction. L'indiscret s'affala au milieu d'un étalage de tripes tremblotantes.

Aussitôt des cris de protestation s'élevèrent. Profitant de la confusion, Janson s'esquiva en fendant la foule et atteignit l'autre sortie du marché couvert. Une fois dans la rue, il se dirigea vers Lambropouli Bros., un grand magasin coincé entre les rues Eolou et Lykourgos.

L'immeuble à deux étages possédait une façade en verre et béton imitation stuc. Il s'arrêta devant un instant pour observer les reflets dans la vitrine jusqu'à ce qu'il remarque un homme vêtu d'un coupe-vent jaune, devant la maroquinerie d'en face. Janson entra dans le grand magasin et fonça vers le rayon prêt-à-porter masculin, au rez-de-chaussée. Apparemment captivé par les costumes, il consultait sa montre de temps à autre tout en jetant des coups d'œil aux petits miroirs fixés dans le plafond, aux endroits stratégiquement choisis pour dépister les voleurs. Cinq minutes s'écoulèrent. Même à supposer que toutes les entrées soient gardées, l'équipe de filature ne pouvait se permettre de laisser le sujet se promener librement pendant cinq longues minutes. Il pouvait se passer tant de choses pendant ce laps de temps.

Comme prévu, l'homme au coupe-vent jaune pénétra dans le magasin, s'enfila entre les rayons pour rejoindre le prêt-à-porter masculin, mais s'arrêta avant et s'immobilisa devant la vitrine des parfums ; les surfaces réfléchissantes lui permettraient de repérer Janson au moment où il apparaîtrait.

Chargé d'un costume et d'une chemise, Janson se faufila jusqu'aux cabines d'essayage. Et il attendit. Il n'y avait qu'un seul vendeur dans le rayon et il avait déjà du mal à servir tous les clients. Il ne remarquerait pas la disparition de Janson.

Mais l'homme qui le pistait la remarquerait, lui. Au fil des minutes, il en viendrait à se demander, de plus en plus inquiet, pourquoi Janson tardait tant à ressortir, et en conclurait qu'il s'était échappé par une porte de service. Du coup, il serait bien obligé de s'aventurer dans les cabines d'essayage, pour vérifier sa supposition.

Trois minutes plus tard, en effet, l'homme au coupe-vent jaune s'approchait des cabines. La porte du vestiaire grinça puis Janson le vit traverser l'alcôve, un pantalon sur le bras. L'homme avait dû patienter jusqu'à ce qu'il n'y ait plus personne dans l'étroite allée des cabines d'essayage. Ils étaient seuls et c'était un avantage pour l'un comme pour l'autre. Quand l'homme passa devant sa porte, Janson ouvrit à toute volée puis traîna l'homme à demi assommé au fond du vestiaire, dans le réduit réservé au personnel.

« Un mot et t'es mort », chuchota Janson en pointant un petit couteau sur la carotide de son poursuivant.

Janson le fouilla et malgré l'obscurité de la resserre, vit l'écouteur enfoncé dans son oreille et le fil disparaissant sous ses vêtements. Il lui déchira sa chemise et arracha le filament relié à l'émetteur-récepteur Arex enfoncé dans sa poche de pantalon avant d'examiner plus attentivement le bracelet de plastique : il s'agissait d'un transpondeur censé communiquer la position de l'agent à son chef d'équipe.

Ça n'avait rien d'un système sophistiqué ; cette mission de surveillance avait dû leur être confiée à la hâte, d'où l'improvisation et le piètre matériel dont ils disposaient. De même, les agents qu'on avait mis sur le coup étaient sans doute des professionnels mais manquaient soit d'expérience soit de méthode, soit des deux. C'était un travail de réservistes. Il détailla l'homme étendu à ses pieds : son visage tanné, ses mains molles. Il connaissait ce genre de type – un marine qui végétait dans les bureaux depuis un bon bout de temps et qu'on avait renvoyé au charbon du jour au lendemain, un auxiliaire dépêché sur le terrain pour une mission imprévue.

« Pourquoi me suiviez-vous ? demanda Janson.

— Je ne sais pas », dit l'homme en écarquillant les yeux. Il devait avoir dans les trente ans à peine.

« *Pourquoi ?*

— On m'en a donné l'ordre. Sans me dire pourquoi. Je devais vous surveiller sans intervenir.

— Qui vous en a donné l'ordre ?

— J'en sais pas plus que vous.

— Chef de la sécurité du consulat, dit Janson en jaugeant son prisonnier. Vous faites partie du détachement de la Marine. »

L'homme hocha la tête.

« Combien êtes-vous ?

— Y a que moi.

— Me raconte pas d'histoires. » De ses doigts engourdis, Janson frappa le nerf hypoglossal de l'homme, juste sous la mâchoire, lui infligeant une douleur qu'il savait intolérable. En même temps, il lui colla une main sur la bouche. « Combien ? » insista-t-il. Il attendit un peu avant d'enlever sa main pour le laisser répondre.

« Six », hoqueta l'agent, le corps tendu par la douleur et la peur.

S'il avait disposé de plus de temps, Janson aurait continué à l'interroger ; mais comme l'appareil de localisation n'indiquait plus de mouvement, les autres risquaient de s'inquiéter et de rappliquer. En plus, il avait dans l'idée que le type n'en savait pas plus. Ce marine assigné à la section antiterroriste de l'ambassade avait dû être appelé à la dernière minute sans qu'on ait pris la peine de rien lui expliquer. C'était la manière d'agir habituelle en cas d'urgences consulaires.

Que leur avait dit Andros ?

Janson déchira en lanières la chemise en fil d'Oxford de l'homme et, avec les bandes de tissu, lui lia les poignets, les chevilles et confectionna un bâillon rudimentaire. Puis il lui prit son bracelet transpondeur.

Janson connaissait bien le fonctionnement des transpondeurs : on les utilisait en complément des communicateurs Arrex, matériel notoirement peu fiable, surtout en zone urbaine. Quand la communication orale s'avérait imprudente, voire impossible, les transpondeurs permettaient au chef d'équipe de surveiller les déplacements de ses hommes : leurs mouvements se matérialisaient sous la forme de points clignotant sur un écran à cristaux liquides. Si un agent sortait des sentiers balisés, les autres pouvaient le suivre, même sans instructions orales.

Janson enfila le coupe-vent jaune et la casquette grise de l'homme puis fonça vers une sortie ouvrant sur le côté du grand magasin.

Ils avaient à peu près la même taille et la même morphologie ; de loin, on le prendrait pour lui.

Mais il lui faudrait garder ses distances. Il descendit Eolou à petites foulées en direction de Praxitelous avant de s'engager sur Lekka, sans oublier un instant que ses déplacements s'inscrivaient sur l'écran à cristaux liquides.

Que leur avait dit Andros ?

Et comment expliquer la présence de cet argent déposé sur son compte dans les îles Caïmans ? L'avait-on piégé ? Un peu cher comme piège. Qui donc pouvait disposer d'une pareille somme ? Sûrement pas une agence gouvernementale. Mais pourquoi pas un haut fonctionnaire de la Liberty Foundation ? La question traditionnelle se présenta à lui : *Cui bono ?* A qui profite le crime ?

Maintenant que son président était hors circuit, qui dirigeait la Liberty Foundation ? Avait-on tué Novak parce qu'il était sur le point de découvrir quelque immense scandale entachant sa propre organisation, un forfait dont ni lui ni Marta Lang n'auraient eu vent jusqu'alors ?

Vif comme l'éclair, un petit chat errant sauta du trottoir : Janson pénétrait de nouveau sur le territoire de chasse de la gent féline athénienne, les Jardins nationaux. Il se précipita derrière l'animal.

Quelques badauds le dévisagèrent.

« Greta ! » cria-t-il en attrapant le chat gris par la peau du cou. Et, l'approchant de son visage, il ajouta : « Tu as perdu ton collier ! »

Il passa le bracelet de plastique du transpondeur autour du cou de l'animal qui se débattait comme un beau diable. L'objet s'y ajusta parfaitement, sans lui causer aucune gêne. Quand Janson arriva près des jardins, il libéra l'animal qui bondit dans les buissons pour reprendre sa chasse aux mulots. Ensuite Janson disparut dans la petite cabane en bois qui abritait les toilettes du parc et fourra la casquette et le coupe-vent jaune dans une grande poubelle d'acier noir.

Cinq minutes plus tard, il montait à bord du tramway n°1. Apparemment, il les avait semés. Dans quelques instants, les agents allaient tous converger vers les jardins. Janson connaissait suffisamment ses anciens collègues du secteur d'Athènes pour savoir qu'une fois la supercherie découverte, ils rédigeraient des rapports bien ficelés et assez vagues pour échapper au ridicule. Pour ça, ils étaient très forts.

Le secteur d'Athènes. Il y avait passé pas mal de temps à la fin des années 70. Plus qu'il n'aurait voulu. Et voilà qu'il se torturait les méninges pour tenter de se rappeler qui, parmi ses anciennes relations, pourrait être en mesure de lui expliquer ce qui se tramait. Une ancienne relation ayant de bonnes antennes. Janson avait rendu pas mal de services à pas mal de gens, dans le temps ; l'heure était venue de faire la tournée de ses débiteurs.

Son visage lui revint avant son nom : un bureaucrate entre deux âges, rattaché à la cellule athénienne de la CIA. Il occupait un petit bureau situé au deuxième étage de l'ambassade américaine, au 91 de l'avenue Vassilissis Sofias, près du Musée byzantin.

Nelson Agger était un gars comme il en existe tant. Un carriériste atteint de troubles digestifs, titulaire d'une maîtrise en politique comparée obtenue à Northwestern ; ses diplômes et autres recommandations auraient pu lui permettre de s'inscrire en doctorat, mais demeuraient insuffisants pour décrocher la bourse requise. Les subsides lui étaient parvenus de l'extérieur – d'une fondation financée par le Département d'Etat.

Dès qu'il avait atteint un bon niveau de compétences, il était devenu analyste et avait fait preuve dans cette fonction d'une parfaite maîtrise des règles non écrites régissant les rapports analytiques. Les rapports de Nelson – Janson en avait vu passer un certain nombre – étaient toujours irréprochables, rédigés dans un style net et précis qui compensait avantageusement leur totale vacuité. Il les émaillait d'expressions comme *il est probable que les orientations actuelles persistent* et faisait un usage astucieux des adjectifs, avec une préférence pour *croissant*. De la sorte, il identifiait les tendances politiques sans trop s'avancer. *Le roi Fahd éprouvera des difficultés croissantes à se maintenir au pouvoir*, avait-il prédit mois après mois. Le fait que le dirigeant saoudien se soit accroché au pouvoir pendant près de vingt ans, jusqu'au coup d'Etat qui avait mis fin à son règne, était franchement secondaire ; après tout, Nelson n'avait jamais précisé quand le roi Fahd risquait d'être destitué. A propos de la Somalie, Agger avait écrit : « Les données concernant la situation dans le pays sont encore insuffisantes pour que nous puissions déterminer avec exactitude la nature du nouveau gouvernement ou la politique qui sera éventuellement mise en place. » C'était une analyse très solide – mais dépourvue de signification.

Malingre, les cheveux clairsemés, Nelson Agger était le genre d'homme que les agents de terrain avaient tendance à sous-estimer ; son manque de courage physique, il le compensait par son opportunisme. C'était un bureaucrate adroit et il survivait ainsi.

Et curieusement, Agger était un type agréable. On aurait pu se demander pourquoi Janson s'entendait si bien avec lui. La raison tenait peut-être en partie au fait que Agger ne nourrissait aucune illusion sur lui-même. C'était un cynique, oui, mais contrairement aux faiseurs qui peuplaient Foggy Bottom[1], il ne s'en cachait pas, du moins en présence de Janson. Ce dernier savait d'expérience que les types les plus dangereux étaient les ambitieux au regard froid. Agger, lui, faisait probablement plus de bien que de mal, ce qui le différenciait encore de ses collègues.

Mais pour être tout à fait honnête, Janson devait reconnaître que leur amitié était basée sur autre chose. Agger l'appréciait et le respectait. Pour défendre leur statut au sein du système, les Desk Jockeys[2] avaient l'habitude d'affecter une certaine condescendance à l'égard des agents de terrain. Agger, en revanche, qui pour rire s'était un jour affublé du sobriquet peu élogieux de « trouillard de génie », n'avait pas peur de montrer son admiration.

Ou sa gratitude, en l'occurrence. Au fil des ans, Janson avait pu remarquer qu'Agger était souvent le premier à signaler tel ou tel renseignement ; il travaillait ses rapports analytiques de telle manière qu'ils prenaient l'allure de sublimes intuitions, lorsque les câbles des correspondants sur le terrain venaient par hasard confirmer l'une de ses figures de style. Le niveau moyen des analyses était tellement médiocre qu'un fonctionnaire n'avait pas besoin d'être exceptionnel pour se bâtir une réputation d'excellence.

Nelson Agger était exactement le genre de personne dont Janson avait besoin. Sa connaissance des grands secrets internationaux souffrait de nombreuses lacunes, mais en revanche il n'avait pas son pareil pour percer à jour les petites intrigues de bureau – qui avait le vent en poupe, qui ne l'avait pas, qui était sur la touche, qui était promis à un bel avenir. Ses talents en la matière étaient tels que tout en étant le principal collecteur de bruits de couloir, il passait pour un homme discret. Nelson Agger était le seul capable d'éclairer sa lanterne. Rien de ce qui se passait dans le secteur d'Athènes n'échappait à la petite antenne de la CIA.

Installé au fond d'un bar sur Vassilissis Sofia, juste en face de l'ambassade américaine, Janson sirotait une tasse de ce café fort et sucré dont les Athéniens raffolent tout en composant le numéro du standard sur son Ericsson dual-mode.

« Consulat américain, répondit la voix.

— Agger, s'il vous plaît. »

---

1. Quartier de Washington où sont rassemblés l'immeuble du Watergate, l'université George Washington et le Département d'Etat. (N.d.l.T.)

2. Jeu de mots désignant les bureaucrates du renseignement, *desk* signifiant bureau. (N.d.l.T.)

Quelques secondes passèrent, durant lesquelles trois déclics se firent entendre ; l'appel serait enregistré et consigné.

« Qui dois-je annoncer ?

— Alexander, dit Janson. Richard Alexander. »

Encore quelques secondes puis la voix d'Agger retentit sur la ligne. « Ça fait bien longtemps que je n'ai pas entendu ce nom, dit-il d'une voix neutre, indéchiffrable. Et je suis bien content d'avoir de tes nouvelles.

— Ça te dirait un verre de retsina ? fit Janson sur un ton volontairement badin. Tu peux te libérer maintenant ? Il y a un *tavernos* sur Lakhitos...

— J'ai une meilleure idée, l'interrompit Agger. Le café sur Papadhima. Le Kaladza. Tu t'en souviens. C'est un peu plus loin mais on y mange bien. »

Janson eut une soudaine poussée d'adrénaline : il lui avait fait cette contre-proposition bien trop vite. Et l'un comme l'autre savaient que la cuisine du Kaladza était infecte ; ils en avaient parlé la dernière fois qu'ils s'étaient vus, quatre ans auparavant. « Il n'y a pas pire dans cette ville », avait déclaré Agger en avalant une bouchée de calamars verdâtres.

Agger était en train de lui signifier à mots couverts que la prudence était de mise.

« Ça me botte, fit Janson en adoptant un ton cordial, au cas où on les écouterait. Tu as un portable ?

— Qui n'en a pas à Athènes ?

— Prends-le. Si j'ai un empêchement, je te le ferai savoir.

— Bonne idée, s'exclama Agger. Très bonne idée. »

Du fond de son café avenue Vassilissis Sofia, Janson vit Agger sortir par une porte latérale et se diriger vers l'hôpital naval près du restaurant Kaladza.

Puis il vit ce qu'il craignait de voir. A la suite d'Agger, une femme et un homme émergèrent de l'immeuble gris jouxtant l'ambassade et lui emboîtèrent le pas. On le filait.

Le fonctionnaire, ignorant tout des méthodes des agents de terrain, n'avait aucun moyen de s'en rendre compte.

Ils avaient écouté leur conversation téléphonique, identifié son nom d'emprunt et réagi sans tarder. Sans doute savaient-ils qu'ils se connaissaient et en avaient-ils conclu que Janson entrerait tôt ou tard en contact avec l'analyste.

Quand Agger se mêla à la foule des piétons défilant vers le Parko Euftherias, l'homme et la femme s'y enfoncèrent également.

Le Kaladza était trop dangereux ; ils se retrouveraient ailleurs, dans un endroit de son choix. Janson glissa une liasse de drachmes sous sa tasse de café et partit vers le Lycabette, la plus haute colline d'Athènes. Son sommet boisé dominait la ville comme un dôme

verdoyant. Pour une rencontre clandestine, cet endroit en valait largement un autre. Les promeneurs y venaient admirer la vue formidable
qu'on avait depuis ses jardins. Pour Janson, son attrait principal résidait
dans le fait que, sur une telle butte, une équipe de surveillance pouvait
difficilement se positionner sans se faire remarquer – surtout s'il commençait par passer le terrain au crible. Sa seule arme était une petite
paire de jumelles. Il se demanda si ça suffirait. Devenait-il parano ?

Un funiculaire partait toutes les vingt minutes du haut de l'avenue
Ploutarkhou, dans le quartier chic de Kolonaki. Tout en surveillant les
alentours, Janson emprunta ce moyen de locomotion pour escalader la
colline. Au fur et à mesure qu'il s'élevait, le long d'une série de
terrasses bien entretenues, il avait l'impression d'émerger du
brouillard. Agréable sensation. Encore trois cents mètres et il atteignait le sommet. Le parc était entouré de petites terrasses panorami-
ques et de cafés. Tout en haut, se dressait Agios Georgios, St Geor-
ges, une petite chapelle blanche datant du XIXe siècle.

Janson appela Agger sur son téléphone cellulaire. « Changement de
plan, mon pote, dit-il.

— Il paraît que le changement est une bonne chose », répliqua
Agger.

Janson marqua une pause. Devait-il lui annoncer qu'on le suivait ?
Au léger tremblement qu'il perçut dans la voix d'Agger, il décida que
non. Agger était bien incapable de semer ses poursuivants et toute
maladresse de sa part aurait eu des conséquences fâcheuses, faisant de
lui une cible encore plus facile. En plus, s'il s'apercevait de leur
présence, il risquait de perdre son sang-froid – pris de panique,
n'aurait-il pas le réflexe de regagner son bureau en quatrième vitesse ?
Mieux valait lui fournir un itinéraire lui permettant de se débarrasser
des importuns, mais sans qu'il le sache.

« Tu as un stylo ? demanda Janson.

— Je *suis* un stylo, soupira l'analyste.

— Ecoute attentivement, mon ami. Je veux que tu empruntes plusieurs trams. » Janson se mit à lui détailler une série de correspon-
dances fort complexes.

« Plutôt détourné comme chemin, se plaignit Agger.

— Fais-moi confiance », répliqua Janson. Pour un professionnel de
la filature, rien de plus facile que de rester en contact physique avec
un sujet. Pour s'en débarrasser, il fallait l'obliger à se découvrir. Un
agent secret préférait renoncer à sa filature plutôt que se faire repérer.

« D'accord, dit Agger sur le ton d'un homme se sachant dépassé
par les événements. Bien sûr.

— Bon, quand tu descendras du funiculaire du Lycabette, tu prendras le chemin du théâtre. Nous nous retrouverons devant la fontaine
d'Elijah.

— Il va falloir que tu m'accordes, disons, une heure ?

— On se voit dans une heure. »

Janson s'efforçait d'adopter un ton rassurant : Agger semblait tendu, encore plus que d'habitude, et ça ne présageait rien de bon. Son inquiétude allait le rendre trop prudent, trop attentif aux petits détails. Il s'attarderait sur des choses sans importance.

Janson passa tranquillement devant un café perché à flanc de colline – un endroit sympathique avec des chaises en plastique couleur tilleul, des nappes pêche, une terrasse pavée d'ardoise. Non loin de là, on apercevait un jardin de sculptures, planté de statues en marbre de style contemporain. Trois personnes s'y promenaient. Deux adolescents vêtus de chemises blanches flottant sur leurs poitrines maigres. Une femme mal fagotée, serrant un sac rempli de pita rassise, nourrissait des pigeons déjà suralimentés.

Janson se posta au milieu d'un épais bosquet de pins d'Alep et passa en revue les autres flâneurs. Quand la température montait, beaucoup d'Athéniens cherchaient refuge dans ces jardins, espérant échapper au souffle brûlant du *nephos*. Il vit un couple de Japonais. Armé d'un caméscope pas plus gros qu'un vieil Instamatic, vivant témoignage des progrès de l'électronique grand public, monsieur faisait poser madame devant le paysage impressionnant qui s'étendait à leurs pieds – toute la ville d'Athènes.

Cinq minutes passèrent, puis dix, puis quinze. D'autres personnes allaient et venaient dans une sorte de procession hasardeuse, semblait-il. Mais tout n'était pas dû au hasard. Trente mètres plus bas, sur sa gauche, un homme vêtu d'une chemise taillée comme un caftan croquait le paysage sur un carnet, avec de grands gestes circulaires du bras. Janson prit ses jumelles et fit le point en zoomant sur ses mains puissantes. La droite tenait mollement le fusain. Quant au carnet, il semblait recouvert d'un gribouillis sans queue ni tête. L'homme n'avait pas vraiment l'air de s'intéresser au paysage qu'il avait devant les yeux. Lorsque Janson zooma sur son visage, il ressentit une vive surprise. Le type ne ressemblait pas aux Américains qu'il avait rencontrés un peu plus tôt. Ce cou de taureau engoncé dans le col de la chemise, ces yeux froids – l'homme était un assassin professionnel, un tueur à gages. Janson avala sa salive.

De l'autre côté, il aperçut un flâneur plongé dans la lecture d'un journal. Un homme d'affaires sans doute, à en juger d'après son costume gris clair et ses lunettes. Janson zooma sur lui : ses lèvres bougeaient. On aurait dit qu'il lisait à haute voix, mais il n'en était rien car, lorsqu'il levait les yeux, sa bouche remuait encore. Il communiquait avec quelqu'un – son micro était peut-être dissimulé dans sa cravate ou bien accroché au revers de son veston –, un complice muni d'un écouteur.

Qui d'autre ?

Cette femme rousse en robe de coton vert ? Mais non, elle accompagnait un groupe de dix jeunes enfants. Une institutrice et sa classe. Une sortie pédagogique. Jamais un agent n'aurait l'idée de s'entourer de jeunes enfants. Ils sont trop turbulents, trop imprévisibles.

Janson resta posté une trentaine de mètres au-dessus de la fontaine où Agger et lui avaient prévu de se rencontrer à quatre heures. Il observait la scène en laissant errer son regard sur les sentiers de gravier et les étendues broussailleuses.

Conclusion : l'équipe d'agents américains recrutés à la va-vite avait été remplacée par des Grecs qui connaissaient leur métier, des types prompts à la détente et qui savaient où ils mettaient les pieds.

Mais quels étaient leurs ordres ?

Il poursuivit son observation des silhouettes disséminées sur la colline, à la recherche d'autres anomalies. On aurait dit que l'homme d'affaires piquait un petit roupillon. Son menton reposait sur sa poitrine comme s'il s'offrait une sieste après un bon repas. Seuls les légers mouvements de ses lèvres – de simples propos échangés pour tromper l'ennui – contredisaient cette illusion.

De toute évidence, les deux individus qu'il avait identifiés, l'homme d'affaires au journal et l'artiste au carnet de croquis, étaient des Grecs, pas des Américains ; on le remarquait à leur physionomie, à leurs vêtements et même à leur attitude. A leur langage aussi : Janson lisait mal sur les lèvres mais il voyait bien que l'homme parlait grec et pas anglais.

Pour l'amour du Ciel, pourquoi déclencher une opération d'une telle envergure ? Une présomption de faute pesait sur lui, mais de là à sortir la grosse artillerie... Janson avait passé vingt-cinq ans au service de l'une des agences de renseignement les plus fermées d'Amérique ; ils connaissaient parfaitement son profil psychologique. S'il avait voulu se lancer sur un gros coup, il l'aurait fait depuis longtemps ; il en avait eu l'occasion plus d'une fois. Et voilà qu'aujourd'hui, on le soupçonnait des pires méfaits, sans même prendre la peine de peser le pour et le contre.

Quelque chose avait changé. Mais quoi ? Avait-il commis un crime sans le savoir ? De quoi l'accusait-on ? Avait-il eu connaissance d'un secret d'Etat ? En tout cas, les organisateurs de Washington le considéraient comme une menace. Peu importaient les dix mille kilomètres qui les séparaient de cette antique colline dressée au centre d'Athènes.

Malgré le soleil éblouissant, Janson passa en revue toutes les surfaces visibles, un mètre carré après l'autre, jusqu'à ce que ses yeux lui fassent mal. Y en avait-il d'autres ?

A quatre heures, Agger apparut, l'air inquiet ; il tenait sa veste de lin bleu marine sur l'épaule, sa chemise rayée était tachée de sueur. Toute cette aventure devait lui paraître fort désagréable, à lui l'analyste tatillon qui se risquait rarement hors des sphères climatisées de son bureau et de son appartement.

Toujours perché au milieu des pins, Janson le vit s'asseoir sur le banc de marbre près de la fontaine. Il respirait comme un phoque en regardant autour de lui dans l'espoir d'apercevoir son vieux compagnon de beuverie.

Janson se baissa.

L'homme au carnet de croquis : Un tueur ? Un simple guetteur ? Le fait qu'il soit grec le tracassait. Les agents qu'il avait aperçus dans la rue étaient tous américains, il l'avait vérifié ; ils faisaient partie d'une équipe de renseignement militaire, comme on en trouve dans toutes les ambassades américaines. Ce n'étaient pas des amateurs mais leur professionnalisme laissait quand même à désirer. Le secteur d'Athènes n'avait pas été prévenu de sa présence en ville ; après tout, il avait décidé de s'y rendre sur un coup de tête. Douze heures auparavant, il ne savait pas encore ce qu'il allait faire.

Mais ces Grecs, qui étaient-ils ? Des membres de la CIA ? Non. Des hommes de main qu'on gardait en réserve, pour le jour on l'on aurait besoin d'eux. La plupart du temps, on recourait à ce genre d'individus pour exécuter une sanction, tâche trop délicate pour qu'on la confie aux membres officiels d'une équipe de sécurité.

Mais cet ordre de sanction n'avait pas de raison d'être. Pas encore, en tout cas.

En rampant, Janson longea la charmille parsemée d'herbes sauvages, sans s'éloigner du muret de schiste qui la soutenait. Les broussailles entravaient sa progression. Les mauvaises herbes lui chatouillaient le nez ; elles jaillissaient de terre par bouquets tous les vingt centimètres et Janson devait prendre bien garde à ne pas les effleurer au risque de se faire repérer. Deux minutes plus tard, il passa subrepticement la tête au-dessus de la ligne d'accotement. Il se trouvait à deux ou trois mètres de l'homme au carnet de croquis. Le Grec s'était levé après s'être débarrassé de son fusain en le jetant par terre comme un mégot de cigarette.

Il lui tournait le dos. Sa carrure était impressionnante, surtout pour un jeune « artiste ». Il ne quittait pas des yeux Agger, toujours assis sur son banc de marbre près de la fontaine, et l'on devinait sous le tissu ses muscles tendus, prêts à entrer en action. Puis Janson le vit glisser la main dans son caftan.

Avec maintes précautions, Janson attrapa un petit bloc de schiste ; au moindre bruit, comme celui produit par deux pierres frottant l'une contre l'autre, le Grec se retournerait. Janson leva le bras et lança son caillou de toutes ses forces, en visant la nuque. Quand le bloc de schiste l'atteignit, l'homme avait déjà commencé à se retourner. Il vacilla puis s'écroula. Janson franchit le long muret d'une enjambée et, saisissant le Grec par les cheveux, il lui colla son avant-bras contre la bouche et le hissa de l'autre côté du parapet.

Dans la ceinture du Grec, Janson trouva un Walther P99 muni d'un cylindre perforé intégré. Un pistolet avec silencieux, une arme destinée à l'usage plus qu'à la frime. Une arme redoutable qu'on utilisait pour tuer, pas seulement pour menacer. L'homme était un professionnel, équipé comme un professionnel. Janson effleura le col brodé du caftan, à la recherche du micro, pour s'assurer qu'il n'était pas activé. D'une chiquenaude, il retourna le tissu et découvrit un petit disque de plastique bleu sombre d'où sortait un fil de cuivre.

« Dis à ton copain que l'affaire tourne au vinaigre ! » chuchota-t-il à l'oreille du Grec. Il savait que le type parlait anglais. Jamais on n'aurait confié ce genre de mission à des agents incapables d'interpréter correctement les ordres. « Dis-lui que vous avez été trahis ! Raconte-lui ce qui s'est passé !

— *Don omilo tin Aggliki »,* articula le Grec.

Janson pressa son genou contre la gorge de l'homme jusqu'à lui donner des haut-le-cœur. « Tu parles pas anglais ? Dans ce cas, tu ne me sers à rien. Je ferai aussi bien de te tuer. »

L'homme écarquilla les yeux. « Non ! Je vous en prie, je ferai ce que vous demandez.

— Et rappelle-toi. *Katalaveno ellinika. » Je comprends le grec.* Ce qui n'était pas tout à fait faux.

Appuyant sur le contacteur caché sous son col, le Grec activa son micro et se mit à parler d'une voix d'autant plus affolée que Janson lui écrasait son Walther contre la tempe.

Une fois le message transmis, il projeta le tueur contre le mur de schiste. La tête de l'homme heurta violemment la pierre ; il resterait évanoui pendant une heure, probablement deux.

A travers ses jumelles, Janson vit l'homme d'affaires au costume gris clair se lever brusquement et se diriger d'un bon pas vers la charmille. Quelque chose dans la manière dont il tenait son journal replié laissait présager qu'il cachait un objet à l'intérieur. Tout en marchant, il lançait des regards prudents autour de lui, la main toujours dissimulée sous l'exemplaire d'*Eleftherotypia*, le quotidien athénien.

Janson jeta un œil à sa montre. Le temps passait trop vite ; et si Agger, tenaillé par l'angoisse, décidait finalement de regagner son bureau ? Telle était la procédure standard, en cas de lapin : on n'était pas censé poireauter trop longtemps.

Janson se précipita vers l'extrémité de la tonnelle. Quand l'homme apparut, Janson lui décocha un terrible coup au visage avec le Walther P99, fracassant dents et os. Le sang éclaboussa la chemise blanche et le joli veston du pseudo-homme d'affaires ; le journal tomba, laissant échapper l'arme avec silencieux qui heurta le sol de pierre. Janson se pencha vers l'homme, retourna prestement le revers de sa veste et découvrit le petit disque bleu sombre, identique à celui de son compatriote.

Janson glissa le Walther dans sa ceinture et frotta la petite tache de sang sur sa main. Il était glacé jusqu'à la moelle. Depuis quelques jours, il avait replongé tête la première dans le cauchemar qu'il avait tout fait pour fuir – la violence, les embuscades, le jeu avec la mort, les réflexes conditionnés indispensables à la survie. Pourtant, le moment était mal choisi pour l'introspection. Il fallait se concentrer, analyser, agir.

Y en avait-il d'autres ? Il n'avait remarqué personne, mais comment en être sûr ? Le touriste japonais ? Possible. Peu probable.

Il faudrait courir le risque.

Janson s'avança à grands pas vers Agger qui n'avait pas bougé de son banc et transpirait à grosses gouttes.

« Paul, s'exclama Agger. Dieu merci ! Je commençais à craindre qu'il ne te soit arrivé quelque chose.

— La circulation sur Vassilissis Sofia. J'avais oublié à quel point c'était infernal à cette heure. » Janson préférait ne rien dire pour le moment, l'essentiel étant de ne pas inquiéter son ami. Le monde d'Agger était composé de câbles et de claviers ; en acceptant ce genre de rendez-vous, il dépassait le cadre de sa juridiction et, de fait, violait la procédure. Selon le règlement, rien que pour approcher un membre ou un ancien membre de la communauté du renseignement américaine, il fallait déposer un protocole de conversation dans les meilleurs délais. Le simple fait d'organiser cette rencontre constituait déjà une sérieuse infraction au règlement – et un calvaire pour le pauvre Agger.

« Bon Dieu, avec tous ces changements d'itinéraire, je me suis dit, Qu'est-ce que je suis, un espion ? » Un petit sourire. « Laisse tomber, pas la peine de répondre. Ecoute, je suis vraiment content que tu aies appelé, Paul. Je me suis fait du souci pour toi – vraiment. Tu n'imagines pas les saloperies qu'on raconte sur ton compte.

— Te frappe pas, vieux frère », fit Janson.

Agger sembla rassuré par la fermeté et le sang-froid de Janson. « Mais je sais que nous pourrons démêler tout cela. J'ignore ce que c'est mais je suis sûr que nous arriverons à éclaircir cette affaire. Je me charge des bureaucrates de Washington. Fais-moi confiance, personne ne connaît les ronds-de-cuir comme un autre rond-de-cuir. »

Janson se mit à rire, surtout pour réconforter son ami. « C'est ce matin que j'ai compris qu'il y avait de l'eau dans le gaz. En descendant Stadiou, j'ai cru assister à un congrès du personnel de sécurité de l'ambassade. Je ne me savais pas si populaire.

— C'est dingue, répliqua Agger. Mais ils racontent que tu as accepté un boulot. Paul. Un boulot que tu aurais dû refuser.

— Et alors ?

— Tout le monde veut savoir pour qui tu travailles. Beaucoup se demandent pourquoi tu as accepté ce boulot. Et certains disent qu'il existe seize millions de réponses à cette question.

— Dieu tout-puissant ! Comment peut-on ajouter foi à une pareille calomnie ? Ils me connaissent ! »

Agger le fixa d'un regard pénétrant. « Tu n'as pas besoin de t'expliquer. Ecoute, ils sont tous braqués là-dessus. Mais je sais que nous arriverons à résoudre ce truc. » Presque timidement, il ajouta : « Donc... c'est vrai que tu as accepté ce boulot ?

— Oui, je l'ai accepté – pour Peter Novak. Ses associés m'ont contacté. C'était un homme à qui je devais énormément. De toutes manières, j'étais sous l'autorité de l'Etat.

— Ecoute, l'ennui c'est que l'Etat prétend le contraire.

— *Quoi ?* »

Agger haussa les épaules en manière d'excuse. « Le Département d'Etat prétend le contraire. L'Agence aussi. Elle ne sait même pas très bien ce qui s'est passé à Anura. Les rapports sont contradictoires ou fragmentaires. Mais on raconte que tu as touché de l'argent pour faire en sorte que Peter Novak ne quitte jamais cette île.

— C'est complètement fou. »

Nouveau haussement d'épaules, en signe d'impuissance cette fois. « C'est marrant que tu prononces ce mot. On raconte que tu serais devenu fou. Enfin, les termes employés sont beaucoup plus recherchés. Trouble dissociatif. Réaction post-traumatique...

— Je te parais fou, Agger ?

— Bien sûr que non, s'empressa de répondre Agger. Bien sûr que non. » S'ensuivit un silence gêné. « Mais écoute, nous savons tous ce par quoi tu es passé. Tous ces mois de torture au Viêt-nam. Tu vois ce que je veux dire, bon sang. On t'a battu, affamé – ça vous chamboule la tête, ces trucs-là. Et tôt ou tard, ça vous chamboule pour de bon. Bon Dieu, les choses qu'ils t'ont faites... » D'une voix plus posée, il ajouta : « Sans parler des choses que *tu* as faites. »

Un frisson parcourut l'échine de Janson. « Nelson, qu'est-ce que tu insinues par là ?

— Rien, sauf qu'il y a pas mal de gens qui gambergent sur ton cas en ce moment, des gens placés tout en haut de la chaîne alimentaire du renseignement. »

Etaient-ils sérieux ? Croyaient-ils vraiment qu'il avait perdu la raison ? Dans ce cas, ils ne pouvaient se permettre de le laisser se balader en liberté, pas avec tout ce qu'il connaissait en tant qu'ex-agent des Opérations consulaires – les procédures, les informateurs, les réseaux encore en activité. Il suffisait d'une simple brèche dans le système de sécurité pour anéantir des années de travail. Une telle chose était intolérable. Janson connaissait chaque étape du raisonnement officiel, dans un pareil cas de figure.

En dépit du soleil qui étincelait au sommet de la colline, Janson se mit à grelotter.

Agger changea de position, visiblement mal à l'aise. « Je ne suis pas expert en la matière. Ils disent que tu parais équilibré, convaincant, maître de toi. En tout cas, fou ou pas, il est assez difficile de résister à seize millions de dollars. Moi j'aurais du mal.

— Je ne comprends absolument pas comment cet argent est arrivé sur mon compte, dit Janson. C'est peut-être la manière dont la Liberty Foundation s'acquitte de ses dettes. Plutôt excentrique comme manière. On m'a parlé d'indemnités. Or, rien n'a été négocié, on ne m'a rien dit de précis. Ecoute, je ne l'ai pas fait pour l'argent. J'avais une dette d'honneur. Tu sais laquelle.

— Paul, mon ami, je veux que la lumière soit faite et je ne ménagerai pas ma peine – tu le sais. Mais il faut que tu m'aides à débrouiller tout cela, que tu me fournisses des faits. Quand les associés de Novak t'ont-ils contacté ?

— Lundi. Quarante-huit heures après l'enlèvement de Novak.

— Et quand les huit premiers millions ont-ils été déposés ?

— Où veux-tu en venir ?

— Ils ont été déposés *avant* qu'ils ne te contactent. *Avant* qu'ils n'obtiennent ton accord. Avant même qu'ils décident de la nécessité d'une extraction. Cela n'a aucun sens.

— Quelqu'un leur a-t-il parlé de cela ?

— Paul, ils ne savent pas qui tu es. Ils n'ont jamais entendu parlé de cet enlèvement. Ils ignorent même que leur patron est mort.

— Comment ont-ils réagi quand vous le leur avez dit ?

— Nous ne leur avons rien dit.

— Et pourquoi ?

— Des ordres venus d'en haut. Nous travaillons dans la collecte d'informations, pas dans la distribution. Tout le monde a reçu la consigne de la boucler. Et, en parlant de collecte d'informations, voilà la raison pour laquelle ils tiennent tant à ce que tu te présentes. Il n'y a pas d'autre solution. Si tu ne le fais pas, ils vont imaginer n'importe quoi. Et agir en conséquence. OK ? Je continue ?

— Seigneur ! s'écria Janson.

— Paul, tu dois me faire confiance sur ce coup. Nous pouvons tirer un trait sur toute cette merde. Mais il faut que *tu te présentes*. Il le faut. »

Janson regarda l'analyste d'une manière étrange. L'homme avait changé de comportement au cours de leur conversation. Il était devenu moins déférent, moins anxieux. « Je vais y réfléchir.

— Ce qui signifie que tu refuses, fit Agger d'une voix atone. Tu as tort. » Il porta la main à son revers et tripota sa boutonnière d'un geste trop naturel.

Il était en train d'appeler les autres.

Janson tendit la main et toucha le veston d'Agger. Fixé au revers, il vit le fameux disque bleu foncé. Il eut l'impression de recevoir une douche froide.

Les Grecs ne filaient pas l'analyste. *Ils le couvraient.* Et ensuite, ils étaient sans doute censés procéder à un enlèvement manu militari.

« J'ai une question d'horaires à te poser, dit Janson. Quand l'ordre a-t-il été émis ?

— L'ordre de récupération ? Je ne m'en souviens pas.

— *Quand ?* » En se positionnant de telle sorte que les passants ne voient pas ses mouvements, il sortit son Walther et le braqua sur l'analyste.

« Oh, *mon Dieu*, oh, *mon Dieu !* hurla Agger. Paul – que fais-tu là ? Je suis venu pour t'aider, c'est tout. Je veux seulement t'aider.

— *Quand ?* » Janson appuya le silencieux contre la poitrine osseuse d'Agger.

Ce dernier se mit à parler précipitamment. « Ça fait dix heures. Le cachet porté sur le câble disait 22 h 23. ST. » Agger regarda autour de lui, incapable de dissimuler son accablement.

« Et si jamais je refusais de me présenter, qu'avaient-ils prévu ? On devait m'éliminer ? » Il enfonça carrément le revolver dans le sternum d'Agger.

« Arrête ! fit Agger. Tu me fais mal. » Il parlait très fort, comme poussé par la panique. Agger n'était peut-être pas un agent de terrain, mais ce n'était pas non plus un amateur et son anxiété ne suffisait pas à le faire basculer dans l'hystérie. Ce cri n'était pas innocent ; il était destiné aux autres, à ses complices qu'il croyait à portée de voix.

« Tu attends de la compagnie ?

— Je ne vois pas ce dont tu veux parler, mentit Agger d'un ton plus posé.

— Désolé. J'aurais dû t'avertir que tes amis grecs avaient été retenus.

— Espèce de salaud ! » Ces mots jaillirent spontanément. Agger était blême – pas de peur mais d'indignation.

« Ils te présenteront leurs excuses. Dès qu'ils auront repris connaissance. »

Agger plissa les yeux. « Bon Dieu, c'est vrai ce qu'ils disent. *Tu es devenu incontrôlable !* »

CHAPITRE 11

LA taverne en front de mer était une sorte de boui-boui mal éclairé. Les boissons qui s'y étaient renversées au fil des ans avaient fini par gondoler les lattes du plancher. Les chaises et les tabourets en bois étaient fendus et cabossés, à cause du manque d'entretien et des bagarres qui éclataient de temps en temps. Janson s'avança à pas lents vers le long bar de zinc pour permettre à ses yeux de s'accoutumer à l'obscurité. Sur sa gauche, un marin était assis, seul, buvant d'un air morne. Il y avait d'autres marins dans le bar mais celui-ci semblait plus facile à aborder. Et Janson ne pouvait se permettre d'attendre plus longtemps. Il fallait qu'il quitte la Grèce tout de suite.

Encore une fois, il avait sacrifié à l'obsédant rituel du coup de fil à Marta Lang. Sans succès.

Ils ne savent même pas que leur patron est mort, avait dit Agger.

Janson possédait encore dans ses tablettes une relation bien informée qui n'hésiterait pas à lui parler franchement, mais avant de lui rendre visite, il devrait s'entourer de précautions – pour son correspondant comme pour lui-même.

La grande baie du Pirée formait une immense coupe contenant l'océan, un peu comme une menotte, songea Janson. Une menotte ouverte – ou en train de se refermer. C'était par pure nécessité qu'il se trouvait ici. Il n'avait aucune intention de signaler ses déplacements à ceux qui le pourchassaient.

Il avait passé deux heures à éplucher toutes les possibilités, les différentes manières de quitter le pays, sans en retenir aucune. L'aéroport d'Athènes et ses abords devaient être truffés d'observateurs, à l'heure qu'il était ; et il y avait fort à parier qu'il en serait bientôt de même des autres grands aéroports, comme celui de Thessalonique. En tout cas, pas question de voyager sous son vrai passeport : puisque l'ambassade était impliquée dans l'affaire, des conseillers américains devaient déjà arpenter les couloirs, devant les portes d'embarquement et d'arrivée des vols internationaux. Il ne connaissait qu'un seul autochtone capable de lui fabriquer des documents officiels – un petit imprimeur, installé près d'Omonia – mais juste avant d'entrer dans son atelier, il avait repéré des agents en faction dans la rue. Du coup, il avait dû renoncer à une visite qui aurait risqué de compromettre son contact. Aussi en dernier recours, avait-il choisi de se rendre sur le port. Les marins savaient jongler avec les formalités du transit international – et les moyens de les transgresser.

Janson portait un complet, ce qui faisait de lui un personnage incongru dans le Perigaili Bar. Pour se donner l'air négligé, il avait dénoué sa cravate et s'était composé l'allure d'un homme exténué, presque au bout du rouleau. Il s'avança d'un pas mal assuré. *Décide vite d'un rôle et interprète-le jusqu'au bout.* Il jouerait l'homme d'affaires qui traverse une mauvaise passe. Si son air désespéré ne donnait pas les résultats escomptés, il lui suffirait de passer deux minutes aux toilettes pour se transformer radicalement et effacer cette première impression.

Il s'installa au comptoir, à côté du marin à qui il lança un regard furtif. L'homme était solidement bâti mais bien enrobé. Une force de la nature dotée d'un redoutable coup de fourchette, se dit Janson. Parlait-il anglais ?

« Sale pute albanaise », fit Janson à mi-voix mais assez fort pour qu'on l'entende. Il savait qu'en Grèce les imprécations dirigées contre les minorités ethniques – surtout les gitans et les Albanais – étaient une manière imparable de nouer la conversation. Dans ce pays traînaient encore les vieux préjugés sur la pureté de la race.

Le marin se tourna vers lui et grogna pour l'approuver. Ses yeux injectés de sang restèrent néanmoins méfiants. Qu'est-ce qu'un type habillé comme lui pouvait bien fabriquer dans un tripot pareil ?

« Elle m'a tout pris, poursuivit Janson. Lessivé. » Il fit un signe au serveur.

« Une pute *shqiptar* a volé votre argent ? » Sur le visage du marin passa un sourire amusé mais dépourvu de sympathie. C'était un début.

« L'argent ! C'est à peu près tout ce qu'elle m'a laissé. Vous voulez savoir ce qui m'est arrivé ? » Il vit l'insigne cousu sur l'uniforme du type : UCS UNITED CONTAINER SERVICES. Janson appela le patron. « Une bière pour mon ami.

— Pourquoi pas de la Metaxa ? répliqua le marin pour voir la réaction de Janson.

— Bonne idée – Metaxa ! lança-t-il. Double ! Pour tous les deux. » Quelque chose chez ce type lui disait qu'il avait misé sur le bon cheval. Il devait connaître les docks du Pirée et les ports de la mer Egée comme sa poche, sans parler des trafics peu recommandables qui y prenaient racine.

Arrivèrent les deux verres de Metaxa, la variété incolore, parfumée à l'anis. Janson demanda de l'eau. D'un air désapprobateur, le patron lui glissa un verre de couleur ambrée où stagnait un doigt d'eau tiède prise au robinet. Un cafetier ne gagnait pas sa vie en remplissant le ventre de ses clients avec de l'eau, hormis celle qui baptisait ses bouteilles d'alcool.

Janson se mit à débiter le récit de sa mésaventure à son compagnon de comptoir. Histoire d'attendre le départ du ferry des Minoan Lines sur la Zea Marina, il s'était arrêté dans un *ouzeri*. « Je venais de me taper cinq heures de réunion, vous voyez le topo. On avait conclu une affaire qui traînait depuis des mois – c'est justement pour ça qu'on m'avait envoyé ici en personne. Les représentants locaux, on ne peut pas s'y fier. On ne sait jamais pour qui ils travaillent.

— Et de quoi s'occupe votre société, si je ne suis pas indiscret ? »

Janson jeta un coup d'œil à la ronde et remarqua le cendrier en céramique vernissée posé sur le zinc. « La céramique, dit-il. Les supports en céramique réfractaire non conducteurs pour les appareils électriques. » Il rit. « Vous regrettez de m'avoir posé la question, hein ? Je sais, c'est un sale boulot, mais il faut bien que quelqu'un le fasse.

— Et la pute... ? » demanda le marin poussé par la curiosité, tout en sifflant son eau-de-vie comme du petit-lait.

« J'étais complètement stressé – vous saisissez, "stressé"? – et comme cette fille n'arrêtait de me coller, je me suis dit, pourquoi pas ? Vous voyez, je voulais juste me détendre. Alors, elle m'a emmené dans un endroit de merde, une centaine de mètres plus loin, je sais même pas où, et...

— Et quand vous vous réveillez, vous vous apercevez qu'elle a tout raflé.

— Exactement ! » Janson fit signe au patron d'amener une deuxième tournée. « J'ai dû perdre connaissance, ou un truc comme ça, et elle en a profité pour me faire les poches. Par chance, elle n'a pas trouvé ma ceinture à billets. Elle aurait dû me retourner mais elle avait peur que je me réveille. Elle a pris mon passeport, mes cartes de crédit... » Janson saisit son annulaire et l'approcha du visage du marin en contrefaisant l'ivrogne indigné. La pute avait poussé le vice jusqu'à lui voler son alliance. Il poussa un profond soupir, comme un chef des ventes revivant un cauchemar.

« Pourquoi vous n'allez pas voir l'*astynomia*? Ici au Pirée, la police connaît bien les putes. »

Janson se couvrit la face. « Je ne peux pas. Le risque est trop grand. Si on fait un rapport là-dessus, je l'ai dans l'os. Voilà pourquoi je ne peux pas me présenter à mon ambassade non plus. La société qui m'emploie est très conservatrice. Imaginez qu'ils aient vent de cette histoire – on a des représentants locaux partout dans le coin. Je sais que je n'en ai pas l'air mais j'ai une réputation à protéger. Et ma femme – oh, *mon Dieu* ! » Soudain ses yeux s'emplirent de larmes. « Il ne faut pas qu'elle sache, jamais ! »

— Alors comme ça, vous êtes un gros bonnet, dit le marin en examinant l'étranger afin de mieux le jauger.

— Et un gros *imbécile*. Qu'est-ce qui m'est passé par la tête ? » Il vida son verre de Metaxa en gardant la liqueur dans la bouche puis fit pivoter son tabouret, d'un air agité, et porta à ses lèvres le verre d'eau ambré. Seul un observateur aguerri aurait remarqué que le niveau du liquide tiède contenu dans ce verre venait de s'élever comme par miracle, alors que personne ne l'avait rempli.

« La grosse tête ne pensait pas, dit le loup de mer sentencieux. La petite tête si.

— Si seulement je pouvais rejoindre notre siège régional à Izmir, tout s'arrangerait. »

Le marin recula vivement. « Vous êtes turc ?

— Turc ? Mon Dieu non ! » Janson fit une grimace de dégoût. « Comment pouvez-vous imaginer une chose pareille ? Vous *si* ? »

Pour toute réponse, le marin cracha par terre.

Les vieilles inimitiés n'en finissaient pas de fermenter, en tout cas au Pirée. « Ecoutez, j'appartiens à une multinationale. Moi je suis citoyen canadien. Mais nous avons des clients dans le monde entier. Je n'irai pas à la police et je prendrai pas le risque de m'adresser à l'ambassade. Pour moi, ce serait la fin de tout – vous les Grecs, vous savez comment marche le monde, vous comprenez la nature humaine, mais les gens avec qui je travaille ne sont pas ainsi. Pour tout vous dire, ma seule chance de m'en sortir c'est d'aller à Izmir. J'irais à la nage si je le pouvais. » Il cogna son verre au fond épais sur le bar en zinc déjà bosselé. Puis il tendit au patron une coupure de cinquante mille drachmes pour qu'il leur rapporte de la Metaxa.

Le patron regarda le billet et secoua la tête. « *Ehete mipos pio psila ?* » Il n'avait pas la monnaie.

Janson contempla le billet comme un ivrogne n'y voyant plus très clair. Cinquante mille drachmes équivalaient à plus de cent dollars américains. « Oh, désolé », dit-il en le rempochant et en sortant quatre billets de mille drachmes.

Comme l'escomptait Janson, son erreur n'échappa point à son compagnon dont l'intérêt pour sa situation critique s'accrut d'autant.

« C'est une longue distance à la nage, fit remarquer le marin avec un gloussement sans gaieté. Il existe peut-être un autre moyen. »

Janson le regarda d'un air implorant. « Vous croyez ?

— Un transport spécial, dit l'homme. Pas confortable. Pas donné.

— Si vous m'emmenez à Izmir je vous offrirai deux mille cinq cents dollars – américains, pas canadiens. »

Le marin regarda Janson pour s'assurer qu'il était sérieux. « Je ne serai pas seul sur le coup.

— Les deux mille cinq cents, c'est juste pour vous, pour que vous arrangiez l'affaire. S'il y a des frais supplémentaires, je les couvrirai aussi.

— Attendez ici, dit le marin, légèrement dégrisé par la perspective d'une bonne affaire. Je vais passer un coup de fil. »

Janson se mit à pianoter sur le comptoir ; il avait feint l'enivrement mais son agitation, elle, était bien réelle. Au bout de quelques longues minutes, le marin revint.

« J'ai discuté avec un capitaine de ma connaissance. Il dit que si vous transportez de la drogue, il vous jettera dans la mer Egée sans gilet de sauvetage.

— Loin de moi cette idée ! s'exclama Janson outré. Pas de drogue !

— Alors la pute albanaise vous l'a fauchée aussi ? répliqua l'homme sur un ton désabusé.

— Quoi ? » Janson haussa la voix comme un homme d'affaires sans humour venant d'essuyer une insulte. « Que dites-vous là ?

— Je plaisante, répliqua l'autre, seulement préoccupé par ses honoraires. Mais j'ai promis au capitaine de vous passer le mot. » Il marqua une pause. « C'est un cargo qui transporte des conteneurs. Immatriculé UCS, comme le mien. Et il part à quatre heures du matin. Il accostera au quai numéro six dans le port d'Izmir quatre heures plus tard, OK ? Une fois à Izmir vous vous débrouillez – vous ne dites à personne comment vous êtes venu. » Il passa la main en travers de sa gorge. « Très important. Autre chose très importante : rendez-vous quai vingt-trois, vous préparez mille dollars pour lui, je serai là pour faire les présentations. »

Janson hocha la tête et se mit à compter son argent en gardant ses mains sous le comptoir. « L'autre moitié quand nous nous retrouverons demain matin. »

Les yeux du marin étincelèrent. « Ça me va. Mais après, si le capitaine demande ce que vous m'avez donné, enlevez un zéro. OK, mec ?

— Vous me sauvez la vie », fit Janson.

Le marin saisit le rouleau de billets, apprécia leur épaisseur et sourit. « Je peux faire autre chose pour vous dépanner ? »

Janson secoua la tête d'un air éperdu en saisissant son annulaire. « Je lui dirai que j'ai été agressé.

— Vous direz à votre femme qu'un *Albanais* vous a agressé, conseilla le marin. Ça ne l'étonnera pas. »

Arrivé à l'aéroport d'Izmir, Janson ne put s'empêcher de songer à la ruse qu'il venait d'employer. Il vous suffisait de crier haut et fort que vous étiez un salaud pour que les gens vous fassent confiance. Un homme victime de sa propre cupidité ou lubricité devenait aussitôt sympathique aux yeux de ceux-là mêmes qui se seraient méfiés d'un brave type qui aurait simplement joué de malchance. Et voilà qu'à présent, la mine contrite, il débitait à un guide touristique anglais une autre version de l'histoire qu'il avait racontée au marin la veille.

« Vous n'auriez jamais dû vous envoyer en l'air avec cette salope », le sermonnait le guide – un maigrichon aux cheveux blond clair coiffés n'importe comment. Le sourire qui déformait son visage tenait plus du sadisme que de la compassion. « Petit coquin, va ! » L'homme arborait un badge en plastique avec son nom inscrit dessus. Imprimés en couleurs voyantes, on y lisait également l'appellation et le slogan de la compagnie de voyages à bas prix qui l'employait : *Holiday Express Ltd. : le plaisir organisé !*

« J'étais saoul comme un cochon ! protesta Janson en adoptant pour l'occasion l'accent des faubourgs de Londres. Saletés de Turcs ! Cette fille m'a promis un "private show" – j'ai cru qu'elle parlait d'une danse du ventre !

— Tu parles, rétorqua l'homme avec un petit sourire mauvais. Vous êtes sacrément naïf ! » Après tous ces jours passés à bichonner des touristes bien disciplinés, il se réjouissait de pouvoir enfin se défouler sur un client.

« Mais quand même, de là à me laisser *en plan* ! C'était un voyage organisé, d'accord – mais ce lapin était pas censé faire partie du forfait ! M'abandonner ici comme s'ils se foutaient complètement de moi ?

— Ça arrive. Ça arrive. Des fois, un gars part faire la bringue ou alors il se perd dans la nature. Vous ne croyez quand même pas que le groupe va manquer le vol de retour rien que pour une seule personne. Ce ne serait pas raisonnable, n'est-ce pas ?

— Sacré nom de Dieu, quel foutu idiot je fais ! s'écria Janson sur un ton empreint de remords. Laisser la petite tête penser à votre place... si vous voyez ce que je veux dire.

— "Que celui qui n'a jamais péché..." comme on dit dans la Bible, répliqua l'homme, radouci. Rappelez-moi votre nom ?

— Cavanaugh. Richard Cavanaugh. » Il lui avait fallu vingt bonnes minutes, dans un cybercafé de la rue Kibris Sehitleri, pour trouver ce nom dans un manifeste Holiday Express.

« Bien. Dicky Cavanaugh prend des vacances crapuleuses en Turquie et une leçon de savoir-vivre par la même occasion. » Asticoter cet infortuné client – trop honteux de ce qui venait de lui arriver pour oser déposer plainte – semblait l'amuser infiniment.

Janson lui décocha un regard noir.

L'homme aux cheveux blond platine appela sur son Vodaphone le représentant à Izmir de Thomas Cook Travel pour lui expliquer la situation mais en taisant les détails croustillants. Il répéta deux fois le nom et resta en ligne pendant dix minutes durant lesquelles il parla de moins en moins et écouta de plus en plus.

Après qu'il eut raccroché, il secoua la tête en riant. « Ha ! Ils croient que vous êtes arrivé à Stansted il y a deux heures, avec votre groupe.

— Bon sang ! » Janson prit l'air incrédule.

« Ça arrive, répéta l'autre comme un grand sage qui sait comment marche le monde. Ça arrive. Sur le manifeste, il est écrit qu'un groupe de vingt touristes doit débarquer, personne n'a envie de refaire tous les papiers, alors l'ordinateur enregistre les vingt. Ça ne se produirait pas sur les vols commerciaux, mais les compagnies de charters sont un peu plus laxistes. Oups ! Ne dites pas à mon patron que je vous l'ai dit. "Les prix les plus bas pour l'expérience la plus top", telle est notre devise. D'après l'ordinateur, vous êtes en train de vous éclater dans votre boutique d'optique à Uxbridge, au lieu de faire dans votre froc ici à Izmir en vous demandant si vous reverrez votre famille un jour. » Un regard entendu. « Elle était bonne ?

— Quoi ?

— La nana. Elle était bonne ? »

Janson prit l'air embarrassé. « C'est ça le plus tragique, voyez-vous. J'étais tellement beurré que je ne m'en souviens plus. »

L'homme lui serra l'épaule d'un geste rapide. « Je crois que je vais pouvoir vous sauver la mise, pour cette fois, dit-il. Mais rappelez-vous bien ça, nous ne faisons pas dans le tourisme sexuel. Garde-la dans ton pantalon, camarade. Comme dit ma copine, fais attention ou tu vas crever l'œil de quelqu'un. » Il partit d'un rire gras. « Surtout que vous tenez une boutique de *lunettes* !

— Nous disons "centre d'optique", c'est mieux, répliqua froidement Janson en contrefaisant le commerçant outré. Vous êtes sûr que je n'aurai pas de difficultés pour descendre de l'avion à Stansted ? »

Le guide touristique répondit à voix basse. « Non, écoutez, c'est ce que j'essaie de vous faire comprendre. Holiday Express va s'assurer qu'il n'y aura pas de pépins. Vous me suivez ? Nous allons vous aider à vous sortir de cette merde. »

Janson hocha la tête avec reconnaissance mais il n'était pas dupe. Cette soudaine démonstration d'altruisme avait une raison bien concrète : l'appel du guide touristique avait dû déclencher une vive inquiétude dans les bureaux de sa société. Par son ingénieux stratagème, Janson avait placé la compagnie dans une position fort délicate puisque ses employés avaient menti aux douaniers en disant que Richard Cavanaugh, 43 Culvert Lane, Uxbridge, avait bien regagné le territoire britannique. Le seul moyen d'éviter l'audit de ses activités et le retrait de sa license consistait à faire en sorte que Richard Cavanaugh rentre effectivement au Royaume-Uni tout en évitant que son arrivée figure dans les registres et suscite de la part des autorités des questions embarrassantes sur ses pratiques douteuses. Les documents temporaires dont le blondinet se servait pour ses propres déplacements – Transport urgent/Personnel navigant – constituaient un grossier expédient, normalement réservé aux urgences médicales, mais ils feraient l'affaire. Holiday Express réparerait cette ennuyeuse petite bévue et, ce soir, « Dickie » Cavanaugh souperait autour de la table familiale.

Le guide touristique gloussa en tendant à Janson l'enveloppe contenant les feuillets jaune orangé. « Tellement beurré que vous ne vous souvenez de rien ? Ça vous donne pas envie de chialer, ça ? »

Le petit charter fit une escale de deux heures à Istanbul puis ils montèrent dans un plus gros porteur avec deux autres groupes Holiday Express et s'envolèrent pour l'aéroport de Stansted, au nord de Londres. A la correspondance, Cavanaugh produisait les feuilles jaunes agrafées qu'on lui avait remises à Izmir, et un représentant de la compagnie de voyages organisés l'escorta personnellement à bord. Le bureau central avait fait passer le mot : prenez soin de cet abruti ou il vous en cuira.

Durant les trois heures que dura le vol, l'opticien d'Uxbridge, humilié par son aventure outre-mer, resta assis dans son coin. Il avait l'air si absorbé que personne ne se hasarda à engager la conversation. Les quelques touristes qui eurent vent de son aventure le cataloguèrent comme un petit commerçant pas très dégourdi priant pour que le souvenir de ses frasques ne franchisse jamais les frontières du pays d'Orient où elles avaient eu lieu.

Pendant ce temps, quelque part au-dessus de l'Europe, Janson se laissait peu à peu aller au sommeil. Un sommeil qui, pourtant, il le savait, ranimerait de vieux fantômes.

C'était il y a trente ans, dans une jungle à l'autre bout du monde. Et en même temps, c'était ici et maintenant. Après la débâcle de Noc Lo, Janson avait regagné le camp de base pour s'entendre dire que le lieutenant-colonel Demarest désirait le voir immédiatement. Il s'était précipité dans son bureau sans même prendre le temps de se laver.

Ses vêtements encore souillés par les traces sanglantes et la puanteur du combat, il se tenait devant Demarest assis pensivement derrière son bureau. Un plain-chant médiéval – lente succession de notes lugubres, à vous donner le frisson – sortait des petites enceintes.

Demarest finit par lever les yeux vers lui. « Sais-tu ce qui vient de se passer là-bas ?

— Non, chef.

— Si cela ne *signifie* rien, c'est que tout est arrivé sans raison. Cet univers n'est pas intéressant. Il faut lui donner du sens.

— Comme je vous l'ai déjà dit, on aurait cru qu'ils nous attendaient, chef.

— La chose est claire comme de l'eau de roche, n'est-ce pas ?

— Vous n'avez pas – vous ne paraissez pas surpris, chef.

— Surpris ? non. J'avais lancé une hypothèse – juste une supposition que je voulais vérifier. Je devais en avoir le cœur net. Noc Lo était une manière d'expérience, entre autres choses. Quand on veut découvrir ce que fricotent la liaison locale de l'ARVN et la MACV, il faut savoir en assumer les conséquences. Par quels relais l'insurrection locale obtient-elle ses informations ? Il n'y avait qu'une seule manière de le découvrir. Aujourd'hui, j'ai appris quelque chose. Nos ennemis sont résolus à nous anéantir – de tout leur cœur, de toute leur âme. Et nous, de notre côté, que faisons-nous ? Que faire avec cette tripotée de bureaucrates expatriés qui s'imaginent bosser pour les Eaux et Forêts, ou Dieu sait quoi. Voilà quelques heures, tu as failli perdre la vie, mon garçon. Doit-on considérer Noc Lo comme une défaite ou comme une victoire ? Difficile à dire, n'est-ce pas ?

— Chef, cela ne ressemblait pas à une victoire. Chef.

— Hardaway est mort parce qu'il était faible, je l'ai déjà dit. Et comme je le prévoyais, tu as survécu. Parce que tu es fort. Aussi fort que ton père. Il avait débarqué à Red Beach avec la deuxième vague, si je ne me trompe pas. Aussi fort que ton oncle qui descendait les officiers de la Wehrmacht dans les forêts et les ravins de Sumava, avec un vieux fusil de chasse. Personne n'est aussi féroce que ces partisans d'Europe de l'Est – j'avais un oncle de cette trempe moi aussi. La guerre nous révèle à nous-mêmes, Paul. J'espère seulement que tu as appris quelque chose sur toi-même, aujourd'hui. C'est cette chose qui m'a fait parier sur toi, à Little Creek. »

Le lieutenant-colonel Demarest attrapa le livre de poche corné posé sur son bureau. « Tu as étudié Emerson ? Il se mit à lire : "Le grand homme n'aspire qu'à la petitesse. Quand il repose sur la couche moelleuse des privilèges il s'endort. Quand il est bousculé, tourmenté, vaincu, il a l'occasion d'apprendre ; il doutait de sa virilité ; il se forgeait des certitudes ; il apprend son ignorance ; il est guéri de la folie de la vanité." Je considère que Ralph Waldo tenait là quelque chose de grand.

— C'est à espérer, chef.

— Le champ de bataille est un terrain d'expérience lui aussi. Soit on y meurt, soit on y renaît. Et n'imagine pas qu'il s'agisse là d'une simple figure de rhétorique. Tu n'as jamais demandé à ta maman ce qu'elle a ressenti en te donnant le jour ? Les femmes connaissent cet éclair aveuglant dont tout découle : elles savent que leur vie, la vie de leurs parents, des parents de leurs parents, que toute la vie humaine sur cette planète au cours des dizaines de milliers d'années qui nous ont précédés, aboutit à ce point culminant, à cette petite chose humide qui hurle et gigote. La naissance n'a rien de joli. Un cycle de neuf mois qui va du plaisir à la douleur. L'être humain naît au milieu d'un chaos de fluides corporels, de viscères déformés, de merde, d'urine et de sang – et le bébé arrive, et c'est toi. Un moment d'incroyable souffrance. Oui, donner la vie est une sale épreuve, c'est vrai, mais c'est cette souffrance même qui lui confère un sens. Et moi, je te regarde. Tu es là, debout devant moi, avec ta tunique souillée par les tripes puantes de ton camarade. Je te regarde au fond des yeux et j'y vois un homme qui vient de renaître. »

Janson le fixait, perplexe. Une partie de lui frémissait d'épouvante, une autre écoutait, fascinée.

Demarest se leva sans changer d'expression. Il posa la main sur l'épaule du jeune homme. « A quoi rime cette guerre ? Il paraît que les petits snobinards du Département d'Etat détiennent la réponse dans leurs gros classeurs. Tout ça n'est que bruit de fond, brouillage, grandes théories creuses. Chaque conflit ressemble au précédent. Il s'agit toujours d'un test à balles réelles. Au cours de ces quatre dernières heures, tu as traversé plus d'expériences que la plupart des gens durant toute leur existence. Toute cette énergie, cet épuisement, cette extase – de l'adrénaline pure – et cette souffrance. Tu es plus vivant que tous ces zombies assis dans leurs breaks, qui se félicitent d'avoir échappé au merdier où toi tu te trouves. Ce sont eux les âmes perdues. Ils passent leur temps à comparer les prix des paquets de lessive et à se demander s'ils doivent réparer eux-mêmes leur évier ou attendre le plombier. Ils sont morts à l'intérieur et ne le savent même pas. » Les yeux de Demarest étincelaient. « En quoi consiste la guerre ? La guerre consiste à tuer ceux qui cherchent à vous tuer. Qu'est-ce qui vient de se passer ? Est-ce une victoire, une défaite ? Revois tes critères de jugement, mon garçon. Je vais te dire ce qui vient de se passer. Tu as failli mourir et tu as appris ce que vivre signifie vraiment. »

CHAPITRE 12

U N gros camion blanc transportant un chargement de bois de charpente sortit du flot de voitures encombrant l'autoroute M11 pour s'engager sur Queen's Road, à Cambridge. Il se gara auprès de plusieurs autres poids lourds, chargés de matériaux de construction destinés à un grand chantier de rénovation. C'était ainsi dans cette grande et vénérable université de Cambridge – il y avait toujours quelque chose à rebâtir ou à retaper.

Après que le chauffeur se fut arrêté, l'homme qu'il avait pris en stop le remercia chaleureusement et descendit. Mais au lieu de partir au boulot, l'ouvrier vêtu d'une salopette gris foncé pénétra dans une sanisette installée près du chantier ; la devise de la compagnie du West Yorkshire, A LA POINTE DU PROGRÈS, était moulée sur la porte en plastique bleu. Quand il en sortit, il portait un veston de tweed gris. Un uniforme comme un autre. Avec ça, il pourrait flâner sans se faire remarquer le long des « Backs », la vaste pelouse qui s'étalait devant les plus anciens collèges de Cambridge : King's, Clare, Trinity Hall, et enfin Trinity College, là où il se rendait. Une heure seulement s'était écoulée depuis que Janson avait débarqué à l'aéroport de Stansted dont la structure de verre et d'acier n'était plus à présent qu'un souvenir brumeux.

Janson avait raconté tellement de mensonges, contrefait tellement d'accents différents au cours des dernières vingt-quatre heures que sa tête lui faisait mal. Mais bientôt il rencontrerait un homme qui dissiperait tout ce brouillard et balaierait cette accumulation de faux-semblants. Un homme auquel il pourrait se confier sans détours, car il connaissait le sens de la tragédie. Il s'agissait d'Angus Fielding, brillant professeur dont le nom et la vie se confondaient avec ceux de Trinity College.

Au début des années 70, après avoir décroché sa bourse pour Cambridge, Janson avait suivi les cours de cet érudit à l'indéfectible sourire. Fielding l'avait inscrit à une série de travaux dirigés d'histoire économique. Quelque chose dans l'esprit tortueux de son professeur avait captivé Janson, et en retour, Fielding avait découvert quelque chose de réellement séduisant chez son étudiant. De nombreuses années s'étaient écoulées depuis et Janson éprouvait une certaine réticence à recourir à lui sur une enquête aussi dangereuse. Mais il n'avait pas le choix. Son ancien mentor, spécialiste du système financier mondial, avait participé à une équipe de recherche constituée par Novak dans le but de fournir des conseils avisés à la Liberty Foundation. En outre, Janson avait entendu dire que Fielding était à présent le grand patron du Trinity College.

Tandis que Janson traversait Trinity Bridge et les Backs, les souvenirs affluaient en lui – des souvenirs d'un autre temps, d'un temps consacré à l'apprentissage, à la guérison, au repos. Tout ce qu'il voyait autour de lui faisait ressurgir des images liées à cette période bénie de son existence. Les pelouses, les bâtiments gothiques, même les canotiers qui glissaient le long de la Cam, sous les ponts aux arches de pierre et les rideaux formés par les branchages des saules pleureurs, en faisant avancer leurs petites barques au moyen de longues perches. Lorsqu'il approcha de Trinity, son esprit s'emballa. Ici, face aux Backs, se dressaient le réfectoire construit au début du XVIIe siècle, et la magnifique bibliothèque Wren, avec ses voûtes et ses arches élancées. Malgré son impressionnante majesté, Trinity College ne représentait qu'une infime partie du territoire de Cambridge ; en fait, l'université était le deuxième propriétaire terrien de Grande-Bretagne, après la reine. Janson passa devant la bibliothèque et continua jusqu'à la petite étendue de gravier conduisant à la maison du maître.

Lorsqu'il sonna, une domestique entrouvrit une fenêtre. « Tu viens voir le maître ?

— Oui.

— Un peu en avance, non ? Ce n'est pas grave, mon petit. Fais donc le tour jusqu'à la porte de devant. » De toute évidence, elle l'avait pris pour quelqu'un d'autre, quelqu'un qui avait rendez-vous à cette heure-là.

C'était un peu maigre comme mesure de sécurité. La femme ne lui avait même pas demandé son nom. Cambridge n'avait guère changé depuis les années 70.

A l'intérieur, les larges escaliers recouverts de tapis longeaient une galerie de portraits représentant les sommités des siècles passés : George Trevelyan et sa barbe, William Whevell et son menton bien rasé, Christopher Wordsworth et son col d'hermine. Au sommet des marches, sur la gauche, s'ouvrait un salon moquetté de rose dont les murs lambrissés étaient peints en blanc pour ne pas ternir les tableaux qui les ornaient. En enfilade, on voyait une pièce plus vaste au parquet de bois sombre, couvert d'une multitude de grands tapis d'Orient. En entrant, Janson se retrouva nez à nez avec un portrait grandeur nature de la reine Elisabeth Ire, peint durant sa vie. Une attention méticuleuse avait été portée aux détails de sa robe et aux traits peu flatteurs de son visage. Sur le mur voisin, trônait un Isaac Newton impérieux, coiffé d'une perruque brune. Du haut de son cadre, un adolescent de quatorze ans à l'allure efféminée, un Lord Gloucester, fixait effrontément ses deux aînés. Était exposée en ces lieux l'une des plus impressionnantes collections de portraits après celle de la National Portrait Gallery, rassemblant les membres de l'élite politique et intellectuelle qui avaient façonné le pays et orienté son histoire. L'Angleterre leur devait ses victoires tout comme ses défaites. Ces visages rutilants appartenaient aux siècles passés et pourtant, parmi eux, le portrait de Peter Novak n'aurait pas été déplacé. Comme tout véritable pouvoir, le sien lui venait de son engagement moral, de la conception qu'il avait de son rôle et de sa mission auprès de ses semblables.

Janson resta planté là à contempler, captivé, les visages de souverains et de penseurs depuis longtemps disparus, si bien qu'il tressaillit en entendant quelqu'un s'éclaircir la gorge derrière lui.

« Seigneur, mais c'est vous ! claironna Angus Fielding de sa voix un peu nasillarde. Pardonnez-moi, je vous regardais en train d'examiner ces portraits et je n'en croyais pas mes yeux. Quelque chose me disait que c'était vous, dans la ligne des épaules, dans l'allure. Mon cher garçon, cela fait si longtemps. Ah, vraiment, je n'aurais pu imaginer surprise plus *délicieuse*. Gilly m'a dit que mon rendez-vous de dix heures était là, aussi me préparais-je à rencontrer l'un de nos doctorants les moins prometteurs pour lui parler d'Adam Smith et de Condorcet. Pour citer Lady Asquith, "Il a un esprit brillant, jusqu'au moment où il s'en sert". Vous voyez à quoi vous m'avez permis d'échapper. »

Le soleil filtré par les nuages lui dessinait comme une auréole autour de la tête. Son visage était marqué par les ans, ses cheveux blancs plus clairsemés qu'autrefois ; et pourtant il était encore grand et svelte, et ses yeux bleu clair avaient gardé cette lueur joyeuse qui illumine le regard de ceux qui considèrent le monde comme une vaste plaisanterie – quelque indicible plaisanterie cosmique – à laquelle ils vous invitent malgré tout à prendre part. A soixante-dix ans bientôt, Fielding n'avait pas un physique particulièrement impressionnant mais sa forte présence faisait de lui quelqu'un de remarquable.

« Venez, mon cher garçon », dit Fielding en conduisant Janson dans un petit couloir. Il passa devant la matrone qui lui servait de secrétaire et l'introduisit dans son vaste bureau éclairé par une large baie vitrée donnant sur la Grande Cour. Les étagères blanches toutes simples qui tapissaient les murs supportaient des rangées de livres, de revues et de copies de ses articles. On y lisait ce genre de titres assommants : « Le système financier global est-il en péril ? Une vision macroéconomique », « L'état des liquidités étrangères des banques centrales – le procès de la transparence », « Nouvelle approche de la capacité du marché agrégatif », « Les aspects structuraux des liquidités du marché et leurs conséquences sur la stabilité financière ». Un exemplaire jauni par le soleil de la *Far Eastern Economic Review* était étalé sur une table basse ; sous une photo de Peter Novak, on y lisait le gros titre suivant : DES DOLLARS POUR LE CHANGEMENT.

« Ne faites pas attention au désordre, dit le professeur en enlevant une pile de papiers de l'une des chaises Windsor noires placées près de son bureau. Vous savez, en un sens, je suis bien content que vous ne m'ayez pas annoncé votre visite, parce que j'aurais sans doute essayé de faire de l'épate, comme vous dites, vous les Américains. Et nous aurions été déçus l'un comme l'autre. Tout le monde dit que je devrais renvoyer la cuisinière, mais la pauvre chère femme est ici depuis la Restauration ou presque et je n'ai pas le cœur, ou peut-être pas le courage, de m'en débarrasser. Ses entremets ont la réputation d'être particulièrement toxiques. Pour sa défense, je l'appelle mon *éminence grise* – et mes collègues me répondent : dis plutôt ton *éminence graisse*. Ici, les commodités combinent l'opulence et l'austérité, pour ne pas dire la chicheté. Mais on s'y habitue. Vous devez vous rappeler l'époque où vous fréquentiez ces lieux, mais comme on se rappelle des épisodes de son enfance. L'époque bénie mais trop lointaine des jeux et des rires. » Il tapota le bras de Janson. « Mon cher garçon, vous en avez fait du chemin. »

Ce flot tourbillonnant de paroles, ce regard pétillant d'espièglerie – Angus Fielding n'avait pas changé. Tour à tour sage et malicieux, ses yeux en voyait plus qu'il ne le laissait deviner et son verbiage érudit traduisait autant la gaieté que son désir de se protéger. Membre de la faculté des sciences économiques – ses glorieux prédécesseurs avaient pour nom Marshall, Keynes, Lord Kaldor, Sen –, Angus Fielding bénéficiait d'une réputation qui dépassait le cadre de ses recherches sur le système financier mondial. Il faisait aussi partie du Tuesday Club, un groupe d'intellectuels en relation avec les services secrets britanniques. Au début de sa carrière, Fielding avait collaboré avec le MI6 pour les aider à identifier les vulnérabilités économiques du bloc de l'Est.

« Angus, commença Janson d'une voix sourde.

— Une bouteille de bordeaux ! s'écria le maître. Un peu tôt, je sais, mais ça, au moins, on n'en manque pas. Regardez par la fenêtre, vous verrez la Grande Cour. Vous vous rappelez peut-être qu'il y a une cave à vin en dessous. Elle s'étend jusqu'au jardin de l'université. Des catacombes remplies de bordeaux. Un *Fort Knox liquide* ! Nous avons un intendant armé d'un gros trousseau de clés, auquel il faut montrer patte blanche. Une vraie tête à claques. Et puis un comité d'œnologues chargé des sélections, divisé en factions comme l'ex-Yougoslavie, mais en moins pacifique. » Il appela sa secrétaire : « Je me demandais si nous pourrions avoir une bouteille de Lynch Bages 1982. D'après mes souvenirs, il doit en rester une bouteille non débouchée d'hier soir. »

Janson fit une deuxième tentative. « Angus, je suis venu vous parler de Peter Novak. »

Fielding dressa soudain l'oreille. « Il vous a donné de ses nouvelles ?

— Pas lui directement. »

Fielding garda le silence un instant. « J'éprouve comme un pressentiment, dit-il. Un pressentiment effrayant. » Il tira sur son lobe d'oreille.

« Je ne sais pas ce que vous avez pu apprendre sur lui..., commença Janson hésitant.

— Je ne pige pas très bien...

— Angus, lâcha Janson. Il est mort. »

Le maître de Trinity College blêmit et contempla Janson pendant un long moment sans réagir. Puis il s'assit sur une chaise en bois au dossier en forme de harpe, posée devant son bureau. Il s'affala dessus comme s'il se dégonflait.

« Il y a déjà eu de fausses rumeurs sur son décès, par le passé », articula le professeur d'une voix éteinte.

Janson prit le siège à côté de lui. « Il est mort sous mes yeux. »

Angus Fielding s'appuya brutalement contre son dossier. Il faisait très vieux à présent. « C'est impossible, murmura-t-il. Je n'y crois pas.

— Il est mort sous mes yeux », répéta Janson.

Puis il lui raconta l'épisode d'Anura en respirant profondément au moment le plus tragique, celui des explosions en plein vol. Angus suivait son récit sans rien manifester, se contentant de hocher doucement la tête, les yeux mi-clos, comme s'il écoutait l'exposé d'un étudiant pendant une séance de travaux dirigés.

Janson avait été l'un de ces étudiants. Pas le lycéen classique aux joues rebondies descendant King's Parade à bicyclette, avec son sac à dos bourré de livres et de stylos qui fuient. Quand il avait débarqué à Trinity, grâce à sa bourse Marshall, Janson n'était qu'une épave. Un jeune homme au teint cireux qui avait du mal à traîner son corps émacié. Les épreuves qu'il avait endurées pendant dix-huit mois, alors qu'il était prisonnier de guerre, et toutes les atrocités qui les avaient précédées, l'avaient anéanti physiquement et moralement. C'était l'année 1974. Janson tentait de reprendre ses études là où il les avait abandonnées, en particulier l'histoire économique qu'il avait abordée en classe préparatoire à Ann Arbor, l'université du Michigan. Le commando SEAL se représentait aux portes du savoir. Au début, il avait cru qu'il ne réussirait jamais à s'y remettre. Pourtant sa formation militaire ne l'avait-elle pas préparé à affronter toutes sortes d'environnements ? Les textes historiques, les formules économiques remplacèrent les messages codés et les relevés de terrain ; il s'y attaqua avec la même pugnacité, la même détermination et le même enthousiasme.

Dans ses appartements de Neville Court, pendant que Janson dissertait sur le thème qu'il lui avait donné à traiter, le professeur Fielding semblait s'assoupir. Mais au bon moment, il ouvrait les yeux, les clignait et reprenait l'argumentation de son étudiant en en faisant ressortir les faiblesses. Un jour où Janson présentait un exposé sur les conséquences économiques de l'expansionnisme de Bismark, il eut l'impression que Fielding s'était vraiment endormi. Mais quand il en eut terminé, ses questions se mirent à pleuvoir comme des flèches. Quelle différence faisait-il entre l'expansionnisme et la consolidation régionale ? Qu'en était-il des conséquences différées de l'annexation des duchés du Schleswig-Holstein, plusieurs années plus tôt ? Quant aux chiffres sur lesquels reposaient les prémisses de son argumentation – la dévaluation du deutsche mark entre 1873 et 1877 – ne sortaient-ils pas du *Hodgeman*, hein, jeune homme ? Dommage : les chiffres du vieil Hodgeman étaient faux – bon, de la part d'un type d'Oxford, ça n'avait rien d'étonnant. Ça m'ennuie de récuser vos prémisses, cher garçon. Mais avant de construire un édifice, vérifiez l'état du sol.

L'esprit vif et acéré de Fielding contrastait avec son allure aimable et flegmatique, voire frivole. Il lui arrivait souvent de citer la phrase de Shakespeare sur « l'homme souriant armé d'un couteau », une phrase illustrant à merveille sa personnalité, encore que le vieil érudit n'eût rien d'un hypocrite. Le fait que Janson se soit retrouvé sous la férule de Fielding n'était pas tout à fait accidentel. Le professeur le lui avoua joyeusement quelques mois après le début des travaux dirigés. Fielding avait des amis à Washington, qui, impressionnés par le profil inhabituel du jeune homme et ses grandes capacités, avaient souhaité garder un œil sur lui. Aujourd'hui encore, Janson avait du mal à déterminer l'exacte implication de Fielding dans cette affaire. Avait-il effectué une démarche intentionnelle auprès des Opérations consulaires ou s'était-il contenté d'émettre une vague proposition tout en laissant à son futur disciple le loisir de choisir la meilleure solution ? Janson se souvenait de leurs longues conversations sur le concept de « guerre juste », sur l'interaction du réalisme et de l'idéalisme dans la violence exercée par l'Etat. En incitant Janson à s'exprimer sur de très nombreux sujets, le professeur l'avait-il simplement formé à l'art de l'analyse ou orienté de manière subtile sur le chemin qu'il voulait le voir prendre ? Celui qui ramènerait le jeune homme anéanti vers une vie de nouveau dédiée au service de son pays.

Fielding s'épongea les yeux sans parvenir à les sécher tout à fait.

« C'était un grand homme, Paul. Ces mots ne sont peut-être plus à la mode, mais je dois dire que je n'ai jamais connu quelqu'un comme lui. Mon Dieu, il possédait la vision, la brillance, la compassion – il y avait quelque chose d'absolument extraordinaire chez lui. J'ai toujours pensé que j'avais beaucoup de chance de le connaître, que notre siècle – ce nouveau siècle – avait beaucoup de chance de l'avoir ! » Il enfouit son visage dans ses mains, l'espace d'un instant. « Je radote comme un vieux fou. Oh, Paul, le culte du héros n'a jamais été mon fort. Mais en ce qui concerne Peter Novak – on aurait dit qu'il avait accédé à une phase supérieure de l'évolution. Les humains passent leur temps à se déchirer tandis que lui semblait appartenir à une race capable de réconcilier le cerveau et le cœur, l'ardeur et la douceur. Ce n'était pas seulement un génie des chiffres – il comprenait les gens, il leur prêtait attention. Je crois que le sixième sens qui lui servait à prévoir les mouvements des marchés de capitaux – à anticiper les fluctuations de la cupidité humaine – lui permettait aussi de déterminer avec précision les besoins de notre planète en matière d'interventions humanitaires. Mais pour comprendre pourquoi il s'attaquait aux cas déclarés désespérés, on doit faire abstraction de la raison commune. Les grands esprits sont rares – les grands cœurs encore plus. Et tout cela n'était en fin de compte qu'une question de cœur. La philanthropie dans son sens le plus littéral : une sorte d'amour. » Fielding se moucha discrètement en clignant des yeux, bien déterminé à maîtriser ses émotions.

« Je lui devais tout, dit Janson en se souvenant de la poussière de Baaqlina.

— Comme tout un chacun, répliqua Fielding. C'est pourquoi j'ai dit que c'était impossible. Je ne faisais pas allusion au fait en lui-même mais à ses conséquences. Il ne doit pas mourir. Trop de choses dépendent de lui. Trop d'actions délicates en faveur de la paix et de la stabilité, soutenues par lui, guidées par lui, inspirées par lui. S'il périt, beaucoup périront avec lui. Victimes de souffrances et de massacres absurdes – les Kurdes, les Hutus, les Tziganes, tous les malheureux que le monde délaisse. Les chrétiens du Soudan, les musulmans des Philippines, les Amérindiens du Honduras. Les séparatistes de Casamance au Sénégal... La liste des *damnés de la terre** est interminable. De grands malheurs se produiront. Des tas et des tas de malheurs. *Ils* auront gagné. »

Fielding avait non seulement l'air plus vieux mais plus ratatiné. Il avait perdu son énergie vitale.

« On pourra peut-être réduire les dégâts », dit calmement Janson.

L'érudit eut un regard éperdu. « Vous croyez vraiment que l'Amérique peut relancer le jeu, empotée comme elle est ? Peut-être même estimez-vous que votre pays a le devoir de le faire. Seulement voilà, la chose que vous autres Américains n'arrivez décidément pas à comprendre c'est que l'antiaméricanisme est profondément ancré dans les esprits. Depuis la fin de la guerre froide, la plupart des habitants de cette planète ont le sentiment de vivre sous occupation économique américaine. Vous dîtes "mondialisation" mais eux entendent "américanisation". Quand vous voyez à la télévision les manifestations antiaméricaines en Malaisie ou en Indonésie, les défilés des altermondialistes à Gênes ou Montréal, quand vous apprenez qu'une bombe a détruit un McDonald's en France, vous pensez qu'il s'agit d'événements aberrants. Bien au contraire. Ce sont les signes avant-coureurs de la tempête, les premières gouttes de crachin précédant les trombes d'eau. »

Janson hocha la tête. Il avait déjà entendu ce genre de discours, et tout récemment encore. « Quelqu'un m'a dit, il n'y a pas si longtemps, qu'on déteste l'Amérique plus pour ce qu'elle est que pour ce qu'elle fait.

— Et c'est précisément pourquoi Peter Novak était inestimable, irremplaçable. » La voix du professeur s'enflamma. « Il n'était pas américain, on ne pouvait le soupçonner d'être à la solde des intérêts américains. Tout le monde savait qu'il avait rejeté les avances des Etats-Unis, qu'il avait fustigé leur politique étrangère et décidé de suivre ses propres convictions. Sa conscience était son seul guide. Lui seul était capable de se dresser devant le reste du monde et de crier au fou. Quand il disait que la libre entreprise était intolérable sans un minimum d'éthique, on l'écoutait. Les charmes de la libre entreprise ne suffisent pas, disait-il : Nous avons besoin de *sens* moral, nous devons savoir où nous voulons aller, et comment y aller. » La voix de Fielding se cassa. Il avala sa salive. « C'est cela que je voulais signifier en disant que cet homme ne devait pas mourir.

— Pourtant, il est mort », fit Janson.

Fielding se balançait doucement d'avant en arrière, comme s'il flottait sur la mer. Il garda le silence pendant quelques instants puis ouvrit tout grand ses yeux bleu pâle. « Le plus étrange c'est qu'on n'ait entendu parler de rien – ni de son enlèvement, ni de son assassinat. C'est tellement étrange. Vous m'avez exposé les faits, mais sans rien expliquer. » Fielding se tourna vers les cieux voilés qui dominaient la splendeur sans âge de la cour. Les nuages bas pesaient sur les gros pavés en pierre de Portland : un paysage épargné par les siècles.

« J'espérais que vous seriez en mesure de m'aider, avoua Janson. Qui voulait la mort de Novak ? Telle est la question que je me pose. »

Le professeur secoua lentement la tête. « Hélas, il faudrait plutôt se demander qui ne voulait pas sa mort. » Janson vit que le vieux professeur réfléchissait intensément ; son regard clair devenait fixe, son visage tendu. « J'exagère, bien sûr. Peu de mortels ont plus que lui mérité l'amour et la gratitude de leurs semblables. Et pourtant. Pourtant. *La grande benevolenza attira la grande malevolenza,* comme l'a écrit Boccace : la grande bienveillance attire toujours la grande malveillance.

— Si vous éclairiez un peu ma lanterne, voulez-vous ? Vous venez de dire "Ils" – "ils" auront gagné. Qu'entendez-vous par là ?

— Connaissez-vous les origines de Novak ?

— Mal. Il a grandi en Hongrie durant la guerre.

— C'était un homme à la fois très privilégié et très défavorisé. Son village natal a été rayé de la carte au cours d'une bataille opposant les armées d'Hitler et de Staline. Il fut l'un des rares survivants. Le père de Novak était un aristocrate magyar relativement obscur qui faisait partie du gouvernement de Miklos Kallay, dans les années 40. Quand il démissionna, les gens racontèrent qu'il avait peur pour sa sécurité et celle de son fils. Il s'était fait des ennemis, des gens qui, selon lui, essaieraient de se venger de lui en s'en prenant à sa descendance. Le vieil aristocrate était peut-être paranoïaque mais, comme dit le proverbe, même les paranoïaques ont des ennemis.

— Ça remonte à plus d'un demi-siècle. Qui aujourd'hui pourrait encore se soucier de ce que son père trafiquait dans les années 40 ? »

Fielding lui lança un regard sévère, celui qu'un universitaire poserait sur un étudiant trop naïf. « Apparemment, vous connaissez mal la Hongrie, lâcha-t-il. C'est dans ce pays qu'on rencontre ses plus fervents admirateurs, et ses plus farouches ennemis. Et puis, bien sûr, il y a dans le monde des millions de personnes qui se sentent lésées par les succès que Peter Novak a connus dans le domaine de la finance. Dans le Sud-Est asiatique, beaucoup de petites gens lui reprochent de manipuler la monnaie nationale et les démagogues qui les dirigent entretiennent leur rancœur.

— Mais il ne s'agit que d'accusations dépourvues de fondement, n'est-ce pas ?

— Novak est peut-être le plus grand spéculateur de l'histoire, mais personne n'a dénoncé cette pratique de manière plus éloquente que lui. Il a fait pression pour que les politiques d'unification des cours rendent ce genre de manœuvres financières impossible – on ne peut pas dire qu'il ait prêché pour sa paroisse. C'est même carrément le contraire. Bien sûr, certains diront que la bonne vieille Angleterre en a bien bavé à cause de lui, voilà quelques années. Vous vous souvenez de ce qui s'est passé dans les années 80. Cette grande crise monétaire. Tout le monde se demandait quels gouvernements européens allaient baisser leurs taux. Novak lui-même s'est lancé dans la spéculation en risquant des milliards sur une simple intuition. Il pensait que la Grande-Bretagne allait laisser plonger la livre sterling. C'est ce qui s'est passé et l'Electra Fund de Novak a presque triplé. Un coup de génie ! Notre Premier ministre d'alors a demandé au MI6 de fourrer son nez là-dedans. A la fin, l'expert chargé de l'enquête a déclaré au

Daily Telegraph que – je cite de mémoire – "la seule loi que ce type ait enfreinte est la loi des moyennes". Bien sûr, quand le ringgit malaisien a fait le plongeon et que Novak a profité de cette nouvelle aubaine, les politiciens ne l'ont pas très bien pris. De nouveau, les démagogues ont sauté sur l'occasion pour vilipender les manipulations d'un mystérieux étranger œuvrant dans l'ombre. Aussi quand vous me demandez qui aimerait le voir mort, je dois vous répondre que la liste est longue. Il y a la Chine : cette bande de gérontocrates craint par-dessus tout la "démocratie dirigée" qui est la base des travaux de la Liberty Foundation. Ils n'ignorent pas que Novak considère leur pays comme une terre à conquérir, pour la démocratie. Et ils sont fortement opposés à cette idée. En Europe orientale, il y a toute cette clique de nababs, d'anciens dignitaires communistes qui ont mis le grappin sur les industries "privatisées". Les campagnes anticorruption menées par la Liberty Foundation ont semé le désordre dans leur petit système bien huilé et ils ont juré de réagir. Je le répète, on ne peut rien accomplir de bien sans piétiner quelques plates-bandes – surtout chez ceux qui profitent des inimitiés ancestrales et de la corruption systématique. Vous me demandez qui j'entends par "ils" ? Moi je vous réponds que ce mot générique en vaut bien un autre. »

Fielding faisait des efforts visibles pour rester assis bien droit, pour se composer une attitude et empêcher ses lèvres de trembler.

« Vous faisiez partie de son brain-trust, dit Janson. Comment ça se passait ? »

Fielding haussa les épaules. « Il me consultait de temps à autre. Nous discutions au téléphone une fois par mois, disons. Et nous nous rencontrions quelque chose comme une fois l'an. En réalité, il aurait pu m'en apprendre bien plus que moi je ne lui en ai appris. Mais c'était quelqu'un qui savait écouter. En lui, il n'y avait pas une ombre de dissimulation, sauf peut-être en ce qui concernait son savoir. Il s'inquiétait toujours des conséquences de l'intervention humanitaire. Il voulait être certain que ses actions ne débouchent pas sur une plus grande souffrance – on sait bien que le fait d'aider des réfugiés contribue parfois à renforcer le régime qui les persécute. On ne peut pas toujours tomber juste, il en était conscient. En fait, il disait toujours qu'il fallait se méfier des certitudes. C'était son credo. Tout ce qu'on sait doit être remis en question, à tout moment, et abandonné si nécessaire. »

Filtrant à travers les nuages, le soleil de midi luisait au-dessus de la chapelle de la faculté. De longues ombres indistinctes commencèrent à se profiler. Janson était venu jusqu'ici dans l'espoir de rétrécir le champ des suspects ; Fielding était en train de lui démontrer combien il était vaste.

« Vous dites que vous le rencontriez de temps à autre, reprit Janson.

— C'était un homme qui avait ses habitudes. Pas vraiment un reclus. Plutôt un nomade. Un péripatéticien à la manière d'Epicrate d'Héraclée, le philosophe grec.

— Mais le siège social de la Fondation se trouve bien à Amsterdam.

— 1123 rue Prinsengracht. Les gens qui travaillent là-bas ont inventé une blague douce-amère : "Quelle est la différence entre Dieu et Novak ? Dieu est partout. Novak est partout sauf à Amsterdam." » Il cita cette plaisanterie rebattue sans aucune trace d'humour.

Janson fronça les sourcils. « Novak avait d'autres conseillers, j'imagine. Ces savants dont les noms n'étaient jamais mentionnés dans les médias. L'un d'entre eux pourrait détenir une information intéressante – sans même le savoir. On dirait que la Fondation a fermé les écoutilles – je n'arrive à joindre personne, je n'ai pu parler à quiconque susceptible de me renseigner. Voilà l'une des raisons pour lesquelles je suis ici. J'ai besoin d'entrer en contact avec les proches collaborateurs de Novak. Quelqu'un ayant appartenu pendant un temps au saint des saints. Je ne peux exclure l'idée que Novak ait été supprimé par une personne ou des personnes de son proche entourage. »

Fielding leva un sourcil. « Vous pourriez dire la même chose des personnes gravitant, ou ayant gravité, dans votre proche entourage.

— Que suggérez-vous ?

— Quand vous m'avez m'interrogé sur les ennemis de Peter Novak, je vous ai répondu qu'il y en avait partout. Permettez-moi donc d'aborder un sujet délicat. Avez-vous vraiment confiance en votre gouvernement ? » Dans la voix de Fielding, on sentait le fer sous le velours.

« Vous ne parlez pas sérieusement ! » répliqua Janson d'un ton sec. Il savait que Fielding, en tant qu'habitué du légendaire Tuesday Club, avait l'habitude d'aborder ce sujet avec ses éminents confrères.

« Je me pose des questions, c'est tout, précisa Fielding sans s'énerver. Il est même possible que vos anciens collègues des Opérations consulaires soient impliqués dans cette sombre affaire. »

Janson tressaillit : les spéculations du professeur avaient touché un point névralgique ; cette éventualité, bien que tirée par les cheveux, n'avait cessé de le hanter depuis son passage à Athènes. « Mais pourquoi ? Comment ? » demanda-t-il.

Était-ce envisageable ?

Fielding, mal à l'aise, s'agita sur son siège dont il effleura du bout des doigts le bois laqué noir. « Je n'affirme rien. Je ne suppose même pas. Je m'interroge. Réfléchissez, toutefois. Peter Novak était devenu plus puissant que la plupart des nations souveraines. Il a donc pu, sciemment ou pas, saboter quelque opération clé, compromettre quelque plan, menacer quelque secteur réservé de l'administration, exaspérer tel ou tel puissant acteur... » Fielding fit un geste de la main, comme pour évoquer une multitude d'éventualités. « Un stratège américain a peut-être pris ombrage de sa puissance et vu en lui une menace en raison même de son indépendance au sein de la scène politique internationale ? »

Les spéculations de Fielding étaient trop pertinentes pour le rassurer. Marta Lang avait rencontré des gens très haut placés au Département d'Etat et ailleurs. L'avaient-ils poussée à engager Janson ; il savait que le gouvernement américain avait mis du matériel et des armes à la disposition des collaborateurs de Lang. Cette dernière avait dû leur promettre le secret, car certaines « considérations politiques » étaient en jeu, considérations auxquelles elle avait fait allusion devant lui, non sans ironie. Janson n'avait pas besoin de savoir d'où provenait le matériel ; quant à Lang, elle n'avait aucune raison de ne pas tenir la promesse qu'elle avait faite aux fonctionnaires américains. Mais qui étaient ces fonctionnaires ? On ne lui avait cité aucun nom ; on lui avait simplement dit que ces gens le connaissaient, directement ou pas. Il devait s'agir des Opérations consulaires. Ensuite, il y avait eu ces transferts problématiques sur son compte aux îles Caïmans ; Janson avait d'abord cru que ses anciens employeurs les ignoraient mais il savait bien que le gouvernement américain, lorsqu'il le souhaitait, pouvait exercer de subtiles pressions sur les institutions bancaires outre-mer. Surtout quand un citoyen américain trempait dans l'affaire. Aucune institution n'était mieux placée pour fourrer son nez dans ses comptes personnels que les grands manitous des services secrets américains. Janson n'avait pas oublié la rancœur et l'hostilité ayant entouré son départ. Il connaissait les réseaux, les procédures encore en vigueur et, de ce fait, représentait une menace potentielle.

Était-ce possible ?

Comment avait-on ourdi ce complot ? Quelques brillants tacticiens avaient-ils sauté sur cette occasion en or ? Pour faire d'une pierre deux coups : se débarrasser de l'encombrant milliardaire tout en faisant porter le chapeau à l'ex-agent réfractaire ? Mais pourquoi n'avaient-ils pas laissé les extrémistes kagamas mettre leur plan à exécution ? C'eût été si simple, et si pratique : s'en remettre à ces fanatiques. Sauf que...

Une vieille cloche de cuivre fit entendre son carillon assourdi : quelqu'un attendait à la porte de derrière, celle menant à l'antichambre jouxtant le bureau du maître.

La sonnerie sortit Fielding de ses ruminations. Il se leva. « Excusez-moi une minute – je reviens tout de suite, dit-il. Ce malheureux étudiant tombe bien mal. Mais c'est ainsi. »

L'organigramme se ramifiait. Sur une branche, les Etats-Unis ne font rien, le monde ne fait rien et Novak est tué. Les diplomates et les fonctionnaires que Marta Lang a consultés font valoir les dangers d'une intervention américaine. Mais l'inaction comporte des risques elle aussi – des risques d'ordre politique. Malgré les oppositions évoquées par Fielding, Peter Novak restait un personnage vénéré par la plupart des habitants de la planète. Sa mort risquait de susciter des questions embarrassantes : l'homme de la rue se demanderait pourquoi les Etats-Unis avaient refusé de porter secours à ce grand humaniste au moment où il avait tant besoin d'eux. La Liberty Foundation pouvait accuser haut et fort les Etats-Unis d'avoir précipité la perte de Novak se gardant d'intervenir. Janson voyait d'ici le déluge d'auditions au Congrès, les reportages télévisés, les articles indignés qui ne manqueraient pas de s'ensuivre. Le vieux proverbe ferait le tour du pays : *Pour que le mal triomphe, il suffit que les hommes de bien se tournent les pouces.* Le scandale qui en résulterait anéantirait de nombreuses carrières. Ceux qui, en ne décidant rien, avaient cru marcher sur du velours, se retrouveraient soudain sur un chemin jonché de verre pilé.

Mais il y avait peut-être une *autre* explication.

La Liberty Foundation, fidèle à ses habitudes, fonce seule sur l'ennemi, en constituant un commando international pour tenter d'arracher le prisonnier aux griffes de ses geôliers. Alors tant pis pour eux si les choses tournent mal. Certains fonctionnaires du Département d'Etat laisseront « filtrer » quelques informations auprès des journalistes qui s'empresseront de rapporter leurs paroles sans citer leurs sources : *Nous avons proposé notre aide, mais les collaborateurs de Novak l'ont repoussée. Apparemment, ils craignaient de ternir leur aura d'indépendance. Le secrétaire d'Etat est bien entendu consterné par ce qui s'est passé – nous le sommes tous. Mais comment voulez-vous tendre la main à des gens qui refusent catégoriquement de la saisir ? Ont-ils fait preuve d'arrogance ? On est en droit de l'affirmer. En fait, l'arrogance est un défaut propre à la Liberty Foundation. Un défaut qui lui a été fatal.* Uniquement préoccupés par le scoop, les journalistes – du *New York Times*, du *Washington Post* et des diverses agences de presse – câbleront les dépêches à leurs rédactions en y mêlant de manière subtile quelques renseignements pêchés auprès de sources ultra-secrètes. *Selon des sources bien informées, les offres d'assistance auraient été repoussées...*

Janson ne savait plus que penser. Ce scénario catastrophe était-il autre chose qu'un fantasme, une regrettable fiction ? Comment savoir ? Il ne *pouvait* pas savoir – pas encore. Une seule chose était sûre : aucune possibilité n'était à écarter.

Fielding avait parlé d'une minute ; il réapparut au bout de trois en refermant soigneusement la porte derrière lui. Quelque chose en lui avait changé.

« L'étudiant susmentionné, déclara-t-il d'une voix aigrelette. Hal, le Cas désespéré. Il s'escrime à dénouer un raisonnement de Condorcet et je n'arrive pas à lui faire comprendre que, chez Concorcet, ce sont justement les nœuds qui sont intéressants. »

Un frisson parcourut l'échine de Janson. Le maître ne se comportait plus de la même façon – il parlait sur un ton cassant totalement nouveau, et un léger tremblement agitait ses mains. De toute évidence, son ex-professeur venait de subir une forte contrariété.

Le vieil homme se dirigea vers un pupitre où reposait un gros dictionnaire. Mais pas n'importe lequel. Janson reconnut le premier volume du dictionnaire de Samuel Johnson, une édition rare datant de 1759. Sur le dos, on apercevait les lettres *A-G* gravées à l'or fin. Quand Fielding habitait Neville Court, cet ouvrage ornait déjà ses étagères.

« Je veux juste vérifier une chose », dit-il. Sous le ton badin, Janson perçut une tension. Autre que celle induite par la nouvelle qu'il venait de lui annoncer. Il s'agissait d'autre chose. De la frayeur. De la défiance.

Ses manières étaient étranges : ce léger tremblement, ce ton cassant – et ? Encore autre chose. Mais quoi ?

A présent, Angus Fielding évitait son regard : c'était cela. Certaines personnes ne vous regardent jamais dans les yeux. Fielding, lui, n'était pas ainsi. Quand il parlait, il recherchait le contact visuel, comme pour mieux communiquer sa pensée. Presque involontairement, Janson glissa une main derrière lui.

Il observait Fielding, comme hypnotisé. Le vieil homme lui tournait le dos. Il ouvrit le gros volume et – *non, c'était incroyable.*

Le maître de Trinity College pivota sur ses talons. A présent il lui faisait face, un petit pistolet dans sa main tremblante. Juste derrière lui, Janson vit le trou creusé dans le vélin du dictionnaire. La cachette de l'arme que son vieux professeur était en train de pointer vers lui.

« Quelle est la véritable raison de votre visite ? » demanda Fielding.

Lorsque enfin leurs regards se croisèrent, Janson fut atterré par ce qu'il lut dans les yeux de son ancien maître : une rage meurtrière.

« Novak était un homme bon », dit Fielding d'une voix frémissante. L'érudit semblait très loin. « Un grand homme. Et je viens d'apprendre que c'est vous qui l'avez tué. »

CHAPITRE 13

L E vieux professeur baissa un instant les yeux et eut un hoquet de surprise. Car Janson, lui aussi, tenait une arme – celle que, d'un mouvement fluide, il avait sortie d'un étui placé dans son dos, au moment où son inconscient enregistrait ce que son esprit se refusait à accepter.

Sans un mot, Janson releva le cran de sûreté de son arme au canon retroussé. Pendant quelques longues secondes, les deux hommes restèrent l'un en face de l'autre sans rien dire.

Le mystérieux visiteur de Fielding était tout sauf un étudiant en histoire économique. « Le volume A à G, dit Janson. Très commode. A comme arme, G comme gâchette. Et si vous reposiez cette pièce de musée ? Elle ne sert pas à grand-chose. »

L'économiste renifla. « Pour que vous me tuiez moi aussi ?

— Oh, pour l'amour du Ciel, Angus ! répliqua Janson. Servez-vous de ce cerveau si remarquable qui est le vôtre. Vous ne saisissez donc pas l'absurdité de la chose ?

— Foutaises. Ce que je vois c'est qu'on vous a envoyé ici pour me circonvenir – dans le but d'éliminer ceux qui vous connaissent trop bien. "Une machine à tuer" – c'est ce qu'on dit à votre sujet, une épithète homérique très appréciée par l'un de vos superviseurs. Eh oui, j'ai gardé des relations avec mes homologues américains. Mais jusqu'à présent, je n'avais jamais ajouté foi à cette description peu flatteuse. Votre ruse me laisse admiratif et pourtant j'ai fait partie du Footlights [1]. Vous savez, vous simulez vraiment bien. Vous m'avez eu. Je n'ai pas honte de le dire.

— Tout ce que je voulais savoir c'était...

— ... où trouver les anciens collègues de Peter – afin de les éliminer, eux aussi ! gronda le vieux professeur. Le "cercle restreint", comme vous disiez. Et une fois cette information obtenue, vous auriez atteint votre but : réduire à néant la mission de Peter sur cette planète. » Il sourit, d'un sourire terrible, épouvantable, découvrant ses

---

1. Prestigieuse compagnie théâtrale basée à Cambridge. (N.d.l.T.)

dents jaunes et mal plantées. « Je suppose que j'aurais dû apprécier votre astuce quand vous m'avez demandé qui j'entendais par "ils" et "eux". Mais, évidemment, "ils" et "eux" sont les gens pour lesquels vous travaillez.

— Vous venez de parler à quelqu'un – dites-moi qui ! » s'écria Janson sous le coup de la fureur et de la confusion. Ses yeux se posèrent de nouveau sur l'arme pointée par le fameux professeur, un pistolet Webley .22, le plus petit, le plus escamotable de ceux qu'utilisaient les agents des services secrets britanniques, au début des années 60. « Qui donc, sacré bon sang ?

— Vous voudriez bien le savoir. Pour rajouter un nom sur votre liste sanglante.

— Ecoutez-vous parler, Angus. C'est de la folie pure ! Pourquoi aurais-je...

— C'est la nature même des opérations de nettoyage, n'est-ce pas ? Elles ne sont jamais tout à fait terminées. Il y a toujours un fil qui pend et qu'on doit nouer – ou sectionner.

— Bon Dieu, Angus ! Vous me connaissez.

— Vraiment ? » Ce dialogue de sourds se poursuivit sans que ni l'un ni l'autre renonçât à viser son interlocuteur. « En fait, je me demande qui peut bien connaître votre vrai visage ? » Malgré le ton faussement détaché du professeur, on percevait sa peur et son dégoût. Ce n'était pas un rôle de composition : Angus Fielding semblait convaincu que Janson était devenu un renégat doublé d'un assassin.

Et Janson n'avait aucun argument à lui opposer.

A quoi se résumaient les faits, après tout ?

Janson était le seul témoin de la disparition de Novak, le seul responsable de l'opération ayant entraîné la mort du grand homme. Des millions de dollars avaient été virés sur son compte d'une manière inexplicable, ou trop explicable. On avait éliminé Novak pour préserver de puissants intérêts, la chose était claire ; était-il concevable – ou même envisageable – que les détenteurs de ces puissants intérêts aient pu avoir l'idée de recruter quelqu'un comme Janson, un ex-agent secret revenu de tout mais possédant toutefois un savoir-faire incontestable ?

Un expert en psychologie aurait tracé son profil en deux minutes : il avait connu la trahison, la violence. Jusqu'où le traumatisme plongeait-il ses racines ? Risquait-il de resurgir un jour ? Ses employeurs n'avaient jamais fait allusion à cette éventualité, mais ils y songeaient ; il l'avait vu dans leur regard. Les tests de personnalité qu'on lui avait fait subir de manière régulière – le Myers-Briggs, le test d'aperception thématique, le profil de personnalité Aristos – étaient conçus pour déceler la moindre fêlure mentale. *Vous êtes un virtuose de la violence* : la déclaration glaciale de Collins. Les grands organisateurs se méfiaient de cette virtuosité que ses employeurs appréciaient en lui. Tant qu'il restait sage, tel une grosse pièce d'artillerie vissée au sol et pointée vers l'ennemi, il était une manne ; mais le risque demeurait qu'il se retourne contre ceux qui l'avaient formé, ses propres supérieurs ; et le danger qu'il représentait résidait surtout dans sa mémoire.

Un souvenir vieux de dix ans lui revint, un parmi une douzaine d'autres noyés dans le brouillard de l'oubli. *C'est un chien d'attaque qui s'est débarrassé de sa laisse. Il faut le supprimer.* On lui donnait un dossier, des noms, des directives, des limites à ne pas franchir – une liste à mémoriser et à jeter dans le broyeur. Les intérêts en jeu étaient trop grands pour qu'on les dévoile devant la cour martiale ou qu'on enclenche une « procédure disciplinaire » : l'agent avait déjà causé la mort de plusieurs de ses collègues, de braves types. On allait rompre le contrat en lui logeant une balle de petit calibre dans la nuque ; on retrouverait son corps dans le coffre d'une voiture appartenant à un parrain de la mafia russe lui-même récemment décédé dans des circonstances plus ou moins sordides. Aux yeux du monde, si tant est que le monde s'y intéresse, la victime ne serait rien de plus qu'un homme d'affaires américain venu à Moscou dans le but de jouer un tour de cochon à ses partenaires de la *mafiya*. Un jeu dangereux qu'il avait payé de sa vie.

Un chien d'attaque qui se débarrasse de sa laisse doit être abattu : c'était le protocole d'action standard institué par les Opérations consulaires. Janson – qui avait souvent joué le rôle d'exécuteur des basses œuvres – savait cela mieux que quiconque.

Il choisit soigneusement ses mots. « Il n'y a rien que je puisse dire pour dissiper vos soupçons, Angus. Je ne sais pas qui vient de vous contacter, donc je ne peux contester la crédibilité de votre source. Malgré tout, je trouve hallucinant qu'on ait réussi à vous transmettre le message aussi rapidement. Je trouve hallucinant qu'en quelques mots, ils aient pu vous persuader de braquer une arme sur un homme que vous connaissez depuis des années, qui a été votre protégé et votre ami.

— Quelqu'un a dit à Mme de Staël : "Vous êtes implacablement correcte. Plus implacable que correcte." » Fielding eut un sourire malsain. « N'essayez pas de bâtir une argumentation. Nous ne sommes pas en travaux dirigés. »

Janson examina le visage du vieil érudit ; il avait peur, son ancien disciple ayant plus d'un tour dans son sac. Mais, sur ses traits, il vit aussi vaciller l'ombre d'un doute – Fielding n'était pas tout à fait sûr de ne pas se tromper. Tout ce qu'on sait doit être continuellement remis en question, revu de manière critique. Abandonné si nécessaire. Les deux armes de petit calibre continuaient à se faire face comme dans un miroir.

« Vous aviez coutume de dire que si les batailles universitaires sont si féroces c'est que leur enjeu est insignifiant. » Janson se sentait étrangement calme. « Je suppose que les choses changent. Mais comme vous le savez, Angus, j'ai failli me faire assassiner de nombreuses fois au cours de ma vie. Parfois c'était pour de bonnes raisons – en tout cas, pour des raisons compréhensibles. Mais la plupart du temps, c'était pour de mauvaises raisons. Quand vous vous trouvez sur le terrain, vous ne réfléchissez pas trop aux tenants et aux aboutissants. Mais ensuite si. Lorsqu'on blesse quelqu'un, on espère toujours que c'est pour une bonne raison. Je ne sais pas précisément ce qui se passe, mais je suis certain qu'on vous a menti, Angus. Et donc, j'ai beaucoup de mal à vous en vouloir. Mon Dieu, Angus, regardez-vous. Regardez ce pistolet. Est-ce que ça vous ressemble ? Et moi, de quoi ai-je l'air ? Ils ont réussi à nous dresser l'un contre l'autre, à nous faire oublier qui nous sommes. » Il secoua la tête d'un air abattu. « Vous avez l'intention d'appuyer sur cette détente ? Dans ce cas, vérifiez au préalable que vous ne commettez pas d'erreur. Qu'en dites-vous, Angus ? Etes-vous vraiment sûr de vous ? J'en doute.

— Vous avez toujours eu une certaine propension à vous lancer dans des suppositions. Attitude fort téméraire.

— Allons, Angus, poursuivit Janson d'un ton vif mais sans colère. Que disait Oliver Cromwell ? "Je vous implore, par les tripes du Christ, de vous considérer comme faillible." » Il répéta la vieille citation d'un air désabusé.

« J'ai toujours trouvé ces paroles incongrues, dit Fielding, dans la bouche d'un homme incapable de se remettre en question, fût-ce pour le bien de son pays. »

Sans rompre le contact visuel, Janson tendit la main qui tenait l'arme, déplia les doigts en ouvrant la paume pour montrer à Fielding que son pistolet n'était plus une menace mais une offrande. « Si vous avez l'intention de me tirer dessus, prenez mon arme. Je crains que votre vieille pétoire ne soit hors d'usage. »

Les mains de Fielding tremblaient de plus en plus. Le silence était presque insupportable.

« Prenez ! » insista Janson d'un ton courroucé.

Le maître de Trinity était blême, tiraillé entre deux sentiments. Celui qu'il portait au grand philanthrope et celui qu'il ressentait encore pour son ancien disciple. Janson ne lisait pas grand-chose d'autre sur ce visage ravagé.

« Que Dieu ait pitié de votre âme », finit-il par lâcher en baissant son arme. Ces paroles tenaient à la fois de la bénédiction et de l'imprécation.

Au Meridian Center, quatre hommes et une femme étaient assis autour d'une table. Leurs secrétaires respectifs leur avaient pris divers rendez-vous afin de combler cette plage horaire. L'un était censé se rendre chez son coiffeur, l'autre assister à un récital de piano dans l'école de son fils ; un autre encore s'était soi-disant décidé à consulter son dentiste. Si jamais on s'avisait de fourrer son nez dans les registres et les éphémérides, on n'y verrait que du feu. La routine, les obligations personnelles et familiales auxquelles même les hauts fonctionnaires de l'Etat n'échappaient pas. Leurs vies étaient bien remplies, mais la crise était là, coincée entre leurs diverses responsabilités. C'était ainsi. Le programme Mobius avait changé le monde ; si des gens mal intentionnés en découvraient l'existence, le monde courrait à sa perte.

« Il serait exagéré d'envisager le pire », dit la conseillère pour la Sécurité nationale, une femme noire au visage rond, impeccablement habillée, en ouvrant de grands yeux inquisiteurs. C'était la première rencontre de cette sorte à laquelle assistait Charlotte Ainsley depuis le début de la crise, mais le directeur adjoint de la NSA, Sanford Hildreth, ne l'avait contactée que tout récemment.

« Voilà une semaine, j'aurais dit la même chose », répliqua Kazuo Onishi, l'ingénieur système. Dans le monde strictement hiérarchisé des bureaucrates de Washington, des gens comme la présidente du Conseil pour la Sécurité nationale et le génial informaticien de la CIA étaient séparés par plusieurs échelons. Mais l'absolue confidentialité du programme Mobius, alliée à la crise qu'il connaissait à ce jour, avait donné naissance à une micro-démocratie artificielle : la fraternité liant des rescapés dans un canot de sauvetage. Tout le monde se retrouvait au même niveau, aucune opinion ne prévalait sur une autre ; seule prédominait la force de persuasion.

« Le réseau embrouillé que nous sommes en train de tisser..., commença Sanford Hildreth, l'homme de la NSA.

— Epargnez-nous vos discours, répliqua le directeur adjoint de la DIA, Douglas Albright, en posant ses avant-bras musclés sur la table. Que savons-nous ? Qu'avons-nous appris de nouveau ?

— Il a disparu, dit Sanford Hildreth tout en se massant le front entre le pouce et l'index. Janson nous a filé entre les pattes.

— Impossible ! s'écria le représentant de la DIA, en se renfrognant.

— Vous ne le connaissez pas, intervint Derek Collins, sous-secrétaire d'Etat et directeur des Opérations consulaires.

— On n'avait vraiment pas besoin de ça, Derek, repartit Albright. C'est un golem, ce type – vous savez ce que c'est, un golem ? Ma grand-mère en parlait souvent. Une poupée d'argile investie de pouvoirs maléfiques qui se transforme en monstre. La version juive de Frankenstein.

— Un golem, répéta Collins. Intéressant. Mais nous savons tous que le golem qui nous préoccupe n'est pas Janson. »

Le silence s'abattit sur les super-espions.

« Sauf votre respect, intervint Sanford Hildreth, je pense qu'il faut tout reprendre à la base. Le programme est-il en passe d'être révélé ? Et si oui, le sera-t-il par Janson ?

— Comment avons-nous fait pour nous fourrer dans un tel pétrin ? » Albright poussa un énorme soupir.

« C'est toujours la même histoire, dit la conseillère pour la Sécurité nationale. On croit s'être fait baiser, alors qu'en fait on est bel et bien en train de se faire baiser. » Ses yeux bruns passèrent sur les visages des autres occupants de la pièce. « On a peut-être raté un truc – si on revoyait les rapports concernant ce type ? proposa-t-elle. Juste les points essentiels.

— Paul Elie Janson, dit Collins, les yeux voilés par ses lunettes en plastique noir. A grandi à Norfolk, Connecticut, a étudié à Kent School. Sa mère est née en ex-Tchécoslovaquie sous le nom de Anna Klima. A travaillé comme traductrice littéraire puis s'est rapprochée de certains écrivains dissidents. A profité d'un voyage chez un cousin à New Haven pour rester aux Etats-Unis. A écrit des poèmes en tchèque et en anglais, dont deux ont paru dans *The New Yorker*. Alec Janson occupait des fonctions de directeur dans une compagnie d'assurances. Est devenu vice-président du Dalkey Group avant de mourir. En 1969, Paul quitte l'université du Michigan sans passer son diplôme et s'engage dans les Marines. On lui découvre des dons pour la tactique et le combat et on le transfère dans les SEAL. La plus jeune recrue ayant jamais bénéficié de cette formation. Assigné à un service de contre-espionnage. Son parcours suit une courbe exponentielle.

— Attendez une minute, le coupa l'homme de la DIA. Un oiseau rare, ce gars – pourquoi a-t-il rejoint l'équipe des Douze Salopards ? Son profil ne correspond pas.

— Janson n'a jamais correspondu à aucun profil. C'est l'histoire de sa vie, répondit Derek Collins avec un soupçon d'aigreur. Vous voulez que je vous lise les rapports du psy ? Est-il en rébellion contre son père – ils n'étaient pas très proches ? Contre son oncle tchèque dont on lui rebattait les oreilles : un héros de la résistance, un partisan qui combattait les nazis dans les ravins et les forêts de Sumava ? Papa Janson était un sacré numéro, lui aussi. Le vieil Alec avait servi dans les Marines pendant la Seconde Guerre mondiale. Fusilier marin. Ce qui ne l'a pas empêché de réussir dans les affaires par la suite. Disons seulement que le petit Paul, fils de famille ou pas, avait de qui tenir. En plus, vous savez ce qu'on dit – la bataille de Waterloo a été remportée sur les terrains de jeu d'Eton. A moins que ce profil-là ne corresponde pas non plus. Hein, Doug ? »

L'analyste de la DIA piqua un fard. « J'essaie seulement de saisir pourquoi ce Janson a réussi à déjouer tous les pièges. Pourtant, on avait sorti la grosse artillerie, et la CIA ne l'a pas lâché d'une semelle. C'est l'homme invisible, ce type.

— Nous avons été pris de court – cette opération a démarré sur les chapeaux de roues ; nos gars n'ont eu que quelques minutes pour se préparer », fit remarquer Clayton Ackerley, le gestionnaire des Opérations à la CIA. Il avait de fins cheveux roux, des yeux bleu délavé et son bronzage commençait à s'estomper. « Etant donné les circonstances, je suis sûr qu'ils ont fait de leur mieux.

— Il y a un temps pour tout, intervint Charlotte Ainsley avec un regard sévère d'institutrice. Et le moment des récriminations n'est pas encore venu. Allez-y, Derek. Continuez à nous dresser son portrait.

— Il a servi dans l'équipe quatre des SEAL. On lui a décerné la Navy Cross dès son premier tour de garde », poursuivit le sous-secrétaire d'Etat. Son regard tomba sur une fiche jaunie sortie du dossier. Il la fit passer.

Remarques du service d'évaluation
20 novembre 1970
Les performances du cadet Janson au sein du détachement spécial A-8 joint aux SEAL ont été remarquables. Son jugement, ses connaissances tactiques, son inventivité et son imagination lui ont permis d'organiser des opérations surprise contre les unités, la guérilla et les installations ennemies, tout en minimisant les pertes. Le cadet Janson a fait preuve d'une extraordinaire faculté d'adaptation aux données de terrain. Il ne semble pas souffrir des rigueurs imposées par la vie militaire. En tant qu'officier, il a fait montre d'un don naturel pour le commandement : il n'exige pas simplement le respect de ses hommes, il en bénéficie de manière spontanée.
Lieutenant Harold Brady, officier d'évaluation

Le lieutenant cadet Janson fait preuve d'un très fort potentiel : son savoir-faire sur le terrain et sa faculté d'improviser dans des conditions défavorables sont rien moins qu'hallucinants. Je compte le suivre de près pour déterminer si ce potentiel se réalise pleinement.
Lieutenant-colonel ▪▪ ▪▪▪▪▪▪▪ officier superviseur

« Je pourrais vous en lire des douzaines du même acabit. Ce gars-là ne s'arrête jamais, il passe son temps au combat. Puis un grand blanc. Difficile de dire ce qui s'est passé pendant qu'il était prisonnier de guerre. Capturé au printemps 1971 par le Viêt-cong. Détenu dix-huit mois, dans des conditions épouvantables.

— Ça vous ennuie de préciser ? s'enquit Charlotte Ainsley.

— Torturé, à plusieurs reprises. Affamé. Ils le gardaient enfermé dans une cage – pas une cellule, une cage, comme une cage à oiseaux, un mètre quatre-vingts de haut, un mètre vingt de large, à peu près. Quand nous l'avons retrouvé, il pesait quarante-deux kilos. Il était devenu si squelettique qu'un jour, ses menottes ont glissé de ses chevilles. Il a fait trois tentatives d'évasion. La dernière fut la bonne.

— Ce genre de traitement était-il monnaie courante ?

— Non, dit le sous-secrétaire. Mais une telle ténacité, un tel art de l'évasion ne l'étaient pas non plus. Ses geôliers savaient qu'il appartenait au contre-espionnage, aussi se sont-ils évertués à lui soutirer des renseignements. Malheureusement pour eux, ils n'ont rien obtenu. Et par chance, il s'en est sorti. Une sacrée chance.

— Vous parlez d'une chance. Dix-huit mois de captivité au Viêtnam !, s'exclama la conseillère pour la Sécurité nationale.

— Eh bien, voyez-vous, c'est là que les choses se compliquent. Janson était persuadé qu'on l'avait donné. Que le Viêt-cong avait reçu des informations sur son compte et qu'on l'avait délibérément envoyé au casse-pipe.

— Donné ? Par qui ? répliqua vivement Ainsley.

— Son officier supérieur.

— Dont l'opinion sur son cher protégé semblait s'être légèrement refroidie entre-temps ». En feuilletant les pages, elle arriva à la dernière feuille intitulée REMARQUES DE L'OFFICIER D'EVALUATION et lut à haute voix :

> *Bien que les qualités professionnelles du lieutenant Janson restent impressionnantes, des difficultés ont commencé à se faire jour dans sa manière de concevoir le commandement : lors d'exercices d'entraînement mais aussi au cours de manœuvres sur le terrain, il a omis d'exiger de ses subordonnés un niveau de compétences similaire. Il a ignoré des défauts évidents. Il semble plus préoccupé par le bien-être de ses hommes que par leur capacité à atteindre l'objectif des missions qui leur sont confiées. Sa loyauté envers eux prévaut sur son devoir d'officier, qui consiste à servir des objectifs militaires plus larges, objectifs fixés par ses officiers supérieurs.*

« Si on lit entre les lignes, dit Collins, on comprend que le refroidissement était inévitable.

— Pourquoi ?

— Parce que Janson a menacé son supérieur d'en rapporter au haut commandement. Pour crimes de guerre.

— Pardonnez-moi, mais ça m'échappe. Que s'est-il donc passé ? Le jeune dieu de la guerre est-il devenu paranoïaque tout à coup ?

— Non. Ses soupçons étaient fondés. Une fois rentré au pays, et après être sorti de l'hôpital, il s'est mis à faire un raffut de tous les diables – sans sortir de la légalité, bien entendu. Il voulait que son supérieur soit traduit devant la cour martiale.

— Et l'a-t-il été ? »

Le sous-secrétaire se tourna vers son interlocutrice et la regarda droit dans les yeux : « Vous n'allez pas me dire que vous n'êtes pas au courant ?

— Cessez de nous faire mariner, rétorqua la femme au visage rond. Si vous avez quelque chose à dire, dites-le.

— Vous ne savez pas qui était l'officier supérieur de Janson ? »

Elle secoua la tête en posant sur Collins un regard pénétrant.

« Un certain Alan Demarest, répondit le sous-secrétaire. Ou devrais-je dire le lieutenant-colonel Demarest ?

— "Et l'aveugle voit..." » L'accent du Sud qu'elle parvenait à maîtriser la plupart du temps ressurgit, comme toujours dans les moments de grande tension. « ... les sources du Nil.

— Ensuite nous retrouvons notre ami à Cambridge où il poursuit ses études grâce à une bourse du gouvernement. Après cela, il reprend du service, dans les Opérations consulaires cette fois. » La voix du sous-secrétaire d'Etat se fit plus légère.

« C'est là qu'il est devenu votre subordonné, précisa Charlotte Ainsley.

— Oui. Dans un certain sens. » Le ton adopté par Collins en disait plus long que ses paroles. Tout le monde comprit ce qu'il sous-entendait : le terme subordonné n'était pas très adapté à son cas.

« Revenez un peu en arrière, le pria Ainsley. Le temps qu'il a passé en captivité au Viêt-nam a dû laisser pas mal de séquelles.

— Physiquement, il en est sorti plus fort que jamais...

— Je ne parle ni de ses prouesses physiques ni de son intelligence. Mais psychologiquement, ce genre d'expérience laisse des cicatrices. Des failles, des brisures, des fêlures – comme sur un bol de céramique. Le défaut caché qui n'apparaît qu'à retardement, à l'occasion d'un deuxième traumatisme. Alors c'est la brisure, tout se fendille, tout craque. Un homme bon peut devenir mauvais. »

Le sous-secrétaire leva un sourcil sceptique.

« J'admets que tout cela n'est peut-être qu'un amas de conjectures, poursuivit-elle d'une voix posée. Mais pouvons-nous nous permettre de commettre la moindre erreur ? Cela dit, il demeure une grande inconnue dans cette affaire : travaille-t-il pour nous ou contre nous ? Et là-dessus, je suis d'accord avec Doug. Nous sommes bien placés pour savoir qu'il ne travaille pas pour nous.

— Exact, dit Collins. Et pourtant...

— Si on remettait les "et pourtant" à plus tard, dit Ainsley. Il y a plus urgent.

— Ce type est une variable incontrôlable, dit Albright. Dans une matrice de probabilités déjà complexe et déroutante. Pour optimiser les résultats, nous devons effacer cette variable.

— Une "variable" qui a quand même donné trente années de sa vie pour son pays, rétorqua Collins. C'est ça qui est drôle dans notre boulot – plus noble est le langage, plus viles sont les actions.

— Laissez tomber, Derek. Personne n'a les mains plus sales que vous. Hormis votre petit Janson. L'une de vos fichues machines à tuer. » L'homme de la DIA lança un regard furieux au sous-secrétaire. « Il a besoin de goûter à ses propres recettes. Vous voyez ce que je veux dire ? »

Le sous-secrétaire ajusta ses lunettes de plastique noir et foudroya l'analyste. Pourtant, il voyait bien qu'il s'acharnait en vain.

« Il sera difficile de s'en débarrasser, insista le représentant des opérations de la CIA, encore sous le coup de la débâcle d'Athènes. Nul ne peut le battre au corps à corps. Janson va se défendre comme un beau diable. Nous risquons des pertes.

— Dans le monde du renseignement, chacun sait ce qui s'est passé à Anura, que ce soit par la rumeur ou par la lecture des rapports officiels. Bien que rien n'ait été confirmé, dit Collins. Vos agents tout autant que les miens. » Il jeta un coup d'œil au chef des opérations de la CIA, puis à Albright. « Pourquoi vos cow-boys ne feraient-ils pas une deuxième tentative ?

— Derek, vous connaissez les règles, dit Ainsley. Chacun balaie devant sa porte. Je ne veux pas que l'échec d'Athènes se reproduise. Nul ne connaît ses méthodes mieux que l'homme qui les lui a inculquées. Allons, vos gars ont bien dû goupiller un plan, en cas d'imprévu.

— Bon, bien sûr, dit Collins. Mais ils ne possèdent aucun indice vraiment fiable.

— Vous pensez peut-être que nous en savons davantage ?

— Je vois ce que vous voulez dire. » La décision avait été prise ; la discussion était close. « Nos plans préconisent l'envoi d'une équipe spéciale de tireurs d'élite super-entraînés. Ils peuvent se charger du boulot, et discrètement. Il n'a pas l'ombre d'une chance face à eux. » Ses yeux gris clignèrent derrière ses lunettes tandis qu'il repassait dans son esprit la liste ininterrompue des succès remportés par l'équipe. D'une voix posée, il ajouta : « Mieux vaut éviter de croiser leur chemin.

— Comment allez-vous opérer ?

— Repérer, surveiller, attendre.

— Et activer, insista-t-elle. Nous sommes tous d'accord là-dessus. Le cas de M. Janson est entendu. Feu vert pour la sanction. Maintenant.

— Je ne discute pas. Je veux simplement m'assurer que vous mesurez bien les risques, rétorqua le sous-secrétaire.

— A votre place, je n'insisterais pas, dit l'analyste de la CIA. C'est vous qui les avez créés, ces foutus risques.

— Nous avons déjà tellement de choses à assumer », interjecta Hildreth d'une voix douce.

L'analyste croisa les bras sur sa poitrine et, de nouveau, lança un regard mauvais au sous-secrétaire Derek Collins. « Allez-y, dit Albright. Débarrassez-nous de lui, ça vaudra mieux pour tout le monde. »

CHAPITRE 14

SUR les trottoirs de Jermyn Street, à Londres, circulait une foule de gens. Les uns couraient après le temps, les autres en avaient à perdre. Le directeur adjoint d'une banque de NatWest, craignant d'arriver en retard au restaurant, filait aussi vite que le lui permettait sa dignité. Il devait déjeuner avec le jeune vice-président du département des Revenus fixes du Fiduciary Trust International. Il aurait mieux fait de ne pas répondre au téléphone ; si jamais il n'était pas à l'heure, il pouvait faire une croix sur son job... Un homme bien en chair, représentant de commerce pour Whitehall-Robins, avait fixé rendez-vous à une femme qu'il avait baratinée à l'Odette's Wine Bar, la veille au soir, en s'attendant à se faire rembarrer. Lui était ponctuel. En général, à la lumière du jour, ces salopes prenaient dix ans d'un coup, alors qu'elles avaient l'air si sensuelles et appétissantes dans la lueur glauque du bar – mais il fallait bien se contenter de ce qui vous tombait sous la main, pas vrai ? Un petit détour chez le marchand de journaux ne serait peut-être pas une mauvaise idée : s'il arrivait pile à l'heure, elle allait le prendre pour un amoureux transi... La femme d'un homme d'affaires américain, que son bourreau de travail de mari avait tendance à négliger, serrait contre elle trois sacs remplis de vêtements aussi chers que démodés ; elle savait qu'elle ne les porterait sans doute jamais aux Etats-Unis mais le fait de les avoir payés avec sa carte American Express Platinium lui avait permis de décharger sa rancune. Encore sept heures à tuer avant le début de ce spectacle qu'ils avaient déjà vu trois fois... Le directeur de l'agence de Westminster de Inland Revenue s'ouvrait un passage à travers la foule sans quitter sa montre des yeux : pour avoir un tant soit peu d'ascendant sur ces connards de la Lloyds, il fallait arriver en retard ; tout le monde savait cela.

Paul Janson descendait Jermyn Street d'un bon pas, au milieu des badauds occupés à lécher les vitrines, des employés de bureau et des hommes d'affaires encombrant les trottoirs. Vêtu d'un costume bleu marine, d'une chemise à col large et d'une cravate à petits pois, il avait le regard préoccupé mais calme de l'homme qui sait où il va ; son visage et son corps confirmaient cette impression.

Les enseignes dépassant des devantures des boutiques – les ovales, les rectangles – étaient à peine visibles. Aux plus anciennes et vénérables – Floris, Hildritch & Key, Irwin – étaient venus s'ajouter de nouveaux arrivés, comme Ermenegildo Zegna. Partout des embouteillages. Des bus rouges, des taxis et des camionnettes dont on ne voyait que les placards publicitaires : INTEGRON : LE FOURNISSEUR DE VOS SOLUTIONS GLOBALES. VODAFONE : BIENVENUE DANS LA PLUS VASTE ENTREPRISE MONDIALE DE TÉLÉPHONIE MOBILE. Il tourna à gauche, s'engagea sur St James Street, passa devant Brook's et White's, puis tourna de nouveau à gauche, sur Pall Mall. Bien que parvenu à destination, il continua tout droit, sans s'arrêter, à l'affût du moindre signe bizarre. Des bâtiments familiers : le Club de l'Armée et de la Marine, qu'on surnommait affectueusement le Rag, le Reform Club, le Royal Automobile Club. A Waterloo Square, il retrouva les vieux bronzes si familiers. La statue équestre d'Edouard VII, un essaim de motos garées devant son piédestal, comme pour illustrer bien involontairement l'évolution des moyens de locomotion. La statue de Lord John Lawrence, vice-roi des Indes sous la reine Victoria ; le noble personnage dressé sur sa monture contemplait l'horizon comme un homme imbu de sa célébrité, bien que de nos jours peu de gens sachent encore qui il était. Auréolé de majesté, Sir John Fox Burgoyne, héros de la guerre d'Espagne et, plus tard, de la guerre de Crimée. « C'est incroyable ce que la guerre est populaire », avait dit la reine Victoria à propos du conflit en Crimée. Une expression qui passerait ensuite dans le langage courant pour stigmatiser les souffrances inutiles. Être le héros d'une guerre déclenchée par l'incompétence des diplomates et prolongée par celle des militaires n'avait en soi rien de prestigieux.

Il laissa son regard dériver vers l'endroit où il comptait se rendre, au coin de la place Waterloo ; l'Athenaeum Club. Avec ses grosses pierres couleur crème, son haut portique et sa frise inspirée du Parthénon, il était l'exemple même du style néo-classique sévissant au début du XIXe siècle. Une caméra de sécurité encapuchonnée dépassait d'une pierre angulaire. Au-dessus des piliers de façade, se dressait la déesse Athéna, peinte en or. La déesse de la Sagesse – une qualité qui ne courait pas les rues. Janson fit demi-tour, passa devant un camion rouge Royal Mail, longea le consulat de Papouasie-Nouvelle-Guinée et un immeuble de bureaux. Au loin, une grue rouge orangé dominait quelque chantier de construction invisible.

Il ne pouvait s'empêcher de songer à l'incident de Trinity College . on lui avait tendu un sacré piège. Personne ne l'avait suivi ; en revanche son vieux mentor devait faire l'objet d'une stricte surveillance. C'était quasiment sûr. Dans ce cas, le filet tendu avait des dimensions incroyables ; quant à leur vitesse de réaction, elle avait de quoi surprendre. Janson n'en revenait toujours pas. Il allait devoir se méfier de tout.

De là où il se tenait, la vue était imprenable. Il lui faudrait relever jusqu'aux moindres anomalies. Les camions garés dans des endroits incongrus ; les voitures roulant trop lentement, ou trop vite. Les regards trop insistants – ou trop fuyants. Les matériaux de construction entreposés loin de tout chantier. Désormais, rien n'était à négliger.

Était-il en sécurité ? Rien n'était moins sûr. Comment savoir si le camion de la poste transportait réellement du courrier ? D'instinct, il jugea que la voie était libre. Il entrerait dans le club sans se faire remarquer. Jamais il n'aurait songé à un endroit pareil. Mais pour l'heure, il valait mieux laisser Grigori Berman décider de leur lieu de rendez-vous. En plus, réflexion faite, ce club présentait de nombreux avantages. Les jardins publics offraient une certaine liberté de mouvement – voilà pourquoi tant de gens s'y rencontraient – mais cette liberté pouvait également profiter à la partie adverse. Tandis que dans un club privé à l'ancienne mode, réservé à la bonne société londonienne, tout nouveau visage serait aussitôt repéré. Janson venait sur l'invitation d'un membre. Ses poursuivants avaient peu de chance d'obtenir semblable laissez-passer.

Une fois entré, il se présenta au garde en uniforme posté dans une guérite, en déclinant son identité et celle de son hôte. Puis il entreprit d'arpenter le marbre du hall orné aux quatre coins de larges piliers corinthiens dorés. A sa droite, s'ouvrait le fumoir garni de petites tables rondes et de lustres bas ; à sa gauche, la grande salle à manger. Devant lui, au-delà d'un océan de tapis rouges et or, un vaste escalier de marbre conduisait à la bibliothèque, la pièce où l'on servait le café. Des revues venant de tous les coins du monde y étaient disposées en pile sur une longue table. Il avisa une banquette en cuir, près d'un pilier, et s'assit sous les portraits de Matthew Arnold et de Sir Humphry Davy.

L'Athenaeum Club. Refuge des membres de l'élite culturelle et politique.

Invraisemblable lieu de rendez-vous pour un homme encore plus invraisemblable.

Grigori Berman s'était peut-être acheté une conduite mais préférait quand même garder ses relations à portée de main. Ayant suivi des études de comptabilité dans l'ancienne Union soviétique, il s'était enrichi en travaillant pour la *mafiya* russe en tant qu'expert du blanchiment de fonds, art complexe s'il en est. Il avait constitué une série d'IBC – sociétés de commerce internationales – destinées à recycler les profits illégaux de ses partenaires mafieux. Quelques années plus tôt, lors d'un coup de filet organisé par les Opérations consulaires, au cours duquel des douzaines de criminels de tous pays avaient été appréhendés, Janson l'avait délibérément laissé passer à travers les mailles – au grand dam de certains de ses collègues.

En fait, Janson avait agi par prudence et non sur un coup de tête. Berman, ayant appris qu'il devait sa liberté à l'officier des Opérations consulaires, devint son obligé : d'adversaire, le Russe s'était transformé en allié. Et pas n'importe quel allié, puisque les experts du blanchiment de fonds ne couraient pas les rues. Par ailleurs, Berman avait eu la sagesse de dissimuler ses manœuvres frauduleuses ; si les autorités l'avaient traîné devant les tribunaux, il aurait pu s'en sortir, de toute façon. Alors pourquoi ne pas le laisser partir chargé d'une dette dont Janson pourrait réclamer le remboursement un jour ou l'autre ?

Mais ce n'était pas tout. Après avoir parcouru les épais dossiers concernant les individus interceptés, Janson avait appris à mieux connaître les chefs du réseau. La plupart étaient des personnages dépourvus de toute conscience, de vraies brutes. Berman, lui, n'aurait pas fait de mal à une mouche ; c'était un joyeux luron dépourvu de tout sens moral dont le bonheur consistait à escroquer les gens, à leur chiper leur argent. Il lui arrivait toutefois de se montrer généreux. Au fil du temps, Janson avait fini par éprouver une certaine sympathie pour ce voyou en col blanc.

« Paulie ! » tonna l'homme-ours en ouvrant grand les bras. Janson se leva et se laissa étreindre par le Russe. Berman ne correspondait à aucun des stéréotypes attachés aux comptables ; tout en lui n'était que débordement, effusions. Il avait la même passion pour les biens matériels que pour la vie elle-même.

« Viens que je t'embrasse », s'exclama Berman en lui appliquant un baiser sonore sur chaque joue. Du Berman tout craché : en toutes circonstances, il préférait à la circonspection de l'homme affairé, la fanfaronnade du bon vivant.

Il portait un costume sur mesure en cachemire et de lui émanait un léger parfum d'extrait de citron vert Geo. F. Trumpers, le préféré du prince de Galles, disait-on. Berman aurait voulu qu'on le prenne pour un gentleman anglais. Mais il en était plutôt la caricature. Sa conversation était truffée d'expressions déformées, de termes impropres, que Janson appelait des « bermanismes ». Un individu délirant, excessif, pour lequel Janson ne pouvait s'empêcher d'éprouver de l'affection. Même ses contradictions recélaient quelque chose de séduisant. Nul comme lui ne combinait candeur et filouterie – il passait son temps à monter des arnaques et se faisait un plaisir d'en confier les détails.

« Tu as... un beau poil, tu m'as l'air bien nourri, Grigori », fit remarquer Janson.

Grigori tapota son ventre généreux. « Je dépéris à l'intérieur. Viens, on va déjeuner. Et que ça saute. » Il lui passa un bras autour des épaules pour le conduire jusqu'à la salle à manger.

Dès qu'ils le virent apparaître, un sourire éclaira le visage des serveurs en uniforme du matin. Ils inclinèrent la tête et, sans plus attendre, lui attribuèrent une table. Les pourboires étaient interdits par le règlement du club, mais à les voir si empressés, on devinait que Berman avait trouvé un autre moyen de leur prodiguer ses largesses.

« Leur saumon poché – le meilleur du monde ! s'écria Berman en s'installant sur son siège rembourré. C'était son expression favorite ; il ne s'exprimait que par superlatifs. Mais prends plutôt un homard *à la nage**. Un délice. Je te recommande aussi la grouse rôtie. Prends les deux. Tu es trop maigre. On dirait Violeta dans le troisième acte de *La Traviata*. Faut te remplumer. »

D'un coup d'œil, il fit venir un sommelier.

« Ce puligny-montrachet qu'on avait hier ? J'en voudrais une bouteille, Freddy ! Il se tourna vers Janson. C'est le plus grand. Tu verras.

— Je dois dire que je suis surpris de te rencontrer ici, installé comme chez toi au cœur de la bonne société britannique.

— Un voyou comme moi, c'est ça que tu veux dire – comment ils ont fait pour m'admettre ? » Berman poussa un joyeux rugissement qui eut pour effet de secouer son ventre sous son vêtement sur mesure. En confidence, il ajouta, « C'est toute une histoire, en réalité. Tu vois, ça fait environ deux ans, Lord Sherwyn m'a invité à une réception chez lui et j'ai joué au billard avec un gentleman très sympathique... » Berman avait pris l'étrange habitude de proposer son aide financière aux personnes dans la gêne, à condition que ces personnes soient issues de la vieille noblesse. Grâce à eux, il s'imaginait pouvoir conquérir sa place dans le grand monde. Il s'agissait là de placements sûrs, selon son expression.

« Il faudra que tu me racontes ça, à l'occasion », répondit Janson d'une voix morne mais pleine de sous-entendus. Il avait beaucoup de mal à éviter de pianoter sur la nappe.

Berman ne se découragea point. « Je suppose qu'il avait un peu trop picolé. Il gagnait, il me prenait de grosses sommes, alors j'ai proposé de doubler la mise... »

Janson hocha la tête. Le scénario était prévisible. Un gentleman anglais excité comme une puce à l'idée de soutirer des sommes extravagantes à un Russe. Mais le Russe en question avait plus d'un tour dans son sac. Berman devait s'amuser follement dans le rôle du millardaire saoul comme une barrique. Pendant toute la soirée, il avait pris soin de cacher sa science, à croire qu'il n'avait jamais touché une queue de billard de sa vie. Arrivé au dernier jeu, le noble anglais, se voyant déjà à la tête d'une véritable fortune, commençait sans doute à caresser des rêves de grandeur. Il s'imaginait propriétaire de l'appartement jouxtant le sien à Kensington ; ou de cette maison de campagne que sa famille et lui avaient louée des années durant. Il n'en revenait pas d'une telle chance. C'est tellement surprenant quand ça arrive. Dire qu'il avait failli ne pas venir – son titre de noblesse n'effaçait pas tout à fait sa mauvaise réputation et on l'invitait rarement – et voilà qu'il était sur le point de rafler un prodigieux magot, sans rien faire ou si peu.

Au dernier jeu, moment crucial, le Russe sembla soudain recouvrer ses esprits. Il s'empara de sa queue de billard avec une dextérité et un calme dignes d'un violoniste virtuose maniant son archet. Et c'est alors que l'Anglais vit ses rêves dorés réduits en cendres.

« Ecoute, Paul, ce type avec qui j'ai joué – tu devineras jamais qui c'était. Guy Baskerton, conseiller de Sa Majesté. » Baskerton était un avocat en vue, qui avait présidé une commission sur les beaux-arts. Un monsieur plutôt imbu de sa personne, arborant une fine moustache style inspecteur Clouzot et cet air blasé propre à certains représentants de sa classe. Le pigeon idéal pour Berman.

« Je commence à voir le tableau », dit Janson en s'efforçant de prendre l'air détendu. Il était venu lui demander une grande faveur ; mieux valait le ménager. Mieux valait aussi ne pas lui montrer son angoisse. Berman pourrait en tirer avantage et convertir sa dette en crédit. « Laisse-moi deviner. Ce type fait partie du comité de sélection des membres de l'Athenaeum.

— Encore mieux. C'est le président du club ! » Berman prononçait « clob ».

« Et voilà que ce gars se retrouve avec une dette d'honneur de cent mille livres, dont il ne peut sans doute pas s'acquitter, conclut Janson afin d'abréger l'interminable récit de Berman. Mais fort heureusement, toujours magnanime, tu lui proposes de passer l'éponge. Tu insistes même. Et l'Anglais est si ému, si reconnaissant qu'il ne sait que faire pour te remercier. Puis le lendemain, comme par hasard, tu tombes sur lui chez Sheekey... » Tout en parlant, Janson examinait discrètement les habitués du club et les membres du personnel, juste pour s'assurer qu'aucun d'entre eux ne constituait une menace.

« Grigori pas aller chez Sheekey. Pas manger. Juste boire ! C'était chez Ivy. Tu parles d'une coïncidence !

— Oh, une coïncidence ! Mais bien sûr ! J'imagine bien que tu n'aurais jamais osé graisser la patte du maître d'hôtel de chez Ivy pour qu'il te donne la banquette d'à côté. De même que tu n'as sûrement pas insisté pour que ton noble ami, Lord Sherwyn, invite le conseiller de la reine à sa réception. »

Berman leva les mains en joignant les poignets. « Tu m'as eu, flic ! » Il sourit de toutes ses dents. Rien ne lui plaisait davantage que les gens capables d'apprécier ses talents d'escroc. Et Janson en faisait partie.

« Bon, mon cher Grigori, dit Janson en adoptant le même ton que son ami. Je suis venu te soumettre un problème intéressant. Un problème qui va te captiver, je pense. »

Le Russe le regarda, vivement intrigué. « Grigori est tout ouïe », fit-il en portant à sa bouche une fourchettée de poulet aux morilles.

Janson résuma les événements : les seize millions de dollars déposés sur un compte aux îles Caïmans à l'insu du détenteur dudit compte et pourtant validés par des signatures électroniques connues de lui seul. Un coup de maître. Mais qui aurait pu laisser des traces. Y avait-il une chance de retrouver, parmi tous les codes de transfert, la trace du commettant ?

Berman, plongé dans la contemplation de son assiette, émettait de temps à autre de petites interjections de nature culinaire : ce risotto était *le plus grand* du monde et la tarte à la mélasse un vrai délice, essaie pour voir. Les gens étaient terriblement injustes avec la cuisine anglaise !

Mais sous cette apparente inattention, Janson sentait que Berman faisait marcher ses méninges.

Finalement, il posa sa fourchette. « Qu'est-ce que Grigori connaît au blanchiment de fonds ? » s'indigna-t-il comme un innocent accusé à tort. Puis il se fendit d'un grand sourire : « Qu'est-ce que Grigori ne connaît *pas* au blanchiment de fonds ? Ah ! Avec ce que je sais, on pourrait remplir la British Library. Vous les Américains, vous croyez savoir – mais vous ne savez rien. Les Américains habitent une grande maison aux fondations bouffées par les termites. Comme on dit à Moscou : la situation est désespérée mais pas grave. Tu sais combien d'argent sale entre et sort des Etats-Unis chaque année ? Quelque chose comme trois cents milliards. Plus que le PNB de la plupart des pays. Des transferts automatiques. Qu'est-ce que tu en dis ? Tu sais combien d'argent entre et sort des banques américaines chaque *jour* ?

— Je suppose que tu vas me le dire.

— Deux billions de dollars. De l'argent bien propre ! » Berman tapa sur la table pour exprimer sa joie. « Rien que des transferts automatiques. Quel est le meilleur endroit pour cacher un grain de sable ? Sur la plage. Il y a dix ans, tu as bouclé mes vieux copains de la mafia. Sans pitié *nyekulturniy*, tout le monde, et j'ai pas pleuré sur leur sort. Tu les as arrêtés mais, finalement, qu'est-ce que tu as arrêté ? Grigori Berman a fondé plus de compagnies que Jim Clark, l'entrepreneur américain !

— Des compagnies bidon, Grigori. Les sociétés que tu as créées n'existaient que sur le papier.

— De nos jours, ça n'a plus grande importance. On achète des vraies sociétés. Des compagnies d'assurance en Autriche, des banques en Russie, des entreprises de transport routier au Chili. On y fait transiter des fonds. Qui peut dire d'où vient l'argent, où il va et quand ? Qui s'interpose ? Ton gouvernement ? Ton ministère des Finances ? Le ministère des Finances possède sa brigade de lutte antifraude, le FinCEN. Dans une banlieue de Virginie, sur une grande avenue. » De nouveau, la bedaine de Berman se mit à tressauter. « Ils l'appellent l'Immeuble des Cabinets. Cette brigade financière n'est qu'une immense plaisanterie. Tu te rappelles l'histoire de Sun Ming ? Il débarque en Amérique en disant qu'il travaille dans le bois. Emprunte cent soixante millions de dollars à la Banque de Chine. Simple comme bonjour ! Imprime une poignée de contrats d'importation, des agréments officiels, des factures de chargement, des certificats d'exportation, et ni vu ni connu, on accepte sa demande d'importation. Pareil pour ses transferts automatiques. Il dépose son argent dans plusieurs banques. Dans l'une il annonce : "Je spécule à la Bourse de Hong Kong." Dans l'autre : "Je vends des filtres de cigarettes." Dans la troisième : "Textiles !" Et hop, hop ! De Chine en Amérique et ensuite l'Australie. Le tout c'est de se fondre dans le flot du marché, et le tour est joué. Un grain de sable sur la plage. Les Américains ne lui ont jamais mis la main dessus. Le FinCEN est censé surveiller les déplacements d'argent mais personne ne donne d'argent au FinCEN ! Le ministre des Finances a trop peur de déstabiliser le système bancaire ! Dans ton pays, il y a quatre cent mille transferts automatiques chaque jour, dans les deux sens. Les ordinateurs s'échangent des messages, et voilà. Les Américains n'ont jamais mis la main sur Sun Ming, mais les Australiens, si.

— Leur plage est plus petite ?

— Leurs ordinateurs sont meilleurs. Ils recherchent le modèle à l'intérieur du modèle. Ils repèrent un truc drôle et le tour est joué.

— Tu veux dire un truc marrant ou un truc bizarre ?

— Il y a une différence ? » demanda Berman en enfournant une cuillerée de tarte à la mélasse. Il émit un grognement de gastronome. « Tu sais, la semaine dernière, j'étais dans la Canary Wharf Tower. Tu connais ? Cinquante étages. L'immeuble le plus haut de Londres. Il a failli mettre les frères Reichman sur la paille, mais peu importe, c'est pas mon fric. Voilà que je me pointe, histoire de rendre une petite visite à une amie russe, Ludmilla, elle te plairait, elle a une paire de bulbes à faire pâlir saint Basile. Quarante étages au-dessus du sol, je regarde par la fenêtre, une vue ma-gni-fique, et tout d'un coup, je vois un truc qui flotte dans l'air.

— Un billet de banque ?

— Un papillon. » Berman prononça ce mot avec solennité. « Pourquoi un papillon ? Que peut bien fabriquer un papillon à quarante étages au-dessus du sol, au cœur de la ville ? Un truc extrêmement bizarre. Pas une seule fleur à cette hauteur. Un papillon n'a rien à faire à cette altitude. Et pourtant il était bien là. » Il leva un doigt pour ponctuer ses dires.

« Merci, Grigori. Je savais que je pouvais compter sur toi. Tout est clair maintenant.

— Il faut toujours chercher le papillon. Les petits détails perdus au milieu de nulle part. Dans une avalanche de codes de transferts numériques, tu te demandes : où est le papillon ? Il y en a toujours un, flap, flap. Suffit de savoir regarder.

— Je vois, répondit Janson. Et tu m'aideras à regarder ? »

Berman contempla, déconfit, les vestiges de sa tarte à la mélasse puis se dérida. « On fait un billard ? Je connais un endroit pas loin.

— *Niet.*

— Et pourquoi pas ?

— Parce que tu triches. »

Le Russe haussa joyeusement les épaules. « Ça met un peu de piment dans le jeu, dixit Grigori. Le billard est un jeu d'adresse. Tricher demande de l'adresse. Quelle est la différence ? » C'était du Berman tout craché. Devant le regard cinglant de Janson, le Russe leva les bras. « Très bien, très bien. Je t'emmène dans mon humble demeure, *da* ? J'ai une chouette machine IBM. Un super-ordinateur RS/6 000 SP. Et on cherchera le papillon.

— On *trouvera* le papillon », précisa Janson d'un ton aimable mais insistant. Ayant amassé, grâce à ses talents, une fortune bien plus importante que tout ce qu'avaient pu voler ses anciens comparses, Berman menait la grande vie à Londres. Mais jamais il n'aurait connu cette existence fastueuse si Janson l'avait fait jeter en prison, quelques années auparavant. Point n'était besoin de lui rafraîchir la mémoire ; Berman en avait une excellente et nul mieux que l'exubérant ex-comptable ne connaissait la signification des mots dette et crédit.

Fort Meade, Maryland

Sanford Hildreth était en retard, mais c'était dans ses habitudes. Danny Callahan, qui lui servait de chauffeur depuis trois ans, aurait été bien surpris de le voir arriver à l'heure.

Callahan faisait partie d'une petite équipe de chauffeurs assignés aux grosses huiles du renseignement américain. Chacun d'entre eux faisait régulièrement l'objet de contrôles de sécurité très serrés. Ils étaient tous célibataires et sans enfants, bien entraînés au combat, à la protection rapprochée et aux techniques de diversion. Leurs instructions étaient nettes et précises : *Assurez la sécurité de votre passager au prix de votre vie.* Ces messieurs détenaient des secrets d'Etat, d'eux dépendaient l'avenir de la nation.

Les interminables limousines noires où ces grands personnages prenaient place étaient toutes blindées ; avec des flancs renforcés par des plaques d'acier, des vitres teintées capables de résister à un tir à bout portant avec des balles de calibre .5. Les roues étaient fabriquées dans un matériau cellulaire pour empêcher qu'elles se dégonflent trop vite. Mais en cas de problème, c'étaient les qualités du chauffeur, et non celles de la voiture, qui faisaient la différence.

Il n'était pas le seul chauffeur attaché au service du directeur adjoint de la NSA ; il y en avait deux autres, mais Sanford « Sandy » Hildreth ne cachait pas sa préférence pour Danny Callahan. Danny connaissait les raccourcis ; Danny savait dépasser un peu la limitation de vitesse sans pour autant prendre de risques ; Danny le conduisait de Fort Meade jusqu'à son domicile avec dix ou quinze minutes d'avance sur les autres. Sans compter qu'il s'était fait remarquer pour sa bravoure lors de la guerre du Golfe. Hildreth n'était pas insensible à ce genre de détail. Bien qu'il n'ait jamais mis les pieds sur un champ de bataille, il appréciait les vrais soldats. Les deux hommes ne discutaient pas beaucoup : la plupart du temps, une cloison les séparait – une barrière opaque avec isolation phonique. Mais un an auparavant, un jour où il s'ennuyait, Hildreth avait engagé la conversation. Danny lui parla de son équipe de football au lycée, de la fois où il avait disputé le championnat d'Indiana. Danny avait senti que son patron s'intéressait à ce qu'il disait. « Vous jouiez en défense, hein ? Ça m'a tout l'air d'être une vocation, avait lancé Hildreth. Un jour, il faudra que vous me disiez comment vous faites pour garder la forme. »

Hildreth était petit mais préférait s'entourer d'hommes de haute taille, peut-être pour jouir du plaisir de leur distribuer des ordres, de les dominer. Ou alors peut-être se sentait-il plus à l'aise avec eux, tout simplement.

Danny Callahan jeta un œil sur la pendule enchâssée dans le tableau de bord. Hildreth lui avait donné rendez-vous aux environs de dix-huit heures trente. Il était dix-neuf heures quinze. Quarante-cinq minutes de retard. Rien d'exceptionnel. Il lui arrivait souvent de poireauter plus d'une heure.

Dans son écouteur, Callahan entendit la voix de l'appariteur. « *Capricorne descend.* » Hildreth arrivait.

Callahan fit avancer la limousine jusqu'à la sortie située sur le côté gauche de l'immense boîte à chaussures vitrée abritant les bureaux de la NSA. La pluie commençait à tomber, juste quelques petites gouttes. Callahan guetta l'apparition de Hildreth, sortit et se planta près du véhicule.

« Danny. » Hildreth lui adressa un signe de tête, les réverbères halogènes se reflétaient sur son front dégarni. Ses petits traits pincés esquissèrent un sourire de pure politesse.

« Docteur Hildreth », dit Callahan. Il avait lu dans le *Washington Post* que Hildreth possédait un doctorat de relations internationales et, depuis ce jour, lui donnait du « docteur ». Il avait la vague impression que cette marque de déférence ne lui déplaisait pas. Callahan ouvrit la portière arrière puis la referma avec un claquement très professionnel.

Bientôt la pluie se mit à tomber en rafales tourbillonnantes qui déformaient bizarrement les phares des véhicules qu'ils croisaient. Mason Falls était à cinquante kilomètres de là, mais Callahan aurait pu faire le chemin les yeux fermés : Savage Road, la 295, une petite balade sur la 395, traversée du Potomac, montée d'Arlington Boulevard.

Quinze minutes plus tard, il vit les lumières rouges d'une voiture de police clignoter dans son rétroviseur. Un instant, Callahan crut que le flic allait le dépasser, mais tout compte fait, il semblait vouloir qu'il se range sur le bas-côté.

C'était incroyable. Et pourtant – d'après le peu qu'il pouvait apercevoir sous les trombes d'eau – il n'y avait pas d'autre véhicule dans les parages. Que se passait-il ?

D'accord, il avait un peu trop appuyé sur le champignon, mais les flics de la circulation connaissaient tous les plaques d'immatriculation des véhicules officiels et leur fichaient la paix. Une nouvelle recrue avec des états d'âme ? Callahan se ferait un plaisir de le remettre à sa place. Mais avec Hildreth, on ne savait jamais : il pourrait s'emporter contre lui et lui reprocher sa vitesse excessive même si, par ailleurs, bien content qu'on le ramène chez lui aussi vite, il l'avait toujours complimenté sur son efficacité – sa « célérité ». Le jour où Hildreth avait employé ce mot, Callahan s'était précipité sur le dictionnaire en arrivant chez lui. Cela dit, personne n'aimait se faire arrêter par la police. Hildreth lui en ferait peut-être porter la responsabilité et le mentionnerait sur son rapport d'activité.

Callahan se gara au bord de la route. La voiture de patrouille s'arrêta aussitôt derrière lui.

Le policier en uniforme sous son imper bleu se présenta à la portière. Callahan descendit la vitre.

« Vous savez à quelle vitesse vous rouliez ? »

Callahan produisit deux cartes plastifiées. « Vérifiez, monsieur l'agent, dit-il. Ce n'est pas de votre ressort.

— Oh, désolé, mon vieux. Je ne savais pas. » L'agent prit un air confus, chose étrange étant donné son âge – il n'avait rien d'un débutant. Un type dans les quarante ans, avec un nez de boxeur et une fine cicatrice en travers de la mâchoire.

« Faites gaffe aux plaques, la prochaine fois, dit Callahan sur un ton blasé, en en rajoutant un peu. Vous voyez le préfixe SXT, ça veut dire qu'il s'agit d'un transport fédéral de haute sécurité. »

L'officier déchira une feuille de papier. « J'efface ça de mon rapport. Vous aussi, hein ?

— Entendu, monsieur l'agent.

— Sans rancune ? » demanda le flic d'un air légèrement paniqué. Il passa la main à travers l'ouverture de la vitre. « Je respecte votre boulot, les mecs. »

Callahan soupira mais tendit quand même la main pour serrer celle du policier – qui, étrangement, lui attrapa le poignet. Quelque chose le piqua. « *Merde!*

— Désolé, mec, dit l'agent de police. Ma foutue chevalière. » Mais il ne bougea pas.

« Qu'est-ce que vous foutez? » protesta Callahan. Au même moment, il éprouva une curieuse sensation.

L'homme à l'imperméable bleu plongea le bras, déverrouilla la portière et tira sur la poignée.

Callahan restait là, perplexe, outré même. Il voulut répliquer... mais aucune parole ne sortit de sa bouche. Il voulut repousser l'homme... mais quand il essaya de bouger le bras, son corps ne répondit pas. Et quand la porte s'ouvrit, il bascula à l'extérieur comme un sac de gravier.

« Tout doux, mon gars », s'esclaffa l'homme à l'imperméable sur un ton amical. Il rattrapa Callahan avant qu'il ne touche le sol puis le hissa à l'intérieur du véhicule et le poussa sur le siège du passager.

La bouche entrouverte, le regard fixe, Callahan vit le policier s'installer au volant.

La lumière bleue de l'interphone clignota. Du haut-parleur sortit une voix courroucée : « Danny? Qu'est-ce que vous fichez? » De l'autre côté de la « fenêtre de séparation » opaque, Hildreth commençait à s'impatienter.

Le soi-disant flic appuya sur les manettes commandant le verrouillage des portières arrière. Le passager était à sa merci puisqu'il ne pouvait les rouvrir de l'intérieur. Puis d'une main légère, il enclencha une vitesse et roula vers le Memorial Bridge d'Arlington.

L'homme se tourna vers Callahan et lui dit sur ton cordial : « Je parie que tu te demandes ce que c'est. De l'Anectine. Un bloquant neuromusculaire. On l'emploie en chirurgie. Des fois, on en donne aux malades placés sous assistance respiratoire, pour éviter qu'ils se débattent. Bizarre comme sensation, hein? On est conscient mais on n'arrive pas à bouger. Ton diaphragme monte et redescend, ton cœur fonctionne, tu peux même cligner des yeux. Mais tes autres muscles sont inertes. Par-dessus le marché, cette substance se métabolise de telle façon qu'elle n'apparaît pas à l'analyse, sauf si on sait quoi chercher. »

L'homme pressa le bouton commandant les vitres arrière qui s'abaissèrent à demi. De nouveau un piaillement sortit de l'interphone. L'homme coupa le son.

« Votre passager a du mal à comprendre pourquoi vous ouvrez les vitres alors qu'il pleut des cordes », dit-il.

Que diable se passait-il?

Callahan se concentra intensément sur son index, rassemblant toutes ses forces. Soulever un doigt revenait à déplacer une masse équivalant à trois fois le poids de son corps. L'index frémit. Il n'obtint rien de plus. Il était paralysé. Totalement impuissant. Il voyait. Il entendait. Mais ne pouvait pas bouger.

Quand ils arrivèrent aux abords du Memorial Bridge, la circulation était pratiquement nulle. Soudain, le faux flic appuya sur la pédale de l'accélérateur. Les trois cents chevaux du moteur rugirent, la voiture bondit et traversa les deux voies en diagonale. Ignorant les coups furieux que le passager assénait contre la cloison opaque, l'homme précipita la limousine blindée contre le rail de sécurité. Le véhicule prit son envol et tomba dans le fleuve.

Lorsqu'ils touchèrent l'eau, Callahan fut surpris par la puissance de l'impact. Il rebondit contre sa ceinture de sécurité et sentit quelque chose craquer : il venait sans doute de se casser une côte. En revanche, le siège du conducteur était équipé d'une ceinture quatre points, comme celles qu'utilisent les pilotes de course. Callahan savait donc que pour l'homme à l'imperméable, le choc serait moindre. La voiture s'enfonça rapidement dans les profondeurs boueuses du Potomac. Callahan vit l'homme déboucler sa ceinture et descendre sa vitre avant de détacher Callahan. Il le tira vers lui pour l'installer sur le siège du conducteur.

Callahan se sentait aussi mou et flasque qu'une poupée de chiffons. Mais il voyait, il pensait. Et il savait pourquoi l'autre avait entrouvert les vitres arrière.

Le faux policier coupa le moteur et se faufila à travers l'ouverture de la vitre. Une fois sorti du véhicule, il rejoignit la surface d'un coup de pied.

Hildreth et lui auraient été bien en peine de l'imiter – Callahan parce qu'il était paralysé, Hildreth parce qu'il était coincé dans le compartiment passagers. Les vitres à peine baissées empêchaient le passage de son corps mais pas celui de l'eau. Le véhicule ultrasécurisé de Hildreth s'était transformé en cercueil.

La limousine s'enfonçait inexorablement vers le lit de la rivière. L'eau avait dû envahir le compartiment arrière, ce qui expliquait sa position oblique. Par la vitre ouverte et une douzaine d'orifices invisibles, le fluide mortel se déversait dans l'habitacle du chauffeur. Le niveau montait rapidement. L'eau atteignit sa poitrine, puis son cou, son menton...

A présent, il respirait par le nez, mais pour combien de secondes encore ?

Et bientôt toutes les questions qui tourbillonnaient dans son esprit n'en firent plus qu'une : qui était leur assassin ?

L'eau s'infiltra dans son nez, dans sa bouche, envahit ses poumons et se répandit en lui comme une fleur déployant sa corolle. Une sensation terrible, puissante, la plus puissante qu'il nous soit donné de connaître, peut-être : l'asphyxie. Il se noyait. Il manquait d'air. Il songea à la mort de son oncle Jimmy qui souffrait d'emphysème, le revit assis sur sa chaise, respirant grâce aux embouts de plastique plantés dans ses narines et au réservoir d'oxygène qui le suivait partout, comme autrefois son labrador fauve. Il rêva qu'il se libérait d'un grand coup de pied et sortait la tête de l'eau. Puis il tenta de s'imaginer en train de courir, dans un air frais et vivifiant, sur la piste cendrée du lycée de West Lafayette, Indiana. Mais le fait de penser à cela l'étouffa encore plus. De grosses bulles d'air jaillissaient de son nez, de sa bouche.

Et l'angoisse de l'asphyxie ne faisait que croître.

La pression sur ses tympans – il s'enfonçait, s'enfonçait – devint insupportable, venant s'ajouter à l'atroce sensation de suffocation. Et pourtant, cette souffrance signifiait quelque chose. Elle signifiait qu'il n'était pas encore mort. La mort n'était pas si douloureuse. Ce qu'il ressentait en cet instant même était le dernier souffle de vie, cette vie qui s'en allait en luttant désespérément pour demeurer encore un peu chevillée à son corps.

Il voulut se débattre, agiter les membres. Il s'imagina fouettant l'eau de ses mains : mais ce n'était qu'une vue de l'esprit. Ses extrémités se contractaient un peu, c'était tout.

Il se rappela les paroles de l'homme et soudain certaines choses lui parurent plus évidentes. *Assurez la sécurité de votre passager au prix de votre vie* : ça ne voulait plus rien dire, à présent. Quand on sortirait la limousine du Potomac, on les retrouverait morts l'un et l'autre. Noyés. Un chauffeur assommé par le choc, coincé sur son siège. Son passager, victime du système de sécurité. Ils n'auraient qu'une question en tête : pourquoi Callahan avait-il perdu le contrôle de son véhicule ?

Mais il pleuvait, le sol était glissant et Callahan avait tendance à dépasser les limitations de vitesse, n'est-ce pas ?

Et ça lui retomberait dessus, bien évidemment.

Alors, c'était ça la mort ? Il songea à tous les échecs qu'il avait accumulés au cours de son existence. La bourse sport-études que l'Etat lui avait refusée, parce qu'il était absent le jour où le sélectionneur s'était pointé au lycée de West Lafayette. Et puis, à cause de sa blessure au genou, l'entraîneur lui avait interdit de participer aux championnats régionaux et nationaux. Il songea à l'appartement qu'Irene et lui avaient prévu d'acheter, à leur déconvenue quand ils s'étaient aperçus qu'à eux deux, ils n'avaient pas assez d'argent pour payer l'acompte. Son père avait refusé de les aider au prétexte qu'ils s'étaient décidés sans le consulter. Si bien qu'ils avaient aussi perdu les arrhes, un argent dont ils avaient terriblement besoin. Irene l'avait quitté peu après. Comment lui en vouloir ? Et pourtant il avait tout fait pour s'en sortir. Il se souvint des boulots qu'il avait postulés, des refus cinglants. *Sans avenir*, telle était l'étiquette qu'on lui avait plaquée et dont il ne parvenait pas à se débarrasser, en dépit de tous ses efforts. Comme une vignette collée sur un pare-chocs, qu'on n'arrive pas à gratter. Il suffisait d'un simple coup d'œil pour apercevoir cette marque infamante imprimée sur son front.

Callahan n'avait même plus la force de s'imaginer ailleurs. Il était... sous l'eau.

Frigorifié, trempé, à bout de souffle, terrifié. Sa conscience elle-même commençait à s'estomper, à vaciller, se réduisant à quelques pensées essentielles.

Il se dit : *Tout le monde doit mourir. Mais personne ne devrait mourir de cette manière.*

Il se dit : *Ce ne sera plus très long, c'est sûr. Il ne peut en être autrement.*

Et il se dit : *Pourquoi ?*

CHAPITRE 15

BERTHWICK HOUSE – l'« humble demeure » du Russe – était en fait un splendide hôtel particulier jouxtant Regent's Park : un édifice de briques rouges se dressant sur deux étages, au toit d'ardoise orné de lucarnes et de trois cheminées. Le système de sécurité était à la fois discret et explicite. Une barrière de fer forgé noir, haute de trois mètres, dont les barreaux se terminaient en pointes acérées comme des flèches. Une caméra vidéo surplombait l'allée, protégée par son capuchon d'émail. Il y avait une petite guérite avec un garde... qui laissa passer la Bentley framboise de Berman en lui adressant un hochement de tête respectueux.

Les murs du vaste hall de réception encombré de meubles de style étaient peints couleur corail. On apercevait une multitude de petites chaises, de commodes et autres tables d'échecs. Des reproductions de Sheridan et de Chippendale recouvertes d'une épaisse couche de laque brillante. Le produit à vieillir leur donnait une étrange teinte orangée. Deux énormes scènes de chasse trônaient dans leurs cadres dorés. Au premier abord, on les prenait pour de délicates tapisseries du XVIIIe siècle ; mais après un bref examen, on comprenait qu'elles venaient tout droit du magasin de meubles – des copies exécutées à la va-vite par un étudiant en art.

« Tu aimes ? » Tout fier de lui, Berman gesticulait au milieu de ce bric-à-brac.

« Je reste sans voix, répliqua Janson.

— On dirait un décor de film, *da* ? » Un autre geste emphatique.

« *Da*.

— C'est vraiment un décor de film, ajouta Berman, ravi, en frappant dans ses mains. Grigori débarque dans les studios Merchant Ivory, au dernier jour de tournage. Signe un chèque au producteur. Achète *tout*. Fait livrer à domicile. Et maintenant il vit dans un décor Merchant Ivory. Merchant Ivory embellit la haute société anglaise, c'est ce que tout le monde dit. Grigori Berman aime ce qui est beau. » Un gloussement étouffé.

« Je n'en attendais pas moins de la part de Grigori Berman. » Il comprenait mieux à présent : si tous ces objets semblaient déplacés, outranciers, c'était qu'on les avait conçus pour supporter la lumière des projecteurs, les filtres et autres procédés de filmage.

« J'ai maître d'hôtel, aussi. Moi, Grigori Berman, pauvre Moscovite ayant passé son enfance à faire la queue devant supermarché gouvernemental GUM, j'ai maître d'hôtel. »

L'homme auquel il faisait allusion se tenait tranquillement à l'autre bout du vestibule, vêtu d'une longue veste noire à quatre boutons et d'une chemise empesée en piqué. Le domestique avait une carrure impressionnante, une grosse barbe et des cheveux clairsemés plaqués en arrière. Son teint fleuri lui donnait une mine joviale qui contrastait avec son maintien austère.

« Je te présente M. Giles French, dit Berman. Le "gentleman du gentleman". M. French s'occupe de tout ici.

— C'est son vrai nom ?

— Non. En fait, il s'appelle Tony Thwaite. Peu importe. J'aime pas ce nom-là. Je lui ai donné celui de mon personnage de feuilleton préféré. »

Le serviteur barbu hocha la tête d'un air solennel. « A votre service, dit-il sur un ton guindé.

— M. French, dit Berman, apportez-nous du thé. Et... » Il marqua un temps d'arrêt, comme perdu dans ses pensées. En fait, il cherchait désespérément ce qui pouvait bien accompagner le thé. « Du Sevruga ? » Il hésita. Le maître d'hôtel inclina la tête de manière presque imperceptible. « Non, attendez, se reprit Berman avant de s'exclamer, soulagé : Des sandwiches au concombre !

— Très bien, monsieur, dit le maître d'hôtel.

— Non finalement, j'ai une meilleure idée. Apportez-nous des scones. Ces scones, vous savez ? La spécialité de la cuisinière. Avec de la crème et de la confiture de fraise.

— Parfait, monsieur. Tout de suite, monsieur. »

Berman rayonnait comme un enfant qui s'aperçoit que l'automate qu'il vient d'assembler fonctionne. Pour lui, Berthwick était une maison de poupée dans laquelle il jouait à l'aristocrate. Une étrange et charmante parodie de la haute société anglaise. Le summum du mauvais goût.

« Dis-moi la vérité, qu'est-ce que tu en penses ? s'enquit Berman avec un grand geste englobant tout ce qui l'entourait.

— C'est impossible à exprimer.

— Les mots sont impuissants, c'est ça ? » Berman lui pinça la joue. « Pas bavard, hein, mon chou ! Je devrais te présenter Ludmilla. Avec elle, tu fais tour du monde sans sortir du lit. »

En passant devant une petite pièce donnant sur le couloir principal, Janson aperçut une grosse machine rutilante, équipée d'un moniteur vidéo incorporé, d'un clavier et de deux cubes noirs grillagés fixés de chaque côté. Il fit un signe de tête empreint de respect. « C'est le RS/6 000 ?

— Ça ? C'est machine à karaoké. Le système informatique est dans la cave. » Berman lui fit descendre un escalier en colimaçon et ils pénétrèrent dans une pièce moquettée. La chaleur dégagée par les ordinateurs était presque insupportable. Comme il n'y avait pas de fenêtre, deux petits ventilateurs électriques étaient chargés de brasser l'air. Le maître d'hôtel arriva avec le thé et les scones disposés sur des assiettes en faïence de Bristol. Il posa le tout sur une table basse et glissa à côté des petits pots en céramique remplis de crème et de confiture puis sortit sur la pointe des pieds.

Après avoir jeté un coup d'œil avide sur les scones, Berman s'installa au clavier et se mit à activer une série de programmes pare-feu. Il étudia les résultats pendant quelques minutes avant de se tourner vers Janson. « Dis-moi, bel indifférent, qu'est-ce que Grigori peut faire pour toi ? »

Janson prit le temps de peser sa réponse. Que devait-il dévoiler de la situation ? Il arrivait que des bavards impénitents comme Berman apprennent à tenir leur langue. S'ils avaient de bonnes raisons pour cela. Quand il se décida à parler, Grigori l'écouta d'un air placide, sans faire de commentaire, puis haussa les épaules et se mit à entrer les valeurs d'une matrice algébrique dans le programme qui s'affichait à l'écran.

Une minute passa. Il se tourna vers Janson. « Grigori pas optimiste. On laisse programmes tourner et on aura peut-être des résultats dans un certain temps.

— Combien de temps ?

— Laisser tourner machine vingt-quatre heures, se connecter à réseau informatique parallèle, après peut-être... » Berman détourna les yeux. « Huit mois ? Non, plutôt neuf. Comme pour faire bébé.

— Tu plaisantes.

— Tu veux que Grigori réussisse quand les autres échouent ? Alors toi fournir à Grigori chiffres que les autres n'ont pas. Tu possèdes un code d'identification, *da* ? Avec lui, on aura une chance en plus. Autrement, c'est neuf mois, comme pour faire bébé. »

Non sans réticence, Janson lui fournit le code d'identification de son compte, un code seulement connu de la banque et du détenteur du compte.

Dix secondes après avoir tapé la série de chiffres, une liste de nombres apparut sur l'écran de Berman en défilant comme le générique d'un film. « Ces trucs veulent rien dire, fit-il. A présent, faut établir modèles de reconnaissance. Chercher papillon.

— *Trouver* le papillon, insista Janson.

— Peuh ! dit Berman. Toi, *moy droog*, t'es une vraie omelette norvégienne : moelleux et sucré à l'extérieur, dur et froid à l'intérieur.

Brr ! Brr ! » Il s'entoura de ses bras en faisant semblant de grelotter mais n'en poursuivit pas moins ses recherches. Cinq minutes s'écoulèrent durant lesquelles Berman étudia les séquences de codes de confirmation. On n'entendait pas une mouche voler.

Enfin, il lut une suite de chiffres à voix haute. « Papillon en vue – 5467-001-0087. Il arrive.

— Ces chiffres ne me disent rien.

— Moi ils me disent tout, répliqua Berman. Chiffres montrent belles femmes blondes, canaux boueux. Moi voir coffee shops, haschisch et puis femmes slaves, assises dans vitrine comme mannequins de cire en petite tenue. »

Janson cligna des yeux. « Amsterdam. Le code de transfert que tu regardes vient d'Amsterdam.

— *Da !* s'écria Berman. Ce code-là apparaît trop souvent pour que ce soit un accident. Ta bonne marraine la fée place ses sous dans une banque d'Amsterdam.

— Tu peux dire laquelle ?

— Une omelette norvégienne, voilà ce que t'es, le gourmanda Berman. On lui donne le doigt et il vous prend le bras ! Impossible d'en savoir plus, à moins... *Niet*, impossible.

— A moins que quoi ?

— Une clé privée ? » Berman eut un mouvement de recul comme s'il s'attendait à recevoir un coup. « Les chiffres sont comme la clé qui ouvre les boîtes de conserve. On roule le couvercle et on ouvre. Tourner, tourner, tourner. Très efficace. » Pour déplacer des fonds sur un compte, il fallait une clé secrète, un code numérique réservé au possesseur du compte ; cette clé-là n'apparaissait dans aucune transmission. Un chemin ultrasécurisé protégeant à la fois le client et la banque.

« Tu crois que je vais te confier mon code secret ?

— *Niet*, dit-il en haussant les épaules.

— Puis-je le faire ? »

Berman éclata d'un rire tonitruant. « *Niet !* Pour qui tu me prends ! Une bonne sœur ? Un code secret doit rester *secret*, pour tout le monde. D'où son nom. Tous les hommes sont mortels. Grigori plus mortel que les autres. » Il leva les yeux vers Janson. « S'il te plaît, garde ton code pour toi. » C'était une supplique.

Janson ne répondit rien. Berman disait souvent qu'il pouvait résister à tout sauf à la tentation. Et lui confier un code secret revenait à le soumettre à une terrible tentation : il était capable de vider un compte rien qu'en tapotant sur quelques touches. Mais à quel prix ? Berman adorait la vie qu'il menait à Londres. Si jamais Janson devenait son ennemi, il lui faudrait faire une croix sur tout ce qu'il possédait, sur tout ce qu'il était. Le danger était clair, il n'avait pas besoin qu'on lui mette les points sur les *i*. Mais ce n'était pas la seule explication à sa réticence. Il ne voulait pas connaître un code dont il ne pouvait se servir. Se réveiller chaque matin à côté d'un magot intouchable aurait représenté pour lui un supplice intolérable.

Berman tapa une suite de quinze chiffres sous la dictée. Le visage du Russe était tordu d'angoisse ; il se faisait violence. Quelques instants plus tard, il avait réussi à se connecter avec des dizaines d'institutions financières. Il fouilla l'unité centrale de la banque de Mont Verde pour dénicher les signatures numériques identifiant le débiteur de chaque transaction.

Quelques minutes passèrent dans un profond silence entrecoupé par le doux cliquetis des touches et le bourdonnement feutré des ventilateurs. Puis Berman se leva. « *Da !* lança-t-il. ING. Qui signifie International Netherlands Group Bank. Que tu connais peut-être sous le nom de Nederlandsche Middenstandsbank.

— Dis-m'en davantage, s'il te plaît.

— Un siège social tout beau tout neuf, à Amsterdam. Si dynamique que personne ne supporte d'y travailler. La deuxième banque du pays. Et les femmes d'Amsterdam – les plus belles du monde.

— Grigori..., commença Janson.

— Faut que tu rencontres Gretchen. Jouer à la-course-autour-du-monde avec Gretchen ! Je te garantis qu'à l'arrivée, tu comptabiliseras pas mal d'heures de vol. Gretchen est une amie de Grigori. L'amie de tous les voyageurs fatigués. Uniquement sur rendez-vous, mais tarifs très raisonnables. Tu viens de ma part. Je te donne son numéro. Plus facile à mémoriser que les codes de transfert vers ING. Ha !

— A mon avis, on peut aller plus loin. Si tu as réussi à identifier la banque, pourquoi ne pas tenter d'affiner encore la recherche ?

— Très difficile », dit Grigori en mordant prudemment dans son scone, comme si celui-ci pouvait lui rendre la pareille. Puis, d'un air penaud, il ajouta : « La cuisinière ne fait pas vraiment des scones. La cuisinière *dit* qu'elle fait des scones. Mais moi, je sais qu'elle les achète chez Sainsbury. Un jour, j'ai vu emballage plastique dans poubelle, eh oui. La main dans le sac. J'ai rien dit. Tout le monde a besoin de rêver un peu, ou alors personne est heureux.

— Si on se concentrait sur mon bonheur à moi. Tu disais qu'il serait difficile d'obtenir des informations sur ce compte. "Difficile" ne signifie pas impossible. Ou dois-je m'adresser à un autre pour ce boulot ? Tu as quelqu'un à me recommander ? »

Son hôte bedonnant prit un air chagrin. « Rien d'impossible pour Grigori Berman. » Il jeta des coups d'œil circonspects autour de lui avant de plonger sa cuiller dans la confiture de fraise. Il en prit une grosse quantité, la trempa dans sa tasse de thé et remua. « Faut pas que le maître d'hôtel voie ça, dit-il à voix basse. C'est la manière russe. M. French comprendrait pas. Il serait choqué. »

Janson leva les yeux au ciel. Pauvre Grigori Berman : prisonnier de sa propre domesticité. « Le temps presse, j'en ai peur », dit-il.

Avec un air de chien battu, Berman se leva et, d'un pas lourd, revint s'asseoir devant son RS/6 000. « Quel ennui ! », soupira-t-il comme un grand enfant qu'on arracherait à ses jouets pour le forcer à travailler ses tables de multiplication. Janson en profita pour se mettre en relation avec la banque de Mont Verde, par l'intermédiaire de son PDA tri-band.

Quinze minutes plus tard, Berman leva soudain les yeux et se tourna vers son ami, le visage en sueur à cause de l'effort qu'il venait de fournir. « C'est fini. » Il vit l'appareil entre les mains de Janson. « Tu viens de modifier le code secret ? »

Janson appuya sur une touche pour terminer l'opération.

« Dieu merci ! Berman se leva d'un bond. Autrement, Grigori pétait un plomb et faisait très vilaines choses – aujourd'hui, demain, le mois prochain, au milieu de la nuit, dans crise de somnambulisme ! Qui peut dire quand ? Posséder code secret et pas s'en servir ça serait comme... » Il rajusta son pantalon.

« Oui, Grigori, l'interrompit doucement Janson, j'ai saisi l'essentiel. Maintenant dis-moi. Qu'avons-nous trouvé au sujet du débiteur ?

— Très rigolo, dit Berman en souriant.

— Qu'entends-tu par là ? demanda Janson, soudain inquiet.

— Grigori a trouvé trace du compte d'origine. Pas facile, même avec clé à sardines. J'ai mis les grands moyens. Mais comme on dit dans la chanson, "Par amour, on fait des choses...", *da ?* » Il fredonna quelques mesures sous le regard furibond de Janson, puis reprit le fil de son discours. « Algorythme asymétrique inversé. Logiciel de recherche de données part à la chasse au modèle, le signal enfoui dans le bruit. Très difficile...

— Grigori, mon ami, ne me refais pas *Guerre et Paix*. Va à l'essentiel, je t'en prie. »

Berman haussa les épaules, un peu froissé. « Programme informatique surpuissant vient de donner tout ce qu'il a dans le ventre. Equivalent d'une compétition de triathlon, niveau olympique, sans stéroïdes est-allemands pour aider. Mais il a gagné, il a identifié le compte d'origine. »

Le cœur de Janson se mit à battre la chamade. « Tu es un vrai sorcier.

— Et c'est drôlement rigolo, répéta Berman.

— Quoi ? »

Le sourire de Berman s'épanouit. « L'homme qui te paie pour tuer Peter Novak... c'est Peter Novak. »

Quand il arriva au camp d'entraînement, à la tête de son petit convoi, Ahmad Tabari se sentit très soulagé. Il savait depuis longtemps que les voyages étaient pour lui des entreprises à haut risque. Malgré les nombreuses heures passées à méditer, ce long périple avait été éprouvant. Le Calife avait d'abord pris l'avion pour Asmara, en Erythrée, pays où personne n'aurait songé à chercher le chef du Front de libération kagama. Puis il s'était embarqué sur un navire rapide en partance pour le nord et, après avoir longé les rivages de la mer Rouge, avait débarqué sur la côte nord du Soudan, près du grand désert nubien. Quelques heures après avoir posé le pied sur la terre ferme, il était parti avec ses guides soudanais sur les pistes cahoteuses du désert, pour rejoindre le camp aux abords de la frontière éry-thréenne. La Mecque n'était qu'à quelques centaines de kilomètres vers le nord et, pour atteindre Médine, il aurait fallu parcourir encore la même distance à peu près. Il éprouvait quelque déception à se savoir si proche des grands lieux saints sans pouvoir fouler le sol que le Prophète, béni soit-il, avait sanctifié par son passage. Mais il acceptait son destin, comme toujours, puisque telle était la volonté de Dieu. Il défendait une cause juste et c'était de là qu'émanait sa force. Bien sûr, il avait connu de cuisants échecs, tout récemment, dans la province de Kenna, mais le Calife demeurait le flambeau de la lutte contre la corruption, les violences et les déprédations commises par l'Occident à l'intérieur d'un ordre global que ce même Occident considérait comme « naturel ». Il formait des prières pour que toutes ses décisions, tous ses actes soient autant de bienfaits pour ses compatriotes qui, grâce à lui, rejoindraient un jour l'*ummah*, le peuple d'Islam, dont il deviendrait le calife inspiré, enfin reconnu de tous.

A son arrivée au camp, quand des jeunes gens imberbes et des éminences à barbe grise vinrent l'accueillir, il sentit la grande fraternité qui le liait à ses frères en religion. Ce sol desséché, brun foncé, était très différent de celui de sa terre natale avec sa luxuriante végétation tropicale mais, pour la vigilance, le zèle et la dévotion, ses frères du désert auraient pu en remontrer à la plupart de ses fidèles kagamas. Ici, la terre était peut-être stérile mais elle fleurissait de la vertu du Très-Haut. Les guerriers du désert avaient fort à faire avec leurs propres campagnes, en Tchétchénie, au Kazakhstan, en Algérie, aux Philippines, mais n'oubliaient pas que chacun de ces conflits n'était qu'une escarmouche au sein d'une lutte plus vaste. Et pour cette raison, ils l'aideraient, tout comme lui le Calife les avait aidés par le passé. Si telle était la volonté d'Allah, ils reconquerraient un jour, main dans la main, la Terre sainte de l'Islam.

La première des priorités était la visite du centre de formation mis en place par ses hôtes. Ces derniers n'en étaient pas peu fiers. Il en avait entendu parler, bien entendu. Tous les dirigeants de la grande confrérie connaissaient cette université de la terreur dont les disciples apprenaient le nouvel art de la guerre sous le regard indulgent du gouvernement de Khartoum. Dans des bunkers creusés sous la roche, des ordinateurs stockaient les plans des centrales électriques, des raffineries de pétrole, des aéroports, des voies ferrées, des installations militaires de plusieurs dizaines de pays. Chaque jour, des équipes spécialisées naviguaient sur le web à la recherche de nouveaux secrets, ceux que l'Occident mettait négligemment à la disposition du grand public. Ils avaient même reconstitué une ville américaine afin d'étudier les techniques de la guérilla urbaine : comment bloquer les routes et prendre d'assaut les immeubles. On s'initiait également à des arts plus subtils, ceux de la surveillance, de l'assassinat ; on apprenait à fabriquer des explosifs à partir de matériaux disponibles dans toutes les quincailleries américaines. Le Calife passait d'un groupe à l'autre en souriant de son air grave. On le traitait comme un hôte de marque, avec la même déférence qu'on témoignait au président du Soudan, lors de ses visites secrètes. Un jour, il accéderait au pouvoir dans son propre pays. Il le savait et eux aussi.

Bien sûr, il était fatigué mais n'avait pas le temps de se reposer. Après la prière du soir, vint le moment de se réunir.

Sous une tente, assis par terre sur des coussins disposés sur un grand tissu, ils buvaient du thé dans de banales tasses d'argile. Malgré le ton cordial de leur conversation, ils évitaient d'aborder des sujets trop précis. Tous connaissaient la situation épineuse dans laquelle se trouvait le Calife – les progrès retentissants de sa lutte en dépit des assauts incessants des forces républicaines. Il avait essuyé des revers, des échecs redoutables. Il y en aurait d'autres – à moins qu'on ne lui donne encore un coup de main. Les tentatives réitérées des Kagamas pour obtenir l'appui du Médiateur avaient toutes été repoussées. Non seulement il avait refusé de leur fournir le soutien nécessaire mais avait insisté pour que le Calife renonce à sa vengeance ! Oh, la perfidité de l'infidèle ! Par la suite, le Calife avait essayé de reprendre contact avec lui, pour le persuader du caractère inexorable de son combat pour la justice. Mais de nouveau, ses tentatives avaient échoué, lamentablement et de matière inexplicable. Telle était la raison de sa présence en ces lieux.

Finalement, ils entendirent le vrombissement d'un hélicoptère militaire, sentirent le puissant déplacement de l'air propulsé par les hélices. Les chefs du camp échangèrent des coups d'œil puis se tournèrent vers leur invité.

C'était le visiteur qu'ils attendaient. L'homme qu'on appelait Al-Mustashar, le conseiller, alias Ibrahim Maghur.

Le colonel Ibrahim Maghur était un personnage public ; ses liens avec les insurgés des camps devaient donc demeurer secrets. Il occupait un haut poste au sein des services secrets libyens et Tripoli avait officiellement renoncé à toute implication dans le terrorisme. Il n'en demeurait pas moins que de nombreux dignitaires du régime conservaient toute leur sympathie envers leurs frères engagés comme eux dans la lutte contre l'impérialisme occidental, et s'efforçaient de leur fournir une assistance discrète. Ibrahim Maghur faisait partie de ces dignitaires. Quand il se rendait clandestinement dans le camp, il en profitait pour livrer d'importantes informations glanées par les services de renseignement libyens. Il leur avait fourni de précieuses indications sur la position de leurs ennemis et les avait même conseillés sur la meilleure façon de les éliminer. Grâce à ses excellents relevés topographiques, à ses images satellite détaillées, les combattants de la liberté avaient obtenu un avantage stratégique significatif. Il leur avait également livré de l'armement léger et des abris pour l'artillerie. Contrairement à la plupart des nantis décadents de l'élite libyenne, Ibrahim Maghur était un vrai croyant. Il les avait maintes fois guidés sur le chemin de la victoire ; et il le ferait de nouveau.

Le colonel descendit de l'hélicoptère et, émergeant d'une petite tempête de poussière, se dirigea d'un bon pas vers ses hôtes puis s'inclina devant l'état-major du Jihad islamique, assemblé pour l'accueillir.

Lorsque ses yeux croisèrent ceux d'Ahmad Tabari, il s'inclina une nouvelle fois avant de tendre la main.

Le regard du Libyen était à la fois pénétrant et respectueux. « C'est un grand honneur de vous rencontrer, dit-il.

— Le Prophète qui nous regarde d'en haut sourit de nous voir ainsi l'un en face de l'autre, fit Tabari, lui retournant la politesse.

— Vos succès militaires sont époustouflants, vraiment remarquables – ils méritent d'être consignés dans les manuels, dit le colonel. Et je suis un féru d'histoire.

— Moi aussi », répliqua le chef rebelle kagama. Dans la lumière vespérale qui recouvrait le désert, son visage d'ébène semblait noir comme du charbon. « Mes recherches m'ont appris que les territoires rapidement concédés peuvent être aussi rapidement reconquis. Et vos propres recherches, que vous ont-elles appris ?

— Que l'histoire est écrite par les grands hommes. Et quelque chose en vous me dit que vous êtes un grand homme – un vrai Calife.

— Le Prophète s'est montré généreux envers moi, répondit le Kagama trop pressé pour tomber dans la fausse modestie.

— Mais hélas ! les grands hommes ont de grands ennemis, rétorqua l'officier libyen. Vous devez vous montrer très prudent. Je ne parle pas à la légère. Vous représentez une menace envers certaines puissances qui ne reculeront devant rien pour vous anéantir.

— La prudence est parfois un frein, repartit Tabari.

— La vérité sort par votre bouche, admit le Libyen. Ce qui constitue un risque pour les médiocres ne l'est pas pour vous. C'est par votre bravoure que s'est forgée votre grandeur ; elle contribuera à la victoire de votre cause. Votre *khalifa* régnera sur terre. Mais tout dépendra du moment et de la précision de l'attaque. » Il tourna la tête pour observer les visages tendus des cinq dirigeants du Jihad islamique puis reporta son attention sur le légendaire leader du Front de libération kagama. « Venez, dit-il. Faisons quelques pas ensemble, Calife. Juste vous et moi.

— Les conseils de Al-Mustashar sont un trésor inestimable, lança l'un de ses hôtes à Ahmad Tabari. Accompagnez-le. »

Tandis que les deux hommes flânaient autour du campement du désert, un vent froid se mit à souffler en rafales, gonflant la longue tunique du Calife.

« Je peux vous assurer que vos déboires ne sont que temporaires, lui chuchota le colonel libyen. Je suis en mesure de vous aider, et je ne ménagerai pas ma peine, tout comme certains de nos alliés de la République islamique de Mansur. Bientôt, pour vous, tout marchera comme sur des roulettes.

— Comme sur des roulettes ? Mais comment cela ? demanda l'insulaire au guerrier du désert, avec un petit sourire songeur.

— C'est simple, répondit Ibrahim Maghur d'un air solennel. Le sang. Le sang des infidèles.

— Le sang des infidèles », répéta le Calife. Ces mots lui firent l'effet d'un réconfort mais aussi d'un stimulant.

« C'est dingue ! Comment diable as-tu découvert ce truc ? demanda Janson.

— En recoupant des index de virements, dit Berman tout en remuant vigoureusement la confiture dans son thé. Le code d'origine ne peut être falsifié.

— Répète !

— Les seize millions de dollars viennent d'un compte ouvert au nom de Peter Novak.

— Comment ? Où ?

— Je te l'ai dit. Amsterdam. International Netherlands Group. La ville où se trouve le siège de la Liberty Foundation.

— Amsterdam.

— Pas étonnant.

— Tu es en train de me dire que pendant que Peter Novak croupissait dans sa cellule à Anura, il a effectué un transfert de seize millions de dollars sur un compte secret dont je suis le détenteur ? Mais c'est totalement insensé !

— Il a peut-être obtenu pré-autorisation. Pré-autorisation possible. Post-autorisation pas possible.

— Mais enfin, Grigori, c'est une histoire de fous !

— Je t'ai juste donné code d'origine.

— Se pourrait-il que quelqu'un d'autre ait eu accès au compte de Novak, qu'il en ait pris le contrôle, en quelque sorte ? »

Le Russe haussa les épaules. « Code d'origine identifie possesseur du compte. C'est tout. Pour accès, il y a plein d'autres paramètres. Et là-dessus, je peux rien te dire avec les moyens que j'ai ici. Cette information flotte pas de modem en modem. La certification légale est détenue par l'institution d'origine. Banque d'Amsterdam suit instructions transmises par détenteur du compte. Suffixe du compte dit compte de la Fondation. Paperasserie à la banque, paperasserie au siège. » Berman prononça le mot *paperasserie* avec le dégoût qu'il éprouvait pour les vieilles méthodes, les vieux règlements et autres instruments financiers révolus échappant à la classification numérique, la chaîne un-zéro.

« Tout ça ne veut rien dire.

— Ça veut dire *dollars*! répliqua Berman d'un air joyeux. Si quelqu'un dépose seize millions sur compte à Grigori, Grigori trouvera pas mariée trop belle. » Il tendit les mains. « Désolé, mais j'en sais pas plus. »

Peter Novak avait-il été trahi par un de ses proches, de ses amis? Mais qui? Un des responsables de son organisation? Marta Lang elle-même? Elle semblait parler de son patron avec une véritable affection et un authentique respect. Mais qu'est-ce que ça prouvait, hormis ses talents de comédienne? En tout cas, il venait d'apprendre quelque chose : la personne qui avait trahi Novak ne pouvait qu'appartenir à son proche entourage. Elle avait réussi à gagner sa confiance. Il s'agissait donc d'un expert, d'un maître du mensonge, de la trahison... et de la patience. Mais tout ça dans quel but?

« Viens avec moi, dit Berman, que je te fasse visiter. » Il attrapa Janson par les épaules et l'entraîna vers les escaliers et les somptueux couloirs de sa résidence. Ils arrivèrent enfin dans une cuisine vaste et lumineuse. Berman posa un doigt sur ses lèvres. « M. French pas vouloir nous dans cuisine. Mais Russes savent que cœur de maison est cuisine. »

Berman s'avança vers l'évier en aluminium qui luisait sous les fenêtres de l'office. Dehors on apercevait une magnifique roseraie et, plus loin, Regent's Park. « Jette un coup d'œil – mille hectares au cœur de Londres, mon petit jardin à moi. » Il tira sur le robinet gicleur et le porta devant sa bouche comme un micro. « Quelqu'un a laissé les scones sous la pluie, entonna-t-il de sa voix de basse. J'arrive pas à y croire... » Il attira Janson pour l'inciter à chanter avec lui en duo et leva le bras dans un geste théâtral, comme sur une scène d'opéra.

Il y eut un bruit de verre brisé; la ritournelle s'interrompit dans un hoquet. Un instant plus tard, Berman tombait.

Le petit trou rouge qui perçait le dos de sa main était à peine visible. Sur le devant de sa chemise, à gauche, une autre blessure, pas plus grosse que la première, s'auréolait d'une imperceptible tache de sang.

« Bon Dieu ! » hurla Janson.

Le temps s'arrêta.

Janson baissa les yeux vers son ami qui gisait, abasourdi, sur le carrelage gris de la cuisine, puis regarda par la fenêtre. Dehors, tout semblait calme. Le soleil de l'après-midi jouait dans les rosiers bien taillés, dont les petites corolles roses et blanches s'épanouissaient entre les feuilles foisonnantes. Dans le ciel bleu paressaient quelques traînées blanches.

La chose semblait impossible, et pourtant elle venait de se produire. Son cerveau fonctionnait à plein régime. Il fallait absolument faire marcher ses méninges. Perdu dans ses calculs, il entendit le maître d'hôtel se précipiter vers la cuisine, sans doute alerté par le cri que Janson venait de pousser. Dès qu'il apparut, il attrapa Berman et l'éloigna de la fenêtre en le traînant sur le sol. C'était une bonne réaction. Il regarda par la fenêtre, comme Janson l'avait fait, un pistolet P7 à la main. Un amateur aurait tiré pour riposter : le maître d'hôtel s'en abstint. Par la fenêtre, il avait vu la même chose que Janson, c'est-à-dire rien ; le regard qu'il lui lança révéla sa perplexité. Quelques secondes plus tard, les deux hommes battaient en retraite dans le couloir. Toujours étendu par terre, Berman respirait bruyamment, comme si l'air avait du mal à circuler dans ses voies respiratoires endommagées. Il inspectait sa poitrine à tâtons. Enfin, ses doigts touchèrent la blessure. « Fils de pute, dit-il d'une voix étranglée. *Tvoyu mat !* »

Sa main droite intacte tremblait de l'effort qu'il fournissait pour examiner la blessure. Avec une remarquable détermination, il fouilla la plaie et, avalant une bonne goulée d'air, en extirpa une concrétion de cuivre et de plomb.

« Ecoutez, dit Janson au maître d'hôtel. Je sais que c'est terrible pour vous, mais il va falloir que vous gardiez votre calme, j'en ai besoin, monsieur... ?

— Thwaite. J'ajouterai que j'ai passé quinze ans dans le SAS. Il ne s'agit pas d'un crime crapuleux, nous le savons l'un comme l'autre. Nous cherchons quelque chose d'autre.

— SAS ?

— M. Berman est peut-être fou mais pas idiot. Un homme comme lui n'a pas que des amis. Nous nous attendions à tout sauf à cela. Ce tir est venu de nulle part. Je ne comprends pas. »

Comment était-ce arrivé ?

D'abord, le cerveau de Janson se vida, puis des ellipses, des angles droits se formèrent. La scène horrible à laquelle il venait d'assister était en train de se dissoudre dans un magma de formes géométriques.

Il avait besoin de connaître tous les paramètres. Effectuant une connexion mentale entre le point de pénétration de la balle dans le bras levé de Berman et la blessure à la poitrine, il obtint un angle d'environ trente-cinq degrés à partir de l'horizontale. Et pourtant, en suivant la trajectoire sous cet angle, il ne vit rien d'anormal dans le proche voisinage.

Donc on avait tiré de plus loin.

L'amas de métal que Berman avait retiré de sa blessure confirmait son hypothèse. Il s'agissait d'un tir à longue distance. Le projectile avait touché Berman vers la fin de sa trajectoire. A cent mètres, il aurait traversé son corps de part en part. Il fallait prendre en compte la taille de la balle et son écrasement : tout était là.

Il se baissa pour ramasser la balle. Qu'est-ce que c'était ? Six ou sept cents grains, cartouche chemisée de cuivre. Elle avait pénétré de cinq centimètres ; si elle avait atteint la tête, Berman serait mort sur le coup. En l'occurrence, elle avait provoqué une grave hémorragie pulmonaire. Quelle était la puissance d'impact ? Cent, deux cents livres par pied ?

Avec la résistance de l'air, l'impact diminuait selon un rapport non linéaire à la distance franchie. Plus grande était la rapidité, plus forte la résistance. En conséquence, il ne s'agissait pas d'une relation linéaire simple. Le rapport rapidité-distance mettait en jeu une équation différentielle de premier ordre et le nombre de Reynolds – le genre de problème que Alan Demarest était capable de résoudre de tête ; Berman peut-être aussi. Se fiant à son intuition et à son expérience, Janson estima la distance parcourue à mille deux cents mètres environ.

Janson se représenta mentalement la structuration du quartier, les toits palladiens de Hanover Terrace, le dôme de la Grande Mosquée de Londres... son fin minaret et le petit balcon d'où le muezzin appelait les fidèles à la prière. Le monument n'ayant pas de valeur intrinsèque, il ne faisait sans doute l'objet d'aucune surveillance ; un professionnel aurait pu s'y introduire sans difficulté. Si les calculs approximatifs de Janson étaient corrects, il y avait de fortes chances pour ce scénario soit le bon.

C'était diabolique. Un tireur embusqué s'était posté sur le balcon du minaret, une chiure de mouche vu de Berthwick House, et avait patiemment attendu que sa cible apparaisse à la fenêtre. Il avait disposé de tout le temps nécessaire pour calculer les angles et les trajectoires. Mais combien étaient-ils dans le monde à pouvoir réussir pareil tour de force ? Quarante peut-être ? Parmi eux, deux Russes. Le tireur norvégien qui avait remporté les championnats du monde à Moscou l'année précédente. Deux Israéliens, avec leurs fusils Gabil 7 .2. Une poignée d'Américains.

Les tireurs d'élite étaient doués d'un talent exceptionnel, doublé d'une patience tout aussi exceptionnelle. Ils devaient se tenir prêts à toute éventualité : dans le cas d'un tir longue distance, une brise imprévue, même légère pouvait faire dévier le projectile de plusieurs dizaines de centimètres. Il arrivait aussi que la cible bouge au moment où l'on s'y attendait le moins. Dans le cas présent, Berman avait levé le bras une fraction de seconde après que le tireur avait appuyé sur la détente. Un sniper devait prendre en compte tous ces paramètres s'il voulait toucher sa cible.

Mais quelle était cette cible ?

Pour le maître d'hôtel, c'était son employeur qui était visé. Logique. Mais pas forcément juste. Il revit Berman passer son bras autour de ses épaules pour l'attirer vers lui. La balle qui avait atteint le Russe était passée à quarante centimètres de la tête de Janson.

Quarante centimètres. Une variation incontrôlable à une distance de douze cents mètres. Qu'il soit réussi ou presque raté, ce tir était d'une précision incroyable. Pourtant, il suffisait de réfléchir cinq minutes pour comprendre que la cible n'était pas Berman mais Janson, le seul élément nouveau dans le paysage.

Il entendit la sirène de l'ambulance que Thwaite avait appelée puis sentit qu'on tirait sur sa jambe de pantalon – Berman tentait faiblement de communiquer, de capter son attention.

« Janson », bredouilla-t-il comme s'il avait de l'eau dans la bouche.

Son visage joufflu était d'une pâleur mortelle. Un filet de sang coulait de la commissure de ses lèvres vers son menton. L'air gargouillait sur sa blessure. Il y appuya sa main droite et leva la gauche ensanglantée, l'index dressé comme pour ponctuer ses dires. « Dis-moi la vérité : ma chemise Turnbull et Asser est fichue ? » Au lieu de son gros rire coutumier, ce fut une toux grasse qui sortit d'entre ses lèvres. Le sang avait envahi au moins un de ses poumons. Il le perdrait bientôt.

« Elle a connu des jours meilleurs », répondit doucement Janson. Il l'aimait bien, cet histrion.

« Attrape le fils de pute qui m'a fait ça, dit Berman. *Da ?*

— *Da* », fit Janson d'une voix rauque.

CHAPITRE 16

THWAITE prit Janson à part et lui murmura : « Je ne sais pas qui vous êtes, mais M. Berman devait vous faire confiance, sinon il ne vous aurait pas invité. Pourtant je dois vous demander de vous tirer. » Un regard désabusé. « Et vite fait. »

Janson s'enfuit sans demander son reste. Il passa sur les parquets de chêne, longea les boiseries du XVIIIᵉ siècle français qu'un Lord Woolworth avait fait installer voilà quelques décennies et sortit par la porte de derrière. Deux minutes plus tard, après avoir franchi la barrière en fer forgé, il pénétrait dans Regent's Park. « Mille hectares au cœur de Londres, mon petit jardin à moi », avait dit Berman.

Était-il à l'abri ?

Rien n'était moins sûr mais il n'avait pas d'autre échappatoire. Les autres sorties de Berthwick House se trouvaient dans la ligne de mire du tireur posté dans le minaret. En revanche, de là où il était perché, l'homme ne voyait presque rien du parc.

En plus, Janson connaissait bien cet endroit ; quand il vivait à Cambridge, il s'était lié d'amitié avec un garçon qui habitait le quartier de Marylebone. Combien de fois ne s'étaient-ils pas promenés à travers cette vaste étendue verdoyante, trois fois plus grande que Central Park ? Hanover Terrace dominait les pelouses de sa majestueuse architecture néoclassique aux nuances crème, son architrave ornée de frises blanches et bleues. Le parc était un monde en soi. Ses cours d'eau regorgeaient de cygnes et d'étranges volatiles exotiques s'ébattant sur leurs rives tantôt recouvertes de ciment, tantôt marécageuses et plantées de roseaux. Les allées longeant les rivières accueillaient aussi nombre de pigeons prêts à se battre pour une miette. Plus loin, les haies de buis taillés disposés en ligne fermaient le paysage comme une épaisse frontière de verdure. Sur un petit kiosque de bois, on voyait un poste de sauvetage rouge.

Janson avait toujours considéré ce parc comme un refuge. Autrefois, il aimait à parcourir le vaste campus planté d'arbres et de gazon, ponctué de terrains de jeux et de courts de tennis. L'étang navigable qui s'étendait comme une amibe, s'écoulait dans un ruisseau bordé de parterres de fleurs, qui passait sous York Bridge, dans la partie sud du parc. Tout au centre, se trouvait Queen Mary's Garden, sa flore exotique et son gibier rare retenu par des barrières presque invisibles : un sanctuaire pour les oiseaux sauvages et les rêveurs solitaires. Regent's Park, créé par John Nash, architecte de la Couronne, figurait une Angleterre idyllique n'ayant peut-être jamais existé – le Windermere en plein cœur de la métropole, alliant aux charmes débridés de la campagne la rigueur du jardin paysager.

Janson partit à petites foulées jusqu'à l'étang navigable. Tout en longeant les arbres, il tenta de s'éclaircir les idées. Pourquoi un tel attentat ? C'était tout à fait hallucinant. Tout en courant, il ne perdait rien de ce qui se passait autour de lui. Les nerfs à fleur de peau.

Était-il à l'abri ?

Avait-il affaire à un tireur isolé ? C'était improbable. Un dispositif pareil supposait la présence de plusieurs snipers couvrant les différentes ailes de la maison. Thwaite avait raison, le périmètre de sécurité était suffisant. Mais comment se prémunir contre des tirs venant d'aussi loin ?

Il y avait certainement d'autres tireurs embusqués dans le secteur. Dans ce cas, où étaient-ils ?

Et *qui* étaient-ils ?

L'intrusion de la violence dans ce havre de paix était profondément choquante, comme une obscénité. Janson ralentit et observa le grand saule dont les branches trempaient dans les eaux du lac, devant lui. Un arbre comme celui-là devait avoir dans les cent ans ; il l'avait sans doute aperçu lors de ses promenades d'autrefois. Ce saule centenaire avait survécu à tous les changements de gouvernement, depuis Lloyd George jusqu'à Margaret Thatcher. Il avait connu les bombardements, le rationnement, les périodes de crise et l'expansion économique.

Janson s'approcha de l'arbre. Soudain, sur son tronc épais, il vit se dessiner une marque blanche. Un bruit feutré : celui du plomb se fichant dans l'écorce fripée. On l'avait encore raté, de quelques petits centimètres. La troublante précision d'un fusil « bolt-action ».

Il reprit sa course en regardant autour de lui. Rien en vue. Quant aux détonations, il en était pour ses frais. Le seul bruit qu'il avait entendu était celui du projectile percutant l'arbre. Ils utilisaient peut-être un appareillage conçu pour étouffer les sons. Pourtant, même avec un fusil équipé d'un silencieux, on arrivait à percevoir le bruit produit par un tir supersonique – c'était comme un coup de fouet claquant dans le lointain. Conclusion : il venait d'échapper à un tir longue distance. Si le tireur avait été posté à cent mètres de là, le bruit se serait fondu dans le frémissement des feuillages et le bruit de fond du parc. Deuxième conclusion : un tireur d'élite extrêmement adroit était à ses trousses.

Ou toute une équipe de tireurs d'élite.

Où se cacher ? Comment le savoir ? L'angoisse lui tordait les tripes.

A deux pas de lui, un tas de détritus s'envola dans les airs. Encore raté. Le sniper opérait de très loin et sa cible se déplaçait : l'eût-il manqué de dix mètres, le tir aurait déjà été remarquable. Or, il était passé à cinquante centimètres de lui. C'était époustouflant. Et terrifiant.

Ne t'arrête pas : face à des poursuivants invisibles, c'était la seule chose à faire s'il voulait échapper à la mort. Mais il ne suffisait pas d'avancer, il fallait progresser à une vitesse irrégulière, sinon un tireur expérimenté aurait tôt fait d'anticiper sa distance de déplacement. Rien n'était plus facile que d'atteindre une cible avançant à une allure constante dans une direction constante : en tenant compte de la distance et de la vitesse de la cible, on visait quelques degrés au-delà de la silhouette se profilant dans la lunette et on tirait à l'endroit où le sujet se trouverait au moment de l'impact.

Un autre paramètre essentiel entrait en jeu dans la grille de visée. Le mouvement latéral – la vitesse transversale – était une chose ; en revanche, celui qu'effectuait la cible en se déplaçant en direction du tireur ou dans la direction opposée n'avait presque aucune importance : il n'empêchait pas de faire mouche.

Janson ignorait toujours combien de snipers le tenaient en joue, et quelles étaient leurs positions. Du coup, il était incapable de faire la différence entre déplacements latéraux et transversaux. D'après les règles de l'attaque croisée, on pouvait supposer l'existence d'un réseau axial ; or, des tireurs, aussi accomplis soient-ils, ne pouvaient négliger les risques induits par une balle perdue. La moindre erreur était susceptible de provoquer un désastre, entraîner la perte d'un membre de l'équipe ou la mort d'un passant.

Les snipers – où étaient-ils ? Les derniers tirs venaient du sud-ouest. Or, à cet endroit-là, il n'y avait qu'un bosquet de chênes, une centaine de mètres plus loin.

Janson reprit sa course, sans cesser d'épier les environs. Tout paraissait normal ; c'était d'autant plus inquiétant. Le parc n'était pas désert mais il n'y avait pas foule. Un jeune homme se dandinait au rythme de la musique qui sortait de son baladeur. Une jeune mère poussant un landau discutait avec une autre femme, une amie de toute évidence. Au loin, retentissaient les cris des enfants qui faisaient du pédalo sur un étang peu profond entouré d'une barrière. Et, comme toujours, des amoureux se promenaient main dans la main au milieu des chênes, des saules et des hêtres blancs. Ces gens-là vivaient dans leur monde. Lui essayait de survivre dans le sien. Ils partageaient le même espace que lui, mais sans savoir que la mort rôdait. Comment auraient-ils pu s'en douter ?

C'était en cela que résidait le génie de cette opération. Les tirs étaient presque inaudibles. Il fallait déjà être au courant pour remarquer les infimes éclats d'écorce, les brins d'herbe arrachés à la terre, les éclaboussures qui troublaient par intermittence la surface lisse de l'étang. Regent's Park s'était transformé en champ de tir, à l'insu de tous ses visiteurs.

Sauf d'un. La victime potentielle, bien sûr.

Où se réfugier ? Cette question vrillait son esprit. Il devait trouver une solution. Très vite.

Janson possédait un unique avantage sur ses ennemis. Lui seul savait ce qu'il allait faire à la seconde suivante. Les autres ne pouvaient que réagir avec un temps de décalage. Mais s'ils réussissaient à lui dicter ses déplacements, il perdrait cet avantage.

Il se mit à courir en zigzag, selon une ligne transversale par rapport au réseau axial de l'équipe de tireurs.

« On fait son petit jogging ? » s'exclama un vieil homme amusé par son comportement. Ses cheveux blancs coiffés en frange le faisaient ressembler à Jules César. « Vous avez l'air de tenir la forme. Vous allez vous retrouver au Manchester United, un de ces quatre ! » Le type avait dû le prendre pour un fou en voyant la manière absurde dont il se déplaçait, courant dans un sens et dans l'autre. Le vol hasardeux d'un oiseau-mouche dépourvu d'ailes.

Soudain il piqua un sprint et se mêla à un groupe de promeneurs qui se dirigeaient vers York Bridge. Le kiosque à musique l'attirait : il lui servirait d'abri.

Longeant les rives du lac, il passa devant une femme âgée en train de jeter des miettes de pain aux pigeons affamés. Quand il traversa leur groupe, les volatiles prirent leur envol à grand renfort de battements d'ailes effarouchés. Tout à coup, l'un des fuyards emplumés tomba comme une pierre à ses pieds. A son plumage sanguinolent, Janson comprit que la balle qui lui était destinée avait quand même atteint une cible.

Et les gens autour de lui continuaient à profiter de cette belle journée. Tout allait très bien pour tout le monde. Sauf pour lui.

Des petites échardes explosèrent sur la rambarde du pont. La balle avait failli le toucher au ventre. Elle termina sa course dans l'eau. Un tir d'une précision remarquable : ils allaient finir par l'avoir, ce n'était qu'une question de temps.

Il avait commis une erreur en se précipitant vers York Bridge : les deux derniers impacts en étaient la preuve. Au lieu de modifier son angle de déplacement, il s'était contenté de changer la distance le séparant de ses assaillants. Et donc il leur avait facilité les choses. Toutefois, cette dernière constatation allait pouvoir lui servir ; s'il voulait vivre encore un peu il lui faudrait en tenir compte.

Il contourna les courts de tennis grillagés. Devant lui, se dressait un belvédère octogonal en contreplaqué faussement rustique. Un refuge potentiel comportant néanmoins une part de risque : à la place du sniper, il anticiperait son prochain mouvement et concentrerait ses tirs dans cette direction. Janson prendrait donc un chemin détourné. Il courut vers un point situé à l'opposé de l'édifice puis, arrivé à une certaine distance, progressant en zigzag, tête baissée, il partit s'abriter dans l'ombre du belvédère. Ce dernier formait une barrière entre lui et les arbres où les snipers étaient perchés. Il en profita pour ralentir le rythme.

A un mètre de son pied gauche, une balle se ficha dans le gazon, l'éclaboussant d'une pluie d'herbe. Impossible !

Hélas non, c'était on ne peut plus possible. Il avait péché par optimisme en supposant que tous les tireurs étaient rassemblés dans les grands arbres derrière le lac. Il y en avait à cet endroit, c'était l'évidence même. Les tireurs professionnels ont tendance à tourner le dos au soleil, d'abord pour que leur cible soit bien visible mais surtout pour éviter que la lumière ne se reflète dans leur lunette de visée et ne trahisse leur présence. A la manière dont le gazon avait jailli, il calcula que la balle venait du même endroit que les autres, à peu de chose près. Pourtant le grand belvédère bouchait la vue sur les arbres. Le cœur serré, il scruta l'horizon.

Plus loin, *beaucoup* plus loin : le treillage d'acier d'une grue haute de vingt ou trente étages au milieu d'un chantier de construction sur Rossmore Road : à un peu plus d'un kilomètre de là.

Seigneur ! Était-ce possible ?

La vue était directe : avec les optiques adéquates et une parfaite concentration, *c'était* possible. Pour un tireur hors pair.

Il fila vers le belvédère, mais sans se faire d'illusions. Il ne s'agissait que d'un refuge temporaire. A présent, toute l'équipe connaissait sa position. Plus il resterait là, plus il risquerait de se faire descendre au moment où il tenterait de s'éloigner de l'édicule. Les snipers n'auraient plus qu'à attendre que Janson se montre. A moins qu'ils n'adoptent une autre solution comme appeler du renfort par radio, par exemple – un *promeneur*, comme on désignait dans le métier les agents qui circulaient à pied et prêtaient main-forte à leurs collègues, en cas de besoin. Un promeneur en veston de tweed, armé d'un simple pistolet à silencieux, pouvait très bien se charger du travail. Il le descendrait, cacherait l'arme et reprendrait sa flânerie comme si de rien n'était. Non, il aurait eu tort de se croire en sécurité derrière ce belvédère. Chaque déplacement augmentait les risques. Chaque instant rendait la fuite moins probable.

Réfléchis ! Il devait agir. D'abord, il commençait à en avoir assez : assez de leur servir de cible, putain ! Chacun de ses mouvements pouvait être le dernier, mais rester immobile revenait au même. En tout cas, il n'était pas question de mourir accroupi derrière un belvédère.

Les rôles allaient s'inverser. De chassé il deviendrait chasseur, de proie il se changerait en prédateur. Il ne mourrait pas avant d'avoir tout tenté pour s'en sortir. De toute façon, il n'avait pas le choix.

Résumé de la situation : les snipers étaient loin d'être manchots mais la manière dont ils s'étaient positionnés ne leur facilitait pas la tâche. A une telle distance, même un tireur exceptionnel était incapable de contrôler toutes les variables – petite brise, brindille s'interposant entre lui et la cible – susceptibles de dévier une trajectoire. Il suffisait d'un grain de sable pour enrayer l'engrenage. En outre, ils semblaient prendre garde aux passants. S'ils avaient pris le risque de blesser Berman c'était sans doute qu'ils le considéraient comme un complice de Janson. Sa mort importait peu, peut-être même servait-elle les objectifs de leur mission.

Question : pourquoi étaient-ils aussi loin ? Janson ne voyait pas ses agresseurs et c'était la chose qui le déroutait le plus. Ils restaient bien cachés. Mais pourquoi ?

Parce qu'ils rechignaient à prendre des risques. *Parce qu'ils avaient peur de lui.*

Bon sang. C'était ça. Certainement. On avait dû leur ordonner d'éviter à tout prix le contact rapproché. Le sujet étant considéré comme imprévisible et dangereux de près, on préférait l'éliminer de loin.

Sachant cela, il devrait à tout prix réprimer ses impulsions ; son instinct lui dictait de fuir, de mettre de la distance entre lui et les autres. Mais en agissant ainsi, il commettrait une lourde erreur.

Tout au contraire, il fallait se rapprocher de l'ennemi, avancer *vers* lui. Mais comment suivre cette tactique sans se jeter dans la gueule du loup ?

Près de l'Inner Circle, le sentier de pierre entourant le Queen Mary's Garden, une femme corpulente vêtue d'une jupe en jean tendait une paire de jumelles à sa fille. En voyant son visage couperosé, on se disait que dans sa jeunesse, ses soupirants avaient dû se pâmer devant son « teint de rose » ; les rougeurs charmantes d'autrefois s'étaient installées à demeure, formant de grosses plaques violacées accentuant la grossièreté de ses traits.

« Tu vois celui qui a du bleu sur l'aile ? C'est à cela qu'on reconnaît les mésanges. »

La petite fille, âgée de sept ans peut-être, prit les jumelles et les posa tant bien que mal sur son nez. On voyait bien qu'elles étaient de bonne qualité, de grossissement 10 × 15 probablement : la femme, sans doute passionnée d'ornithologie, comme beaucoup de Britanniques, voulait faire découvrir à son enfant les merveilles du monde aviaire.

« Maman, je ne vois rien », se plaignit la gamine. Sa mère se pencha et rapprocha les œilletons.

« Essaie encore.

— Maman, où est l'oiseau ? »

Une brise venait de se lever, faisant frémir les feuillages. Un point positif pour Janson. Un tireur éloigné devait tenir compte du vent, surtout des rafales. Pour faire mouche dans de telles conditions, il fallait respecter des règles de compensation : « doper le vent ». Pour estimer la vitesse du vent, on avait recours à une méthode tout aussi élémentaire que celle consistant à tendre un pouce mouillé : quand il vous effleurait le visage c'était qu'il soufflait à 6 kilomètres-heure ; entre 7 et 12 kilomètres-heure, les feuilles des arbres remuaient en continu ; un vent de 18 kilomètres-heure faisait se balancer les arbustes. Ensuite, il fallait évaluer le sens de la brise. Il était plutôt rare d'avoir un vent direct, qui suive la trajectoire de la balle. En outre, les courants se déplaçant autour de la cible et du sniper étaient rarement les mêmes. De plus, il était impossible d'effectuer tous ces calculs avant que le vent ne tourne et, par conséquent, la précision du tir s'en ressentait. A tout prendre, les snipers préféreraient attendre une accalmie.

Le cœur battant, Janson s'approcha de la mère et de l'enfant. Il savait le risque qu'il leur faisait courir mais tablait sur l'amour-propre des tireurs d'élite : les gens de cet acabit ne supportaient pas de rater leur cible. Et le fait de toucher de simples promeneurs aurait constitué une intolérable preuve d'amateurisme. La brise soufflait toujours.

« Pardon, madame, dit Janson, mais je me demandais si vous me permettriez d'emprunter vos jumelles. » Il fit un clin d'œil à la fillette.

Aussitôt, la gamine fondit en larmes. « *Non*, maman ! hurla-t-elle. Elles sont à moi, à moi, *à moi* !

— Rien qu'une seconde ? » Janson sourit de nouveau en ravalant son exaspération. Dans sa tête, les secondes s'égrenaient inexorablement.

« Ne pleure pas, mon chou, fit la mère en caressant le visage cramoisi de la petite. Maman va t'acheter une sucette. Ça te plairait ? » Elle se tourna vers Janson. « Viola est une enfant très sensible, dit-elle froidement. Vous lui avez fait beaucoup de peine.

— Je suis vraiment désolé...

— Maintenant, allez-vous-en.

— Et si je vous disais qu'il s'agit d'une question de vie ou de mort ? » Janson esquissa un sourire engageant.

« Bon Dieu, vous les Amerloques, vous croyez que le monde vous appartient. Je vous ai dit non, c'est non. Vous êtes sourd ? »

Le temps passait si vite. La brise tombait. Janson s'imaginait le sniper caché dans le feuillage, arc-bouté contre une grosse branche ou perché au sommet d'une grue télescopique dont le treillage d'acier et la base hydraulique réduisaient le balancement. En matière de camouflage, l'immobilité demeurait le meilleur atout du sniper.

Janson savait ce qui se passait dans la tête de ces champions, l'implacable lucidité, le vide qui se répandait dans leur esprit. Ayant lui-même suivi un entraînement intensif à Little Creek, il connaissait bien cette ficelle du métier. Il en avait passé des après-midi au milieu de nulle part, à attendre l'apparition de sa cible, sa Remington 700 calée sur deux sacs de sable, le canon pointé, jusqu'à ce qu'une lueur traverse l'objectif de sa lunette. Et pendant ce temps-là, la voix de Demarest murmurait dans l'écouteur, le guidant, le rassurant. « Tu la sentiras avant même de la voir, Janson. Fie-toi à ton instinct. Détends-toi, concentre-toi, ne pense plus à rien. » Quelle surprise quand il constatait qu'il avait mis dans le mille. Il n'avait jamais joué dans la même catégorie que les experts qui le traquaient aujourd'hui, mais ne se défendait pas trop mal. Et le fait d'avoir passé quelque temps de l'autre côté de la lunette rendait sa situation actuelle d'autant plus éprouvante pour les nerfs.

Il voyait par leurs yeux. Il devinait leurs pensées.

Le monde du tireur d'élite se réduisait à l'image circulaire dans sa lunette de visée et à la relation entre les contours de la cible et le réticule. L'homme était équipé d'une Remington 700, ou d'un Galil 7. 62, ou d'un M40A1. Il avait trouvé le point d'appui idéal entre la crosse et la joue ; le fusil était comme une extension de son corps. Il respirerait profondément, relâcherait l'air, puis recommencerait, mais sans vider totalement ses poumons. Son détecteur laser lui indiquerait la distance précise : il se servirait de la lunette pour compenser le dénivelé de la balle. La mire se fixerait sur le rectangle formé par le torse du sujet. Il viderait encore un peu ses poumons mais pas jusqu'au bout, son doigt caresserait la détente et...

Janson se baissa brusquement au niveau du visage de la gamine en pleurs. « Hé, lui dit-il. Ça va aller.

— Vous êtes méchant ! », cria-t-elle. Parlait-elle de lui ou des Américains en général ? Allez sonder l'esprit d'une gamine de sept ans !

Janson saisit doucement les jumelles en soulevant la lanière passée autour du cou de l'enfant et s'éloigna à grandes enjambées.

« Maman ! fit-elle dans un cri proche du gémissement.

— Mais qu'est-ce que vous fichez ? », beugla la mère, cramoisie.

Ses jumelles bien en main, Janson se précipita vers le kiosque en bois, à deux cents mètres de là. Chaque fois qu'il changeait de position, les snipers devaient réajuster leur ligne de mire. La femme lui courait après, essoufflée mais déterminée. Elle avait planté là sa fille et brandissait l'aérosol qu'elle venait d'extraire de son sac à main.

Une bombe de gaz poivré. Sur son visage, une expression mêlant le reproche et la rage. Mary Poppins affligée du syndrome de la vache folle. « Salaud ! hurlait-elle. Salaud ! Salaud ! » Elle se rua vers lui, avec ses mollets puissants enfoncés dans des Wellington et son manuel d'ornithologie lui-même enfoncé dans son immense sac à main.

Quand il se tourna, elle tenait le vaporisateur à bout de bras. Un mauvais sourire déforma ses traits au moment où elle s'apprêta à lui asperger le visage d'oleoresis capsicum.

On entendit un étrange bruit creux et, une fraction de seconde plus tard, le flacon explosait dans un nuage de gouttelettes empoisonnées.

La femme eut une expression d'absolue perplexité : elle n'avait jamais vu de conteneur sous pression se faire transpercer par une balle. Le nuage poivré dériva vers elle.

« Défaut de fabrication, je suppose », suggéra Janson. Des larmes plein les yeux, l'Anglaise tourna les talons de ses chaussures plates et s'enfuit à toutes jambes, prise de nausées, secouée par une furieuse quinte de toux. Dans l'espoir de soulager la brûlure, elle se précipita dans le lac.

Pan ! Une autre balle se ficha dans le bois du kiosque. Les deux impacts étaient vraiment très proches l'un de l'autre. Les snipers qui utilisaient des fusils « bolt-action » de haute précision s'avéraient plus redoutables encore lorsqu'ils tiraient plusieurs coups rapprochés. Janson roula sur le sol et passa sous le kiosque désert devant lequel plusieurs rangées de chaises en plastique attendaient le concert du soir.

L'appareillage en croisillons formant la base de l'édifice ne le protégerait pas des balles, mais le dissimulerait aux yeux des snipers. Il gagnerait un peu de temps, ce dont il avait le plus besoin en cet instant même.

Il régla les jumelles sur diverses focales tout en évitant les reflets du soleil couchant.

C'était exaspérant. Les rayons embrasant la grue comme une torche projetaient un halo au-dessus des arbres.

Des arbres et encore des arbres. Chêne, hêtre, marronnier, frêne. Un amas de branchages et de feuillages irréguliers. Il y en avait tant – une centaine, peut-être deux cents. Lequel était le plus haut, le plus dense ? Après un rapide examen de la fûtaie, il en retint deux et poussa le grossissement au maximum.

Feuilles. Rameaux. Branches. Et –

Un mouvement. Il ressentait des picotements à la base de la nuque.

Les frondaisons dansaient dans la brise. C'était une explication. Les feuilles frémissaient ; les fines branches se balançaient elles aussi. Mais ce n'était peut-être qu'une illusion. Mieux valait se fier à son instinct. L'intuition qui l'avait effleuré se confirma très vite. Une branche bougeait. Une branche trop lourde, trop épaisse pour être affectée par une petite brise. Or elle remuait bel et bien – pourquoi ? Parce qu'un animal y avait pris appui, un écureuil peut-être ? Ou un homme ?

A moins que cette branche n'en soit pas une. La réverbération l'empêchait de saisir tous les détails ; Janson avait réglé ses jumelles du mieux possible mais l'image restait floue. Il fit défiler diverses images mentales, un vieux truc qu'il tenait de l'époque où il faisait partie des Diables de Demarest. Une branche, avec des rameaux et des feuilles ? Possible mais pas convaincant. Imaginons que cette forme soit un fusil camouflé par des décalcomanies et quelques petites brindilles ? Quand il compara l'image qui se dessinait dans ses jumelles et celle issue de ce modèle mental, toutes sortes de minuscules anomalies lui apparurent soudain. Un effet de gestalt.

Cette branche trop droite n'était pas une branche mais un fusil. Les rameaux qui en jaillissaient étaient attachés par des fils de fer. La petite zone d'ombre au bout de la branche n'avait rien d'une excroissance de l'écorce. C'était l'orifice du canon.

A cinq cents mètres de là, un homme l'observait à travers une lunette, tout comme lui l'observait à travers ses jumelles, avec la ferme résolution de l'envoyer *ad patres*.

Bouge pas, j'arrive, pensa Janson. *Quand tu me verras, il sera trop tard.*

Non loin de là, une équipe de footballeurs se dirigeait vers les terrains de sport. Janson se mêla à eux. Les athlètes étaient assez grands et nombreux pour le cacher.

Lorsqu'ils s'engagèrent sur le pont de bois, là où le lac se transformait en rivière, Janson sortit du groupe et se laissa rouler jusqu'à l'eau. Les tireurs l'avaient-ils vu faire ? Il y avait fort à parier que non. Il exprima tout l'air de ses poumons, plongea puis se mit à nager au-dessus de la vase du fond. Les snipers s'étaient-ils laissé prendre à sa ruse ? Il fallait l'espérer. Dans ce cas, ils continueraient à observer les footballeurs. Qui dit lunettes surpuissantes dit aussi champ de vision réduit. Impossible de suivre un groupe de personnes tout en surveillant l'espace alentour. Mais combien de temps leur faudrait-il pour s'apercevoir de son absence ?

Toujours en apnée, il gagna la rive sud, sortit de l'eau en s'agrippant à la paroi en béton du bassin et fonça vers un taillis de hêtres. Il avait échappé à leur surveillance, mais ce sursis n'était que provisoire – il suffirait d'une seule erreur pour tomber dans le piège mortel. Cette zone, la plus densément boisée de Regent's Park, lui rappela les corniches de Thon Doc Kinh où se déroulaient les séances d'entraînement.

Maintenant qu'il s'était rapproché du bouquet d'arbres qu'il avait repéré de loin tout à l'heure, il ne lui restait plus qu'à reconsidérer la topographie des lieux.

Il était tard, le parc se vidait de ses promeneurs. C'était une bonne chose et une mauvaise en même temps. A lui d'exploiter *tous* les paramètres pour que cette donnée joue en sa faveur : il n'avait pas le choix. S'il s'amusait à calculer ses chances de réussite, il risquait fort de tomber dans le défaitisme et la paralysie de l'esprit, ce qui précipiterait l'issue fatale. Restait à adopter la méthode Coué en espérant qu'elle marche.

Il fonça vers un arbre, attendit quelques instants, puis se précipita vers un autre. Son estomac se serra. Pourvu que sa course ait été assez silencieuse ! Assez discrète !

Si son intuition était juste, il se trouvait sous le bon arbre.

Le tir d'élite requérait une intense concentration. Mais pour accéder à cette concentration, il fallait se couper des stimuli périphériques. Il le savait d'expérience. La vision en tunnel ne consistait pas simplement dans l'étroitesse du champ couvert par la lunette mais dans l'intensité de la concentration mentale. Deux données qui pourraient jouer en sa faveur, s'il savait s'y prendre.

Ayant franchi le pont, l'équipe de foot s'apprêtait à entrer dans le bâtiment de briques rouges de Regent's Park College, une institution baptiste. A la place des snipers, il aurait commencé à se poser des questions, surtout que le groupe n'était plus aussi compact que tout à l'heure. On voyait bien que Janson ne se trouvait plus parmi eux. Leur cible s'était-elle engouffrée dans le bâtiment de briques ? Dans ce cas, il ne leur restait plus qu'à attendre qu'elle en sorte.

Les tireurs d'élite observaient intensément chaque mètre carré du parc situé dans leur champ de vision. Mais aucun ne prêtait attention à ce qui se passait sous ses pieds. De plus, à cause de la radio leur permettant de garder le contact avec leur coordinateur, ils avaient sans doute du mal à bien percevoir les bruits ambiants. Tous ces éléments constituaient un atout supplémentaire pour Janson.

Il se hissa le long du tronc le plus discrètement possible, progressant lentement mais sûrement. A trois mètres au-dessus du sol, il vit une scène stupéfiante. Non seulement le fusil du sniper était habilement camouflé, mais tout le bouquet de branchages sur lequel il était posé était faux. C'était incroyablement bien imité, il fallait l'admettre – digne d'une Mme Tussaud qui se serait reconvertie dans l'arboriculture – mais de près, il sautait aux yeux qu'il s'agissait là d'une structure reliée au tronc par des attaches de métal, un dispositif fait de câbles d'acier, avec des boucles, des nœuds, le tout aspergé de peinture vert olive. Les particuliers et la plupart des agences gouvernementales n'avaient pas accès à ce type d'équipement. Les Opérations consulaires, si.

Il tendit la main vers le gréement et, d'un coup sec, détacha le nœud principal ; le câble d'acier glissa, lâcha, et le nid du sniper vacilla.

Janson entendit un juron assourdi puis l'installation tout entière dégringola à travers les feuillages, en brisant quelques branches au passage.

Janson aperçut l'uniforme vert du sniper étendu sous ses pieds. L'homme était mince comme un adolescent – un jeune prodige, sans doute, mais pour l'instant hors d'état de nuire. Contrôlant sa chute, Janson atterrit à califourchon sur le sniper.

Il lui arracha le fusil des mains.

« Bordel ! » Le juron jaillit dans un murmure ténu. On aurait dit la voix d'un gosse.

Ce fusil de 40 pouces était inutilisable de si près. C'était un M40A1 modifié par les experts armuriers de l'Unité des tireurs d'élite de la Marine à Quantico.

« Les rôles sont inversés », dit Janson d'une voix calme. Il saisit le sniper par le col et lui arracha son micro. L'homme était toujours couché sur le ventre. Janson remarqua ses cheveux bruns, courts et hérissés, ses jambes, ses bras grêles : il aurait été recalé au concours du plus bel Apollon dès les éliminatoires. Janson le fouilla et tomba sur un petit Beretta Tomcat calibre .32 passé dans sa ceinture.

« Enlève tes sales pattes de là ! », siffla le sniper en roulant sur lui-même. Janson eut droit à un regard de haine.

« Bon Dieu, s'écria Janson involontairement. Vous êtes...

— Je suis quoi ? »

Janson secoua la tête. Le sniper voulut se redresser mais il l'en empêcha en le plaquant au sol. Puis, de nouveau, ils se dévisagèrent.

Le sniper était souple, agile, étonnamment fort – et c'était une femme.

CHAPITRE 17

ELLE se rua sur lui comme une bête sauvage pour tenter de récupérer son Beretta. Janson recula adroitement et, du pouce, fit jouer la glissière du pistolet.

La femme posa les yeux sur le Beretta.

« T'es dépassé, Janson, dit-elle. Cette fois, ils t'ont envoyé la crème, pas les bras cassés de l'ambassade. » Elle parlait avec l'accent nasillard de la région des Appalaches, et malgré le ton calme qu'elle s'efforçait d'adopter on sentait qu'elle n'en menait pas large. A qui cette crânerie était-elle destinée ? A lui ou à elle ? Voulait-elle lui saper le moral ou remonter le sien ?

Il lui adressa un sourire vague. « Bon, je vais te faire une proposition honnête : tu collabores ou je te tue. »

Elle renifla de dédain. « Si tu me prends pour le n° 47, je peux te dire que tu rêves, papi.

— De quoi parles-tu ?

— Je ne serai pas le n° 47. » Comme il ne répondait pas, elle ajouta : « Tu en as eu 46, non ? Je parle des gars que tu as descendus. »

Le visage de Janson devint de marbre. Non seulement ce chiffre – dont il ne s'était jamais enorgueilli et qui était pour lui une source d'angoisse croissante – était exact, mais les personnes qui le connaissaient se comptaient sur les doigts d'une main.

« Procédons par ordre, repartit Janson. Qui êtes-vous ?

— Devine ! répliqua la sniper.

— Arrête ton char. » Janson appuya le canon de son M40A1 contre le plexus de la jeune femme.

Elle toussa. « On est comme toi – comme toi autrefois.

— Cons Op, hasarda Janson.

— Gagné. »

Il souleva le M40A1. Avec ses trois pieds un tiers et ses sept kilos, il était peu maniable. Ce genre d'armes ne servait qu'aux snipers en position de tir. « Tu fais partie de l'équipe Sniper Lambda. »

La jeune femme hocha la tête. « Et Lambda ne rate jamais son homme. »

Elle disait vrai. Ce qui signifiait que leur mission ne relevait pas de la simple surveillance. Les Opérations consulaires avaient eu recours à un escadron d'élite pour exécuter une directive très spéciale : tuer. Elimination pure et simple.

Le fusil visiblement bien entretenu était une petite merveille technique. Le magasin contenait cinq cartouches. Il ouvrit la chambre, en sortit une et siffla entre ses dents.

Un mystère de résolu. Il s'agissait d'une 458 Whisper, une cartouche fabriquée par SSK Industries, qui projetait une balle Winchester magnum 600 grains *very-low-drag*. Les balles VLD perdaient lentement leur vitesse, ce qui leur permettait de conserver leur énergie de propulsion sur de grandes distances, presque deux kilomètres. Elles possédaient encore un avantage : leur caractère subsonique. Déjà bien moins bruyantes que les balles supersoniques, leurs cartouches ne contenaient qu'une petite quantité de poudre ; la détonation interne s'en trouvait donc réduite. D'où son nom : Whisper, Soupir. Pour l'entendre, il fallait se tenir tout près.

« OK, ma petite, fit Janson impressionné malgré lui par son sang-froid. J'ai besoin de savoir où sont postés les autres. Et me raconte pas de blagues. » D'un geste rapide, il sortit le chargeur du M40A1 et le jeta en l'air. Il retomba dans le feuillage de l'arbre et resta coincé entre les branches auxquelles il ressemblait tant. Un observateur moyen aurait été incapable de l'en différencier. Puis il braqua le Beretta vers la tête de la jeune femme.

Ils s'observèrent durant de longues secondes. Janson restait impassible : il l'abattrait sans aucune hésitation. Après tout, elle lui avait tiré dessus et il s'en était fallu d'un cheveu qu'il y passe.

« Il y en a un autre », commença-t-elle.

Janson la jaugea. Cette femme était une ennemie mais, avec un peu de chance, elle lui servirait à la fois de bouclier et d'informatrice. Elle connaissait toutes les planques où se terraient les membres de son équipe.

C'était aussi une excellente menteuse.

Il la frappa à la tempe avec son arme.

« J'aimerais que notre relation débute sur de bonnes bases, ma chérie. Pas de cachotteries, OK ?, dit-il. Mon petit doigt me dit que tu n'es qu'une tueuse. Tu as failli m'abattre et mis en danger la vie de non-combattants par la même occasion.

— Tu parles ! fit-elle d'une voix traînante. Je connaissais parfaitement ma marge d'erreur. Un cercle d'un mètre de rayon à partir de ton sternum. Aucun de mes tirs n'a dépassé cette distance et j'attendais toujours que le champ soit libre avant de faire feu. Je n'ai mis personne en danger. A part toi. »

Cette description concordait avec ses propres observations : la femme disait la vérité. Mais pour réussir cette série de tirs à une distance de plus de cinq cents mètres, il fallait qu'elle soit un as de la gâchette. Un vrai phénomène.

« OK. Formation axiale. Ce serait un gâchis de main-d'œuvre que de poster un tireur à moins de cinquante mètres de toi. Mais j'ai la nette impression qu'il en reste au moins trois dispersés dans le secteur. Sans parler du type perché sur la grue Wilmut-Dixon... Plus deux autres, au bas mot, planqués dans les arbres.

— Si tu le dis.

— J'admire ta discrétion, fit Janson. Pourtant étant donné le peu d'affection que tu me portes, je crois qu'il ne serait pas raisonnable de te laisser traîner dans les parages. » Il pointa le Beretta et replia son index sur la détente pour en tester la résistance.

« OK, OK, laissa-t-elle échapper. Je collabore. »

Elle se rendait trop vite. « Pas question, chérie. J'ai pas confiance. » Il rabattit de nouveau le cran de sûreté, plaça le doigt sur la détente et commença à appuyer. « Prête pour le gros plan final ?

— Non, attends, lança-t-elle nettement moins arrogante. Je vais te dire ce que tu veux savoir. Si tu t'aperçois que je mens, il sera toujours temps de me tuer.

— C'est moi qui fixe les règles. Tu me dis où est le sniper le plus proche. On y va. Si tu as faux, tu meurs. Si le type s'est repositionné sans prévenir, tant pis pour toi. Tu meurs. Si tu me trahis, tu meurs. Rappelle-toi, je connais les protocoles et les procédures. C'est moi qui les ai écrits. »

Elle se leva, mal assurée. « Ça va, mec. C'est toi qui fixes les règles. La première chose à savoir c'est que nous travaillons tous en solo – pour rester camouflé il faut être seul, avoir chacun son terrain de chasse. La deuxième c'est qu'un de nos gars est posté sur le toit de Hanover Terrace. »

Il tourna vivement la tête vers la splendide villa néo-classique où quelques-uns des plus éminents citoyens britanniques avaient élu domicile au cours de l'Histoire. La frise bleu et blanc au-dessus de l'architrave. Les piliers blancs et les murs couleur crème. Les tireurs d'élite devaient être juchés derrière les balustres. Vrai ? Non, encore un mensonge. Autrement, Janson serait mort à l'heure qu'il était.

« Fais un peu fonctionner ce qui te sert de cervelle, ma petite, dit-il. Un sniper posté sur la balustrade m'aurait déjà abattu. En plus, il se serait fait repérer par les ouvriers qui réparent les toits de Cumberland Terrace. D'après moi, vous avez envisagé de placer quelqu'un là-haut, mais vous y avez renoncé. » Il la frappa de nouveau ; elle recula en vacillant. « Et de deux. La prochaine fois, tu y passes. »

Elle baissa la tête. « Une fille doit tout tenter pour se défendre, dit-elle à voix à peine audible.

— Vous avez placé quelqu'un sur Park Road ? »

Une pause. Elle savait qu'il savait ; tout faux-fuyant eût été inutile.

« Ehrenhalt est en haut du minaret », admit-elle.

Il hocha la tête. « Et qui se trouve en enfilade sur ta gauche ?

— C'est mon terrain de chasse, répliqua-t-elle. Si tu ne me crois pas, t'as qu'à aller voir. Le tireur B est positionné à trois cents mètres au nord-ouest. » Le bâtiment qu'elle désignait était une structure basse en briques abritant des installations téléphoniques. « Sur le toit. La hauteur n'est pas optimale : voilà pourquoi il n'a pas encore réussi à tirer un seul coup valable. Mais si tu avais tenté de sortir par la Jubilee Gate, il t'aurait refroidi aussi sec. On a dispersé quelques hommes de patrouille avec des Glock sur Baker Street, Gloucester Street et York Terrace Way. Ils circulent à pied. Deux tireurs d'élite se chargent de Regent's Canal. Il y a un homme sur le toit de Regent's College. On espérait que tu t'y abriterais. En dessous de deux cents mètres, on est tous capables de faire mouche entre les deux yeux. »

On espérait que tu t'y abriterais.

Il avait failli le faire.

Janson traça mentalement le réseau géométrique qu'elle venait de lui décrire : il était parfait. Lui-même n'aurait pas fait mieux.

Il leva le fusil, épaula et regarda à travers la lunette de visée Swarovski 12 × 50 dual range. Le bunker de béton auquel elle avait fait allusion était exactement le genre de bâtiment qui passait inaperçu. La planque parfaite. Y avait-il réellement un sniper posté sur le toit ? Les branchages bouchaient la vue. On ne voyait que quelques centimètres de béton. Un sniper ? Il régla le grossissement jusqu'à ce qu'il voie – quelque chose. Un gant ? Un bout de botte ? Impossible à dire.

« Tu viens avec moi », annonça Janson en attrapant la jeune femme par la taille. Chaque seconde qui passait jouait en faveur de l'équipe de snipers, leur permettant de recalculer les probabilités : s'ils s'apercevaient qu'il était sorti de leur champ de vision axial, ils reverraient leurs positions, ce qui modifierait radicalement les règles au sol.

« Je vois où tu veux en venir, dit-elle. C'est exactement comme dans ce camp du Hamas, en Syrie, près de Qael Gita. On prend une sentinelle en otage, on la force à révéler la position de la suivante, et on continue comme ça jusqu'à ce que tout le périmètre soit nettoyé. Ça prend vingt minutes au maximum.

— D'où tu tiens ça ? » demanda Janson, décontenancé. Ces détails opérationnels n'étaient pas très connus, même au sein de l'organisation.

« Oh, si tu savais tout ce que je sais, tu serais étonné », rétorqua-t-elle.

Il parcourut la pelouse à grandes enjambées en la traînant derrière lui. Elle faisait du bruit en marchant. « Silence, s'écria-t-il. Ou je vais commencer à douter de ton bon vouloir. »

Aussitôt, elle adopta une démarche feutrée, posant les pieds aux endroits les plus meubles, évitant les feuilles et les brindilles ; elle savait se déplacer à la manière des félins : chaque membre de son équipe avait été formé à cela.

Quand ils arrivèrent à la limite de Regent's Park, ils retrouvèrent le bruit de la circulation et l'odeur des gaz d'échappement. Ils étaient au cœur de Londres, dans un jardin deux fois centenaire que des armées de jardiniers choyaient chaque jour depuis sa création. Son gazon impeccablement tondu serait-il bientôt souillé de sang ?

En approchant du bunker en béton, Janson posa un doigt sur ses lèvres. « Pas un bruit », recommanda-t-il. Le Beretta reposait mollement au creux de sa main.

Il se baissa et lui fit signe d'agir de même. Au sommet de la structure basse, le sniper était couché sur le ventre, en position de tir. L'extrémité de son fusil reposait au creux de sa main gauche. Jamais un sniper ne laissait son canon dans le vide, au risque de perturber le tir. L'homme était l'image même de la concentration. L'œil collé à la lunette, il se servait de son coude gauche comme pivot pour modifier imperceptiblement son champ de vision. Les épaules équilibrées, la crosse du fusil au niveau de la clavicule. Le fusil lui-même reposait dans le V formé par le pouce et l'index gauches. La paume en recevait tout le poids. Position parfaite.

« Victor ! » cria la femme.

Le tireur sursauta, tourna son arme et fit feu sans réfléchir. Janson bondit sur le côté en tirant la femme avec lui... Puis il culbuta, roula jusqu'au bunker et, rapide comme l'éclair, saisit le fusil par le canon et l'arracha des mains du sniper. Comme l'homme s'apprêtait à sortir son arme de poing, Janson balança le fusil comme une batte de base-ball et l'abattit sur sa tête. Le sniper s'écroula en avant. Dans sa position initiale, mais inconscient cette fois.

La femme se précipita comme une furie sur l'arme de Janson. Si elle parvenait à lui chiper le Beretta, la situation serait renversée. A la dernière fraction de seconde, Janson changea de position. La femme glissa, agrippa sa veste mouillée et lui balança un coup de genou dans le bas-ventre. D'instinct, il se plia en deux et elle en profita pour lui faire une clé au poignet qui envoya le Beretta valser dans les airs.

Tous deux reculèrent de quelques pas.

La femme s'était mise en posture de combat classique : bras gauche tendu, perpendiculaire au corps, pour parer l'attaque. Si jamais une lame s'y enfonçait, elle n'entamerait que la peau et ricocherait sur l'os ; les muscles principaux, les artères et les tendons étaient tournés vers l'intérieur, hors d'atteinte. Sa main droite, elle, dirigée vers le bas, tenait un petit couteau qu'elle venait de sortir de sa botte. Elle était douée, plus rapide et plus agile que lui.

S'il décidait d'avancer, elle lui tailladerait le bras : une tactique impeccable, tout droit sortie du manuel d'instruction.

Elle était bien entraînée, ce qui, curieusement, eut pour effet de le rassurer. Il chorégraphia mentalement les dix prochaines secondes, imaginant une riposte à ses actions probables. Là se situait son point faible. Son entraînement intensif. Le moindre de ses gestes, il le devinait par avance. Janson connaissait toutes les règles, toutes les feintes ; il les avait lui-même enseignées à des générations de recrues. Quant à lui, après vingt-cinq ans passés sur le terrain, il disposait d'un répertoire bien plus riche. L'expérience. En elle résidait sa grande supériorité.

« Mon papa me répétait tout le temps, "Ne joue pas du couteau dans un combat au pistolet", dit-elle. Je ne l'ai pas écouté. Je ne me sépare jamais de ma lame. » Elle tenait le manche du poignard comme un archet, d'une main souple mais ferme ; on la devinait experte dans le maniement des armes blanches.

Soudain Janson se jeta en avant pour lui saisir le bras gauche ; comme il l'avait prévu, elle leva le droit. Il la frappa au poignet, sur le nerf médian, un peu au-dessus de la partie charnue du pouce, produisant un réflexe musculaire irrépressible. La jeune femme ouvrit la main et laissa tomber le couteau.

Il s'en empara – mais, au même moment, de son autre main, elle lui empoignait l'épaule en lui enfonçant son pouce dans le trapèze, paralysant le bras et l'épaule de Janson. Une douleur lancinante le traversa. Cette fille était impressionnante, elle appliquait à la lettre tout ce qu'elle avait appris à l'école : le triomphe de l'entraînement sur l'instinct. Du pied, il faucha son genou droit. Il savait cette prise très douloureuse ; elle vacilla, bascula en arrière, mais oubliant de retirer sa jambe à temps, Janson perdit lui aussi l'équilibre et tomba sur elle.

La chaleur moite de son corps monta vers lui ; il sentait ses muscles se contracter tandis qu'elle se tortillait et se débattait comme une lutteuse aguerrie. De ses cuisses puissantes, il lui plaqua les jambes contre le sol mais ses bras, eux, étaient toujours libres. Elle le frappa au plexus brachial, la masse de nerfs allant de l'épaule aux vertèbres cervicales. Janson répliqua sans subtilité en se servant uniquement de son poids. Lui écartant violemment les coudes, il lui colla les bras par terre.

Le visage de la femme n'était qu'à quelques centimètres du sien. On y lisait de la rage et du dégoût. Elle avait le dessous et ça la rendait furieuse.

Soudain, il la vit bouger le cou. Elle s'apprêtait à lui briser le nez d'un coup de tête. Sans lui laisser le temps de passer à l'acte, il appuya son front contre le sien et l'immobilisa. Sur son visage, passa un souffle chaud.

« Tu veux vraiment me tuer, hein ! constata Janson, presque amusé.

— Ah ça non ! répliqua-t-elle sarcastique. Pour ma part, j'en suis qu'aux préliminaires. » Elle se débattait avec une telle vigueur qu'il avait du mal à conserver sa position.

« Qu'est-ce qu'ils t'ont raconté à mon sujet ? »

Elle respira profondément à plusieurs reprises, en retenant son souffle entre chaque bouffée. « T'es qu'un salopard, dit-elle. Tu as trahi tous tes idéaux, tu as tué pour de l'argent. Y a pas plus dégueulasse que toi.

— Des conneries tout ça.

— Tu parles ! Tout et tout le monde y est passé. Tu les as tous doublés. L'Agence, ton pays. Des types bien, des collègues, sont morts à cause de toi.

— Pas possible ! Ils t'ont expliqué pourquoi je faisais ça ?

— Tu as retourné ta veste du jour au lendemain, à moins que tu aies toujours été un fumier. Peu importe. Toi vivant, aucun d'entre nous ne peut dormir sur ses deux oreilles.

— C'est ce qu'ils t'ont raconté ?

— C'est la *vérité !* », cracha-t-elle en se cabrant. Un immense frisson traversa son corps. « Merde, dit-elle. Encore une chance que t'aies pas mauvaise haleine. Je devrais peut-être t'en remercier ? Alors, qu'est-ce que tu comptes faire ? Tu vas me tuer ou me baiser à sec ?

— Ne rêve pas, dit-il. Mais toi, futée comme t'es, tu marches vraiment dans tous leurs bobards ? » Il grogna. « Y a pas de honte à ça. J'étais pareil. » Leurs visages étaient encore collés l'un à l'autre, front contre front, nez contre nez, bouche contre bouche : l'étrange et inquiétante intimité du combat à mort.

Elle l'examina entre ses cils. « T'as une autre version ? J'écoute. Bien obligée. » Mais elle fit encore un effort pour se dégager.

« Ouvre tes oreilles. J'ai servi dans les Opérations consulaires pendant plus de vingt ans. Tu sembles en connaître un rayon à mon sujet. Demande-toi juste si le portrait qu'ils t'ont fait de moi correspond à ce que tu as sous les yeux. »

Elle réfléchit. « Je veux du tangible, répliqua-t-elle. Si tu es innocent de ce dont ils t'accusent, donne-moi une preuve de ta bonne foi. Je ne suis pas en position de négocier mais j'aimerais quand même savoir. »

Pour la première fois, elle parlait sans hostilité ni moquerie. Avait-elle perçu dans la voix de Janson quelque chose qui la faisait douter tout à coup ?

Il inspira profondément ; sa poitrine se plaqua contre celle de la jeune femme : encore une fois, cette étrange intimité forcée. Il la sentit se détendre.

« OK, dit-elle. Dégage. Je ne vais pas m'enfuir à toutes jambes – je sais que tu n'hésiterais pas à me descendre. Je vais t'écouter bien sagement. »

Quand il fut certain qu'elle ne résistait plus, il se souleva – décision cruciale, comme une trêve au milieu d'un combat à mort – et roula rapidement sur le côté. Il avait une idée en tête : récupérer le Beretta sous le frêne, tout près de là. Il le trouva et l'enfonça dans sa ceinture.

Un peu étourdie, la jeune femme se releva puis, lui décochant un sourire narquois : « C'est un pistolet que j'aperçois là ou...

— C'est un pistolet, répliqua-t-il sur un ton cinglant. Je vais te dire un truc. J'étais comme toi autrefois. Une arme mortelle. Soumise au bon vouloir d'autrui. Moi aussi, je croyais être libre de penser, de choisir. Mais la vérité était bien différente : je n'étais qu'une arme dans la main d'un autre.

— Toujours la même vieille rengaine, ironisa-t-elle. Ce qui m'intéresse c'est les détails pas les généralités.

— Parfait. » Il respira à fond, un souvenir enfoui revenait en surface. « Un agent double identifié à Stockholm... »

Janson revoyait ses traits grossiers, sa figure lunaire. Un type mou, timoré. Ce jour-là, il faisait dans son froc et son épuisement se devinait à ses yeux cernés. Cela faisait des nuits qu'il ne dormait pas. A travers sa lunette de visée, Janson lisait l'anxiété sur ses traits tendus ; et ce tic absurde qui le faisait claquer des lèvres sans arrêt. C'était soi-disant un simple informateur. Alors pourquoi avait-il si peur ? Janson en avait vu des dizaines dans son genre, des mecs qui menaient leur petit bonhomme de chemin et refilaient des informations à l'ennemi sans se départir de cette expression blasée qui leur collait au visage. Seulement voilà, ce type-là avait une autre expression – il semblait écœuré, épouvanté. Et quand le Suédois se tourna vers l'autre, le prétendu contact russe, ses traits révélèrent non pas de l'avidité ou de la gratitude mais de la répugnance.

« Stockholm, dit-elle. Mai 1983. Tu as assisté au contact entre le sujet et le contrôle du KGB, et tu as éliminé le Suédois. Pour un non-spécialiste, c'était un tir impeccable : toi posté sur le toit d'un immeuble, l'autre assis sur un banc dans un parc, deux pâtés de maisons plus loin.

— Arrête de réciter tes cours », dit-il, dérouté. Elle connaissait tout dans les moindres détails. « Tu viens de redire mot pour mot ce que j'ai écrit dans mon rapport. A ton avis, comment ai-je su qu'il s'agissait d'un agent double ? On me l'avait dit. Et l'agent du KGB ? J'ai reconnu son visage, mais toujours d'après les données fournies par le contrôle des opérations. Ces données auraient très bien pu être fausses.

— Tu veux dire qu'il n'appartenait pas au KGB ?

— En fait si. Il s'appelait Serguei Kuzmin. Mais, ce jour-là, le Suédois n'avait pas l'intention de vendre des informations au KGB. Le Russe le faisait chanter. Et l'autre était venu au rendez-vous pour lui dire qu'il perdait son temps, qu'il n'avait rien de plus à offrir. Il comptait lui expliquer qu'il n'était qu'un petit attaché d'ambassade et ne détenait aucun secret d'Etat. Il allait lui dire de décamper, au diable les conséquences.

— Comment le sais-tu ?

— J'ai parlé à sa femme. De ma propre initiative, bien entendu.

— Pas très professionnel, mec. Comment sais-tu qu'elle disait la vérité ?

— Je le sais », répondit-il en haussant les épaules. Jamais un vieux brisquard n'aurait posé une telle question. « Sixième sens, si tu veux. Ça ne marche pas à tous les coups... mais c'est relativement fiable.

— Pourquoi tu ne l'as pas porté sur ton rapport ?

— Parce que cette information n'intéressait pas les organisateurs de ma mission, répondit-il froidement. Ils avaient autre chose en tête. Leurs deux objectifs étaient remplis. Primo, faire savoir aux diplomates de tout poil que l'intelligence avec l'ennemi était une trahison qui se payait cher et que c'était moi qui tenais la caisse.

— Et secundo ?

— Le jeune Suédois avait déjà remis certains dossiers au KGB. En le tuant, nous donnions de l'importance aux renseignements qu'il avait fait passer à l'Est. En fait, c'était une manœuvre. De la désinformation taillée au cordeau. La mort de cet homme ne servait qu'à la rendre crédible et les analystes du KGB ont tout gobé.

— Dans ce cas, on peut parler d'un double succès.

— Oui, sous un certain angle. Kuzmin a obtenu une promotion. Mais si tu prends la peine de reculer la caméra, il te vient une autre question à l'esprit : à quoi bon ? On avait roulé le KGB, mais dans quel but, tout compte fait ? Y avait-il même un but précis ? Le jeu en valait-il la chandelle ? Cet homme était marié. S'il avait vécu, sa femme et lui auraient eu des enfants, probablement des petits-enfants. Songe à tous ces Noëls sous la neige... » Janson s'interrompit. « Désolé, dit-il. Je n'avais pas l'intention d'en faire des tonnes. A ton âge, ce genre de considérations te passe au-dessus de la tête. Tout ça pour dire que, dans certains cas, nos supérieurs nous racontent des bobards et que, parfois aussi, ces mêmes supérieurs n'en savent rien. A mon avis, c'est ce qui se passe en ce moment.

— Bon sang, murmura-t-elle. Non, je comprends. Je comprends. Tu es en train de me dire qu'ils t'ont ordonné de descendre ce type – sans te donner les vraies raisons.

— Ils m'ont ordonné de tuer le contact de Kuzmin parce qu'il se faisait manipuler. Mais en fait, c'était moi qui me faisais manipuler. Entre ce qu'on lit dans une directive et ce qu'elle recouvre, il y a une différence.

— Seigneur, cette histoire me donne des vertiges, pire qu'un verre de punch.

— Je ne voulais pas te troubler. Juste te faire réfléchir.

— Ça revient au même, dit-elle. Mais pourquoi ? Pourquoi s'en prendraient-ils à toi ?

— Tu crois que je ne me le suis pas demandé ?

— Aux Opérations consulaires, tu étais une légende, surtout parmi les jeunes. T'as pas idée, Janson. Pas idée de ce que ça nous a fait quand ils nous ont dit que tu avais viré casaque. Ils n'auraient jamais dit cela à la légère.

— A la légère ? Mais non, c'était intentionnel. La plupart des gens mentent pour se sauver, pour se donner de l'importance. Parfois ils reprennent à leur compte une idée qui ne leur appartient pas. Ou pour échapper aux sanctions, ils se déchargent sur un autre, ils lui font porter le chapeau. Ou alors, avec un peu de veine, ils arrivent à faire passer telle ou telle réussite pour le fruit de leur talent. Ces mensonges-là je m'en fiche. Il en existe d'autres bien plus dangereux : les "pieux mensonges", ceux qu'on répand dans un but supérieur. Et qui débouchent sur le sacrifice des petits à une cause qui les dépasse. » Il ajouta amèrement : « Les types qui mentent dans l'intérêt du plus grand bien ou de l'idée qu'ils se font du plus grand bien.

— Ouah ! » fit-elle. Elle siffla entre ses dents et fit tourner sa main au-dessus de sa tête. « Je suis paumée. S'ils te prennent comme bouc émissaire, c'est qu'ils ont une bonne raison pour ça.

— Ils *croient* en avoir une. Une bonne raison qui ressemble à une formalité administrative tant qu'on n'en est pas la victime.

— Ecoute un peu, dit-elle. Tout à l'heure, tu as dit quelque chose sur ton profil. Il se trouve que j'en connais un bout sur la question. Eh ben, tu as raison, maintenant que tu le dis. Quelque chose cloche dans cette histoire. Soit on t'avait surestimé au départ, soit les reproches qu'on te fait aujourd'hui sont excessifs. » Elle fit un pas vers lui.

« Je vais te poser une question, dit-il. Est-ce que Lambda possède une autorisation opérationnelle de Whitehall ?

— On n'avait pas le temps de passer par les voies diplomatiques. Tout cela est extraterritorial.

— Je vois, dit Janson. Alors il faut que tu prennes une décision.

— Mais notre directive...

— Ma vie est en jeu. Je suis le premier concerné. Mais toi aussi, tu es impliquée. J'en ai assez bavé pour savoir ça. »

Elle parut troublée. « OK, jette encore un coup d'œil dans la lunette. Le tireur C, tu le trouveras perché dans ce gros arbre, près de Primrose Hill Gate. »

Comme il levait le dual scope Swarovski devant ses yeux pour examiner le feuillage, les paroles d'Angus Fielding résonnèrent dans ses oreilles. *Avez-vous vraiment confiance en votre gouvernement ?* En fait, il y avait une certaine logique là-dedans. Les Cons Op auraient pu placer un de leurs agents dans l'entourage de Novak, dans le but de l'assassiner. Du coup, on comprendrait mieux pourquoi les Américains avaient refusé d'intervenir directement dans sa libération. Mais dans ce cas, qui avait effectué ce virement de seize millions de dollars ? En outre, si les Cons Op, ou une autre agence gouvernementale, avaient organisé la mort de Novak, restait à savoir dans quel but. En quoi Novak constituait-il une menace pour eux ? Là résidait la pièce maîtresse du puzzle – un puzzle qu'il lui faudrait assembler au plus vite, non seulement pour étancher sa soif de justice mais pour rester en vie, tout simplement.

Le coup violent qu'il reçut à la tempe interrompit le fil de ses pensées. Abasourdi, désemparé, il recula en vacillant.

C'était la femme. Elle tenait en main une tige d'acier, genre barre à mine, à l'extrémité luisante de sang. Son sang. Avant de la lui écraser sur le crâne, elle l'avait prise sur un tas de matériaux de construction, derrière le bunker, à quelques pas de là.

« Comme on dit dans les romans policiers, n'importe quel outil peut se transformer en arme si on sait s'en servir. » Elle assortit ses paroles d'un nouveau coup, au-dessus de l'oreille celui-là. Quand la barre rebondit, on entendit le bruit déplaisant du métal entrant en contact avec l'os. Tout se mit à tourner dans sa tête.

« Ils nous ont prévenus que tu essaierais de t'en sortir en racontant des craques », grommela-t-elle. Janson y voyait trouble. A travers le brouillard rouge qui voilait ses yeux, il reconnut l'expression peinte sur le visage de la femme : le dégoût pur et simple.

Bon sang ! Au moment où il aurait dû se montrer le plus vigilant, il s'était laissé berner par ses simagrées, ses faux-semblants ; en fait, elle ne cherchait qu'à gagner du temps, en attendant l'occasion propice. Des deux, c'était lui l'ingénu.

Affalé par terre, il entendait le sang cogner dans sa tête, comme de la vapeur dans une turbine. Il tendit la main vers le Beretta, mais il était trop tard. La jeune femme lui avait déjà tourné le dos et s'enfuyait à toutes jambes.

Le coup de barre à mine avait provoqué une commotion cérébrale, superficielle, espérait-il ; il lui faudrait quelques minutes pour parvenir à se relever. Et à ce moment-là, elle aurait disparu. Il venait de perdre une ennemie et une carte maîtresse.

Une vague de nausée monta de ses entrailles. Plus un terrible sentiment de vide. A qui se fier ? Qui étaient ses adversaires ?

Et lui-même, de quel côté était-il ?

Sur l'instant, une unique réponse lui vint à l'esprit : *de mon côté*. Combien de temps resterait-il seul contre tous ? Trouverait-il des alliés ? Les méritait-il ? La tireuse d'élite le croyait coupable ; aurait-il agi différemment à sa place ?

Il jeta un œil sur sa montre, et s'évanouit.

« Appel de contrôle.

— Appel, appel. Tout va bien. Terminé. »

Au Viêt-nam, on avait rarement une minute de calme. Les zones de combat croulaient sous un déluge de bruits et d'images. Le pilonnage de l'artillerie, le sifflement des fusées-parachutes illuminant le ciel nocturne comme des feux de Bengale, le sillage des balles traçantes, le souffle grave des pales d'hélicoptère, les lumières clignotantes des jets. Au bout d'un temps, on n'y prêtait pas plus attention qu'au vacarme de la circulation en ville aux heures de pointe. En même temps, grâce à leur officier supérieur, ils avaient développé un sixième sens, une perception fabuleuse qui leur permettait de repérer tout ce qui sortait de l'ordinaire.

Janson régla précipitamment sa lunette et zooma sur la clairière, au-delà du marécage. Il y avait là deux huttes, un feu de cuisine et deux VC accroupis. Des *trip-flares*? Trois jours plus tôt, Mendez avait trébuché sur l'un de ces pièges et, quelques secondes après, la fusée traçante au magnésium était partie dans un sifflement suraigu, avant de retomber doucement au bout d'un minuscule parachute, répandant sur leur peloton une sinistre lueur blanchâtre. Ils ne pouvaient se permettre de reproduire cette erreur.

Janson appela Demarest sur la radio. Au moins deux Victor Charlie identifiés. A trois cents mètres. On attend les instructions.

On attend les instructions.

On attend les instructions.

Après quelques parasites, la voix de Demarest arriva dans les écouteurs : « A manipuler avec précaution. Vous les amenez à deux clics nord du camp de base, et vous faites comme s'ils étaient en cristal de Bohême. Pas de casse, pas de bleus, pas d'écorchures. Vous pensez pouvoir y arriver?

— Chef?

— Avec délicatesse, lieutenant. Vous comprenez l'anglais? Je peux vous le redire en sept langues si vous préférez.

— Non, chef. Je comprends, chef. Mais je ne sais pas trop comment m'y prendre...

— Tu trouveras un moyen, Janson.

— J'apprécie votre confiance, chef, mais...

— Pas du tout. Vois-tu, si j'étais à ta place, je saurais quoi faire. Et comme j'ai coutume de le dire, j'ai l'impression que toi et moi on se ressemble beaucoup. »

Ses doigts effleurèrent le sol : pas de lianes, pas de plantes tropicales, mais du gazon anglais bien taillé. Il s'efforça d'ouvrir les yeux, aperçut les verts paysages de Regent's Park et regarda sa montre. Deux minutes s'étaient écoulées. Le simple fait de rester conscient représentait un effort surhumain, mais il devrait absolument y parvenir.

Les pensées qui venaient de lui traverser l'esprit furent soudain écrasées par une autre, plus urgente : *le temps manquait.*

A présent, ils savaient que leur réseau axial avait été démantelé, par la seule absence de contacts radio. D'autres agents allaient bientôt pénétrer dans la zone. Il voyait trouble, sa tête résonnait sous les coups d'une gigantesque migraine. Sans en tenir compte, il se lança dans une course d'obstacles, bondissant au-dessus des ifs taillés en cône, jusqu'au sentier menant à Hanover Gate.

Quand il déboucha enfin sur le trottoir, hagard, chancelant, un vieux couple d'Américains s'apprêtait à descendre d'un taxi noir. Ça n'en finissait pas.

« Non, disait la femme qui semblait souffrir d'aigreurs d'estomac, pas de pourboire. Nous sommes en Angleterre. Et on ne donne pas de pourboire, en Angleterre. » Le rouge orangé criard soulignant sa bouche faisait ressortir les ridules verticales qui craquelaient ses lèvres.

« Mais bien sûr que si, rouspéta son mari. Qu'est-ce que tu en sais, d'abord ? Tu ne sais rien. Mais il faut toujours que tu affirmes des choses. » Il examinait les étranges billets de banque qui gonflaient son portefeuille de l'air circonspect d'un archéologue étudiant quelque vieux papyrus. « Sylvia, aurais-tu un billet de dix livres ? »

La femme ouvrit son sac et, avec une lenteur exaspérante, se mit à en inspecter le contenu.

De son côté, Janson bouillait d'impatience car il n'y avait pas d'autre taxi dans la rue.

« Hé, lança-t-il au couple de retraités. Je vous l'offre, vous voulez bien ? »

Les deux Américains le considérèrent avec une méfiance non dissimulée.

« Non, vraiment, insista Janson en plissant les paupières pour arriver à voir ses interlocuteurs dont l'image dansait devant ses yeux. Pas de problème. C'est mon jour de bonté. Seulement... faisons vite. »

Ils échangèrent des regards furtifs. « Sylvia, cet homme a proposé de payer...

— J'ai entendu, répliqua la femme, revêche. Remercie-le.

— Où est le coup fourré ? demanda le vieillard en fronçant légèrement ses lèvres fines.

— Vous sortez de ce taxi, voilà le coup fourré. »

Non sans efforts, les deux Américains s'extirpèrent du véhicule et, une fois parvenus sur le trottoir, restèrent immobiles à le regarder en clignant les yeux. Janson se glissa dans le gros taxi noir traditionnel, sorti des usines Maganese Bronze Holdings PLC.

« Attendez une minute ! cria la femme avant d'ajouter d'une voix lente et crispée : Nos sacs. J'ai deux sacs de courses...»

Janson trouva les deux sacs en plastique Marks & Spencer, ouvrit la portière et les balança aux pieds de la rombière outrée.

« Vous allez où, mon prince ? » demanda le chauffeur. Puis il regarda Janson dans son rétroviseur et tressaillit. « Vous avez une sacrée estafilade.

— C'est moins grave que ça en a l'air, murmura Janson.

— Faites gaffe à pas tacher ma banquette », râla le chauffeur.

Janson fit glisser un billet de cent livres à travers la cloison vitrée.

« C'est déjà mieux, dit l'autre en baissant d'un ton. C'est vous le patron. Moi le canasson. Allez, fouette cocher ! J'vais où vous voulez. » Il semblait ravi de ses vers de mirliton.

Janson lui indiqua les deux arrêts qu'il souhaitait effectuer.

« Vos désirs sont des ordres », clama le chauffeur.

Un marteau-piqueur était en train de lui forer consciencieusement le crâne. Janson sortit un mouchoir qu'il se noua autour de la tête afin d'arrêter l'hémorragie.

« On peut y aller ? » Quand il se retourna pour regarder à travers le pare-brise arrière, le coin inférieur gauche de la vitre s'étoila. Tout près de sa tête. La balle subsonique resta logée dans le verre feuilleté.

« Sainte mère de Dieu ! cria le chauffeur.

— Pied au plancher », dit Janson en se tassant sur son siège. Mais cette recommandation était inutile.

« Vos putains de désirs sont des ordres ! s'exclama le chauffeur en faisant vrombir le moteur.

— Si vous le dites. » Janson passa un autre billet de cent livres par la cloison.

« Est-ce que je vais avoir d'autres problèmes ? » demanda le chauffeur en lorgnant le billet d'un air indécis. Arrivés sur Marylebone Road, ils s'enfoncèrent dans le flux de la circulation.

« Absolument pas, répondit Janson, sinistre. Faites-moi confiance. Ce sera une promenade. »

Cette fille le regardait. Il en était sûr.

Kazuo Onishi jeta un coup d'œil de l'autre côté du bar enfumé puis se concentra de nouveau sur sa chope où stagnait un doigt de bière mousseuse. Une fille superbe : de longs cheveux blonds, un nez mutin, un sourire espiègle. Que faisait-elle toute seule dans ce bar ?

« Dis-moi, Kaz, cette jolie poupée sur le tabouret là-bas, elle serait pas en train de te reluquer ? »

C'était donc vrai : même son ami Dexter l'avait remarqué.

Onishi sourit. « Quoi, ça t'étonne ? fit-il avec une petite mine satisfaite. Les dames savent reconnaître un vrai tombeur quand elles en voient un.

— C'est peut-être pour ça que tu es rentré seul chez toi toutes les fois où on est venus boire un verre ici », remarqua Dexter Fillmore, un Noir à lunettes qui n'avait pas tellement plus de succès avec les femmes. Les deux hommes se connaissaient depuis la fac mais ne parlaient jamais boulot – travaillant tous deux dans des secteurs top secret. En revanche, pour ce qui était des affaires de cœur – ou de fesses – ils n'avaient pratiquement pas de secrets l'un pour l'autre. « Je ne suis pas laid, je gagne bien ma vie ; les nanas devraient prendre leur ticket pour pouvoir me parler, avait coutume de se plaindre Onishi.

— Un ticket portant un nombre irrationnel ou imaginaire ? » répliquait Fillmore, mort de rire.

Mais en ce moment même, le ticket c'était Onishi qui l'avait.

Quand la femme le regarda pour la troisième fois, ses yeux restèrent fixés sur lui un peu plus longtemps.

« Appelle l'arbitre, dit Onishi. Elle est en train de me mettre KO.

— Allons, c'est bien toi qui dis toujours que l'essentiel chez une fille c'est sa personnalité, protesta Dexter d'un ton enjoué. Et voilà que tu portes des jugements hâtifs sur une personne qui se trouve à l'autre bout de la salle. Quoi de plus superficiel !

— Humm, je suis sûr qu'elle a une forte personnalité, répliqua Onishi. Ça se voit tout de suite.

— Ouais, commenta son ami. Elle a une si forte personnalité qu'elle n'arrive même pas à boutonner son chemisier. »

La femme s'avança vers lui, tenant délicatement son verre de cosmopolitan. Décidément sa chance tournait.

« Il y a quelqu'un ici ? » demanda-t-elle en désignant la chaise vide près d'Onishi. Elle s'assit, posa son cocktail près de la chope de bière de l'informaticien et fit signe à la barmaid de les resservir. « Je ne fais jamais ça d'habitude, mais j'attendais mon ex-petit ami. Il a encore des problèmes, si vous voyez ce que je veux dire. Et je vous jure que le gérant du bar me déshabille du regard. Je veux dire, vous avez remarqué ?

— Pas vraiment, répondit Onishi d'un air innocent. Où est donc le fameux petit ami ?

— Ex, corrigea-t-elle sur un ton plein de sous-entendus. Il vient de m'appeler sur mon portable, il peut pas venir, une urgence au bureau. A mon avis, le seul moyen pour qu'il me lâche c'est qu'il se trouve une autre copine. » Elle tourna la tête vers Onishi et le gratifia d'un sourire éblouissant. « Ou que moi je me trouve un nouveau copain. »

Dexter Fillmore vida sa bière et toussa. « Je vais aller me chercher un paquet de Camel. Tu as besoin de quelque chose ?

— Prends-m'en un », dit Onishi.

Après le départ de Fillmore, la blonde se tourna vers Onishi et fit la grimace. « Vous fumez des Camel ?

— Vous êtes pas une mordue du tabac, vous !

— C'est pas ça. Mais je vous assure qu'on peut trouver mieux que cette merde qu'on achète dans les distributeurs. Vous avez déjà essayé les Balkan Sobranie ? Ça c'est des cigarettes !

— Les quoi ? »

Elle ouvrit son sac à main et en sortit une petite boîte en métal. A l'intérieur, une rangée de cigarettes noires sans filtre à bout doré. « Valise diplomatique, lui confia-t-elle en lui en tendant une. Essayez », dit-elle et, au même instant, un briquet se matérialisa dans sa main.

Cette fille avait des mains de magicienne, songea Onishi en tirant une bonne bouffée. Ça promettait. En plus, elle ne lui avait pas fait le coup du "qu'est-ce que vous faites dans la vie". Quel soulagement ! Chaque fois, il répondait « administrateur de système pour le gouvernement » et personne ne lui en demandait plus, mais dans le cas contraire, il aurait toujours pu broder sur la « plate-forme d'interopérabilité » incluant le ministère de l'Agriculture et celui des Transports. Ces termes barbares avaient l'avantage de rebuter les plus curieux. Mais en réalité, s'il était tellement content qu'elle n'ait pas abordé la question c'était surtout qu'il n'avait vraiment pas envie de penser à son boulot en ce moment. Son vrai boulot. Depuis ces derniers jours, il était tellement stressé que ses épaules lui faisaient mal dès qu'il passait la porte de son bureau le matin. Il faut dire qu'ils avaient accumulé les catastrophes. C'était inconcevable comme déveine. Tout ce travail acharné, pendant des années – pour voir imploser ce foutu programme Mobius. Alors tant mieux s'il avait un petit peu de chance en dehors du travail, ça compensait. Bordel, il l'avait bien méritée, cette chance !

Quand la fumée se répandit dans ses poumons, il vit les yeux de la belle blonde s'attarder sur son visage. Quelque chose en lui semblait la fasciner. Les premières notes d'une chanson à la mode s'égrenèrent dans le bar. Un truc tiré de la bande originale d'un film à gros budget dont l'action se situait durant la Seconde Guerre mondiale. Onishi adorait cet air. Pendant un instant, il crut que des ailes lui étaient poussées dans le dos.

Il toussa. « Elle est forte, dit-il.

— Autrefois, les cigarettes étaient toutes comme ça », précisa-t-elle. Elle s'exprimait avec un très léger accent, mais il n'aurait su dire lequel. « Vous êtes un grand garçon. Aspirez. »

Il prit une autre bouffée.

« Spécial, hein ? dit-il non sans hésitation.

— Pas trop râpeux, riche. Avec la plupart des cigarettes américaines, on a l'impression de fumer du papier machine. »

Onishi l'approuva d'un signe de tête, mais à dire vrai, il se sentait plus que légèrement gris. Ce tabac était vraiment fort. Il avait des bouffées de chaleur, sa peau se couvrait de sueur.

« Oh, mon pauvre chéri, regarde-toi, dit la blonde. On dirait que tu as besoin de prendre un peu l'air.

— Ça se pourrait bien, acquiesça Onishi.

— Allons, dit-elle. Si on allait se promener gentiment tous les deux. » Il s'apprêtait à sortir son portefeuille quand elle posa un billet de vingt sur la table. Il la laissa faire, trop faible pour réagir. Dexter allait se demander où il avait bien pu passer. Il lui expliquerait plus tard.

Malgré l'air froid du dehors, l'impression d'étourdissement ne se dissipa point.

Elle lui prit la main et la serra pour le réconforter. Sous les réverbères, elle semblait encore plus belle – à moins que ce ne soit une illusion due à son état.

« Tu n'as pas l'air très solide sur tes jambes, tu sais, dit-elle.

— Non », avoua-t-il sans parvenir à corriger le sourire niais qui s'étalait sur son visage.

Elle émit un petit sifflement moqueur. « Un mec costaud comme toi, cassé par une petite Balkan Sobranie ? »

Blondie le prenait pour un mec costaud ? C'était encourageant. Une donnée essentielle faisant varier à la hausse les fluctuations anarchiques de sa vie sexuelle. Son sourire devint carrément béat.

En même temps, il s'aperçut qu'il avait de plus en plus de mal à aligner deux pensées logiques. Il n'était même plus assez conscient pour s'en inquiéter.

« Prenons ma voiture », proposa-t-elle d'une voix étrangement lointaine. Quelque chose à l'intérieur de lui répondit : *Ce n'est peut-être pas une si bonne idée, Kaz.* De toute façon, il aurait été incapable de refuser.

Il allait partir avec la belle étrangère. Il lui obéirait. Il se laisserait faire.

Dans sa torpeur, il crut la voir passer les vitesses avec des mouvements secs et précis. Où les emmenait-elle ? Elle conduisait sa décapotable bleue comme quelqu'un qui n'a pas de temps à perdre.

« Tu vas bien t'éclater avec moi, mon petit Kazuo », dit-elle en lui passant la main sur la braguette ; dans le même geste, elle verrouilla la portière.

Une pensée jaillit dans son crâne comme un dernier éclair de conscience : *Comment sait-elle mon nom ? Je ne lui ai pas dit.* Puis : *je me suis fourré dans un fameux pétrin.* Après cela, son cerveau s'obscurcit et toutes ses pensées sombrèrent dans un puits sans fond.

Troisième partie

CHAPITRE 18

S UR le pont supérieur du *Stena Line HSS*, le hassid s'approcha du bastingage en traînant les pieds comme un vieillard. Il serrait nerveusement sa malette de cuir râpé et dans son regard, on lisait une vague crainte, tenant davantage à son tempérament qu'aux circonstances particulières de cette traversée. Le ferry géant à double coque reliait Harwich à Hoek van Holland en quatre petites heures. A l'arrivée, des trains spéciaux, stationnés le long du débarcadère, emporteraient les passagers vers la Centraal Station d'Amsterdam. Sur ce navire à grande vitesse, tout était prévu pour le confort des voyageurs : on y trouvait plusieurs bars, deux restaurants, de nombreuses boutiques et un cinéma. A son allure austère, on devinait sans peine que l'homme ne profiterait pas de toutes ces distractions. On le repérait de loin. C'était un diamantaire, mais un diamantaire qui n'éprouvait que mépris pour les bijoux. Comme un gérant de distillerie qui n'aurait jamais bu une goutte d'alcool de sa vie. Les autres passagers lui jetaient des coups d'œil furtifs puis détournaient le regard. Mieux valait ne pas le dévisager. Il aurait pu s'en offusquer.

La brise saline ébouriffait son épaisse barbe blanche, faisait voler ses bouclettes, s'engouffrait sous son long manteau et gonflait son pantalon de lainage noir. En revanche, son chapeau rond demeurait bien enfoncé sur sa tête tandis qu'il contemplait le ciel d'étain et la mer vert-de-gris. Ce paysage n'avait rien d'exaltant et pourtant le hassid semblait y trouver quelque réconfort.

Du fait même de son étrangeté, ce genre de personnage se fondait dans le décor. Janson connaissait le truc. La colle qui retenait sa barbe lui irritait les joues, le pardessus de laine était bien trop chaud mais il n'avait aucune peine à simuler la légère anxiété requise par le rôle. Il tendit son visage vers le vent, pour qu'il le rafraîchisse et en assèche la sueur. Personne n'aurait songé un seul instant à douter de ce qui était inscrit sur son passeport ; de temps à autre, il sortait la petite photo plastifiée de feu le rabbin Schneerson, un saint homme que la plupart des hassidim considéraient comme un messie, un *mosiach*, et l'observait d'un air attendri. De tels détails comptaient lorsqu'on voulait entrer dans la peau d'un personnage.

Il se retourna lentement en entendant des pas approcher. Mais quand il avisa le chapeau rond à large bord et l'austère costume noir, il crut défaillir. C'était un hassid – un vrai. Un *frère*, songea-t-il affolé. *Tu es celui que tu prétends être* – c'était l'une des devises favorites des agents secrets. Mais ce type-là serait difficile à duper.

Le Juif, plus petit que Janson, ne devait pas avoir plus de quarante ans. Il lui adressa un sourire. « *Voos hurst zich ?* » demanda-t-il en penchant un peu la tête. Il avait des cheveux roux, des yeux bleus délavés derrière ses lunettes bon marché et une petite sacoche en cuir coincée sous le bras.

Janson inclina la tête en se cramponnant à sa mallette et le gratifia en retour d'un sourire amical qui tenait de la grimace à cause de la colle empesant la peau de ses joues. Comment répondre ? Certaines personnes possèdent le don des langues et peuvent aisément improviser dans l'une ou l'autre ; Alan Demarest avait ce don. Janson, lui, parlait correctement l'allemand et le français qu'il avait appris au lycée, se débrouillait en tchèque grâce à sa mère, mais ses talents linguistiques s'arrêtaient là. Il se tortura les méninges en essayant d'y racler quelques miettes de yiddish. Il avait tout prévu sauf ça. Plutôt que de tenter un « Shalom » guindé, mieux valait couper court à toute velléité de conversation. L'idée lui traversa l'esprit de balancer l'importun par-dessus bord. Mais il se reprit et, désignant sa gorge, secoua la tête en murmurant « Laryngitis » dans un accent proche de celui qui court dans les rues de l'East End.

« *Ir filt zich besser ?* » dit le Juif avec un regard compatissant. Il aurait tant aimé tromper sa solitude en taillant une bavette avec cet homme qu'il prenait pour un frère en religion.

Janson feignit une terrible quinte de toux. « Désolé, murmura-t-il. *Très* contagieux. »

L'autre recula de quelques pas, l'air inquiet, puis se pencha de nouveau et, joignant les mains, lui lança : « *Sholem aleichem*. Que la paix soit avec vous. » Puis, d'une main tremblante, il lui fit au revoir avant de battre en retraite sans toutefois enfreindre les règles de la politesse.

De nouveau, Janson se laissa caresser par la brise. *Nous en savons plus que nous ne croyons,* avait coutume de l'admonester Demarest. Cette maxime venait de se révéler exacte – en assemblant les données qu'on possédait, on parvenait à progresser.

Il savait qu'un groupuscule clandestin au sein du gouvernement américain voulait sa mort. Qu'une somme astronomique avait été déposée sur son compte, grâce à des manipulations électroniques alambiquées. Qu'on avait fait cela afin de donner l'illusion qu'il avait été engagé pour tuer Novak.

Avait-il le droit de se servir de cet argent ? Une voix intérieure lui dictait de n'en rien faire – pas encore. Pas tant que sa véritable origine demeurerait mystérieuse. Ce magot constituait une preuve essentielle. De plus, si jamais il tentait d'effectuer un retrait, il risquait de fournir à ses ennemis une indication leur permettant de le localiser. Il n'était pas assez bête pour ça. Janson en revint donc à la question principale : qui étaient les ennemis en question ?

De quel côté êtes-vous, Marta Lang ? Avant de s'embarquer, il avait encore tenté de la joindre, sans succès. Faisait-elle partie du complot ? Avait-elle été enlevée, ou tuée – victime de l'intrigue ayant coûté la vie à Peter Novak ? Janson avait demandé à un vieil ami, un retraité du renseignement qui vivait à Manhattan, de lui dire si Lang se trouvait actuellement au siège new-yorkais de la Liberty Foundation, où elle prétendait être basée. Or, apparemment, elle n'avait pas remis les pieds dans le bâtiment de la 40e Rue. Cette femme devait bien être quelque part – mais où ?

En outre, tout comme Fielding, Janson s'étonnait que la nouvelle de la mort de Novak n'ait toujours pas été diffusée. Pour l'homme de la rue, rien ne s'était passé – ni enlèvement, ni meurtre. Devait-on supposer que des membres éminents de la Liberty Foundation étaient en train d'ourdir quelque mystérieux complot auquel la divulgation de la tragique nouvelle risquerait de nuire ? Combien de temps croyaient-ils pouvoir cacher une chose pareille ? Les rumeurs concernant la mort de Deng Xiaoping avaient été tenues secrètes pendant plus de huit jours, le temps de résoudre la crise de succession : le régime chinois avait voulu éviter que l'opinion n'apprenne la vacance du pouvoir. La Liberty Foundation vivait-elle le même genre de situation ? L'immense fortune de Novak étant en grande partie investie dans la Fondation, il n'y avait pas grand-chose à craindre pour son financement. Cependant, grâce à Grigori Berman, il savait désormais que le virement litigieux provenait d'Amsterdam, et plus particulièrement d'un compte appartenant à Peter Novak, ouvert au nom de la Liberty Foundation. Quel était le membre de la Fondation capable d'effectuer un tel transfert ?

Novak était un homme puissant entouré de puissants ennemis. Janson devait se faire à l'idée que les ennemis de Novak étaient aussi les siens. Et comme si l'équation n'était pas encore assez compliquée, ces gens pouvaient être n'importe qui et se trouver n'importe où. Avant son soudain revirement, Fielding lui avait dressé un tableau critique des adversaires de Novak. Les « oligarches » des régimes ploutocratiques corrompus, surtout ceux d'Europe de l'Est, auraient très bien pu se joindre à une cabale ayant pris naissance sur le territoire des Etats-Unis, destinée à juguler l'influence de Novak sur l'ordre économique et politique mondial. Influence que les Américains voyaient croître avec envie et consternation. *Demande-toi pourquoi l'Amérique est en butte à tant de haine*, avait dit Andros. Il n'était pas facile de répondre à cette réflexion inspirée par la rancœur éprouvée par les victimes de l'hégémonie américaine. Pourtant l'Amérique n'était pas entièrement innocente : tous les moyens lui étaient bons pour défendre son statut de superpuissance. Quelques gros bonnets de la politique étrangère auraient très bien pu se sentir menacés par ce personnage dont l'altruisme échappait à leur contrôle. Fielding : *Tout le monde savait qu'il avait rejeté les avances des Etats-Unis, qu'il avait fustigé sa politique étrangère et décidé de suivre ses propres convictions. Sa conscience était son seul guide.* Qui pouvait prédire la rage des organisateurs de Washington – ces autocrates myopes qui confondaient patriotisme et abus de pouvoir ? C'était la face sombre de l'Amérique, son côté démoniaque. C'eût été faire preuve de naïveté que de croire l'establishment incapable de telles exactions. Le lieutenant-colonel Alan Demarest se prenait pour un vrai Américain. Janson avait longtemps estimé qu'une telle prétention n'était qu'une idée fixe, une illusion perverse aux conséquences funestes. Mais à présent, il se demandait si tous les Demarest du monde n'avaient pas gagné, tout compte fait. Si, faute de représenter l'Amérique en tant que telle, ces gens-là ne seraient pas les emblèmes d'une *certaine* Amérique, celle à laquelle les populations des pays défavorisés se trouvaient confrontées plus souvent que les autres. Janson ferma les yeux sans parvenir à refouler les images qui le traversaient. Ces images terriblement vivantes, obsédantes, qui n'en finissaient pas de le hanter.

« Non, laisse-les dehors », avait dit le lieutenant-colonel à Janson. Dans ses écouteurs souillés par la boue, il percevait des chœurs derrière les paroles de son supérieur. « Je vais venir.

— Chef, répondit Janson. Pas besoin. On les a bien attachés, comme vous l'avez demandé. Les prisonniers ne sont pas blessés mais ils ne peuvent pas bouger.

— Ce qui n'a sans doute pas été des plus faciles. Tu t'es montré à la hauteur, Janson. Je n'en attendais pas moins de toi.

— Le transport n'a posé aucune difficulté, répondit Janson. Chef.

— Dis-moi, fit Demarest. Si vous les conduisiez à Candle Bog ? »

Candle Bog, une clairière en pleine jungle, se trouvait au nord, à quelques encablures du principal campement de l'armée. Un mois plus tôt, des sentinelles américaines y étaient tombées dans une embuscade tendue par trois hommes qu'ils identifièrent comme des agents de liaison viêt-cong. Un soldat américain et les trois Viêt-cong y avaient laissé la vie. Quand il rentra au camp pour soigner ses blessures, l'un des rescapés du détachement désigna cette clairière sous son nom vietnamien mais en le déformant. Au lieu de Quan Ho Bok, il dit Candle Bog. Et le nom était resté.

Il fallait compter deux heures pour transporter les prisonniers à Candle Bog. A leur arrivée, Demarest les attendait à bord d'une jeep conduite par son commandant en second, Tom Bewick.

Janson vit que les prisonniers avaient soif ; comme ils ne pouvaient se servir de leurs bras, il les fit boire au bidon chacun leur tour. Malgré leur terreur, ils avalèrent goulûment. Puis Janson les fit asseoir par terre entre deux huttes.

« Bon travail, Janson, s'exclama Demarest.

— Traitement humain des prisonniers de guerre, comme le préconise la Convention de Genève, répondit Janson. Si seulement l'ennemi suivait notre exemple. Chef. »

Demarest gloussa. « Tu es drôle, mon petit. » Il se tourna vers son second. « Tom, fit-il. Pourriez-vous... faire les présentations ? »

Le visage tanné de Bewick semblait sculpté dans le bois : des entailles grossières figuraient les yeux et la bouche, l'arête du nez court et étroit ressemblait à une lame de couteau. Cette curieuse impression était accentuée par son teint marbré rappelant les veinures du bois. Ses mouvements vifs et efficaces mais étrangement saccadés parachevaient son allure de marionnette. La marionnette de Demarest, se disait Janson.

Bewick enjamba le premier des prisonniers, sortit un grand couteau et entreprit de sectionner la corde entravant ses bras.

« Ils ont besoin de se mettre un peu à l'aise », expliqua Demarest.

Janson comprit très vite que Bewick se souciait peu du confort des prisonniers. Le second prit une corde de nylon, la noua bien serrée autour des poignets et des chevilles des deux hommes puis l'enroula aux poutres centrales de chaque hutte. Bras et jambes écartés, étirés par la corde tendue, telles des ailes déployées, ils se retrouvèrent à la merci de leurs geôliers. Cette prise de conscience de leur impuissance aurait des répercussions psychologiques.

L'estomac de Janson se serra. « Chef ? commença-t-il.

— Tais-toi, aboya Demarest. Contente-toi de regarder. Regarde et prends-en de la graine. C'est le vieux précepte : regarder, faire, enseigner. »

Demarest s'approcha du jeune homme étendu près de lui, lui effleura la joue d'une main caressante et dit : « *Toi men ban.* » Puis il se frappa la poitrine et répéta ces paroles : « Je vous aime bien. »

Les deux Viêt-cong parurent déconcertés.

« Vous parlez anglais ? Sinon, ce n'est pas grave, car moi je parle vietnamien. »

Le premier se décida à répondre. « Oui. » Il avait la gorge serrée.

Demarest le gratifia d'un sourire. « C'est bien ce que je pensais. » Il fit courir son index sur le front de l'homme, descendit vers le nez et s'arrêta au niveau des lèvres. « Je vous aime bien. Vous m'inspirez, les gars. Vous êtes de vrais durs à cuire. Ça compte pour moi. Vous avez vos idéaux et vous vous battez jusqu'à la mort. Combien de *nguoi My* avez-vous tués, à votre avis ? Combien d'Américains ? »

Le deuxième homme s'écria : « Nous pas tuer !

— Non, bien sûr. Vous êtes des paysans, pas vrai ? Demarest adoptait un ton mielleux.

— Nous paysans.

— Vous n'êtes pas du tout des Viêt-cong, hein ? Rien que d'honnêtes pêcheurs, de rudes travailleurs, c'est ça ?

— *Dung*. C'est ça.

— Des pêcheurs ou des paysans ? »

Les deux hommes parurent troublés. « Pas Viêt-cong, supplia le premier.

— Ce type-là n'est pas ton compagnon d'armes ? Demarest indiqua l'autre captif.

— Juste un ami.

— Oh, c'est ton ami.

— Oui.

— Il t'aime bien. Vous vous entraidez.

— Entraidez.

— Vous avez beaucoup souffert, n'est-ce pas ?

— Beaucoup souffert.

— Comme notre Seigneur Jésus-Christ. Sais-tu qu'il est mort pour nos péchés ? Tu veux savoir *comment* il est mort ? Oui ? Eh bien, pourquoi tu ne réponds pas ? Je vais te le dire. Non, j'ai une meilleure idée : je vais te montrer.

— Quoi ? » coassa l'homme étendu.

Demarest se tourna vers son second. « Bewick, c'est carrément impoli de laisser ces deux malheureux jeunes gens par terre. »

Bewick hocha la tête. Sur son visage de pantin, passa comme un sourire. Il donna deux tours avec un bâton pour resserrer la corde. Les prisonniers décollèrent du sol ; leurs poignets et leurs chevilles entravés supportaient tout le poids de leur corps. Ils poussèrent un cri étouffé.

« *Xin loi* », dit gentiment Demarest. Désolé.

Terrassés par l'angoisse, membres écartelés, épaules presque démises, ils avaient beaucoup de mal à respirer et devaient faire de terribles efforts pour cambrer la poitrine et bouger leur diaphrame – des efforts ayant pour effet de redoubler la morsure de leurs liens.

Janson s'empourpra. « Chef, intervint-il d'une voix sèche. Pourrais-je vous dire un mot en privé ? Chef ? »

Demarest s'avança vers Janson. « Il te faudra peut-être un peu de temps pour t'habituer à ce spectacle, répondit-il calmement. Mais je ne te laisserai pas interférer dans l'exercice de mes prérogatives.

— Vous êtes en train de les torturer, dit Janson, le visage tendu.

— Tu crois qu'il s'agit de torture ? » Demarest secoua la tête d'un air dégoûté. « Lieutenant première classe Bewick, le lieutenant seconde classe Janson ne se sent pas bien. Pour sa propre sauvegarde, je vous demande de le maîtriser – par tous les moyens nécessaires. Ça ne vous ennuie pas ?

— Pas du tout, chef », répondit Bewick en dirigeant son pistolet de combat vers la tête de Janson.

Demarest s'avança vers la jeep et appuya sur le bouton PLAY de son magnétophone. Un chœur sortit des petites enceintes métalliques. « Hildegarde de Bingen, lança-t-il à la cantonade. Elle a passé l'essentiel de son existence dans le couvent qu'elle avait fondé, au XIIᵉ siècle. Un jour, dans sa quarante-deuxième année, Dieu lui apparut, ce qui lui valut de devenir la plus grande compositrice de son époque. Elle ne s'asseyait à sa table de travail qu'après avoir enduré la plus insoutenable des souffrances – elle appelait cela le fouet de Dieu. Quand la douleur l'emportait vers l'extase, son œuvre se déversait d'elle-même sur la page d'écriture. C'est ainsi que naquirent les sublimes antiennes, les plains-chants et les traités religieux qui sont parvenus jusqu'à nous. La douleur rendait sainte Hildegarde féconde. La douleur la faisait chanter. » Il se tourna vers le deuxième prisonnier qui se mit à transpirer abondamment. Son souffle n'était plus que glapissements étranglés, pareils à ceux d'une bête qui agonise. « Je pensais que cela vous détendrait », dit-il. D'un air méditatif. il écouta quelques mesures de plain-chant.

> *Sanctus es unguendo*
> *periculose fractos :*
> *sanctus es tergendo*
> *fetida vulnera.*

Il s'approcha du deuxième prisonnier et resta debout au-dessus de lui. « Regarde-moi dans les yeux », ordonna Demarest. Tirant un petit couteau d'un étui passé à sa ceinture, il pratiqua une fine entaille dans le ventre de l'homme. A cause de la tension des cordes, la peau et le fascia se déchirèrent aussitôt. « La douleur va te faire chanter, toi aussi. » L'homme hurla.

« *Ça*, c'est de la torture, lança Demarest à l'intention de Janson. Que voudrais-tu que je dise ? Que j'ai mal pour eux ? » Il reporta son attention sur l'homme qui criait à ses pieds. « Tu crois que si tu me résistes, ton peuple te prendra pour un héros ? Certainement pas. Si tu te comportes en héros, personne n'en saura jamais rien, tu peux me croire. Ta bravoure ne te servira à rien. Tu vois comme je suis méchant. Tu crois que les Américains sont gentils, patients. Tu crois que tu t'en sortiras grâce à leurs stupides règlements, à toute cette paperasse dans laquelle ils s'empêtrent comme des géants trébuchant sur leurs propres lacets. Si tu crois cela c'est que tu n'as jamais eu affaire à Alan Demarest. Satan, le roi de l'illusion, avait un truc imparable pour embobiner les hommes : il leur faisait croire qu'il n'existait pas. Ami pêcheur, regarde-moi dans les yeux, car j'existe, moi. Je suis un pêcheur comme toi. Un pêcheur d'âmes. »

Alan Demarest était fou. Non, pire que ça. Il était parfaitement sain d'esprit, maître de ses actes et de leurs conséquences. En même temps, il était dépourvu de toute conscience. C'était un monstre. Un monstre intelligent, charismatique.

« Regarde-moi dans les yeux, psalmodiait Demarest en se penchant sur le visage de l'homme, un visage déformé par une indicible angoisse. Qui est votre contact à l'ARVN ? Avec quel Sud-Vietnamien traitez-vous ?

— Moi paysan ! » gémit l'homme en suffoquant presque. Ses yeux étaient rouges, ses joues mouillées. « Pas Viêt-cong ! »

Demarest baissa le pantalon de l'homme et découvrit ses parties génitales. « La prévarication sera châtiée, fit-il d'un ton morne. On passe aux câbles de batterie. »

Janson fut pris d'un haut-le-cœur. Courbé en deux, il se mit à vomir. Le contenu de son estomac se répandit sur le sol devant lui.

« Il n'y a rien de honteux là-dedans, mon fils. C'est comme de la chirurgie, fit Demarest d'une voix rassurante. La première fois qu'on y assiste, c'est un peu pénible. Mais tu t'habitueras. Rappelle-toi les paroles d'Emerson : quand le grand homme "est secoué, tourmenté, vaincu, il accède au savoir" ».

Puis se tournant vers Bewick : « Je vais juste faire tourner le moteur, pour m'assurer que la batterie est bien chargée. Nous ferons tout pour qu'il parle. Et s'il résiste, il mourra dans d'inimaginables souffrances. »

Demarest considéra le visage accablé de Janson.

« Mais ne t'inquiète pas, poursuivit-il. Son copain sera épargné. Vois-tu, je tiens à ce qu'il reste en vie pour qu'il aille annoncer la nouvelle : voilà ce qu'on obtient quand on baise les *nguoi My*. »

Puis, se tournant vers Janson, il lui décocha un odieux clin d'œil, comme pour le convier à la débauche. Combien de soldats, brisés, insensibilisés par l'atrocité des combats, avaient-ils répondu oui à ce genre d'invite ? Combien étaient-ils à avoir perdu leur âme en s'acoquinant avec des fanatiques ? Un vieux refrain résonna dans les recoins obscurs de son cerveau. *Où toi aller ? Fou – venir avec moi ?*

Venir avec moi ?

*

Depuis le XVIIe siècle, Prinsengracht était la plus jolie des rues donnant sur le canal, au cœur du vieil Amsterdam. Ses façades régulières faisaient d'abord penser à ces poupées qu'on découpe dans une feuille de papier pliée en accordéon. Mais quand on y regardait de plus près, on s'apercevait que chacune de ces maisons de briques hautes et étroites se différenciait consciencieusement de ses voisines. Les pignons dressés sur les toits avaient tous leurs particularités : les uns à degrés, les autres en zigzag, ou faisant alterner les formes en cou et en bec. Comme les escaliers raides et étroits interdisaient le passage des meubles, on les hissait au moyen d'un treuil accroché à une saillie dépassant de la charpente. La plupart des demeures arboraient de fausses mansardes et des entablements complexes, avec des guirlandes de briques. A l'arrière des maisons, loin des regards, se trouvaient les cours intérieures, les *hofjes*. Les bourgeois de la grande époque d'Amsterdam étaient des gens à la simplicité ostentatoire.

Janson descendait la rue à grands pas, vêtu d'une veste légère à fermeture Eclair et de solides chaussures, comme la plupart des autres piétons. Il marchait les mains dans les poches sans cesser de regarder autour de lui. Le suivait-on ? Jusqu'à présent, on aurait dit que non. Pourtant il était bien placé pour savoir que si jamais ils le repéraient, il leur faudrait peu de temps pour envoyer une équipe sur les lieux. *Toujours prévoir un plan de substitution,* disait Demarest. Et si répugnant que fût son auteur, cette instruction lui avait été bien utile autrefois. A classer dans la rubrique « Les bonnes recettes du diable », songea amèrement Janson.

Quelques pâtés de maisons après la Courbe d'Or, il aperçut quelques péniches aménagées, ancrées dans les eaux rousses du canal. Depuis les années 50 et la crise du logement, ces domiciles flottants étaient une caractéristique d'Amsterdam ; quelques décennies plus tard, le conseil municipal avait décidé leur suppression mais les plus anciens bénéficièrent de la clause d'antériorité. Désormais, la ville les tolérait à condition que leurs propriétaires s'acquittent d'une taxe annuelle.

Janson examina les péniches, l'une après l'autre. La plus proche ressemblait à un long bungalow de bardeaux bruns, avec une petite cheminée au sommet de son toit de tôle ondulée rouge. La suivante faisait penser à une serre ; heureusement, des rideaux assuraient une certaine intimité à ses occupants. Quelques mètres plus loin, il en vit une surmontée d'une barrière en treillage entourant une surface plane. Deux objets en pierre, comme des mangeoires à oiseaux, servaient de socle à des lanternes. Les jardinières pimpantes, remplies de géraniums, disaient clairement que ses occupants étaient fiers d'habiter là.

Janson tomba enfin sur la péniche qu'il cherchait. Amarrée près d'un petit parking, on aurait pu la croire abandonnée avec ses pots de fleurs vides, ses petites fenêtres encrassées. Sur le pont, près de la cabine peinte en bleu, on voyait un banc de bois si usé qu'il en était devenu gris. Les planches du pont bas et large étaient gondolées. Plus Janson approchait, plus son cœur battait fort. Tant d'années s'étaient écoulées depuis la dernière fois. La péniche avait-elle changé de propriétaire ? Lorsqu'il détecta l'odeur caractéristique de la résine de cannabis, il comprit que non. Il enjamba le bastingage et se dirigea vers la porte de la cabine ; comme il s'y attendait, elle n'était pas fermée.

Des taches de soleil mouchetaient la pièce. Dans un coin, un homme aux cheveux longs, gris sale, se tenait accroupi sur une grande feuille à dessin, les mains encombrées de pastels qu'il frottait alternativement à la surface du vélin. Un joint se consumait près d'une pastille rouge.

« Pas un geste, salopard », marmonna Janson.

Barry Cooper se retourna lentement, en gloussant comme s'il venait d'entendre une bonne blague. Quand il identifia le visiteur, il émergea un peu de sa torpeur euphorique : « Hé, on reste cool, d'accord ? Toi et moi, on est cool, OK ? » Malgré le petit sourire stupide qui jouait sur son visage, il n'était pas vraiment à l'aise. Sa question le prouvait.

« Ouais, Barry, on est cool. »

Visiblement soulagé, il écarta les bras. La paume de ses mains était tachetée de pigments divers. « Viens contre mon cœur, chéri. Contre mon cœur. Ça fait une paie ? Mince alors ! »

Le langage de Cooper résultait d'un curieux mélange d'idiomes et de jargons – mi-junkie, mi-beatnik. L'Américain vivait à l'étranger depuis près d'un quart de siècle et cet éloignement prolongé avait agi comme un fixatif linguistique.

« Trop longtemps, dit Janson, ou peut-être pas assez. A ton avis ? » Leurs souvenirs communs étaient assez complexes ; les deux hommes n'appartenaient pas au même monde mais se comprenaient assez pour entretenir des relations de travail.

« Tu veux du café ? demanda Cooper.

— Va pour le café. » Janson s'assit dans un canapé marron défoncé et regarda autour de lui.

Rien n'avait changé ou presque. Cooper avait vieilli, certes, mais d'une manière prévisible. Sa tignasse poivre et sel était à présent toute grise. Au coin de ses yeux, s'étirait un réseau de pattes-d'oie ; les rides reliant les commissures de ses lèvres à son nez étaient nettement creusées ; des sillons séparaient ses sourcils, d'autres barraient son front. C'était bien Barry Cooper, ce vieux Barry, un gars timide et un peu loufoque, mais pas trop. Dans sa jeunesse, les critères étaient différents. Au début des années 70, il était passé de l'idéalisme estudiantin à la vie réelle, une dure et âpre prise de conscience. D'étape en étape, il s'était retrouvé engagé dans le Weather Underground [1]. *Détruire le système !* A l'époque, on se servait de cette

---

1. Le Weather Underground, groupement radical en réaction contre le racisme et la guerre du Viêt-nam, s'est constitué en faction lors de la neuvième convention

expression pour se saluer dans la rue. En traînant sur le campus de Madison dans le Wisconsin, il s'était lié avec une bande de types plus futés et plus diserts que lui. Sous leur influence, il se radicalisa. De simple rebelle sans engagement particulier, il devint extrémiste. Et c'est ainsi que les blagues de collégien destinées à agacer les forces de l'ordre débouchèrent sur des actions plus violentes.

Un jour, il se trouvait dans une maison de Greenwich Village quand la bombe que l'un de ses acolytes était en train de monter explosa. Cooper s'en sortit avec quelques brûlures. Couvert de suie, il ne reprit ses esprits qu'à l'arrivée des flics. Après sa libération sous caution, la police découvrit que ses empreintes correspondaient à celles relevées sur les lieux d'une autre explosion ayant endommagé l'un des laboratoires de l'université d'Evanston. L'événement avait eu lieu de nuit et personne n'avait été blessé, mais il s'en était fallu d'un cheveu ; le veilleur aurait très bien pu faire sa ronde à ce moment-là. On l'accusa de tentative de meurtre et de conspiration fédérale. Cooper se serait retrouvé derrière les barreaux s'il n'était passé au Canada entre-temps. Ensuite, il s'installa en Europe de l'Ouest.

C'est alors que son étrange carrière connut un tournant décisif. Les autorités américaines ayant exagéré la gravité de ses forfaits, Cooper débarqua en Europe auréolé d'une gloire imméritée qui lui valut l'admiration béate des groupuscules de la gauche révolutionnaire – celui gravitant autour d'Andreas Baader et d'Ulrike Meinhof, connu officiellement sous le nom de Fraction Armée Rouge, et officieusement sous celui de bande à Baader ; l'organisation très soudée se faisant appeler Mouvement du 2 juin ; et les Brigades rouges italiennes. Croyant dur comme fer à la légende de l'insurrection urbaine, ces militants voyaient dans l'Américain hirsute un nouveau Jesse James, un franc-tireur de la révolution. Ils l'accueillirent dans leurs cercles et autres factions verbeuses dans l'espoir de profiter de ses conseils éclairés. Bien que ravi de se voir ainsi adulé, Barry Cooper n'était pas très à l'aise dans la peau du maître tacticien. Il en connaissait un rayon sur les diverses variétés de marijuana – comment différencier la sinsemilla Maui de la rouge d'Acapulco, par exemple – mais ne se passionnait guère pour les aspects pratiques de l'action révolutionnaire dont il ignorait presque tout. Interpol avait beau le considérer comme l'un des cerveaux du terrorisme mondial, le vrai Cooper était en fait un gars inoffensif, un gros flemmard ne cherchant qu'à s'éclater – par la drogue et le sexe. Perpétuellement shooté, il était incapable de mesurer la férocité de ses nouveaux camarades et de comprendre que ce qu'il considérait comme d'aimables plaisanteries – du style lancer des boules puantes dans les toilettes – représen-

---

nationale du SDS (Students for a Democratic Society) à Chicago en juin 1969. (N.d.l.T.)

tait pour ces gens-là le prélude d'un violent bouleversement censé renverser l'ordre établi. Quand il se trouvait en leur compagnie, il restait prudent et se contentait de leur prodiguer quelques conseils énigmatiques. Sa circonspection et son évident désintérêt pour leurs activités n'en finissaient pas de les déconcerter. Ils en conclurent que le terroriste américain ne leur faisait pas confiance et les prenait pour des rigolos. Pour l'impressionner, ils lui révélèrent leurs plans les plus ambitieux et certains secrets concernant les biens en hommes et en matériel dont ils disposaient : leur planque à Berlin-Est, l'organisation de façade munichoise qui les soutenait financièrement, l'officier de la garde nationale de la Bundesrepublik qui, pour plaire à sa maîtresse radicale, lui offrait des armes de guerre en quantités impressionnantes.

Plus le temps passait et plus Barry Cooper se sentait mal. Non seulement son rôle lui pesait, mais les actions violentes que les activistes lui décrivaient d'une manière si vivante lui donnaient envie de s'enfuir à toutes jambes. Un jour, à la suite d'un attentat fomenté par les cellules révolutionnaires dans le métro de Stuttgart, il lut la liste des victimes dans le journal. Se faisant passer pour un reporter, il rendit visite à la mère de l'une d'entre elles. Cette expérience – voir en face les tristes conséquences de la glorieuse sauvagerie révolutionnaire – le remua jusqu'aux tréfonds de son être.

Peu de temps après, Janson décida de le rencontrer dans l'espoir de pénétrer le monde obscur des organisations terroristes. Il recherchait des personnes n'ayant pas définitivement tourné le dos à la civilisation – des gens qui n'auraient pas encore renoncé à la morale soi-disant bourgeoise. L'implication de Barry Cooper dans ces groupuscules lui avait toujours paru étrange ; ayant bien étudié son dossier, il en était venu à le considérer comme un petit plaisantin, un farceur, un clown. Tout sauf un tueur. Un type influençable tombé sous la coupe d'individus fort peu recommandables.

A l'époque, Cooper habitait déjà cette péniche. Pour gagner sa vie, il croquait la vieille ville d'Amsterdam et vendait ses dessins aux touristes – des œuvres kitsch mais sincères. Il se comportait comme un gars ayant trop longtemps abusé de la marijuana : même quand il n'était pas défoncé, ses gestes étaient vagues et mous. Les deux hommes ne se lièrent pas tout de suite : leurs tempéraments étaient trop opposés. Pourtant, peu à peu, Cooper se prit à apprécier les qualités de son visiteur. Janson était quelqu'un de bien, il n'essayait pas de faire ami-ami ; il ne le menaçait pas davantage. Malgré son physique de marine, Janson le traitait avec courtoisie, discrétion. Et surtout il jouait franc-jeu. Lorsque Cooper détournait la conversation pour se lancer dans une diatribe contre les méfaits du monde occidental, Janson, en fin politique, l'écoutait sans broncher et, au lieu de tout rejeter en bloc, admettait volontiers les torts des démocraties occidentales – pour réfuter ensuite, dans un langage clair et percutant, les raisonnements simplistes tenus par les activistes. *Chaque fois qu'elle enfreint les idéaux qu'elle affiche, notre société trahit l'humanité. Et le monde que tes amis souhaitent instaurer ? Il trahit l'humanité chaque fois qu'il respecte ses idéaux.* Le choix était-il si difficile à faire ?

C'est profond, avait dit Barry Cooper, franchement impressionné. *C'est profond* : une réplique bien superficielle. C'était justement cette superficialité qui l'avait sauvé des pires tentations de la gauche révolutionnaire. Les renseignements qu'il avait fournis à Janson se révélèrent fatals pour un grand nombre de cellules terroristes. Des planques furent fermées, des dirigeants emprisonnés, des sources de financement identifiées. Le fumeur de cannabis dans sa péniche bleue lui avait donné un sacré coup de main. Sur ce point, les insupportables pédants de la révolution prolétarienne avaient vu juste : il arrive qu'un petit homme accomplisse de grandes choses.

Le Département d'Etat lui renvoya l'ascenseur en renonçant à sa demande d'extradition.

Janson sirotait son café dans une chope criblée de peinture acrylique.

« Tu passais par là et t'as vu de la lumière, c'est ça ? fit Cooper. Une visite de politesse, quoi ! » Cette blague datait de leur première rencontre, un quart de siècle plus tôt. Elle avait résisté au temps.

« Dis donc ! fit Janson. Ça t'embête si je crèche ici pendant quelques jours ?

— *Mi casa es tu casa, amigo* », répondit Cooper. Il porta le petit joint à ses lèvres ; Janson s'était toujours demandé si Cooper ressentait encore quelque chose en fumant ou s'il avait juste besoin de sa dose pour réintégrer le monde réel, celui que tout un chacun considérait comme la normalité. La fumée rendait sa voix rocailleuse. « Je crache pas sur la compagnie, pour tout dire. Doris m'a quitté, je te l'avais dit ?

— Tu ne m'avais jamais dit que tu étais avec Doris, repartit Janson. Barry, je ne vois pas du tout de quoi tu veux parler.

— Oh », fit Cooper. Son front se plissa. Il faisait des efforts désespérés pour se concentrer et retrouver le fil de son discours : *Et donc... et donc... et donc.* Son esprit fonctionnait mais à vide. Finalement il leva l'index. « Bon... peu importe. » Il venait sans doute de conclure qu'un homme qu'il n'avait pas revu depuis huit ans ne risquait pas de s'intéresser à la rupture d'une relation n'ayant duré que six semaines. Ravi d'avoir trouvé une réponse appropriée, Cooper se carra dans son fauteuil en souriant aux anges. « Hé, mec, ça fait vraiment plaisir de te voir. » Il lui décocha une bourrade sur le bras. « C'est comme avoir un nouveau colocataire. On va bien rigoler. »

Janson fit la grimace : depuis la bagarre de Regent's Park, son bras lui faisait mal.

« Tu vas bien, mec ? » Les yeux de Cooper s'emplirent d'inquiétude.

« Bien, très bien, le rassura Janson. Mais cette petite visite devra rester confidentielle. *Comprende ?*

— *Comprendo mio maximo »,* répondit Cooper dans le sabir qu'il affectionnait – un mélange d'espagnol, d'italien et de latin de cuisine agrémentant son discours au gré de ses humeurs et de son imagination délirante. Ce type sortait tout droit des romans de Hunter S. Thompson ; certains de leurs personnages secondaires lui ressemblaient comme des frères, se disait parfois Janson. Il avait changé à certains égards mais, par ailleurs, il demeurait le même.

« Si on allait se promener ? proposa Janson.

— Cool », dit Cooper.

Les réverbères illuminaient le ciel nocturne, repoussant l'obscurité. Les deux hommes longèrent la Courbe d'Or de Herengracht. Trois siècles auparavant, durant l'âge d'or d'Amsterdam, ce quartier avait abrité une société prospère composée d'armateurs et de marchands. Aujourd'hui, la plupart de ces splendides demeures appartenaient à des banques, des musées, des maisons d'édition, des consulats. La lumière du soir repeignait en gris argent les hôtels du XVIIᵉ siècle. Les maisons luisaient d'un éclat singulier qui faisait ressortir leurs différences. L'une imitait le style français, avec sa façade de pierre blanche ornée de feuilles et de volutes d'acanthe ; l'autre projetait sur la rue sa masse de briques sombres, s'accordant un pignon en cou pour seule décoration. Partout, ce n'était que corniches arrondies, modillons, épis de faîtage, consoles décoratives, œils-de-bœuf : une véritable jungle architecturale où les cachettes foisonnaient. En pleine nuit, tout prenait un aspect menaçant, même les saillies qui jaillissaient des toits, avec leurs installations de levage.

« Alors comme ça, tu traînes dans ce quartier tous les jours, dit Janson.

— Tous les jours, tu peux le dire, répondit Cooper. C'est mon boulot. Je dessine ce que j'ai devant les yeux. En changeant juste un ou deux trucs. Des scènes de rue ou alors une de ces grandes baraques. Des églises aussi. Les touristes adorent les églises.

— Je pourrais te commander un dessin ? »

Cooper parut touché. « Tu parles sérieusement, mec ?

— J'ai repéré une maison rue Prinsengracht, au coin de Leidsestraat. Tu la connais ?

— T'as bon goût, mec. C'est une merveille. »

La bâtisse regroupait trois anciennes habitations, mais sa façade avait été conçue de manière uniforme comme s'il s'agissait d'une seule et même demeure. Huit pilastres corinthiens cannelés soutenaient le fronton ; sept baies vitrées donnaient sur la rue. Des bandes de maçonnerie rouges alternaient avec des pierres parées. L'histoire de la ville était gravée sur chaque brique du siège principal de la Liberty Foundation.

« J'aimerais que tu t'y mettes tout de suite. En peaufinant les détails. » Un cycliste passa en trombe en sens interdit et faillit les percuter.

« Mince alors ! Je savais pas que tu kifais mon boulot. T'en avais jamais parlé. Je croyais que c'était pas ton truc.

— Peaufine les détails, Barry, insista Janson. Et l'arrière de la maison m'intéresserait aussi. On doit le voir depuis Lange Leidsedwarsstraat.

— Je vais étrenner mes nouveaux pastels, s'écria Cooper. Rien que pour toi. »

Les cyclistes et les artistes des rues : deux espèces qui n'attiraient pas l'attention dans la vieille ville d'Amsterdam. Cooper planterait son chevalet en face de la Liberty Foundation sans que personne s'en émeuve. Il faisait cela depuis des dizaines d'années. Il se fondait dans le paysage parce qu'il faisait partie de ce paysage.

Une heure plus tard, de retour sur la péniche, Janson examina les croquis. Le constat n'était guère encourageant. Il y avait diverses issues possibles mais elles étaient exposées à la vue de tous. En outre, il semblait fort probable que l'immeuble soit truffé de détecteurs de mouvement dernier cri. Et comme la façade arrière donnait sur Lange Leidsedwarsstraat, mieux valait ne pas espérer entrer par là non plus.

Pour protéger un endroit, on avait le choix entre deux règles. Celle de l'isolement était la plus usitée : le château à flanc de montagne, le caveau souterrain. La seconde, à l'inverse, consistait à ne rien cacher : le bâtiment situé en plein cœur d'une ville, où toute intrusion intempestive était exclue du fait même de sa situation géographique. Le prestige lié au siège de la Liberty Foundation était tel que, pour assurer sa sécurité, elle pouvait se permettre de compter sur les centaines de badauds circulant devant ses fenêtres. Sans le savoir, les habitants d'Amsterdam se transformaient en sentinelles plus efficaces que n'importe quelle équipe de vigiles surentraînés. Donc plus on la voyait plus elle était protégée.

Janson pestait contre lui-même : il avait manqué d'imagination en cherchant à appliquer à cette situation entièrement nouvelle des solutions qui avaient fait leurs preuves dans le passé. Il fallait changer d'optique.

Les conseils de Demarest – surgissant d'un autre temps – lui vinrent soudain à l'esprit : *Tu ne vois pas d'issue ? Prends le temps de considérer les choses sous un autre angle. Regarde les deux cygnes blancs au lieu de te focaliser sur le noir. Concentre-toi sur la part de tarte au lieu de privilégier la tarte entamée. Rabats le cube de Necker dans l'autre sens. Maîtrise la gestalt. Elle te libérera.*

Il ferma les yeux quelques secondes. Il devait penser comme eux. En s'exposant ainsi à la vue de tous, ils bénéficiaient d'une couverture parfaite – il lui fallait intégrer cette logique. Ils cherchaient avant tout à se protéger contre toute intrusion clandestine. Eh bien soit, il irait donc dans leur sens et se présenterait à la porte principale, sans faire aucun effort pour se cacher. Une opération faisant plus appel à la témérité qu'à la discrétion.

Janson contempla les boules de papier froissées qui jonchaient le sol, près des pastels. « Tu as un journal ? »

Cooper se dirigea à pas feutrés vers un coin de la pièce et revint en brandissant triomphalement un exemplaire récent du *De Volksrant*. La première page était maculée de peinture.

« Rien en anglais ?

— Les journaux hollandais sont en hollandais, mec, répondit-il d'une voix cassée par le cannabis. C'est comme ça et pas autrement.

— Je vois », répondit Janson. Il passa en revue les gros titres en se servant de sa connaissance de l'anglais et de l'allemand. Soudain, un petit article attira son attention.

« Celui-là, fit Janson en tapotant le journal. Tu pourrais me le traduire ?

— No prob, mec. » Cooper leva les yeux comme pour convoquer toute sa puissance de concentration avant l'effort intellectuel qu'il s'apprêtait à fournir. « C'est pas la liste des dix meilleures ventes de disques. Attends une minute – tu ne m'as pas dit que ta mère est tchèque ?

— Était. Elle est morte.

— Quel gaffeur je fais, hein ? C'est terrible. Ça s'est passé soudainement ?

— Elle est morte quand j'avais quinze ans, Barry. J'ai eu le temps de m'habituer. »

Cooper fit une courte pause, histoire de bien assimiler ce qu'il venait d'apprendre. « C'est cool, dit-il. Ma maman à moi est morte l'année dernière. Putain, j'ai même pas pu assister aux funérailles. Ça m'a rendu malade. De toute manière, ils m'auraient passé les menottes à la frontière, alors j'aurais été bien avancé, non ? Mais quand même, ça m'a rendu malade.

— Je suis désolé », dit Janson.

Cooper se mit à lire en traduisant laborieusement le néerlandais en anglais. A première vue, l'article n'avait rien de remarquable. Le ministre des Affaires étrangères tchèque, après son passage à La Haye où il avait été reçu par des membres du gouvernement, était en train de visiter Amsterdam. Il devait rencontrer plusieurs grands responsables de la communauté financière, afin de discuter de la coopération hollando-tchèque. Une visite de pure forme, effectuée par un homme dont le boulot se résumait à ce genre de démarches censées augmenter le niveau des investissements étrangers dans un pays qui en avait bien besoin. La Hollande était un pays riche ; pas la République tchèque. Un tel voyage aurait pu avoir lieu – et avait certainement eu lieu – un siècle plus tôt, ou même avant. Il ne résoudrait sans doute aucun des problèmes de la République tchèque. Mais, en revanche, il allait résoudre celui de Janson.

« On va faire les magasins », dit Janson en se levant.

Il passait du coq à l'âne, mais Cooper n'était pas homme à s'étonner pour si peu ; perdu dans les brumes du cannabis, il considérait le monde comme une entreprise aussi aléatoire qu'un coup de dé. « Cool, dit-il, enchanté. Pour acheter à bouffer ?

— Pour s'habiller. Des trucs chic. Haut de gamme.

— Oh, fit-il, déçu. Eh ben, il y a un endroit où je mets jamais les pieds, mais je sais que c'est très cher. Sur Nieuwezijds Voorburgwal, du côté du Dam, à deux pas d'ici.

— Excellent, dit Janson. Tu m'accompagnes ? J'aurai peut-être besoin d'un interprète. » S'il voulait faire les magasins en compagnie de Cooper c'était surtout pour tromper ses éventuels poursuivants qui rechercheraient un homme circulant seul.

« Moi je veux bien, dit Cooper. Mais tu sais, "MasterCard" c'est le langage universel. »

Le bâtiment de la Magna Plaza avait été érigé voilà une centaine d'années, pour abriter une poste, mais son appareillage complexe, ses plafonds voûtés, ses pilastres, ses déambulatoires haut perchés et ses petites galeries étaient trop beaux pour une simple administration. Dès qu'il fut reconverti en centre commercial, ces excès architecturaux trouvèrent leur sens. Quarante boutiques s'alignaient de part et d'autre de la galerie principale. Janson entra dans un luxueux magasin de vêtements pour hommes, essaya un costume de taille 53, un Ungaro dont l'étiquette indiquait un prix équivalent à deux mille dollars. Janson était si bien bâti que, sur lui, n'importe quel vêtement de confection semblait taillé sur mesure. Ce costume Ungaro ne dérogeait pas à la règle.

Un vendeur aux cheveux pétrifiés par une tonne de gel glissa vers eux et vint se coller à son client américain comme un rémora à un requin.

« Si je puis me permettre, il vous va à merveille », dit-il avec l'amabilité et la sollicitude qu'il devait adopter face à toutes les étiquettes chargées de nombreux chiffres avant la virgule. « Et ce tissu rend superbement sur vous. C'est un costume magnifique. Très élégant. Il fait de l'effet tout en restant discret. » Comme beaucoup de Néerlandais il parlait anglais sans accent ou presque.

Janson se tourna vers Cooper. A ses yeux vagues, injectés de sang, il comprit que ses brumes mentales n'étaient pas totalement dissipées. « Il trouve qu'il te va, dit Cooper.

— Quand ils parlent anglais, tu n'as pas besoin de traduire, Barry », précisa Janson. Il se retourna vers le vendeur. « Je suppose que vous acceptez les espèces. Si vous faites l'ourlet tout de suite, je l'achète. Sinon, je vous le laisse.

— Eh bien, nous avons un essayeur ici. Mais normalement on donne les retouches à l'extérieur. Je pourrais vous le faire porter demain...

— Désolé, lâcha Janson en faisant le geste de partir.

— Attendez, s'écria le vendeur affolé à l'idée de la commission qui risquait de lui passer sous le nez. C'est faisable. Je vais en toucher un mot à l'essayeur. Accordez-nous dix minutes. Le temps de traverser la rue. Je m'occupe de tout. Comme vous dites chez vous, le client est roi.

— Ces paroles vont droit à mon cœur de yankee, dit Janson.

— En fait, c'est ce qu'on dit des Américains, ajouta prudemment le vendeur. Tout le monde connaît cette expression. »

Washington DC

Un homme corpulent portant une cravate marron héla un taxi au coin de la 18e et de M Street, près d'un *bar-and-grill* à la vitrine ornée d'une enseigne au néon vantant les mérites d'une boisson gazeuse. Le chauffeur de taxi enturbanné écoutait une station de radio publique. Son nouveau client était un monsieur élégant, capable de soulever des haltères de cent soixante kilos mais adorant par ailleurs la bière et la viande rouge, d'où son embonpoint. Il n'avait d'ailleurs pas l'intention d'abandonner ses habitudes alimentaires. Il faisait bien son métier, ses supérieurs étaient contents de lui et il n'avait donc pas besoin de travailler au noir comme mannequin pour boucler ses fins de mois.

« Je vais à Cleveland Park, dit-il. 430 Macomb Street. »

Le chauffeur sikh répéta l'adresse, la nota sur son écritoire à pince et démarra. Il s'arrêta devant un supermarché abandonné, aux issues condamnées par des planches clouées.

« Vous êtes sûr que c'est ici ? demanda le taxi.

— Ça oui, dit-il. Au fait, ça vous ennuierait d'aller jusqu'au parking et de vous garer derrière le magasin ? Il faut que je prenne quelque chose.

— Pas de problème, monsieur. » Tandis que le taxi faisait le tour du bâtiment bas construit en brique et en verre, le cœur du passager s'emballa. Il fallait opérer dans les règles. La chose était à la portée de n'importe qui, mais lui seul était capable de l'effectuer proprement.

« C'est parfait », dit-il en s'avançant sur son siège. D'un geste fulgurant, il passa le garrot autour du cou du chauffeur et serra. Le Sikh poussa un petit cri de surprise; ses yeux se dilatèrent, sa langue apparut. Il allait bientôt perdre conscience. Encore dix secondes de pression maximum et l'anoxie déboucherait sur l'arrêt respiratoire.

Il glissa le garrot à poignée de bois dans la poche intérieure de sa veste, sortit le corps flasque de la voiture, ouvrit le coffre d'un coup sec et coinça le cadavre entre la roue de secours, les câbles de batterie et des couvertures entassées. Il savait que si l'homme restait trop longtemps sur son siège, il risquait une mauvaise surprise. Il avait déjà vécu cela avec l'une de ses victimes. En cas de mort subite, il arrivait que les viscères se relâchent et après il fallait nettoyer. Ce n'était vraiment pas le moment.

Son communicateur RIM BlackBerry se mit à ronronner au fond de sa poche de poitrine. On allait enfin lui indiquer la position du sujet.

Il jeta un œil sur sa montre. Il lui restait peu de temps.

Sa cible en avait encore moins.

La voix dans l'écouteur lui donna les coordonnées précises de sa cible; tandis que le passager devenu conducteur se dirigeait vers Dupont Circle, on continua à le renseigner sur ses déplacements. Pour réussir, il faudrait respecter le timing.

Sur le trottoir, la foule était clairsemée; le sujet portait un caban marine, un petit foulard de soie jaune doré vaguement noué autour du cou et un sac venant du grand magasin de luxe dont il venait de sortir.

Se focalisant sur la silhouette de la femme noire qui grossissait devant ses yeux, il fonça droit devant lui puis donna un coup de volant sur la droite.

Le taxi fit une embardée et monta sur le trottoir tandis que des cris de surprise s'élevaient à l'unisson comme une chorale.

Le visage de la femme se rapprochait toujours plus du sien, comme celui d'une amante se penchant pour lui donner un baiser. Quand le pare-chocs avant heurta son corps – l'homme roulait à près de quatre-vingts kilomètres à l'heure –, elle se plia en deux et son torse s'écrasa sur le capot du taxi. Puis il freina et la femme s'envola, décrivant une courbe avant d'atterrir sur le pavé du carrefour encombré. Le camion Dodge freina à mort sans réussir à l'éviter. Ses pneus laissèrent une trace noire sur le corps démantibulé.

Plus tard, dans la journée, on retrouva le taxi à Southwest Washington, dans une allée jonchée de tessons de bouteilles, de fioles de crack brisées et de seringues hypodermiques écrasées. Les jeunes du coin traitèrent le taxi comme n'importe quel autre objet abandonné. Avant le passage des forces de police, ils entreprirent de le dépouiller de ses enjoliveurs, de sa plaque d'immatriculation et de sa radio. Ils ne laissèrent qu'une seule chose : le cadavre caché dans le coffre.

CHAPITRE 19

MIS à part son emplacement, juste en face du siège de la Liberty Foundation, la petite maison bâtie au bord du canal, ou *voorhuis*, n'avait pas grand-chose de remarquable. Son mobilier possédait un intérêt purement utilitaire, songea Ratko Pavic. Il y régnait une odeur de cuisine, faible mais écœurante – de la soupe aux pois ? – qui devait stagner dans l'air depuis la veille au soir. Il fit la grimace. Au moins, c'en serait fini des odeurs de graillon. Il songea aux deux corps étendus dans la baignoire, à l'étage, au sang qui ruisselait dans les canalisations. Il n'éprouvait aucun remords : le vieux couple que les propriétaires avaient engagé pour entretenir la maison durant leur séjour à Corfou l'aurait empêché de faire son travail. Des serviteurs dévoués sans aucun doute, mais gênants. Il avait dû les abattre. Cela n'avait rien d'un meurtre gratuit : assis dans une pièce obscure, près d'une petite fenêtre carrée, Ratko Pavic bénéficiait à présent d'une vue imprenable sur le bâtiment d'en face, et les deux micros paraboliques enregistrant les conversations dans les pièces donnant sur la rue étaient d'une qualité acceptable.

Il s'était ennuyé ferme pendant toute la matinée. Entre 8 h 30 et 9 h 30, il avait assisté à l'arrivée des administrateurs et du personnel. Les visiteurs attendus s'étaient présentés à l'heure dite : un haut fonctionnaire du ministère néerlandais des Affaires étrangères, le représentant du ministre néerlandais de l'Education, de la Culture et des Sciences. Un haut commissaire des Nations unies pour les réfugiés, puis un directeur de la division des Nations unies pour le Développement durable et enfin un autre responsable de l'ONU, en charge des Affaires économiques européennes. Les collègues de Ratko étaient disposés un peu partout, de manière à couvrir tout le périmètre. Le dénommé Simic se tenait sur le toit du *voorhuis*, trois étages au-dessus de lui. Paul Janson demeurait invisible mais cela n'avait rien de surprenant. En plein jour, une tentative d'infiltration comportait trop de risques. Et pourtant ce type avait l'habitude d'agir de manière surprenante, pour profiter de l'effet de surprise justement.

Cette planque avait quelque chose de fastidieux ; il fallait demeurer parfaitement invisible. Mais depuis qu'il était tireur d'élite, c'était le genre de mission qui lui convenait le plus. La cicatrice luisante qui zébrait sa joue, de l'œil droit jusqu'au menton – et qui virait au rouge quand on le contrariait – lui interdisait de se montrer au grand jour. Son visage était trop reconnaissable. *Marqué comme du bétail* : une expression qui ne le quittait plus et qui avait surgi dans son esprit au moment même où le couteau à écailler lui avait cisaillé la chair. La douleur aiguë qu'il avait ressentie alors n'était rien face à la condamnation qui s'était abattue sur lui. Plus jamais il ne travaillerait à visage découvert. Mais bien sûr, un tireur d'élite ne doit pas se montrer ; il était aussi invisible que sa carabine Vaime munie d'un silencieux, toujours prête à servir dans la seconde. Les heures passant, Ratko se demandait si cette seconde arriverait un jour.

Pour tromper l'ennui, Ratko zoomait régulièrement sur la petite rouquine, à la réception. Quand il la voyait se pencher en avant, il s'attardait sur la courbe de ses hanches et, dans son ventre, dans son sexe, il sentait la chaleur qui montait. Elle lui faisait de l'effet, oh oui, et pas qu'un peu. Ça lui rappelait la Bosnie. Ces femmes avec lesquelles ils avaient pris du bon temps, ses copains et lui, quelques années auparavant – la haine qui déformait leurs traits ressemblait tant au plaisir sexuel. Il suffisait d'un peu d'imagination. Quand il les violait, la chose qui l'excitait le plus c'était leur totale impuissance. Il n'avait jamais connu ce genre d'expérience avec les autres femmes. Malgré son haleine fétide, malgré la puanteur de son corps, elles ne le repoussaient pas. Elles savaient que si elles se rebiffaient, leurs parents, leurs maris, leurs enfants seraient abattus d'une balle dans la tête, et qu'on les obligerait à regarder cet épouvantable spectacle avant de les massacrer à leur tour. Alors elles se laissaient faire, elles s'abandonnaient.

Tout en réglant sa lunette, il imagina la rouquine étendue sur un matelas. Attachée, immobilisée, ses grands yeux emplis de terreur, elle lui offrait sa chair douce et laiteuse, tandis que son sexe de Serbe allait et venait en elle.

Un petit cortège composé de trois Mercedes noires descendit majestueusement Stadehouderskade, s'engagea sur Leidsestraat et s'arrêta devant la Liberty Foundation. Ratko n'avait pas besoin de lunette pour les voir. Un chauffeur en livrée sortit d'une limousine, la contourna pour ouvrir la portière, un homme en complet sombre, portant des lunettes d'écaille et un feutre, en descendit et demeura un instant immobile près du véhicule, le temps d'admirer la splendide perspective offerte par la partie sud-ouest de Prinsengracht. Puis l'homme en livrée – le factotum personnel du ministre, visiblement – s'approcha de la lourde porte d'entrée sculptée et appuya sur la sonnette. Dix secondes plus tard, une femme venait leur ouvrir.

Le chauffeur s'adressa à elle en ces termes : « Madame, le ministre des Affaires étrangères de la République tchèque. Jan Kubelik. » Les deux paraboles avaient beau déformer les voix, Ratko entendait nettement ce qui se disait.

Le ministre des Affaires étrangères prononça quelques mots en tchèque à l'intention de son factotum et d'un geste lui fit comprendre qu'il pouvait disposer. L'homme fit demi-tour et rejoignit la limousine.

« J'ai comme l'impression que vous ne m'attendiez pas », dit le personnage à l'élégant costume marine.

La réceptionniste écarquilla les yeux. « Mais bien sûr que si, monsieur le ministre. Nous sommes ravis de vous voir. »

Ratko sourit au souvenir de la petite vague de panique qui s'était répandue trente minutes plus tôt parmi le personnel de la Fondation. Ils avaient appris par téléphone que le tout nouveau ministre des Affaires étrangères tchèque était en route pour rencontrer le directeur général. Un bataillon de gratte-papier s'était aussitôt plongé dans ses notes, les relisant, les comparant, tout ça pour constater qu'on avait oublié d'enregistrer le rendez-vous. Personne ne voulait endosser la responsabilité d'une erreur qui pourtant devait bien avoir été commise par quelqu'un. A travers sa lunette Schmidt & Bender, Ratko avait vu l'expression consternée sur le visage de la petite rouquine. Elle s'en était prise à une jeune secrétaire un peu bornée qui travaillait à l'étage. *Voilà deux semaines, tu as fixé le même rendez-vous au ministre suédois des Affaires étrangères et au représentant des Nations unies pour le programme en faveur du désarmement.* Les vagues protestations de la jeune femme équivalaient à un aveu. L'une de ses collègues s'était portée à son secours en suggérant que l'erreur venait peut-être des fonctionnaires tchèques. Mais impossible de leur en faire le reproche. Une telle attitude aurait été contraire au protocole.

La réceptionniste introduisit le ministre dans une luxueuse antichambre. A ce moment-là, l'image se brouilla et Ratko n'entendit quasiment plus rien. Le Serbe régla l'amplificateur de lumière électronique équipant sa lunette et fit passer le micro sur un autre mode, de manière à augmenter la puissance des antennes paraboliques – pour affiner le rendu sonore tout en filtrant les bruits de fond.

Quand le signal aural fut restauré, Ratko entendit la rouquine déclarer : « Notre directeur général va bientôt vous recevoir.

— Vous êtes très aimable, répondit le diplomate tchèque sur un ton désinvolte, tout en enlevant son chapeau. Cette demeure est magnifique. Cela vous ennuierait si je jetais un œil par-ci, par-là ?

— Monsieur, nous en serions honorés », dit-elle comme un automate.

Stupide bureaucrate – voilà qu'il cherchait des idées de décoration pour les ramener à sa femme. A son retour dans le triste palais présidentiel praguois, il brillerait auprès de ses amis en leur décrivant le luxueux repaire de Peter Novak à Amsterdam.

Quand il servait au sein de l'armée yougoslave, Ratko s'était entraîné avec des soldats tchèques, dans le cadre du Pacte de Varsovie. C'était bien avant l'éclatement des six républiques formant la Yougoslavie. Ces Tchèques n'étaient que de gros frimeurs.

Un type déambulait devant la maison. Ratko bondit. Janson aurait-il eu ce culot ? L'individu s'appuya contre la balustrade du canal et déploya lentement une carte de la ville, comme n'importe quel touriste.

Ratko pointa sa lunette dans sa direction. Bien que l'angle de vue ne fût pas idéal, il réussit à faire le point sur la silhouette en contrebas. Une carrure frêle, des cheveux courts. Il comprit son erreur. Même s'il avait été le roi du déguisement, Janson n'aurait jamais pu se transformer en jeune femme.

Une fois de plus, Ratko sentit une chaleur monter dans son ventre.

Les yeux de Janson balayèrent l'antichambre magnifiquement meublée. Des peintures de la Renaissance hollandaise étaient accrochées au centre de moulures dorées, disposées en carrés, avec un souci de la symétrie confinant à l'obsession. Le marbre de la cheminée sculptée était veiné de bleu. Tout ce qu'il voyait correspondait parfaitement à l'esprit dans lequel étaient conçues les riches demeures hollandaises ; à l'abri des regards indiscrets, on enfreignait allègrement le célèbre idéal de sobriété propre aux peuples nordiques.

Pour l'instant tout va bien, se dit-il. A son grand étonnement, Cooper avait réussi à se débarbouiller et, une fois revêtu de ce stupide uniforme, s'était glissé dans la peau de son personnage avec une surprenante facilité, en adoptant la posture solennelle du chauffeur de maître, sans oublier d'y ajouter une pointe de servilité grandiloquente. L'image même du factotum assigné au service d'un grand serviteur de l'Etat. Quant à Janson, il était parti de l'hypothèse que personne ne connaissait le visage du ministre tchèque des Affaires étrangères. Après tout, il occupait ce poste depuis deux semaines à peine. Et la République tchèque ne faisait pas partie de ces nations agitées dont la Fondation s'occupait en priorité.

En l'occurrence, le déguisement le plus crédible serait aussi le plus discret : une noisette de brillantine dans les cheveux, une paire de grosses lunettes comme on en porte en Europe de l'Est, les vêtements dont s'affublent tous les diplomates du continent... et des manières tantôt aimables tantôt autoritaires. Par chance, la mère de Janson était d'origine tchèque. Mais il n'aurait pas besoin de s'exprimer dans cette langue ; il lui suffirait de parler anglais avec un accent tchèque convaincant, comme tout diplomate praguois le ferait dans un pays comme la Hollande.

Janson observa la réceptionniste par-dessus le cercle de ses lunettes d'écaille. « Et Peter Novak ? Il est là, lui aussi ? »

La petite femme rousse sourit d'un air absent. « Oh non, monsieur. Il passe son temps à voyager, dans un pays ou dans un autre. Parfois, il disparaît pendant des semaines d'affilée. »

En arrivant, Janson s'était demandé si la façade de la Fondation serait recouverte d'un dais noir. Mais Agger avait dit vrai : ils ignoraient la triste fin de leur vénéré fondateur. « Eh oui ! dit Janson. C'est un homme qui tient le monde dans ses mains, n'est-ce pas ?

— On peut le dire ainsi, monsieur. Toutefois, son épouse est présente aujourd'hui. Susanna Novak. Elle partage la direction du programme de développement des ONG. »

Janson hocha la tête. Novak tenait à ce que ses proches restent dans l'ombre, par crainte des enlèvements. Pour le bien de son œuvre, il devait assumer sa dimension d'homme public, mais n'aimait pas que les médias fouillent dans sa vie privée. Il n'avait rien d'une star de cinéma et sa famille ne représentait aucun intérêt pour les paparazzi. Tel était du moins le message qu'il avait fait passer à la presse, durant des années. Un message que les reporters avaient entendu et respecté, à de rares exceptions près. Le fait que sa résidence principale soit située à Amsterdam facilitait grandement les choses ; la sensibilité *burgerlich* prévalant dans cette ville formait un rempart assez solide pour protéger l'intimité du grand homme.

Caché à la vue de tous.

« Et qu'y a-t-il ici ? » Il désignait une autre pièce, à gauche du grand vestibule.

« Le bureau de Peter Novak, dit-elle. S'il était en ville, M. Novak vous y aurait reçu – il y aurait mis un point d'honneur. » Ouvrant la porte, elle lui montra la toile accrochée sur le mur d'en face. « C'est un Van Dyck. Remarquable, n'est-ce pas ? » Le tableau représentait un aristocrate du XVIIe siècle, rendu dans une subtile palette de bruns et de bleus qui malgré leur pâleur captaient la lumière de manière admirable.

Janson alluma les lustres, se dirigea à grands pas vers la toile et colla presque son nez dessus. « Extraordinaire, s'exclama-t-il. Van Dyck est l'un de mes peintres favoris, vous savez. Bien sûr, le patrimoine artistique de la République tchèque est tout à fait considérable. Mais, entre nous, nous n'avons rien de tel à Prague. »

Glissant la main dans sa poche, il effleura son portable Ericsson. L'appareil composa un numéro préprogrammé et la sonnerie d'un téléphone retentit à la réception.

« Je vous prie de m'excuser, dit-elle en dressant l'oreille.

— Mais faites donc », répondit Janson. Pendant que la jeune femme regagnait son poste en toute hâte, il examina rapidement les papiers empilés sur le bureau et la crédence. On y reconnaissait les sceaux des grandes institutions officielles, avec une nette prédominance des divers ministères néerlandais. Comme si un déclic s'était produit dans sa mémoire, Janson repéra une lettre au milieu de la masse. Un souvenir perdu dans les brumes du passé – un cargo noyé dans un horizon brouillé. Les quelques lignes de texte n'avaient en soi rien de remarquable, contrairement à l'en-tête : UNITECH LTD. Cette compagnie lui disait quelque chose – mais dans quel coin de sa mémoire était-elle classée ? Celui consacré à ses activités d'expert en sécurité auprès des entreprises, ou celui réservé à l'ex-agent des Opérations consulaires ? Impossible à déterminer.

« Monsieur le ministre ? clama une voix féminine.

— Oui ? » Quand Janson leva les yeux, une grande femme blonde lui souriait.

« Je suis l'épouse de Peter Novak. Je souhaitais vous accueillir ici en son nom. Notre directeur général est encore en entretien avec l'ambassadeur des Pays-Bas auprès des Nations unies. Il n'en a plus pour longtemps. » Elle parlait avec un accent américain parfaitement plat.

Elle avait un physique à la Grace Kelly, à la fois voluptueuse et patricienne. Son rouge à lèvres nacré était trop brillant pour une femme de sa classe, mais il lui allait bien, tout comme le tailleur chartreuse qui mettait ses formes un peu trop en valeur.

Cette charmante personne n'avait rien d'une veuve. Elle n'était donc pas au courant. C'était inconcevable.

D'un pas vif, Janson s'avança vers elle et s'inclina légèrement. Un diplomate tchèque était-il censé pratiquer le baise-main ? Il décida qu'une simple poignée de main ferait l'affaire. Pourtant, il avait du mal à s'empêcher de la regarder. Elle lui rappelait quelqu'un. Certains détails surtout. Ces yeux d'un bleu-vert transparent, ces longs doigts délicats...

L'avait-il rencontrée récemment ? Il fouilla dans sa mémoire. Où était-ce ? En Grèce ? En Angleterre ? L'avait-il seulement entraperçue ? Son image s'était-elle imprimée dans son subconscient ? C'était exaspérant.

« Vous êtes américaine ? » demanda Janson.

Elle haussa les épaules. « Je suis de partout, dit-elle. Comme Peter.

— Et comment va le grand homme ? » Sa voix se brisa légèrement.

« Toujours semblable à lui-même, répondit-elle après un temps d'arrêt. Je vous remercie, docteur Kubelik. » Dans son regard passa une joyeuse étincelle – on aurait presque dit qu'elle lui faisait du charme. Il s'agissait sans doute d'une attitude classique, propre à certaines femmes de son milieu quand elles font la conversation aux grands de ce monde.

Janson hocha la tête. « Nous les Tchèques avons une expression : "Mieux vaut être semblable que pire". Le bon sens paysan, je suppose.

— Suivez-moi, dit-elle. Je vais vous conduire à l'étage, dans la salle de conférences. »

Le premier étage était moins somptueux, plus intime ; les plafonds s'élevaient à trois mètres au lieu de cinq et la décoration était beaucoup moins chargée. La salle de conférences donnait sur le canal et les rayons obliques du soleil de midi entraient par une fenêtre panoramique à petits carreaux, projetant des parallélogrammes dorés sur la longue table de teck polie. Janson fut accueilli par un homme aux cheveux gris bien peignés, d'une taille légèrement inférieure à la moyenne.

« Je suis le docteur Tilsen, dit-il. J'occupe la fonction de directeur général pour l'Europe. Un rien trompeur comme titre, non ? » Il eut un petit rire nerveux. « Je devrais plutôt parler de notre *programme* Europe, pour être exact.

— Je vous abandonne au Dr Tilsen. Vous êtes entre de bonnes mains, dit Susanna Novak. Bien meilleures que les miennes », ajouta-t-elle en laissant à son visiteur le soin de s'interroger sur l'étrangeté de sa remarque.

Janson s'assit face à l'administrateur pâlichon. Qu'allait-il bien pouvoir lui raconter ?

« Je suppose que vous avez deviné le but de ma démarche, commença-t-il.

— Eh bien, il me semble que oui, répondit le Dr Tilsen. Au fil des ans, le gouvernement tchèque a manifesté un grand intérêt pour certaines de nos causes tout en en négligeant d'autres. Dans cette Fondation, nous sommes parfaitement conscients que nos objectifs ne coïncident pas toujours avec ceux de tel ou tel gouvernement.

— Tout à fait, dit Janson. Tout à fait. Mais voyez-vous, je me demande si mes prédécesseurs n'auraient pas porté des jugements trop hâtifs. Nous pourrions envisager nos relations sur un mode plus harmonieux.

— Rien ne pourrait nous ravir davantage, lança le Dr Tilsen.

— Bien sûr, si vous faisiez un *tour d'horizon** de vos projets concernant notre pays, je serais mieux à même de plaider votre cause devant mes pairs. Je vous assure, je ne demande qu'à vous écouter.

— Dans ce cas, j'accéderai à votre demande en évoquant certains points précis », dit le Dr Tilsen en esquissant un sourire prudent. Ce monsieur était un orateur professionnel et, au cours des trente minutes suivantes, il le lui prouva en lui décrivant toute une batterie d'initiatives, de programmes et de projets. Au bout de quelques instants, ses paroles formèrent une sorte d'écran discontinu, composé de cette terminologie absconse et de ces formules toutes faites qu'affectionnent les idéalistes de métier : *organisations non gouvernementales... renforcer les institutions de la démocratie parlementaire... s'engager à promouvoir les valeurs, les institutions et les pratiques en faveur d'une société ouverte et démocratique...* Devant ce fourmillement de détails, Janson fut pris d'une douce torpeur. Il hochait de temps en temps la tête avec un sourire figé, mais son esprit était ailleurs. La femme de Peter Novak faisait-elle partie des conspirateurs ? Aurait-elle organisé le meurtre de son mari ? Cette éventualité, bien que difficilement envisageable, aurait pu expliquer son comportement.

Et ce Dr Tilsen ? Il avait l'air d'un homme sérieux et bien intentionné, malgré son manque absolu d'imagination et son insupportable fatuité. Janson tenta de l'imaginer sous les traits d'un infâme conspirateur complotant d'anéantir la seule chance d'amélioration qui soit offerte à ce monde en péril. Il le regardait parler en observant ses petites dents tachées de café, le regard satisfait avec lequel il ponctuait son monologue, la manière qu'il avait de hocher la tête comme pour approuver son propre discours. Était-ce là le visage du mal ? Difficile à concevoir.

On frappa à la porte. La petite rousse du rez-de-chaussée.

« Je suis terriblement navrée, docteur Tilsen. Le bureau du Premier ministre cherche à vous joindre.

— Ah, fit le Dr Tilsen. Ayez l'obligeance de m'excuser.

— Mais bien sûr », répondit Janson.

Une fois seul, il examina les quelques meubles qui ornaient la salle, puis s'avança vers la fenêtre pour regarder la circulation intense du canal.

Un frisson lui parcourut l'échine, comme si on avait glissé un glaçon sous sa chemise.

Pourquoi ? Quelque chose était passé dans son champ de vision – encore une anomalie qui le faisait réagir par instinct, avant que sa raison ne prenne le relais.

Quoi ?

Oh Seigneur ! Derrière le pignon en forme de cloche dominant la maison d'en face, se profilait une ombre, celle d'un homme accroupi sur les ardoises étroitement imbriquées. Une erreur tellement banale : le soleil change de position, les ombres bougent et trahissent celui qui croyait voir sans être vu – voir ou pire. Un simple espion ou un sniper ? Le reflet du soleil sur le verre d'une lunette de visée fournit aussitôt une réponse à sa question.

Il passa en revue l'alignement des avant-toits et des fenêtres de mansardes dans l'espoir de découvrir d'autres anomalies. *Là* – on avait nettoyé une petite partie de cette baie vitrée. Juste assez pour pouvoir regarder dehors plus commodément.

Cette poutre de levage, devant lui : elle aussi avait quelque chose d'étrange. Un instant plus tard, il comprit quoi. Il ne s'agissait nullement d'une poutre de levage – mais d'un canon de fusil.

A moins que son imagination surchauffée ne fasse apparaître des choses qui n'existaient pas. Peut-être voyait-il un tueur dans chaque ombre un peu bizarre, comme les enfants qui prennent les montants de leur lit pour les griffes d'un monstre. Il avait toujours mal à la tempe. Se faisait-il des idées ?

Puis soudain l'une des petites vitres carrées explosa. La balle se ficha dans le parquet ; il entendit le bois éclater. Une autre vitre partit en éclats, puis une troisième. Les bouts de verre retombèrent en pluie sur la table de conférence.

Des craquelures apparurent dans le plâtre du mur, face à la fenêtre. Encore une vitre volatilisée, encore une balle entamant le plâtre, à quelques centimètres de sa tête. Janson se jeta à terre et se mit à rouler vers la porte.

Des coups de feu mais pas de détonation ; tirés par un fusil équipé d'un silencieux. Il devrait en avoir l'habitude, depuis le temps.

Puis on entendit une violente détonation, contrastant fortement avec la discrétion des tirs précédents. D'autres sons lui succédèrent : des grincements de pneus. Le bruit d'une portière de voiture qu'on ouvrait puis refermait.

Et, venant de l'intérieur de l'immeuble, des hurlements de panique.

C'était hallucinant !

La fusillade silencieuse continuait, des projectiles mortels ne cessaient de briser les vitres, d'autres traversaient les accrocs du verre, s'enfonçaient dans les murs, le plafond, le plancher, faisaient tinter le lustre de cuivre et ricochaient dans tous les sens.

Les élancements qui cognaient dans sa tempe étaient devenus à ce point insupportables que Janson voyait à peine clair.

Réfléchis ! Il fallait qu'il réfléchisse ! Quelque chose avait changé. Que signifiait cet assaut, pourquoi cette différence dans les armes employées, dans le mode d'approche ?

Il y avait deux équipes. Deux équipes agissant chacune de son côté.

Mme Novak avait dû le dénoncer. Oui, c'était sûrement ça. Elle l'avait percé à jour depuis le début ; elle était entrée dans son jeu pour mieux le piéger. D'où le regard espiègle. Elle était avec Eux.

On ne pouvait échapper au déluge de feu qu'en se réfugiant dans les pièces situées au cœur de la maison, mais les assaillants le savaient aussi et par conséquent, il fallait absolument les éviter.

Il appela Barry sur son Ericsson.

Contrairement à son habitude, Cooper semblait en proie à une grande agitation. « *Mince alors,* Paul ! Mais qu'est-ce qui se passe ? On dirait la bataille de Midway par ici.

— Tu aperçois quelqu'un ?

— Hein, tu me demandes si je les vois ? Oui, par moments. Il y en a deux en tenue militaire. Ils ont pas l'air commode. Rien à voir avec des militants pacifistes, Paul.

— Ecoute, Barry, quand on a commandé cette limousine, on a bien spécifié avec vitres blindées. Monte dedans, tu seras en sécurité. Mais tiens-toi prêt à te bouger le cul à mon signal. »

Janson franchit le seuil en trombe et dévala les escaliers. Arrivé au rez-de-chaussée, il vit le vigile dégainer son pistolet et s'approcher de la fenêtre de devant. Puis l'arme tomba bruyamment sur le sol.

Le garde ouvrit la bouche, un cercle rouge se forma à la hauteur de son sourcil gauche d'où le sang jaillit à gros bouillons et recouvrit son œil exorbité. Pourtant il restait bien campé sur ses jambes, comme statufié. Lentement, ses genoux fléchirent en se raidissant de manière convulsive. Enfin, pour clore cette danse macabre, ses muscles lâchèrent et l'homme s'écroula sur le tapis chinois. Janson bondit pour récupérer son Glock.

« Docteur Kubelik, s'écria la réceptionniste rousse. Nous avons ordre de nous replier vers l'annexe du fond. Je ne sais pas ce qui se passe mais... » Elle s'interrompit, n'en croyant pas ses yeux. Le ministre tchèque des Affaires étrangères, armé d'un pistolet, était en train de traverser le vestibule en roulant sur lui-même.

Il arriva en deux secondes près de la porte d'entrée. Mieux valait rouler que ramper : on allait plus vite et, dans ce genre de circonstances, la vitesse était un paramètre essentiel. « Lancez-moi mon chapeau.

— Quoi ?

— Lancez-moi ce putain de chapeau », hurla Janson. Et d'une voix plus calme il précisa : « Il se trouve à un mètre de vous environ. Allez ! »

La réceptionniste terrorisée obéit, comme on obtempère aux invectives d'un fou dangereux, et s'enfuit vers l'annexe du fond.

Il se souvint du petit carré de vitre propre au coin inférieur de la grande fenêtre d'en face : il y avait certainement un sniper posté là.

Comptant se servir de l'épaisse porte de bois comme d'un bouclier mobile, Janson bondit sur ses pieds, tourna la poignée et entrouvrit le battant.

Deux sons mats : des balles venaient de s'enfoncer dans le bois. Des balles qui lui auraient traversé le corps si jamais il s'était montré.

A présent, l'entrebâillement était de quarante centimètres, très exactement. Une ouverture suffisante pour ajuster son tir. Ce petit carré si propre, si étincelant – avec un peu de chance, il l'atteindrait d'ici, même avec une simple arme de poing.

Ses ennemis étaient équipés de lunettes de visée ; pas lui. Mais ces engins perfectionnés ayant leurs limites – plus le grossissement était important, plus le champ de vision rétrécissait –, il fallait, quand la position de la cible changeait brusquement, entre dix et vingt secondes pour repositionner la lunette et régler l'optique.

Il rampa jusqu'au vigile étendu sur le tapis maintenant recouvert d'une flaque rouge sombre, et tira le corps vers l'intérieur du vestibule, sachant que le mur de brique placé sous la fenêtre, haut d'un mètre vingt, lui servirait de rempart. Il sortit un mouchoir et se hâta d'essuyer le sang maculant le visage de l'homme. Puis, ôtant sa veste, il la drapa autour des épaules du cadavre et lui enfonça son feutre sur le crâne. Enfin, l'attrapant sans ménagement par les cheveux, il lui redressa la tête avant de la faire passer, d'un geste vif, par l'entrebâillement de la porte et la tourna pour faire croire qu'un homme était en train de mettre son nez dehors.

La ruse avait des chances de marcher puisque les autres ne l'apercevraient que quelques secondes, de profil et de loin.

Deux écœurantes projections de cervelle confirmèrent ses pires soupçons. Deux balles de gros calibre tirées à partir de deux endroits différents venaient de briser le crâne du cadavre.

Les fusils bolt-action ne tirant qu'un coup à la fois, il fallait compter une ou deux secondes avant le deuxième coup de feu. Janson se redressa de toute sa hauteur. Les snipers avaient dû braquer leurs lunettes de visée sur l'endroit précis où était apparue la tête du garde. Janson, lui, surgirait quelques dizaines de centimètres plus haut. Il devrait faire feu aussitôt.

Le temps s'étirait.

Il regarda dehors, localisa le petit carré de verre brillant et tira une série de trois coups dans cette direction. Avec un peu de chance, il atteindrait l'équipement du sniper. Dès qu'il sentit le recul de son arme, Janson se retrancha derrière l'épais battant. Le flot de jurons gutturaux qui jaillit de la vitre brisée lui indiqua qu'il avait fait mouche.

L'un des tueurs était hors d'état de nuire. Mais combien en restait-il ? Il examina le crâne du garde. L'un des projectiles avait décrit une trajectoire descendante ; il provenait sans doute de la maison d'en face. L'autre avait pénétré la pommette à l'oblique ; il y avait donc un autre sniper sur la droite.

Il songea à appeler Cooper pour qu'il gare la limousine blindée devant la porte, mais il devrait attendre encore un peu avant de sortir ; le risque était trop grand, avec ce sniper qui le tenait en joue.

Janson souleva le cadavre et lui fit traverser une partie de la pièce pour étudier les réactions de ses assaillants.

Un tir assourdissant volatilisa ce qui restait de la fenêtre, suivi d'une série de crachats plus discrets mais non moins mortels. Combien ? Combien d'armes étaient-elles braquées sur cette maison ? Combien de tueurs s'étaient-ils rassemblés pour lui faire la peau ? Au moins cinq. Probablement beaucoup plus.

Oh, mon Dieu ! Ils étaient en train de prendre d'assaut le siège de la Fondation de Peter Novak. Était-il la cause de ce déchaînement de violence ? Tantôt il se disait que oui et, la seconde suivante, il changeait d'avis. C'était tellement absurde.

Une seule chose était sûre : il fallait sortir de cette maison, mais pas par la porte. Il se rua dans les escaliers. On accédait au deuxième étage par une volée de marches plus étroites. Il se retrouva devant une porte fermée. Avait-il assez de temps ? Il devait voir ce qu'il y avait derrière – *prendre* le temps de vérifier. Il actionna la poignée ; la porte était verrouillée. Il la défonça d'un puissant coup de pied.

Un bureau. Une table de travail. Une crédence surmontée de boîtes en carton provenant de Caslon Couriers, le célèbre service de livraisons express. Livraisons ultra-sécurisées et ultra-chères. A côté, une armoire à dossiers métallique. Verrouillée, elle aussi, mais facile à forcer. A l'intérieur, un tas de rapports portant sur des organisations non gouvernementales, des bibliothèques de prêt en Slovénie et en Roumanie. Plus du courrier expédié par Unitech Ltd. Sans intérêt à première vue. Unitech : oui, cette appellation ne lui était pas étrangère – mais il n'avait pas le temps d'y réfléchir. Tous ses efforts, toutes ses pensées devaient rester braqués vers un seul but : survivre. Ce détour lui avait pris trente-deux secondes ; il s'engouffra de nouveau dans la cage d'escalier ; deux étages plus haut, il trouva l'échelle en bois brut qui conduisait au grenier. L'atmosphère était étouffante mais, sous les chevrons, il devait bien y avoir une trappe ouvrant sur le toit. Et de préférence sur une partie du toit dissimulée derrière les pignons. C'était sa seule chance. Une minute plus tard, il l'avait trouvée et se hissait tant bien que mal sur les ardoises. L'inclinaison était plus forte qu'il ne l'aurait cru. Il s'accrocha à la cheminée la plus proche comme au tronc d'un arbre au milieu de la jungle. Ce n'était bien sûr qu'une simple comparaison. Ici, rien ne le protégeait. Du regard, il survola les toits voisins, recherchant ses exécuteurs.

Il était assez haut pour échapper à la plupart des snipers.

Mais pas à tous.

Sur son flanc droit, juchée sur un toit plus élevé que le sien, il aperçut la dangereuse brune de Regent's Park. L'autre jour, elle avait bien failli l'avoir malgré la distance considérable qui les séparait. A présent, elle n'était qu'à trois cents mètres de lui. Un jeu d'enfant pour elle. Tout à l'heure, elle n'avait pas raté le grotesque pantin qu'il avait brandi comme un leurre par l'entrée principale de la Fondation. En effet, il venait de comprendre que la balle ayant pénétré dans la pommette du vigile sortait de son fusil à elle.

Quand il tourna la tête, il vit que sur le toit de gauche, un autre sniper était en train de le viser. Cette fois, c'était la fin. Seuls dix mètres les séparaient.

Le type avait dû entendre le bruit de ses pas sur les ardoises.

Avertie par le sniper en treillis, la brune leva sa lunette de visée. De nouveau, Janson ressentit cette douleur lancinante à la tempe. Une douleur si forte qu'elle le paralysa presque.

Il était fichu, coincé entre deux tireurs d'élite, avec une méchante arme de poing pour toute protection. Il vit la femme plisser les yeux pour ajuster son tir ; il vit aussi le gouffre obscur du canon. Il regardait la mort en face.

Pour elle, c'était un jeu d'enfant.

CHAPITRE 20

IL se contraignit à fixer le visage de son exécutrice : au moment de mourir, il ne baisserait pas les yeux.

La femme changea d'expression, détourna son arme de quelques degrés sur la gauche et tira.

Le sniper perché sur le toit voisin se plia en deux avant de dévaler la pente comme une gargouille arrachée à son support.

Que se passait-il donc ?

Aussitôt après, Janson entendit le claquement d'une arme automatique – une rafale dirigée non pas contre lui mais contre *elle*. Un morceau de la corniche sculptée derrière laquelle elle se tenait se brisa dans un nuage de poussière.

Avait-on envoyé quelqu'un pour le *sauver*, le tirer des griffes de l'exécutrice de Regent's Park ?

Il tenta de reconstituer la scène. Deux équipes. Il avait deviné juste. L'une avec du matériel américain : les snipers envoyés par les Opérations consulaires. L'autre... équipée d'un bric-à-brac fort étrange. Des francs-tireurs. Des mercenaires d'Europe de l'Est, à en juger d'après leurs tenues et le reste.

A la solde de qui ?

L'ennemi de mon ennemi est mon ami. Si le vieux dicton disait vrai, Janson n'avait jamais eu autant d'amis. Mais disait-il vrai ?

L'homme à la mitraillette, un AKS-74 de fabrication russe, s'était juché sur le parapet pour bénéficier d'un meilleur angle de tir.

« Hé », lui cria Janson.

Le type – il était assez près pour que Janson remarque ses traits grossiers, ses yeux rapprochés et sa barbe naissante – lui adressa un grand sourire, cessa de viser l'Américaine, dirigea son arme vers lui.

Et fit feu.

La rafale percuta les ardoises. Janson plongea et se mit à dévaler la pente du toit en roulant sur lui-même. Un éclat de pierre lui frôla l'oreille quand les projectiles balayèrent l'endroit qu'il venait de quitter. Il s'égratigna le front contre une autre pièce de maçonnerie et s'entailla la paume de la main en s'appuyant sur une ardoise ébréchée.

Finalement, son corps percuta la balustrade. Le choc violent l'assomma presque mais le pire – la chute vertigineuse – avait été évité.

Il perçut des appels venant de différents endroits. Son cerveau embrumé tâchait de les déchiffrer au fur et à mesure qu'ils se répercutaient puis se dissipaient.

Que s'était-il passé ? Tout à l'heure, la femme le tenait en joue. *Elle l'avait dans sa ligne de mire.*

Pourquoi n'avait-elle pas tiré ?

Et l'autre équipe – d'où sortait-elle ? Angus Fielding avait fait allusion aux mystérieux ennemis de Novak, les oligarques corrompus d'Europe de l'Est. Ces tueurs faisaient-ils partie d'une milice privée ? Tout en eux l'indiquait.

En tout cas, ils voulaient sa peau. Mais l'équipe des Opérations consulaires aussi. Comment expliquer cela ?

Le temps pressait. Il coinça son pistolet entre les balustrades ornementales en grès et pressa deux fois sur la détente. L'homme au AKS-74 recula en titubant. Il émit un curieux glouglou ; l'une des balles lui avait transpercé la gorge d'où jaillissait un flot de sang rouge vif. Quand il s'écroula sur les ardoises, son arme tomba avec lui, retenue par une lanière en nylon passée autour de ses épaules.

Cette arme serait peut-être son salut – si jamais il parvenait à l'atteindre.

Janson se hissa au-dessus de la balustrade et franchit d'un bond la courte distance qui le séparait de la maison voisine. Il avait un objectif. Le AKS-74 : une mitraillette rudimentaire mais efficace. Il se reçut mal. Une douleur éclata comme une décharge électrique dans sa hanche gauche. Une balle siffla tout près de sa tête. Il se jeta à plat ventre sur les ardoises et atterrit à quelques centimètres de l'homme qu'il venait d'abattre. L'odeur trop familière du sang lui monta aux narines. Il tendit la main, tira sur la sangle en nylon retenant la mitraillette et la sectionna d'un coup de canif. Puis sans changer de position, tourna la tête dans tous les sens pour se repérer.

On avait l'impression que les toits étaient conçus de manière régulière, mais il s'agissait d'une simple illusion d'optique, il le savait. Une forêt de faîtages séparés par des angles droits. Sauf que ces angles n'étaient pas vraiment droits. Les parapets semblaient parallèles mais ne l'étaient pas. Les avant-toits semblaient construits sur le même niveau mais ne l'étaient pas. Corniches et balustrades, bâties et rebâties au fil des siècles, composaient des géométries alambiquées, impossibles à embrasser d'un seul regard. Janson n'ignorait pas que le cerveau humain avait tendance à simplifier les formes complexes perçues par la rétine. Il s'adaptait à son environnement en en gommant les irrégularités. Et pourtant quand elles s'interposaient sur la trajectoire d'une balle, ces petites irrégularités prenaient toute leur importance. Il ne se fierait pas aux apparences; il laisserait son instinct de côté. Rien ne valait un détecteur de portée et une lunette de visée.

Il fouilla le cadavre et réussit à mettre la main sur un petit engin composé de deux miroirs d'angle montés sur une tige télescopique ressemblant à l'antenne d'un transistor. Une pièce d'équipement classique pour les commandos opérant en milieu urbain. Janson régla les miroirs et déplia la tige. En la faisant dépasser de la corniche, il localiserait les points névralgiques des environs sans toutefois s'exposer aux tirs de ses poursuivants.

L'arme qui reposait au creux de son bras n'avait rien d'un instrument de précision – elle tenait plus de la lance à incendie que du rayon laser.

Ce qu'il aperçut dans les miroirs était rien moins qu'encourageant. La brune n'avait pas bougé de son poste et bien que la géométrie des avant-toits, des pics et des pignons fasse écran entre elle et lui, on sentait qu'elle demeurait sur le qui-vive. A la moindre tentative de Janson pour se repositionner, elle réagirait.

Une balle claqua contre la cheminée, faisant sauter une esquille de brique centenaire. Janson fit pivoter son périscope de fortune pour voir qui venait de tirer. Un étage au-dessus de lui, M40 à l'épaule, il distingua l'un de ses anciens collègues des Opérations consulaires. C'était bien lui, avec son nez large et ses yeux vifs : Stephen Holmes, un type de la vieille école, un crack.

Avec maintes précautions, Janson se mit à escalader le toit en pente. Pour éviter de se faire repérer par la femme, il devait avancer en restant caché derrière le pignon de brique. Une erreur et il était mort. La tête toujours baissée, il leva le canon du AKS-74 au-dessus de la ligne du toit et se fiant à l'image qu'il avait vaguement aperçue dans le reflet du miroir, tira une rafale en direction du M40. Un bruit métallique lui répondit – celui des balles blindées heurtant un canon fabriqué en résine composite très dure. Il avait réussi.

Janson passa la tête au-dessus du toit et visa mieux, cette fois : les balles à pointe d'acier déchirèrent le canon du M40 de Holmes.

Le regard du sniper désarmé rencontra celui de Janson. Holmes eut une expression résignée, comme s'il avait renoncé à se battre et n'attendait plus que la mort.

Janson secoua la tête avec dégoût. Holmes s'imaginait peut-être qu'ils étaient ennemis, mais Janson n'avait rien contre lui. Il détourna le regard et, à travers une meurtrière creusée dans le fronton semi-circulaire, aperçut la jeune femme brune. Juste en diagonale. Allait-elle le descendre grâce à l'un de ses fameux coups doubles ? Elle avait assisté à la scène, elle savait que son collègue ne pouvait plus se défendre et qu'il lui revenait désormais de couvrir son propre champ d'action plus celui de Holmes. Attendrait-elle qu'il abandonne la protection du deuxième pignon ? La meurtrière était trop étroite et profonde pour qu'elle tente un tir en diagonale. Donc elle devrait attendre. Le temps était le meilleur allié du tireur d'élite... et son ennemi mortel.

Il plissa les yeux et se concentra sur le visage de la femme. Ayant abandonné sa position de tir, elle fixait son collègue d'un regard indécis. Un instant plus tard, Janson perçut un léger mouvement derrière elle, puis un autre plus inquiétant : une porte de grenier s'ouvrit d'un coup, révélant une gigantesque silhouette. Le nouveau venu lui assena un coup sur la tête avec un objet que Janson ne put identifier ; peut-être la crosse d'un fusil. La brune s'affaissa sur le parapet, évanouie. Le géant saisit son fusil bolt-action et tira une, deux, trois fois sur sa droite. Du toit voisin, un cri étranglé lui parvint. Stephen Holmes avait été touché.

Janson hasarda un petit coup d'œil. Ce qu'il vit lui donna la nausée : les tirs apparemment hasardeux étaient en fait très précis. Les balles de gros calibre avaient défoncé la mâchoire de Holmes. Le sang qui coulait de son visage en bouillie imbibait sa tunique ; son dernier soupir se résuma à un affreux gargouillis, entre la toux et le cri d'angoisse. Puis il bascula de son perchoir, dévala le toit d'ardoises et percuta le parapet. A travers la dentelle de pierre, Janson vit ses yeux vitreux fixés sur lui.

Le géant n'était pas venu pour le sauver. Janson, ayant vite abandonné toute illusion à ce sujet, l'arrosa d'une longue rafale de mitraillette – pour le contraindre à se mettre à couvert, au moins un instant – puis, s'accrochant aux divers ornements de pierre, descendit rapidement le long du flanc de la bâtisse. De là où il était l'autre ne pouvait l'atteindre. Janson toucha le sol pavé de l'allée en faisant le moins de bruit possible puis, caché derrière deux poubelles en métal, examina la rue qui s'étendait devant lui.

Le géant était très rapide, et étonnamment agile pour un homme de sa taille. Il avait déjà rejoint la porte de l'immeuble. Janson le vit sortir en traînant la brune évanouie comme un sac. Une hideuse balafre lui zébrait la joue, grotesque souvenir d'une vieille bataille. Ses petits yeux bleus avaient quelque chose de porcin mais ils pétillaient.

Un deuxième homme, vêtu d'un treillis plus ou moins semblable, se précipita vers lui. Janson les entendit discuter dans une langue peu familière – mais dont la musique lui évoquait malgré tout quelque chose. Au prix d'une intense concentration, il parvint à grappiller quelques mots. C'était une langue slave – du serbo-croate. Un lointain cousin du tchèque.

Une petite berline s'arrêta près d'eux. Après un autre conciliabule, bref mais tout aussi guttural, les deux hommes sautèrent sur la banquette arrière. Des sirènes hurlaient au loin.

La police arrivait. La voiture démarra en trombe, suivie d'un 4 × 4 où s'étaient entassés d'autres miliciens en treillis.

Exténué, couvert de sang, Janson boitilla jusqu'à la limousine blindée, garée un peu plus loin. Barry Cooper était assis au volant, le visage luisant de sueur, les yeux exorbités.

« Il faut que tu ailles à l'hôpital », dit Cooper bouleversé.

Janson se contenta de fermer les yeux d'un air concentré. Il fallait à tout prix retrouver les quelques mots que les miliciens venaient de prononcer. *Korte Prinsengracht... Centraal Station... Westerdok... Oosterdok...*

« Conduis-moi à Centraal Station, ordonna Janson.

— La moitié des flics d'Amsterdam vont se lancer à nos trousses. »

Un fin grésil s'était mis à tomber. Cooper enclencha les essuie-glace.

« Pied au plancher. »

Cooper hocha la tête et s'engagea sur Prinsengracht. Ses roues crissèrent sur le sol glissant. Ils partirent vers le nord et quand ils aperçurent le pont enjambant Brouwersgracht, comprirent que les flics ne les suivaient pas. Mais les autres ?

« Des francs-tireurs serbes, murmura Janson. Aujourd'hui, la plupart de ces types sont devenus mercenaires. Mais pour qui travaillent ceux-là... ?

— Des mercenaires serbes ? Putain, ça décoiffe ! Je vais faire comme si j'avais rien entendu. »

Séparant Korte Prinsengracht du Westerdok abritant une série d'entrepôts pour la plupart abandonnés, s'étendait l'île artificielle sur laquelle était bâtie Centraal Station. Mais le géant et ses amis ne prévoyaient pas d'aller là, préférant sans doute se cacher sous les immenses hangars qui se profilaient au sud de la gare. La nuit, ces entrepôts étaient le point de rendez-vous des héroïnomanes ; de jour, personne n'y mettait les pieds.

« Continue, *tout droit* ! cria Janson toujours aussi concentré.

— Je croyais que tu avais dit Centraal Station...

— Il y a un entrepôt sur la droite, à cinq cents mètres. Il donne sur les quais d'Oosterdok. Appuie sur le champignon. »

La limousine passa en trombe devant le parking de la gare et dévala en cahotant le pavage défoncé de cours abandonnées qui, quelques années plus tôt, fourmillaient d'activité. Le port de commerce avait été en grande partie délocalisé au nord d'Amsterdam ; il n'en restait que quelques vestiges : murs de brique, blocs de béton et d'acier corrodé.

Tout à coup, une barrière grillagée se présenta devant eux. Cooper stoppa devant le portail, Janson descendit. L'installation ne datait pas d'hier, à en juger d'après la rouille qui rongeait les charnières. Seule la serrure semblait récente. Enchâssée dans une large plaque de métal rectangulaire, elle brillait comme un sou neuf.

De loin, il entendit des cris.

Fiévreusement, Janson extirpa un passe de sa poche et se mit au travail. Il l'introduisit à demi dans l'entrée du barillet puis, d'un mouvement sec et plongeant, l'enfonça complètement tout en tournant. Pour réussir cette opération, il fallait agir vite et tourner la clé avant que le ressort ne fasse descendre la première goupille.

Il y eut une infime vibration : la goupille active venait de dégager la ligne de césure et comme le mouvement de rotation s'était produit durant la fraction de seconde où les autres goupilles remontaient à l'intérieur du cylindre, la serrure était à présent ouverte.

D'un geste de la main, il ordonna à Cooper de garer la voiture à cent mètres de là, derrière un wagon rouillé.

Janson se précipita vers l'immense hangar d'acier, se plaqua contre la paroi et avança jusqu'à l'endroit d'où les cris avaient surgi.

La scène qu'il aperçut dans la pénombre de l'entrepôt était absolument ignoble.

Ils avaient ligoté la jeune femme à un pilier de ciment au moyen d'un épais cordage et lui avaient arraché ses vêtements.

« C'est pas qu'on s'emmerde, mais... », grogna-t-elle. Sous ses airs fanfarons, elle n'en menait pas large.

Le géant balafré se tenait devant elle, la dominant d'une bonne tête. D'une main, il la repoussa contre le pilier. Puis la brute sortit un couteau et entreprit de lui découper ses sous-vêtements.

« Me touche pas, fils de pute, hurla-t-elle.

— Essaie un peu de m'en empêcher », rétorqua-t-il d'une voix gutturale. Le géant se mit à rire en dégrafant sa ceinture.

« Si j'étais toi, ma petite, j'éviterais de le contrarier, conseilla son acolyte armé d'une lame effilée qui brillait malgré l'obscurité. Ratko les préfère vivantes – mais il n'est pas très difficile. »

La femme poussa un hurlement effroyable. Terreur animale ? Oui peut-être, mais pas seulement, songea Janson. Contre toute raison, elle espérait que quelqu'un l'entendrait.

Mais le vent et le grondement des barges au loin noyaient tous les bruits.

Dans la pénombre de l'entrepôt, Janson aperçut la silhouette luisante de la puissante berline dont le moteur refroidissait en cliquetant.

De nouveau, le géant frappa, puis recommença encore et encore, à intervalles réguliers. On comprenait sans peine la raison de son comportement. Il s'adonnait à un rituel obscène. Janson contemplait la scène, horrifié. Quand le pantalon du tueur tomba lourdement sur le sol, il vit son sexe se profiler dans le demi-jour : la jeune femme mourrait souillée.

Derrière Janson, une voix douce à l'accent serbe lui intima : « Lâche ton arme. »

Il se retourna. A trente centimètres de lui, se tenait un homme mince au nez aquilin portant des lunettes à monture dorée. D'un geste négligent, il lui colla un revolver sur le front.

C'était un piège.

« Lâche ton arme », répéta l'homme.

Janson laissa tomber son pistolet sur le sol en béton. Il n'était guère en position de négocier. De nouveau, un cri perçant déchira l'air, un cri plus vibrant cette fois, où l'on discernait une profonde terreur ou bien encore de la rage.

L'homme aux lunettes métalliques eut un sourire hideux. « Voilà que la pute américaine se met à chanter. Ratko adore les baiser avant de les tuer. Ce qui t'attend est bien moins plaisant, j'en ai peur. Mais je te laisse la surprise. Il en aura bientôt fini avec elle. Et avec toi aussi, si tu as de la chance.

— Pourquoi ? Pour l'amour du ciel, *pourquoi* ? murmura Janson d'un ton affolé.

— Ça, c'est une question typiquement américaine », répondit l'homme. Sa voix était plus travaillée que celle du géant mais tout aussi dépourvue d'émotion. Ce type était probablement le chef de l'opération. « Seulement, ici c'est nous qui posons les questions. Et si tu ne réponds pas de manière satisfaisante, tu endureras mille morts avant qu'on ne balance ton cadavre dans les eaux de l'Oosterdok.

— Et si je coopère ?

— Ta mort sera rapide et miséricordieuse. Oui, je suis navré. Tu espérais disposer d'un choix plus étendu ? » Ses lèvres étroites se contractèrent dans une moue méprisante. « Vous, les Américains, vous demandez toujours les plats qui ne figurent pas au menu, n'est-ce pas ? Vous n'avez jamais assez de choix. Mais moi, je ne suis pas américain, Janson. Et je t'offre une seule alternative. La mort *avec* douleur ou sans ! » Il parlait sans s'énerver et les mots sortaient de sa bouche comme un vent polaire.

La femme hurla une troisième fois. Janson plaqua une grimace de terreur sur son visage. « Je vous en prie, dit-il dans un gémissement. Je ferai tout... » Janson entra en lui-même et se mit à trembler de tous ses membres.

Un sourire sadique déforma les traits du Serbe. Il appréciait le spectacle.

Soudain, à force de flageoler, les genoux de Janson fléchirent ; il s'accroupit tout en gardant le torse bien droit et, en même temps, leva brusquement la main pour agripper le poignet du binoclard. Son poignet droit, côté revolver.

L'homme perdit son sourire lorsque Janson l'immobilisa avec une clé au bras puis le lui tordit en arrière selon un angle bien précis. Il gémit de douleur au moment où les ligaments se déchirèrent. Janson, imperturbable, recula son pied gauche et plaqua l'homme contre le sol en redoublant la pression exercée sur l'articulation. Il y eut un bruit sec. L'os venait de se déboîter. Le Serbe poussa un autre mugissement de douleur et d'impuissance. Janson se laissa tomber sur lui, le genou droit en avant, dans l'espoir de lui défoncer la cage thoracique. Il entendit deux côtes se briser. L'homme hoqueta et, derrière ses lunettes cerclées d'or, des larmes jaillirent de ses yeux. Le simple fait de respirer représente une exquise souffrance quand on a des côtes cassées.

En entendant les pas de ses compagnons, l'homme eut un regain d'énergie et tenta de se libérer malgré son bras luxé, mais Janson modéra ses ardeurs en l'écrasant sous sa poitrine et son genou gauche. De sa main droite, recourbée comme une griffe, il le prit à la gorge et lui cogna plusieurs fois la tête contre le sol jusqu'à ce qu'il sente son corps s'amollir. Quelques instants plus tard, lorsqu'il se releva, Janson tenait une arme dans chaque main...

Et il se mit à tirer – une première fois en direction de l'individu mal dégrossi qui se ruait vers lui avec un pistolet automatique, une seconde sur un barbu armé d'une mitraillette, quelques mètres derrière lui. Les deux hommes s'écroulèrent.

Ensuite, Janson se précipita vers le dénommé Ratko mais l'orage d'étincelles qui éclaboussa soudain le sol de béton l'arrêta en pleine course. On lui tirait dessus avec un AKS-74, à partir de la passerelle qui courait sous le plafond du hangar. La voie était coupée. Ratko, quant à lui, avait remonté son pantalon en toute hâte. Il lui faisait face. Le .45 que le géant serbe tenait dans sa grosse main avait l'air d'un petit jouet.

Janson plongea derrière un pilier de béton. Comme il s'y attendait, l'homme à la mitraillette se repositionna pour obtenir un meilleur angle de tir. Mais en agissant de la sorte, il dévoila sa position. Janson passa la tête et aperçut vaguement un individu de petite taille, au visage épais, lunaire, tenant son AKS-74 comme s'il faisait partie de lui. D'une courte rafale, il éplucha la surface du pilier derrière lequel Janson se cachait. Ce dernier pointa prudemment son arme et tira à l'aveuglette. En entendant ricocher ses balles sur le métal de la passerelle, il comprit qu'il avait raté son coup. Puis tout à coup, des pas martelèrent l'acier, au-dessus de lui. Maintenant il savait à peu près où se trouvait le tireur. Il appuya encore trois fois sur la détente.

Trois coups pour rien. *Bon sang* – c'était rageant. Mais comment repérer avec précision l'homme au fusil d'assaut sans s'exposer à son feu mortel ?

Un flot de lumière s'engouffra dans l'entrepôt. Quelqu'un venait d'entrer par une porte latérale.

Il entendit des bruits de pas se répercuter dans l'espace caverneux – le nouveau venu semblait courir ventre à terre.

Le AKS-74 cracha une nouvelle rafale. Cette fois, ce n'était pas Janson qui était visé, mais le mystérieux individu qui s'avançait vers eux.

« Oh merde ! Oh *merde* ! » C'était la voix de Barry Cooper.

Janson n'en croyait pas ses oreilles : Barry Cooper avait eu le culot de le suivre dans le hangar.

« Barry, mais qu'est-ce que tu fous là ? cria Janson.

— C'est justement ce que j'étais en train de me demander. J'ai entendu des coups de feu, j'ai eu très peur, alors je suis sorti de la voiture et j'ai couru me réfugier ici. Plutôt nul comme repli, hein ?

— Tu veux vraiment mon avis ? Oui. »

Une autre rafale déclencha une tempête d'étincelles sur le sol en béton.

Janson s'éloigna du pilier à reculons, pour jeter un coup d'œil sur Barry Cooper tapi derrière un gros tambour d'acier ; l'homme sur la passerelle commençait à se repositionner.

« Je ne sais pas quoi faire, couina Cooper.

— Barry, fais comme si tu étais moi.

— Pigé. »

Un coup de feu retentit ; le petit costaud sur la passerelle se raidit soudain.

« C'est *bien*, chéri. Fais l'amour, pas la guerre, *fils de pute* », hurla Cooper en vidant le chargeur de son pistolet sur le type perché là-haut.

Grâce à cette diversion, Janson put contourner le pilier et viser le compagnon de Ratko, posté près de la femme ligotée.

« *Stranje !* Merde ! » cria l'homme. La balle lui avait démoli l'épaule. Il laissa tomber son couteau et s'écroula en gémissant de douleur, incapable de bouger. Encore un de moins.

Janson vit la femme avancer un pied vers le couteau et le ramener vers elle. Puis le coinçant entre ses talons, elle le souleva lentement. L'effort faisait trembler ses jambes.

Le géant serbe semblait hésiter entre les deux cibles qui s'offraient à lui : Cooper ou Janson ?

« Jette ton flingue, Ratko ! cria Janson.

— Nique ta mère ! cracha la brute avant de tirer sur Barry Cooper.

— *Oh, merde !* » gémit Cooper. La balle lui avait traversé le bras avant de se ficher dans sa poitrine. Il lâcha son arme et se retrancha derrière une rangée de tambours d'acier, près de l'entrée latérale.

« Ça va, Barry ? » appela Janson, en reculant derrière un autre étançon.

Après un temps de silence, on l'entendit répondre d'une voix faible : « J'en sais rien, Paul. Ça fait foutrement mal. En plus, j'ai l'impression d'avoir trahi le Mahatma Gandhi et tous mes frères pacifistes. Mon karma en a pris un sacré coup. Pour arranger ça, je vais sûrement être obligé de devenir végétalien.

— Joli carton, pourtant. T'as appris à tirer avec le Weather Under-ground ?

— Non, au camp d'été du YMCA, bêla Cooper. Carabines à air comprimé.

— Tu peux conduire ?

— C'est râpé pour Indianapolis. Enfin je suppose que j'y arriverai.

— Garde ton calme et écoute-moi. Retourne à la limousine et roule jusqu'au prochain hôpital. Exécution !

— Mais que... ?

— Te fais pas de souci pour moi. Bouge ton cul, c'est tout. »

Une balle jaillit du .45 du géant serbe, son écho assourdissant emplit l'entrepôt métallique et un morceau de béton atterrit aux pieds de Janson.

Ils étaient seuls à présent.

Deux hommes face à face. Un duel à mort.

Janson n'osait pas tirer à l'aveuglette par crainte de blesser la femme entravée. Il recula de quelques pas jusqu'à ce que sa cible pénètre son champ de vision. Ratko tenait son pistolet à deux mains. Il tournait le dos à sa prisonnière. Soudain un éclair d'acier indiqua que la femme n'était pas aussi impuissante qu'il se l'était imaginé.

Elle s'était penchée le plus loin possible vers le couteau et, se servant de son bras libre, en avait attrapé le manche. Puis avec d'incroyables contorsions, avait réussi à lever l'arme blanche à hauteur de la cuisse. A présent, elle l'avait bien en main et s'apprêtait à frapper en tenant la lame horizontale, afin qu'elle pénètre facilement entre les côtes. Et...

Elle enfonça le poignard dans le dos du géant.

Le choc effaça d'un coup l'expression menaçante du balafré. Janson s'avança, le géant pressa encore une fois sur la détente mais visa trop haut. Il restait une balle dans le chargeur de Janson : il n'avait pas le droit de rater son coup.

Il prit le temps de se positionner, plaça sa main gauche sous la droite pour mieux soutenir l'arme et ajuster son tir. La dernière balle atteignit l'homme en plein cœur.

« Nique ta mère », gronda le Serbe. Puis, comme un chêne abattu, il tomba raide mort.

Janson se précipita vers la jeune femme. Un mélange de fureur et de répulsion l'envahit lorsqu'il aperçut ses vêtements en lambeaux, sa chair meurtrie et les marques rouges laissées sur sa peau par les mains qui l'avaient pétrie comme de l'argile molle.

Sans un mot, Janson arracha le couteau fiché dans le dos du Serbe, trancha la corde et la libéra.

Incapable de rester debout, elle glissa le long du pilier puis se recroquevilla, enroula les bras autour de ses genoux et posa la tête sur ses avant-bras.

Janson disparut un instant et revint avec la chemise blanche et le pantalon kaki de l'homme aux lunettes cerclées d'or.

« Prends ça, dit-il. Enfile ces vêtements. »

Quand elle finit par lever la tête, il vit son visage baigné de larmes.

« Je ne comprends pas, dit-elle d'une voix sourde.

— Le consulat général des Etats-Unis se trouve au 19, rue Museumplein. Vas-y, ils prendront soin de toi.

— Tu m'as sauvée, dit-elle d'une voix étrangement caverneuse. Tu es venu me chercher. Mais pourquoi tu as fait ça ?

— Je ne suis pas venu te chercher, lâcha-t-il. C'est eux que je poursuivais.

— Ne mens pas, dit-elle. Je t'en prie, ne mens pas. » Sa voix se brisa. Elle semblait sur le point de s'écrouler et pourtant se mit à parler à travers ses larmes, s'accrochant désespérément aux derniers vestiges de son professionnalisme. « Si tu avais voulu en interroger un, tu aurais pu l'attraper vivant et t'en aller. Tu ne l'as pas fait. Tu ne l'as pas fait parce qu'ils m'auraient tuée.

— Va au consulat, dit-il. Rédige ton rapport d'activité. Tu connais le règlement.

— Réponds-moi, bordel ! » Avec la paume de ses deux mains, elle frottait ses joues mouillées. Malgré le choc physique et mental qu'elle avait reçu, elle répugnait à montrer sa faiblesse, sa vulnérabilité. Elle avait honte. Quand elle voulut se lever, les muscles de ses jambes refusèrent de la porter ; elle glissa de nouveau sur le sol.

« Comment se fait-il que tu n'aies pas descendu Steve Holmes ? » Elle respirait avec difficulté. « J'ai vu ce qui s'est passé. Selon la procédure de combat standard, tu aurais dû l'abattre. Mais tu t'es contenté de le désarmer. Pourquoi ? » Elle toussa puis esquissa un sourire brave qui tenait de la grimace. « Tu étais en train de te faire canarder. A ta place, n'importe qui aurait tiré dans le tas !

— Je l'ai peut-être raté. J'étais peut-être à court de munitions. »

Son visage était cramoisi. Elle secoua lentement la tête. « Tu me prends pour une idiote ? Tu as peut-être raison. Mais en tout cas, je peux te dire que je ne supporterai pas qu'on me mente. Surtout en ce moment.

— 19, rue Museumplein, répéta Janson.

— Ne me laisse pas, dit-elle, la voix brisée par la peur et le désarroi. J'ai la trouille, tu comprends ? Dans le manuel d'instruction, on ne parle pas de ce genre d'ordures. Je ne sais ni qui ils sont, ni où ils sont, ni ce qu'ils veulent. Tout ce que je sais, c'est que j'ai besoin d'aide.

— Le consulat t'aidera. »

Janson fit le geste de s'éloigner.

« Ne me tourne pas le dos, Paul Janson ! J'ai failli te tuer à trois reprises. Tu me dois une explication. C'est la moindre des choses.

— Va faire ton rapport, répliqua Janson. Retourne au boulot.

— Je ne *peux* pas. Tu ne comprends donc rien ? » Soudain, sa voix s'enroua ; la femme qui avait voulu le tuer était en train de s'étrangler de rage. « Mon boulot... mon *boulot* c'est te tuer. Maintenant, je ne peux plus. Je ne peux plus faire mon boulot. » Elle eut un rire amer.

Lentement, très lentement, elle tenta de se relever en s'aidant du pilier.

« Ecoute-moi bien. L'Américain de Regent's Park m'a raconté une histoire de fous. Il disait que nous, les agents des Cons Op, étions embringués dans une sorte d'énorme... machination. D'après lui, le malfaiteur que nous étions censés abattre n'était pas un malfaiteur. Je ne l'ai pas écouté, parce que si son histoire avait été vraie, plus rien n'aurait eu de sens. Ça, tu peux le comprendre ? Si on ne peut plus faire confiance aux gens qui vous dirigent, à quoi ça rime ? Plus tard, j'ai rempli mon rapport sans trop entrer dans les détails, et après j'ai reçu un coup de fil. Pas de mon patron mais du patron de mon patron. Il tenait à me rappeler que Paul Janson était un fieffé menteur. Il voulait savoir si tu ne m'avais pas trop importunée. Maintenant, je suis plantée là, dans ce putain d'entrepôt, je tremble comme une feuille et je me dis que si jamais je voulais apprendre ce qui se trame ici, mes chefs seraient les dernières personnes à qui m'adresser. Je me dis que la seule personne capable de me mettre au parfum c'est le type qui est en face de moi. » Agitée de frissons, elle se mit à enfiler les vêtements qu'il lui avait apportés. « Le type que j'ai passé quarante-huit heures à traquer dans l'intention de le descendre.

— Tu es encore sous le choc. Tu n'es plus toi-même. C'est tout.

— Je ne te laisserai pas te tirer comme ça, Paul Janson. » Elle passa la langue sur ses lèvres gercées. Ses joues meurtries commençaient à gonfler.

« Que veux-tu de moi ?

— J'ai besoin d'aide. J'ai besoin... d'y voir clair. J'ai besoin de faire la différence entre le mensonge et la vérité. » De nouveau, ses yeux s'emplirent de larmes. Elle les essuya d'un geste fier. « Il faut que je trouve un endroit pour me cacher. Un endroit sûr. »

Janson cligna les yeux. « Tu veux un endroit sûr ? Alors, surtout ne me suis pas. Aucun des endroits où je mets les pieds n'est sûr. C'est tout ce que je peux te dire. Tu veux que je te conduise à l'hôpital ? »

Elle lui décocha un regard furibond. « Si je vais à l'hôpital, ils me retrouveront. Ça fait pas un pli. »

Janson haussa les épaules, mal à l'aise. Elle avait raison.

« Je veux que tu m'expliques ce qui se passe, Bon Dieu. » Malgré sa démarche chancelante, elle fit un pas vers lui.

« C'est justement ce que je tente de découvrir.

— Je peux t'aider. T'as pas idée. Je connais toute l'affaire, les plans, les visages – les types qu'ils ont envoyés pour te coincer.

— N'aggrave pas ton cas, dit Janson sans rudesse.

— Je t'en prie. » La femme lui lança un regard triste. On aurait dit

qu'elle n'avait jamais connu le doute, au cours de sa vie professionnelle – qu'elle était incapable de surmonter le désarroi qui l'envahissait.

« Pas question, fit Janson. Dans une minute environ, je vais voler
une voiture. C'est un délit et si tu m'accompagnes, tu seras considérée
comme complice aux yeux de la loi. Tu piges mieux, maintenant ?

— Cette bagnole, c'est moi qui la volerai pour toi, répliqua-t-elle
d'une voix rauque. Ecoute, je ne sais pas où tu vas. Je m'en fiche.
Mais si tu pars, je ne saurai jamais la vérité. Et j'ai besoin de savoir
ce qui est vrai. J'ai besoin de savoir ce qui ne l'est pas.

— La réponse est non, répéta Janson, laconique.

— Je t'en supplie. »

Les élancements dans sa tempe reprirent de plus belle. L'emmener
avec lui aurait constitué une véritable folie.

Mais dans la folie se cachait peut-être un sens.

« Oh, nom de Dieu ! Nom de Dieu ! » psalmodiait Clayton Ackerley, le directeur des Opérations de la CIA. On aurait dit qu'il chantait
une mélopée funèbre et la ligne téléphonique stérile n'atténuait guère
cette impression. Il était littéralement terrorisé. « Ils sont en train de
nous *bousiller* l'un après l'autre.

— De quoi tu parles ? » lui répondit Douglas Albright sur un ton
brusque cachant mal son inquiétude.

« Tu ne sais pas ?

— Si, j'ai appris pour Charlotte. C'est affreux. Un terrible accident ; en plus, ça tombe vraiment mal.

— Tu ne sais pas !

— Calme-toi et articule.

— Sandy Hilbreth.

— Non !

— Ils ont repêché sa limousine. Une saloperie de limousine blindée. Au fond du Potomac. Il était sur la banquette arrière. Noyé ! »

Un long silence. « Oh, Seigneur. C'est pas possible.

— J'ai le rapport de police sous les yeux.

— Et si c'était un accident ? Une horrible coïncidence ?

— Un accident ? Evidemment, ça les arrangerait bien qu'on croie à
un accident. Le chauffeur conduisait vite, des témoins ont vu la
voiture déraper et tomber du pont. C'est comme pour Charlotte
Ainsley – un chauffeur de taxi perd le contrôle de son véhicule,
commet un délit de fuite. Et attends un peu, il y a Onishi, par-dessus
le marché.

— Quoi ?

— On a trouvé le corps de Kaz ce matin.

— Dieu du ciel !

— Au coin de la 4e et de L Street.

— Mais qu'est-ce qu'il foutait là ?

— Selon le rapport du légiste, il avait de la phencyclidine dans le sang. Du PCP – poudre d'ange. Et pas mal d'autres cochonneries en plus. Officiellement, il est mort d'une OD en pleine rue, devant un squat. "On voit ça tous les jours", a dit un flic de la ville.

— Kaz ? C'est dingue !

— Bien sûr que c'est dingue. Mais c'est comme ça. Résultat des courses : trois membres clés de notre programme ont été assassinés à vingt-quatre heures d'intervalle.

— Bon sang, tu as raison – ils nous éliminent les uns après les autres. Qui sera le prochain ? Moi ? Toi ? Derek ? Le secrétaire d'Etat ? POTUS lui-même ?

— Je les ai tous appelés. Ils essaient de garder leur calme et de ne pas en faire tout un plat. Mais nous sommes tous concernés. A l'heure qu'il est, nous figurons tous sur la liste des espèces en voie de disparition.

— Mais ça n'a aucun sens ! explosa Albright. Personne ne sait qui nous sommes. Rien ne nous relie ! Rien sauf le secret le mieux gardé de l'histoire des Etats-Unis.

— Soyons un petit peu plus précis. Personne ne sait en dehors des membres du programme. Mais *lui* il sait.

— Attends un peu...

— Tu vois parfaitement de qui je parle.

— Bon Dieu. Qu'avons-nous fait ? Qu'avons-nous fait ?

— La marionnette a coupé ses fils. Et maintenant, elle assassine les marionnettistes. »

CHAPITRE 21

L E soleil filtrait à travers les mûriers et les grands pins qui déployaient leurs ramures au-dessus de la villa. Cette maison se fondait incroyablement bien dans le paysage, nota Janson avec satisfaction tout en franchissant le seuil. Il venait de remonter le sentier menant au petit village, quelques kilomètres plus bas, les bras chargés de victuailles et de journaux : *Il Piccolo, Il Corriere delle Alpi, La Repubblica.* Dès qu'on poussait la porte, on oubliait l'austérité des murs extérieurs pour se laisser charmer par les boiseries cirées et les carreaux de terra cotta qui répandaient partout leur douce chaleur ; les fresques et les peintures ornant les plafonds semblaient appartenir à un autre âge, à une autre civilisation.

Janson pénétra dans la chambre où dormait la femme et humecta une compresse qu'il lui appliqua sur le front. La fièvre baissait ; le temps et les antibiotiques avaient fait leur œuvre. Le temps guérissait les blessures, il était bien placé pour le savoir. Pour atteindre cette redoute lombarde, ils avaient roulé toute la nuit et une partie de la matinée. Elle avait dormi durant presque tout le parcours, n'émergeant de sa torpeur que quelques kilomètres avant la fin du voyage. Ils avaient traversé les paysages les plus pittoresques du nord de l'Italie — l'or des champs de blé, les fûtaies de châtaigniers et de peupliers, les églises anciennes surmontées de flèches modernes, les vignes, les châteaux lombards perchés sur des rochers escarpés. Derrière eux, les Alpes gris-bleu posées comme un mur au-dessus de l'horizon. Pourtant, quand ils arrivèrent, Janson se rendit compte que sa compagne allait très mal. L'épreuve qu'elle venait de subir l'avait affectée bien plus qu'elle ne l'aurait cru.

Il l'avait regardée dormir deux ou trois fois. Son sommeil était agité, elle semblait assaillie par des rêves obsédants, maladifs. Elle gémissait et faisait parfois des gestes désordonnés.

Quand il enveloppa son front d'un tissu imbibé d'eau froide, elle remua faiblement et poussa un petit grognement de protestation. Au bout de quelques instants, elle toussa puis ouvrit les yeux. Vite, il prit le pichet sur la table de chevet, versa de l'eau dans un verre pour la faire boire. Les fois précédentes, quand il lui avait donné à boire, elle était aussitôt retombée dans un sommeil fiévreux. Mais cette fois-ci, elle garda les yeux ouverts. Son regard était fixe.

« *Encore* », murmura-t-elle.

Il lui versa un autre verre d'eau qu'elle vida d'un trait, sans qu'il l'aide. Elle recouvrait ses forces, tout doucement. Ses yeux se posèrent sur lui.

« Où ? » dit-elle. Ce simple petit vocable parut lui coûter un effort surhumain.

« Cette villa appartient à un ami, dit-il. Nous sommes en Lombardie. La région de Brianza. Le lac de Côme se trouve à quinze kilomètres au nord. Un endroit très isolé, très retiré. » Tout en parlant, il remarqua que ses ecchymoses avaient encore enlaidi depuis la veille, signe qu'elles se résorbaient peu à peu. Pourtant, malgré les marques de coups qui zébraient son visage, elle restait d'une étonnante beauté.

« Combien de temps... ici ?

— Ça fait trois jours », dit-il.

Les yeux de la femme se chargèrent d'incrédulité, d'inquiétude, de peur. Puis, progressivement, ses traits se détendirent. Elle se rendormit.

Quelques heures plus tard, il revint à son chevet, juste pour la regarder. *Elle se demande où elle est et ce qu'elle fait ici.* Ces questions avaient leur importance ; il fallait qu'il se les pose lui aussi. Pourquoi l'avait-il emmenée avec lui ? Il ne s'y était pas résolu de gaieté de cœur : jusqu'à présent, il n'avait dû sa survie qu'à son intransigeance, son sang-froid, sa raison pure. Certes, la présence de cette femme pouvait s'avérer utile. Mais sa raison pure lui disait qu'elle pouvait aussi s'avérer fatale – et qu'en prenant la décision de l'emmener, il avait succombé à ses émotions. Le genre d'émotion qui risquait de vous coûter la vie. Qu'est-ce que ça pouvait bien lui faire qu'elle soit abattue à Amsterdam ? Elle avait voulu le tuer, et pas qu'une fois. *J'ai besoin de faire la différence entre le mensonge et la vérité,* avait-elle dit, et ça, ce n'était pas un mensonge. Il en avait la conviction.

La jeune femme avait passé un très sale quart d'heure – d'autant plus qu'elle se croyait invulnérable. Il savait ce qu'elle ressentait pour être passé par là, lui aussi. Ce qui avait été violé en elle n'était pas tant son corps que l'image qu'elle se faisait d'elle-même.

Il posa une autre compresse sur son front et, au bout d'un moment, elle recommença à s'agiter.

Cette fois, elle se toucha le visage du bout des doigts, en s'attardant sur les zébrures tuméfiées. Il y avait de la honte dans ses yeux.

« Je suppose que tu ne te souviens de rien depuis que nous avons quitté Amsterdam, commença Janson. C'est classique dans ce genre de traumatisme. L'unique remède, c'est le temps. » Il lui tendit un verre d'eau.

« Je suis une loque », répondit-elle d'une voix cotonneuse.

Elle but à grands traits.

« J'ai vu bien pire », lança-t-il.

Elle se couvrit le visage de ses deux mains et roula sur le côté, comme pour se cacher de lui. Quelques instants plus tard, elle demanda : « On est venus en limousine ?

— Non. Elle est restée à Amsterdam. Tu ne te rappelles pas ?

— On a placé un émetteur dessus », expliqua-t-elle. Elle laissa ses regards errer au plafond. La fresque qui le décorait représentait des chérubins folâtrant parmi les nuages.

« Je m'en doutais, dit Janson.

— J'veux pas qu'ils nous trouvent », murmura-t-elle.

Janson lui toucha doucement la joue. « Essaie de te souvenir. »

Elle resta longtemps silencieuse, puis se redressa lentement et s'assit. Son visage tuméfié se contracta sous l'effet de la colère. « Ils ont *menti*, souffla-t-elle. Ils ont menti, répéta-t-elle d'une voix soudain tranchante.

— Il y aura toujours des mensonges, dit Janson.

— Ces salopards m'ont piégée », s'écria-t-elle. A présent elle tremblait, de froid ou de fureur.

« Non, à mon avis, c'est plutôt moi qu'ils ont piégé », répondit Janson d'un ton égal.

Il remplit le verre et la regarda le porter à ses lèvres meurtries. Elle le vida d'un coup.

« Ça revient au même, dit-elle pensivement. Quand les vôtres vous font une crasse pareille, j'appelle ça de la trahison. Ni plus ni moins.

— Tu te sens trahie », confirma Janson.

Elle posa la main sur son visage et lâcha dans un souffle : « Ils m'ont raconté des bobards pour que je te tue, mais je ne me sens pas coupable. C'est surtout que j'en ai marre... Tellement marre. J'enrage. » Sa voix se brisa. « Et j'ai tellement honte. Ils m'ont bien eue. En plus, je commence à douter de tout – ce qui est réel, ce qui ne l'est pas. As-tu la moindre idée de ce que je ressens ?

— Oui », répondit simplement Janson.

Elle retomba dans le silence. « Tu me regardes comme si j'étais un animal blessé, s'exclama-t-elle enfin.

— Je crois que nous sommes deux animaux blessés, l'assura Janson pour la réconforter. Et il n'y a rien de plus dangereux. »

Pendant qu'elle se reposait, Janson s'installa au rez-de-chaussée, dans la pièce que le propriétaire de la maison, Alasdair Swift, utilisait comme bureau. Devant lui, s'empilaient une série d'articles qu'il avait récupérés sur les sites internet de la presse internationale. Des centaines de petites biographies de Peter Novak – retraçant les faits et gestes du grand philanthrope.

Janson s'y plongea à corps perdu, tout en se disant qu'il n'y trouve-rait probablement rien de ce qu'il cherchait : une clé, un indice, un détail d'apparence anodine recouvrant une réalité plus vaste. Quelque chose – n'importe quoi – qui l'amène à saisir les raisons de cet incon-cevable assassinat ou qui réduise au moins son champ d'investigation. L'anomalie, la broutille susceptible de produire en lui le déclic nécessaire à la compréhension. *Nous en savons plus que nous ne croyons,* répétait Demarest : notre esprit engrange les traces d'une multitude d'événements dont nous n'avons pas conscience. Janson s'efforça d'aborder ces articles en éliminant d'emblée tous les a priori, sans s'acharner à résoudre une quelconque énigme. Faisaient-ils allusion à un concurrent malheureux en affaires ? A une vague d'animosité courant au sein de la communauté financière ou politique internationale ? A un conflit dans lequel ses ancêtres auraient trempé ? A un ennemi jusqu'alors inconnu ? Il ne savait pas ce qu'il cherchait et devait par conséquent éviter de se polariser sur quoi que ce fût au risque de passer à côté de l'élément primordial.

Les ennemis de Novak – était-ce pure présomption de sa part ? – étaient aussi *ses* ennemis. Dans ce cas, Novak et lui devaient avoir autre chose en commun. *Nous en savons plus que nous ne croyons.* Pourtant, plus il lisait et plus le découragement l'envahissait. Ses yeux lui brûlaient, il avait l'impression d'en savoir de moins en moins. De temps à autre, il soulignait tel ou tel détail mais ces détails variaient peu. C'était même étonnant. On s'étendait sur ses gros coups finan-ciers, on s'éternisait sur son enfance hongroise, dans un pays déchiré par la guerre, on célébrait à longueur de colonnes ses engagements humanitaires. Dans le *Far Eastern Economic Review*, il lut :

En décembre 1992, il amorça un nouveau programme ambitieux, en of-frant 100 millions de dollars aux savants de l'ancienne Union soviétique dans le but d'enrayer la fuite des cerveaux – et de dissuader les scientifi-ques russes d'accepter des emplois plus lucratifs dans des pays tels que l'Irak, la Syrie et la Libye. Il n'y a pas meilleur exemple de la croisade menée par Novak. Pendant que l'Europe et les Etats-Unis se tordaient les mains en déplorant la dispersion des talents de l'ancienne superpuissance, Novak, lui, prenait le taureau par les cornes.

« Pour vous dire la vérité, il m'est plus facile de gagner de l'argent que de le dépenser », nous a déclaré Novak avec un grand sourire. Cet homme remarquable a conservé des goûts très simples. Chaque journée com-mence par un petit déjeuner frugal à base de kacha. Il fuit les lieux de villégiature fréquentés par la haute société, les fêtes et le luxe ostentatoire qu'affectionnent souvent les grands de ce monde.

Dans tous les journaux, on retrouvait les mêmes anecdotes, les mêmes petites excentricités domestiques – comme l'incontournable petit déjeuner quotidien à base de kacha – donnant une certaine

« tonalité » au personnage. L'éternel verbiage journalistique qu'on vous resservait à toutes les sauces. De temps en temps, on faisait référence à l'enquête portant sur les activités de Novak, lors du fameux « Mercredi Noir » qui avait secoué la Grande-Bretagne voilà quelques années. Les conclusions, résumées par le patron du MI6, étaient dans le droit-fil de celles de Fielding : « La seule loi que ce gars ait enfreinte est la loi des moyennes. » Dans une autre citation, qu'on lisait un peu partout, Peter Novak expliquait sa relative réticence face à la presse : « Traiter avec un journaliste c'est comme danser avec un doberman, avait-il lancé non sans humour. On ne sait jamais s'il va vous lécher la figure ou vous sauter à la gorge. » Chacun de ses portraits comportait divers témoignages d'anciens hommes d'Etat, louant son action en faveur de la reconstruction de la société civile et de la résolution des conflits. Bientôt toute cette prose journalistique commença à se brouiller devant les yeux de Janson; les citations se répétaient inlassablement à quelques nuances près, comme sorties du même moule. Le *Guardian* écrivait :

« Il fut un temps où l'on pouvait se passer de Peter Novak, dit Walter Horowitz, l'ancien ambassadeur des Etats-Unis en Russie. Mais aujourd'hui, il a sa place sur l'échiquier international. C'est un acteur indépendant qui ne s'encombre pas de belles paroles. Il agit sans attendre que les gouvernements donnent leur feu vert. C'est le seul individu au monde possédant sa propre politique étrangère − et le seul en mesure de l'appliquer. » En disant cela, Horowitz fait allusion à un phénomène de plus en plus courant au sein des gouvernements qui n'ont plus les moyens ni la volonté de mettre en pratique leurs objectifs en matière de politique extérieure. Le vide laissé par leur manque d'initiative est en train d'être comblé par des magnats du secteur privé comme Peter Novak.

Le sous-secrétaire général des Nations unies aux Affaires de Sécurité et de Politique, Jaako Torvalds, nous a déclaré : « Nous travaillons avec lui comme avec toute autre entité amicale, pacifique, indépendante et non gouvernementale. Aux Nations unies, nous tentons de coordonner notre approche des régions agitées avec des pays comme l'Allemagne, la France, la Grande-Bretagne, la Russie... et avec Peter Novak. »

Dans *Newsweek*, on retrouvait le même type d'hommage :

En quoi le nabab magyar se démarque-t-il des autres ? D'abord par son extraordinaire assurance, cette absolue certitude qui se manifeste autant dans son comportement que dans son discours. « Si je m'occupe des affaires d'Etat, ce n'est pas pour me donner des frissons », dit Novak dont le costume parfaitement coupé ne dissimule rien de sa robustesse. A ce jour, Novak a accumulé tant de succès sur les marchés mondiaux que les jeux d'argent doivent lui paraître moins excitants. En revanche, contribuer à la reconstruction de la société civile dans des régions instables comme la

Bosnie ou les Républiques d'Asie centrale, représente un défi magnifique et suffisamment complexe pour qu'il y trouve de nouvelles satisfactions.

Quelques heures plus tard, Janson entendit marcher sur le carrelage. La jeune femme vêtue d'un peignoir de coton avait fini par sortir de la chambre. Janson se leva, la tête encore encombrée de noms et de dates, un épais brouillard de données qu'il n'avait pas eu de temps de décanter.

« Jolie baraque. Et pas trop tape-à-l'œil, surtout », déclara-t-elle.

Janson était heureux qu'elle l'interrompe dans sa lecture. « Voilà trois siècles, il y avait un monastère ici. La forêt a recouvert ses ruines. Quand mon ami a racheté le terrain, il a claqué pas mal de fric pour restaurer le site et le transformer en villa. »

Ce qui l'intéressait n'était pas tant la maison en elle-même que son emplacement. En pleine campagne, loin de toute habitation. Par les fenêtres de la façade, on apercevait une forêt surplombée d'un pic escarpé. Des bandes de pierre grises se déroulaient entre les arbres qui, de loin, ressemblaient à de la mousse grimpante. Ce splendide paysage se découpait sur le ciel d'azur où de petits oiseaux noirs tournoyaient avant de descendre en piqué. Leurs déplacements d'apparence aléatoire étaient en fait parfaitement coordonnés. Une pergola métallique, chargée de vigne grimpante, se dressait au fond de la propriété, non loin d'un campanile séculaire, l'un des rares vestiges encore debout de l'ancien monastère.

« Chez moi, dit-elle, les villas n'ont pas cette tête-là.

— A vrai dire, au cours de la restauration, mon ami a découvert quantité de fresques. En plus, il a récupéré pas mal de trompe-l'œil dans d'autres villas. Les plafonds peints sont devenus son dada.

— Ces foutus bébés chauves-souris m'ont donné des cauchemars.

— Ce ne sont que des angelots. Une fois qu'on a compris ça, ils deviennent moins inquiétants.

— Admettons. Mais qui est cet ami ?

— Un homme d'affaires de Montréal. "Ami" c'est beaucoup dire. Si cet endroit appartenait vraiment à un ami, je n'y aurais jamais mis les pieds – trop de risques. Alasdair Swift est une relation d'affaires. Je lui ai rendu quelques services autrefois. Il a toujours insisté pour que je fasse un crochet jusqu'ici, si je passais par l'Italie du Nord. En juillet dernier, il y a séjourné quelques semaines, autrement la maison est presque toujours vide. Il l'a équipée de ce qui se fait de mieux en matière de télécommunications. Une antenne satellite, une connexion internet à haut débit. Toute la panoplie de l'homme d'affaires moderne.

— Tout sauf du café en poudre, dit-elle.

— Il y a un paquet de café dans la cuisine. Pourquoi n'irais-tu pas nous en préparer deux tasses ?

— C'est pas une bonne idée, dit-elle. Tu peux me croire.

— Je ne suis pas difficile », répondit-il.

Elle soutint son regard d'un air maussade. « Je ne cuisine pas et je ne fais pas le café. Ça n'a rien à voir avec les principes féministes. En fait, je ne sais pas faire ça. Pas étonnant. Ma mère est morte quand j'étais petite.

— Justement, tu aurais pu apprendre.

— Tu n'as pas connu mon père. Il avait horreur que je traîne dans la cuisine. Comme si cette pièce était sacrée et qu'en l'utilisant je risquais de trahir la mémoire de ma mère, ou un truc comme ça. En revanche, il m'a appris à me servir d'un micro-ondes pour réchauffer les plats préparés. Je sais très bien gratter la bouffe collée au papier alu avant de la jeter dans l'assiette. »

Il haussa les épaules. « De l'eau chaude. Du café moulu. Débrouille-toi.

— Par contre, s'emporta-t-elle, les joues en feu. Je suis *terriblement* efficace avec un fusil. Et tout le monde me considère comme un as pour la tactique sur le terrain. Tu l'as remarqué. Donc, si tu avais le moindre bon sens, tu te servirais de ce genre de talent-là au lieu d'agir comme si tu n'avais que des crottes de nez et une coquille de cacahuète sous le crâne. »

Janson éclata de rire.

Elle ne s'attendait pas à ce genre de réaction. « C'est une des expressions préférées de mon père, expliqua la jeune femme, penaude. Mais je pense ce que j'ai dit. Ne me sous-estime pas. Je peux vraiment t'être très utile. Tu le sais.

— Je ne sais même pas qui tu es. » Ses yeux se posèrent sur son visage aux traits fermes et réguliers, aux pommettes hautes, aux lèvres pleines. On ne remarquait presque plus les marques de coups.

« Je m'appelle Jessica Kincaid, dit-elle en lui tendant la main. Si tu nous faisais du café, on pourrait s'asseoir pour discuter tranquillement. »

Tandis que le breuvage fumant passait de la cafetière dans les choppes, puis dans leur estomac, accompagné d'œufs frits et de bouts de pain de campagne arrachés à une grosse miche ronde, Janson fit la connaissance de sa pseudo-exécutrice. Elle avait grandi à Red Creek, Kentucky, un hameau niché au cœur des Cumberland Mountains. Son père, propriétaire de l'unique station-service du patelin, avait la sale habitude de claquer le fric du ménage dans le magasin d'équipement de chasse. « Il voulait un garçon, expliqua-t-elle, et la plupart du temps, il arrivait à se persuader que j'en étais un. Je n'avais pas plus de cinq ou six ans quand il m'a emmenée à la chasse pour la première fois. Il fallait que je pratique tous les sports, que je sache réparer une voiture et abattre un canard avec une balle, pas une cartouche de chevrotine.

— Une petite Calamity Jane.

— Merde, alors, dit-elle en souriant. C'est comme ça que les gars du lycée m'appelaient. J'avais tendance à les faire fuir.

— Je vois le tableau. La voiture tombe en panne en rase campagne, le petit copain part à la recherche d'une cabine téléphonique et toi, tu en profites pour plonger sous le capot et discuter avec le carburateur. Dix minutes plus tard, le moteur tourne.

— Quelque chose dans ce goût-là, admit-elle en souriant comme si ces paroles lui évoquaient certains souvenirs.

— J'espère que tu ne le prendras pas mal si je te dis que tu n'es pas un produit standard des Cons Op.

— Je n'étais pas un produit standard de Red Creek non plus. J'avais seize ans quand j'ai quitté le lycée. Le lendemain, j'ai fait main basse sur la caisse de la station-service, j'ai sauté dans un bus et je suis partie, le sac à dos bourré de livres de poche que j'avais piqués sur les présentoirs. Des histoires sur les agents du FBI et pas mal de merdes. J'ai filé jusqu'à Lexington. J'y avais jamais mis les pieds. Tu imagines un peu ? Je n'étais jamais allée nulle part – mon père ne l'aurait pas supporté. J'avais jamais vu une ville aussi grande. Je suis allée direct au bureau du FBI. Il y avait une grosse mamma à la réception. J'ai réussi à lui soutirer un formulaire de candidature. J'étais qu'une oie blanche avec la peau sur les os, mais quand ce jeune féd est arrivé, je lui ai fait les yeux doux pas possible. Il me dit comme ça : "On vous a convoquée pour un entretien ?" Moi je lui réponds : "Faites-le-moi passer, cet entretien, parce que si vous m'engagez, je vous promets que ce sera la meilleure décision que vous aurez jamais prise". » Elle rougit à ce souvenir. « Bon, j'étais jeune. Je savais même pas qu'il fallait posséder un diplôme universitaire pour être agent fédéral. Alors, il commence à me mettre en boîte. Lui et un autre type en costume marine. Ils avaient pas grand-chose à faire ce jour-là. Je leur raconte que je touche tout ce que je vise. L'un des deux, pour blaguer, m'emmène sur le champ de tir, au sous-sol. Il me prend au mot, comme qui dirait, mais il a surtout l'intention de se payer ma poire. J'arrive sur le terrain, ils me font : "N'oublie pas de mettre les lunettes de sécurité, et le casque." T'es sûre que t'as déjà vu une 22 ?

— Laisse-moi deviner. Tu leur en as mis plein la vue.

— Je veux ! Une seule balle, dans le mille. Impec. Ça leur a coupé la chique, je te jure. Ils ont placé d'autres cibles, et j'ai fait pareil. On est passés à la longue distance, ils m'ont donné un fusil, et je leur ai montré ce que j'avais dans le ventre.

— Et c'est comme ça que la fine gâchette a trouvé du boulot.

— Pas exactement. Ils m'ont nommée stagiaire. Il fallait d'abord que j'obtienne une équivalence universitaire. Une pile de bouquins à avaler. C'était pas si dur que ça.

— Pas pour une fille qui en veut, avec du cambouis sous les ongles et de la cordite dans les cheveux.

— Quantico c'était du gâteau. Je grimpais à la corde plus vite que la plupart des mecs de ma classe. Escalade à main nue, passage par la fenêtre, saut de barrières, tout ce que tu veux. Cette bande de péquenauds n'arrivait pas à me suivre. J'ai postulé un emploi au Département de la sécurité nationale du Bureau, et ils m'ont prise. Quelques années après, je me trouve sur une mission spéciale du NSD quand les barbouzes des Cons Op me repèrent, et le tour est joué.

— On a bien découvert Lana Turner sur un tabouret du Schwab's Drugstore, conclut Janson. C'est bien beau, mais j'ai la vague impression que tu es passée un peu vite sur l'épisode le plus intéressant.

— Ouais, bon, tout se mélange un peu, dit-elle. Je suis à Chicago, en position de tir. Une planque. Pour une banale affaire d'espionnage industriel, sauf que l'espion travaille pour la République populaire de Chine. C'est le job des Cons Op, mais les féd du coin leur prêtent main-forte. Mon boulot consiste surtout à observer. Mais les choses ne se passent pas tout à fait comme prévu. Le type nous file entre les pattes en emportant tout un tas de microfiches. On n'a pas intérêt à le laisser disparaître dans la nature. Il arrive quand même à passer le cordon de sécurité et se met à cavaler. Si je le laisse monter dans la voiture, tout est fichu, vu qu'on n'a pas de véhicule en planque. Personne ne s'attendait à ce qu'il fasse si vite, tu vois. Alors je demande la permission de faire sauter la poignée de la portière. Histoire de le ralentir. Le commandement refuse – ils pensent que c'est trop dangereux, on risque de blesser le sujet et de provoquer un incident diplomatique. Merde, mon chef les avait à zéro. Il voulait pas se mouiller. Je sais ce dont je suis capable. Ça faisait pas un pli. Mais lui il me connaissait pas. Ne tire pas, il dit. Laisse tomber. Mission terminée.

— Et tu as tiré quand même.

— Une balle blindée en plein dans le mille, la poignée a littéralement explosé. Comme il ne peut plus monter dans la voiture, il fait dans son froc, je veux dire il s'immobilise, et pendant qu'il récite ses prières, nos gars lui tombent dessus. On a retrouvé plein de microfiches sur lui, les caractéristiques techniques de tous les engins de télécommunications possibles et imaginables.

— Donc tu leur as sacrément sauvé la mise.

— Et ils m'ont sacrément saquée. "Refus d'obéissance", ce genre de connerie. Soixante jours de suspension avec procédure disciplinaire à la clé. Heureusement, les barbouzes en question ont débarqué pour me dire que je leur plaisais bien et que si j'aimais les voyages et l'aventure, j'avais qu'à les rejoindre.

— Je crois que je commence à mieux comprendre », fit Janson. Selon toute probabilité – il le savait par son expérience de recruteur –, l'équipe des Opérations consulaires avait dû vérifier ses états de service avant de lui faire cette proposition. Son dossier devait être terriblement impressionnant, car en règle générale les Cons Op ne tenaient pas les fédéraux en haute estime. Une fois qu'ils eurent jaugé ses compétences, un membre des Cons Op avait sans doute contacté un de ses copains du Bureau pour qu'il la fasse suspendre – histoire de faciliter le transfert. Les Cons Op la voulaient, elles l'auraient. Ensuite, ils avaient pris leurs dispositions pour que leur offre d'emploi soit acceptée avec empressement par l'intéressée. Le scénario décrit par Jessica Kincaid semblait exact, juste un peu lacunaire.

« C'est pas tout, ajouta-t-elle, un peu timide. J'ai subi un entraînement béton quand j'ai rejoint les Cons Op. En plus, tous les gens de ma classe devaient préparer un dossier sur quelque chose ou quelqu'un.

— Ah oui, la biographie de l'espion modèle. Et qu'as-tu choisi comme sujet ? Mata Hari, sa vie, son œuvre ?

— Non. Un légendaire officier de terrain nommé Paul Janson. J'ai fait une analyse complète de ses techniques et tactiques.

— Tu rigoles. » Janson empila des rondins dans la cheminée de pierre et glissa en dessous des bouts de journaux italiens froissés. Le bois sec prit très vite et les flammes s'élevèrent.

« Tu es un type impressionnant, ça c'est sûr. Mais j'ai aussi identifié certaines erreurs récurrentes chez toi. Une certaine... faiblesse. » Ses yeux espiègles brillaient mais sa voix restait neutre.

Janson prit une longue gorgée de café chaud. « En 1986, un peu avant le match opposant Rick Frazier à Michael Spinks, l'entraîneur de Frazier a annoncé au monde de la boxe qu'il avait identifié une "faiblesse" dans la position de Spinks. On ne parlait que de ça à l'époque. Puis Rick Frazier est monté sur le ring. Deux rounds plus tard, Spinks le mettait KO. » Il sourit. « Au fait, tu parlais bien de faiblesse ? »

Les commissures des lèvres de Jessica Kincaid s'abaissèrent. « Voilà pourquoi ils m'ont choisie. Je veux dire, pour te tuer.

— Parce que tu possédais un diplôme ès Janson. Parce que tu me connaissais mieux que quiconque. Oui, je vois le raisonnement. Je m'imagine très bien un directeur des Opérations en train de s'autocongratuler pour avoir eu cette idée.

— C'est sûr. Le placement sous surveillance de la maison de Grigori Berman – c'était moi. J'étais certaine qu'on te rattraperait à Amsterdam, aussi. Des tas de gens pensaient que tu te barrerais aux Etats-Unis. Pas moi.

— Non, pas toi, pas avec ton diplôme d'études jansoniennes. »

Elle se tut et se perdit dans la contemplation de sa tasse. « Je pourrais te poser une question ?

— Je t'en prie.

— Juste un truc qui m'a toujours chiffonnée. En 1990, tu avais réussi à localiser Jamal Nadu, un des cerveaux du grand terrorisme.

Selon tes informateurs, des types à qui tu faisais confiance, l'une de ses planques se trouvait à Amman. Ils avaient aussi identifié sa voiture. Un vieux mendiant dépenaillé s'approche de la bagnole, se fait rembarrer par le chauffeur, tombe à genoux pour lui demander pardon et repart. Seulement, le mendiant n'est autre que Paul Janson, notre Dr J., et pendant qu'il se prosterne, il en profite pour accrocher un engin explosif sous le véhicule. »

Janson la regarda d'un air parfaitement inexpressif.

« Une heure plus tard, Jamal Nadu monte dans la voiture, accompagné de quatre poules de luxe – des Jordaniennes qu'il vient de ramasser. Tu informes le poste de contrôle que les circonstances ont changé, mais on t'ordonne de ne pas en tenir compte. Dans ton rapport, tu dis que tu as bien tenté de faire exploser la voiture mais que le détonateur n'a pas fonctionné. Opération compromise par un ennui mécanique.

— Ce sont des choses qui arrivent.

— Pas à toi, dit-elle. Ecoute, je n'ai jamais ajouté foi au rapport officiel. Tu as toujours été un foutu perfectionniste. Tu as fabriqué le détonateur de tes propres mains. Or voilà que deux jours après, Jamal Nadu revient d'une réunion avec un groupe de Libyens quand soudain son cerveau se met à ruisseler sur son col parce que quelqu'un, d'un seul tir bien ajusté, lui a fait exploser la boîte crânienne. Ton rapport suggère que l'assassinat aurait pu être perpétré par un rival du Hamas.

— A ton avis ?

— Si on avait réfléchi un tant soit peu, on aurait compris pourquoi l'opération avait foiré. Quatre femmes dans la voiture – l'agent n'a pas eu le courage de les tuer. Il n'en voyait peut-être pas la nécessité. Ou alors, comme il savait que le salopard était à sa merci, il s'est peut-être dit qu'il trouverait un moyen de le descendre un jour ou l'autre sans risquer de pertes collatérales. Mais le Département du Planning ne l'aurait sans doute pas vu du même œil. Ils auraient préféré un beau feu d'artifice, et les putes étaient le cadet de leurs soucis. Donc tu as fait en sorte que les choses se passent à ta manière, d'après tes propres principes.

— Tu as bien potassé ton sujet, n'est-ce pas ?

— D'après moi, la question centrale est la suivante. Dans le monde des opérations clandestines, descendre un gros méchant comme Nadu rapporte gros. Reconnaissance, avancement... Qui serait assez fou pour commettre un tel exploit sans chercher à en tirer bénéfice ?

— Je ne sais pas, dis-moi.

— Peut-être quelqu'un qui ne voudrait pas que le mérite en revienne à son officier supérieur.

— Continue puisque tu es si savante. Quel officier contrôlait l'opération ?

— Notre directeur, Derek Collins, dit-elle. A l'époque, il dirigeait le secteur du Moyen-Orient.

— Alors si tu as des questions sur les procédures, je suggère que tu les lui poses. »

Elle haussa les épaules. « Laisse tomber, dit-elle presque maussade. La vérité c'est que j'avais du mal à te situer.

— Que veux-tu dire ?

— C'est en partie pour ça que l'affaire Jamal Nadu était un vrai casse-tête. Pas facile de savoir comment tu fonctionnes. Pas facile de faire coïncider ce que j'ai vu et ce que j'ai entendu dire. Pour sûr, t'as rien d'un enfant de chœur. Et puis il y a ces histoires plutôt atroces qui traînent sur ton séjour au Viêt-nam...

— On a raconté pas mal de conneries à ce sujet, l'interrompit-il, lui-même surpris par la colère qui enflammait sa voix.

— Eh ben, ces rumeurs sont assez gratinées, si tu veux mon avis. A les en croire, tu ne serais pas pour rien dans une sale affaire qui a eu lieu là-bas.

— Les gens racontent n'importe quoi. » Janson tentait de paraître calme mais sans y parvenir. Il ne comprenait pas vraiment pourquoi.

Elle le fixa d'un air étrange. « OK, mec. Je te crois. Je veux dire, tu es bien placé pour connaître la vérité vraie, d'accord ? »

Janson fourragea dans le feu avec un tisonnier ; les bûches de pin craquèrent et sifflèrent en répandant leur bonne odeur. Au loin, le soleil se cachait peu à peu derrière la montagne. « J'espère que tu ne t'offenseras pas si je te demande de me rappeler ton âge, miss Kincaid, demanda-t-il en regardant son visage tendu s'adoucir dans le rougeoiement du foyer.

— Tu peux m'appeler Jessie, dit-elle. J'ai vingt-neuf ans.

— Tu pourrais être ma fille.

— On a l'âge qu'on se sent.

— Dans ce cas, je dois être aussi vieux que Mathusalem.

— L'âge n'est qu'un chiffre.

— Un nombre premier pour toi. Pas pour moi. » Tout en fouillant les braises fumantes, il les regardait exploser en bouquets de flammes jaunes. Son esprit se reporta vers Amsterdam. « A moi de te poser une question. Tu as entendu parler d'une compagnie appelée Unitech Ltd ?

— Sûr ! Elle est à nous. Une société commerciale indépendante, soi-disant.

— Mais utilisée comme couverture par les Opérations consulaires. »

Des souvenirs enfouis refaisaient surface : Unitech avait joué un rôle de second plan dans un certain nombre d'actions ; tantôt elle contribuait à assurer une identité d'emprunt à tel ou tel agent secret, en lui fournissant un ersatz de certificat d'emploi. Tantôt elle transférait des fonds à des individus censés tenir un petit rôle dans une plus vaste opération. « Un membre d'Unitech est entré en contact avec le directeur exécutif de la Liberty Foundation, dans le but de lui offrir un support logistique pour ses programmes éducatifs en Europe de l'Est. Pourquoi ?

— Pas la moindre idée.

— Imaginons qu'une personne, ou un groupe de personnes, cherche un prétexte pour se rapprocher de Peter Novak. Histoire de connaître ses déplacements.

— Une personne ? Tu crois qu'il a été descendu par les Opérations consulaires ? Mes employeurs ?

— Disons plutôt qu'ils ont organisé son assassinat. A distance.

— Mais pourquoi ? demanda-t-elle. Pourquoi ? C'est totalement absurde. »

Il y avait tellement de choses absurdes. Les Opérations consulaires avaient-elles vraiment fomenté l'attentat contre Novak ? Comment expliquer que son décès n'ait été mentionné nulle part ? Ça devenait de plus en plus étrange : des gens censés être ses proches collaborateurs semblaient ignorer totalement la catastrophe qui s'était abattue sur la Fondation.

« Qu'est-ce que tu lisais pendant que je dormais ? » dit alors Jessie en désignant les sorties imprimante entassées sur le bureau.

Janson lui expliqua.

« Tu penses vraiment que ces articles pourraient contenir des informations valables ? demanda-t-elle.

— Ne te laisse pas avoir par la légende des "renseignements de source sûre" – la moitié des trucs qu'on trouve dans les rapports ultra-secrets concernant l'étranger viennent de la presse locale. Les correspondants sur place y puisent sans compter.

— Je m'en doute, dit-elle. Mais tu n'as que deux yeux...

— Ça te va bien de dire ça, alors que tu as essayé de m'en percer un troisième. »

Elle ignora la boutade. « Tu ne peux pas descendre tout ce paquet à toi tout seul. Donne-m'en un peu. Deux regards valent mieux qu'un, non ? Ça peut pas faire de mal. »

Ils lurent ensemble jusqu'à ce que Janson sente l'épuisement s'abattre sur lui : il avait besoin de dormir, ses yeux avaient du mal à fixer les pages imprimées. Il se leva et s'étira. « Je vais me pieuter, dit-il.

— Fait froid la nuit – t'es sûr que t'as pas besoin d'une bouillotte ? » demanda-t-elle. Elle parlait sur le ton de la plaisanterie mais son regard était ambigu.

Il leva un sourcil. « Il faudrait plus qu'une bouillotte pour réchauffer mes vieux os, lança-t-il d'une voix qui se voulait légère. Je crois que je ferais mieux d'y aller.

— Ouais, dit-elle. Je crois aussi. » Il y avait quelque chose comme de la déception dans sa voix. « Je crois que je vais rester encore un peu, pour avancer la lecture.

— Brave fille », fit-il en lui décochant un clin d'œil. Il se redressa péniblement tant il était fatigué. Le sommeil viendrait vite mais un sommeil de mauvaise qualité.

Dans la jungle, se trouvait une base, dans la base un bureau, dans le bureau une table. A la table un homme.

Son officier supérieur. L'homme qui lui avait tout appris, ou presque.

L'homme qu'il défiait du regard.

Un plain-chant du XIIᵉ siècle sortait des petites enceintes du magnétophone à huit pistes appartenant au lieutenant-colonel. Sainte Hildegarde.

« Que voulais-tu me montrer, fiston ? » Les traits empâtés de Demarest s'étirèrent dans un sourire affecté, comme s'il ignorait tout des raisons de cette visite.

« Je vais faire un rapport, commença Janson. Chef.

— Bien sûr. Comme après toute mission.

— Non, chef. Un rapport sur vous. Exposant en détail votre inconduite, au regard de l'article 53, envers des prisonniers de guerre.

— Oh. C'est donc ça. » Demarest garda un instant le silence. « Tu trouves que j'y suis allé un peu trop fort avec Victor Charlie ?

— Chef ? » La voix de Janson grimpa dans les aigus. Il n'en croyait pas ses oreilles.

« Et tu ne comprends pas pourquoi, hein ? Bon, poursuis. J'ai d'autres chats à fouetter, en ce moment. Vois-tu, pendant que tu remplis tes formulaires, moi je me creuse la cervelle pour savoir comment sauver les six hommes qui ont été capturés. Six hommes que tu connais très bien puisqu'ils sont sous tes ordres – ou étaient.

— De quoi parlez-vous, chef ?

— De ceci, mon petit : des membres de ton équipe ont été capturés non loin de Lon Duc Than. Ils étaient en mission spéciale, une reconnaissance conjointe avec les forces spéciales des Marines. Ça faisait partie d'un plan. Cet endroit est une sacrée passoire.

— Pourquoi n'ai-je pas été averti de cette opération, chef ?

— On t'a cherché en vain tout l'après-midi – infraction à l'article 15. Le temps et la marée n'attendent pas. Et quand tu consens enfin à apparaître, tout ce que tu trouves à faire c'est foncer sur le taille-crayon le plus proche.

— Permission de parler librement, chef.

— Permission refusée, lâcha Demarest. Tu fais ce que bon te semble. Mais ton équipe a été capturée, des hommes qui ont placé leur vie entre tes mains, et tu es le mieux placé pour prendre la tête de l'escouade chargée de les libérer. Du moins tu le serais si leur sort te préoccupait un tant soit peu. Oh, tu m'as trouvé insensible, inhumain envers ces Victor Charlie, là-bas, dans la brousse. Mais ce que j'ai fait, je l'ai fait pour une bonne raison, bordel ! J'ai déjà perdu trop d'hommes pour prendre des gants avec les types de l'ARVN et leurs cousins VC. Qu'est-ce qui vous est arrivé à Noc Lo ? Une embuscade, tu disais. Un piège. C'était bien cela, sacré nom de Dieu. L'opération a été validée par le MAVC, procédure standard, et quelque part le long des lignes, Marvin en touche un mot à Charlie. Ça se reproduit une fois, deux fois, et à chaque fois quelqu'un y passe. Tu as vu mourir Hardaway, n'est-ce pas ? Tu l'as tenu dans tes bras pendant que ses tripes lui sortaient du ventre. Hardaway n'avait plus long-temps à tirer, il allait bientôt rentrer chez lui, et ils l'ont éventré, et tu étais là. Dis-moi ce que ça te fait, soldat ? Tu te sens rempli de dou-ceur, de tendresse, d'indulgence ? Ou ça te débecte ? T'as encore des couilles, ou tu les as perdues sur un terrain de foot ? Nous travaillons dans le contre-espionnage, Janson. Ça te rappelle quelque chose ? Je n'ai pas l'intention de laisser mes hommes se faire mettre par les agents de liaison viêt-cong qui ont transformé le MACV en une putain d'agence de presse à la botte de Hanoi ! »

Demarest ne haussait jamais le ton, ce qui rendait son discours en-core plus éloquent. « Le premier devoir d'un officier est d'assurer le bien-être des hommes qu'il a sous ses ordres. Si la vie de mes soldats était en jeu, je ferais n'importe quoi – sans pourtant perdre de vue l'objectif de ma mission – pour les protéger. Je me contrefiche des formulaires que tu t'apprêtes à remplir. Mais si tu es un soldat, si tu es un *homme*, tu iras sauver ces gars d'abord : c'est ton devoir. Ensuite quand tu reviendras, libre à toi d'entamer cette procédure disciplinaire, espèce de petit bureaucrate à la noix ! » Il croisa les bras. « Alors ?

— J'attends les coordonnées de position, chef. »

Demarest hocha calmement la tête et tendit à Janson une feuille de papier bleu couverte de lignes dactylographiées. « On dispose d'un Huey en état de marche. Le plein est fait. » Il jeta un œil sur la grosse pendule ronde fixée au mur d'en face. « L'équipe sera prête à partir dans quinze minutes. J'espère que toi aussi. »

Des voix.

Non, *une* voix. Une voix tranquille qui chuchotait pour qu'on ne l'entende pas. Mais les sifflantes étaient bien perceptibles.

Janson ouvrit les yeux. La clarté laiteuse de la lune lombarde atté-nuait un peu l'obscurité de sa chambre. L'angoisse le saisit.

Un visiteur ? Les Opérations consulaires possédaient une antenne au consulat général des Etats-Unis à Milan, sur la via Principe Amedeo – à cinquante minutes de voiture à peine. Jessie avait-elle pris contact avec eux ? Il se leva et fouilla les poches de sa veste, à la recherche de son téléphone portable. Il n'y était pas.

Le lui avait-elle subtilisé durant son sommeil ? Ou l'avait-il oublié au rez-de-chaussée ? Il enfila un peignoir, saisit le pistolet caché sous son oreiller et se dirigea à pas de loup vers la voix.

La voix de Jessie. En bas.

Il s'arrêta au milieu de l'escalier de pierre et regarda autour de lui. Le bureau était éclairé, contrairement à la pièce où il se trouvait, ce qui lui permettrait de s'approcher discrètement. Quelques pas encore. Jessie, il l'apercevait à présent, était debout face à un mur, avec son petit portable à l'oreille. Elle parlait calmement.

Son estomac se serra : c'était ce qu'il craignait.

D'après les bribes de conversation qui s'échappaient par la porte ouverte, il comprit qu'elle s'entretenait avec un collègue des Opérations consulaires à Washington. Il avança encore un peu. La voix de la femme devint plus distincte.

« Donc il est toujours sous le coup d'une sanction, répéta-t-elle. Une sanction imminente. »

Elle était en train de s'assurer que Janson était toujours l'homme à abattre.

Un frisson lui parcourut l'échine. Il aurait dû réagir bien plus tôt. Maintenant il n'avait plus le choix. C'était tuer ou se faire tuer. Cette femme était un assassin professionnel : peu importait qu'il ait exercé la même profession qu'elle – que ses employeurs aient été les siens. Il devait l'éliminer ; ses sentiments, ses espoirs fous, et toutes les fadaises qu'elle lui avait débitées, l'avaient détourné de cette vérité essentielle.

La brise nocturne s'emplissait du crissement des grillons – une fenêtre était ouverte dans le bureau. Il déplaça le pistolet vers la droite, en suivant du canon la silhouette qui arpentait la pièce. Il allait commettre une chose terrible, une chose qui le répugnait au plus haut point, mais il n'avait pas d'autre solution. *Tuer ou se faire tuer.* Toute sa vie, il avait suivi ce principe dont il avait enfin cru pouvoir se débarrasser. Mais non. L'ultime vérité, celle qui mettrait un point final à sa carrière, était encore plus horrible : tuer *et* se faire tuer.

« Que disent les câbles ? demandait-elle. Les derniers renseignements ? Ne me raconte pas que tes gars travaillent à l'aveuglette. »

Janson regarda froidement le corps gracile de la jeune femme. La courbe de ses hanches et de ses seins contrastait avec sa musculature ; dans son genre, elle était vraiment très belle. Il savait aussi de quoi elle était capable – il avait assisté à la démonstration de son époustouflant talent de sniper, il connaissait sa force et son agilité, son esprit vif. C'était une machine à tuer et rien ne la dissuaderait d'accomplir sa mission jusqu'au bout.

« Les gars sont en position ou ils sont juste assis sur leur cul ? » Elle murmurait toujours mais son intonation avait changé. Elle s'énervait, devenait presque autoritaire. « *Bon Dieu !* Il n'y a pas d'excuse à ça. On va passer pour des branques. Merde, c'est vrai ce qu'on dit : on n'est jamais mieux servi que par soi-même. Enfin, c'est comme ça que je perçois les choses maintenant. Comment une équipe aussi efficace a-t-elle pu devenir aussi nulle ? »

Il allait l'assommer sans faire de bruit, lui broyer les os du crâne, comme il l'avait si souvent fait au cours de sa triste carrière. Encore une fois, il prendrait une vie, il effacerait une existence, transformerait un être humain en une masse de chair putride, le rendant à la matière dont il était issu. Il n'allait pas dans le sens du bien ; tout au contraire. Il se rappela Theo et les autres, disparus, dans quel but ? La rage qu'il ressentait en cet instant était en partie tournée contre lui-même. Mais à quoi bon ? La femme mourrait – au milieu des Alpes lombardes, dans une villa à cinq millions de dollars, sur une terre inconnue. Elle mourrait de ses mains et cette caresse mortelle resterait à jamais leur seul moment d'intimité.

« *Où* il est ? *Où* ? Ça oui, je le sais. » Après une pause, Jessie Kincaid reprenait le fil de sa conversation téléphonique. « Espèce d'empoté, tu veux dire que tes hommes n'ont pas compris ça d'eux-mêmes ? A Monaco, mec. Pour moi, ça fait pas un pli. Tu sais que Novak a une maison là-bas. » Une autre pause. « Janson ne s'est pas étendu là-dessus mais je l'ai entendu plaisanter avec son pote. Il disait qu'il allait jouer au baccarat – ça y est, tu piges ? Quand je pense que vous êtes censés travailler dans le renseignement. Et les renseignements, il faut qu'on vous les serve sur un plateau ! »

Elle était en train de mentir.

De mentir pour le sauver.

Janson replaça son arme dans le holster. Il se serait presque évanoui de soulagement, une émotion dont l'intensité le surprit, l'intrigua. Les autres lui avaient demandé de le localiser et elle avait menti pour le protéger. Elle avait choisi son camp.

« Non, ajouta-t-elle, ne dis à personne que j'ai appelé. C'était une conversation privée, d'accord ? Juste entre toi et moi, mon chou. Non, tu peux tout reprendre à ton compte, ça me va comme ça. Dis-leur, je sais pas, dis-leur que je suis dans le coma dans un hôpital quelque part et que j'ai été prise en charge par la sécurité sociale des Pays-Bas parce que je n'avais pas de papiers sur moi. Si tu leur dis ça, je parie qu'ils ne se précipiteront pas pour me ramener aux States. »

Quelques instants plus tard, elle raccrocha, se retourna et eut la surprise de voir Janson debout sur le seuil.

« Qui est "mon chou" ? demanda-t-il d'une voix lasse.

— Va te faire voir, explosa-t-elle. Tu m'espionnais ? Le fameux Paul Janson est devenu un sale voyeur ?

— Je suis descendu boire un verre de lait, dit-il.

— Merde ! s'écria-t-elle, furieuse, en détachant les deux syllabes, avant d'ajouter : Ce type est un gros cul de bureaucrate, Bureau des Recherches et des Renseignements. Un gars pas méchant pour deux sous. Je crois qu'il en pince pour moi, parce que dès que j'apparais, il a la langue qui pend comme Michael Jordan quand il fait un *fadea-way*. Bizarre, hein ? Mais le plus bizarre c'est ce qu'il m'a appris sur Puma.

— Puma ?

— Le nom de code de Peter Novak. A ce propos, le tien c'est Faucon. Il m'a donné les dernières nouvelles de l'affaire Puma. Ça m'a fait flipper. Ils croient qu'il est encore vivant.

— Ben, ils attendent peut-être de lire l'annonce dans la rubrique nécrologique du *New York Times* ?

— La version officielle c'est qu'on t'a payé pour l'éliminer mais que tu as échoué.

— Je l'ai vu mourir, dit Janson en secouant tristement la tête. Seigneur, j'aimerais qu'il en soit autrement. Tu ne peux pas savoir à quel point.

— Hé, quoi, lança-t-elle. Tu essaies de t'attribuer le mérite de l'avoir tué ?

— Soit ton contact te roule dans la farine, soit il n'est pas au courant. Je pencherais plutôt pour la deuxième solution. » Il leva les yeux au ciel. « Et c'est pour ça qu'on paie des impôts.

— Il a dit que CNN a diffusé un petit reportage sur lui aujourd'hui. On a CNN ici ? Ils vont sûrement le repasser dans le *Headline News* du petit matin. »

Elle se dirigea nonchalamment vers le poste de télévision à écran large et zappa sur CNN. Puis elle avisa une cassette vierge, l'enfonça dans le magnétoscope et appuya sur ENREGISTRER.

Un reportage spécial sur le pouvoir déclinant de la Réserve fédérale. Le regain de tension entre la Corée du Nord et la Corée du Sud. Les nouveaux engouements des jeunes Japonais en matière de mode. Les manifestations contre les OGM en Grande-Bretagne. Le magnétoscope tournait depuis quarante minutes quand débuta un court reportage sur une femme indienne dirigeant une clinique à Calcutta, un établissement accueillant des malades du sida. Une sorte de mère Teresa indienne, comme la surnomma l'une des personnes interviewées. Si la chaîne diffusait ce reportage, c'était que la veille s'était tenue une cérémonie en l'honneur de cette femme. On voyait un monsieur distingué lui remettre un prix spécial réservé aux bienfaiteurs de l'humanité. L'homme en question n'était autre que celui qui l'avait aidée à fonder sa clinique.

Peter Novak.

Feu le grand Peter Novak.

Janson fixa l'écran 16/9e d'un regard atterré. Les pensées tourbillonnaient dans sa tête. De deux choses l'une, soit il s'agissait d'un trucage, soit, plus probablement, ce reportage n'avait pas été tourné la veille, mais bien plus tôt.

Un examen plus précis éclaircirait certainement cet apparent mystère.

Ils repassèrent l'enregistrement. L'homme était bien le célèbre Peter Novak, le doute n'était pas permis. Il se tenait devant un micro et souriait d'un air affable : « Il y a un proverbe hongrois que j'affectionne tout particulièrement : *Sok kicsi sokra megy*. Ce qui veut dire que souvent les petites choses s'additionnent pour en former une grande. Je suis très honoré d'avoir l'occasion de célébrer en ce jour la femme remarquable qui, par d'innombrables petits actes de dévouement et de compassion, a offert au monde quelque chose de vraiment grand... »

Il y avait sûrement une explication évidente. Il le fallait.

« Arrête », dit soudain Jessie. C'était leur troisième visionnage. Elle lui désigna un magazine posé sur la table encombrée devant laquelle Novak était interviewé, après la cérémonie. Elle courut à la cuisine et revint avec l'exemplaire de *The Economist* que Janson avait acheté au kiosque dans la journée.

« Le même », dit-elle.

Sur la couverture figurait la même photo. Ce numéro portait la date du mardi précédent. CNN n'avait pas diffusé une cassette d'archives. Le reportage avait été filmé bien après la catastrophe d'Anura.

Mais alors, si Peter Novak était en vie, qui était mort à Anura ?

Janson n'arrivait plus à aligner deux pensées logiques.

C'était de la folie pure !

*

Qui était cet homme ? Un jumeau ? Un *imposteur* ?

Aurait-on assassiné Novak avant de le... remplacer par un double ? C'était diabolique, presque inimaginable. Qui aurait osé faire une pareille chose ?

Qui d'autre était au courant ? Il saisit son portable pour tenter de joindre les collaborateurs de Novak en poste à New York et à Amsterdam. Il avait un message urgent pour Peter Novak. Un message mettant en jeu sa sécurité personnelle.

Il utilisa tous les termes de la procédure d'urgence qu'il connaissait – sans se laisser décourager par les échecs répétés. La réponse était toujours la même : posée, flegmatique et un peu lasse. On lui transmettrait le message ; mais sans rien pouvoir lui garantir. Ils n'avaient pas le droit de révéler où se trouvait M. Novak à l'heure actuelle. Marta Lang – si tel était bien son nom – se montra tout aussi allusive.

Un quart d'heure plus tard, Janson, la tête entre les mains, tentait de mettre un peu d'ordre dans ses pensées. Qu'était-il arrivé à Peter

Novak ? Qu'allait-il lui arriver à lui, Paul Janson ? Quand il leva les yeux, Jessie Kincaid l'observait d'un air offusqué.

« Je ne te demande qu'une seule chose, dit-elle. Je sais que ce n'est pas rien, mais tant pis : ne me mens pas. On m'a trop raconté de bobards, bordel, et j'en ai trop raconté moi aussi. J'ai ta version des événements d'Anura, la tienne et aucune autre, et je dois m'en contenter. Dis-moi un peu, *que* suis-je censée croire ? » Ses yeux étaient humides, ses paupières clignaient rapidement. « *Qui* suis-je censée croire ?

— Je sais ce que j'ai vu, rétorqua Janson d'une voix tranquille.

— Nous sommes deux dans ce cas. » Elle désigna le poste de télévision d'un petit mouvement de tête.

« Qu'est-ce que tu racontes ? Tu ne me crois pas ?

— Je *veux* te croire. » Elle prit une profonde inspiration. « Je veux croire *quelqu'un.* »

Janson ne répondit pas aussitôt. « Très bien, dit-il enfin. Je ne t'en veux pas. Ecoute, je vais appeler un taxi. Il te conduira à Milan. Tu pourras te présenter à l'antenne des Cons Op pour faire ton rapport. Fais-moi confiance, une tireuse d'élite comme toi, ils seront trop contents de te récupérer. Et quand tu les ramèneras par ici pour le coup de balai, moi je serai parti.

— Attends, dit-elle. Pas si vite.

— Je pense que c'est mieux ainsi, conclut-il.

— Pour qui ?

— Pour nous deux.

— Tu ne parles pas pour nous deux. Tu parles pour toi, c'est tout. » Elle se mit à faire les cent pas sans rien dire. « Parfait, espèce de fils de pute, reprit-elle tout d'un coup. Tu as vu ce que tu as vu. T'as vu la Vierge, oui ! C'est ce que j'appelle se faire mettre dans les grandes largeurs. » Un gloussement caustique. « On ne doit pas faire ça dès le premier rendez-vous, ou les mecs ne vous respectent plus le lendemain matin. »

Janson était perdu dans ses propres pensées. Peter Novak : qui était cette légende vivante, cet homme sortant de l'ombre pour escalader toutes les marches de la gloire ? Les questions se bousculaient en lui, des dizaines de questions, toutes sans réponse. Exaspéré, Janson attrapa sa tasse et la jeta dans le foyer où elle se fracassa contre la pierre. Ce geste lui apporta un soulagement très fugace.

Il retourna s'asseoir dans le vieux fauteuil posé près de la cheminée. Cuir fendillé contre peau meurtrie. Jessie, debout derrière lui, entreprit de lui masser les épaules.

« Ça m'ennuie de te dire ça dans des circonstances déjà pénibles, fit-elle, mais si nous voulons tenter d'y voir un peu plus clair, il faut partir d'ici. Combien de temps crois-tu que les Cons Op mettront pour nous retrouver ? Ils disposent de données satellite et, crois-moi, leurs techniciens travaillent vingt-quatre heures sur vingt-quatre pour identifier ta voiture, tes autres moyens de transport, et tout. D'après ce que m'a dit mon ami, les câbles qu'ils ont reçus jusqu'à présent n'ont pas d'intérêt, rien que des fausses pistes – mais ils retrouveront ta trace, et très bientôt. Ils se serviront de leurs informateurs en Europe, étudieront les moindres indices, visionneront toutes les bandes vidéo des péages d'autoroutes et des postes-frontières. Toute cette merde cybernétique. Et tôt ou tard, quelque chose les mènera jusqu'ici. »

Elle avait raison. Il songea à la devise du philanthrope : *Sok kicsi sokra megy.* Le bon sens populaire hongrois. Leurs petits efforts auront-ils de grands résultats ? Il se remémora également les paroles de Fielding : *Pourtant, c'est en Hongrie qu'on rencontre ses plus fervents admirateurs, et ses plus farouches ennemis.* Et l'observation de Lang : *Pour le meilleur ou pour le pire, la Hongrie a fait de lui ce qu'il est. Et Peter n'est pas homme à oublier ses dettes.*

Elle a fait de lui ce qu'il est.

Mais qui était-il ?

La Hongrie l'avait formé. Telle serait donc sa prochaine destination.

C'était sa meilleure chance de débusquer les ennemis mortels de Peter Novak – ceux qui le connaissaient depuis le plus longtemps et, peut-être, le mieux.

« Tu as l'air d'un homme qui vient de prendre une décision », dit Jessie presque timidement.

Janson hocha la tête. « Et toi ?

— C'est quoi cette question ?

— Je réfléchis à ce que je vais faire. Et toi, tes intentions ? Tu vas retourner aux Cons Op ?

— D'après toi ?

— Dis-moi.

— Laisse-moi t'expliquer la situation. Je fais mon rapport à mon directeur de mission, à la suite de quoi on me met sur la touche pendant un an au moins, peut-être définitivement. En plus, on va me faire passer un très long "entretien". Je connais le système. C'est ce qui m'attend, et n'essaie pas de me faire croire autre chose. Mais il y a plus grave. Je vais me retrouver dans un monde où règne le flou artistique. Je ne serai plus jamais sûre de rien. Toujours le cul entre deux chaises. J'en sais trop ou trop peu et, dans un cas comme dans l'autre, je ne peux pas revenir en arrière. Je ne peux qu'avancer. Sinon, la vie deviendra insupportable.

— Une vie insupportable vaut mieux que pas de vie du tout. Et en restant avec moi, tu risques de la perdre. Tu le sais. Je te l'ai déjà dit.

— Ecoute, tout a un prix, répondit-elle calmement. Si tu me le permets, je te suivrai comme ton ombre. Sinon, je te traquerai inlassablement.

— Tu ne sais même pas où je compte aller.

— Ça n'a pas d'importance, mon petit cœur. » Jessie étira son corps mince et souple. « Au fait, où comptes-tu aller ? »

Il n'hésita qu'un bref instant. « En Hongrie. Là où tout a commencé.

— Là où tout a commencé », répéta-t-elle à mi-voix.

Janson se leva. « Tu viens si tu veux. Mais rappelle-toi, si tu essaies encore une fois d'entrer en contact avec les Cons Op, ton compte est bon. Et je n'y serai pour rien. Quand on part en balade, on respecte le code de la route. Et le code c'est moi qui le fixe. Autrement...

— Bon d'accord, l'interrompit-elle. Arrête de ramer, t'attaques la falaise. »

Il la regarda froidement. Cette femme était un soldat, un agent de terrain. Et, en vérité, il avait besoin de soutien. Comment savoir ce qui les attendait ? Il l'avait vue en action. Mieux valait l'avoir avec lui que contre lui. Avec elle à ses côtés, il disposerait d'une arme vraiment formidable.

Il avait beaucoup de coups de fil à passer avant de dormir, beaucoup de légendes à ressusciter. Il fallait débroussailler la route.

Sans savoir où cette route menait, bien entendu. Mais il n'avait pas le choix. Quels que soient les risques, c'était l'unique moyen d'espérer pénétrer le mystère Novak.

CHAPITRE 22

IL était en train d'amorcer un piège.

L'idée du piège n'était pas pour l'apaiser. La plupart du temps, ceux qui les construisaient avaient une fâcheuse tendance à s'y laisser prendre. Janson le savait parfaitement. Pour l'instant, le sang-froid constituait son atout majeur. Il lui faudrait donc contourner les écueils de l'anxiété et de la trop grande assurance. L'une débouchait sur l'impuissance, l'autre sur la stupidité.

Pourtant, si piège il devait y avoir, il n'aurait pu en trouver de plus approprié. Trente-cinq dix-sept Miskolc-Lillafüred, Erzsébet sétany 1, se trouvait à trois kilomètres à l'est de Miskolc. C'était le bâtiment le plus important de la zone touristique de Lillafüred. Le Palace Hotel – c'est ainsi qu'on l'avait rebaptisé – se dressait près des rives boisées du lac Hamori, au milieu d'une clairière évoquant une Europe millénaire peuplée de parcs et de châteaux. L'endroit engendrait la nostalgie, il avait été construit dans ce but. C'était un faux rendez-vous de chasse qui avait vu le jour dans les années 1920, sous le régime de l'amiral Horthy. Le dictateur hongrois avait voulu ériger un monument dédié aux gloires de la nation. Le restaurant attenant s'appelait Au Roi Matthias, du nom du roi-soldat du XVe siècle qui avait fait renaître la grandeur du peuple magyar en l'abreuvant du sang de ses ennemis. Durant la période postcommuniste, on s'était empressé de restaurer ces lieux qui accueillaient à présent des kyrielles de vacanciers et d'hommes d'affaires venus des quatre coins du pays. A la vanité des souverains de tous poils succédait une emprise encore plus redoutable, celle du commerce roi.

Paul Janson traversa le hall somptueux à grands pas et descendit un étage pour accéder au restaurant aménagé comme un cellier. La tension lui tordait les entrailles ; manger était le cadet de ses soucis. Et pourtant, il ne laissait aucunement paraître son angoisse.

« Je suis Adam Kurzweil », dit Janson au maître d'hôtel en adoptant un nouvel accent. Il avait décidé d'imiter l'anglais qu'on apprend à l'école dans les pays du Commonwealth – Zimbabwe, Kenya, Afrique du Sud, Inde – et que les riches Européens étudient dès leur petite enfance, dans certains établissements spécialisés. « Kurzweil », vêtu d'un costume rayé et d'une cravate écarlate, affectait la mine légèrement dédaigneuse de l'homme d'affaires habitué à se faire respecter.

Le maître d'hôtel – avec sa queue-de-pie et ses cheveux noirs crantés et gominés – lui lança un regard acéré. Une fois qu'il l'eut bien jaugé, son visage se craquela en une multitude de rides censées représenter un sourire professionnel. « Votre hôte est déjà arrivé », dit-il. Il se tourna vers la jeune femme qui se tenait à côté de lui. « Elle va vous montrer votre table. »

Janson le gratifia d'un simple hochement de tête. « Merci », dit-il.

La table choisie par son hôte était dressée dans un coin discret, devant une banquette. C'était quelqu'un d'ingénieux et de prudent, ce qui expliquait pourquoi il faisait de vieux os dans son métier.

Tout en marchant vers lui, Janson se concentrait pour mieux entrer dans la peau de son personnage. La première impression était cruciale. L'homme qu'il allait rencontrer, Sandor Lakatos, serait sur ses gardes. Kurzweil devrait l'être encore plus. C'était la meilleure des contre-attaques.

Lakatos était petit et bossu ; sa colonne vertébrale déformée l'obligeait à tenir la tête penchée, ce qui produisait un effet bizarre, comme s'il rentrait perpétuellement le menton. Il avait les joues rondes, le nez charnu, et son cou sillonné de barbillons prolongeait sans discontinuité la ligne de sa mâchoire, donnant à sa tête la forme d'une poire. L'image même de la perversité.

Il faisait aussi partie des plus gros trafiquants d'armes d'Europe centrale. L'embargo sur les armes à destination de la Serbie avait largement contribué à accroître sa fortune, cette petite République des Balkans ayant dû se procurer par des voies illégales ce dont elle avait autrefois disposé de manière parfaitement licite. Lakatos avait débuté dans le transport routier des produits alimentaires avant de passer à celui de denrées moins périssables ; ce genre d'affaires possédant une infrastructure idéale, parfaitement adaptable au commerce des armes. Lakatos se recycla donc sans difficulté. Sa cupidité ne connaissait pas de bornes. Le fait même qu'il ait accepté de rencontrer Adam Kurzweil en était la preuve.

En ressuscitant un de ses anciens personnages, celui d'un Canadien, directeur d'une société de gardiennage – en clair, milice privée –, Janson avait pris contact avec plusieurs hommes d'affaires à la retraite pour leur transmettre à tous le même message. Un certain Adam Kurzweil, représentant un client qui préférait garder l'anonymat, recherchait un fournisseur capable d'honorer une très grosse commande. Au fil des ans, le Canadien – les Cons Op ne connaissaient pas ce pseudo – ne s'était manifesté que de manière sporadique. Nul ne s'en offusquait, d'autant plus qu'on appréciait son travail et sa discrétion. Et pourtant, les hommes d'affaires qu'il avait contactés cette fois-ci s'étaient fait tirer l'oreille. C'étaient des gens prudents qui s'étaient tous retirés des affaires après avoir amassé un confortable magot. Mais peu importait. Janson savait que dans ce petit monde, les rumeurs se répandaient très vite. Quand un acheteur sérieux se présentait, les intermédiaires se bousculaient au portillon, attirés par la perspective de la substantielle commission qu'ils toucheraient si l'affaire se concluait. Janson ne contacterait pas Lakatos ; mais ceux qui l'entouraient. L'un des hommes auxquels il avait téléphoné, un habitant de Bratislava qui avait assez d'amis au sein du gouvernement pour dormir sur ses deux oreilles, lui demanda pourquoi le dénommé Adam Kurzweil n'essayait pas Lakatos. Janson lui répondit que Kurzweil étant quelqu'un d'assez méfiant de nature, ne recourrait qu'à une personne chaudement recommandée. Or Kurzweil avait entendu dire que Lakatos n'était pas fiable. Ses clients et lui n'avaient pas l'intention de se jeter dans la gueule du loup. De plus, Lakatos avait-il assez d'envergure pour effectuer ce genre de transaction ?

Comme prévu, ces conversations étaient arrivées aux oreilles du Hongrois qui n'avait guère apprécié le camouflet. Comment ça, pas fiable ? Pas assez d'envergure ? Lakatos n'était pas assez bon pour cet Adam Kurzweil, ce mystérieux intermédiaire ? Il avait voulu répondre à l'insulte et, par la même occasion, sauver sa réputation. C'était vital, dans sa partie. Et pour se laver de cette calomnie, il ne restait plus qu'à prendre le taureau par les cornes.

Mais qui était le dénommé Kurzweil ? L'investisseur canadien s'était montré méfiant, volontairement laconique. « Tout ce que je peux vous dire c'est qu'il a fait partie de nos *très* bons clients. » En quelques heures, le portable de Janson fut pris d'assaut par une kyrielle de bonnes âmes désireuses de se porter garantes du Hongrois ; il avait dû sonner à toutes les portes. Bon, d'accord, concéda le Canadien, Kurzweil allait bientôt passer par la région de Miskolc où se trouvait la résidence principale de Lakatos. On essaierait peut-être de le convaincre de le rencontrer. Mais que les choses soient bien claires : Kurzweil était un homme très ombrageux. S'il refusait, il ne faudrait pas s'en offusquer.

En réalité, Janson était sur des charbons ardents. Son impatience frisait le désespoir. Il fallait absolument qu'il voie le marchand de mort hongrois, car c'était son seul lien avec les vieux ennemis de Peter Novak.

Janson avait guetté l'arrivée de Lakatos dans le hall de l'hôtel et laissé passer dix bonnes minutes encore avant de quitter son fauteuil de cuir pour le rejoindre dans la salle de restaurant. En s'approchant du Hongrois installé sur la banquette, il afficha un air blasé. D'où sa surprise lorsque Lakatos se leva pour le serrer dans ses bras.

« Enfin, nous nous rencontrons ! dit-il. C'est un vrai plaisir. » Il pressa son torse charnu contre celui de Janson, pendant que ses mains moites et dodues lui tapotaient vigoureusement le dos puis les reins. Ce débordement d'affection lui permettait surtout de procéder aux vérifications d'usage, au cas où Kurzweil aurait dissimulé une arme sous sa veste.

Enfin les deux hommes s'assirent. Lakatos observait ouvertement son hôte, avec un air où l'avidité se mêlait à la suspicion. Le trafiquant savait d'expérience que certaines occasions étaient trop belles pour être vraies. Il ne fallait pas confondre fruit mûr et baie empoisonnée.

« Leur *libamaj roston*, du foie d'oie grillé, est excellent. De même que leur *brassoi aprépecsenye* – du porc braisé. » Lakatos parlait d'une voix légèrement flûtée, comme s'il manquait de souffle.

« Personnellement, je préfère le *bakanyi sertéshus* », répliqua Janson.

Le Hongrois fit une pause. « Alors vous connaissez ce pays, dit-il. On m'a dit que vous étiez un bon vivant, monsieur Kurzweil.

— Les gens parlent trop, rétorqua-t-il d'un ton glacial contrastant avec son léger sourire.

— Vous me pardonnerez, monsieur Kurzweil. Mais vous n'ignorez pas que, dans notre partie, la confiance est une chose essentielle. Les poignées de main et la bonne réputation remplacent les contrats et la paperasserie. C'est la vieille école. Mon père était crémier. Pendant des dizaines d'années, on a vu ses petits camions blancs sillonner la région de Zemplen. Il a débuté dans les années 30, et quand les communistes sont arrivés, ils ont préféré traiter avec quelqu'un qui connaissait le métier. Voyez-vous, lorsque j'étais adolescent, il conduisait encore ses propres camions. Alors quand ses employés lui disaient qu'ils auraient du retard à cause de telle ou telle difficulté – un pneu à plat, une panne de radiateur – il comprenait tout de suite de quoi il retournait et savait combien de temps prendrait telle ou telle réparation. Son personnel a fini par piger le truc. Du coup, ils évitaient de lui raconter des histoires. Mais au lieu de lui en vouloir, ils le respectaient d'autant plus. Je crois que je tiens de mon père.

— Ah bon ? Les gens ont tendance à vous raconter des histoires ? »

Le sourire de Lakatos fit luire une rangée de dents en porcelaine, trop blanches, trop régulières. « Ce genre d'imprudents ne court pas les rues, répondit-il. Ils flairent le danger. » Dans sa voix, on sentait de la menace et de l'orgueil.

« Sous-estimer le peuple hongrois n'a jamais porté bonheur à personne, se contenta de répondre Janson. Mais vous avez une langue, une culture que peu d'entre nous peuvent se vanter de comprendre.

— L'obscurité magyare. Elle nous fut bien utile quand certains ont essayé de nous faire plier sous leur joug. A d'autres époques moins. Mais je pense que ceux d'entre nous qui usent de – disons – circonspection connaissent bien la signification et la valeur de ce terme. »

Un serveur apparut et remplit leurs verres d'eau.

« Une bouteille de Margaux 98, commanda Lakatos et, se tournant vers Kurzweil : C'est un vin jeune mais très rafraîchissant. A moins que vous ne préfériez goûter la spécialité locale – un de nos crus "sang de taureau". Certains valent le détour.

— En fait, je pencherais plutôt pour la spécialité locale. »

Lakatos secoua ses doigts boudinés pour rappeler le garçon « Finalement, mettez-moi une bouteille d'Egri Bikavér 82 ». Il se retourna vers son compagnon. « A présent, dites-moi comment vous trouvez la Hongrie.

— Un pays extraordinaire qui a offert au monde des gens extraordinaires. Tant de prix Nobel, de cinéastes, de mathématiciens, de physiciens, de musiciens, de chefs d'orchestre, de romanciers. Pourtant, parmi ces sommités, il en est une qui – comment le dire poliment ? – a donné du fil à retordre à mes clients. »

Lakatos le regarda, pétrifié. « Vous m'intriguez.

— *Liberté* pour l'un, tyrannie pour l'autre, comme on dit. De même, il arrive que les fondements de la liberté deviennent ceux de la tyrannie. » Janson fit une pause pour s'assurer que ses paroles sibyllines produisaient leur effet.

« Fascinant », articula Lakatos d'une voix blanche. Il saisit son verre d'eau.

Janson étouffa un bâillement. « Pardonnez-moi, murmura-t-il. L'avion était confortable mais il faut du temps pour venir de Kuala Lumpur. » En fait, il venait de passer sept heures au fond d'une remorque transportant de la viande salée. Son voyage Milan-Eger l'avait épuisé nerveusement. Pendant qu'il dînait avec le marchand d'armes, Jessie Kincaid était en train de louer une voiture au moyen d'un faux passeport et d'une fausse carte de crédit et de déterminer l'itinéraire qu'ils emprunteraient le lendemain. Il espérait qu'elle aurait le temps de prendre un peu de repos. « Je passe ma vie dans les avions. C'est ainsi », ajouta Janson d'un air important.

« J'imagine », s'exclama Lakatos, les yeux brillants.

Le serveur en cravate noire apporta le vin local dans une bouteille sans étiquette. Le nom du vignoble était directement inscrit sur le verre. Le vin rouge foncé lui parut opaque lorsque le sommelier le versa dans les verres à pied en cristal. Lakatos en prit une petite gorgée, la fit tourner dans sa bouche et le qualifia de superbe.

« La région d'Eger est réputée pour la robe sombre de ses vins. » Il leva son verre. « On ne doit pas voir au travers, ajouta-t-il, mais je vous assure, monsieur Kurzweil, on en a toujours pour son argent. Vous avez fait un excellent choix.

— Je suis ravi de vous l'entendre dire, répondit Janson. Encore un hommage à l'opacité magyare. »

A ce moment précis, un homme – ayant toutes les apparences d'un touriste américain doublé d'un ivrogne – s'approcha de leur table. Il portait un costume bleu ciel sans cravate. Lorsque Janson leva les yeux vers lui, une sonnette d'alarme se mit à tinter dans sa tête.

« Ça fait un bail », bredouilla l'homme en bleu, en posant une main poilue et couverte de bagues sur le lin blanc de la nappe, près du panier à pain. « Je me disais bien que c'était toi. Paul Janson, en personne. » Il renifla fortement avant de faire demi-tour. « Je t'avais bien dit que c'était lui », claironna-t-il à l'intention d'une femme assise à l'autre bout de la salle.

Bon sang ! La scène qui venait d'avoir lieu était le cauchemar de tout agent secret. Jusqu'à présent, Janson n'en avait jamais vécue de semblable. Un jour, en Ouzbékistan, alors qu'il se faisait passer pour l'intermédiaire d'une grande compagnie pétrochimique, il avait bien failli être démasqué. Il s'entretenait avec l'adjoint du ministre du pétrole quand un Américain était entré dans le bureau, comme s'il était chez lui. L'homme était un civil, un acheteur de pétrole Chevron, qui l'avait connu sous un autre nom, et dans un autre contexte, du temps où Janson s'intéressait au gaz Apsheron et aux champs pétroliers d'Azerbaïdjan. Leurs regards se croisèrent, l'homme hocha la tête mais resta coi. Ils étaient aussi gênés l'un que l'autre, quoique pour des raisons différentes. Ils n'échangèrent pas un mot. Janson comprit que l'incident n'aurait pas de suite. En revanche, ce qui venait de se passer dans ce restaurant correspondait au pire des scénarios. Ce type de contretemps était extrêmement ennuyeux.

Tâchant de modérer les battements de son cœur, Janson se tourna vers Lakatos. « Un ami à vous ? » demanda-t-il d'un air impassible. L'importun ne s'était pas adressé à lui en particulier : « Adam Kurzweil » aurait réagi par l'étonnement, sans se sentir visé.

Lakatos parut déconcerté. « Je ne connais pas ce monsieur.

— Ah non ? » dit Janson débonnaire. En obligeant le marchand d'armes à se disculper, il désamorçait les soupçons. « Eh bien, peu importe. Nous avons tous vécu ce genre de mésaventure. Avec ce qu'il a ingurgité et l'éclairage tamisé, il aurait pu vous prendre pour Nikita Khrouchtchev en personne.

— La Hongrie a toujours été le pays de prédilection des fantômes, répliqua Lakatos.

— En partie grâce à vous. »

Lakatos ignora la remarque et reposa son verre. « Vous pardonnerez ma curiosité. J'ai pas mal de clients, comme vous le savez. Le nom du vôtre ne me dit rien.

— Je prends cela comme un compliment, merci. » Janson avala une bonne rasade de vin. « J'ai pour principe de travailler dans la plus grande discrétion. J'ai moi-même longtemps vécu en Afrique du Sud et je dois dire qu'on ne parle pas beaucoup de vous non plus, là-bas. »

En signe d'assentiment, Lakatos baissa la tête, ce qui eut pour effet d'enfoncer son menton encore plus profondément dans le coussin de graisse qui lui servait de cou. « C'est un marché cloisonné, dit-il. Je mentirais si je prétendais que je possède de nombreux débouchés dans cette région. Pourtant, il m'est arrivé de traiter avec des Africains du Sud et je trouve que vous êtes d'excellents partenaires d'affaires. Vous savez ce que vous voulez et vous n'hésitez pas à payer la marchandise à sa juste valeur.

— La confiance appelle la confiance. La loyauté appelle la loyauté. Mes clients se montrent parfois généreux mais ne jettent pas leur argent par les fenêtres. Ils ont l'habitude d'obtenir ce pour quoi ils ont payé. Donnant donnant, comme on dit. Bon, je vais être clair. Ils ne recherchent pas uniquement des biens matériels. Le genre de marchandise qui les intéresse ne se transporte pas sur des palettes. Ils sont en quête d'alliances. Du capital humain, si vous voulez.

— Je ne saisis pas très bien, j'en ai peur, dit Lakatos, le visage rigide comme un masque.

— Alors je précise : mes clients savent qu'il y a ici des gens, des groupes de pression qui partagent leurs intérêts. Ils souhaitent obtenir leur soutien.

— Obtenir leur soutien..., se contenta de répéter Lakatos, toujours prudent.

— En échange, ils leur offrent leur aide. »

Une bonne gorgée. « A supposer que les personnes en question aient besoin d'aide.

— On a toujours besoin d'un petit coup de main. » Janson sourit benoîtement. « C'est la seule chose dont on soit sûr en ce bas monde. »

Lakatos lui tapota le poignet en souriant. « Vous me plaisez, déclara-t-il. Vous êtes un philosophe et un gentleman, monsieur Kurzweil. Pas comme ces Souabes mal embouchés qui forment l'essentiel de ma clientèle. »

Le serveur leur présenta un foie d'oie frit, « avec les compliments du chef ». Lakatos y planta avidement sa fourchette.

« Je crois que vous me suivez mieux, à présent, n'est-ce pas ? » insista Janson.

L'Américain à la veste bleu ciel revint à la charge, avec plus de conviction cette fois. « Tu te souviens pas de moi ? » demanda-t-il, provocant. Janson ne pouvait plus feindre d'ignorer à qui s'adressait le discours de l'importun.

Janson se tourna vers Lakatos. « Comme c'est amusant. On dirait que je vous dois des excuses », dit-il. Puis il leva les yeux vers l'Américain sans se départir de son expression blasée. « J'ai l'impression que vous me prenez pour quelqu'un d'autre », prononça-t-il dans son anglais châtié.

« Ça me ferait mal. Mais pourquoi tu causes bizarre ? T'essaies de m'éviter ? C'est ça ? Remarque, ça serait pas étonnant. »

Janson se tourna vers Lakatos et haussa les épaules, l'air imperturbable, concentré sur les battements de son cœur. « Ce n'est pas la première fois que ça m'arrive – je dois avoir la tête à ça. L'année dernière, j'étais à Bâle quand une femme au bar de l'hôtel m'a abordé, persuadée de m'avoir rencontré à Gstaad. » Il fit un grand sourire puis posa une main sur sa bouche, comme si ce souvenir l'embarrassait. « Et, tenez-vous bien – elle prétendait que nous étions amants. »

Lakatos, lui, ne souriait pas. « Elle et vous ?

— Eh bien, elle et l'homme pour qui elle me prenait. Il faut en convenir, il faisait assez sombre. J'ai bien été tenté de l'emmener dans ma chambre et, dirons-nous, de reprendre les choses où son galant ami les avait laissées. Je regrette de ne pas l'avoir fait – je pense toutefois qu'elle aurait compris son erreur à un moment ou à un autre. » Il éclata d'un rire franc et naturel mais, quand il s'inquiéta de nouveau de sa présence, l'Américain ivre était toujours là. Il ricanait.

« Alors comme ça, tu veux pas me parler ? grogna-t-il. Merde alors ! »

La femme assise au fond de la salle – son épouse, à coup sûr – se leva, s'approcha de lui et le tira par le bras. La robe d'été qu'elle portait ne faisait qu'accentuer son léger embonpoint. « Donny, fit-elle. Tu ennuies ce gentil monsieur. Il doit être en vacances, tout comme nous.

— Gentil monsieur ? C'est le salaud qui m'a fait virer. » Son visage rouge de colère était déformé par la haine. « Ouais, c'est vrai. Le PDG de ma boîte l'avait embauché pour faire tomber des têtes, pas vrai Paul ? Cet enculé de Paul Janson a débarqué à Amcom pour auditer le service de sécurité. Et le voilà qui pond tout un dossier sur les entretiens de présélection et les vols dans l'entreprise. Du coup, mon patron m'a jeté dehors parce que j'avais pas vu ce qui se trafiquait dans mon dos. J'ai donné vingt ans de ma vie à cette boîte. Tu savais pas ça, hein ? J'ai fait du bon boulot, moi. Du *bon* boulot. » Il contracta son visage cramoisi. On y lisait autant de haine que d'auto-commisération.

La femme considéra Janson d'un regard hostile ; cet esclandre la mettait mal à l'aise, mais en même temps on sentait qu'elle avait dû passer des heures à écouter son pauvre Donny se lamenter en invectivant le maudit consultant qui lui avait fait perdre son job.

« Quand vous serez dessoûlé, vous aurez honte de vous, repartit Janson froidement. Surtout, ne vous tracassez pas. J'accepte vos excuses par avance. Personne n'est à l'abri d'une erreur. »

Que pouvait-il dire d'autre ? Comment réagirait la victime d'un malentendu de ce genre ? Avec perplexité, amusement, et colère pour finir ?

Bien sûr, cela n'avait rien d'un malentendu. Janson se souvenait parfaitement de Donald Weldon, directeur de la sécurité dans une société d'ingenierie basée dans le Delaware. Ce type était un de ces petits bureaucrates suffisants qui se croyaient tout permis. Il profitait de sa position pour faire embaucher ses cousins, neveux et amis. Tant que ses exactions ne provoquaient pas de désastre, personne n'aurait eu l'idée de s'interroger sur ses compétences et sa probité. Pendant ce temps, les vols internes et les trafics de fausses indemnités grevaient lourdement le budget de l'entreprise dont l'un des vice-présidents doublait son salaire en transmettant des informations confidentielles à la concurrence. Janson savait d'expérience qu'une fois démasqués, les cadres malhonnêtes, plutôt que de s'en prendre à eux-mêmes, préféraient blâmer ceux qui avaient dévoilé leur inconduite. Pour tout dire, Donald Weldon aurait dû lui être reconnaissant de s'être contenté de le faire licencier; dans son rapport, Janson avait fait apparaître plusieurs demandes d'indemnisation fictives, faites avec sa complicité. Il avait rassemblé assez de preuves pour l'envoyer devant les tribunaux, ce qui lui aurait certainement valu une peine d'emprisonnement. Au lieu de cela, Janson avait recommandé qu'on le relève de ses fonctions mais qu'on renonce aux poursuites judiciaires, pour éviter que la compagnie ne subisse les contrecoups de l'affaire et que l'instruction du dossier ne débouche sur certaines révélations dommageables pour l'entreprise. *Sans moi, tu croupirais en taule, sale escroc,* pensa Janson.

L'Américain le menaça d'un doigt tremblant. « Espèce de couille molle – ton tour viendra un jour ou l'autre. » La femme le reconduisit vers leur table; la démarche vacillante de Weldon révélait l'état alcoolique qui avait attisé sa fureur.

Pour tenter de lui dissimuler son inquiétude croissante, Janson présenta une mine enjouée à son compagnon de table. Lakatos, lui, s'était changé en bloc de glace; il n'était pas idiot et la sortie de l'Américain éveillait en lui plus que des soupçons. Les yeux du Hongrois étaient devenus aussi durs que deux billes de marbre noir.

« Vous ne buvez pas », fit remarquer Lakatos. En disant cela, il agita sa fourchette avec un sourire de bourreau sur le point de faire son office.

Connaissant bien ce genre d'individus, Janson devinait ce qui se passait sous son crâne. Il était en train de peser le pour et le contre mais sa prudence naturelle lui conseillait d'étudier plus particulièrement les conclusions négatives. Janson savait aussi que ses protestations ne l'avaient nullement convaincu. Il était grillé, son subterfuge découvert. Ce que les Sandor Lakatos redoutaient le plus au monde c'était de se faire duper : pour lui, Adam Kurzweil ne représentait plus un client potentiel mais un facteur de danger. Et, bien qu'il nourrisse encore certains doutes à son égard, il ne pouvait se permettre de courir de risques.

La main de Lakatos disparut dans la poche de poitrine de sa grosse veste en laine. Ce n'était pas une arme qu'il cherchait – ce geste eût été trop grossier pour un homme comme lui. Pourtant sa main s'attardait trop. Il était en train de manipuler un objet, un biper ou, plus probablement, une messagerie.

Puis le trafiquant jeta un coup d'œil à l'autre bout de la salle, vers l'endroit où se tenait le maître d'hôtel. Janson suivit son regard : deux hommes en costume sombre, discrètement accoudés au long bar en zinc, se redressèrent soudain sur leurs tabourets. Comment avait-il fait pour ne pas les remarquer plus tôt ? Les gardes du corps de Lakatos – bien sûr. Le marchand d'armes n'aurait jamais donné rendez-vous à un courtier inconnu sans s'entourer d'un minimum de précautions.

Et voilà qu'à présent – à en juger d'après cet échange de regards – les gardes du corps se trouvaient investis d'une nouvelle mission. De simples protecteurs, ils devenaient exécuteurs. Leurs lourdes vestes déboutonnées pendaient négligemment ; pour un observateur lambda, la petite bosse déformant leur poche de poitrine aurait révélé la présence d'un paquet de cigarettes ou d'un téléphone cellulaire. Mais Janson n'était pas un observateur lambda. Son sang se figea.

Adam Kurzweil ne quitterait pas le Palace Hotel vivant. Janson prévoyait le coup suivant. Une fois leur repas avalé, Lakatos et lui traverseraient le hall comme deux convives repus, escortés par les deux gorilles. Et dès que la foule se serait un peu éclaircie, ils l'abattraient d'une balle silencieuse dans la nuque et jetteraient son corps soit dans le lac soit dans le coffre d'une voiture.

Il fallait prendre les devants. Et sans tarder.

Janson tendit la main pour attraper son verre et, dans le même mouvement, fit tomber sa fourchette. S'excusant d'un haussement d'épaules, il se pencha pour la récupérer et en profita pour relever le bas de son pantalon et ouvrir son holster de cheville. Il saisit le petit Glock M26 qu'il avait acheté quelques heures plus tôt, à Eger, et le remonta jusqu'à sa cuisse. L'équilibre des forces en présence avait légèrement changé.

« Vous êtes-vous déjà promené sur les berges du lac ? demanda Sandor Lakatos. Il est si beau en cette saison ! » Ses dents de porcelaine étincelèrent une fois encore.

« Oui, vraiment beau, convint Janson.

— J'aimerais vous y emmener, après.

— Ne fait-il pas un peu sombre ?

— Oh, je ne sais pas, dit Lakatos. Comme ça, nous serions tranquilles. C'est le meilleur moyen de faire plus ample connaissance, à mon avis. » Ses yeux prirent une couleur anthracite.

« Cela me plairait bien, répondit Janson. Veuillez m'excuser un instant.

— Je vous en prie. » Le regard du Hongrois glissa vers les deux gardes postés près du bar.

Janson enfonça son Glock dans sa ceinture avant de se lever et de se diriger à pas lents vers les toilettes, dans un petit couloir s'ouvrant tout au fond de la salle principale. Comme il s'en approchait, il ressentit une petite décharge d'adrénaline : devant lui, se tenait un homme en costume sombre, planté dans la même position que les types au bar. De toute évidence, il ne s'agissait ni d'un client ni d'un employé du restaurant, mais d'un gorille surveillant le passage, au cas où. Janson entra dans la petite salle pavée de marbre. L'homme – une armoire à glace à la mine patibulaire comme la plupart des gens de sa profession – lui emboîta le pas. Janson, debout face aux lavabos, l'entendit verrouiller la porte. Ils étaient seuls. Janson n'avait pas de silencieux et s'il se servait de son Glock, les autres gardes du corps accourraient dans la seconde. Son minuscule pistolet ne lui était donc d'aucune utilité ; il échappait aux regards mais pas à l'écoute. D'un autre côté, jamais il n'aurait pu glisser une arme avec silencieux le long de sa cheville. Janson s'avança vers les urinoirs ; dans l'aluminium du robinet, il aperçut le reflet déformé du gorille ainsi que le long cylindre du silencieux prolongeant son pistolet.

Pourquoi attendre que Janson quitte le Palace Hotel, alors qu'on pouvait l'éliminer sur place ?

« Combien vous paie-t-il ? demanda Janson sans se retourner. Je vous offre le double. »

Le garde ne répondit rien.

« Vous ne parlez pas anglais ? Mais vous parlez dollars, je parie. »

Sans changer d'expression, le gorille écarta son arme. Ayant constaté que Janson était à sa merci, une idée avait surgi : il sortit une cordelette de soixante centimètres de long, munie de petits disques de plastique en guise de poignées.

Janson dut tendre l'oreille pour percevoir le bruissement produit par la veste de l'homme quand il tendit les bras. Il s'apprêtait à lui glisser le garrot autour de la gorge. Janson ne put s'empêcher d'apprécier le choix judicieux de son exécuteur. Grâce au garrot, il était non seulement sûr de le tuer mais aussi d'éviter l'effusion de sang. Ensuite, il le sortirait du restaurant en le soutenant comme un copain ayant trop forcé sur l'alcool local. Dans un lieu comme celui-ci, et quand on connaissait le goût immodéré des Européens de l'Est pour les boissons fortes, il y avait fort à parier que leur étrange couple passerait inaperçu. Il suffirait de l'attraper par les épaules, d'esquisser un sourire penaud en traversant le hall, et le tour serait joué. Tout le monde penserait qu'il avait abusé du Zwack Unicum, la spécialité du Palace Hotel.

Janson se courba, posa son front contre le mur carrelé de marbre, puis se tourna en s'appuyant au mur, comme s'il était sur le point de s'écrouler, vaincu par l'alcool. Soudain, il bondit et fonça sur le gorille qui, déséquilibré par le choc, ne put que reculer. Janson en profita pour lui enfoncer le genou dans le bas-ventre. L'homme grogna et recula encore, tout en passant la cordelette autour des épaules de Janson. Elle glissa jusqu'à son cou. Janson la sentit lui brûler la chair. Mais, au lieu de se jeter en arrière, il se colla à son agresseur et lui plantant son menton dans la poitrine, avança la main jusqu'au holster et sortit le long pistolet à silencieux. A ce moment-là, l'autre se trouva devant un choix. Soit il continuait à serrer la corde soit il la lâchait pour se protéger. L'homme laissa choir le garrot et, d'un coup porté à plat, fit sauter l'arme qui tomba et glissa sur le sol de marbre.

Dans la seconde qui suivit, Janson percuta la mâchoire de son agresseur avec le haut de son crâne. Il entendit ses dents s'entre-choquer. En même temps, il enroula sa jambe droite autour de la jambe gauche de l'homme et le repoussa de toutes ses forces pour le renverser. Le gorille n'était pas un débutant. Il répliqua avec un balayage de sa composition ; Janson se retrouva par terre. Ses vertè-bres craquèrent mais il se remit prestement sur ses jambes, fit un pas en avant et balança un formidable coup de pied dans le bas-ventre de son adversaire. La jambe toujours plantée entre les cuisses de l'homme, de sa main droite il lui tira sur la jambe gauche pendant qu'il saisissait son genou pour l'obliger à fléchir. La cheville remonta jusqu'au genou de l'autre jambe. Sur le visage de l'homme passa une expression de panique et de fureur mélangées. Pour échapper à l'emprise de Janson, il se débattait comme un beau diable, le cinglait de coups de poing : il devinait ce qui allait se passer et ne comptait pas se laisser faire. Pourtant Janson tenait bon. Il aurait pu être tenté de cogner ou de fuir mais il n'en fit rien ; poursuivant son mouvement dans les règles de l'art, il leva la jambe raidie de l'homme, la posa sur son propre genou et la tordit avec fureur jusqu'à ce que l'articulation cède. Le bruit qu'il perçut alors ne ressemblait pas à celui d'une branche qui casse. Filtré par les couches musculaires, il y eut un petit claquement, confirmé par cette sensation tactile très particulière qu'on décèle au moment où le ligament d'une grosse articulation se déchire irrémédiablement.

L'homme ouvrit la bouche comme pour crier. La douleur était atroce mais surtout il comprenait qu'il ne marcherait plus jamais comme avant. Un genou cassé ne se répare pas si facilement. Les blessures qu'on reçoit au combat ne font pas vraiment mal tout de suite ; les endorphines et les hormones du stress atténuent les premiè-res souffrances. Mais une clé à la jambe avait de nombreuses consé-quences, et la douleur induite par la fracture suffisait parfois à provo-quer un évanouissement. Janson en avait l'expérience. Toutefois, le garde n'était pas une mauviette et malgré la douleur, il déploya ses bras puissants pour saisir Janson à bras-le-corps. Janson se laissa tomber de telle manière que ses genoux heurtèrent violemment le visage de l'homme. Ce fut le coup de grâce. Le gorille s'évanouit en crachant l'air qui lui restait dans les poumons.

Janson ramassa le pistolet – un CZ-75, une arme redoutable de fabrication tchèque – et l'enfonça tant bien que mal dans la poche intérieure de sa veste.

On frappa à la porte – ce n'était pas la première fois mais Janson, trop absorbé jusqu'alors, ne l'avait pas remarqué. Il entendit maugréer en hongrois : des clients pressés de se soulager. Janson souleva le gorille, le porta jusqu'à une cabine, l'installa précautionneusement sur le siège des toilettes et lui baissa son pantalon. Son dos reposait contre le mur ; les clients n'apercevraient que ses pieds. Il tourna le verrou, se glissa sous la cloison, débloqua la porte d'entrée puis sortit sous les regards funestes des quatre dîneurs rubiconds qui attendaient dehors. Il haussa les épaules en guise d'excuse.

Le gros pistolet lui appuyait sur les côtes ; Janson défit le dernier bouton de sa veste, celui du bas. Les deux gardes du corps avaient quitté le bar. Ils se tenaient au bout du couloir. A leur expression consternée, puis carrément haineuse, Janson comprit qu'ils ne s'attendaient pas à le voir si bien portant. En fait, ils étaient venus aider leur collègue à escorter un « pochard » hors du restaurant. Lorsqu'il voulut tourner le coin pour pénétrer dans la salle de restaurant, le plus grand des deux l'aborda sans détour.

Son visage taillé à la serpe était totalement figé quand il s'adressa à Janson dans un anglais châtié. « Je te conseille de faire très attention. Mon associé braque son arme sur toi. Très puissante, très silencieuse. Le taux de mortalité par infarctus est très élevé dans ce pays. Je préférerais éviter de te descendre dans le restaurant. Ça risquerait d'attirer l'attention. Il y a des manières plus élégantes de procéder. Mais sache que nous n'hésiterons pas à te trouer la peau ici même, si c'est vraiment nécessaire. »

De la salle principale, lui parvenaient des cris de joie et le refrain festif que le monde entier avait adopté au siècle dernier : « Joyeux anniversaire. » *Boldog szuletesnapot!* La fameuse ritournelle était tout aussi convaincante en hongrois qu'en anglais. Janson se souvint de la vingtaine de noceurs attablés autour de quatre bouteilles de champagne bien frappé.

Prenant un air terrifié, il posa ses deux mains sur sa poitrine, comme un acteur simulant l'épouvante. En même temps, glissant sa main droite sous la gauche, il attrapa la crosse du pistolet.

Il attendit encore un instant. Si ses calculs étaient bons, il y aurait bientôt un bruit très caractéristique, un bruit puissant accompagnant toujours les célébrations : celui du bouchon de champagne. L'explosion espérée, celle de la première des quatre bouteilles prévues pour arroser la fête, se produisit quelques secondes plus tard. Janson patienterait jusqu'à la deuxième pour appuyer sur la détente.

Le crachotis du silencieux se perdit dans la clameur des convives. Une expression horrifiée se peignit sur le visage du gorille. Autour de l'accroc à peine visible qui trouait la veste du garde, se dessinait une petite couronne de fils de laine. L'homme s'écroula. Une simple blessure au ventre n'aurait pas suffi à renverser un dur à cuire dans son genre. Cette chute soudaine signifiait une seule chose : la balle avait pénétré dans l'abdomen pour venir se loger dans la colonne vertébrale, provoquant la cessation instantanée des impulsions neuronales et la paralysie de tous les muscles de la partie inférieure du corps. Janson savait identifier les symptômes de la cataplexie totale et de la paralysie. En pareil cas, les soldats, même les plus endurcis, réagissaient tous de la même manière : ils pleuraient la perte irréversible de leurs jambes, allant parfois jusqu'à oublier que leur vie elle-même était encore en jeu.

« Sors la main de ta poche, ou tu y passes aussi », murmura-t-il sèchement à l'homme encore valide.

Plus que son pistolet, sa meilleure arme était l'autorité qu'il mettait dans sa voix ; Janson le savait. Deux hommes face à face, le doigt sur la détente, comme dans un duel de western. Rien ne laissait présager que son adversaire renoncerait à tirer. Pourtant il le percevait intuitivement. Il devinait ce qui se passait sous le crâne du gorille. Pourquoi Janson semblait-il si sûr de lui ? Que mijotait-il ? Il y avait trop d'incertitudes, trop de données impossibles à vérifier : Adam Kurzweil se savait-il capable de tirer le premier ? Portait-il un gilet pare-balles ? Comment effectuer un tel calcul et parvenir à une conclusion en l'espace de deux secondes ? Et si jamais il se trompait ? Janson vit les yeux de son adversaire se poser sur son acolyte paralysé, fixer son visage cendreux... et la flaque d'urine où il était vautré. L'incontinence urinaire était un symptôme de la rupture des nerfs sacrés, à la suite d'une blessure des vertèbres dorsales ou lombaires.

L'homme tendait les mains, d'un air écœuré, humilié, apeuré.

Si ton ennemi a une bonne idée, tu la lui voles, disait souvent le lieutenant-colonel Alan Demarest en faisant allusion aux pièges tendus par le Viêt-cong. Cette maxime lui revint à l'esprit dans une version plus sombre : *Quand tu contemples trop longtemps l'abîme, c'est l'abîme qui finit par te contempler.* Il se servirait de la mise en scène dont ils comptaient user pour se débarrasser de lui ; il leur volerait cette bonne idée tout comme il avait subtilisé le gros CZ-75 du premier garde.

« Ne reste pas planté là, dit tranquillement Janson en se penchant à l'oreille de l'homme. Notre ami vient d'avoir une attaque. Il me disait justement que c'était courant dans ce pays. Tu vas le soulever et le soutenir jusqu'à la sortie. Je vous suis. » Tout en parlant, il boutonna la veste du blessé, pour s'assurer qu'elle cacherait l'hémorragie. « Et si je ne vois pas tes deux mains, tu apprendras vite que l'infarctus est une maladie contagieuse. A moins que le diagnostic ne varie un peu. Que dirais-tu d'un empoisonnement alimentaire aigu ? Comme ça, vous irez faire vos emplettes ensemble chez le vendeur de fauteuils roulants – à supposer que vous soyez encore vivants. »

La scène qui suivit n'avait rien de gracieux mais se déroula sans encombre : les deux gorilles sortirent prestement du restaurant, l'un soutenant l'autre. Quand ils passèrent à proximité de sa table, Janson vit que Sandor Lakatos n'était plus là. *Danger.*

Changeant soudain de direction, Janson poussa les doubles portes de l'office. Un puissant vacarme l'accueillit : le sifflement de la friture, le bouillonnement de l'eau, le claquement rapide des couteaux qui tranchaient oignons et tomates, les coups mats du pilon écrasant les côtelettes de veau, les bruits de vaisselle. Sans se préoccuper du personnel de blanc vêtu, il traversa la cuisine en trombe en se disant qu'il devait bien exister une sortie de service. La moquette du hall était trop luxueuse pour que les fournisseurs la souillent en livrant leurs caisses de marchandises.

Tout au bout, il trouva des escaliers de métal rouillé, raides et étroits, qui menaient à une porte d'acier ouvrant sur la rue. Janson s'y engouffra. Après les vapeurs chaudes de la cuisine, l'air de la nuit lui donna la chair de poule.

Il referma le lourd battant aussi discrètement que possible et regarda autour de lui. Il se trouvait derrière le Palace Hotel, près du parking. Lorsque ses yeux s'accoutumèrent à l'obscurité, il aperçut des arbres touffus et du gazon, à vingt mètres devant lui : une cachette mais pas un abri.

Un *son* – comme un raclement. Quelqu'un se déplaçant dos au mur, les pieds fermement plantés dans le sol. *Quelqu'un qui se dirigeait vers lui*, le savait armé et donc avançait très prudemment.

Avant d'entendre l'arme cracher, il sentit sur son visage le picotement d'un éclat de brique et de mortier. L'autre l'avait repéré ! Il se tenait à quelque dix mètres de lui ; trop près pour le rater. Janson calcula qu'il disposait de quatre secondes pour se jeter à terre, rouler et se mettre en position de tir. Quatre secondes.

Janson se laissa tomber, se reçut sur les genoux et se jeta en avant en amortissant sa chute de la main gauche ; puis il tendit le bras qui tenait l'arme, le garda collé au sol tout en roulant sur son flanc droit et stabilisa sa position en coinçant sa cheville gauche derrière son genou droit. A présent, il avait l'équilibre nécessaire pour glisser son autre main sous l'arme, et la soutenir, le talon de sa paume planté dans les graviers qui couvraient le sol : quand il glisserait son index sur la détente du CZ-75, cette position lui permettrait d'assurer son tir. Le pistolet tchèque manquait de discrétion, défaut largement compensé par sa puissance et sa précision. Avec lui, il réussirait un tir groupé plus efficace qu'avec son arme à lui, pas plus grande que la paume de sa main.

Il identifia sa cible – le garde qu'il avait épargné – et tira à deux reprises. Deux détonations dont le silence contrastait avec la puissance. Janson fut presque surpris par le recul. Le premier coup passa à côté ; l'autre atteignit l'homme à la gorge. Il s'écroula en vomissant du sang.

Une explosion assourdie retentit derrière lui : Janson se mit en alerte puis comprit que le bruit venait du pneu d'un 4 × 4, garé trois mètres plus loin. Une balle avait percé le caoutchouc. Il avait un autre tueur à ses trousses. D'après la direction de l'impact et la disposition de l'immeuble voisin, il devina l'emplacement approximatif de son poursuivant.

Toujours en position de tir couché, Janson pivota de trente degrés et se retrouva face à Sandor Lakatos en personne, armé d'un Glock 9 mm nickelé. *Quel m'as-tu-vu !* songea-t-il. La lumière des réverbères du parking se reflétait sur la surface luisante de son arme, faisant de lui une cible parfaite. Janson aligna la petite mire dans le prolongement du torse rebondi de Lakatos et sentit son pistolet bondir vers lui quand il pressa de nouveau sur la détente. Deux fois.

Lakatos répliqua précipitamment. L'éclair qui jaillit du canon dessina une ombre noire sur la rétine de Janson. Avec un bruit sourd, une balle hongroise s'enfonça dans le gravier, à quelques centimètres de sa jambe droite. C'était un adversaire dangereux, tout compte fait. Janson l'avait-il raté ? Lakatos portait-il un gilet pare-balles ?

C'est alors qu'il entendit un souffle rauque. Lakatos tomba au ralenti, en vomissant un liquide sombre. Janson l'avait touché à la poitrine ; ses poumons s'emplissaient peu à peu de sang. Le marchand de mort était trop intelligent pour ne pas se rendre compte de ce qui lui arrivait : il était en train de se noyer dans son propre sang.

CHAPITRE 23

« S ACRÉ nom de Dieu, Paul Janson ! » s'exclama Jessie Kincaid. Il conduisait la voiture de location en prenant garde aux limitations de vitesse pendant qu'elle examinait la carte. Ils avaient l'intention de se rendre à Budapest pour faire un tour aux Archives nationales, mais avaient choisi d'emprunter un chemin détourné afin d'éviter les grandes routes. « Tu aurais dû me laisser venir. J'aurais dû être là. »

Lui ayant enfin soutiré les détails des événements de la nuit précédente, elle donnait libre cours à sa colère et à ses reproches.

« Tu n'as pas idée des pièges qu'on peut rencontrer dans ce genre de rendez-vous », répondit Janson sans s'énerver. Ses yeux scrutaient régulièrement le rétroviseur pour vérifier qu'on ne les suivait pas. « En plus, ça se passait dans un restaurant en sous-sol. Impossible d'établir un périmètre de surveillance. Où aurais-tu planqué ton M40A1 ? Derrière le bar ? Dans le vestiaire ?

— A l'intérieur, je ne te servais à rien, d'accord. Mais à l'extérieur, j'aurais pu t'aider. Il y avait des tas d'arbres dans le secteur, des tas de perchoirs. Il faut mettre toutes les chances de son côté, tu sais cela mieux que quiconque. Le fait est que ç'aurait été une sage précaution. Et tu ne l'as pas prise.

— C'était un risque inutile.

— Je suis bien d'accord.

— Pour toi, je veux dire. Je ne voulais pas te faire courir un tel danger, tout ça pour rien.

— Alors, du coup, c'est toi qui as pris tous les risques. Pas très professionnel, je trouve. Ce que je me tue à te faire comprendre c'est que tu dois m'utiliser. Traite-moi comme une partenaire.

— Une partenaire ? Mais ouvre un peu les yeux. Tu as vingt-neuf ans. Combien de temps as-tu passé sur le terrain, exactement ? Ne le prends pas mal mais...

— Je ne prétends pas que nous sommes égaux. Tout ce que je te demande c'est de *m'apprendre*. Je serai la meilleure étudiante que tu aies jamais eue

— Tu veux être ma *protégée**?

— J'adore quand tu parles français.

— Laisse-moi te dire un truc. J'ai déjà eu un ou deux protégés, autrefois. Ils ont tous un point commun.

— Laisse-moi deviner. Ce sont des hommes. »

Janson secoua la tête d'un air morose. « Ils sont morts. » Au loin se dressaient des flèches d'églises du XIXe siècle, séparées par des tours en béton datant de l'ère soviétique, symboles des grandes aspirations auxquelles elles avaient survécu.

« Alors tu te dis comme ça, je la tiens à l'écart pour qu'elle reste en vie. » Elle pivota sur son siège et lui fit face. « Eh bien, je ne marche pas.

— Ils sont *morts*, Jessie. Voilà comment j'ai contribué à leur avancement. C'étaient des types vraiment bien, nom de Dieu ! Des gars extraordinaires. Aussi doués que toi. Theo Katsaris – il avait toutes les capacités pour me surpasser un jour. Seulement, meilleur on est, plus élevés sont les enjeux. J'ai été trop téméraire, et au lieu de me contenter de jouer ma propre vie, j'ai aussi joué celle des autres.

— "Chaque mission comportant des bénéfices potentiels, comporte également des risques potentiels. L'art de la stratégie consiste à coordonner ces deux zones d'incertitude." C'est toi-même qui as écrit ces phrases dans un rapport de mission.

— Tu me connais par cœur. J'en suis flatté. Mais tu as dû faire l'impasse sur certains chapitres : les protégés de Paul Janson ont la fâcheuse habitude de se faire descendre. »

Le bâtiment néogothique abritant les Archives nationales tenait tout un pâté de maisons ; ses étroites fenêtres à petits carreaux étaient enchâssées dans des sortes d'ogives protégeant de la lumière du jour les documents entreposés à l'intérieur. Jessie Kincaid avait fait sienne la devise de Janson : commençons par le commencement.

Elle avait dressé une liste de points à éclaircir, concernant le passé du mystérieux philanthrope hongrois. On disait que le père de Peter Novak, le comte Ferenczi-Novak, était obsédé par la sécurité de son fils. D'après Fielding, le comte s'était fait des ennemis susceptibles de vouloir se venger contre son héritier. Avaient-ils attendu un demi-siècle pour passer à l'action ? Janson se souvint des paroles cinglantes du professeur de Cambridge : *Le vieil aristocrate était peut-être paranoïaque, mais comme dit le proverbe, même les paranoïaques ont des ennemis.* Jessie comptait reconstituer les faits et gestes du comte à l'époque fatale où le gouvernement hongrois avait subi ce sanglant bouleversement, rechercher la trace des visas qui auraient éventuellement permis au père de Novak d'effectuer tel ou tel voyage, seul ou en compagnie de son fils. Mais la plus importante des données était d'ordre généalogique. On prétendait que Peter Novak se tracassait pour les membres survivants de sa famille – réflexe très classique chez les gens ayant connu une enfance désastreuse comme la sienne. Mais qui étaient les parents en question ? Aurait-il conservé des relations avec tel ou tel cousin rescapé du massacre ? L'histoire de la famille Ferenczi-Novak était peut-être enfouie dans les ténèbres, mais elle les attendait, cachée dans un recoin des labyrinthiques Archives nationales hongroises. S'ils obtenaient les noms et adresses de ces parents inconnus, ils pourraient répondre à la question la plus pressante : le vrai Peter Novak était-il vivant ou mort ?

Janson la déposa devant l'immeuble et partit régler quelques affaires personnelles. Il allait se mettre en quête de faux papiers d'identité et autres documents utiles. Les années qu'il avait passées sur le terrain lui avaient permis de développer un certain flair en ce domaine. Il savait où chercher. Peut-être ferait-il chou blanc, dit-il à Jessica, mais ça valait le coup d'essayer.

Pour l'occasion, Jessica Kincaid s'était habillée simplement : jean et polo vert émeraude. Dans le hall d'entrée, elle tomba sur un tableau indiquant les diverses possessions des Archives, suspendu près d'un panneau énumérant les départements du fonds documentaire. Une liste impressionnante.

Archives de la Chancellerie hongroise (1414-1848) I. « B »
Dossiers des organes de gouvernement entre 1867 et 1945 II. « L »
Organes de gouvernement de la République soviétique hongroise (1919) II. « M »
Dossiers du Parti des travailleurs hongrois (MDP) et du Parti des travailleurs socialistes hongrois (MSZMP) VII. « N »
Archivum Regnicolaris (1222-1988) I. « O »
Archives judiciaires (XIIIe siècle – 1869) I. « P »
Archives des familles, sociétés et institutions (1527-XXe siècle).

Et ainsi de suite.

Jessie passa une autre porte et déboucha sur une vaste salle remplie de catalogues et de tables. Le long des murs s'alignaient une douzaine de comptoirs derrière lesquels trônait une équipe de documentalistes chargés d'orienter les simples visiteurs comme les chercheurs patentés. Elle se dirigea vers le comptoir surmonté d'une pancarte écrite en anglais et prit sa place dans la file. Le visage grossier de l'archiviste arborait une expression d'ennui profond tandis qu'il discutait avec une Anglaise entre deux âges, vêtue d'une veste de laine à carreaux. De toute évidence, il s'acharnait à lui expliquer pourquoi sa demande était irrecevable. On aurait dit que l'essentiel de son travail consistait à éconduire les gens en y mettant plus ou moins les formes.

« Ainsi, votre grand-père serait né à Székesfehérvar en 1870 ? disait-il à l'Anglaise. Vous m'en voyez ravi. Malheureusement, à cette époque, Székesfehérvar comptait plus de cent cinquante paroisses. Je ne dispose pas d'informations suffisantes pour trouver le registre qui le concerne. »

La femme s'en retourna en poussant de gros soupirs.

Il se débarrassa tout aussi cavalièrement du petit Américain replet qui venait en deuxième.

« Né à Tata dans les années 1880 ou 90, répéta le documentaliste avec un sourire reptilien. Vous souhaiteriez que nous passions en revue tous les registres allant de 1880 à 1889 ? » Il passa de l'ironie à l'agacement. « C'est carrément impossible. Mieux vaut y renoncer tout de suite. Avez-vous idée des kilomètres d'archives qui sont entreposées entre ces murs ? Pour espérer entreprendre une quelconque recherche, il faudrait disposer d'indications bien plus précises. »

Quand vint son tour, Jessie se contenta de lui tendre une feuille de papier sur laquelle étaient inscrits des noms, des lieux et des dates. « Vous n'allez pas me dire que ces renseignements sont insuffisants, n'est-ce pas ? s'exclama-t-elle avec un sourire éblouissant.

— Nous avons ce que vous cherchez, admit l'employé en examinant le papier. Je vais quand même téléphoner, histoire de vérifier. »

Il disparut dans l'annexe derrière le comptoir et revint quelques minutes plus tard.

« Non, désolé, dit-il. Pas disponible.

— Qu'est-ce que ça veut dire, pas disponible ? protesta Jessie.

— Hélas, il existe certaines... lacunes dans les collections. Nous avons perdu pas mal de documents à la fin de la Seconde Guerre mondiale – dans des incendies. Alors, par mesure de sécurité, nous avons transféré certaines parties de la collection dans les cryptes de la cathédrale Saint-Steven. Ces caves étaient censées être des endroits sûrs. Des milliers de dossiers y sont restés entreposés durant des décennies. Malheureusement, la crypte était très humide et les papiers ont moisi. Nous avons perdu beaucoup de choses. L'eau, le feu – deux éléments antagoniques, mais deux redoutables ennemis ligués contre nous. » Le documentaliste leva les mains pour lui exprimer ses regrets. « Les registres concernant le comte Ferenczi-Novak... appartenaient à l'une des sections détruites. »

Jessie ne lâcha pas le morceau. « Pourrait-on effectuer une deuxième vérification ? » Elle inscrivit un numéro de portable sur le papier et le souligna. « Si vous tombiez sur quelque chose, quoi que ce soit, je vous en serais infiniment reconnaissante... » Un autre sourire éblouissant. « Infiniment reconnaissante. »

L'archiviste baissa la tête. Il commençait à se dégeler ; on devinait sans peine qu'il n'était pas le genre d'hommes auxquels les jolies femmes ont l'habitude de faire des avances. « Certainement. Mais je n'ai pas grand espoir et, à votre place, je n'en aurais pas non plus. »

Trois heures plus tard, l'archiviste lui téléphonait. Il s'était peut-être montré un peu trop pessimiste, confessa-t-il à Jessie. Comme la question semblait avoir une grande importance pour elle, il avait cherché à savoir si les dossiers n'étaient pas entreposés quelque part ailleurs. Après tout, les Archives nationales étaient tellement vastes qu'on n'était jamais à l'abri d'un mauvais classement.

Jessie l'écouta pérorer. L'archiviste était de plus en plus excité. « Vous voulez dire que vous les avez retrouvés ? On peut y accéder ?

— Eh bien, pas exactement, répondit le documentaliste. C'est bizarre. Pour une raison inconnue, les dossiers ont été transférés dans une section spéciale. Réservée. Je crains que la consultation de ces archives ne soit soumise à autorisation. Du coup, elles sont inaccessibles au commun des mortels. Il faudrait obtenir tout un tas d'agréments ministériels, certifications et autres permis.

— Mais c'est parfaitement stupide, s'écria Jessie.

— Je comprends. Vous faites des recherches généalogiques – rien à voir avec des secrets d'Etat. A mon avis, il s'agit encore d'un mauvais classement – une erreur de catégorie, en tout cas.

— Ce serait vraiment terrible d'être arrivée jusque-là pour..., commença Jessie. Vous savez, si vous trouviez un moyen de m'aider, je vous en serais vraiment très reconnaissante. » Elle prononça le mot *reconnaissante* sur un ton qui laissait filtrer d'infinies promesses.

« Je suis un grand sentimental, soupira le documentaliste. Tout le monde me le dit. C'est ma faiblesse.

— Je l'avais deviné, fit Jessie d'une voix mielleuse.

— Une Américaine seule dans cette ville étrange – vous devez vous sentir perdue.

— Si seulement je trouvais quelqu'un qui accepte de me servir de guide. Quelqu'un d'ici. Un vrai Hongrois.

— Pour moi, aider les autres n'est pas seulement un métier, fit-il avec un léger trémolo. C'est... eh bien, c'est comme une seconde nature.

— Je l'ai compris dès que je vous ai vu...

— Appelez-moi Istvan, dit l'archiviste. Maintenant, voyons. Comment faire au plus simple ? Vous avez une voiture, n'est-ce pas ?

— Bien sûr.

— Où est-elle ?

— Dans le garage en face des Archives », dit Jessie. Le garage haut de cinq étages était un gros cube de béton armé dont la laideur contrastait avec les splendeurs architecturales du bâtiment des Archives.

« A quel niveau ?

— Quatrième.

— Retrouvons-nous là-bas dans une heure, disons. J'aurai les photocopies des dossiers dans ma serviette. Ensuite, si ça vous fait plaisir, nous irons faire une petite balade en voiture. Budapest est une ville extraordinaire. Je vous montrerai.

— C'est vous qui êtes extraordinaire », conclut Jessie.

Avec un bruit de ferraille, la porte de l'ascenseur s'ouvrit sur un étage aux deux tiers rempli de voitures. Parmi elles, se trouvait la Fiat jaune qu'elle avait garée là trente minutes plus tôt. L'heure du rendez-vous approchait et elle ne voyait personne dans les parages.

A moins que si ?

Mais où diable avait-elle mis cette fichue bagnole ? L'ascenseur qu'elle avait pris tout à l'heure se trouvait de l'autre côté. Elle tourna la tête pour repérer les lieux et du coin de l'œil, discerna un mouvement furtif. Comme un visage disparaissant derrière un pilier, comprit-elle une fraction de seconde plus tard. Si c'était un espion, quel amateur ! Mais peut-être se faisait-elle des idées. Il s'agissait peut-être d'un simple voleur d'enjoliveurs ou d'autoradios ; ces petits délinquants étaient monnaie courante à Budapest.

Elle préféra éliminer ces dernières suppositions. Sous-estimer les risques revenait à les accroître. Il fallait qu'elle sorte de ce garage, et très vite. Mais comment ? A coup sûr, ils avaient posté quelqu'un près des ascenseurs. Mieux valait faire une croix sur sa voiture ; quant à sortir à pied, il n'en était pas question. Il ne lui restait plus qu'à trouver un autre véhicule.

Elle passa tranquillement entre deux rangées de voitures, se laissa tomber en amortissant sa chute avec les mains puis se mit à progresser à quatre pattes. Le nez collé au sol, elle atteignit l'autre allée, se redressa et se mit à courir jusqu'à l'endroit où elle avait aperçu l'étrange silhouette.

A présent, elle se tenait derrière elle. La forme se précisait peu à peu. Un gringalet. Ce n'était pas le documentaliste ; son patron avait dû envoyer quelqu'un d'autre pour la surveiller. L'individu regardait autour de lui. On discernait de la confusion, de l'inquiétude sur son visage un peu marqué par l'âge. Ses yeux ne cessaient de bouger en tous sens, passant des rampes de sortie aux portes de l'ascenseur. Il les plissait pour arriver à voir à travers le pare-brise de la Fiat jaune.

Il se savait pris au piège ; il savait aussi que s'il ne retournait pas très vite la situation, il devrait en assumer les conséquences.

Elle bondit sur lui et le projeta sur le sol de béton tout en l'étranglant d'une clé au cou. On entendit un craquement lorsque la mâchoire de l'homme cogna par terre.

« Où sont tes complices ? demanda-t-elle.

— Je suis seul », répondit l'homme. Jessie eut un frisson.

Il était américain.

Elle lui donna une petite gifle et lui planta le canon de son pistolet dans l'œil droit. « Où sont-ils ?

— Il y a deux types dans la rue, juste devant, dit-il. Arrêtez ! Je vous en prie ! Vous allez me rendre aveugle !

— Un peu de patience, susurra-t-elle. Quand tu seras aveugle, tu t'en rendras compte. Maintenant, dis-moi à quoi ils ressemblent. » Comme l'autre se taisait, elle enfonça le canon plus profondément.

« Un blond avec des cheveux courts. Un costaud. L'autre... un type brun, cheveux ras, menton carré. »

Elle relâcha la pression. Une équipe d'interception postée à l'extérieur. Jessie reconnut la tactique classique. Le gringalet avait dû se garer à cet étage ; on l'avait envoyé en éclaireur pour la filer discrètement au moment où elle quitterait le parking au volant de la Fiat jaune.

« *Pourquoi ?* demanda Jessie. Pourquoi faites-vous ça ? »

Un regard méfiant. « C'est à Janson qu'il faut poser cette question... il vous dira ce qu'il a fait, cracha-t-il. On n'est pas près d'oublier Mesa Grande.

— Oh Seigneur ! J'ai comme l'impression que, pour l'instant, nous manquons de temps pour remuer toute cette merde, dit Jessie. Bon, voilà ce qu'on va faire. Tu vas monter dans ta voiture et m'emmener loin d'ici.

— Quelle voiture ?

— Pas de bagnole ? Si tu conduis pas, t'as pas besoin de tes yeux. » De nouveau, elle lui carra son pistolet dans l'orbite droite.

« La Renault bleue, fit-il dans un hoquet. Arrêtez, par pitié ! »

Pendant qu'il s'asseyait au volant, elle s'installa sur la banquette arrière de la berline et se baissa pour qu'on ne la voie pas, son Beretta Tomcat pointé sur le dossier. Sachant que son siège n'arrêterait pas les balles, l'Américain suivit sagement ses ordres. Ils descendirent rapidement la rampe en spirale et arrivèrent en vue de la guérite de verre. Une barrière orange leur bloquait le passage.

« Défonce-la ! cria-t-elle. Fais ce que je dis ! »

La voiture passa facilement l'obstacle et sortit en vrombissant dans la rue. Derrière eux, il y eut des bruits de pas. On leur courait après.

Dans le rétroviseur, Jessie aperçut l'un des deux types – brun, cheveux ras, mâchoire forte, le gringalet avait dit vrai. Il était à l'autre bout de la rue. La voiture s'engagea dans la direction opposée et s'éloigna à toute vitesse. Jessie vit l'homme porter un micro à sa bouche.

Soudain le pare-brise avant se craquela comme une grosse toile d'araignée. La voiture dérapa. Jetant un coup d'œil entre les deux sièges, Jessie vit le blond baraqué à quelques mètres devant eux, sur le trottoir. Il tenait un revolver à canon long.

Le chauffeur de la Renault était mort ; de la plaie ouverte à l'arrière de son crâne, du sang suintait. Les autres, ayant compris que leur plan venait de foirer – que leur gringalet de collègue avait été pris en otage – avaient sans doute opté pour des mesures d'urgence.

La voiture folle s'engouffra dans le carrefour encombré. Une cacophonie assourdissante de klaxons et de coups de frein s'ensuivit.

L'avertisseur d'un semi-remorque retentit comme une sirène de brume ; le camion freina juste à temps pour éviter de lui rentrer dedans.

En restant terrée au fond de la Renault, elle risquait de mourir dans une collision. D'un autre côté, si elle tentait d'enjamber le dossier pour s'installer au volant, on lui tirerait dessus.

Quelques secondes plus tard, perdant de la vitesse, la voiture traversa le carrefour, mordit sur les quatre voies de la rue d'en face et s'en alla cogner en douceur contre un véhicule en stationnement. Quand elle se retrouva projetée contre le dossier du siège avant, Jessie fut presque soulagée : la Renault s'était enfin immobilisée. Elle ouvrit la portière côté chaussée – et se mit à courir éperdument sur le trottoir en se faufilant entre les piétons.

Il lui fallut quinze minutes pour être absolument sûre de les avoir semés. Seulement, en cherchant à sauver sa peau, elle avait presque oublié son enquête. Certes, elle les avait semés mais, du même coup, ils l'avaient semée elle aussi. Quelle déveine, songea-t-elle en maugréant.

Ils se retrouvèrent dans la chambre spartiate du Griff, un foyer de travailleurs reconverti en hôtel, rue Bela Bartok.

Jessie avait apporté un livre sur lequel elle était tombée au cours de ses pérégrinations. Un ouvrage dédié à Peter Novak, écrit en hongrois. La langue importait peu puisqu'il ne contenait quasiment que des photos.

Janson le prit et haussa les épaules. « On dirait qu'il s'adresse aux inconditionnels, dit-il. Un beau livre d'images sur Peter Novak. Alors qu'est-ce que tu as découvert aux Archives ?

— Rien, l'impasse », dit-elle.

Il la regarda intensément et lut de l'appréhension sur son visage. « Vas-y, explique », l'encouragea-t-il.

D'une voix hachée, elle lui raconta ce qui s'était passé, comment elle s'était aperçue que l'archiviste travaillait pour l'ennemi, qu'il avait tiré le signal d'alarme et lui avait tendu un piège.

Tout en l'écoutant, Janson sentait monter sa fureur. « Tu n'aurais pas dû y aller seule, s'écria-t-il en s'efforçant de se contrôler. Donner rendez-vous à ce type – tu aurais dû mesurer les risques. Tu ne peux pas te lancer toute seule comme ça, Jessie. C'est sacrément imprudent... » Il s'interrompit pour reprendre son souffle.

Jessie mit sa main en cornet autour de son oreille. « Tiens, j'ai déjà entendu ça quelque part ! »

Janson soupira. « Au temps pour moi.

— Alors, reprit-elle au bout d'un instant, c'est quoi, Mesa Grande ?

— Mesa Grande », répéta-t-il. Un flot d'images l'assaillirent, que le temps n'avait pu effacer.

Mesa Grande : une prison militaire de haute sécurité, perchée dans les collines, au cœur de la Californie. Sur le proche horizon, les parois blanches des monts San Bernardino écrasaient de leur masse rocheuse les petits bâtiments de brique beige. Le prisonnier en uniforme bleu sombre, le cercle de tissu blanc accroché par du Velcro au milieu de la poitrine. La chaise spéciale, avec une bassine posée en dessous pour recueillir le sang, les sangles lâches passées autour du cou. Le tas de sable amoncelé derrière la chaise, pour arrêter les balles perdues et empêcher les ricochets. Demarest était assis. Six mètres devant lui, un mur percé de trous pour laisser passer les balles. Derrière le mur, six hommes armés. Demarest ne voulait pas de ce mur. Quand il avait insisté pour être fusillé, on avait accédé à sa requête. Mais quand il avait demandé à voir les yeux de ses bourreaux, on lui avait dit non.

Janson inspira profondément. « A Mesa Grande, un être ignoble a connu une mort ignoble. »

Une mort ignoble soit, mais pas seulement. Sur le visage de Demarest, il avait lu de la provocation – non, pire que cela : de la révolte, du courroux – jusqu'à ce que la salve retentisse et que le rond de tissu blanc vire au rouge sang.

Janson avait *demandé* à assister à l'exécution – nul ne savait pourquoi et lui non plus – et on l'y avait autorisé, bien qu'avec une certaine réticence. Aujourd'hui encore, il ignorait s'il avait pris la bonne décision, ce jour-là. Mais cela n'avait plus aucune importance : Mesa Grande faisait partie de lui, au même titre que des tas d'autres choses. Ce lieu faisait partie de l'homme qu'il était devenu.

Ce jour-là, la justice avait triomphé de l'injustice. En tout cas, c'était sa vision des choses. Mais apparemment, tout le monde ne pensait pas comme lui.

Mesa Grande.

Certains partisans de ce monstre se seraient-ils associés pour venger la mort de leur héros, des dizaines d'années plus tard ? L'idée paraissait saugrenue. Mais hélas, elle n'était pas à écarter. Les anciens Diables de Demarest : ces vétérans feraient-ils partie des mercenaires recrutés par les ennemis de Novak ? Pour combattre un disciple de Demarest quoi de mieux qu'un autre disciple de Demarest ?

Quelle folie !

Il voyait bien que Jessie aurait aimé en apprendre davantage, mais il ne pouvait se résoudre à parler. Il se contenta d'ajouter : « Il faut qu'on parte de bonne heure demain. Va dormir. » Et quand elle posa la main sur son bras, il s'écarta.

Au-dedans de lui, s'agitaient des ombres fantomatiques, des spectres qu'il ne parviendrait jamais à anéantir, même en y mettant toute sa force, toute sa volonté.

De son vivant, Demarest lui avait volé une grande partie de son passé ; mort, lui volerait-il son avenir ?

CHAPITRE 24

ETTE histoire vieille de trente ans, il la vivait encore. Cette jungle lointaine, il la voyait autour de lui.

Et ces bruits, encore et toujours : le feu de mortier dont il percevait l'écho assourdi. Ils avaient suivi la piste sur des kilomètres en s'éloignant toujours plus des zones de combat officielles. De là où ils se trouvaient, on entendait mieux le bourdonnement des moustiques et des autres petits insectes suceurs de sang que les puissantes détonations de l'artillerie lourde. Des bouts de ferraille jonchaient le sol, aussi épais que les bâtons punji, ces pieux de bambou que les Viêt-cong fichaient au fond de petits trous discrets, comme autant de pièges mortels guettant les imprudents.

De nouveau, Janson consulta son compas pour vérifier s'ils suivaient la bonne direction. Les trois épaisseurs de la jungle arrêtaient la lumière du soleil. Même en plein jour, on n'y voyait goutte. Les six hommes de son équipe se séparèrent deux par deux, à bonne distance les uns des autres. En territoire hostile, mieux valait éviter de rester groupés. Il était le seul à ne pas avoir de partenaire

« Maguire », chuchota-t-il dans la radio.

En guise de réponse, il perçut une rafale de fusil automatique, couverte par le staccato de plusieurs carabines ComBloc.

Puis il entendit des hommes hurler – ses propres hommes – et d'autres cris, ceux-là venant d'une patrouille ennemie. Des ordres aboyés. Il empoignait son M16 quand il reçut un coup sur la nuque. Et ensuite, tout s'effaça.

Il s'éveilla au fond d'un lac noir et profond. Une lente dérive le promenait au fil de l'eau bourbeuse, comme une carpe. Il aurait pu rester là à jamais, enveloppé de vase, figé dans l'immobilité glacée, mais soudain quelque chose le tira vers la surface, l'emportant loin du monde sous-marin, réconfortant et silencieux. La lumière lui blessa les yeux, lui dessécha la peau. Il aurait tant voulu rester au fond de l'abîme, mais les forces qui l'attiraient vers le haut étaient irrésistibles. Il remontait, les lois de la physique le happaient comme un grappin. Un regard était posé sur lui, des yeux sombres comme des gouffres. Le monde aquatique l'avait rejeté, un monde de souffrance l'accueillait.

Il essaya de s'asseoir mais n'y parvint pas – trop faible, supposat-il. Après une autre tentative, il comprit qu'il était attaché, ligoté à une civière en toile grossière, étirée entre deux poteaux. On lui avait enlevé son pantalon et sa tunique. Sa tête flottait, il y voyait flou ; deux symptômes trop familiers. Une blessure à la tête. Il n'y avait rien à faire.

Il y eut quelques mots en vietnamien. Les yeux sombres n'étaient autres que ceux d'un officier NVA ou viêt-cong. Janson était prisonnier. Un prisonnier américain. Ça au moins, c'était clair. A quelque distance de lui, il entendit les parasites d'une radio ondes courtes, comme une envolée de violons mal accordés. Le volume sonore changeait sans arrêt. Ces fluctuations ne venaient pas de l'appareil mais de sa propre perception défaillante. Il comprit qu'il n'avait pas toute sa conscience. Un soldat en noir lui apporta un bol de riz gluant et approcha une cuiller de sa bouche desséchée. Curieusement, il en conçut de la reconnaissance ; mais en même temps, il se dit qu'il devait revêtir une certaine valeur à leurs yeux, en tant que source potentielle d'informations. Leur boulot consistait à lui soutirer des renseignements, le sien à les en empêcher tout en restant en vie. En plus, il le savait, les interrogateurs amateurs révélaient parfois plus de renseignements qu'ils n'en obtenaient. Il se dit qu'il devrait mettre en œuvre toute sa puissance de concentration... quand ils reviendraient. A supposer qu'ils reviennent.

Quelques grains de riz lui restèrent coincés en travers du gosier. Sauf qu'en fait de riz, il s'agissait d'un cafard tombé dans la substance pâteuse. Le soldat qui le faisait manger eut un petit sourire – c'était sa manière à lui de se venger d'avoir à nourrir un soldat yankee – mais Janson avait autre chose en tête.

« *Xin loi* », dit le soldat sur un ton sadique. L'une des rares expressions vietnamiennes que Janson connaissait : *désolé.*

Xin loi. Désolé : ce petit mot anodin cristallisait toute l'absurdité de cette guerre. Désolé d'avoir détruit ton village sous prétexte de le sauver. Désolé d'avoir tué ta famille avec des bombes au napalm. Désolé d'avoir torturé ces prisonniers de guerre. *Désolé* – un mot qu'on pouvait mettre à toutes les sauces. Un mot qu'on prononçait sans y croire. Le monde serait meilleur si les gens étaient sincèrement « désolés ».

Où était-il ? Une sorte de cabane de montagne, apparemment. Tout à coup, on lui banda les yeux avec un tissu graisseux. Il sentit qu'on le détachait et qu'on le traînait sur un plan incliné, qu'on le faisait passer sous – non pas sous l'eau, comme dans son rêve, mais sous un tunnel végétal, serpentant entre les racines des arbres tropicaux. Pour faire cesser la douleur causée par le frottement, il se mit à ramper dans les méandres de ce boyau. Le tunnel partait d'un côté, de l'autre, il montait, descendait, en croisait d'autres ; des voix se rapprochaient puis s'éloignaient, infiniment ; aux odeurs de goudron, de kérosène et de pourriture succéda la puanteur des corps sales. Quand il retrouva la symphonie des bestioles qui infestaient le sol de la jungle – à leur crissement il sut qu'il était sorti du tunnel –, on le ligota de nouveau avant de le hisser sur un siège. On lui ôta le tissu qui l'aveuglait ; il prit une bouffée d'air moite. La grossière corde de chanvre qui lui mordait les poignets et les chevilles ressemblait à ces amarres retenant les pirogues aux quais de bambou. De petits insectes voltigeaient autour de la guirlande d'écorchures qui lui meurtrissait la peau. La boue du tunnel empesait son tee-shirt et son caleçon, les seuls vêtements qu'on lui avait laissés.

Un homme tout en os s'approcha de lui. Ses lunettes cerclées d'acier lui faisaient des yeux minuscules.

« Où... les autres ? fit Janson d'une voix cotonneuse.

— Les hommes de ton escouade ? *Morts.* Juste toi vivant.

— Vous êtes des Viêt-cong ?

— C'est *pas* le bon mot. Nous représenter Comité central du Front de libération national.

— Le Front de libération national, répéta Janson. Ses lèvres crevassées peinaient à former les mots.

— Pourquoi toi pas porter plaque ? »

Janson haussa les épaules, geste qui lui valut aussitôt un grand coup de bâton sur la nuque. « J'ai dû la perdre. »

L'interrogateur revêche était flanqué de deux gardes, chacun équipé d'un AK-47 et d'une cartouchière passée autour des hanches ; un pistolet Makarev 9.5 mm pendait au-dessous de la ceinture de munitions. Sur l'un des deux, Janson vit luire la lame d'un poignard de combat des US Navy SEAL. Aux marques gravées sur le manche en Tenite, il le reconnut ; c'était le sien.

« Toi mentir ! » cria l'interrogateur. Il dirigea son regard vers l'homme qui se tenait derrière Janson – ce dernier ne pouvait pas le voir, mais son odeur âcre flottait vers lui malgré la touffeur de l'air. Le soldat invisible lui assena un coup terrible dans les côtes. Le canon d'un fusil, supposa Janson. Une douleur lancinante lui déchira le flanc.

Il fallait qu'il se concentre – non pas sur son interrogateur mais sur n'importe quoi d'autre. Entre les étais de bambou de la hutte, il apercevait de grandes feuilles plates couvertes de gouttelettes. Il était une feuille ; les coups qu'il recevrait glisseraient sur lui comme des perles de pluie.

« Soldats spéciaux pas porter plaques. On sait ça.

— Spéciaux ? Janson secoua la tête. Non. Je l'ai perdue. Elle est restée accrochée à un buisson d'épines pendant que je rampais dans la jungle. »

L'homme eut l'air contrarié. Il rapprocha sa chaise de Janson, se pencha vers lui et lui tapota l'avant-bras gauche puis le droit. « Tu peux choisir, dit-il. Lequel ?

— Lequel quoi ? demanda Janson, hébété.

— Ne pas décider, articula l'homme décharné, c'est encore décider. » Il prononça quelques mots en vietnamien à l'intention du tortionnaire invisible. « Nous casser ton bras droit », expliqua-t-il à Janson d'une voix presque tendre.

Le coup tomba comme une masse : l'homme avait dévissé le canon d'une mitraillette et s'en était servi pour lui fracasser le bras. Son poignet et son coude reposaient sur l'accoudoir de bambou, mais son avant-bras, placé en porte-à-faux, céda comme une branche sèche. Janson perçut le craquement assourdi avant de ressentir la douleur – mais elle arriva très vite, si atroce qu'elle lui coupa le souffle.

Il remua les doigts pour voir s'ils lui obéissaient encore ; ils lui obéissaient. L'os était cassé mais les nerfs fonctionnaient. Pourtant il ne fallait plus compter se servir de son membre.

Ensuite, il entendit un bruit métallique, un frottement qui laissait présager le pire : on glissait une barre de fer épaisse de cinq centimètres dans les gros fers enserrant ses chevilles. Puis, le tortionnaire attacha une corde autour de la barre, la passa autour des épaules de Janson et tira pour l'obliger à se plier en deux, la tête entre les genoux, les bras toujours fixés à ceux du fauteuil. La pression exercée sur ses épaules était de plus en plus pénible. Au point qu'il ne savait plus ce qui faisait le plus mal, de son bras ou de son dos.

Il attendait la question suivante. Mais les minutes s'écoulaient dans le plus grand silence. L'obscurité fit place aux ténèbres. Respirer devenait un calvaire. Sa position lui comprimait le diaphragme et ses épaules brûlaient sous l'étau qui n'en finissait pas de se resserrer. Janson s'évanouit, et quand il reprit conscience, la douleur repartit de plus belle. Il faisait jour – était-ce le matin ? L'après-midi ? Il était seul. Quand on défit ses liens et qu'on lui versa de la bouillie de bambou entre les lèvres, il était encore à moitié dans les vapes. On lui avait enlevé son caleçon et glissé un seau de métal rouillé sous son siège. Puis on renoua la corde reliant ses épaules et ses chevilles et, de nouveau, sa tête se retrouva coincée entre ses genoux. Il crut que ses bras allaient se détacher. Dans sa tête, il psalmodiait un mantra : *Clair comme l'eau, froid comme la glace.* Ses épaules cuisaient comme lorsqu'il pêchait dans la glace de l'Alaska. Il se concentra sur ce souvenir d'enfance. Il songea aux perles d'émeraude glissant sur les grosses feuilles plates, les vit ruisseler et se perdre dans la terre. Plus tard, on lui attacha autour du bras deux planches retenues par une ficelle. Une attelle de fortune.

Du tréfonds de son crâne, émergèrent des paroles familières : Demarest citant Emerson. *Quand il repose sur la couche moelleuse des privilèges, il s'endort. Quand il est bousculé, tourmenté, vaincu, il parvient à la connaissance.*

Un autre jour passa. Puis un autre, et un autre encore.

Des douleurs atroces lui tordaient les entrailles : l'infecte bouillie lui avait donné la dysenterie. Il essayait désespérément de déféquer, de se soulager, mais ses intestins refusaient d'obéir. Ils couvaient leur mal, le gardaient bien à l'abri. *L'ennemi de l'intérieur,* ironisait Janson.

Était-ce le soir ? Était-ce le matin ? Il entendit parler anglais. On desserra ses liens, il put se redresser – un mouvement qui lui déchira les nerfs, encore une fois.

« C'est mieux comme ça ? J'espère que ça va aller. »

Ce type-là, il ne l'avait jamais vu. Un petit bonhomme aux yeux brillants d'intelligence. Malgré son fort accent, il s'exprimait correctement, en détachant ses mots. Un homme instruit.

« Nous savons que vous n'êtes pas un agresseur impérialiste, commença-t-il. Vous êtes le jouet des agresseurs impérialistes. » L'interrogateur se rapprocha de lui. Janson savait qu'il sentait horriblement mauvais – lui-même en était incommodé –, mais l'autre ne broncha point. Le Vietnamien tendit la main, toucha sa joue hérissée de barbe et poursuivit d'une voix douce. « Mais vous nous avez manqué de respect en *nous* traitant comme des jouets. Vous comprenez cela ? » L'homme instruit semblait vouloir le prendre comme sujet d'études. Les choses se présentaient mal : la présence de ce type laissait présager qu'on l'avait percé à jour, qu'aux yeux de ses ennemis, il était désormais plus qu'un simple soldat.

Janson passa la langue sur ses dents pâteuses. Elles étaient comme un corps étranger dans sa bouche, une rangée de petits bouts de bois biseautés. Il grogna un assentiment.

« Vous vous demandez comment on a pu vous capturer. »

Comme un instituteur arpentant une salle de classe, l'homme faisait les cent pas autour de lui. « Vous voyez, en fait nous avons beaucoup de points communs, d'une certaine manière. Nous sommes des officiers de renseignement. Vous avez bravement servi votre cause. J'aimerais qu'on en dise autant de moi. »

Janson hocha la tête. Une pensée fugace lui vint : *Il n'y a qu'un fou pour croire que le fait de torturer un prisonnier sans défense représente un acte de bravoure.* Il la chassa aussitôt ; ce genre d'idée ne lui serait d'aucun secours ; elle risquait de lui ôter son sang-froid et de le faire réagir inconsidérément. *Clair comme l'eau, froid comme la glace.*

« Je m'appelle Phan Nguyen, et je trouve que nous avons beaucoup de chance de nous rencontrer. Votre nom c'est...

— Kevin Jones », dit Janson. Il avait profité de ses rares moments de lucidité pour échafauder toute une biographie de substitution – un gars du Nebraska, engagé dans l'infanterie, quelques démêlés avec la justice au sortir du lycée, une petite amie enceinte. Sa brigade avait perdu son chemin dans la jungle. Ce personnage fait de pièces rapportées, tirées de romans populaires, de films, d'articles de magazines et d'émissions de télé, paraissait presque réel, même à ses propres yeux. Avec les milliers d'histoires qui traînaient sur le territoire des Etats-Unis, il avait reconstitué une vie plus vraie que nature. « Infanterie US. »

Le petit homme s'empourpra et frappa Janson sur l'oreille droite. Un puissant sifflement résonna sous son crâne. « Lieutenant Paul Janson, dit Phan Nguyen. Vous avez fait du bon travail. Ne le gâchez pas. »

Comment connaissaient-ils son nom et son grade ?

« C'est vous qui nous avez raconté tout ça, insista Phan Nguyen. Vous nous avez *tout* raconté. Auriez-vous oublié, dans votre délire ? Oui, c'est probable. C'est probable. Ce sont des choses qui arrivent. »

Disait-il vrai ? Janson regarda Nguyen au fond des yeux. Et tous deux virent que leurs soupçons étaient fondés. Ils avaient menti l'un comme l'autre. Janson n'avait rien révélé. Quant à Nguyen, il comprit devant la réaction de Janson – où la rage prenait le pas sur la peur et la perplexité – que l'Américain n'avait rien d'un simple soldat.

Janson n'avait pas grand-chose à perdre : « Là, c'est vous qui mentez », grogna-t-il. Le bâton de bambou s'écrasa sur son torse mais il ne s'y trompa point : on le frappait pour la forme ; avec le temps, Janson commençait à percevoir ce genre de nuance.

« Nous sommes pratiquement *collègues*, vous et moi. C'est bien le terme ? *Collègues ?* Oui, c'est probable. C'est probable. » Phan Nguyen adorait répéter ces mots-là : *oui, c'est probable.* Il les disait dans un murmure. Une expression s'appliquant aux questions secondaires, celles qui n'appelaient pas de réponses claires et nettes. « Maintenant, nous allons parler franchement, entre collègues. Laissez tomber les élucubrations, sous peine de... sombrer dans la *peine.* » A la manière dont il en jouait, la langue anglaise semblait lui plaire énormément. « Je sais que vous êtes un homme brave. Je sais que vous résistez très bien à la douleur. Ça vous plairait de tester votre résistance ? Comme une expérience scientifique ? »

Janson secoua la tête. Son ventre lui faisait atrocement mal. Soudain, pris de nausées, il se pencha en avant et vomit par terre une étrange substance ressemblant à des grains de café. Il reconnut l'un des symptômes cliniques de l'hémorragie interne.

« Non ? Pour l'instant, je vais vous laisser tranquille. Je veux que vous réfléchissiez, que vous vous posiez les bonnes questions. » Phan Nguyen se rassit, en regardant fixement Janson de ses petits yeux intelligents et curieux. « Demandez-vous comment on a pu vous capturer. Nous savions précisément où vous trouver – ça a dû vous intriguer, non ? Les soldats que vous avez rencontrés dans la jungle n'avaient pas l'air très surpris, n'est-ce pas ? Vous avez bien dû vous en rendre compte. »

De nouveau, Janson sentit monter la nausée : Phan Nguyen disait vrai. Malgré ses manières retorses, ses paroles sonnaient juste. C'était dur à avaler mais le Viêt-cong avait raison.

« Tout à l'heure, vous avez tenté de me cacher votre identité. Or, je sais qui vous êtes. Du coup, l'affaire devient encore plus troublante pour vous. Si vous n'avez rien dit, alors qui ? Et comment se fait-il que nous ayons pu intercepter votre équipe et capturer l'officier commandant la légendaire division américaine de contre-espionnage des légendaires Navy SEAL ? Comment ? »

Comment, en effet ? Il n'y avait qu'une seule réponse : le lieutenant-colonel Alan Demarest avait transmis l'information à la NVA ou à ses alliés viêt-cong. Il était trop méticuleux pour avoir laissé filtrer une telle information par simple inadvertance. Pour lui, rien de plus facile. Un membre de l'ARVN était entré en possession de ce renseignement de manière « accidentelle ». Demarest connaissait les liens unissant l'ARVN et la NVA ; peut-être avait-il « laissé traîner » un papier dans un avant-poste, avant de s'en aller en toute hâte pour échapper au feu ennemi. Peut-être avait-il transmis certaines coordonnées secrètes sur une fréquence radio connue des Viets. Demarest avait voulu se débarrasser de Janson ; sa mort aurait bien arrangé ses affaires. Il avait donc monté un de ces traquenards dont il avait le secret. Cette mission n'était qu'un foutu piège, une ruse échafaudée par le grand maître des ruses.

C'était Demarest qui l'avait fourré dans ce pétrin !

A l'heure actuelle, le lieutenant-colonel était sans doute assis à son bureau, en train d'écouter Hildegarde de Bingen. Et Janson, lui, était ligoté sur un tabouret dans un campement viêt-cong. Les cordes lui entamaient la chair. Ses plaies ouvertes suppuraient. Il grelottait, il devenait fou – fou de terreur surtout, à l'idée que ses épreuves ne faisaient que commencer.

« Eh bien, reprit Phan Nguyen. Vous devez admettre que nos services de renseignement sont supérieurs aux vôtres. Nous en savons tellement sur vos activités qu'il serait inutile de vous taire. Votre silence n'est qu'une larme au milieu de l'océan. Oui, c'est probable, c'est probable. » Il sortit de l'enclos en s'entretenant à voix basse avec un autre officier, puis revint sur ses pas, rapprocha son siège et s'assit.

Le regard de Janson se posa sur les pieds de l'homme, chaussés de grosses chaussures à lacets américaines. Ils ne touchaient pas le sol ; ses mollets étaient ceux d'un enfant.

« Vous ne reverrez jamais les Etats-Unis d'Amérique. Il faut vous faire à cette idée. Je vais vous raconter l'histoire du Viêt-nam. Pour commencer, en l'an 39 de notre ère – eh oui, ça remonte à loin ! – les deux sœurs qui gouvernaient notre pays, les reines Trung Trac et Trung Nhi, ont bouté les Chinois hors de nos terres. C'était bien avant Ho, comme vous pouvez le constater. Où était l'Amérique en 39 après J.-C. ? Bientôt vous comprendrez la futilité des ambitions américaines. Comment pouvez-vous espérer combattre les légitimes aspirations du peuple vietnamien ? Vous avez beaucoup à apprendre mais, rassurez-vous, vous bénéficierez d'un excellent enseignement. Toutefois, en retour, nous aimerions profiter de vos connaissances. Sommes-nous d'accord ? »

Janson ne répondit rien.

Son interrogateur lança un simple coup d'œil et, de nouveau, un fusil s'enfonça dans ses côtes : un éclair de douleur.

« Si nous commencions par le plus facile avant de passer aux questions complexes ? Parlons de vous. De vos parents et de leur rôle au sein du système capitaliste. De votre enfance. De l'abondante culture populaire américaine. »

Janson hésita jusqu'à ce qu'il entende le sinistre raclement de la barre d'acier qu'on glissait dans les fers lui enserrant les chevilles.

« Non, dit Janson. *Non !* » Et il parla. Il parla de la télévision, du cinéma ; Phan Nguyen avait très envie de savoir en quoi consistait une *happy end* et selon quels critères on les écrivait. Janson parla de son enfance dans le Connecticut ; de son père, directeur d'une compagnie d'assurances. Le concept d'assurance intriguait fort Phan Nguyen. Comme un étudiant zélé, il insista pour que Janson lui explique les notions sous-jacentes, se plongeant dans l'analyse des concepts de risque et de garantie avec une finesse presque confucéenne. Janson avait l'impression d'exposer à un anthropologue fasciné les détails des rituels de circoncision pratiqués chez les Papous.

« C'était un Américain aisé, votre père ?

— C'est du moins ce qu'il pensait. Il a gagné assez d'argent pour s'acheter une jolie maison, une jolie voiture. Il pouvait se payer tout ce qui lui faisait plaisir. »

Phan Nguyen se carra sur sa chaise. Son visage buriné exprimait de l'amusement. « Et c'est ça qui donne du sens à votre vie ? » demanda-t-il, ironique. Il croisa ses bras graciles sur sa poitrine et inclina la tête. « Hein ? C'est ça qui donne du sens à votre vie ? »

Les questions n'en finissaient pas – refusant qu'on l'intitule interrogateur, Nguyen préférait le terme « professeur » – et, chaque jour, Janson se voyait concéder une nouvelle liberté. Désormais, on l'autorisait à faire le tour de la petite hutte de bambou, sous bonne garde. Puis un jour, après une discussion presque enjouée sur les sports américains (Nguyen suggéra, comme si cela allait de soi, que dans les sociétés capitalistes la lutte des classes trouvait une solution illusoire sur la pelouse des stades), on présenta à Janson un document à signer. Le papier attestait que le prisonnier avait bénéficié de soins médicaux et qu'il avait été courtoisement traité par les membres du Front de libération national, qualifiés en l'occurrence de « combattants de la liberté au service de la paix et de la démocratie ». On lui glissa un stylo – un délicat stylo-plume de marque française, ayant sans doute appartenu à un ancien colon – dans la main. Quand il refusa de signer, on le battit jusqu'à ce qu'il perde conscience.

Lorsqu'il reprit ses esprits, il était enchaîné dans une solide cage circulaire en bambou, haute d'un mètre quatre-vingts et large d'un mètre vingt. Il ne pouvait ni se tenir debout, ni s'asseoir, ni bouger. Un gardien taciturne posa près de ses pieds un seau d'eau saumâtre où flottaient des poils de vache et des insectes morts. Il était comme un oiseau en cage passant ses journées à attendre sa ration de nourriture.

Et l'attente risquait d'être très longue.

« *Xin loi* », le nargua le gardien. *Désolé.*

CHAPITRE 25

MOLNÁR. Une ville que l'histoire avait effacée.

Molnár. Là où tout avait commencé.

Leur dernier espoir de découvrir la vérité sur les origines de Peter Novak. Leur dernier espoir de démêler le réseau de faux-semblants qui entravaient leurs mouvements.

Mais qu'allaient-ils découvrir là-bas, à supposer qu'il reste quelque chose à découvrir ?

Ils se mirent en route dès le lendemain matin. Aux grandes villes succédaient les nationales. Le moteur de la Lancia tournait à plein régime quand ils traversèrent les Bükk, les collines au nord-est de la Hongrie. Jessie avait l'air préoccupé.

« Je pense aux types d'hier, dit-elle enfin. Quelque chose me chiffonne dans la manière dont ils ont opéré.

— La config triangulaire ? suggéra Janson. Assez classique, en fait. C'est la seule solution quand on n'a que trois hommes sous la main. Surveillance et interception. Un cas pratique figurant au manuel.

— Voilà bien ce qui me tracasse, remarqua-t-elle. C'est *notre* manuel dont tu parles. »

Janson prit le temps de la réflexion. « Ils ont suivi l'entraînement des Cons Op, dit-il.

— C'est ce que je pense, ajouta Jessie. C'est bien ce que je pense. Et en voyant le blond tirer...

— Comme s'il avait anticipé ta réaction.

— Ça m'en a tout l'air, ouais.

— Très logique, d'un point de vue tactique. Il était obligé de contre-attaquer en éliminant soit toi soit ton otage. Il a presque réussi un doublé. On ne tire sur un collègue pris en otage qu'en cas de risque susceptible de faire capoter une mission.

— J'aime mieux te dire que ça me donne la chair de poule, dit Jessie. Savoir que les Cons Op trempent dans cette histoire. On dirait qu'ils font tout pour nous éliminer. A moins que ce ne soit plus compliqué. Comme disait ce peigne-cul d'archiviste en parlant des registres disparus. Le feu et l'eau sont des éléments antagoniques, mais deux redoutables ennemis ligués contre nous. »

Le paysage devenait de plus en plus valonné ; lorsque les HLM de l'ère soviétique eurent disparu à l'horizon, ils comprirent qu'ils arrivaient. Le village de Molnár se trouvait sur les rives de la Tisza, entre Miskolc et Nyíregyháza. A quatre-vingt-dix kilomètres vers le nord, c'était la frontière avec la Slovaquie ; à quatre-vingt-dix kilomètres vers l'est, l'Ukraine et, juste en dessous, la Roumanie. Ces trois nations avaient, chacune à son tour, louché sur le territoire hongrois – des prédateurs géopolitiques. Les montagnes canalisaient la rivière ; mais elles canalisaient aussi l'avancée des armées venant de l'est. La campagne était belle. Partout ce n'était que collines vert émeraude, ondulant doucement jusqu'aux reliefs érodés qui se découpaient sur l'horizon bleuté. Ici et là, une éminence plus élevée que les autres se terminait sur un pic, d'autres, plus modestes, abritaient des vignobles en terrasses. Quant aux lointains sommets, ils étaient investis par de mornes étendues boisées. Pourtant cette beauté n'était qu'un leurre. Ce paysage portait des cicatrices, certaines visibles, d'autres pas.

Ils franchirent le petit pont enjambant la Tisza, qui autrefois reliait les deux moitiés du village de Molnár.

« C'est incroyable, dit Jessie. Le village a *disparu*. Comme dans un tour de passe-passe.

— Ce qui s'est réellement passé est bien pire qu'un tour de passe-passe », précisa Janson. Il avait lu que dans ces montagnes, durant l'hiver 1945, l'une des divisions de Hitler avait tendu une embuscade à l'Armée Rouge. Les unités d'artillerie venaient de s'engager sur la route longeant la Tisza quand les Allemands et les soldats des Croix fléchées cherchèrent à les arrêter. Ils échouèrent mais de nombreux Russes y laissèrent la vie. L'Armée Rouge, persuadée que les paysans de Molnár étaient au courant de l'embuscade depuis le départ, voulut leur donner une bonne leçon et laver dans le sang cette prétendue trahison. Ils pillèrent le village et massacrèrent ses habitants.

En étudiant la géographie de la région, Jessie avait découvert qu'à l'endroit où les cartes éditées avant guerre indiquaient un petit village, les atlas contemporains ne montraient rien du tout. Jessie avait décrypté les minuscules caractères au moyen d'une loupe de joaillier et d'une règle à dessin ; il n'y avait pas d'erreur. Cette absence en disait plus long que n'importe quelle présence.

Ils s'arrêtèrent devant une taverne, en bord de route. A l'intérieur, deux hommes accoudés à un bar en cuivre étaient absorbés dans la contemplation de leur chope de Dreher. Ils étaient vêtus comme des paysans : chemises de coton grisâtre, déchirées, bleus de travail à l'ancienne mode soviétique. Ni l'un ni l'autre ne leva le nez lorsque les Américains entrèrent. Le barman au petit tablier blanc les suivit des yeux sans mot dire, trop occupé à essuyer des verres à bière au moyen d'un torchon plutôt douteux. Ses cheveux clairsemés et les profonds cernes qui soulignaient ses yeux le faisaient paraître plus âgé qu'il n'était.

Janson sourit. « Vous parlez anglais ? » lança-t-il au cafetier.

L'autre hocha la tête.

« Voyez-vous, ma femme et moi, venons de visiter votre magnifique région. Pour nous, c'est un peu un retour aux sources. Vous me suivez ?

— Vous êtes d'origine hongroise ? » Le barman parlait bien anglais malgré son fort accent.

« Pas moi, ma femme », répondit Janson.

Jessie sourit en hochant la tête. « Tout à fait, confirma-t-elle.

— Ah bon ?

— Il semblerait que ses grands-parents soient nés dans un village appelé Molnár.

— Il n'existe plus », lâcha le cafetier. En le regardant mieux, Janson s'aperçut qu'il était encore bien plus jeune qu'il ne l'avait cru au départ. « Leur nom de famille ?

— Ils s'appelaient Kis, dit Janson.

— En Hongrie, on trouve autant de Kis que de Jones chez vous. J'ai peur que ça facilite pas vos recherches. » Il parlait d'une voix tranquille, sérieuse, réservée. Plutôt étonnant pour un simple limonadier de village, songea Janson. L'homme s'éloigna un peu du zinc. Une ligne sombre barrait son tablier à l'endroit où son gros ventre avait frotté la crasse du comptoir.

« Vous connaissez peut-être quelqu'un qui se souviendrait de cette époque, suggéra Jessie.

— Vous voyez quelqu'un ici ? » Cette question sonnait comme un défi.

« Peut-être... l'un de ces messieurs ? »

Du menton, le barman désigna l'un de ses clients. « Celui-ci n'est même pas hongrois. C'est un Palóc, dit-il. Il parle un très vieux dialecte. Je le comprends à peine. Dans ma langue, il reconnaît le mot *argent* et moi le mot *bière* dans la sienne. On s'entend très bien comme ça. Mais ça ne va pas plus loin. » Il décocha un regard à l'autre homme. « Et celui-là, il est ruthénien. » Le barman haussa les épaules. « Ça veut tout dire. Ses *forints* me conviennent parfaitement. » C'était une curieuse façon de concevoir l'amitié entre les peuples.

« Je vois », fit Janson en se demandant pourquoi le cafetier insistait tant sur les tensions entre les différentes populations composant la Hongrie. « Donc vous ne connaissez personne qui puisse nous renseigner sur le passé de ce village ? »

L'homme saisit un autre verre mouillé et glissa son torchon grisâtre à l'intérieur. Quelques peluches restèrent collées dessus. « Le passé ? C'est quoi pour vous ? Avant 1988 ? Avant 1956 ? Avant 1944 ? Avant 1920 ? C'est *ça* le passé. Ils n'arrêtent pas de se gargariser avec les temps nouveaux, mais je ne vois pas ce qu'ils ont de nouveau.

— Je vous crois, concéda Janson.

— Vous venez d'Amérique ? Il y a des tas de jolis musées à Budapest. Et plus à l'ouest, des villages aménagés pour les touristes. Très pittoresque. Faits sur mesure pour les gens comme vous. A mon avis, vous ne trouverez rien d'intéressant par ici. Je n'ai pas de cartes postales. Les Américains n'aiment pas les endroits où on ne vend pas de cartes postales.

— Pas tous les Américains, corrigea Janson.

— Tous les Américains se croient uniques en leur genre, répliqua l'homme avec aigreur. Voilà pourquoi – entre autres raisons – on a tant de mal à les distinguer les uns des autres.

— C'est une remarque typiquement hongroise », dit Janson.

L'homme fit un demi-sourire et hocha la tête. « Touché. Mais les gens du coin ont trop souffert pour être gentils. Voilà la vérité. Nous ne sommes même pas gentils avec nous-mêmes. Autrefois, on passait l'hiver à contempler le feu dans la cheminée. Aujourd'hui c'est les postes de télévision qu'on contemple.

— La petite lucarne sur le monde.

— Exactement. On reçoit même CNN et MTV. Vous les Américains, vous crachez sur les trafiquants de drogue asiatiques et pendant ce temps-là vous noyez la planète sous vos images hallucinogènes. Nos enfants connaissent par cœur les noms de vos rappeurs et de vos vedettes de cinéma et ne savent rien de nos héros nationaux. Ils lisent Stephen King, mais quand on leur demande qui était notre roi Stephen, le fondateur de la nation hongroise... » Il eut un mouvement de tête furibond : « C'est une guerre de conquête qui ne dit pas son nom, où les satellites et les antennes de télé remplacent l'artillerie. Et ensuite, vous débarquez ici – pour quoi faire ? Vous en avez marre de votre existence monotone. Vous recherchez vos racines parce que ça fait exotique. Mais partout où vous mettez les pieds, vous vous retrouvez face à vous-mêmes. La bave du serpent recouvre tout.

— Monsieur, dit Jessie. Seriez-vous ivre ?

— J'ai passé un diplôme d'anglais à l'université de Debrecen, dit-il. Ça revient au même. » Il sourit amèrement. « Ça vous étonne ? Les fils de cafetiers ont le droit de s'inscrire à l'université : grâce au régime communiste. Mais quand ils décrochent leur licence, ils se retrouvent au chômage : grâce au capitalisme. Alors les fils travaillent pour les pères : grâce à la tradition familiale hongroise. »

Jessie se tourna vers Janson et lui chuchota : « Là d'où je viens, les gens disent que si, au bout de dix minutes, vous ne repérez pas le pigeon à une table de jeu, c'est que c'est vous. »

Janson ne broncha pas. « Ce café appartenait à votre père ? demanda-t-il au barman bedonnant.

— Il lui appartient toujours, répondit l'autre, méfiant.

— Il ne se souviendrait pas de quelque chose...

— Ah, je vois ce que vous êtes en train d'imaginer ! Le vieux magyar aux joues parcheminées, s'enfilant de grandes lampées d'eau-de-vie tout en feuilletant des photos sépia comme un vieux juke-box égrène ses quarante-cinq tours ? Mon père n'est pas une attraction qu'on exhibe pour amuser les touristes.

— Vous savez quoi ? dit Jessie en interrompant sa diatribe. J'ai été barmaid autrefois. Dans mon pays, les gens considèrent que l'hospitalité est la base de ce métier. » Sa voix s'enflamma l'espace d'un instant. « Cela dit, je suis navrée que votre chouette diplôme ne vous ait pas permis d'obtenir un chouette boulot, et ça me navre encore plus que vos enfants préfèrent MTV aux concerts de musique folklorique hongroise, mais...

— Chérie, l'interrompit Janson pour éviter qu'elle ne dérape. Nous ferions mieux d'y aller maintenant. Il se fait tard. » Lui saisissant le coude, il la poussa vers la sortie. Quand ils retrouvèrent la lumière du jour, ils tombèrent sur un vieil homme assis sur une chaise pliante en toile, sous le porche. Il les considérait d'un air réjoui. Depuis quand était-il là ? Depuis le début sans doute mais semblait se fondre dans le paysage.

Les yeux brillants de malice, le vieux se tapota la tempe avec l'index. « Mon fils est un frustré, dit-il sur un ton posé. Il veut ma ruine. Vous avez vu ses clients ? Un Ruthénien. Un Palóc. Comme ils ne comprennent rien, ils se fichent de subir ses discours. Jamais un Hongrois ne mettrait les pieds dans ce café. Personne n'est assez fou pour donner de l'argent à un type qui vous flanque le moral par terre. » Il avait les yeux gris-bleu et ce visage lisse et transparent qu'on remarque parfois chez les personnes âgées. Le temps avait affiné sa peau sans la marquer, lui donnant cette étrange délicatesse. Sur son crâne large poussaient encore quelques mèches de cheveux blancs. Il se balançait tranquillement sur sa chaise, sans cesser de sourire. « Pourtant Gyorgy a raison sur un point. Les gens du coin ont trop souffert pour être gentils.

— Sauf vous, remarqua Jessie.

— J'aime les Américains, dit le vieillard.

— C'est très aimable de votre part, répliqua Jessie.

— En revanche, les Slovaques et les Roumains peuvent aller se faire pendre. Les Allemands et les Russes idem.

— Je suppose que vous avez dû en baver, dit Jessie.

— Quand c'était moi le patron, aucun Ruthénien n'aurait passé la porte de ce bar. » Il fit une petite grimace de dégoût. « Je n'aime pas ces gens-là, ajouta-t-il doucement. Ils sont paresseux, insolents, et n'arrêtent pas de se plaindre à longueur de journée.

— Vous devriez entendre ce qu'ils disent sur vous, dit-elle en se penchant vers lui.

— Eux ?

— Je parie que le bar était bondé quand c'était vous le patron. Je parie que les dames faisaient toutes un détour par chez vous.

— Qu'est-ce qui vous fait dire ça ?

— Un bel homme comme vous ? Il faut que je vous fasse un dessin ? Je parie qu'aujourd'hui encore les dames vous courent après. »

Jessie s'agenouilla près du vieillard dont le sourire s'épanouit ; il semblait ravi qu'une femme aussi charmante lui chuchote à l'oreille.

« J'aime les Américains, dit le vieil homme. De plus en plus.

— Et les Américains vous aiment », fit Jessie. Elle lui prit le bras et le lui pressa gentiment. « Enfin, une Américaine en particulier. »

Il respira profondément pour savourer son parfum. « Ma chère, vous embaumez comme le Tokaj des empereurs.

— Je suis sûre que vous dites cela à toutes les filles », répliqua-t-elle avec une petite moue.

Il prit l'air choqué. « Certainement pas ». Puis retrouva son sourire. « Seulement aux jolies filles.

— Je suis sûre que vous connaissiez pas mal de jolies filles à Molnár, autrefois », poursuivit-elle.

Il secoua la tête. « J'ai grandi en amont de la Tisza. Près de Sárospatak. Je n'habite ici que depuis les années 50. Molnár avait déjà disparu. Rien que des cailloux et des arbres. Voyez-vous, mon fils appartient à la génération sacrifiée. Un *csalodottak*. Les gens de mon âge voient les choses d'un autre œil. Nous, on a survécu à Béla Run, à Miklós Horthy, à Ferenc Szálasi et à Mátyás Rákosi, alors on relativise. On n'attend pas grand-chose. Comme ça, on ne risque pas d'être déçus. Mon fils sert de la bière aux Ruthéniens toute la sainte journée, mais est-ce que je me plains ?

— Il faut vraiment que nous partions à présent », intervint Janson.

Les yeux de Jessie restaient plantés dans ceux du vieillard. « Les choses ont bien changé, j'imagine. N'y avait-il pas un comte ici, un vieux noble hongrois ?

— Les terres du comte Ferenczi-Novak s'étendaient sur ce flanc de montagne. » Il fit un geste vague.

« Ça devait être très impressionnant. Un château et tout ?

— Autrefois oui », dit-il d'un air distrait. Il n'avait pas envie de la voir partir. « Un château et tout.

— Ça alors, je me demande bien si quelqu'un a pu le rencontrer, ce comte. Ferenczi-Novak, c'est cela ? »

Le vieil homme garda le silence un instant. Quand son visage était détendu il ressemblait presque à un Asiatique. « Eh bien, dit-il enfin. Il y a cette vieille femme, Mamie Gitta. Gitta Békesi. Elle parle anglais, elle aussi. On dit qu'elle l'a appris dans sa jeunesse, quand elle travaillait au château. Vous savez ce que c'était – les aristocrates russes mettaient un point d'honneur à s'exprimer en français, et les aristocrates hongrois en anglais. Tout le monde veut passer pour ce qu'il n'est pas...

— Békesi, vous disiez ? l'interrompit doucement Jessie.

— C'est peut-être pas une bonne idée. Il y en a beaucoup qui disent qu'elle vit dans le passé. Je ne sais pas si elle est tout à fait saine d'esprit. Mais je peux vous dire qu'elle est tout à fait hongroise. Ce qui est loin d'être le cas de tout le monde. » Il partit d'un rire poussif. « Elle vit dans une vieille ferme, la deuxième à gauche puis encore à gauche, au tournant.

— Pouvons-nous venir de votre part ?

— Vaut mieux pas, dit-il. J'ai pas envie qu'elle me tombe dessus. Elle aime pas trop les étrangers. » Il se remit à rire. « Et c'est peu dire !

— Oh, vous savez ce qu'on dit en Amérique ? demanda Jessie en lui décochant un clin d'œil charmeur. Il n'y a pas d'étrangers chez nous, juste des amis qu'on ne connaît pas encore. »

Le fils apparut soudain, l'air furibond. Son ventre rebondi tirait sur son tablier blanchâtre. « Voilà encore un de vos gros défauts, à vous autres les Américains, ricana-t-il. Vous êtes d'une indécrottable naïveté ».

En contrebas, à mi-pente d'une colline, ils aperçurent la vieille ferme en brique. Elle ressemblait aux milliers d'autres qui ponctuaient ce coin de campagne. Impossible de la dater. Elle pouvait avoir cent, comme deux ou trois cents ans. Un riche paysan avait dû y installer sa famille, jadis. En s'approchant, ils virent que le bâtiment tombait en ruine. On avait remplacé le toit par des plaques de tôle rouillée. Les arbres et les plantes grimpantes qui poussaient en toute liberté bouchaient la plupart des fenêtres. Les petites lucarnes de la mansarde étaient recouvertes d'une épaisse couche de crasse ; certaines vitres avaient été remplacées par des bouts de plastique en passe de se décomposer sous l'effet du soleil. Çà et là, des lézardes couraient du sol jusqu'au milieu de la façade. La peinture des volets s'écaillait. Il était difficile d'imaginer que cette baraque puisse être habitée. Janson se rappela le regard amusé du vieillard, ses yeux qui brillaient de malice, et se dit qu'il leur avait peut-être joué quelque farce à la hongroise.

« C'est ce qu'on appelle du rafistolage », dit Jessie.

Ils garèrent la Lancia au bord de la route – rien de plus qu'un mauvais chemin de bitume défoncé – et continuèrent à pied sur un ancien sentier de vaches aujourd'hui trop encombré de ronces pour permettre le passage d'un quelconque ruminant. La maison se trouvait sept cents mètres plus bas. On l'aurait dite abandonnée.

Pourtant, quand ils arrivèrent devant l'entrée, Janson perçut un bruit. Un grondement sourd, sinistre. Au bout d'un moment, il reconnut le grognement d'un chien. Puis l'animal se mit à aboyer.

Derrière la petite vitre encastrée dans la porte, ils virent une forme blanche bondir vers eux. C'était un kuvasz, une race typiquement hongroise qu'on élevait pour la garde depuis plus d'un millénaire. Ces chiens étaient peu connus en Occident mais Janson avait déjà eu affaire à l'un de leurs représentants. Comme tous les chiens de garde – les mastiffs, les pit-bulls, les bergers allemands et autres dobermans – ils protégeaient farouchement leurs maîtres contre les intrus. Pour la petite histoire, au XVe siècle vivait un roi magyar qui, disait-on, ne se fiait à personne sauf à ses kuvasz. C'étaient de belles bêtes au large poitrail et à la musculature puissante. On les reconnaissait à leur long museau et à leur épais pelage blanc. Un pelage que Janson avait vu taché de sang humain. Il savait ce dont un kuvasz était capable quand il se mettait en colère. Leurs crocs tranchants, leurs mâchoires solides et leur pas léger, passant instantanément de la marche au bond, faisaient de cet animal une machine à dévorer.

Le chien de Gitta Békesi n'était pas aussi impressionnant que la créature des légendes hongroises mais mesurait quand même un mètre de haut et devait peser dans les cinquante kilos, estima Janson. Une boule de muscles. Peu d'animaux étaient aussi dangereux qu'un kuvasz enragé.

« Madame Békesi ? appela Janson.

— Allez-vous-en ! répondit une voix chevrotante.

— C'est un kuvasz, n'est-ce pas ? dit Janson. Une bête *magnifique* ! Ils n'ont pas leur pareil, n'est-ce pas ?

— Cette bête magnifique, comme vous dites, n'attend qu'une chose : vous planter ses crocs dans la gorge », rétorqua la vieille femme sur un ton plus assuré. La fenêtre ouverte laissait passer sa voix mais elle restait cachée.

« Nous venons·de très loin, dit Jessie. D'Amérique. Voyez-vous, mon grand-père était originaire d'un village appelé Molnár. On nous a dit ici que vous étiez la seule personne capable de nous parler de ce village. »

Il y eut une longue pause où l'on n'entendit plus rien que le grondement guttural du molosse.

Jessie regarda Janson et murmura : « Ce chien t'a vraiment fait peur, hein ?

— Rappelle-moi un jour de te parler d'Ankara, 1978, répondit-il calmement.

— Je sais pour Ankara.

— Ne crois pas ça, rétorqua Janson. Tu ne sais rien. »

Finalement, la vieille femme reprit la parole. « Votre grand-père, dit-elle. Comment s'appelait-il ?

— C'était la famille Kis, dit-elle en répétant délibérément ce nom passe-partout. Mais ce qui m'intéresse surtout c'est de voir les lieux où il a grandi, de m'imprégner de l'atmosphère. Je voudrais juste me faire quelques souvenirs...

— Vous mentez ! s'exclama-t-elle. Vous mentez ! » Sa voix résonnait comme un gémissement. « Les étrangers qui viennent ici sont tous des menteurs. Vous devriez avoir honte. Maintenant partez ! Partez ou je vous laisserai un souvenir que vous n'êtes pas prêts d'oublier. » Ils reconnurent le bruit d'un fusil qu'on charge.

« Oh, merde, murmura Jessie. Qu'est-ce qu'on fait ? »

Janson haussa les épaules. « Quand on a tout essayé, il ne reste plus qu'une chose. La vérité.

— Hé, madame, fit Jessie. Vous avez entendu parler du comte Janos Ferenczi-Novak ? »

Un long silence s'ensuivit. D'une voix râpeuse comme du papier de verre, la vieille femme demanda : « Qui êtes-vous ? »

Les choses progressaient très vite avec Al-Mustashar, le chef des services secrets libyens. Ahmad Tabari en était impressionné. C'était leur troisième rencontre et déjà tout ce chemin parcouru !

« Nous avançons par phases successives, lui dit le Libyen, les yeux brillants. A l'heure actuelle, un convoi d'armes légères est sur le point d'arriver à Nepura. » Il s'agissait du port situé au nord-ouest de Kenna, où une partie des troupes du Calife étaient massées. « Ça n'a pas été facile à négocier. Je suppose qu'ils les intercepteront sans peine. Votre peuple a déjà eu à pâtir des canonnières anuriennes, n'est-ce pas ? »

Le guerrier kagama réfléchit avant de répondre prudemment. « Parfois, il faut reculer pour mieux avancer. Même le Prophète a connu de pénibles combats. Les combats sont pénibles par définition. Souvenez-vous de la Trêve de Hudaybiyah. » Il faisait allusion au pacte passé par Mahomet avec les habitants de Khaybar, non loin de Médine.

Ibrahim Maghur hocha la tête. « Le Prophète a attendu que ses troupes soient assez fortes pour rompre le pacte, circonvenir les dirigeants de Khaybar et expulser les infidèles d'Arabie. » Ses yeux lançaient des éclairs. « Vos troupes sont-elles assez fortes ?

— Avec votre aide, et celle d'Allah, elles le seront.

— Vous êtes vraiment un Calife, dit le colonel Maghur.

— Lors de notre première rencontre, vous m'avez dit que l'histoire était faite par les grands hommes, reprit le Kagama après une pause.

— C'est ce que je pense, en effet.

— Par conséquent, l'histoire peut aussi être *défaite* par les grands hommes. Ceux qui dissimulent leurs ambitions impérialistes sous le masque de la compassion humanitaire. Ceux qui veulent récupérer la légitime résistance des peuples en leur servant de lénifiants discours pacifistes – et qui feront l'impossible pour endiguer la violence salvatrice sans laquelle la véritable justice ne peut régner. »

Maghur hocha lentement la tête. « Grâce à votre discernement, à votre génie tactique, vous aurez non seulement votre place dans les livres d'histoire, mais votre lutte au nom de l'*ummah* finira par triompher. Je vois de qui vous voulez parler. Cet homme est un ennemi de la révolution. Hélas, jusqu'à ce jour, vous n'avez pas réussi à vous débarrasser de lui.

— Je ne peux oublier qu'il a été mon prisonnier.

— Et pourtant il vous a échappé. Il est aussi fuyant que le serpent du jardin d'Eden. »

Le visage d'Ahmad Tabari se figea à cette évocation. De cet affront découlaient tous ses échecs. Le joyau de sa couronne lui avait été dérobé par un cambrioleur qui avait forcé sa porte en pleine nuit. Jusqu'à ce jour funeste, rien n'était venu assombrir l'aura sereine et triomphale de Tabari : ses fidèles croyaient leur Calife protégé par la main d'Allah. Pourtant, la veille de l'Aïd el-Kebir, des impis avaient osé investir la forteresse qu'il venait de conquérir – et lui enlever son précieux prisonnier. Depuis, tout allait de mal en pis.

« Le serpent doit être pourchassé et détruit si l'on veut que les choses avancent de nouveau », déclara Maghur.

Tabari avait le regard vague mais son esprit fonctionnait à plein régime. Le mouvement qu'il dirigeait reposait sur la certitude de la victoire ; et ce malheureux événement avait ébranlé cette certitude. Les troupes de la République d'Anura avaient profité de ce moment de flottement pour contre-attaquer – chacune de leurs victoires sapait un peu plus la confiance de ses soldats. C'était un cercle vicieux. Pour sortir de cette spirale infernale, il fallait un acte de bravoure. Le Libyen en était parfaitement conscient. Tabari le regarda droit dans les yeux. « Et vous nous soutiendrez ?

— Ma position au sein de mon gouvernement est telle qu'il m'est impossible d'agir ouvertement. Tripoli ne doit pas être impliqué dans vos activités. En revanche, vous pouvez bénéficier de l'hospitalité d'autres nations amies.

— Vous faites allusion à la République islamique de Mansur », dit le guérillero aux yeux perçants. Mansur, mouvement sécessionniste dirigé par un mollah charismatique, se trouvait sur le territoire de la République du Yémen. Si les autorités yéménites n'avaient pas encore pris la peine de les déloger, c'est qu'ils ne les gênaient pas vraiment. Perdue au fin fond du désert de Rub al-Khali, Mansur était une région misérable survivant grâce à ses maigres exportations de khat et d'objets artisanaux. Quant au gouvernement, hormis une version chiite de la sharia, il n'avait pas grand-chose à offrir à ses citoyens : la piété en habits médiévaux. Et pourtant, malgré sa pauvreté matérielle, Mansur, depuis quelque temps, s'était fait connaître en tant qu'exportateur de l'islam radical et de son inévitable corollaire, la ferveur révolutionnaire.

Ibrahim Maghur sourit. « Les saints hommes de Mansur craignent pour leur sécurité. Ils m'en ont parlé plus d'une fois et j'ai pris la liberté de leur dire que je connaissais un expert en la matière, doublé d'un authentique croyant. Vous m'accompagnerez à Khartoum. Un avion vous y attendra. J'y ai moi-même veillé. Vous serez reçu dans leur "capitale" et je suis sûr que vous bénéficierez d'un accueil chaleureux. Ensuite, ce sera à vous de jouer.

— Et ils m'aideront à pister le serpent ? »

Maghur secoua la tête. « C'est moi qui vous y aiderai. Nous resterons en contact étroit, vous et moi. Vos hôtes vous octroieront une sorte de sauf-conduit officiel qui vous permettra de vous déplacer à votre guise, mais c'est tout. En somme, Mansur vous mettra le pied à l'étrier. »

Une bourrasque de vent s'engouffra sous sa tunique.

« On dit : si tu frappes un roi, il faut le tuer, médita le Calife.

— On dit vrai et vos ennemis l'apprendront bientôt à leurs dépens, répondit le Libyen. Par l'intermédiaire de ses laquais, Peter Novak vous a ébranlé – mais n'a pas réussi à vous abattre. A présent, c'est à vous de frapper...

— Et de l'éliminer. » Ces paroles résonnèrent comme une simple constatation.

« Parfaitement, dit Maghur. La justice d'Allah l'exige. Mais le temps passe et nos fidèles révolutionnaires ont soif de vengeance.

— Par quoi cette soif sera-t-elle étanchée ?

— Par le sang de l'infidèle, affirma Maghur. Il coulera comme le jus de la grenade et avec lui votre cause retrouvera toute sa vigueur.

— Le sang de l'infidèle, répéta le Calife.

— La dernière question est la suivante : quel homme de confiance choisirez-vous pour le... saigner.

— Homme de confiance ? » Le Calife cligna les yeux.

« Quel sera votre représentant ?

— Représentant ? » Le guerrier kagama se raidit comme si on venait de l'insulter. « Une telle tâche ne se délègue pas. Souvenez-vous, le Prophète lui-même a conduit l'assaut sur Khaybar. »

Le Libyen écarquilla les yeux. Décidément, ce chef rebelle méritait le plus grand respect.

« Le sang de l'infidèle coulera, je vous le jure, déclara le Calife en tendant les mains. Ces paumes seront bientôt rouges du sang de Peter Novak.

— Et Allah y déversera ses bienfaits. » Le Libyen s'inclina. « Suivez-moi à présent. Mansur vous attend, Calife. »

CHAPITRE 26

FINALEMENT, et non sans réticence, Gitta Békesi les laissa entrer dans la ferme délabrée où elle vivait seule avec son redoutable chien de garde. L'animal les surveillait d'un œil toujours plus méfiant. La vieille femme lui avait ordonné de se taire, mais on devinait, à la tension de ses muscles, qu'au moindre signe de sa maîtresse, il se jetterait sur les visiteurs, le poil hérissé, les crocs en avant.

La vieille bique était aussi décrépite que son logis. La peau de ses joues pendait mollement ; ses cheveux rares laissaient voir son cuir chevelu pâle ; ses yeux enfoncés luisaient derrière des paupières tombantes, écailleuses comme la peau d'un serpent. L'âge avait peut-être adouci certains de ses traits mais en avait durci d'autres, creusant ses joues, réduisant sa bouche à une cruelle balafre.

C'était le visage d'une survivante.

D'après les nombreux articles que Janson avait ingurgités, Peter Novak avait huit ans en 1945, quand les armées d'Hitler et de Staline avaient rayé Molnár de la carte. Ce village où Novak était né n'avait jamais été très peuplé – moins d'un millier d'habitants au début des années 40. Ils avaient presque tous péri. Comment un être humain pouvait-il vivre un événement aussi atroce sans en porter les séquelles pendant tout le reste de son existence ?

Dans le grand salon, un feu brûlait paisiblement dans la cheminée dont le manteau de bois supportait un cadre d'argent noirci. La photo sépia représentait une belle jeune femme. La Gitta Békesi d'autrefois, une rude paysanne, débordante de santé, à la physionomie sensuelle et quelque peu espiègle, les contemplait du haut de son perchoir, comme pour se moquer des ravages de la vieillesse.

Jessie se posta devant la photo. « Comme vous étiez belle, dit-elle simplement.

— Parfois la beauté est une malédiction, rétorqua la vieille femme. Heureusement, elle est fugace. » Sur un claquement de langue, le chien vint s'asseoir aux pieds de sa maîtresse qui se baissa pour lui caresser les flancs d'une main crochue comme des serres.

« Je sais que vous avez travaillé pour le comte, autrefois, commença Janson. Le comte Ferenczi-Novak.

— C'est un sujet que je n'aborde jamais », répliqua-t-elle sèchement. L'assise de son rocking-chair en rotin tressé était à moitié déchirée. Le vieux fusil reposait derrière elle contre le mur, comme une canne. « Je vis seule et tout ce que je demande c'est qu'on me fiche la paix. Vous perdez votre temps, je vous dis. Bon. Je vous ai laissés entrer. Maintenant vous pourrez dire que vous avez rencontré la vieille folle et que vous lui avez posé vos questions. Maintenant vous pourrez dire à tous ceux que ça intéresse que Gitta Békesi ne parle pas. Ou plutôt si, je vais vous donner un renseignement : il n'y a jamais eu de famille Kis à Molnár.

— Attendez un peu – "tous ceux que ça intéresse" ? Qui est-ce que ça *intéresse* ?

— Pas moi en tout cas, dit-elle et, regardant droit devant elle, elle s'enferma dans le silence.

— Ce sont des châtaignes ? » demanda Jessie en louchant sur un saladier posé sur la table basse, près du rocking-chair.

Békesi hocha la tête.

« Je pourrais en avoir une ? Pardonnez-moi mais toute la maison embaume. Ça veut dire que vous venez de les faire griller. J'en ai l'eau à la bouche. »

Békesi jeta un œil sur le bol et approuva d'un mouvement de tête. « Elles sont encore chaudes, dit-elle.

— Ça me rappelle ma grand-mère – quand on allait la voir, elle nous faisait rôtir des châtaignes... » Son visage s'éclaira. « Et comme ça, c'était tous les jours Noël. » Jessie décortiqua un fruit et le dévora. « Elle est parfaite. Une châtaigne absolument parfaite. On n'aura pas fait quatre heures de route pour rien. »

La vieille femme opina du bonnet ; on la sentait déjà moins hostile. « Elles se dessèchent quand on les fait trop cuire.

— Et quand on ne les cuit pas assez, elles sont trop dures, fit remarquer Jessie. Mais vous, on dirait que vous avez la main. »

Un petit sourire satisfait détendit les traits de la vieille femme.

« Est-ce que tous vos visiteurs vous en demandent ? s'enquit Jessie.

— Je n'ai pas de visiteurs.

— Pas du tout ? J'ai du mal à le croire.

— Très peu. Très très peu. »

Jessie hocha la tête. « Et comment faites-vous avec les petits curieux ?

— Voilà quelques années, un jeune journaliste anglais est venu ici, expliqua la vieille femme en détournant le regard. Il posait des tas de questions. Il écrivait quelque chose sur la Hongrie pendant la guerre et après.

— Vraiment ? s'exclama Janson d'un air passionné. J'aimerais beaucoup lire cet ouvrage. »

La vieille bique renifla. « Il n'a rien publié. Deux jours après sa visite, il est mort dans un accident, à Budapest. Il paraît qu'il y a énormément d'accidents là-bas. »

La température de la pièce baissa de plusieurs degrés.

« Mais je n'ai jamais très bien compris ce qui a pu se passer, ajouta-t-elle.

— Il vous a interrogée sur le comte lui aussi ? insista Jessie.

— Encore une châtaigne ? demanda la vieille femme.

— Vraiment, je peux ? Ça ne vous ennuie pas ? »

La vieille femme hocha la tête, ravie. Au bout d'un instant, elle reprit : « C'était notre comte. Tous les gens de Molnár le connaissaient. On ne pouvait pas faire autrement. La terre qu'on cultivait lui appartenait ou lui avait appartenu autrefois. Une famille très ancienne – ses ancêtres faisaient partie de l'un des sept clans qui ont créé la nation hongroise en l'an 1000. Et le domaine familial se trouvait ici, mais le comte passait le plus clair de son temps dans la capitale. » Elle leva ses petits yeux noirs vers le plafond. « Ils disent que je suis une vieille femme qui vit dans le passé et ils ont peut-être raison. C'était une époque terriblement agitée. Ferenczi-Novak le comprenait mieux que quiconque.

— Vraiment ? » dit Jessie.

Elle la regarda gentiment. « Vous prendrez bien un petit verre de *pálinka* avec moi ?

— Non merci, madame. »

Visiblement offensée, Gitta Békesi se mit à fixer le mur d'en face sans rien dire.

Jessie jeta un coup d'œil à Janson et se reprit. « Eh bien, pour vous accompagner... »

La vieille femme se leva, boitilla jusqu'au buffet vitré, souleva une énorme carafe remplie d'un liquide incolore et en versa un doigt dans deux verres à liqueur.

Jessie prit le sien. La vieille se rassit dans son fauteuil pour observer Jessie.

Celle-ci s'étouffa et recracha. Un réflexe aussi involontaire qu'un éternuement. « Oh zut, je suis désolée ! » fit-elle d'une voix étranglée.

La femme eut un sourire malicieux.

Encore essoufflée, Jessie essaya de demander : « Qu'est-ce que... » Elle hoquetait, les yeux pleins de larmes.

« C'est un alcool qui se fabrique par ici, expliqua la femme. Soixante-dix degrés. Un peu trop fort pour vous ?

— Un peu, oui », avoua Jessie d'une voix rauque.

La vieille femme avala le reste de son eau-de-vie et se détendit encore un peu plus. « Toute cette histoire remonte au traité de Trianon, en 1920, et à la perte de nos territoires. On a dû abandonner presque les trois quarts du pays aux Roumains et aux Yougoslaves. Vous imaginez ce que ça représente ?

— Comme une amputation, proposa Janson.

— C'est tout à fait cela – on nous avait coupé un membre qui nous chatouillait encore. *Nem, nem soha!* Le leitmotiv national. Ça veut dire "pas question", en réponse à : "Peut-on renoncer ?" Dans leur jardin, tous les chefs de gare composaient des plates-bandes avec ce slogan. Justice pour la Hongrie ! Mais le reste du monde ne nous prenait pas au sérieux. Ils se fichaient de nos revendications. Tous sauf Hitler. Une vraie folie – comme monter à cheval sur un tigre. Le gouvernement de Budapest a fait ami-ami avec cet individu et il s'est vite retrouvé dans le ventre de la bête. Une erreur dont les Hongrois allaient se mordre les doigts. Mais aucun Hongrois n'a souffert autant que nous.

— Et vous étiez là quand...

— Toutes les maisons ont été incendiées. Ils sont allés chercher les habitants – des gens qui vivaient et travaillaient ici depuis des générations – dans leur lit, dans les champs, chez eux pendant qu'ils mangeaient. Ils les ont rassemblés et, sous la menace des fusils, les ont fait marcher sur la glace de la Tisza jusqu'à ce qu'elle cède. Toutes ces familles, cheminant main dans la main – qui se sont enfoncées dans l'eau glaciale. Il paraît qu'on a entendu la glace craquer jusqu'aux vignobles là-haut. J'étais dans le château à ce moment-là. On se faisait bombarder. J'avais l'impression que les murailles allaient s'écrouler sur nous. Il a été presque entièrement rasé. Nous nous étions réfugiés dans les caves. Le lendemain, une fois l'armée partie, j'ai repris le chemin du village où j'ai grandi, mon seul et unique foyer. Et... il n'y avait plus rien. »

Sa voix n'était plus qu'un murmure implacable. « Partout le pillage, la destruction. Des ruines calcinées, des braises noircies. Allez savoir pourquoi, cette ferme était intacte. Mais le village de Molnár, qui avait pourtant connu les invasions des Roumains, des Tartares et des Turcs, n'existait plus. Plus du tout. Et dans la rivière, des centaines de corps flottaient, comme des blocs de glace. Et parmi eux, nus, gonflés d'eau, bleus de froid, j'ai vu le cadavre de mes parents. » Elle leva une main vers son front. « Quand on voit ce que des êtres humains sont capables de faire subir à d'autres êtres humains, ça vous donne... honte d'être encore en vie. »

Les deux Américains laissèrent passer quelques secondes avant de rompre le silence.

« Comment se fait-il que vous étiez dans le château ? » demanda Janson.

La vieille femme sourit à cette évocation. « Janós Ferenczi-Novak – un homme merveilleux, tout comme sa femme Ïllana. Les servir était un privilège, je ne l'ai jamais oublié. Voyez-vous, mes parents et mes grands-parents travaillaient la terre. C'étaient de simples paysans, mais un jour, le comte leur a attribué quelques petites parcelles où ils se sont mis à cultiver des pommes de terre, de la vigne et toutes sortes de fruits. Ils avaient de grands espoirs pour moi. J'étais une jolie petite fille. C'est vrai. Ils se sont dit que si j'entrais au château comme domestique, j'apprendrais des choses utiles. Le comte m'emmènerait peut-être avec lui à Budapest, je pourrais trouver un bon parti. C'était ma mère qui caressait ce genre de rêves. Elle avait fait la connaissance d'une des gouvernantes du château et lui avait présenté sa petite fille. De fil en aiguille, j'ai fini par rencontrer le maître en personne, le comte Ferenczi-Novak, et sa belle épouse aux yeux bleus, Illana. Le comte passait toujours plus de temps à Budapest, dans l'entourage du régent Horthy. C'était un proche de Miklós Kállay, qui allait devenir Premier ministre. Je crois que le comte a occupé un poste très important dans le gouvernement de Kállay. C'était un homme instruit et la Hongrie avait besoin de gens comme lui. En plus, il adorait servir son pays. Malgré toutes ses occupations, il faisait de longs séjours dans son domaine de Molnár. Un minuscule village. Une taverne. Une épicerie tenue par un juif de Hódmezővásárhely. Le reste de la population était composé de fermiers et de bûcherons. Des petites gens qui vivotaient sur les rives de la Tisza. Puis vint le jour où ma mère me conduisit au château sur la colline – ce château qu'enfants nous imaginions surgi de la montagne elle-même.

— C'est très vieux tout cela. Vous devez avoir du mal à vous en souvenir », hasarda Jessie.

La vieille femme secoua la tête. « La journée d'hier est noyée dans les brumes du passé. Mais ce qui s'est déroulé voilà soixante ans, je le vois comme si je l'avais sous les yeux. Le sentier interminable qui longeait les étables. Les encadrements de portes en pierre sculptée, rongés par le temps. Et puis, à l'intérieur – le grand escalier arrondi, les marches usées. J'en ai eu le souffle coupé. On disait chez nous que les invités qui avaient bu un coup de trop devaient glisser sur ces marches. Plus tard, quand je suis entré au service du comte, j'ai entendu la comtesse Illana parler de ces réceptions – elle était si drôle et si simple. Elle détestait les têtes de cerfs accrochées aux murs – tellement banal dans un château ! s'indignait-elle. Quant aux peintures, c'étaient des Teniers le Jeune. "Citez-moi un seul château d'Europe centrale qui n'ait pas son Teniers", l'ai-je entendu dire, un jour. Elle se moquait des meubles : du "François-Joseph très tardif". Et la grande salle était trop sombre à son goût. Voyez-vous, pour installer l'éclairage électrique, il aurait fallu percer des trous dans les fresques. Donc on s'éclairait à la bougie. Dans cette salle, je revois un grand piano en bois de rose. Avec un napperon de dentelle très fine posé dessus, et un chandelier en argent qu'on devait astiquer avec le plus grand soin tous les samedis. Et dehors, c'était magnifique. La première fois que j'ai traversé le jardin à l'anglaise qui se trouvait à l'arrière, je n'en croyais pas mes yeux. Il y avait d'immenses catalpas, avec de grosses branches tordues, des mangeoires pour les oiseaux partout, des acacias écimés et des noyers. La comtesse était très fière de son *jardin anglais**. Elle nous apprenait les noms de chaque plante. En anglais, oui, en anglais. C'est une de mes collègues domestiques qui me l'a enseigné. Illana adorait s'exprimer dans cette langue, comme si elle habitait une maison de campagne en Grande-Bretagne. Si bien qu'on s'y est tous mis. » Elle semblait étrangement sereine. « Ce jardin à l'anglaise. L'odeur de l'herbe fraîchement coupée, le parfum des roses et du foin – c'était le paradis pour moi. Je sais que les gens disent que je vis dans le passé, mais un tel passé mérite qu'on y vive. »

Janson se souvint des ruines accrochées à flanc de colline : il ne restait de ce vaste domaine que des pans de murs écroulés, noyés sous les mauvaises herbes. D'anciennes cheminées en brique surgissaient des buissons, comme des souches d'arbres. Le château plusieurs fois centenaire qui autrefois contemplait fièrement la plaine n'était plus qu'un amas de gravats – un jardin de pierre. Un monde perdu. La petite fille du jardin enchanté était devenue une vieille femme vivant à l'ombre de ses décombres.

Ils restèrent à écouter les craquements paisibles du feu dans la cheminée.

« Ils avaient des enfants ? reprit Jessie.

— Un seul. Peter. Encore une petite goutte de *pálinka* ?

— C'est très aimable à vous, madame, répondit Jessie. Mais je préfère pas.

— Peter, vous disiez, l'encouragea Janson sur un ton détaché. Quand est-il né ?

— Le premier samedi du mois d'octobre 1937. Un enfant magnifique. Beau, intelligent. Rien qu'à le regarder, on devinait qu'il aurait un destin remarquable.

— Vraiment ?

— Je le revois encore, arpentant le long couloir couvert de miroirs avec son col à la Peter Pan, ses petites culottes de golf et sa casquette de marin. Il adorait regarder son reflet démultiplié, de plus en plus petit. » Son sourire fit naître tout un réseau de rides. « Et ses parents étaient aux petits soins pour lui. Ça se comprend. Il était leur fils unique. L'accouchement s'était mal passé et la comtesse ne pouvait plus avoir d'enfant. » La vieille femme était dans un autre lieu, dans un autre monde : un monde oublié de tous sauf d'elle. « Un jour, juste après le déjeuner, il a mangé les gâteaux prévus pour le thé, comme un vilain petit garçon, et la cuisinière l'a réprimandé. Eh bien, quand la comtesse Illana l'a appris, elle a sermonné la domestique. *Ne parlez plus jamais comme ça à notre enfant.* Avec une voix terrible. On aurait dit que ses mots étaient pris dans la glace. Bettina, c'était la cuisinière, est devenue rouge comme une tomate mais n'a rien répondu. Elle comprenait. Radieux comme le premier jour de juillet, comme on dit en Hongrie. Quand quelque chose l'amusait, il souriait si fort qu'on avait l'impression que son visage allait se couper en deux. C'était un enfant béni des dieux. Un petit magicien. Il avait tout pour devenir quelqu'un. Quelqu'un de vraiment bien.

— Peter devait tout représenter pour eux », dit Jessie.

La vieille femme caressa de nouveau les flancs de son chien, d'un geste mécanique. « Un petit garçon si parfait. » Ses yeux s'éclairèrent comme s'il évoluait devant elle, avec ses knickerbockers et sa casquette de marin, entre les miroirs qui tapissaient le couloir, projetant son reflet dans l'infini.

Les paupières de la vieille clignèrent. Elle ferma les yeux pour tenter de retenir les images. « Peter était brûlant de fièvre, il gigotait dans son lit, il avait envie de vomir. C'était une épidémie de choléra, vous savez. Il passait constamment du chaud au froid. Nous nous sommes relayés à son chevet. » Elle posa ses deux mains sur le museau du chien dont la puissance sembla la réconforter quelque peu. « Je n'oublierai jamais ce matin – son corps était glacé, ses lèvres pâles, ses joues blanches comme de la cire. C'était atroce. Il n'avait que cinq ans. Il n'y a rien de plus triste qu'un enfant qui meurt sans avoir rien connu de la vie. »

Janson resta sidéré, en proie à un désagréable sentiment de vertige. *Peter Novak était mort dans son enfance ?* C'était impossible ! Il devait y avoir une erreur – la vieille femme se trompait sans doute de famille. Il s'agissait d'un autre Peter !

Et pourtant, toutes les biographies du philanthrope disaient la même chose : Peter Novak, le fils bien-aimé de János Ferenczi-Novak, né en octobre 1937, avait grandi dans le village de Molnár déchiré par la guerre. Les rapports officiels le confirmaient.

La vieille femme venait de leur raconter l'histoire telle qu'elle s'était réellement déroulée. C'était évident. Mais alors, que fallait-il en penser ?

Peter Novak : l'homme qui n'a jamais existé.

Janson se sentait de plus en plus mal. Les hypothèses défilaient dans son esprit comme des fiches cartonnées sous un pouce impatient.

Jessie défit la fermeture Eclair de son sac à dos, sortit le livre de photos consacré à Peter Novak et l'ouvrit à une certaine page. Sur le cliché, on voyait Novak en gros plan. Elle montra l'album à Gitta Békesi.

« Vous voyez ce type ? Il s'appelle Peter Novak. »

La vieille femme jeta un coup d'œil sur la photo et regarda Jessie en haussant les épaules. « Je ne suis pas au courant de l'actualité. Je n'ai pas la télévision, je ne lis pas les journaux. Pardonnez-moi. Mais, oui, je crois bien que j'ai entendu parler de ce monsieur.

— Il a le même nom que le fils du comte. Vous êtes sûre qu'il ne pourrait pas s'agir de la même personne ?

— Peter, Novak – des noms très courants dans ce pays, dit-elle en haussant les épaules. En tout cas, ce n'est pas le fils des Ferenczi-Novak. Il est mort en 1942. Je vous l'ai dit. » De nouveau, elle posa son regard sur la photo. « En plus, cet homme-là a les yeux marron. » Pour elle, c'était tout vu, mais elle ajouta quand même : « Ceux du petit Peter étaient bleus, comme les eaux du lac Balaton. Bleus comme ceux de sa mère. »

Abasourdis, Janson et Jessie se décidèrent à rejoindre la Lancia garée en haut de la colline, quinze cents mètres plus loin. Tout en s'éloignant de la maison entourée d'herbes folles, ils se mirent à parler. Par bribes, sans trop savoir que dire, comme s'ils ne voyaient pas par quel bout aborder ce mystère de plus en plus opaque.

« Il y avait peut-être un deuxième enfant, hasarda Jessie. Un gamin dont personne n'aurait jamais entendu parler. Qui aurait ensuite pris le nom de son frère. Un jumeau caché, qui sait ?

— La vieille femme a dit qu'il était leur fils unique et elle semblait sûre d'elle. Rien n'est plus difficile que de cacher l'existence d'un enfant à des domestiques. Bien entendu, si le comte Ferenczi-Novak était aussi paranoïaque qu'on le prétend, on peut tout imaginer.

— Mais pourquoi ? Il n'était pas fou.

— Pas fou, mais il avait très peur pour son fils, corrigea Janson. La Hongrie connaissait une situation politique incroyablement explosive. Souviens-toi de ce que tu as lu. Béla Kun a pris le pouvoir en mars 1919 et il l'a gardé cent trente-trois jours. Un règne de terreur. Dès qu'il a été renversé, les gens qui l'avaient aidé ont été massacrés. Des familles entières décimées – la fameuse Terreur Blanche de l'amiral Horthy. A l'époque, ça fonctionnait comme ça. Aux représailles succédaient les contre-représailles, et ainsi de suite. Le comte savait qu'il était assis sur une poudrière. Sa participation au gouvernement Kállay risquait de lui être fatale. Il redoutait le pire, pour lui mais surtout pour sa famille.

— Il avait peur des communistes ?

— Et des fascistes aussi. Fin 44 et début 45, après l'avènement de la Croix fléchée, des centaines de milliers de personnes ont été tuées. Souviens-toi, ces gens-là trouvaient Horthy trop laxiste ! De vrais nazis à la hongroise. Quand l'Armée Rouge a pris le contrôle du pays, il y a encore eu des purges. De nouveau, des centaines de milliers de personnes ont disparu. De dangereux contre-révolutionnaires, bien sûr ! Les gens comme Ferenczi-Novak ont été pris en tenaille. Ce genre de virage idéologique à cent quatre-vingts degrés, l'histoire en a connu d'innombrables exemples – des pays qui passent de l'extrême gauche à l'extrême droite avant de revenir à l'extrême gauche, sans rien entre les deux.

— L'éternelle question se repose donc : comment élever un enfant dans un monde pareil ? Ces gens se sont peut-être dit que c'était impossible. Qu'ils devaient protéger leur descendance, en la tenant cachée.

— L'histoire de Moïse dans son berceau flottant, songea Janson. Mais ça ne résout pas tout. Novak se prétend le fils du comte Ferenczi-Novak. Pourquoi ?

— Parce que c'est la vérité.

— Ça ne me suffit pas. S'il avait vécu caché, il aurait été élevé dans la crainte. On lui aurait appris à considérer la vérité comme une chose très dangereuse – à l'ignorer purement et simplement. C'est comme ça avec les gosses : il vaut mieux leur cacher certaines réalités, tant qu'ils ne peuvent en mesurer les conséquences. Dans l'Allemagne nazie, quand une famille chrétienne recueillait un enfant juif, on ne lui disait rien de ses origines. Le risque aurait été trop grand qu'il en parle à ses camarades, à un professeur. Le seul moyen de le protéger consistait à le maintenir dans l'ignorance. On attendait qu'il grandisse pour tout lui apprendre. En outre si, comme Novak le prétend, ses parents étaient bien le comte et la comtesse Ferenczi-Novak, Gitta Békesi l'aurait su. Je la crois sincère : Peter Novak est mort à l'âge de cinq ans et c'était leur fils unique. »

Le soleil glissait peu à peu derrière l'horizon montagneux, les ombres s'étiraient en longues bandes étroites. Les clairières passèrent d'un coup du doré au gris. En montagne, le soir tombe très vite, sans qu'on s'y attende.

« Un foutu jeu de miroirs, comme dans le couloir du château. Hier, on se disait qu'un imposteur avait pu usurper l'identité de Novak. Aujourd'hui, il semble que ce soit Peter Novak l'usurpateur. Un enfant mort, un village décimé – une sacrée opportunité.

— Une usurpation d'identité, dit Janson. Exécutée de main de maître.

— C'est un coup de génie, quand on y pense. On choisit un village rasé de la carte pendant la guerre – presque plus de témoins, personne pour vous contredire. Tous les registres, les certificats de naissance et de décès ont brûlé dans l'incendie.

— Se faire passer pour le fils d'un aristocrate est un excellent choix, ajouta Janson. Ça permet d'éluder tout un tas de questions sur vos origines. Vous n'avez fréquenté aucune grande université, mais vous vous comportez comme un homme du monde, vous avez une réelle instruction. Et ça n'a rien d'étonnant.

— Absolument. Quelle école a-t-il fréquentée ? Aucune, il avait un précepteur – classique pour un gosse de la haute. Personne n'a jamais entendu parler de lui ? Evidemment, puisque le comte Janós Ferenczi-

Novak avait des tas d'ennemis et qu'il était devenu paranoïaque. Avec raison, d'ailleurs. Tout s'emboîte parfaitement.

— Comme des queues d'aronde. Trop parfaitement. On fait un bond dans le temps et on se retrouve devant un homme d'affaires à qui tout réussit.

— Un homme sans passé.

— Oh, mais si, il a un passé. Seulement personne ne le connaît. »

Tout à coup il se souvint de l'avion de Novak, le Gulfstream V sur lequel figurait cette devise en lettres cursives blanches sur fond indigo : *Sok kicsi sokra megy.* Le proverbe hongrois que Janson avait retrouvé en lisant l'article, l'autre jour, cité par le même Peter Novak. *Parfois, les petites choses s'additionnent pour en former une grande.* Dans cette phrase, ce qui passait pour de la sagesse pouvait très bien relever de la supercherie. Les paroles de Marta Lang, à bord de l'avion, lui revinrent à l'esprit. Mais cette fois, elles lui donnèrent le frisson. *Novak a prouvé ce qu'il était. L'homme de toutes les causes justes, l'homme de tous les peuples.*

Mais cet homme qui était-il vraiment ?

Jessie franchit d'un bond une grosse branche couchée en travers du chemin. « Je n'arrive décidément pas à comprendre pourquoi. Pourquoi ce mensonge ? Tout le monde l'aime. C'est un foutu héros des temps modernes.

— Même les saints ont leurs secrets, lança Janson en choisissant un chemin moins acrobatique. Imaginons que ses vrais parents aient été impliqués dans les atrocités commises par la Croix fléchée. Il faut se replacer dans le contexte. En Hongrie, les gens ont de la mémoire. N'oublie pas que des familles entières, enfants et petits-enfants compris, ont été tuées ou déportées pour la seule raison qu'elles étaient du mauvais bord. La vengeance fait partie intégrante de l'histoire de la Hongrie au XXe siècle. Si tu avais un tel fardeau à porter, ne serais-tu pas tentée de t'en défaire par tous les moyens à ta disposition. Mamie Gitta n'est pas la seule personne à vivre dans le passé, par ici. Réfléchis à cela. Admettons que la famille de notre homme ait fricoté avec la Croix fléchée. Même si lui n'a rien fait, son passé le poursuivra jusqu'à son dernier souffle – il ressurgira dans chaque interview, chaque conversation. »

Jessie hocha la tête. « "Les pères ont mangé les raisins verts et les enfants ont les dents gâtées", récita-t-elle. C'est ce qui est dit dans le livre de Jérémie.

— Il ne faut peut-être pas aller chercher plus loin », ajouta Janson. Mais tout en prononçant ces paroles, il se reprocha de trop simplifier les choses. Une très vague idée faisait son chemin dans son esprit. Il ne parvenait pas à la saisir mais elle était bien là, insistante, comme un insecte minuscule. Indistincte, presque imperceptible, et pourtant là.

Si seulement il arrivait à se concentrer, à effacer tout le reste et à se
concentrer.

Il lui fallut quelques instants pour identifier le bruit qui venait du
bas de la colline. Un bruit indistinct et presque imperceptible, lui
aussi. Il tendit l'oreille et comprit d'où il provenait. Son cœur se mit à
cogner dans sa poitrine.

C'était un cri de femme.

CHAPITRE 27

MON Dieu, *non* !

Janson dévala les boucles du sentier sans se préoccuper des épines de troène et des plantes grimpantes qui lui cinglaient les jambes. Il n'entendait qu'une seule chose : le bruit de ses pas résonnant sur les rochers et les brindilles ; sur un terrain aussi accidenté, le moindre faux pas lui vaudrait une entorse, ou pire. Il avait ordonné à Jessie de filer vers la Lancia : si leurs ennemis la devançaient, ce serait un vrai désastre. La pente était raide mais la jeune femme courait comme une gazelle.

Quelques minutes plus tard, à peine essoufflé, il parvint en vue de la vieille ferme délabrée. Aux cris avait succédé quelque chose d'encore plus inquiétant : le silence absolu.

Par la porte entrebâillée, Janson découvrit un spectacle qu'il ne serait pas près d'oublier. Le noble kuvasz était couché sur le flanc, éventré ; ses viscères s'étalaient sur le tapis, formant un petit amas rouge et luisant d'où s'échappait une légère vapeur dans l'air glacé. Non loin de là, affalée dans le rocking-chair, gisait Gitta Békesi, la femme qui avait survécu aux Terreurs rouge et blanche, aux massacres de deux guerres mondiales, aux tanks de 1956, aux cataclysmes et aux fléaux dus à l'homme et à la nature. On lui avait arraché sa méchante robe de mousseline pour lui en recouvrir la tête. Son torse nu, déformé, portait les stigmates des horreurs indescriptibles qu'on venait de lui faire subir. De petites coupures bordées de rouge – Janson identifia des coups de baïonnette – zébraient sa chair pâle selon un tracé grotesque. Ses agresseurs s'étaient acharnés sur elle. Ses bras et ses jambes portaient les marques violacées des doigts qui les avaient comprimés. On l'avait plaquée au sol avant de la torturer. Avait-on voulu lui soutirer des informations ? Ou simplement la punir, de manière sadique, pour les renseignements qu'elle venait de divulguer ?

Il fallait être un monstre pour commettre de semblables atrocités !

Le visage fixe, Janson regarda autour de lui et nota les éclaboussures de sang maculant le sol et les murs. Le meurtre venait juste d'avoir lieu. Ils avaient agi avec rapidité et sauvagerie.

Où étaient-ils à présent ? Pas très loin, forcément. Serait-il leur prochaine victime ?

Le cœur de Janson battait à grands coups mais il n'avait pas peur.
La perspective de se retrouver face à ces ordures l'emplissait d'une
curieuse excitation. La vieille femme était une proie facile ; avec lui,
ils allaient comprendre leur malheur. Une rage terrible montait en lui,
un sentiment étrangement familier, réconfortant presque. Il fallait
qu'il lui trouve un exutoire.

Les paroles un peu narquoises de Derek Collins lui revinrent en
mémoire : *Vous prétendez en avoir plus qu'assez de tuer. Mais moi, je
vais vous dire ce que vous découvrirez un jour par vous-même : tuer
est votre seule façon de vous sentir exister.*

Collins avait raison. Pendant des années, Janson avait combattu sa
nature profonde. Aujourd'hui, il la laisserait s'exprimer. Tandis qu'il
contemplait les traces du carnage, une pensée lui traversa l'esprit
comme la lame d'un sabre. Les bourreaux allaient éprouver dans leur
chair la souffrance qu'ils venaient d'infliger.

Où se cachaient-ils ?

Près, tout près. Ils étaient en train de le chercher. Au sommet de la
colline peut-être. Pourvu que Jessie ait eu le temps d'arriver.

Pour se faire une idée précise de la topographie, Janson avait besoin d'une élévation. La ferme bâtie autour d'une cour suivait le plan
en L traditionnel, avec les pièces de vie et de travail sous le même
toit. Perpendiculaire à la maison, on trouvait un grand portique
abritant un fenil, et juste à côté, des écuries. Il se précipita dans la
cour et escalada l'échelle du fenil. La porte qui ouvrait sur le toit de
planches grossières lui permit de grimper tout en haut de l'édifice.

Une petite escouade d'hommes en armes se dirigeait vers Jessie
Kincaid. Il faisait trop sombre pour qu'on voie nettement leurs silhouettes, mais les branches d'arbres brisées et l'herbe foulée en
disaient suffisamment. Soudain, Janson aperçut un vol de merles. A
grand renfort de battements d'ailes et de cris stridents, les oiseaux
surgirent du sous-bois pour se réfugier dans le ciel ; quelque chose les
avait dérangés. Un instant plus tard, les buissons entourant la vieille
ferme frémirent. Janson comprit ce que cela signifiait.

Il était tombé dans un piège !

Les autres savaient qu'il entendrait les hurlements de la vieille
femme et rebrousserait chemin. Ils avaient voulu l'attirer.

Leur plan s'était réalisé en tous points – il venait de leur faire un
sacré cadeau ! Janson sentit une décharge d'adrénaline, tous ses sens
se figèrent dans une terrible concentration.

Ils étaient en train d'encercler les lieux. A présent, on les voyait
surgir des sous-bois et se poster tout autour des bâtiments. L'ayant
probablement vu entrer dans la ferme, ils attendaient qu'il en ressorte.
Pas moyen de fuir. Kincaid serait interceptée avant d'atteindre la

Lancia ; quant à lui, il se retrouvait piégé dans un enclos qui risquait bien de devenir sa dernière prison.

Les rayons de leurs torches léchaient les quatre murs de la vieille ferme ; ils éclairaient aussi leurs carabines. Ils feraient feu à la première occasion. Janson était à leur merci – bientôt, ils braqueraient leurs faisceaux sur le toit du fenil et son corps se découperait contre le ciel nocturne comme une cible en carton sur un terrain de tir.

Janson s'aplatit contre le toit puis se laissa glisser du grenier sur le sol poussiéreux. Si les autres n'avaient pas encore investi les lieux c'est qu'ils ignoraient s'il était armé ou pas. Ils prendraient tout leur temps pour le descendre, sans risquer aucune perte de leur côté.

Il traversa prestement la cour et rentra dans le salon. La lueur vacillante des braises projetait un éclairage fantomatique sur la scène du carnage. Pourtant il n'avait pas le choix. C'était le seul refuge envisageable pour lui. La vieille dame possédait bien un fusil, n'est-ce pas ?

Le fusil avait disparu. Cela n'avait rien d'étonnant. Des types comme eux ne négligeaient pas ce genre de détail. En plus, désarmer une octogénaire n'avait rien de bien compliqué. Pourtant, si la femme possédait un fusil, elle devait aussi avoir un stock de cartouches rangé quelque part.

Un rai de lumière jaune balaya le salon. Ils étaient en train d'observer de loin ce qui se passait derrière les vitres, pour voir si Janson s'était retranché dans la maison. Il se jeta à terre. Une fois qu'ils l'auraient repéré, ils refermeraient le cercle. Dès qu'ils sauraient avec certitude dans quel bâtiment il se cachait, ils franchiraient la barrière de la cour et le coinceraient. Leur incertitude était son seul atout.

Janson rampa jusqu'à la cuisine. Les cartouches – où diable les avait-elle mises ? Sans fusil, elles ne seraient pas d'une grande utilité mais on pouvait les employer autrement. Jusqu'à présent, ils ignoraient où il se terrait, mais ce n'était pas suffisant. Il fallait transformer leur ignorance en erreur.

Dans les placards de la cuisine, il trouva des couverts, des bocaux de condiments et d'épices. Et enfin, dans un petit garde-manger, il tomba sur ce qu'il cherchait. Il y en avait plus qu'il ne l'avait espéré. Dix boîtes de vingt cartouches Biro Super de calibre 10. Il en prit deux et regagna le salon toujours en rampant.

A l'extérieur, des cris fusaient dans une langue inconnue. Mais Janson savait ce qu'ils signifiaient. Les renforts arrivaient. Bientôt tout le périmètre serait investi par des hommes en armes.

Dans la poêle en fer posée sur le foyer, qui avait servi à faire rôtir les châtaignes, Janson déposa quelques cartouches. Entre les deux extrémités de cuivre, un tube de plastique marron strié, le tout contenant le plomb et la poudre. Les cartouches étaient conçues pour être mises à feu par le percuteur d'un fusil, mais une forte chaleur produirait le même effet.

Soixante centimètres au-dessous de la poêle, le feu commençait à s'éteindre. Serait-il assez vif ?

Janson ajouta une bûche, retourna dans la cuisine et posa un poêlon en fonte sur l'antique fourneau électrique dans lequel il jeta encore une poignée de cartouches. En réglant la chaleur sur « moyen », il faudrait une bonne minute rien que pour chauffer le cul du récipient.

Puis il alluma le four, disposa les cinquante cartouches restantes sur la plaque, à trente centimètres de l'élément de chauffe, et régla la température au maximum. Le four serait certainement le plus long à chauffer. Ses calculs étaient approximatifs, pour ne pas dire pire. Il le savait. Il savait aussi qu'il n'avait pas d'autre possibilité.

Toujours rampant, il sortit dans la cour, passa devant l'écurie, puis escalada de nouveau l'échelle du fenil.

Et il attendit. Pendant un moment, il ne perçut que des voix d'hommes qui se rapprochaient. Ils prenaient position loin des fenêtres, par mesure de précaution, tout en communiquant entre eux par monosyllabes et appels de torche. Soudain, dans l'air immobile, retentit une forte explosion, suivie de quatre autres. Il y eut ensuite le crépitement d'un fusil mitrailleur et un fracas de verre brisé. Le chambranle vermoulu de la fenêtre donnant sur le devant avait dû partir en poussière sous l'impact des balles.

Pour Janson, tout ce vacarme avait une signification bien précise. Les cartouches dans la cheminée avaient explosé les premières, comme il l'avait espéré. Bien évidemment, ses ennemis avaient pris cela pour une fusillade. Enfin, ils avaient repéré leur proie.

Il les entendit appeler du renfort. Tous se rassemblèrent devant la ferme pour répliquer aux soi-disant coups de feu.

La série de détonations assourdies qui se déclencha tout de suite après le rassura sur le sort des cartouches mises à chauffer sur la cuisinière. Ses assaillants allaient croire qu'il s'était réfugié dans la cuisine. Entre les planches de la grange, il aperçut l'un des tueurs. L'homme costaud, cramponné à sa mitraillette, était resté en retrait pendant que ses collègues se lançaient à l'assaut de la ferme.

Janson sortit son petit Beretta, le glissa entre deux lattes et visa le malabar en treillis. Il attendrait un peu avant de tirer – si les autres entendaient la détonation, sa ruse serait éventée. Il y eut des bruits de bottes du côté du bâtiment principal : les autres étaient en train de vider leurs chargeurs sur la malheureuse ferme, dans l'intention de le débusquer. Janson patienta encore, jusqu'à ce que les cinquante cartouches placées dans le four explosent avec un grondement de tonnerre. La détonation du Beretta serait noyée dans le vacarme.

Il fit feu à ce moment précis.

L'homme tomba lentement et se retrouva à plat ventre. Quand son corps toucha le matelas de feuilles, on l'entendit à peine.

La voie était libre à présent : Janson ouvrit la porte et enjamba l'homme. Il songea un instant à s'évanouir dans la nature. Les fourrés étaient assez sombres pour protéger sa fuite. Ayant déjà manœuvré sur des terrains semblables, il savait qu'il parviendrait sans peine à semer ses poursuivants. Et dans un ou deux jours, il réapparaîtrait dans un autre village de montagne.

Mais soudain il se souvint de la vieille femme torturée, de son corps meurtri, et abandonna toute idée de fuite. Son cœur battait à tout rompre ; la nuit avait revêtu son manteau de sang. Il avait touché l'homme juste au-dessus de la racine des cheveux. Un filet écarlate lui traversait le front. Il ne bougerait plus. Janson s'empara du fusil-mitrailleur et de la cartouchière qu'il se passa en travers du torse.

Il n'y avait pas de temps à perdre.

Les hommes du commando venaient d'entrer dans la maison qu'ils arpentaient lourdement en tirant dans tous les sens. Les balles s'enfonçaient dans les armoires, les placards, déchiquetaient les éventuelles cachettes. Le bois volait en éclats, mais point de chair humaine.

A présent, c'étaient *eux* qui étaient pris au piège.

Il contourna le bâtiment en tirant le cadavre derrière lui. Une fois arrivé devant la ferme, il aperçut un visage, un deuxième puis un troisième, luisant dans le faisceau des torches. Son sang se figea. Ces traits durs, féroces, il les connaissait. Ils appartenaient à ses anciens collègues des Opérations consulaires, des types qu'il ne pouvait déjà pas sentir à l'époque. Ces hommes étaient des brutes – non pas tant dans leur comportement que dans leur manière de ressentir les choses – qui tiraient avant de réfléchir, avec un cynisme ne relevant pas de l'idéalisme déçu mais de la cruauté pure et simple. Ils ne servaient pas leur gouvernement mais le desservaient, bien au contraire. Par leur seule existence, ils entachaient sa crédibilité. C'étaient des experts dépourvus de toute conscience, incapables de percevoir les objectifs légitimes qui parfois sous-tendaient une tactique douteuse.

Il recouvrit le cadavre avec sa veste, le déposa derrière le grand marronnier, puis dénoua ses lacets inutiles et s'en servit pour lui attacher la torche sur l'avant-bras. Ensuite, il arracha de minuscules brindilles sur une branche morte et les coinça entre ses paupières. Les yeux vitreux du cadavre restèrent écarquillés. Janson venait de se créer un double qui, bien que rudimentaire, ferait sans doute illusion à la faveur de l'obscurité. Ça suffirait. Janson saisit l'arme automatique et arrosa ce qui restait des volets du salon. Trois hommes furent touchés par la rafale qui leur perfora le diaphragme, les intestins, l'aorte et les poumons. Janson venait de se débarrasser de trois ennemis tout en alertant les autres. D'une pierre deux coups.

Janson roula sur lui-même, revint près du marronnier et alluma la torche attachée au bras du cadavre. Puis il courut jusqu'à un rocher, trois mètres plus loin. Tapi dans la pénombre, il attendit.

« Il est là ! » hurla-t-on. Il avait fallu quelques secondes pour que la silhouette attire leur attention. Ils ne voyaient que l'éclat de la torche dont le faisceau éclairait faiblement la veste grise et les yeux grands ouverts du cadavre. Sans réfléchir davantage, ils crurent avoir découvert l'auteur de la fusillade mortelle.

Ils réagirent comme Janson l'escomptait : quatre pistolets mitrailleurs se braquèrent simultanément sur la silhouette couchée. Les armes se mirent à crépiter et, dans un vacarme épouvantable, les tueurs vidèrent leurs chargeurs sur leur défunt camarade.

Les tireurs, assourdis par le bruit, focalisés sur leur cible, ne remarquèrent même pas la présence de Janson, quelques mètres plus loin. Avec son petit Beretta Tomcat, il tira quatre coups successifs, parfaitement ajustés. A cette distance, impossible de rater sa cible. L'un après l'autre, les quatre hommes s'effondrèrent. Les armes automatiques se turent.

Il en restait un ; Janson voyait son ombre se profiler derrière les rideaux, à l'étage. Grand, les cheveux courts et bouclés, il se tenait très raide. Janson avait aperçu son visage, tout à l'heure, et l'avait aussitôt reconnu. A présent, il l'identifiait à sa démarche, à ses gestes raides et déterminés. C'était un chef. Leur chef, leur officier supérieur. Janson ne les avait vus tous ensemble que quelques secondes, tout à l'heure, mais avait compris que les autres lui obéissaient.

Son nom lui revint en tête : Simon Czerny. Un agent des Cons Op spécialisé dans les opérations clandestines. Leurs chemins s'étaient croisés plus d'une fois au Salvador, au milieu des années 80. Janson l'avait toujours considéré comme un homme dangereux, incapable de compassion.

Janson ne le tuerait pas. Pas avant d'avoir eu une petite conversation avec lui.

Mais lui laisserait-il le loisir de l'approcher ? Il était plus malin que les autres puisqu'il n'avait pas mordu à l'hameçon. Il avait l'expérience et le savoir-faire. Plutôt que de s'exposer à un danger inutile, un homme comme lui essaierait de gagner du temps, pour saisir la bonne occasion.

Janson, lui, ne pouvait s'accorder ce luxe.

Il avait beau le voir, l'officier était hors de portée. Janson courut vers le salon, vit le verre brisé jonchant le sol, les traces de l'explosion des cartouches : les éclaboussures de suie maculant le manteau de la cheminée et les boulettes d'acier. Le vaisselier était en morceaux.

Finalement, il aperçut la carafe d'eau-de-vie, la fameuse *pálinka*. Une balle d'acier avait dû la frôler car elle était légèrement fendue. Mais pas brisée. Janson décida d'en tirer parti. Il fouilla les poches d'un des snipers, en sortit un Zippo puis répandit l'alcool à 70° autour de la pièce jusqu'au couloir menant à la cuisine. Il alluma le briquet.

En quelques secondes, une traînée de flammes bleues encercla la pièce, rejointes par des jaunes lorsque les rideaux, les journaux et la paille des chaises prirent feu. Bientôt ce serait le tour des gros meubles, du plancher, du plafond et de l'étage supérieur.

Janson attendit que l'incendie se propage et que les flammes se rejoignent en une marée incandescente, jaune et bleue. Des volutes de fumée s'engouffrèrent dans l'étroite cage d'escalier.

Le commandant Simon Czerny allait se trouver confronté à un dilemme – sauf qu'il n'avait pas vraiment le choix. S'il restait caché il brûlerait vif. S'il tentait de s'enfuir par-derrière, il devrait traverser un mur de flammes : Janson y avait veillé. Pour lui, la seule sortie envisageable passait par les escaliers et la porte de devant.

Pourtant Czerny était un vrai professionnel ; sachant que Janson l'attendait à la sortie, il prendrait ses précautions.

Janson fut surpris d'entendre si vite résonner son pas lourd. Dès qu'il atteignit le seuil, Czerny tira une rafale qui balaya l'espace autour de lui sur un rayon de presque 180 degrés, au cas où quelqu'un aurait eu la mauvaise idée de le guetter devant la porte. Quand il vit pivoter son tronc – ou plutôt son dos, puisqu'il se tenait derrière lui – Janson ne put s'empêcher d'admirer la tactique de son ex-collègue.

En fait, Janson était caché près de l'escalier, non loin du brasier. Le tueur n'aurait jamais l'idée de le chercher là.

Tandis que Czerny continuait à tirer à l'aveuglette dans le noir de la cour, Janson bondit, lui passa le bras autour du cou et serra tout en glissant son autre main vers l'arme qu'il lui arracha. Czerny se débattit mais Janson, galvanisé par la rage, lui enfonça son genou droit dans les reins puis le traîna sous le porche. Le coinçant entre ses cuisses, il lui tordit la nuque presque à la briser.

« Si on faisait un petit brin de causette », murmura Janson à l'oreille de Czerny.

Au prix d'un effort surhumain, Czerny se dégagea, réussit à se débarrasser de son adversaire et, prenant ses jambes à son cou, s'éloigna de la maison en flammes. Janson s'élança à sa poursuite et le plaqua au sol. Czerny poussa un grognement de douleur quand Janson lui tordit le bras dans le dos, lui disloquant l'articulation et l'obligeant en même temps à se retourner. Tout en resserrant l'étau de son bras sur sa gorge, il se pencha vers Czerny.

« Bon, où en étais-je ? Ah oui : si tu ne parles pas tout de suite, tu ne parleras plus jamais. » Janson s'empara du poignard de combat que Czerny portait à la ceinture. « Je t'écorcherai le visage. Ta propre mère ne te reconnaîtra pas. Maintenant vas-y – tu bosses toujours pour les Opérations consulaires. »

Czerny eut un rire amer. « Des connards de scouts, ces types. Ils auraient vendu des gâteaux au porte-à-porte, personne aurait vu la différence. Y'en n'avait pas un pour sauver l'autre.

— Mais avec toi, on voit la différence, hein ?

— Dis-moi un peu. Comment t'arrives à te supporter ? T'es une vraie merde et tu l'as toujours été. Je parle de la merde que t'as foutue – salaud de traître. Un type a essayé de t'aider à t'en sortir, un vrai héros, un mec loyal, et comment tu l'as remercié ? Tu l'as laissé tomber, tu l'as trahi, tu l'as envoyé devant le peloton d'exécution. C'est toi qu'on aurait dû fusiller à Mesa Grande, espèce d'enfoiré – c'est toi !

— Salopard », rugit Janson au bord de la nausée. Il posa la lame du poignard sur la joue mal rasée de l'homme pour lui prouver ses intentions. « Tu fais partie de l'escadron punitif Da Nang ?

— Tu déconnes ou quoi ?

— Pour qui tu travailles ? demanda Janson. Bordel ! Pour qui tu travailles !

— Pour qui *tu* travailles ? toussa l'homme. Tu ne le sais même pas. On t'a programmé comme un putain d'ordinateur portable.

— Il est temps de cracher le morceau, dit Janson d'une voix basse et métallique. Si tu tiens à ton visage.

— Ils t'ont rendu complètement idiot. Tu ne reconnais même plus le haut du bas, Janson. Et tu seras toujours comme ça.

— *Pas un geste !* » Ce cri venait de quelque part au-dessus de lui ; Janson se tourna et vit le tavernier bedonnant auquel ils avaient parlé quelques heures auparavant.

Il avait enlevé son tablier blanc, ses grosses mains rougies tenaient un énorme fusil.

« C'est pas ce qu'ils crient dans vos films policiers à la con ? Je vous ai dit que vous n'étiez pas le bienvenu, dit l'homme aux sourcils en broussaille. A présent, je vais être obligé de joindre le geste à la parole. »

Janson entendit des pas précipités dans les buissons. Quelqu'un courait en bondissant par-dessus pierres et branchages. Elle était loin mais il parvint quand même à identifier sa fine silhouette. Deux secondes plus tard, Jessie Kincaid émergeait des fourrés, son fusil de précision passé en travers du torse.

« Jette cette pétoire ! » hurla-t-elle en pointant son pistolet.

Sans accorder un seul regard à la jeune femme, le Hongrois leva son arme datant de la Seconde Guerre mondiale.

Jessie visa la tête. L'homme ventripotent tomba à la renverse comme un arbre abattu.

Janson ramassa le fusil et se redressa péniblement. « Ma patience est épuisée, Czerny. Et tes réserves aussi.

— Je ne comprends pas », laissa échapper Czerny.

Kincaid secoua la tête. « Les connards, là-haut sur la colline, je les ai transformés en passoire. » Elle sauta et atterrit près de Czerny. « Tes gars, tu piges ? J'aimais pas leurs manières. »

De la peur passa dans le regard de Czerny.

« Et regarde un peu ce barman qui se pointe. Tu aurais dû te douter qu'on l'avait à l'œil.

— Joli tir », dit Janson en lui lançant le fusil.

Jessie haussa les épaules. « Sa tête me revenait pas.

— Des scouts, dit Czerny, qui collectionnent des médailles pendant que le monde brûle.

— Je vais te reposer la question : pour qui tu travailles ? demanda Janson.

— Comme toi.

— Ne joue pas aux devinettes.

— Tout le monde travaille pour lui aujourd'hui. Mais il y en a peu qui le savent. » Il partit d'un rire sec, désagréable. « Tu crois avoir gagné une bataille. Mais tu te trompes.

— Dis toujours », fit Janson en posant sa semelle sur le cou de Czerny, sans appuyer, juste pour lui montrer qu'il pouvait l'écraser à tout moment.

« Imbécile ! Il a tout le gouvernement américain à sa botte. C'est lui qui décide, maintenant ! Mais tu es trop bête pour le voir.

— Explique-toi mieux, putain !

— Tu sais comment on t'appelait autrefois : la machine. Un type à peine humain. Mais le problème avec les machines c'est qu'elles se conforment toujours au programme. »

Janson lui décocha un violent coup de pied dans les côtes. « Comprends bien un truc. On n'est pas en train de jouer à Qui veut gagner des millions. Ici c'est le Jeu de la vérité.

— Tu me rappelles ces soldats japonais terrés au fond de leurs grottes aux Philippines, alors que la guerre était finie depuis belle lurette et qu'ils l'avaient perdue, dit Czerny. C'est fini, OK ? Tu as perdu. »

Janson se pencha et fit glisser la pointe du poignard sur le visage de Czerny. Une ligne rouge apparut sur sa joue gauche. « Pour. Qui. Tu. Travailles. »

Czerny cligna les paupières. La douleur lui faisait jaillir des larmes. La douleur et le fait de comprendre que personne ne viendrait à son secours.

« Accouche, chéri, dit Jessie.

— Tu finiras par parler, tôt ou tard, articula Janson. Tu le sais. Faut juste que tu décides si tu tiens... à ton visage. »

Czerny ferma les yeux. Ses traits se figèrent comme un masque. D'un mouvement preste, il attrapa le manche du poignard et d'un geste tournant du poignet, l'arracha de la main de Janson. Ce dernier recula pour se protéger. Jessie s'avança, perplexe, incapable de prévenir l'acte que l'homme s'apprêtait à accomplir.

D'une main tremblante, il abattit la lame sur son cou et se l'enfonça dans la chair. En moins de deux secondes, il avait tranché veines et artères. Le sang jaillit comme un geyser puis se calma lorsque le rythme cardiaque ralentit.

Czerny s'était suicidé, il avait préféré se trancher la gorge plutôt que de se soumettre à l'interrogatoire.

Soudain, la rage qui possédait Janson depuis une heure se dissipa, laissant place à la consternation. Il percevait la portée du geste de Czerny. Ce dernier avait voulu échapper aux épouvantables conséquences de ses éventuels aveux. Une telle détermination laissait présager du climat de terreur dans lequel vivaient ces individus et la redoutable discipline à laquelle on les astreignait.

Des millions déposés sur un compte aux îles Caïmans. Un ordre d'exécution émis par les Opérations consulaires. Un milliardaire mort en bas âge et ressuscité. Comme une grotesque parodie du Messie. Comme un Christ hongrois.

Ou un Antéchrist.

Et ces hommes, maintenant. Ses anciens collègues des Opérations consulaires. Janson ne les connaissait que vaguement, mais quelque chose le turlupinait. Qui étaient-ils en réalité ? Des ex-agents des Cons Op ? Ou des soldats américains en service commandé ?

CHAPITRE 28

I L ne leur fallut que deux heures pour atteindre Sárospatak, mais
deux heures extrêmement tendues. Janson ne cessait de regarder
derrière lui, craignant qu'on ne les suive. Une fois arrivés en ville,
ils longèrent la façade baroque de l'Arpad Gimnazium, annexe de
l'université locale, et se garèrent devant un *kastély szálloda*, un ancien
hôtel particulier ayant appartenu à une famille de la petite noblesse
terrienne.

Le réceptionniste – efflanqué, entre deux âges – leur adressa un
simple coup d'œil avant de leur rendre leurs papiers. « Nous avons
une chambre à deux lits, dit-il. Ça vous va ?

— Parfait », fit Janson.

L'employé lui tendit un porte-clés à l'ancienne, une lourde boule en
métal cerclée d'un anneau de caoutchouc. « Le petit déjeuner est servi
de sept à neuf, indiqua-t-il. Profitez bien de votre séjour à Sárospatak.

— Votre pays est tellement beau ! s'exclama Jessie.

— C'est aussi notre avis, répondit l'homme avec un sourire de pure
politesse. Combien de temps prévoyez-vous de rester ?

— Juste une nuit, dit Janson.

— Il faut que vous visitiez le château de Sárospatak, madame Pimsleur, fit-il, comme s'il venait de remarquer la présence de
Jessie. Les fortifications sont vraiment impressionnantes.

— On est passés devant en arrivant, rétorqua Janson.

— Elles sont différentes vues de près, insista l'employé.

— Comme beaucoup de choses », lâcha Janson.

Dans la chambre à peine meublée, Jessie sortit la feuille de papier
sur laquelle Janson avait inscrit les noms des trois ex-agents des
Opérations consulaires qu'il avait identifiés, et passa vingt minutes à
téléphoner sur son portable. Quand elle raccrocha, elle semblait
embarrassée.

« Alors, demanda Janson, qu'en dit ton petit ami ? Ils sont en activité ou pas ?

— Petit ami ? Si tu le voyais, tu ne serais pas jaloux.

— Jaloux ? Tu te flattes. »

Jessie leva les yeux au ciel « Ecoute, le problème est ailleurs. Ils ne sont pas en activité.

— Retraite ?

— Non plus.

— Alors quoi ?

— Selon les rapports officiels, ils sont morts depuis bientôt dix ans.

— Morts ? C'est ce qu'ils t'ont dit ?

— Tu te rappelles l'attentat de Qadal à Oman ? » Pendant plusieurs années, Qadal avait accueilli un régiment de Marines et un bureau du renseignement américain pour le secteur du golfe Persique. Au milieu des années 90, des terroristes y avaient fait exploser une bombe, tuant quarante-trois soldats américains ainsi qu'une douzaine d'« analystes » travaillant pour le Département d'Etat.

« Une "mystérieuse tragédie" parmi tant d'autres, dit Janson d'un ton morne.

— Eh bien, selon les rapports, tous les types que tu as mentionnés sont morts dans cette explosion. »

Les sourcils froncés, Janson tentait de digérer l'information. Et si l'attentat d'Oman n'avait été qu'un coup monté destiné à faire disparaître tout un contingent des Opérations consulaires – pour le faire réapparaître ensuite sous les ordres d'une autre puissance ? Mais laquelle ? Quel était le terrible secret qui avait poussé un dur à cuire comme Czerny à se trancher la gorge ? Avait-il commis l'irréparable sous le coup de la peur ou par conviction politique ?

Jessie arpentait la chambre. « Ils sont morts sans l'être, d'accord ? Quelles sont les probabilités pour que le Peter Novak de CNN soit le bon ? Qu'il s'appelle Novak ou pas, d'ailleurs. Est-il concevable – je ne sais pas, moi – qu'il ne se soit pas trouvé à bord de l'avion qui a explosé ? Il aurait pu descendre juste avant le décollage ?

— J'étais là, j'ai tout observé... je ne vois vraiment pas comment il s'y serait pris. » Janson secoua lentement la tête. « J'ai repassé la scène des milliers de fois dans ma tête. C'est inconcevable.

— Inconcevable ne veut pas dire impossible. Il doit y avoir un moyen de prouver que c'est le même. »

Sur une table plaquée bois, Jessie étala une pile de photos de Novak datant de l'année précédente, qu'elle avait trouvées sur Internet durant leur séjour dans la villa lombarde d'Alasdair Swift. L'une d'elles, venant du site de CNN, montrait le philanthrope lors de la cérémonie donnée en l'honneur de la bienfaitrice de Calcutta. Elle sortit la loupe de joaillier et la règle qu'elle avait achetées pour analyser les cartes de la région de Bükk Hills et les posa sur les images.

« Que comptes-tu faire ? demanda Janson.

— Je sais ce que tu as vu et là-dessus je ne discute pas, mais il devrait y avoir moyen de te prouver que nous avons affaire à la même personne. La chirurgie esthétique ne fait pas de tels miracles. »

Dix minutes plus tard, elle rompait le silence.

« J'ai vu la Vierge ! » dit-elle dans un murmure.

Elle tourna vers lui un visage exsangue.

« Il faut tenir compte de certains paramètres tels que la déformation due à l'objectif, poursuivit-elle. Au début, je croyais que ça n'était que ça. Mais il y a autre chose. On dirait que ce type n'a pas la même taille sur toutes les photos. Une infime différence – pas plus de deux centimètres. Le voilà à côté du patron de la Banque mondiale. Et le revoilà, un autre jour, près du même bonhomme. Apparemment, ils portent le même genre de chaussures sur les deux clichés. On aurait pu mettre ça sur le compte des talons, d'accord ? Mais – c'est infime, infime – les avant-bras n'ont pas tout à fait la même longueur. Et compare la taille de l'avant-bras à celle du fémur... » Sur le cliché qu'elle désignait, Novak marchait aux côtés du Premier ministre de Slovénie. On voyait la pliure de son genou sous le pantalon, de même que celle de la hanche. Elle choisit une autre photo le montrant dans une posture semblable. « Mêmes articulations, rapports différents, dit-elle le souffle court. Il y a un truc foireux là-dedans.

— Ça veut dire quoi ? »

D'un pouce impatient, elle feuilleta l'album acheté à Budapest, reprit sa règle et la fit glisser dans tous les sens sur le papier glacé, avant de déclarer : « Le rapport entre la longueur de l'index et celle du majeur. Pas constant. Des photos ça se truque mais on ne va pas jusqu'à rectifier les mains. »

Janson s'approcha du livre et, à son tour, posa le doigt sur les pages. « Le rapport entre le trapèze et le métacarpe. Ce n'est pas le même index. Et regarde. La largeur de l'omoplate – on la voit pointer sous la chemise. Vérifions ça aussi. »

Toujours armée de la loupe et de la règle, elle poursuivit sa quête des anomalies. La longueur de l'index par rapport au médium, la taille précise de chaque bras, la distance exacte du menton à la pomme d'Adam. Plus les différences se multipliaient plus le doute se dissipait.

« La question est : qui est ce type ? » Elle secoua la tête d'un air maussade.

« Ou plus exactement : *ces types* ? »

Elle se posa les doigts sur les tempes dans un geste d'intense réflexion. « OK, supposons. Disons que tu aies l'intention de tout lui rafler. Tu le tues et tu prends sa place, vu qu'au préalable tu as réussi à prendre son apparence, enfin presque. Tu te glisses dans sa peau et le tour est joué. Sa fortune t'appartient. C'est génial. Et pour t'assurer que tout le monde marche dans la combine, tu fréquentes les mêmes lieux, en te faisant passer pour lui, rien que pour voir. Comme une sorte de répétition couturière.

— Mais le vrai Peter Novak n'est peut-être pas mort !

— Peut-être que oui, peut-être que non. Supposons que non. Supposons que tu le tiennes à la gorge, que tu sois au courant d'un secret qui le touche de près... et que tu le fasses chanter. Ça tient debout ?

— En l'absence d'explications plausibles, on finit par s'enthousiasmer pour les plus tordues.

— Tu as raison, soupira Jessie.

— Essayons autre chose. Peter Novak – ou l'homme qui se fait passer pour lui – est introuvable. Mais quelqu'un doit bien être au courant !

— Peut-être pas ceux qui te courent après ; mais leur commanditaire.

— Exactement. Et j'ai la nette impression que je sais de qui il s'agit.

— Tu veux parler de Derek Collins, dit-elle. Le directeur des Opérations consulaires.

— Lambda ne peut bouger le petit doigt sans son autorisation, répondit-il. Sans parler des autres équipes qui nous sont tombées dessus. Je pense qu'il est temps de lui rendre une petite visite.

— Ecoute-moi, s'écria-t-elle, inquiète. Ne t'approche pas de cet homme. Si Collins veut vraiment ta peau, il ne te laissera pas repartir vivant.

— Je le connais bien, dit Janson. Je sais ce que je fais.

— Moi aussi. Tu vas te jeter dans la gueule du loup. C'est de la folie pure, tu ne comprends pas cela ?

— Je n'ai pas le choix, insista Janson.

— Quand partons-nous ? dit-elle, accablée.

— Pas nous. J'y vais seul.

— Tu crois que je ne serais pas à la hauteur ?

— Tu sais bien qu'il ne s'agit pas de ça, répliqua Janson. Tu cherches les compliments ? Tu es à la hauteur, Jessie. Tu as la classe. C'est ça que tu veux m'entendre dire ? Eh bien, je l'avoue, c'est la vérité. Tu es vive comme un fouet, rapide comme une gazelle, tu sais t'adapter, tu es équilibrée et je n'ai jamais rencontré de tireur d'élite aussi doué que toi. Mais il n'en reste pas moins que j'ai décidé d'y aller seul. Tu ne peux pas m'accompagner. Ce serait un risque inutile.

— S'il est inutile pourquoi tu le prends ? Tu vas entrer dans la cage du lion sans tabouret et sans fouet.

— Fais-moi confiance, ce sera une promenade de santé, dit Janson avec un léger sourire.

— Tu ne m'en voudrais pas encore un peu ? A cause de Londres ? Parce que...

— Jessie, j'ai vraiment besoin que tu ailles en reconnaissance dans les bureaux de la Liberty Foundation à Amsterdam. Je t'y rejoindrai sous peu. On ne peut pas faire l'impasse sur ça. Il y a sûrement quelque chose, ou quelqu'un, à trouver là-bas. Et pour ce qui est de Derek Collins, ne t'inquiète pas. Tout se passera bien.

— Je suis en train de me dire que tu as la *trouille* pour moi, dit Jessie. J'appelle ça un manque de professionnalisme, pas toi ?

— Tu parles sans savoir.

— Et puis merde, tu as peut-être raison. » Elle resta silencieuse un moment en évitant son regard. « Je ne suis peut-être pas prête. » Soudain, elle remarqua la présence d'une petite tache de sang sur sa main droite et la considéra d'un air écœuré. « Ce que j'ai fait aujourd'hui, dans ces collines...

— Tu n'avais pas le choix. C'était tuer ou être tuée.

— Je sais, dit-elle d'une voix sourde.

— Tu n'es pas censée y prendre plaisir. Ça te rend malade et il n'y a pas de honte à cela. Prendre la vie d'un être humain est une terrible responsabilité. Une responsabilité que j'ai fuie pendant cinq ans. Mais retiens bien cela. Tuer un assassin est parfois le seul moyen de l'empêcher de nuire. Je sais bien qu'il existe des fanatiques, des fous qui utilisent cette excuse pour justifier leurs forfaits, mais ça n'en demeure pas moins une vérité première. Tu as fait ce qu'il fallait faire, Jessie. Tu nous as sauvé la mise. Tu m'as sauvé. » Il lui adressa un sourire rassurant.

Elle tenta de lui rendre son sourire. « Ne prends pas cet air reconnaissant, ça ne te va pas. Je t'ai sauvé la vie, tu m'as sauvé la vie. Nous sommes quittes.

— Qu'est-ce que tu es, un sniper ou un chef comptable ? »

Jessie partit d'un rire triste tout en contemplant la tache de sang séché. Elle garda le silence un instant. « C'est juste que, tout d'un coup, j'ai pensé que, tu sais, ces types avaient un père et une mère, eux aussi.

— Tu apprendras à évacuer ce genre de pensée.

— Et c'est comme ça qu'il faut faire, hein ? Evacuer.

— Oui, répondit Janson en avalant sa salive. Autrement c'est insupportable. »

Jessie disparut dans la salle de bains ; Janson entendit la douche couler longtemps.

Quand elle réapparut, un peignoir drapé autour de son corps mince mais délicieusement galbé, elle s'approcha du lit près de la fenêtre. Elle semblait si délicate, si féminine à présent. Janson avait un peu de mal à en croire ses yeux.

« Donc tu me quittes demain dans la matinée, dit-elle pour rompre le silence.

— J'aurais formulé cela autrement, fit Janson.

— Tu crois que je te reverrai ? demanda-t-elle.

— Allons, Jessie. Ne dis pas des choses pareilles.

— On devrait peut-être immortaliser ce jour – ou cette nuit. Echanger nos sangs, nous faire des confidences, ou autre. » Il se rendait bien compte qu'elle avait peur pour lui, et pour elle aussi. « J'ai de très bons yeux. Tu le sais. Et pas besoin de lunette de visée pour voir ce que j'ai devant le nez.

— Quoi donc ?

— La façon dont tu me regardes.

— Je ne saisis pas.

— Allez vas-y, fonce, soldat. Le temps est venu de me parler de ta femme. Je lui ressemble, non ?

— Eh bien, je l'avoue. C'en est même troublant. »

Elle laissa passer un ange. « Ça te met mal à l'aise. N'essaie pas de prétendre le contraire.

— Je n'essaie pas.

— Tu as survécu à dix-huit mois de torture et d'interrogatoires par le Viêt-cong mais tu flanches quand je m'approche un peu trop.

— Mais non », protesta-t-il, la bouche sèche.

Elle se leva et fit un pas vers lui. « Tu écarquilles les yeux, tu rougis, ton cœur s'emballe. » Elle lui prit la main et la pressa sur sa gorge. « Moi c'est pareil. Tu le sens ?

— Un agent de terrain ne devrait pas faire de suppositions », dit Janson. Il sentait battre le cœur de la jeune femme sous sa peau tiède et soyeuse. Un battement dont le rythme semblait s'accorder au sien.

« Je me souviens d'un truc que tu as écrit autrefois, sur la coopération interagences entre les nations. "Pour travailler main dans la main, il est important de résoudre toutes les tensions par un échange libre et ouvert." » Un éclair malicieux fit briller son regard, puis quelque chose de plus doux, comme de la tendresse. « Ferme les yeux et pense à la patrie. »

Elle s'approcha encore un peu et détacha son peignoir, découvrant deux seins parfaitement formés, aux mamelons durcis. Alors, elle se pencha vers lui, prit son visage entre ses deux mains, et avec un regard doux et ferme, ajouta : « Je suis prête à accueillir ta mission diplomatique. »

Quand elle se mit à lui déboutonner sa chemise, Janson murmura : « Le règlement comporte une clause prohibant la fraternisation entre agents de terrain. »

Elle pressa ses lèvres contre les siennes pour étouffer ses dernières réticences. « Tu appelles ça de la fraternisation ? dit-elle en faisant glisser son peignoir. Allons, tu es le meilleur pour l'infiltration. Tout le monde sait cela. »

Une exquise fragrance émanait de son corps. Ses lèvres gonflées, humides, effleurèrent son visage et glissèrent lentement vers les siennes, pour les inviter à s'entrouvrir. Ses doigts caressants exploraient ses joues, la ligne de son menton, ses oreilles. Il sentait ses seins si doux, si fermes contre sa poitrine, et ses jambes collées aux siennes, entremêlant leurs deux énergies.

Puis, brusquement, elle se mit à trembler, des sanglots convulsifs jaillirent de sa gorge. Elle s'agrippa à lui, le serra encore plus fort. Il lui prit doucement le visage, vit ses joues baignées de larmes, la douleur dans ses yeux. Une douleur engendrée par la peur mais aussi par l'humiliation de se donner ainsi en spectacle, de se laisser aller devant lui.

« Jessie, chuchota-t-il. Jessie. »

Alors, renonçant à sa fierté, elle secoua la tête et enfouit son visage dans la poitrine musclée de Janson. « Je ne me suis jamais sentie aussi seule, dit-elle. Je n'ai jamais eu aussi peur.

— Tu n'es pas seule, dit Janson. Quant à la peur, c'est elle qui nous maintient en vie.

— Tu ne sais pas ce que c'est d'avoir peur. »

Il lui embrassa tendrement le front. « Tu te trompes. Je ne cesse d'avoir peur. Je te le répète, c'est pour ça que je suis encore en vie. C'est pour ça que nous sommes en vie tous les deux. »

Elle l'attira brutalement contre elle. « Fais-moi l'amour, lança-t-elle. J'ai besoin de ressentir ce que tu ressens. J'en ai besoin maintenant. »

Leurs corps enlacés roulèrent sur le lit encore fait, mus par une passion désespérée, guidant leurs deux chairs souples et frissonnantes vers l'instant où elles n'en feraient plus qu'une. « Tu n'es pas seule, mon amour, murmura Janson. Nous ne sommes plus seuls. »

Située sur la frontière occidentale de la Roumanie, Oradea était à trois heures de voiture de Sárospatak. Comme la plupart des villes d'Europe de l'Est, sa beauté actuelle devait beaucoup aux pénuries de l'après-guerre. Par manque de subsides, elle avait échappé à la reconstruction. Sinon, ses thermes magnifiques, ses splendides panoramas du XIXe siècle auraient été rasés et remplacés par ces hideuses bâtisses modernes tant prisées par les communistes. Pour s'en convaincre, il suffisait de jeter un œil sur l'aéroport dont la laideur glacée le faisait ressembler comme un frère aux centaines d'autres semés à travers le continent.

Mais pour ce qu'il avait à y faire, c'était bien suffisant.

Au terminal cinq, un homme en uniforme jaune et bleu serrait son écritoire contre lui, pour éviter que la brise n'en soulève les pages. L'avion cargo DHL – un Boeing 727 spécialement aménagé – allait bientôt s'envoler pour Dulles, sans escale. L'inspecteur et le pilote étaient en train de monter à bord. La liste des vérifications était longue. Serrage des bouchons d'huile. Conformité aux normes du compartiment moteur. Vannes d'admission propres et nettes. Position des clavettes sur les roues du train d'atterrissage. Pression des pneus normale ; ailerons, trappes, arbre du gouvernail en bon état de marche.

En dernier lieu, on vérifia l'aire de chargement. Les techniciens au sol quittèrent le Boeing pour aller s'occuper d'un autre transport de courrier, un appareil à hélice faisant la navette entre les provinces et Oradea. Au moment où le pilote reçut l'autorisation de décoller, personne ne remarqua que l'homme en uniforme jaune et bleu n'était pas redescendu sur le tarmac.

Puis, quand l'avion atteignit son altitude de croisière, Janson ôta sa veste d'inspecteur en feutrine et nylon et s'installa près du commandant de bord qui, enclenchant le pilotage automatique, se tourna enfin vers son vieil ami. Voilà vingt ans de cela, Nick Milescu avait servi comme pilote de chasse dans les Forces spéciales américaines, mais l'amitié indéfectible qui le liait à Janson s'était forgée dans des circonstances très particulières ; Milescu lui devait énormément. Janson ne lui avait fourni aucune explication, Milescu ne lui avait posé aucune question. Lui rendre service, n'importe quel service, était un privilège. Sa dette n'en serait pas entièrement effacée, seulement réduite.

Ni l'un ni l'autre n'avaient remarqué – comment l'auraient-ils pu ? – l'homme au visage épais, assis dans le camion de restauration stationné sous l'une des rampes de chargement. Sinon, ils auraient vu que son regard perçant jurait avec l'expression de profond ennui qu'il s'était collée sur le visage. En revanche, ils n'auraient pu entendre ce qu'il disait dans son téléphone portable. Et pour cause, ces paroles précipitées sortirent d'entre ses lèvres juste au moment où l'avion cargo rentrait son train d'atterrissage et disparaissait dans le ciel. *Identification visuelle : confirmée. Plans de vol : transmis et validés. Destination : vérifiée.*

« Si tu veux t'allonger, il y a un matelas juste derrière nous, dit Milescu. Quand on emmène des copilotes, ils s'en servent pour faire un somme. Il faut compter dix heures entre Oradea et Dulles. »

Par contre, une fois arrivé à Dulles, il n'aurait que quelques kilomètres à parcourir pour arriver chez Derek Collins. Jessie avait peut-être raison. Peut-être cette démarche lui serait-elle fatale. Et pourtant c'était un risque à courir.

« Je ne cracherais pas sur une petite sieste, admit Janson.

— Ici, il n'y a que toi, moi et quelques tonnes d'archives. Pas d'orage en vue. Rien ne viendra perturber tes rêves. » Milescu sourit à son vieil ami.

Janson lui rendit son sourire. Le pilote ignorait à quel point il se trompait.

Ce matin-là, le garde viêt-cong constata que le prisonnier américain était mort.

Janson était affalé sur le sol, le visage émacié, le cou bizarrement tordu. Les mouches bourdonnaient autour de son nez, de sa bouche, sans provoquer chez lui aucune réaction. Ses yeux étaient entrouverts sur le vide, comme ceux des cadavres. La malnutrition et la maladie avaient achevé leur lent travail de destruction.

Le garde ouvrit la cage et lui donna un bon coup de pied. Rien. Alors il se pencha pour toucher la gorge du prisonnier.

Une expression terrifiée se peignit sur le visage du Viet lorsque Janson, malgré son extrême maigreur, enroula ses cuisses autour de sa taille, comme une amante passionnée, avant de glisser la main dans son holster, s'emparer du pistolet et lui écraser la crosse sur le crâne. Le mort était ressuscité. Avec une force renouvelée, il lui assena un autre coup sur la tête ; cette fois l'homme tomba inanimé. Janson s'enfonça dans la jungle en rampant. Il disposait d'une quinzaine de minutes avant que l'alerte ne soit donnée et qu'on lâche les chiens. Les bêtes auraient sans doute du mal à se frayer un chemin à travers la végétation dense ; lui-même progressait avec peine. Comme un automate, il posait un pied, puis un autre, étonné d'avoir la force d'avancer, encore et toujours, un pas après l'autre, sans s'écrouler, sans faillir. Sa faiblesse était immense mais son esprit refusait carrément d'en tenir compte.

Un pied devant l'autre.

Le camp VC se trouvait quelque part dans la région de Tri-Thien, au Sud-Viêt-nam. La vallée qui s'étendait vers le sud était truffée de guérilleros mais, par ailleurs, à cet endroit-là, le pays n'était qu'une bande de terre longue et étroite. La distance séparant la frontière du Laos à l'ouest de la mer à l'est ne dépassait pas les vingt-cinq kilomètres. Il atteindrait la côte, il le fallait. Quand il verrait la mer de Chine, il serait sauvé.

Et il pourrait rentrer chez lui.

Un pari quasiment impossible ? Peu importe. Personne ne viendrait à son secours. Il le savait à présent. Il ne pouvait compter que sur lui-même.

Le sol sous ses pieds ne cessait de monter et de descendre. Des heures passèrent ainsi, entre buttes et creux, puis, soudain, le lendemain, il arriva au bord d'une grande rivière. Un pied devant l'autre. Lorsqu'il entra dans l'eau brune, tiède comme l'eau d'un bain, et se mit à patauger, il découvrit que la rivière était peu profonde. Parvenu au milieu du cours, il crut voir un petit garçon vietnamien debout sur l'autre berge. De lassitude, Janson ferma les yeux et, quand il les rouvrit, l'enfant avait disparu.

Une hallucination ? Oui, certainement. Le fruit de son imagination. Qu'avait-il imaginé d'autre ? S'était-il réellement échappé ou marchait-il en rêve, l'esprit libre mais le corps toujours enfermé dans la cage de bambou pourrie ? Et si c'était un rêve, avait-il envie de se réveiller ? Le rêve était peut-être la seule échappatoire dont il disposerait désormais – pourquoi en sortir ?

Une guêpe d'eau se posa sur son épaule et le piqua. Le venin lui causa une vive douleur tout en lui apportant une étrange sensation de soulagement – s'il avait mal c'est qu'il ne rêvait pas. Il referma les yeux, les rouvrit, regarda vers la rive qui s'étirait devant lui et vit deux hommes, non, trois, dont un armé d'un AK-47. L'eau boueuse ondoya. Un tir de sommation. Alors, trop épuisé pour réagir, il se laissa gagner par le renoncement. Il leva les mains. Lentement. Dans les yeux du tireur, pas une once de pitié – ni même de curiosité. On aurait dit un fermier venant d'attraper un campagnol.

Comme la plupart des autres passagers du Museumboot, Jessie Kincaid ressemblait à la touriste de base, du moins l'espérait-elle. Le bateau vitré en regorgeait. Et pendant qu'il glissait mollement le long des flots vaseux du canal, tout ce petit monde bavardait, s'extasiait, braquait appareils photo et caméscopes sur les curiosités environnantes. Elle saisit la brochure tapageuse du Museumboot – « Vous verrez les grands musées, les rues commerçantes et les centres de loisirs du vieil Amsterdam ». Kincaid ne s'intéressait guère aux boutiques et aux musées, bien sûr. Une seule chose comptait : le bateau était censé passer par Prinsengracht. Pour observer sans être vue, le mieux était de se mêler à une foule de gens qui observaient sans se soucier qu'on les voie.

Au sortir d'une courbe du canal, la grande bâtisse apparut : la maison aux sept baies vitrées – le quartier général de la Liberty Foundation. Elle paraissait si inoffensive. Et pourtant d'elle émanaient des ondes nocives, comme si le sol qui la portait était imprégné de substances polluantes.

De temps à autre, elle regardait à travers un petit appareil ressemblant à une caméra 35 mm parfaitement ordinaire, équipée du zoom traditionnel. Ce n'était qu'une première reconnaissance. Elle devrait trouver un moyen de se rapprocher sans se faire remarquer. Mais, pour le moment, il lui suffisait de délimiter son champ d'action.

Deux adolescents turbulents ne cessaient de se chamailler derrière elle, allant même jusqu'à la bousculer par moments. Ils voyageaient avec leurs parents, des Coréens visiblement perclus de fatigue. La femme tenait un sac en plastique orné de tournesols, contenant le butin qu'elle venait de ramener du musée Van Gogh. Le mari, le regard vague, casque sur la tête, écoutait intensément les explications fournies par la cassette enregistrée en langue coréenne : *Sur votre gauche... Sur votre droite...* De leur côté, les adolescents, un garçon et une fille, s'occupaient à leur manière. Ils se poussaient, chahutaient comme tous les frères et sœurs, entre le jeu et la bagarre. Lorsqu'ils la bousculaient, ils s'excusaient mais sans trop y mettre les formes.

Quant aux parents, l'épuisement qui les terrassait les empêchait de réagir. Du coup, les gosses livrés à eux-mêmes se moquaient éperdument des regards assassins que Jessie leur lançait.

Elle commençait à se dire qu'elle aurait dû opter pour la croisière Rederij Lovers et sa « soirée inoubliable avec repas gastronomique ». Se retrouver seule dans ce genre de cadre lui aurait sans doute valu quelques rencontres importunes mais, tout compte fait, qu'est-ce qui était le moins pénible ? Se faire aborder par des hommes bizarres ou ennuyer par des enfants bizarres ? Une fois de plus, elle tenta de reporter toute son attention sur le paysage qui défilait devant ses yeux.

Pendant ce temps, perché à plusieurs mètres au-dessus des rues animées de Prinsengracht, un homme se faufilait sur les toits. L'attente avait été longue, interminable même, mais à présent il savait qu'elle n'avait pas été vaine. Oui – là, dans le bateau au toit de verre. C'était elle. Tandis qu'il réglait sa lunette de visée, ses soupçons se transformaient en certitude.

Le visage de l'Américaine s'encadrait parfaitement au centre de la lentille ; il pouvait même apercevoir ses cheveux châtains hérissés, ses hautes pommettes et ses lèvres sensuelles. Il relâcha à demi son souffle, bloqua sa respiration ; la mire descendit au niveau de la poitrine.

Il la tenait au bout de son fusil, rien d'autre n'existait. Ses doigts effleurèrent la détente.

CHAPITRE 29

DULLES était à une heure. Janson roulait sur les petites routes sinueuses menant vers l'une des régions les plus paisibles de la côte Est. Impression trompeuse. Jessie l'avait mis en garde. Il se souvenait de ses paroles. *Si Collins veut vraiment ta peau, il ne te laissera pas repartir vivant.* D'après elle, il prendrait un risque énorme en affrontant seul son ennemi mortel. Mais Janson avait la rage au ventre. En plus, Derek Collins se contentait de donner des ordres : il ne les exécutait pas lui-même. D'autres le faisaient à sa place. Il répugnerait à souiller ses longues mains délicates tant qu'il aurait ses tueurs à disposition.

Chesapeake Bay s'étendait sur 3 400 kilomètres de côtes, sans compter les cent cinquante affluents, les anses, les criques et les rivières formées par la marée. La baie en elle-même était peu profonde, de trois à dix mètres. Un vrai paradis pour la faune : rats musqués, ragondins, cygnes, oies, canards et même balbuzards y abondaient. Dans les plaines du comté de Dorchester nichaient l'aigle chauve et le grand hibou à cornes. Paradis pour la faune signifiait en retour paradis pour les chasseurs.

Et Janson était là pour chasser.

Il traversa la Choptank River à Cambridge, s'engagea sur la 13, continua vers le sud et franchit encore un pont avant d'arriver sur la langue de terre qu'on appelle Phipps Island. Au volant de sa Camry de location, il voyait l'eau miroiter à travers les hautes herbes des marais salants. Des sloops de pêcheurs glissaient lentement à la surface, traînant des filets chargés de crabes bleus, de menhaden et de rascasses.

Quelques kilomètres plus loin, en pénétrant vraiment sur Phipps Island, il comprit pourquoi le sous-secrétaire Derek Collins avait choisi cet endroit comme lieu de villégiature. Une retraite privilégiée, paisible et isolée, à quelques encablures de l'agitation frénétique de la capitale fédérale ; la configuration des lieux avait dû l'attirer également. Plus Janson approchait de la villa en bord de mer, plus il se sentait à découvert. La longue bande de terre aride qui la reliait à la péninsule principale empêchait toute approche discrète. Quant à arriver par la mer, c'était carrément impossible. Grâce à l'érosion, la mer avait conquis une grande partie du rivage et, à cet endroit, l'eau était vraiment peu profonde. Les quais de bois servant à l'accostage des bateaux se trouvaient bien plus loin, là où l'on ne risquait plus de s'échouer; de plus, les quais en question étaient tellement longs qu'on ne pouvait les parcourir sans se faire repérer. La nature assurait à Collins une sécurité plus absolue que les systèmes électroniques pas toujours fiables.

Il ne te laissera pas repartir vivant. Le directeur des Opérations consulaires était un homme dangereux et déterminé; Janson le savait d'expérience. Eh bien, comme ça ils seraient deux.

Les pneus de la berline soulevaient des nuages de poussière – le sable de la plage mêlé au sel séché. La route gris clair s'étirait devant lui comme une mue abandonnée par quelque serpent. Collins cherche-rait-il à le tuer avant même qu'il ouvre la bouche? Il le ferait sans hésiter s'il se sentait menacé. Ou, plus probablement, il appellerait des renforts – quinze minutes suffiraient aux hélicoptères H-3 Sea King pour décoller de la base aéronavale d'Oceana, à Virginia Beach, et joindre Phipps Island; une escadrille de F-18 Hornet arriverait sur les lieux encore plus vite.

Son plan d'action devrait reposer sur la psychologie plus que sur la technologie. Derek était un organisateur. Janson se plaisait à l'affubler de ce vocable. Les types comme Derek passaient leur vie dans des bureaux climatisés; leur travail consistait à envoyer des hommes au casse-pipe, sur des missions vouées à l'échec. De fait, tout ça ressemblait fort à une partie d'échecs, rebaptisée pompeusement stratégie. On déplaçait un pion, on en perdait un autre. Pour les Collins de tout poil, le « matériel humain » n'était rien d'autre. Une série de pions. Mais aujourd'hui, Janson avait sur les mains le sang de cinq anciens agents des Cons Op, et il était bien résolu à affronter l'homme qui les avait engagés, entraînés, guidés et envoyés se faire tuer – l'homme qui cherchait à contrôler son destin, comme s'il n'était qu'une pièce de buis sculptée, posée sur un échiquier.

Certes, Collins était un homme déterminé. Mais Janson ne l'était pas moins et, en outre, il lui vouait une haine froide et absolue. C'était à cause de Collins qu'il avait quitté les Opérations consulaires. Un salopard en col blanc, toujours calme, toujours imperturbable en toutes circonstances. Derek Collins avait sur lui un avantage considé-rable : il le connaissait parfaitement. Quant à Janson, il ne nourrissait aucune illusion sur le personnage; c'était un politicien extrêmement habile, doublé d'un immonde arriviste comme il en fourmillait dans la jungle marmoréenne de Washington. Ça ne lui faisait ni chaud ni froid; finalement, ça le rendait presque plus humain. Il y avait autre chose qui le mettait hors de lui : cette ordure suffisante, prête à tout pour parvenir à ses fins, justifiait ses méfaits par une philosophie médiocre mais hautement dangereuse. La fin justifie les moyens. Janson savait bien où menait ce genre de politique – il l'avait même vu de ses propres yeux – et ça l'écœurait.

Il quitta la route et enfonça le capot de sa voiture dans un épais bouquet de saules pleureurs et d'arbustes chargés de baies. Le kilomètre restant, il le ferait à pied. Si les informations données par les contacts de Jessie étaient exactes, Collins devait se trouver dans sa villa, seul. Veuf, Collins avait un penchant pour la solitude ; encore un trait de caractère qu'il ignorait. Collins était un individu profondément asocial mais très doué pour simuler la sociabilité.

Janson traversa l'étendue herbeuse longeant la rive pour gagner le bord de l'eau. Du sable, des cailloux ocre et des coquillages écrasés. Malgré ses lourdes chaussures, on l'entendait à peine marcher sur le sable humide. La maison de Collins était construite de plain-pied, en contrebas. Un tireur éloigné aurait eu du mal à l'atteindre avec un fusil et, de même, tant qu'il resterait sur la berge, Janson était à peu près assuré de passer inaperçu de son occupant.

Le soleil cognait contre son cou, sa chemise de coton clair commençait à s'imprégner de sueur et d'embruns soufflés par la brise. La marée descendait et, entre deux clapotis, Janson pouvait apercevoir de complexes entrelacs, juste sous la surface : des filets plats retenus par de petites bouées couraient de la côte vers le large. Des mesures de sécurité discrètes mais suffisantes, les bouées étant certainement garnies de capteurs ; on ne pouvait donc tenter un débarquement amphibie sans se faire repérer.

A cinq mètres de lui, il entendit de grosses bottes marteler une passerelle en bois séparant la plage de sable du sol en terre. Un jeune homme vêtu d'une tenue de camouflage verte et noire, de pantalons sanglés, avec des armes passées à la ceinture : l'équipement standard de la Garde nationale. Il arpentait la promenade en planches comme n'importe quelle sentinelle patrouillant dans un secteur donné, pas comme un soldat alerté par la présence d'un intrus.

Sans s'affoler, Janson poursuivit sa balade sur le sable humide de la rive.

« Hé, vous ! » Le jeune vigile venait de le remarquer et s'avançait vers lui. « Vous voyez les pancartes ? Vous n'avez rien à faire ici. Pas de pêche, pas de ramassage de coquillages, rien *du tout*. » Il avait des coups de soleil sur le visage ; de toute évidence, il venait d'être affecté ici et n'était pas encore habitué au soleil, au vent et à la pluie.

Janson se tourna vers lui en courbant un peu les épaules, espérant passer pour plus vieux et faible qu'il n'était. Un batelier travaillant dans les marais salants, un natif du coin. Comment réagirait un natif du coin ? Il avait discuté avec l'un d'entre eux, voilà pas mal d'années, un jour qu'il était parti pêcher à la ligne. Cette expérience allait lui servir. « Avez-vous la moindre idée de qui je suis, jeune homme ? » Il relâcha les muscles de son visage, fit trembler sa voix comme s'il était affligé de quelque infirmité et, prononçant les voyelles à la manière des gens de la côte Est, poursuivit ainsi son discours : « Moi, ma famille vivait ici quand vous autres vous étiez j'sais pas trop où. On a eu des moments difficiles, et d'autres où qu'on était heureux. Ma bru a bossé cinq ans au Comité de Sauvegarde du Patrimoine du Lower Eastern Shore. Si vous croyez pouvoir m'interdire d'aller là où les lois me permettent d'aller, vous avez tout faux. Je connais mes droits. »

Le vigile se renfrogna, néanmoins amusé par le verbiage du vieux pêcheur et pas trop mécontent de cette intrusion dans son morne quotidien. Mais ses ordres étaient clairs. « Peut-être bien, mais ici c'est une zone interdite. Vous n'avez qu'à regarder, il y a des dizaines de pancartes qui le précisent.

— Je vous ferais dire que mes ancêtres vivaient déjà ici à l'époque où les troupes de l'Union étaient à Salisbury, et...

— Ecoute, papi, repartit le garde en frottant l'arête rouge et pelée de son nez, si c'est nécessaire, je te conduirai chez les fédéraux au bout de mon fusil. » Il fit carrément face au vieux pêcheur. « Si tu as une plainte à formuler, écris à ton député. » Bombant le torse, il posa la main à côté de l'arme enfoncée dans son étui de ceinture.

« Quoi, un gringalet comme toi ! » Janson fit un geste de la main pour montrer qu'il obtempérait. « Ah, dis donc, vous les gardes-chasse, vous êtes même pas fichus de faire la différence entre un héron et un colvert.

— Garde-chasse ? ricana le jeunot en secouant la tête. Tu nous prends pour des *gardes-chasse* ? »

Sans lui laisser le temps de reprendre son souffle, Janson bondit, lui colla sa main droite sur la bouche en lui serrant la nuque de la gauche. Ils tombèrent ensemble, le sable amortit le son de leur chute qui se mêla au piaillement des mouettes et au frémissement des herbes sèches du marais salant. Avant même qu'ils ne heurtent le sol, Janson avait plongé la main dans le holster pour s'emparer du pistolet M9.

« On n'aime pas trop les petits coqs, ici », dit-il tranquillement, sans accent cette fois. Il appuya le M9 Beretta sur la trachée du jeune homme dont les yeux s'agrandirent de terreur. « Tes ordres ont changé et tu ferais mieux de les suivre : un bruit et tu es mort, blanc-bec. »

D'un geste preste, Janson détacha la ceinture du garde et s'en servit pour lier ses poignets à ses chevilles. Ensuite, il déchira quelques bandes de tissu sur sa tunique de camouflage et les lui enfonça dans la bouche avant de consolider ce bâillon de fortune avec les lacets de l'homme. Après avoir empoché le M9 et le Motorola « handy-talky », il le souleva comme un sac à dos et le déposa dans un épais buisson.

Janson continua sa route, quitta la plage et retrouva l'étendue herbeuse. Il devait y avoir un autre garde en faction, au moins – la résidence secondaire du sous-secrétaire était une installation fédérale à part entière – mais avec un peu de chance, grâce au Motorola TalkAbout T6220, il serait prévenu en cas d'alerte.

Il marcha d'un bon pas pendant cinq minutes encore, descendit une dune où poussaient quelques herbes folles. La villa n'était plus visible. Quand il sentit que ses bottes commençaient à s'enfoncer dans le sable boueux, il fut bien obligé de ralentir. Il serait bientôt arrivé à destination.

Se tournant vers le large, il contempla les eaux calmes de Chesapeake Bay – un calme trompeur puisqu'elles grouillaient d'une vie invisible à l'œil nu. Quelques kilomètres plus au sud, on apercevait Tangier Island. Cette île, aujourd'hui capitale mondiale de la pêche aux crustacés, avait connu la guerre. En 1812, pour la première et dernière fois, des troupes étrangères avaient foulé le sol américain. Et c'était sur Tangier Island que ça s'était passé, puisqu'elle avait servi de base aux soldats britanniques. Les chantiers navals de St. Michaels étaient proches ; les forces du blocus allaient et venaient autour du port. Un épisode de l'histoire militaire des Etats-Unis lui revint en mémoire : les habitants de St. Michaels étaient les auteurs d'une ruse restée dans les annales. Ayant eu vent d'une attaque prochaine, les villageois éteignirent leurs lanternes, les juchèrent au sommet des arbres et les rallumèrent. Trompés par l'emplacement des feux, les Britanniques au lieu de tirer sur la ville visèrent trop haut et lancèrent leurs obus dans les hautes ramures.

C'était cela la côte Est : un océan de sérénité recouvrant des lacs de sang. Trois siècles de lutte acharnée et de bonheur parfait. Un endroit idéal pour y établir une place forte à usage individuel. Collins avait fait un choix judicieux.

« Ma femme Janice adorait ce pays. » Bien que familière, la voix surprit Janson qui fit volte-face. Quand il reconnut Derek Collins, il posa un doigt prudent sur la détente du M9, pour tester sa tension.

La voix du bureaucrate était familière mais pas son vêtement : Janson l'avait toujours vu en costume de worsted bleu marine ou anthracite, or voilà qu'aujourd'hui il portait un pantalon kaki, une chemise de madras et des mocassins – sa tenue de week-end.

« Elle aurait posé son chevalet à cet endroit même, là où vous vous tenez, elle aurait sorti ses aquarelles pour essayer de saisir la lumière. Elle répétait cela tout le temps : j'essaie de saisir la lumière. » Son regard était morne. Son air roublard et ses yeux de rapace avaient fait place à une mine sombre, terriblement soucieuse. « Elle est morte d'une polyglobulie, vous savez. Ou peut-être l'ignoriez-vous. Une maladie de la moelle. Son corps produisait trop de cellules sanguines. Janice était ma seconde femme, ça je pense que vous le savez. Un nouveau départ et tout. Quelques années après notre mariage, elle a commencé à ressentir des démangeaisons après avoir pris un bain chaud. En fait c'était le premier signe de la maladie. Drôle, n'est-ce pas ? Le mal a progressé lentement, mais à la fin sont arrivés les migraines, les vertiges et une fatigue immense. C'est là que le diagnostic est tombé. Un peu avant sa mort, elle passait le plus clair de son temps ici, sur Phipps. J'arrivais en voiture et elle était là, assise devant son chevalet, essayant de reproduire le coucher de soleil avec ses aquarelles. Elle se battait avec les couleurs. Elle disait qu'elles prenaient la couleur du sang. Comme si quelque chose en elle cherchait à s'exprimer. » Collins n'était qu'à trois mètres de Janson mais sa voix semblait plus lointaine. Les mains dans les poches, il contemplait la baie qui s'obscurcissait progressivement. « Elle adorait les oiseaux, aussi. Elle s'estimait incapable de les peindre mais adorait les observer. Vous voyez celui-là, près de l'oranger Osage ? Gris perle, le ventre blanc, un masque noir comme celui d'un raton laveur ? »

L'oiseau, à peine plus gros qu'un rouge-gorge, sautait de branche en branche.

« C'est une pie-grièche, dit Collins. Un passereau de la région. Elle le trouvait joli. *Lanius ludovicianus*.

— Plus connu sous le nom d'oiseau-boucher », précisa Janson.

L'oiseau fit entendre les deux notes de son gazouillis.

« C'est exact, reprit Collins. On l'appelle ainsi parce qu'il chasse les autres oiseaux. Mais regardez bien. Il n'a pas de serres. C'est ça qui est beau. Il se sert de son environnement comme d'une arme – il empale sa proie sur une épine ou du fil barbelé avant de la déchiqueter. A quoi bon posséder des serres alors que l'espace qui l'entoure en est rempli ? Il utilise ce que le monde met à sa disposition. » L'oiseau émit une note aigrelette du genre vindicatif puis s'envola.

Collins se tourna et regarda Janson. « Mais entrez donc !

— Vous ne me fouillez pas ? » demanda Janson sur un ton indifférent. Surpris par le calme de Collins, il était bien déterminé à demeurer tout aussi impassible que lui. « Vous ne voulez pas vérifier si je suis armé ? »

Collins se mit à rire et, d'un coup, toute sa gravité disparut. « Janson, vous êtes un arsenal à vous tout seul, s'exclama-t-il. Que suis-je censé faire, vous couper les jambes et vous mettre sous cloche ? » Il secoua la tête. « Vous oubliez que je vous connais bien. En plus, à vous voir les bras croisés sous votre veste, je me doute que ce renflement de trente centimètres sous votre épaule correspond au canon d'un pistolet pointé vers moi. Je suppose que vous l'avez pris à Ambrose. Une jeune recrue pas trop mal entraînée, mais on a vu beaucoup mieux. »

Janson ne dit rien et garda le doigt sur la détente. Le tissu de sa veste ne serait pas un obstacle au cas où il déciderait de tirer : la vie de Collins ne tenait qu'à un fil et celui-ci le savait.

« Venez, proposa le sous-secrétaire. Faisons quelques pas ensemble. Comme deux paisibles principes complémentaires. Une belle démonstration du principe de destruction mutuellement assurée. Rien de tel que le confort moral apporté par l'équilibre de la terreur. »

Janson ne répondit rien. Collins avait beau être un bureaucrate, il n'était pas immortel. Mais dans son monde, on tuait de manière indirecte. Ils longèrent les planches de cèdre délavées et pénétrèrent dans la maison. C'était une villa de bord de mer tout ce qu'il y avait de classique, datant probablement du début du XXe siècle : des bardeaux lessivés par les intempéries, des petites lucarnes à l'étage. Rien qui attirât l'attention, du moins pas de prime abord.

« Vous disposez d'une garde fédérale pour votre résidence secondaire, dit Janson. Pas mal joué.

— C'est une installation sécurisée de classe A. Depuis la débâcle de John Deutch, plus personne ne s'amuse à emporter du boulot à la maison sans un minimum de garanties. Pas question de stocker des dossiers ultrasecrets sur un PC dans une pièce ouverte à tous vents. Moi j'ai choisi de transformer cette maison en bureau. Un bureau officiel mais décentralisé.

— D'où les gardes nationaux.

— Deux gamins patrouillent le secteur. Cet après-midi, c'est Ambrose et Bamford. Ils empêchent les gens de pêcher dans le coin. A part ça, ils ne servent pas à grand-chose.

— Vous vivez seul ici ? »

Collins sourit faiblement. « Un esprit soupçonneux décèlerait une menace sous cette question. » D'un pas tranquille, il se dirigea vers la cuisine où luisaient des comptoirs en aluminium et toutes sortes d'ustensiles suspendus. « Mais oui, j'ai appris à apprécier la solitude. Ça m'aide à réfléchir.

— D'après mon expérience, plus les gens dans votre genre réfléchissent, plus ils font du mal autour d'eux », lâcha Janson d'un ton mordant. Le Beretta était encore dans sa main droite, canon posé sur le comptoir. Quand Collins passa derrière la hotte de son fourneau Viking, Janson se repositionna discrètement. Où qu'il soit, Collins resterait dans l'axe du 9 mm.

Collins posa une chope de café près de son invité en faisant attention à ses gestes, de manière à les rendre aussi inoffensifs que possible. Une tasse de liquide bouillant pouvait devenir une arme si on la lançait au visage, aussi veilla-t-il à la glisser lentement sur le comptoir. Il voulait même éviter que Janson soupçonne son usage second, sachant qu'il n'aurait pas hésité à prendre des mesures de précaution. C'était à la fois une preuve de politesse envers son invité et une manière de s'épargner à lui-même toute violence préventive. Collins avait passé des dizaines d'années à s'élever jusqu'au sommet de la pyramide du renseignement américain. Tout ça sans même se casser un ongle. De toute évidence, il tenait à conserver son record.

« C'est Janice qui a fait faire tout cela, dit Collins en désignant les merveilles domestiques qui les entouraient. Je crois qu'elle appelait cela un "coin". Un coin-dîner, ou un coin-petit déjeuner ou Dieu sait quoi. » Ils se tenaient accoudés au comptoir de granit noir poli, chacun perché sur un haut tabouret rond en acier et cuir. Collins prit une gorgée de café. « La cafetière superautomatique Faema de Janice. Un truc en aluminium pesant trente kilos et doté d'un microprocesseur plus puissant qu'un ordinateur de module lunaire, tout ça rien que pour produire une ou deux tasses de java. Le Pentagone a dû s'en inspirer, ne pensez-vous pas ? » A travers ses grosses lunettes à monture noire, ses yeux gris ardoise étaient à la fois inquisiteurs et amusés. « Vous vous demandez probablement pourquoi je ne vous ai pas prié de poser votre arme. C'est ce qu'on dit en pareille situation, n'est-ce pas ? "Pose ton arme et discutons" – un truc comme ça.

— Vous voulez toujours être le premier de la classe, pas vrai ? » Les yeux de Janson brillèrent comme de l'acier quand il avala à son tour une gorgée de café. Collins avait pris soin de verser le breuvage devant lui afin que Janson surveille ses gestes. De même, quand il avait déposé les deux tasses sur le comptoir, il l'avait laissé choisir la sienne. Janson ne put s'empêcher d'admirer la méticulosité du bureaucrate qui mettait un point d'honneur à anticiper toutes les pensées paranoïaques de son ex-employé.

Collins ignora la pique. « En vérité, je préfère que vous gardiez cette arme braquée sur moi – vous êtes tellement tendu, je crois que ça vous soulagera les nerfs. Je suis sûr que son pouvoir tranquillisant dépasse largement celui de mes paroles, même les plus rassurantes. Par conséquent, vous serez moins enclin à réagir de manière inconsidérée. » Il haussa les épaules. « Vous voyez, je vous confie mes pensées. Plus nous établirons un terrain d'entente basé sur la franchise, plus vous vous sentirez à l'aise.

— Calcul intéressant », grogna Janson. Apparemment, le sous-secrétaire d'Etat estimait que s'il faisait la preuve de sa non-violence, il s'en sortirait sans dommage corporel grave. *Si vous savez que vous pouvez me tuer, vous ne me ferez pas de mal* – tel était son raisonnement.

« Comme on est samedi, je me le fais à l'irlandaise », s'écria Collins en sortant une bouteille de bourbon. Il en versa une bonne rasade dans sa tasse. « Vous en voulez ? » Devant l'air maussade de Janson, Collins ajouta : « Vaut mieux pas. Vous êtes en service, pas vrai ? » Il ajouta une bonne cuillerée de crème.

« Toujours sur vos gardes ? »

Un petit sourire résigné. « La pie-grièche que nous avons vue tout à l'heure – c'est un faucon qui se prend pour un oiseau chanteur. Ça me rappelle une conversation que nous avons eue autrefois. Je crois que vous vous en souvenez aussi. Lors d'un de vos "entretiens de sortie". Je vous ai dit que vous étiez un faucon. Vous ne vouliez pas l'admettre. A mon avis, vous vous preniez pour un oiseau chanteur. Mais vous aviez tort. Vous ne l'étiez pas et vous ne le serez jamais. Vous êtes un faucon, Janson, parce que c'est dans votre nature. Comme pour la pie-grièche. » Une autre gorgée d'irish coffee. « Un jour, en arrivant ici, j'ai vu Janice à son chevalet. Elle pleurait. A gros sanglots. Je me suis dit – non, je ne sais pas ce que je me suis dit. En fait, elle était en train d'observer une pie-grièche. Mais elle ne connaissait pas cette bestiole, elle la prenait pour un oiseau chanteur justement. Or ce charmant volatile venait d'empaler un petit passereau sur une aubépine. Il pendait là. Quelque temps plus tard, la pie-grièche est revenue et a commencé à le dépecer avec son bec crochu. Un oiseau-boucher faisant ce que la nature lui commandait de faire, le bec rempli des viscères écarlates d'un congénère. Pour elle, c'était horrible, tout bonnement horrible. Une trahison. Elle n'avait jamais lu cela dans le guide de la vie sauvage. Ce n'était pas ainsi qu'elle se représentait le monde. Pensez, une fille qui avait étudié les Beaux-Arts à Sarah Lawrence ! Et moi, qu'est-ce que je pouvais lui dire ? Qu'un faucon qui chante reste quand même un faucon ?

— Il tient peut-être des deux, Derek. L'oiseau chanteur peut se transformer en faucon en cas de danger et le faucon filer doux en sifflotant quand tout va bien. Pourquoi devrait-on choisir entre l'un et l'autre ?

— Parce qu'il le faut. » Il reposa brusquement sa tasse sur le comptoir en granit ; le choc produit par l'objet en céramique contre la pierre ponctua son changement de ton. « Il faut que vous choisissiez. De quel côté êtes-vous ?

— Et vous, de quel côté êtes-vous ?

— Je n'en ai pas changé, dit Collins.

— Vous avez bien tenté de me tuer ! »

Collins pencha la tête. « Eh bien, je ne répondrai ni oui ni non », articula-t-il sur un ton bonhomme qui troubla Janson. Il s'attendait à une vigoureuse dénégation, à quelque figure de rhétorique destinée à noyer le poisson. Or, l'autre n'avait pas bronché ; on aurait dit que leur conversation portait sur les facteurs contribuant à l'érosion du front de mer.

« Ça n'a pas l'air de vous affecter plus que ça. Charmant ! répliqua Janson en contrôlant ses réactions. Les cinq tueurs qui, grâce à vous, ont terminé leur carrière dans la vallée de la Tisza ne semblaient pas prendre la chose avec la même philosophie.

— *Pas* grâce à moi, répondit Collins. Ecoutez, c'est vraiment embarrassant.

— Surtout ne vous sentez pas obligé de vous expliquer, martela Janson avec une fureur rentrée. Ni sur Peter Novak. Ni sur moi. Ni sur la raison pour laquelle vous voulez ma mort.

— Ecoutez, l'intervention de l'équipe Lambda était une erreur et nous sommes navrés pour cette directive qui a été lancée contre vous. On s'en est bien mordu les doigts. Une série d'erreurs. Epouvantables. Enormes. Mais les types que vous avez croisés en Hongrie – eh bien, ils ne travaillaient pas pour nous. C'est tout ce que je peux vous dire.

— Alors, dans ce cas, tout est pour le mieux dans le meilleur des mondes », répliqua Janson d'une voix chargée de sarcasmes.

Collins ôta ses lunettes et cligna plusieurs fois les yeux. « Ne vous méprenez pas. Je suis sûr que nous le referions si besoin était. Ecoutez, je ne suis pas à l'origine de cette directive, je ne l'ai pas annulée, c'est tout. Tous les membres de la mission – sans parler des chefs de la CIA et autres boutiques – pensaient que vous aviez trahi, que vous aviez accepté un pot-de-vin de seize millions de dollars, et tout le toutim. Je veux dire, c'était clair comme le jour. Pendant un temps, je l'ai cru moi aussi.

— Et vous avez changé d'avis.

— Sauf que je ne pouvais pas annuler l'ordre sans fournir de motif. Autrement, on m'aurait pris pour un dingue ou alors on m'aurait accusé d'avoir tourné casaque moi aussi. C'était tout bonnement infaisable. Voilà le hic, je ne pouvais pas donner d'explication. Pas sans trahir un secret touchant les plus hautes sphères de l'Etat. Le seul secret qu'on ne puisse trahir. Bien sûr, comme c'est de vous qu'il s'agit, vous aurez du mal à vous montrer objectif. Mais mon boulot consiste exclusivement à définir les priorités. Et qui dit priorités dit sacrifices.

— Sacrifices? ironisa Janson. C'était moi la bête du sacrifice, pas vous. » Tendu par la rage, il se pencha vers son interlocuteur.

« Vous pouvez enlever votre bec crochu de mes viscères déchiquetés. Je ne cherche pas la dispute.

— Vous croyez que j'ai tué Peter Novak?

— Je sais que non.

— Permettez-moi de vous poser une simple question, reprit Janson. Peter Novak est-il mort? »

Collins soupira. « Eh bien, de nouveau je ne répondrai ni oui ni non.

— Bon sang de bordel! explosa Janson. J'exige une réponse.

— Tirez, dit Collins. Non, je me suis mal exprimé : continuez à m'interroger.

— Commençons par une découverte assez dérangeante que j'ai faite en étudiant sous toutes les coutures des dizaines de photos de Peter Novak. Je ne vais pas interpréter les données, mais me contenter de les présenter. Il y a des variations, subtiles mais mesurables, dans ses mensurations. Le rapport entre la longueur de l'index et celle du majeur. Entre le trapèze et le métacarpe. La taille de l'avant-bras. La surface de l'omoplate, sous la chemise, sur deux photos prises à quelques jours d'intervalle.

— Conclusion : les photos ne montrent pas le même homme. » La voix de Collins était parfaitement atone.

« Je me suis rendu dans son village natal. Il existait bien un Peter Novak, fils de Janós et d'Illana Ferenczi-Novak. Mais il est mort cinq ans après sa naissance, en 1942. »

Collins hocha la tête et, de nouveau, son apathie effraya Janson bien plus qu'une réaction violente. « Excellent travail, Janson.

— Dites-moi la vérité, répliqua Janson. Je ne suis pas fou. J'ai vu un homme mourir.

— Eh oui ! dit Collins.

— Et pas n'importe quel homme. Il s'agissait de Peter Novak – une légende vivante.

— Bingo. » Collins émit un son qui ressemblait à un déclic. « Je ne vous le fais pas dire. Une légende vivante. »

Janson sentit son estomac se soulever. Une légende vivante. Une création des professionnels du renseignement.

Peter Novak était une légende fabriquée par l'agence.

CHAPITRE 30

C OLLINS glissa du tabouret et se mit debout. « Je voudrais vous montrer quelque chose. »
Il se dirigea vers son bureau, une grande pièce donnant sur la baie. Sur des étagères en bois rustique étaient alignés des vieux exemplaires de *Studies in Intelligence*, un organe interne ne circulant qu'au sein des services secrets américains. Entre les monographies sur les conflits internationaux, on apercevait des romans célèbres et des volumes cornés de *Foreign Affairs*. Son ordinateur Sun Microsystems UltraSPARC était connecté à des serveurs.

« Vous vous souvenez du *Magicien d'Oz*? Je parie qu'ils vous ont posé la même question quand vous étiez prisonnier de guerre. Je crois que les enquêteurs nord-vietnamiens étaient obsédés par la culture populaire américaine.

— Ça ne s'est pas présenté, rétorqua sèchement Janson.

— Non, vous avez sûrement serré les dents pour ne pas leur révéler la fin du film. Vous ne vouliez pas mettre en péril notre sécurité nationale... Désolé. Je m'égare. Il y a une chose qui nous différencie fondamentalement, vous et moi : quoi qu'il arrive, vous serez toujours un foutu héros de la guerre du Viêt-nam, et moi un bureaucrate. Et pour certains, cette différence fait pencher la balance de votre côté. A leurs yeux, vous êtes meilleur que moi. Le plus drôle c'est que je suis moi-même de cet avis. Je suis jaloux. Je fais partie de ces types qui ont une peur bleue de la douleur mais qui voudraient l'avoir connue. Comme ces écrivains ratés qui rêvent de publier un livre mais n'ont pas le courage d'écrire la première ligne.

— Si on en revenait au sujet?

— Vous voyez, la perte de l'innocence est une chose qui m'a longtemps tracassé. En haut, on a le grand, le puissant magicien d'Oz, et en bas le monstre, dans la coulisse. Mais le monstre n'est pas seul, il y a toute cette machinerie, avec soufflerie, leviers, tuyaux à vapeur, moteur diesel, etc. Vous croyez que c'était facile à assembler? Et dès que vous avez monté le truc et qu'il fonctionne, on se fiche de savoir qui se cache derrière le rideau. C'est la *machine*, qui compte. Pas l'homme. »

Le directeur des Opérations consulaires babillait ; l'angoisse qui l'oppressait malgré les apparences le rendait étrangement volubile.

« Vous abusez de ma patience, menaça Janson. Je vous donne un conseil. N'abusez jamais de la patience d'un homme qui tient une arme.

— C'est juste que nous approchons de *la gran scena*, et je ne veux pas que vous la ratiez. » Collins fit un geste vers l'ordinateur qui ronronnait doucement. « Vous êtes prêt ? Parce que nous allons pénétrer sur le territoire du maintenant-que-vous-savez-je-vais-devoir-vous-tuer. »

Janson ajusta le M9 afin de placer la mire carrément entre les yeux de Collins. Le directeur des Opérations consulaires s'empressa d'ajouter : « C'est une façon de parler. Nous sommes passés au-delà – je veux dire, ceux qui comme moi participent au programme. Nous jouons un jeu différent à présent. Alors du coup, lui aussi.

— Je ne comprends rien à vos élucubrations, dit Janson en grinçant des dents.

— Un ordre supérieur. » De nouveau, Collins désigna l'ordinateur d'un mouvement du menton. « Disons que cette machine est Peter Novak. Cette machine plus quelques centaines de systèmes informatiques interconnectés, de très haute sécurité, installés quelque part ailleurs. Peter Novak est un composé de bytes et de signatures digitales sans origine ni destination. Peter Novak n'a jamais rien eu d'un être humain. C'est un projet. Une invention. Une légende, quoi. Et pendant longtemps, il est resté la plus géniale des légendes. »

L'esprit de Janson s'embrumait, comme envahi par un soudain orage de poussière. Puis tout à coup, une clarté surnaturelle dissipa les ombres.

C'était une folie – une folie aux terribles conséquences. « Je vous en prie, dit-il au bureaucrate, tout en s'efforçant de garder son calme. Continuez.

— Il vaut mieux qu'on se mette ailleurs, dit Collins. Ce système est tellement truffé de sécurités électroniques et d'engins piégés qu'il est capable de s'auto-effacer si on respire trop fort. Un jour, un papillon est entré par la fenêtre et j'ai perdu des heures de travail. »

Ils s'installèrent dans le salon. A voir le mobilier, on aurait dit que les fauteuils couverts de grosse toile fleurie, style années 70, avaient été institués par la loi sur les maisons de vacances en bord de mer.

« Franchement, c'était une idée géniale. Si géniale que pendant longtemps les gens se sont disputé son invention. Vous savez, comme l'invention de la radio, et tout le reste. Sauf que les gens en question se comptaient sur les doigts d'une main. C'était impératif. Evidemment, mon prédécesseur, Daniel Congdon, a joué un rôle majeur dans cette histoire. De même que Doug Albright, un protégé de David Abbott.

— J'ai entendu parler d'Albright. Mais Abbott ?

— Le type qui a monté toute l'affaire "Caine", dans les années 70, en essayant de faire disparaître Carlos. Mobius est issu de la même stratégie. Des conflits asymétriques opposant des Etats à des individus. Disproportionné, n'est-ce pas ? Mais pas autant que vous l'imaginez. Prenez un éléphant et un moustique. Si le moustique est porteur de l'encéphalite, l'éléphant meurt. Jumbo est impuissant devant le moustique. Pareil avec les acteurs sous-étatiques. Abbott avait compris un truc : rien n'est aussi difficile à manier qu'un Etat voulant se débarrasser d'individus vraiment malfaisants. Restait à élaborer un stratagème adéquat : créer des acteurs individuels disposant d'une certaine autonomie dans le cadre d'un large mandat.

— Mobius ?

— Le programme Mobius. Tout a commencé avec un petit groupe au sein du Département d'Etat. Bientôt il a dû déborder son cadre de départ. S'il voulait décoller, il fallait qu'il rassemble des représentants de plusieurs agences. On a donc eu un gros type issu du Hudson Institute, directeur des opérations à la DIA, ces gars "triés sur le volet". A sa mort, sa doublure prend sa suite – un certain Doug. Un petit génie de l'informatique venant de la CIA. Faisant la liaison entre le Bureau Ovale et le NSC. Mais il y a dix-sept ans, il ne s'agissait que d'un groupe très restreint. A force de brasser des idées, ils tombent sur le scénario suivant : constituer une petite équipe d'analystes et d'experts pour créer de toutes pièces un milliardaire étranger. Et plus ils brassaient cette idée-là, plus ils l'aimaient. Et s'ils l'aimaient tant c'est que plus ils la brassaient, plus elle leur semblait réalisable. *Ils pouvaient y arriver.* Ils pouvaient le faire. Et dès qu'ils ont commencé à se demander ce qu'ils pouvaient faire avec, elle est devenue irrésistible. Elle servirait à accomplir de bonnes choses comme promouvoir les intérêts américains plus efficacement que l'Amérique ne le ferait elle-même, rendre le monde meilleur. Un truc totalement idéaliste. C'est comme ça qu'est né le programme Mobius.

— Mobius, répéta Janson. Comme cette boucle où l'intérieur se retrouve à l'extérieur.

— Dans le cas qui nous occupe, c'est l'extérieur qui se retrouve à l'intérieur. Ce nabab est devenu une figure indépendante sur le plan mondial, sans aucun lien avec les Etats-Unis. Non seulement nos adversaires ne sont pas ses adversaires mais ils peuvent être ses alliés. Il est en mesure d'intervenir sur des situations auxquelles nous n'avons pas accès. Mais d'abord il a fallu "le" créer, et à partir de rien. Une sacrée paire de manches. Les programmeurs ont choisi de le faire naître dans un minuscule village hongrois rayé de la carte dans les années 40.

— Commode puisque les registres étaient détruits et les habitants presque tous morts.

— Molnár était pain bénit. Je veux dire, ce fut un massacre horrible mais servant au mieux les objectifs du programme, surtout si l'on y ajoutait la courte et malheureuse carrière du comte Ferenczi-Novak. La chose se goupillait à merveille : l'homme a été traumatisé dans son enfance, tous ses contemporains sont morts, son père tremblait à l'idée que ses ennemis lui enlèvent son enfant, alors il l'a caché, lui a donné un précepteur. Excentrique peut-être mais assez plausible.

— Il a fallu lui fabriquer un CV, dit Janson, mais la difficulté était surmontable. Il suffisait de réduire sa "carrière" à quelques organisations de façade faciles à contrôler.

— Quand par hasard, quelqu'un entreprend des recherches, il tombe invariablement sur un type à cheveux blancs, un chef de service à la retraite, qui lui débite sa leçon : "Oh oui, je me souviens du jeune Peter. Un gars mal dégrossi, mais un analyste financier hors pair. Tellement bon que je le laissais travailler chez lui. Un petit peu agoraphobe, mais avec ce qu'il avait vécu dans son enfance, comment le blâmer ?" Et le tour est joué. »

Janson savait que tous ces faux témoins avaient été généreusement rétribués pour leurs mensonges. Après tout, il n'y avait pas grand-chose à faire. Une ou deux interviews à subir, parfois aucune. Ces gens ne savaient pas qu'ils mettaient le doigt dans l'engrenage : on écoutait leurs communications téléphoniques vingt-quatre heures sur vingt-quatre, on les plaçait sous surveillance jusqu'à la fin de leurs jours – mais comme ils l'ignoraient, ils n'en souffraient pas.

« Et son ascension spectaculaire ? Comment avez-vous fait pour la reconstituer ?

— Eh bien, c'est là que les choses sont devenues un peu délicates. Mais, comme je disais, le Programme Mobius s'était doté d'une remarquable équipe d'experts. Ils – nous, devrais-je dire, bien que je n'y aie participé que pendant sept ans à peine – ont comblé pas mal de blancs. A l'arrivée, nous tenions le personnage. Un homme régnant sur son propre empire. Un homme capable de manipuler les événements mondiaux comme jamais nous n'avions pu les manipuler.

— Manipuler... ? Qu'entendez-vous par là ? demanda Janson.

— Vous vous en doutez, non ? La Liberty Foundation. Le vaste programme de résolution des conflits. La "démocratie dirigée". Tout ça.

— Si je comprends bien, ce grand financier, cet humaniste, cet "artisan de la paix"...

— Ce surnom, il le doit à un reportage télévisé. Il lui est resté. Pour une bonne raison. L'artisan de la paix a installé des bureaux dans presque toutes les capitales du monde.

— Et cette incroyable assistance humanitaire ?

— Notre pays n'est-il pas le meilleur du monde ? Et malgré cela, nous avons des ennemis partout. On nous déteste. Un vrai gâchis, non ? Oui, cette opération visait à passer du baume sur les plaies ouvertes de notre planète. La Banque mondiale aide les pays au bord de l'asphyxie. Eh bien, ce type-là intervient avant même qu'ils ne mettent la tête sous l'eau. D'où son énorme influence sur les gouvernements partout dans le monde. Peter Novak : notre ambassadeur nomade pour la paix et la stabilité.

— Un emplâtre sur une jambe de bois.

— Un emplâtre hors de prix, ne vous méprenez pas. Mais "Novak" nous était indispensable. Il servait d'intermédiaire, résolvait des conflits dont nous ne pouvions – ouvertement – nous mêler. Il a même réussi à traiter avec succès, et dans le plus grand secret, avec les régimes qui nous appellent le Grand Satan. Il avait sa propre politique étrangère ; il en était l'incarnation. Et son extraordinaire efficacité, il la devait justement à son indépendance vis-à-vis de l'Amérique. »

Sous le crâne de Janson, des pensées tourbillonnaient, des voix s'élevaient – les unes confiantes, d'autres prudentes ou encore menaçantes. Nikos Andros : *Vous les Américains n'avez jamais réussi à vous faire à cette idée. Vous voulez tellement qu'on vous aime que vous n'arrivez pas à comprendre pourquoi on vous aime si peu. Demande-toi pourquoi l'Amérique est en butte à tant de haine.* Angus Fielding : *La chose que vous autres Américains n'arrivez décidément pas à comprendre c'est que l'antiaméricanisme est profondément ancré dans les esprits...* Le Serbe aux lunettes cerclées d'or : *Vous les Américains, vous demandez toujours les plats qui ne figurent pas au menu, n'est-ce pas ? Vous n'avez jamais assez de choix.* Un barman hongrois se prenant pour un as de la gâchette : *Vous les Américains, vous crachez sur les trafiquants de drogue asiatiques et pendant ce temps-là vous noyez la planète sous vos images hallucinogènes... Partout où vous mettez les pieds, vous vous retrouvez face à vous-mêmes. La bave du serpent recouvre tout.*

Une insupportable cacophonie qui se résumait à cette bribe de phrase, répétée comme une psalmodie, un chœur digne du plain-chant médiéval.

Vous les Américains.

Vous les Américains.

Vous les Américains.

Vous les Américains.

Janson réprima un frisson. « Mais qui est – était – Peter Novak ? demanda-t-il.

— Vous vous souvenez du feuilleton *L'homme qui valait trois milliards* – "Messieurs, nous pouvons le reconstruire. Nous en avons la possibilité technique. Il sera supérieur à ce qu'il était avant l'accident. Le plus fort, le plus rapide, en un mot, le meilleur." » Il s'interrompit. « Enfin, le plus riche en tout cas. Le fait est que trois agents ont été choisis pour ce rôle. Déjà, à la base, ils se ressemblaient beaucoup, par leur corpulence, leur taille. La chirurgie a fait le reste. On a utilisé des tas de micromètres informatisés – une procédure d'une extrême minutie. Nous avions besoin d'avoir plusieurs répliques sous la main : imaginez que Novak se fasse renverser par un bus ou tombe foudroyé par une attaque. Etant donné l'ampleur de notre investissement, on ne pouvait se permettre de tout perdre du jour au lendemain. On a donc préféré miser sur trois canassons au lieu d'un. »

Janson regarda Collins d'un air étrange. « Qui accepterait de se soumettre à cela ? Perdre son identité, mourir aux yeux du monde, faire une croix sur sa famille, ses amis, aller jusqu'à changer de visage...

— On n'a pas toujours le choix », répliqua Collins, énigmatique.

La gorge de Janson se serra. Il sentit la rage monter en lui. Collins n'était pas aussi à l'aise qu'il voulait le faire croire, mais la froideur de son argumentation en disait long sur l'arrogance, le cynisme des organisateurs. Ces âmes damnées de la stratégie, ces dandys aux ongles manucurés, ces foutus cerveaux de la nation, tellement imbus d'eux-mêmes, persuadés que leurs théories fonctionnaient aussi bien dans la réalité que sur le papier. Pour eux, la planète n'était qu'un gigantesque échiquier. Peu importait que des êtres de chair et de sang endurent les conséquences de leurs élucubrations. Incapable de supporter la vue du bureaucrate triomphant, Janson détourna le regard vers la baie scintillante et aperçut un bateau de pêche croisant au large, loin de la zone de sécurité balisée par les bouées, à un mille de la rive. « On n'a pas toujours le choix. » Janson secoua la tête. « Moi non plus je n'ai pas eu le choix quand vous m'avez envoyé vos tueurs.

— Voilà que vous recommencez. » Collins leva les yeux au ciel. « Je vous ai déjà dit qu'il m'était impossible d'annuler l'ordre. Cela aurait suscité trop de questions. Les cow-boys de la CIA disposaient de rapports en béton disant que Novak était mort et que vous aviez joué un rôle dans son assassinat. Les Cons Op avaient reçu la même info. Mobius aurait préféré étouffer l'affaire, mais quand le vin est tiré... Quand le problème a surgi, j'ai réagi comme j'estimais devoir le faire. » Ses paroles étaient dépourvues de tout affect, on n'y décelait ni sadisme ni remords.

Un voile sanglant se déploya devant les yeux de Janson. Qu'est-ce qui était le plus humiliant ? Être exécuté pour trahison ou sacrifié comme un pion ? De nouveau, le bateau de pêche passa dans son champ de vision. Mais cette fois, il eut un coup au cœur. Comme une sensation de danger. L'embarcation était trop petite pour la pêche au crabe et trop proche de la côte pour les rascasses ou les perches.

Quant au gros bâton dépassant de la bâche qui claquait au vent, sur le pont, il n'avait rien d'une canne à pêche.

Janson regardait Collins remuer les lèvres mais ne l'entendait plus, tant son attention était captée par cette étrange embarcation. Il y avait urgence, la menace était bien réelle. Certes, le bungalow de Collins était bâti sur une étroite bande de terre longue de trois kilomètres, mais cet isolement n'apportait qu'une illusion de sécurité. Janson le comprenait à présent.

L'illusion fut volatilisée par la première salve d'artillerie qui aboutit dans le salon de Collins.

Un torrent d'adrénaline se déversa dans les veines de Janson. Sa conscience se contracta infiniment, comme un rayon laser. L'obus fit éclater la fenêtre et vint se ficher dans le mur d'en face, parsemant la pièce d'éclats de bois, de morceaux de plâtre et de bouts de verre ; la déflagration revêtit une telle intensité que ses oreilles ne l'entendirent presque pas. C'était plus une douleur qu'un bruit. Quand des volutes de fumée noire commencèrent à tournoyer dans le salon, Janson comprit qu'ils avaient échappé à la mort et pourquoi. Avant d'exploser, l'obus tournant sur lui-même trois cents fois par seconde s'était enfoncé très profondément dans le revêtement de pin et la structure en plâtre. Sinon, ils auraient été déchiquetés par les éclats de shrapnel. Sans perdre une fraction de seconde, il effectua un calcul fulgurant. Le premier obus servait à repérer la cible. Le deuxième, lui, serait plus précis. Il ne leur passerait pas à trois mètres au-dessus de la tête. Une fois le deuxième obus tiré, ils n'auraient guère plus le loisir de spéculer sur la vitesse de rotation et les temps de détonation.

La vieille maison en bois ne leur offrirait aucune protection.

Janson bondit du canapé et se rua vers le garage attenant. C'était son seul espoir. La porte était ouverte. Il descendit quelques marches. Une petite décapotable était garée là. Une Corvette jaune dernier modèle.

« Attendez une minute ! » s'exclama Collins en s'élançant derrière lui, le visage barbouillé de suie. Essoufflé d'avoir couru, il dit : « C'est ma Z06. Les clés sont ici. » Il les brandit avec un geste éloquent : c'était lui le propriétaire de cette petite merveille.

Janson les lui arracha et sauta sur le siège du conducteur. « Les vrais amis ne vous laissent jamais prendre le volant quand vous avez bu un coup de trop, lança-t-il au sous-secrétaire d'Etat qui resta un instant paralysé de stupeur. Vous venez ou pas ? »

Collins contourna la voiture, ouvrit la porte du garage en appuyant sur un interrupteur et s'assit à côté de Janson qui fit rugir le moteur. La Corvette recula et sortit du garage sur les chapeaux de roues en frôlant la lourde porte coulissante.

« On a failli abîmer la peinture, hein ? » fit Collins, le visage couvert de sueur.

Janson ne répondit rien.

Avec une fluidité d'organiste, Janson exécuta un demi-tour magistral – un J parfait – en utilisant successivement le frein d'urgence, le volant et l'accélérateur et s'engagea en trombe sur l'étroite route goudronnée.

« A mon avis, votre idée n'est pas aussi géniale qu'elle le paraît, dit Collins. Maintenant nous sommes complètement à découvert.

— Les filets – ils s'étendent sur toute la zone située à l'extrémité de l'île, n'est-ce pas ?

— Jusqu'à huit cents mètres au large environ, oui.

— Alors servez-vous de votre cervelle. Si un sloop tentait de les franchir, il s'y empêtrerait. Par conséquent, si la canonnière a besoin d'ouvrir une autre ligne de feu, elle devra faire un large détour. C'est un bateau peu puissant – il n'aura pas le temps. Pendant qu'il effectue la manœuvre, nous gardons la maison entre lui et nous : c'est ça la défense passive.

— Au temps pour moi, concéda Collins. Mais à présent, je voudrais qu'on se dirige vers la petite marina qu'on voit là-bas sur la droite. Si on y arrive, on sera à couvert. En plus, en cas de besoin, on pourra toujours sauter dans un bateau pour gagner le continent. » Il s'exprimait d'une voix posée, autoritaire. « Vous voyez ce petit sentier sur la droite ? Prenez-le – maintenant. »

Janson continua tout droit.

« Bon sang, Janson ! mugit Collins. Cette marina était notre meilleure chance.

— Notre meilleure chance d'être hachés menu. Vous croyez qu'ils n'y ont pas pensé ? Ils ont déjà lancé un engin explosif à retardement là-bas. Mettez-vous à leur place !

— Faites demi-tour, hurla Collins. Bon sang, Paul, je connais le coin, j'y vis, et je vous dis... »

Une forte explosion noya la suite de sa phrase : derrière eux, la marina n'était plus qu'un amas de débris. Après un vol plané, un méchant bout de caoutchouc atterrit sur le bas-côté.

Janson appuya sur la pédale de l'accélérateur en dépassant allégrement la limitation de vitesse. A cent vingt kilomètres-heure, il voyait les herbes hautes et les épineux fuir dans le rétroviseur. Le moteur vrombissait toujours plus fort, comme si on avait enlevé le silencieux. La langue de terre rétrécissait ; elle ne faisait plus que vingt mètres de large, partagés entre plage et herbes folles. Le sable recouvrait même la route. Janson avait l'impression de flotter au-dessus de l'eau ; il savait que le sable sous les roues produisait l'effet d'une nappe d'huile, aussi ralentit-il un peu.

Mais le moteur faisait toujours autant de bruit.

Ce bruit-là ne venait pas du moteur.

Janson se tourna vers la droite et vit l'hovercraft. Un modèle amphibie conçu pour l'Armée.

Il glissait sur la baie, son puissant ventilateur le maintenait en l'air, à soixante centimètres de l'eau et des filets flottant sous la surface. Rien ne pouvait l'arrêter.

Un frisson glacial traversa Janson de la tête aux pieds. Les basses terres de Chesapeake Bay étaient parfaitement adaptées aux caractéristiques de l'hovercraft. Ils ne seraient à l'abri nulle part : contrairement à un bateau, cet engin se déplaçait presque aussi facilement sur la terre que sur l'eau. Et son moteur était assez performant pour lui permettre d'avancer à la même allure que la Corvette. C'était un ennemi plus dangereux que la canonnière. Et il était en train de les rattraper ! Le ventilateur produisait un bruit assourdissant ; l'air qu'il déplaçait faisait tanguer la petite décapotable.

De nouveau, Janson jeta un coup d'œil sur l'aéroglisseur. De côté, il ressemblait un peu à un yacht, avec sa petite cabine vitrée sur le devant. A l'autre bout, se dressait le gros ventilateur vertical. La proue était équipée de lourds parements antihoule. Quand il s'élançait sur la mer d'huile, il semblait filer avec une remarquable fluidité.

Janson écrasa la pédale de l'accélérateur – puis s'aperçut, écœuré, que l'hovercraft, non content de leur coller au train, entreprenait de les dépasser. Juché quelque part à gauche, sous le coffrage du ventilateur, un individu coiffé d'un casque de protection était en train de se battre avec un engin ressemblant fort à une mitrailleuse M60.

D'une main, Janson sortit son M9 et vida le chargeur – mais impossible de viser à cause du déplacement relatif de la voiture par rapport à sa cible. Les balles cinglaient les énormes pales du ventilateur en rendant un son métallique.

Et maintenant il était à court de munitions.

Rebondissant légèrement sur son bipode, le M60 produisit une sorte de grognement. Au Viêt-nam on le surnommait le « cochon » ; Janson se rappela pourquoi. Au moment même où la carrosserie se mettait à trembler comme si on l'attaquait au marteau-piqueur, il se pencha le plus possible, sans pour autant perdre le contrôle de son véhicule. Une pluie de balles – deux cents cartouches 7.62 mm à la minute – s'abattit sur la Corvette jaune et s'enfonça dans l'acier de la carrosserie.

Il y eut une légère pause : mitrailleuse enrayée ? Surchauffe ? Pour éviter ce type de panne, on avait coutume de changer le canon tous les cent à cinq cents tirs. Un tireur trop zélé aurait pu négliger de prendre cette précaution. Maigre consolation : le pilote de l'hovercraft profita de l'interruption pour changer de direction. L'engin perdit de la vitesse, revint à la hauteur de la Corvette, et soudain s'engagea sur la plage avant de monter sur la route.

Désormais seuls quelques mètres les séparaient. Les puissantes turbines aspirantes semblaient écraser de leur masse la minuscule voiture de sport. Un autre bruit apparut et s'amplifia – un raclement profond et grave. Cela ne pouvait signifier qu'une seule chose : un moteur auxiliaire Rotex et un autre ventilateur de propulsion venaient d'être activés. Dans son rétroviseur, Janson regardait, abasourdi, les parements en PVC se gonfler encore et encore. L'aéroglisseur qui flottait à trente centimètres du sol se mit à décoller, à s'élever – plus haut, toujours plus haut ! Au rugissement des moteurs Rotex se mêla le hurlement de l'air propulsé. Une petite tempête de sable soufflait juste derrière eux.

La poussière soulevée par les moteurs leur entrait dans la bouche, dans le nez. Impossible de respirer sans suffoquer. Elle était si dense qu'elle cachait en partie l'hovercraft, ce qui n'empêcha pas Janson d'apercevoir, à travers le pare-brise de l'engin, l'homme à la forte carrure qui les regardait derrière ses lunettes de protection.

L'homme souriait.

L'aéroglisseur parut s'élever de trente centimètres encore, puis se cabra comme un cheval rétif. Quand ses parements antihoule heurtèrent le pare-chocs arrière de la voiture, Janson prit conscience de la terrible réalité : *il allait leur monter dessus.*

Jetant un coup d'œil sur sa droite, Janson vit Collins plié en deux sur son siège, les mains collées sur les oreilles pour tenter de les protéger.

L'hovercraft bondit, les effleura de nouveau. Les pales brassaient l'air si puissamment qu'il devenait aussi dangereux que le jet propulsé par un canon à eau. Malgré le sable tourbillonnant, Janson entrevit à travers le pare-brise arrière les lames de propulsion auxiliaires fixées sous le ventre de l'engin. Si le mitraillage latéral du M60 ne suffisait pas, les tueurs se serviraient de ces hélices pour déchiqueter la voiture et décapiter ses occupants, telle une gigantesque tondeuse à gazon.

L'hovercraft s'apprêtait à emboutir encore une fois l'arrière de la Corvette quand Janson tourna vivement le volant à gauche. La voiture quitta la route, ses roues patinèrent sur le sable, ce qui eut pour effet immédiat de lui faire perdre de l'adhérence et de la vitesse.

L'hovercraf les dépassa en vrombissant, aussi vif qu'un farfadet, puis s'arrêta et recula sans faire demi-tour.

Grâce à cette brillante manœuvre, l'homme au M60 disposait enfin d'une ligne de feu directe sur le chauffeur de la Corvette et son passager. Janson vit le tireur glisser une nouvelle cartouchière dans la mitrailleuse. Au même instant, un autre moteur pénétra dans son champ sonore. C'était une vedette effectuant un rapide virage en direction de la plage.

Oh ! mon Dieu non !

Et dans la vedette, une silhouette allongée en position de tir. Un fusil pointé vers eux.

CHAPITRE 31

LA vedette devait être équipée d'un réacteur d'avion car elle avançait à plus de 230 kilomètres-heure, faisant jaillir dans son sillage une immense gerbe d'écume. Le petit bateau grossissait à vue d'œil. Janson ne pouvait se détacher de ce spectacle hallucinant. Il contemplait sa propre mort. Puisqu'ils se trouvaient à trois kilomètres de la villa, il n'y avait plus de filets pour les protéger. Plus rien du tout.

Où aller ? *Où trouver un abri ?*

Janson donna un coup de volant dans l'intention de remonter sur la route. A l'instant où il passa de la terre détrempée au macadam, il entendit le châssis de la Corvette racler le sol. Et s'il passait à l'attaque ? Pourquoi ne pas tenter de percuter l'hovercraft, histoire de vérifier si la fine carcasse en fibre de verre résisterait à l'acier de sa carrosserie ? Les chances étaient minces. Le M60 ne lui en laisserait sans doute pas le temps.

Recroquevillé sous le ventilateur, le mitrailleur souriait d'un air mauvais. La cartouchière était en place ; le mode plein-feu activé. Dans quelques secondes, il les arroserait copieusement. Tout à coup, l'homme bascula en avant. Son front vint cogner sur le bipode de la mitrailleuse. Il ne bougeait plus.

Il était mort.

Un écho étrange, comme le bruit d'un bouchon qui saute, se répercuta sur les eaux de Chesapeake Bay. Puis un autre. L'hovercraft s'immobilisa à deux ou trois mètres de la Corvette, à cheval entre la route et le bas-côté. Drôle de manière de se garer !

Comme la plupart des engins militaires, il devait être équipé de commandes requérant une pression non passive continuelle – autrement dit, pour avancer il avait besoin d'une main humaine. Sinon, en situation de combat, on courait à la catastrophe. Si jamais le pilote se faisait tuer, l'appareil deviendrait aussi dangereux pour son propre camp qu'une arme automatique tirant toute seule. L'hovercraft perdait de la puissance, les moteurs s'éteignaient, les pales ralentissaient. Enfin, les patins heurtèrent lourdement le sol. Pendant ce temps,

Janson essayait d'apercevoir le pilote. L'homme était affalé contre le pare-brise.

Deux coups de feu, deux morts.

Au moment où la vedette s'arrêtait en crachotant, ils entendirent une voix venant de Chesapeake Bay. « *Paul !* Tu vas bien ? »

La voix venait de la vedette.

Une voix de femme. La femme qui leur avait sauvé la vie.

Jessica Kincaid.

Janson descendit de voiture et courut vers la plage ; Jessie n'était plus qu'à dix mètres de lui. Elle ne pouvait approcher davantage sans risquer de s'échouer.

« Jessie ! hurla-t-il.

— J'attends tes félicitations ! s'exclama-t-elle, triomphante.

— Deux tirs en pleine tête – et à partir d'un navire en mouvement ? Ça mérite d'entrer dans le foutu livre des records ! » clama Paul. Tout à coup, il se sentait soulagé d'un grand poids. « Cela dit, j'avais la situation bien en main.

— Ouais, j'ai vu ça », rétorqua-t-elle sèchement.

Derek Collins s'approcha en titubant. Il avait du mal à marcher droit et son visage couvert de sueur était maculé de sable et de vase. Une vraie momie.

Janson se retourna lentement vers son ennemi. « C'est comme ça que vous vous amusez ?

— Quoi ?

— Ces deux gugusses faisaient partie de vos charmants protégés, eux aussi ? A moins que vous ne me refassiez le coup du ni oui ni non ?

— Bon sang, je n'ai rien à voir avec ça ! C'est pourtant évident ! Ils ont failli *me* tuer, sacré nom de Dieu ! Seriez-vous trop aveugle ou trop imbu de vous-même pour voir la vérité quand elle vous crève les yeux ? Ils voulaient nous tuer *tous les deux*. »

Sa voix grimpait dans les aigus, trahissant la terreur qui lui sortait par tous les pores de la peau. Il disait probablement la vérité, décida Janson. Mais dans ce cas, qui avait fomenté ce dernier attentat ?

Quelque chose dans l'attitude de Collins chiffonnait Janson : il semblait sincère tout en restant légèrement distant. Il lui cachait encore quelque chose. « Peut-être. Pourtant j'ai dans l'idée que vous connaissez nos agresseurs. »

Collins détourna le regard.

« Putain, Collins ! Si vous avez quelque chose à dire, dites-le maintenant ! » Décidément, ce bureaucrate timoré lui donnait la nausée avec ses airs supérieurs et sa fausse impassibilité. Cet homme avait un ordinateur à la place de l'âme. Janson n'était pas près d'oublier que Collins n'avait pas bougé le petit doigt pour faire annuler l'ordre d'exécution ; qu'à ses yeux, il n'était qu'un pion sur le grand échiquier Mobius. Janson n'avait aucune envie de traiter avec un tel individu.

« Vous avez perdu, dit tranquillement Janson. Une fois de plus. Si vous voulez me tuer, il va falloir vous appliquer un peu plus.

— Je vous l'ai dit, Janson. C'était avant. Maintenant c'est différent. Les données ont changé. Je vous ai pourtant parlé du programme, nom d'un chien – le plus grand, le plus redoutable secret de toute l'histoire des USA. Et encore, je n'ai pas le droit de tout vous révéler.

— Encore vos conneries, gronda Janson.

— Non, c'est vrai. Je ne peux rien vous dire pour l'instant, mais il vous reste beaucoup de choses à apprendre. Pour l'amour du ciel, il faut que vous m'accompagniez à Washington. Il faut que vous rencontriez l'équipe Mobius. Nous avons besoin de vous dans ce programme. OK ? » Il posa la main sur le bras de Janson qui le repoussa brutalement.

« Vous avez "besoin de moi dans ce programme" ? Permettez-moi de vous poser une question – et il vaut mieux que vous répondiez franchement, parce que vous mentez très mal.

— Je vous l'ai dit, je ne suis pas autorisé à révéler...

— N'ayez pas peur, c'est juste une toute petite question, un point de détail. Vous m'avez parlé de l'équipe chirurgicale qui a procédé à la transformation physique des trois agents. J'étais en train de me demander ce qu'étaient devenus le chirurgien en question et ses assistants. Où sont-ils à l'heure actuelle ? »

Collins cligna les yeux. « Bon sang, Janson. La réponse, vous la connaissez.

— Je veux juste vous l'entendre dire.

— C'était une opération ultrasecrète. Il n'y avait pas plus d'une dizaine de personnes au courant. Elles avaient toutes des accréditations de niveau maximum – des professionnels du renseignement.

— Mais vous aviez besoin de recourir aux services d'un chirurgien esthétique de premier ordre. Et, de fait, lui et ses collaborateurs étaient des intervenants extérieurs.

— Est-il vraiment nécessaire de s'appesantir là-dessus ? Vous saisissez parfaitement la logique de l'affaire. Vous l'avez dit vous-même : chacun d'entre eux contribuait au succès du programme tout en représentant un risque pour la sécurité de ce même programme. Un risque que nous ne pouvions tout simplement pas courir.

— Donc, le programme Mobius a suivi le protocole. Vous les avez éliminés. Jusqu'au dernier. »

Collins resta silencieux, la tête légèrement baissée.

Janson fulminait, et pourtant Collins n'avait fait que confirmer ses soupçons. Ils s'étaient probablement accordé une année pour effectuer le grand nettoyage. Une tâche n'ayant rien de bien compliqué. Un accident de voiture, une noyade accidentelle, peut-être une chute mortelle sur une piste noire – les grands chirurgiens avaient tendance à pratiquer des sports dangereux. Non, cela n'avait rien de bien compliqué. Les exécuteurs avaient fait leur boulot en rayant chaque fois un nouveau nom sur la liste. La réalité *humaine* – les conjoints endeuillés, les orphelins, les familles anéanties, les enfances brisées, les catastrophes en chaîne dues au désespoir, à la souffrance morale – n'avait aucune consistance pour ces bureaucrates à sang froid.

Les yeux de Janson se fichèrent dans ceux de Collins. « Quelques petits sacrifices pour le bien de l'humanité, c'est ça ? Non, Collins, je n'ai rien à faire dans ce programme. Dans *votre* programme. Vous savez un truc, Collins ? Vous n'êtes ni un oiseau chanteur ni un faucon. Vous êtes un serpent, et vous le serez toujours. »

Janson tourna son regard vers la mer, aperçut Jessie Kincaid debout dans la vedette, ses cheveux courts ébouriffés par la brise, et tout d'un coup ce fut comme si son cœur éclatait. Collins lui avait peut-être dit la vérité sur le rôle joué par les Opérations consulaires ; peut-être avait-il menti. Quoi qu'il en soit, Janson ne lui ferait jamais confiance. *Il vous reste beaucoup de choses à apprendre... Accompagnez-moi.* Une invitation qui sentait le soufre. Collins ne s'y prendrait pas autrement s'il voulait le conduire à sa perte.

Janson regarda de nouveau la vedette qui tanguait doucement à sept mètres de la rive. Son choix était fait. Il s'avança vers la mer, sans un regard en arrière, entra dans l'eau et se mit à nager. L'onde bénéfique lessiva ses vêtements boueux, lui rafraîchit le corps. En quelques brasses, il arriva près du bateau.

Quand il grimpa à bord, Jessie se précipita pour l'aider.

« C'est marrant, je te croyais à Amsterdam, dit Janson.

— Disons que je commençais à m'ennuyer. Surtout que deux sales gosses m'ont fait tomber à l'eau, sans savoir qu'ils me sauvaient la vie.

— Répète !

— C'est une longue histoire. Je t'expliquerai plus tard. »

Il referma ses bras autour du corps tiède de la jeune femme. « OK, mes questions peuvent attendre. Toi aussi tu dois en avoir quelques-unes à me poser.

— Je commencerai par celle-ci, dit-elle. Sommes-nous associés ? »

Il la serra contre lui. « Ouais, dit-il. Nous sommes associés. »

Quatrième partie

CHAPITRE 32

« **V**OUS ne comprenez pas, dit le coursier, un Noir guindé, proche de la trentaine, portant des lunettes en losange sans monture. Je risque ma place. Sans parler des poursuites civiles et pénales. » Il désigna l'insigne cousu sur sa veste marine, portant le logo de sa compagnie : Caslon Couriers. Caslon : le service de messagerie extrêmement onéreux, extrêmement performant et sécurisé auquel les riches particuliers et les sociétés prospères confiaient leurs documents les plus délicats. Grâce à leur réputation méritée de fiabilité et de discrétion, ils bénéficiaient d'une clientèle fidèle, triée sur le volet. « Ces gars-là ne rigolent pas. »

Le coursier était assis à une petite table du Starbucks, entre la 39ᵉ Rue et Broadway. L'homme aux cheveux gris qui venait de le rejoindre parlait sur un ton poli mais insistant. Il s'était présenté comme un membre important de la Liberty Foundation ; sa femme faisait partie du personnel de la succursale de Manhattan. Non, il n'aurait jamais dû se permettre de l'aborder d'une manière cavalière mais il était au bout du rouleau. Sa femme le trompait avec un type qui lui envoyait des plis par l'intermédiaire de Caslon. « Et dire que je ne sais même pas de qui il s'agit ! Enfin, je n'en suis pas sûr. »

L'embarras du coursier sembla s'aggraver puis se dissipa très vite lorsque Janson produisit une liasse de billets de cent dollars et se mit à les compter. A vingt, son regard devint presque chaleureux malgré les carreaux en losange.

« Je suis tout le temps parti. Alors quoi d'étonnant à ce qu'elle s'intéresse à d'autres hommes ? dit le monsieur aux cheveux gris. Mais si je connaissais mon rival, je pourrais peut-être arranger les choses, vous comprenez ? Elle n'avouera jamais. Or, je sais qu'elle reçoit des petits cadeaux. Je vois bien qu'elle ment quand elle prétend qu'elle les achète elle-même. Ces objets-là sont du genre de ceux qu'un homme offre à une femme, et je suis bien placé pour le savoir. Bon, je ne dis pas que je suis parfait. Mais nous avons besoin d'y voir clair, ma femme et moi. Tous les deux ensemble. Ecoutez, j'ai l'impression de vivre un cauchemar. Jamais je n'aurais cru en arriver là. Ce genre de démarche ne me ressemble vraiment pas, croyez-moi. »

Le coursier hocha la tête pour lui montrer qu'il compatissait, puis jeta un œil sur sa montre. « Vous savez, j'étais sérieux en parlant des poursuites civiles et pénales. Quand ils vous embauchent, ils insistent bien là-dessus. On signe toutes sortes de contrats, et s'ils vous prennent sur le fait, vous passez un sale quart d'heure. »

Le riche cocu n'était que dignité et prudence. « Ils ne l'apprendront pas. Je ne vous demande pas de subtiliser quoi que ce soit. Tout ce que je veux c'est consulter les doubles des bordereaux d'envoi. Pas me les approprier, juste les voir. Et si j'apprends ce que je veux savoir, si c'est bien le type auquel je pense, personne n'en saura jamais rien. Je vous en supplie, donnez-nous une chance à Marta et à moi. Vous êtes notre seul recours. »

Le coursier hocha vivement la tête. « Je vais être en retard pour ma tournée. Si on se retrouvait dans l'atrium du Sony Building. Entre la 55ᵉ et Madison, dans quatre heures ?

— Vous faites le bon choix, mon ami », lui dit l'homme avec ferveur sans faire aucune allusion aux deux mille dollars qu'il lui avait laissés en guise de « pourboire » ; c'eût été indélicat pour l'un comme pour l'autre.

Quatre heures plus tard, dans l'atrium Sony, assis sur une chaise de métal près d'une fontaine en ciment, Janson passait en revue le tas de factures. Il avait péché par optimisme : les bordereaux n'indiquaient pas l'adresse de l'expéditeur. On n'y trouvait qu'un code correspondant au lieu de la levée. Il persévéra malgré tout, à la recherche d'un indice. Il y avait là des douzaines de plis, provenant de toutes les grandes villes où étaient implantées les diverses filiales de la Liberty Foundation. Seuls quelques-uns, destinés à Marta Lang, partaient d'un endroit situé au milieu de nulle part. Que pouvait bien fabriquer Caslon Couriers dans cette petite ville des Blue Ridge Mountains ?

« Oui, dit le coursier d'un air mélancolique. Je me suis posé la même question. » Janson regarda autour de lui – un jardin d'hiver, avec plantes grasses et petites cascades au milieu d'un « espace public » sous verre, qui avait dû voir le jour à l'issue d'un désaccord entre urbanistes et comité de quartier. « Elle m'a dit qu'ils avaient rompu. Ils ont peut-être arrêté de se voir pendant quelque temps. Mais voilà que ça recommence. Eh bien, je ne vois plus que la thérapie de couple. »

D'un air sinistre, Paul Janson lui tendit une autre liasse de gros billets, cachée au creux de sa paume. Le coursier s'en saisit sans hésiter une seule seconde.

« Je compatis sincèrement », dit-il.

Après quelques recherches fructueuses à la bibliothèque publique de New York, Janson fut incollable sur la ville de Millington en

Virginie. Tout près, se trouvait un grand domaine pastoral aménagé dans les années 1890 par John Vincent Astor. Une propriété qui, selon les experts en architecture, n'avait rien à envier au légendaire domaine Biltmore, par son élégance et l'attention portée aux détails. Dans les années 50, elle était passée entre les mains de Maurice Hempel, un mystérieux magnat du diamant sud-africain, décédé depuis. Et maintenant ? Quel en était le propriétaire ? Qui y vivait ?

La réponse tombait sous le sens : l'homme que le monde entier connaissait sous le nom de Peter Novak. Une certitude ? Loin de là. Pourtant, s'il avait choisi de s'établir dans ce coin de campagne, il devait avoir ses raisons. Un homme de pouvoir ne pouvait se passer de réseaux de communication. A supposer que le dernier des « Novak » soit encore à la tête de son empire, il avait besoin de rester en contact avec ses principaux adjoints. Marta Lang par exemple. Janson comptait se servir de ces réseaux de communication pour repérer les imperceptibles frémissements de la toile et tomber enfin sur l'araignée.

Après une matinée passée sur la route, Janson se sentait beaucoup moins sûr de lui. N'avait-il pas agi avec trop de précipitation ? La monotonie du paysage n'arrivait pas à dissiper sa tension. Conservant presque tout le temps la même vitesse, il emprunta d'abord l'autoroute à péage, ponctuée de panneaux bleus « Choisissez l'autoroute A », puis des voies plus modestes rayonnant à travers les Blue Ridge Mountains telles des rivières creusées par la main de l'homme. Les prairies verdoyantes laissèrent place à des panoramas vallonnés dessinant sur la ligne d'horizon des formes ondulantes tirant sur le bleu-vert. Dans le cadre du pare-brise, les paysages qui avançaient vers lui avaient la beauté des choses simples. Des barrières mal plantées soulignaient les affleurements de schiste gris couverts de mousse. La route elle-même, avec ses interminables petites imperfections, contribuait à l'assoupissement : fissures du macadam badigeonnées d'un enduit noir et brillant ; marques de dérapage traçant des diagonales sur le bitume ; bandes blanches à demi effacées par des années d'intempéries.

Il passa devant une sortie de camping et, quelques kilomètres après, tomba sur un embranchement. Un panneau indiquait la direction de Castleton. Millington ne devait plus être très loin. JED SIPPERLY VÉHICULES D'OCCASION – VOTRE NOUVELLE VOITURE EST ICI ! claironnait un écriteau planté au bord de la route. Un écriteau, ou plus exactement une plaque de métal fichée au sommet d'un piquet, avec des lettres bleues et blanches tracées à la peinture pour carrosserie. Des traces de rouille dégoulinaient des rivets enfoncés dans les coins. Janson se gara sur le parking.

Dans le Maryland, déjà, il avait troqué sa voiture contre une Altima dernier modèle, rachetée à son propriétaire. Changer de véhicule était la procédure habituelle en cas de voyage lointain. Bien sûr, il s'était assuré qu'on ne le suivait pas, mais deux précautions valent mieux qu'une. Il fallait toujours penser à la « surveillance soft » : procédure purement passive, consistant à placer sur le parcours des agents chargés de noter le passage d'un véhicule mais pas de le filer. Quelques individus avaient éveillé ses soupçons : une jeune femme assise sur le siège passager d'une Dodge Ram, qui avait levé le nez de son journal pour observer une plaque d'immatriculation ; un gros bonhomme croisé au bord de la route et qui semblait attendre une dépanneuse, debout près d'une voiture dont le capot ouvert laissait échapper des nuages de vapeur. Ces gens-là paraissaient inoffensifs, mais comment en être sûr ? La surveillance soft était impossible à détecter. Aussi Janson changeait-il de véhicule de temps à autre, histoire de donner du fil à retordre aux éventuels espions.

Lorsqu'il descendit de son Altima et s'avança vers la caravane qui faisait office de bureau, un gros chien se précipita plusieurs fois contre l'épaisse barrière métallique qui lui servait de cage. ON ÉTUDIE TOUTES LES OFFRES disait une affiche collée sur la fenêtre. Le molosse – un bâtard tenant à la fois du pit-bull, du doberman et peut-être du mastiff – enfermé dans un coin du parking, se jeta de nouveau contre la clôture qui résista. Ce misérable cabot et le noble kuvasz blanc de la vieille Hongroise n'avaient en commun que la masse corporelle, songea Janson. Mais on sait que les animaux sont souvent le reflet de leurs maîtres.

Cigarette aux lèvres, un homme d'une trentaine d'années sortit de la caravane sans se presser et déploya son bras un peu trop brusquement devant le nez de Janson. D'instinct, ses muscles se contractèrent. Mais au lieu de suivre son premier réflexe et de le frapper au cou, Janson se reprit, tendit la main et serra celle que le carrossier lui offrait. Il avait du mal à contrôler des impulsions qui lui avaient maintes fois sauvé la mise. Mais dans la vie courante, les réactions de ce genre étaient assez ennuyeuses. Pourtant, la plupart du temps, la violence surgissait sans qu'on s'y attende. En fait, Janson devait rester maître de lui, et ce en toutes circonstances. Tout à l'heure, quand il quitterait les lieux, il ne laisserait pas derrière lui un homme se tordant de douleur dans la poussière mais un commerçant enchanté de la bonne affaire qui lui avait permis d'empocher une belle liasse de billets verts.

« Je suis Jed Sipperly », dit l'homme en lui serrant la main avec une vigueur intentionnelle ; on avait dû lui expliquer qu'une bonne poigne inspirait confiance. Sous sa tignasse blond clair, son visage était joufflu mais ferme ; une double ride vermeille, brûlée par le soleil, lui descendait de l'arête du nez jusque sous les yeux. Était-ce dû à la fatigue de la route, Janson eut soudain l'impression de voir le vendeur tel qu'il serait dans quelques dizaines d'années. Les lèvres charnues, les joues rebondies s'affaisseraient ; le visage poupin, desséché par le soleil, se creuserait en une multitude de sillons, de ravins. Le teint fleuri qui aujourd'hui révélait une santé florissante se réduirait à un réseau de vaisseaux capillaires, entrecroisés comme les hachures d'une eau-forte. Les cheveux dorés blanchiraient, reculeraient vers la nuque, les tempes.

Dans le bureau mal éclairé, sur la table en Formica, Janson aperçut une bouteille de Budweiser brune débouchée et un cendrier presque plein. Deux autres facteurs de vieillissement. La lente destruction du corps était déjà à l'œuvre.

« Alors, dites-moi, qu'est-ce que j'peux faire pour vous ? » L'haleine de Jed sentait légèrement la bière et quand il se rapprocha, la lumière fit ressortir ses pattes-d'oie.

Le chien se remit à cogner contre la clôture.

« Faites pas attention à Butch, dit l'homme. Je crois qu'il aime ça. Vous m'excusez un instant ? » Jed Sipperly sortit, s'avança vers l'enclos et se pencha pour ramasser une petite poupée de chiffon qu'il jeta au molosse. En fait, le chien n'attendait que cela ; il bondit sur le pantin et le prit entre ses grosses pattes, comme pour le protéger. De sa langue rose, il enleva la poussière qui salissait la poupée.

Jed revint vers son client en s'excusant d'un haussement d'épaules. « Regardez comme il lui bave dessus – ce chien est tellement attaché à cette poupée que c'en est malsain, dit-il. Je suppose que c'est normal ; tout le monde tient à quelque chose. Un très bon chien de garde, sauf qu'il aboie pas. Ça vaut peut-être mieux. » Un sourire professionnel : ses lèvres se relevèrent tandis que ses yeux demeuraient attentifs et froids. Un sourire propre aux bureaucrates et aux commerçants. « C'est à vous la Nissan Altima ?

— J'avais envie de la revendre », annonça Janson.

Jed prit une mine contrite, comme si on lui demandait l'aumône. « On en a pas mal de cette marque-là. Je les aime bien, remarquez. J'ai comme une faiblesse pour ces bagnoles. Et j'ai tort. Les gens ne courent pas après les voitures japonaises, surtout dans la région. Vous avez combien de kilomètres au compteur ?

— Soixante-quinze mille, fit Janson. Un peu plus. »

Une autre grimace. « Il est temps de la vendre, alors. Parce que les transmissions de ces Nissan commencent à déconner dès qu'on arrive aux quatre-vingt mille. Je vous dis ça sans arrière-pensée. N'importe qui vous le confirmera.

— Merci pour le tuyau », répondit Janson en hochant la tête. Ce type mentait avec une facilité impressionnante. Il correspondait par-faitement au stéréotype du vendeur d'occasions, mais il mettait un tel enthousiasme à se couler dans le rôle que c'en était presque touchant.

« Personnellement, je les aime bien, malgré les ennuis mécaniques et tout. J'aime leur ligne. Et j'ai pas de problèmes pour les réparations. On a un mécanicien sous la main. Mais si ce que vous cherchez c'est la fiabilité, je peux vous indiquer un ou deux modèles qui vous survivront. » Il désigna une berline marron. « Vous voyez cette Taurus ? Une des meilleures jamais construites. Elle tourne comme une horloge. Les derniers modèles sont truffés d'accessoires qu'on utilise jamais. Plus on a d'accessoires, plus on risque la panne. Celle-là, elle est entièrement automatique, elle a la radio, y'a plus qu'à mettre le contact. Vous changez l'huile tous les cinq mille kilomètres, vous roulez à l'essence sans plomb. C'est le bonheur. Le *bonheur*, mon vieux. »

Le type lui proposait ni plus ni moins d'échanger son Altima dernier cri, plus quatre cents dollars en espèces, contre une vieille Taurus toute pourrie. Janson était en train de se faire sauvagement arnaquer mais tant pis. Il prit un air reconnaissant. « Une affaire en or, l'assura Jed Sipperly. Je vous dis, c'est un tort mais j'ai une faiblesse pour les Altima, un peu comme Butch pour sa poupée. C'est irrationnel, seulement l'amour ça ne se discute pas, pas vrai ? Il suffit qu'un type m'en amène une pour que je lui échange contre la plus chouette caisse du parking. N'importe qui dirait : "Jed, t'es dingue. Cette casserole jap a moins de valeur qu'un seul des *enjoliveurs* de cette Taurus." Eh ben, c'est peut-être dingue mais c'est comme ça. » Un clin d'œil complice : « Faisons affaire avant que je change d'avis. Ou que je reprenne mes esprits !

— J'apprécie votre franchise, dit Janson.

— Je vais vous dire, reprit le vendeur en traçant son paraphe sur un reçu, pour cinq dollars de plus, vous emportez le cabot avec ! » Il partit d'un rire entendu : « Enfin, ce serait plutôt à moi de vous payer pour que vous m'en débarrassiez. »

Janson sourit, fit un signe de la main et monta dans la Taurus. Avant de démarrer, il entendit le sifflement d'une canette de bière qu'on débouchait. L'homme était en train de s'envoyer une autre Budweiser à la santé du pigeon qu'il venait de plumer.

En arrivant à destination, Janson comprit que ses doutes étaient fondés. Millington était situé dans une région misérable, sans aucun attrait. Jamais un milliardaire n'aurait eu l'idée de choisir un coin aussi miteux pour se mettre au vert.

Les autres villes du secteur – comme Little Washington, sur la 211, plus loin vers le nord – n'étaient que des pièges à touristes. L'économie locale avait disparu, remplacée par ces industries débilitantes qui détruisent l'âme des terroirs. Ces villes n'étaient plus que des musées ; leurs granges en bardeaux blancs regorgeaient de mauvaise porcelaine que les gens achetaient dix fois son prix, de salières en verre lacté "authentiques" et de bougies à la cire d'abeille "traditionnelles", mises en caisses dans une usine de Trenton. Les fermes avaient été reconverties en restaurants hors de prix où les filles de menuisiers, tuyauteurs et paysans – celles qui restaient au pays, en tout cas –, sanglées dans des costumes de style « colonial », répétaient à longueur de journée : « Je m'appelle Linda et c'est moi qui vais prendre votre commande. » Les gens du cru accueillaient les visiteurs avec une gentillesse étudiée et un grand sourire « tiroir-caisse ». *Qu'est-ce que j'peux faire pour vous ?*

Millington, en revanche, avait été épargné par le tourisme écolo. Janson vit tout de suite où il mettait les pieds. C'était à peine un village et il y avait dans l'air quelque chose de trop *réel* pour que le pittoresque s'y mêle. Perché sur une pente rocheuse de Smith Mountain, Millington considérait la nature comme une adversaire, pas comme un objet décoratif qu'on met en boîte pour le troquer ensuite contre quelques billets. Pas l'ombre d'un gîte rural dans le voisinage. Les motels les plus proches, succursales de chaînes nationales bas de gamme, étaient dirigés par des immigrants indiens qui se tuaient au travail : ils hébergeaient les routiers désireux de se payer un vrai lit de temps en temps, et ne possédaient rien qui puisse attirer les hommes d'affaires en quête de salles de « conférences ». Il faisait nuit dès dix heures du soir. Les seules lumières indiquant que la région était habitée luisaient plus bas dans la vallée, quelques dizaines de kilomètres plus loin, dans la petite ville de Montvale qui, elle, étincelait comme le Las Vegas du pauvre. La seule industrie était une ancienne usine de papier recyclée dans la brique vernissée qui vendait des sous-produits minéraux non raffinés pour compléter son chiffre d'affaires ; la douzaine d'ouvriers qu'elle employait passaient leur temps à ensacher de la potasse. Plus loin, une autre fabrique, plus petite, se spécialisait dans le tissage décoratif. Le restaurant du centre-ville, sur Main et Pemberton Streets, servait des œufs, des frites et du café toute la journée, et si vous commandiez les trois à la fois, vous aviez droit à un jus de tomate ou d'orange en prime, mais dans un verre à peine plus grand qu'un godet. Juste à côté de la station-service, on voyait une petite « superette » dont les présentoirs s'ornaient de ces en-cas sous cellophane qu'on trouve le long de toutes les routes américaines. L'épicerie locale proposait deux variétés de moutarde, celle de Dijon et la Gulden's mustard : on aurait cherché en vain, sur les étagères en émail écaillé du rayon des condiments, de la moutarde à l'ancienne ou à l'estragon. Quant à la *moutarde au poivre vert**, personne n'en avait jamais entendu parler.

Pourtant, à en croire les registres vieux de plusieurs dizaines d'années, il y avait dans la région un vaste domaine, une résidence bien cachée quelque part au cœur des collines. On ne savait même pas à qui elle appartenait. Se pouvait-il que « Novak » – l'improbable

Novak – traîne dans le coin ? Janson n'en finissait pas de ruminer, de faire tourner toutes les hypothèses dans sa tête.

Plus tard dans la matinée, Janson entra dans le restaurant installé au coin de Main et Pemberton et s'adressa au serveur. Malgré son front fuyant, ses yeux rapprochés et sa mâchoire saillante qui lui donnaient une allure légèrement simiesque, l'homme s'exprimait clairement et semblait bien informé.

« Alors comme ça, vous comptez vous installer par ici ? » Le garçon reversa du café dans la tasse de Janson. « Laissez-moi deviner. Vous vous êtes fait un paquet de fric à la ville et maintenant vous avez envie de profiter du calme de la campagne, c'est ça ?

— Quelque chose comme ça, oui », dit Janson. Clouée au mur derrière le comptoir, il vit une affiche avec des lettres cursives blanches sur fond noir : *Kenny's Coffee Shoppe – La qualité et l'accueil.*

« Vous êtes sûr que vous ne préférez pas un endroit plus chic ? A Pemberton, il y a une dame qui fait agent immobilier, mais je ne sais pas si vous trouverez exactement le genre de maison que vous cherchez, dans la région.

— Je pense faire construire », précisa Janson. Le café était amer d'avoir trop longtemps séjourné sur la plaque chauffante. Il contempla d'un air absent le comptoir en Formica dont le motif tissé s'éclaircissait au centre, usé par l'intense circulation des assiettes et des couverts.

« Ça serait chouette. Si vous pouvez vous permettre de bâtir quelque chose de joli. » Son after-shave de drugstore et le puissant fumet du lard frit produisaient un mélange peu ragoûtant.

« C'est comme ça que je le vois.

— Ouais, c'est comme ça que vous le voyez, abonda le barman. Vous savez, mon gamin, il s'était mis en tête de devenir riche. Un truc par internet. Il voulait vendre de la camelote sur le web. Pendant des mois, il nous a soûlés avec son "modèle d'affaires", sa "valeur ajoutée", son "commerce en ligne sans friction", et autres balivernes du même acabit. Il disait que le truc génial avec la nouvelle économie c'était "l'abolition des distances". Qu'on soit ici ou là, ça n'avait aucune importance. On n'était que des points sur la toile, qu'on habite à Millington, à Roanoke ou dans le foutu corridor de Dulles. Il s'est associé avec deux amis de lycée. En décembre, ils avaient claqué tout l'argent de leur tirelire et, en janvier, ils ont recommencé à pelleter la neige dans les allées. Ma femme appelle ça une histoire morale. Elle a dit, encore heureux, il est pas tombé dans la drogue. Moi j'en suis pas si sûr. Il y a les drogues qu'on fume, qu'on sniffe ou qu'on s'injecte. Et il y a les autres, comme l'argent. Une drogue dure avec effet de manque.

— Gagner de l'argent est une chose, le dépenser en est une autre, dit Janson. Possible de construire dans le coin ?

— On peut même contruire sur la Lune, comme on dit.

— Et les transports ?

— Vous êtes arrivé jusqu'ici, non ?

— Certes.

— Nos routes sont en bon état. » Les yeux du serveur ne quittaient pas l'autre côté de la rue. Une jeune femme blonde était en train de laver le trottoir, devant une quincaillerie. Son jean coupé remontait un peu trop haut sur ses cuisses. Les mornes journées du barman avaient leur rayon de soleil.

« Un aéroport ? demanda Janson.

— Je crois que le vrai aéroport le plus proche est à Roanoke. »

Janson prit une gorgée de café. Le breuvage s'étala sur sa langue comme une cuillerée d'huile. « "Vrai" aéroport, dites-vous ? Il y en a un faux ?

— Non. Enfin si. Dans les années 40, 50. Un tout petit construit par l'Armée de l'air. A cinq kilomètres environ, sur Clangerton Road, en tournant à gauche. Il servait à la formation des pilotes qu'on envoyait ensuite bombarder les champs pétrolifères à l'Est. Ils s'entraînaient au survol des montagnes de Roumanie. Ils ont fait quelques vols d'essai par ici. Plus tard, des bûcherons l'ont utilisé mais depuis, l'industrie du bois a pratiquement disparu. Aujourd'hui, il doit rester la piste et c'est tout. Les matériaux de construction, on ne les transporte pas par avion – on prend des camions.

— Alors qu'est devenu cet aérodrome ? Il n'a jamais vraiment servi ?

— Toujours ? Jamais ? Je n'emploie pas ces mots-là. » Son regard ne quittait pas la blonde en short qui lessivait le trottoir d'en face.

« Si je vous demande ça, voyez-vous, c'est que j'ai un vieil associé qui habite dans le secteur ; et il ne m'en a pas parlé. »

Le barman eut l'air gêné. Janson poussa vers lui sa tasse vide pour qu'il la remplisse. Au lieu de s'exécuter, l'homme rétorqua : « Alors vous feriez mieux de vous adresser à lui » ; et il reporta toute son attention vers le spectacle paradisiaque mais inaccessible de la voisine en short.

« J'ai l'impression, dit Janson en glissant quelques billets sous sa soucoupe, que votre fils et vous savez apprécier la valeur des choses. »

L'épicerie de la ville était juste en bas de la rue. Janson se présenta au patron, un homme quelconque aux cheveux châtain clair, et lui répéta l'histoire qu'il avait servie au barman. L'homme la trouva passionnante, et la perspective de voir sa clientèle s'accroître d'un nouveau client plein aux as lui délia la langue.

« C'est une riche idée, mon vieux, dit-il. Ces collines – je veux dire, c'est vraiment beau par ici. Vous pouvez vous balader pendant des kilomètres dans la montagne, vous ne verrez que la nature. Rien n'est abîmé. En plus, on peut chasser, pêcher... » Il s'interrompit, à court d'exemples susceptibles d'intéresser son interlocuteur, hésitant à lui parler du bowling et de la galerie de jeux vidéo qui venait de se monter près de la banque. Ils devaient aussi avoir ce genre de choses à la ville.

« Et pour la vie de tous les jours ? poursuivit Janson.

— On a une boutique de location de cassettes, ajouta-t-il prudemment. Une laverie automatique. Le magasin juste à droite. Moi, je peux vous commander tout ce dont vous avez besoin. Je fais ça de temps en temps pour mes bons clients.

— Et vous en avez, en ce moment, des bons clients ?

— Oh ouais. Il y a toutes sortes de gens ici. Un mec en particulier – on l'a jamais vu, il envoie un de ses employés faire les courses chez moi. Il doit être – superriche. Il a un domaine quelque part dans les montagnes, un repaire secret à la Lex Luthor, je me dis des fois. Les gens racontent que tous les après-midi ou presque, un petit avion atterrit pas loin de là. Mais il a quand même besoin de nous autres pour les commissions. C'est une façon de vivre ça ? Envoyer quelqu'un faire ses courses à sa place !

— Et ce type vous passe des commandes spéciales ?

— Oh, je vous crois, dit l'homme. Vraiment très très spéciales. Comme Howard Hughes, le nabab du cinéma qui avait peur qu'on l'empoisonne. » La comparaison le fit glousser. « En tout cas, il peut demander tout ce qui lui passe par la tête, c'est pas un problème. Je passe la commande, un camion Sysco vient livrer, un de ses gars rapplique pour prendre les trucs. Peu importe le prix.

— Vraiment ?

— Tu parles ! Tout ça pour dire que vous pouvez très bien faire pareil. Je vous trouverai tout ce qui vous fera plaisir. Et c'est pareil pour Mike Nugent qui tient la boutique de vidéo. C'est pas un problème. Vous allez vous payer du bon temps ici. C'est un coin génial. On a une bande de gamins qui font un peu de raffut. Mais au fond, les gens sont aussi accueillants que n'importe où ailleurs. Vous allez *vraiment* vous payer du bon temps quand vous serez installé. Vous voulez que je vous dise ? Vous n'aurez plus envie de partir. »

Devant les frigos, une femme aux cheveux gris essayait d'attirer son attention. « Keith ? mon petit Keith ? »

L'homme s'excusa et s'avança vers elle.

« Cette sole est-elle fraîche ou surgelée ? demanda-t-elle.

— C'est du frais surgelé », expliqua Keith.

Tandis que le commerçant et sa cliente dissertaient sur les subtiles différences entre les produits frais frais et les produits frais surgelés, Janson visita le magasin, comme pour tuer le temps. La porte de l'arrière-boutique étant ouverte, il entra sans avoir l'air de rien. Sur un petit bureau de métal s'entassaient des bordereaux bleu pâle marqués

Sysco. Il les feuilleta rapidement et tomba enfin sur une COMMANDE SPÉCIALE... Tout en bas d'une longue liste de produits alimentaires, imprimée en petits caractères, il remarqua une ligne surlignée au marqueur. Gruau de blé noir.

Il lui fallut quelques secondes pour comprendre. Du gruau de blé noir – des céréales connues également sous le nom de kacha. Des colonnes de journaux, des articles de magazines défilèrent par milliers devant ses yeux comme un ruban de lumière. *Chaque journée commence par un petit déjeuner spartiate à base de kacha...* Un détail anodin parmi un tourbillon de références quasi systématiques à sa « garde-robe sur mesure », son « port aristocratique », son « regard autoritaire »... Formules journalistiques décrivant les personnages « haut en couleur ». *Chaque journée commence avec un petit déjeuner spartiate à base de kacha...*

C'était donc vrai. Quelque part dans Smith Mountain vivait l'homme que le monde connaissait sous le nom de Peter Novak.

CHAPITRE 33

AU cœur de Manhattan, une clocharde se pencha sur une poubelle de Bryant Park et en inspecta le contenu aussi attentivement qu'un postier s'apprêtant à relever le courrier d'une boîte aux lettres. Ses vêtements, comme ceux de tous les SDF, étaient sales, déchirés et trop lourds pour la saison – ils lui avaient néanmoins permis de ne pas geler cette nuit, dans l'allée où elle avait dormi, et maintenant, malgré les doux rayons du soleil, elle ne se décidait pas à en enlever ne serait-ce qu'une couche. Et pour cause : ses poches étaient remplies de bouteilles, de boîtes de conserve. Toute sa fortune. Aux poignets, aux chevilles, ses sous-vêtements thermiques gris de crasse apparaissaient sous la toile de jean crasseuse et effilochée. Les semelles de caoutchouc de ses tennis trop grands commençaient à se fendre, elle avait rafistolé ses lacets en attachant tous les bouts entre eux avec de gros nœuds bouclés. La casquette de base-ball en nylon maillé enfoncée sur sa tête faisait la promotion non pas d'une équipe sportive mais d'une société d'investissement autrefois florissante qui avait fait faillite l'année précédente. Elle s'agrippait à son cartable pourri comme s'il contenait un trésor. Ce geste convulsif exprimait un besoin élémentaire de possession : tout ce qui m'appartient se trouve dans ce sac. Il est à moi. Il est moi. Pour les gens comme elle, le temps s'écoulait ainsi : chaque jour, après s'être réveillée en vie et en un seul morceau, elle partait ramasser des boîtes de conserve et des bouteilles pour les échanger contre quelques pièces. Parfois des petites trouvailles venaient améliorer l'ordinaire – un sandwich encore frais sous son film plastique, auquel les rongeurs n'avaient pas eu le temps de s'attaquer. Ses gants de coton grisâtres et raides de crasse avaient dû être abandonnés par une jeune fille au matin de son premier bal. Leur état empirait un peu plus chaque fois qu'elle fourrageait dans les amoncellements de papiers gras, de trognons de pommes, de peaux de bananes et autres prospectus publicitaires froissés en boule.

Pourtant, Jessica Kincaid ne s'intéressait guère aux ordures. Tout en s'activant, elle quittait rarement des yeux le petit miroir calé contre la poubelle qui lui permettait de contrôler les entrées et les sorties de la Liberty Foundation, de l'autre côté de la rue. Après des jours de vaine surveillance, le contact de Janson, Cornelius Eaves, avait appelé la nuit précédente, tout excité : Marta Lang avait fini par donner signe de vie.

La nouvelle était exacte, Jessie le savait à présent. Une femme correspondant à la description détaillée faite par Janson de la directrice adjointe Marta Lang était entrée dans l'immeuble le matin même : une Lincoln Town Car aux vitres fumées l'avait déposée à huit heures. Ensuite, elle ne s'était plus manifestée, mais Jessica ne voulait pas prendre le risque de quitter son poste d'observation. Habillée comme elle l'était, elle n'attirait guère l'attention ; ça faisait longtemps que les habitants de Washington ne remarquaient plus les milliers de sans-abri qui arpentaient leurs rues. Par moments, elle faisait la navette entre les deux autres poubelles en métal placées dans l'axe de la bâtisse donnant sur la 40ᵉ Rue, mais revenait toujours à la plus proche. A mi-chemin environ, deux cantonniers vêtus de l'uniforme rouge vif du Bryant Park Business Improvement District avaient tenté de la chasser, mais sans y mettre beaucoup de conviction, leur zèle se mesurant à l'aune des salaires ridicules que leur versait le parc. Plus tard, à deux pas d'elle, un camelot sénégalais déplia son étal rempli de fausses Rolex. Deux fois, elle trébucha « accidentellement » sur son éventaire qui se renversa bruyamment sur le sol. La deuxième fois, il se décida à changer d'emplacement non sans l'affubler auparavant de divers noms d'oiseaux choisis dans sa langue maternelle.

Il était presque six heures lorsque l'élégante dame aux cheveux blancs sortit à grands pas de la Fondation, après avoir franchi la porte à tambour du hall. Son visage n'était qu'un masque dépourvu d'expression. Jessica mémorisa la plaque d'immatriculation de la Lincoln Town Car au moment où la femme prit place sur la banquette arrière. La limousine démarra et roula vers l'intersection de la 5ᵉ Avenue. Sans précipitation, Jessica contacta Cornelius Eaves par radio. Son véhicule – un taxi jaune dont le voyant indiquait "fin de service" – était stationné devant un hôtel, à l'autre bout du pâté de maisons.

Eaves ne connaissait pas toutes les implications de sa mission, mais il en savait assez pour ne pas demander si ce boulot était officiel ou pas. Jessica Kincaid, pour sa part, ne lui avait fourni que des explications laconiques. Janson et elle poursuivaient-ils une vendetta personnelle ? Leur avait-on confié une mission ultrasecrète nécessitant l'embauche de quelque extra ? Eaves s'ennuyait ferme depuis qu'il avait quitté le service actif. Il avait sauté sur leur proposition. Peu lui importait de savoir de quoi il retournait : Janson avait besoin de lui, ça suffisait amplement. Et cette expression sur le visage de la jeune femme traduisait l'assurance et la certitude de ceux qui font leur devoir.

Plongeant sur la banquette arrière du taxi de Eaves, Jessica arracha sa casquette, se tortilla pour s'extraire de ses haillons puis enfila une tenue de ville : pantalon kaki repassé, pull pastel en coton, mocassins bon marché. Elle se frotta le visage avec des lingettes humides pour enlever la saleté, secoua ses cheveux et, en quelques minutes, retrouva un aspect plus ou moins présentable, c'est-à-dire passe-partout.

Dix minutes plus tard, ils avaient une adresse : au numéro 1060 de la 5ᵉ Avenue se dressait un bel immeuble résidentiel datant d'avant guerre, dont la façade de calcaire devait sa teinte gris perle à la pollution urbaine. Une discrète marquise verte ornait l'entrée principale qui s'ouvrait non pas sur l'avenue mais au coin, sur la 89ᵉ Rue. Elle regarda sa montre.

Tout à coup, elle ressentit une bouffée d'angoisse. *Sa montre !* Elle ne l'avait pas enlevée quand elle était en planque sur Bryant Park ! Elle savait que les vigiles de la Fondation étaient attentifs à toute anomalie, tout détail discordant. C'était une jolie Hamilton qu'elle tenait de sa mère. Une clocharde était-elle censée porter une montre aussi luxueuse ? Son anxiété crût lorsqu'elle se remémora ses divers déplacements. Un garde aurait-il pu braquer ses jumelles sur le bijou qui brillait à son poignet ? A sa place, elle l'aurait fait. Et donc il y avait fort à parier qu'ils l'avaient fait, eux aussi.

Elle revit ses bras, ses mains qui fourrageaient dans les ordures, quand elle jouait à l'archéologue urbain... Elle revit ses gants et aussi la manche effilochée de son sous-vêtement thermique : une manche tellement longue qu'elle devait recouvrir le bijou. Ses douleurs d'estomac se calmèrent un peu. Pas de quoi se mettre martel en tête, après tout ! Mais elle savait que ce genre d'étourderie pouvait se payer très cher.

« Contourne le pâté de maisons, Corn, dit-elle. Tout doucement. »

Au volant de sa Taurus marron, Janson roulait sur Clangerton Road, une petite route sinueuse grimpant à flanc de colline. Parvenu au carrefour indiqué par le barman, il poursuivit son chemin le plus loin possible, puis cacha la voiture au milieu d'un épais bouquet d'arbustes. Ne sachant pas ce qu'il allait trouver au bout, il valait mieux rester discret.

Il s'engagea dans le bois – ses pieds s'enfonçaient dans un tapis spongieux d'aiguilles de pins et de brindilles – en direction du petit sentier qu'il avait dépassé en voiture. Les pins centenaires dégageaient une violente odeur de résine qui rappelait fort celle des produits ménagers et des désodorisants. La forêt semblait avoir été épargnée par l'homme, malgré la proximité de la route. C'était ce genre de jungle tempérée que les colons européens avaient traversée quatre siècles plus tôt, armés de fusils à silex, de mousquets et de couteaux, faisant du troc avec des populations indigènes bien plus nombreuses qu'eux et infiniment plus au fait des choses de la nature. La plus grande puissance de la planète avait débuté bien modestement. Aujourd'hui, si ce territoire demeurait l'un des plus beaux des Etats-Unis, c'était que personne ou presque n'y mettait plus les pieds, se dit Janson.

Et ensuite, il trouva la piste d'atterrissage.

La forêt vierge s'entrouvrit soudain sur une clairière étonnamment bien entretenue : les ronces et les buissons avaient été coupés récemment et l'on apercevait une longue pelouse ovale bien tondue. Un trou, un vide au milieu des arbres. Enfin, pas tout à fait vide, puisqu'il y avait un 4 × 4 recouvert d'une bâche. Comment ce véhicule était-il arrivé là ? C'était un mystère, car on ne distinguait aucune voie d'accès terrestre.

La piste elle-même était cachée par les arbres touffus qui l'entouraient. Des arbres qui permettraient à Janson de voir sans être vu.

Il grimpa dans un pin vénérable et resta caché derrière son tronc et ses épaisses frondaisons chargées d'aiguilles. Coinçant ses jumelles contre une petite branche, il attendit.

Et attendit.

De longues heures passèrent, entrecoupées par la visite de quelques moustiques et autres mille-pattes.

Janson ne sentait pas le temps passer. Il était ailleurs : au paradis des snipers. Une partie de son esprit dérivait à travers le brouillard de la semi-conscience, une autre restait dans un état de vigilance extrême.

Il y aurait un vol aujourd'hui. Il en était convaincu non seulement à cause de ce que lui avait dit l'épicier, mais parce qu'un quartier général ne pouvait se contenter de transferts d'informations électroniques : il fallait bien que les paquets, les coursiers, les *gens* circulent. Janson courait le risque de se tromper et de gâcher la denrée la plus précieuse de toutes – le temps.

Mais il ne se trompait pas. Au début, il y eut comme un vrombissement d'insecte, mais quand le bruit s'amplifia, il comprit qu'un avion volait en cercle au-dessus de lui, s'apprêtant à atterrir. Chaque nerf, chaque muscle de son corps se tendit. Tout son être s'éveilla.

L'avion était un Cessna, un bimoteur de série 340, piloté par un vrai professionnel, pas un médecin de campagne jouant à asperger les récoltes, car il posa son appareil avec une grande fluidité. L'homme, vêtu d'un uniforme blanc, émergea du cockpit et déplia six marches en aluminium. Bien que le soleil frappant le fuselage aveuglât Janson, il remarqua la présence d'un deuxième homme, celui-là en uniforme bleu. Ce dernier aida le passager à sortir et le conduisit très vite jusqu'au 4 × 4. Il arracha la bâche couvrant le véhicule, une Range Rover – blindée, supposa Janson, à la manière dont la carrosserie descendait bas sur le châssis –, puis ouvrit la portière arrière pour que le passager s'installe. Quelques instants plus tard, le 4 × 4 démarrait en trombe.

Bon sang ! Janson ajusta ses jumelles pour tenter d'identifier l'homme, mais le scintillement du soleil et l'habitacle obscur du véhicule l'en empêchèrent. La frustration l'envahit comme le mercure un thermomètre surchauffé. Qui était-ce ? « Peter Novak » ? L'un de ses lieutenants ? Impossible à déterminer.

Puis la voiture disparut.

Où ?

Elle s'était évanouie dans la nature. Janson glissa de son perchoir et se posta à plusieurs endroits différents pour essayer de comprendre ce qui venait de se passer. En effet, il y avait une allée s'enfonçant de biais entre les arbres, juste assez large pour permettre le passage d'un véhicule. Les taillis la dissimulaient si bien qu'on ne l'apercevait qu'en se plaçant sous un certain angle. C'était un véritable tour de force topographique. Les moteurs du Cessna se remirent à vrombir, le petit avion fit un demi-tour, roula sur quelques mètres et prit son envol.

Tandis que les gaz d'échappement dérivaient vers les bois, Janson partit en direction de l'étroite allée protégée par des branchages qui formaient un plafond à deux mètres au-dessus du sol – juste assez haut pour laisser passer la Range Rover blindée. Le sentier ombragé venait d'être bitumé ; il était invisible de la terre comme du ciel.

Il ne lui restait plus qu'à continuer à pied.

Et à suivre l'allée sans marcher dessus ; il se tenait à dix mètres d'elle, de peur de déclencher quelque système de surveillance ou d'alarme. La distance à parcourir était longue, elle devint bientôt pénible. Il dut franchir des affleurements rocheux, traverser des étendues densément boisées, dévaler des pentes glissantes. Au bout de vingt minutes, ses muscles commencèrent à se rebeller ; mais tant pis, il garda le même rythme. La douleur qu'il ressentit en agrippant une énième branche pour s'en faire une prise lui rappela que ses mains, autrefois plus dures que le cuir, avaient perdu leurs cals : trop d'années passées à serrer la pince aux chefs d'entreprises. La sève collait ses paumes comme de la glu ; des éclats d'écorce se glissaient sous sa peau. Comme il ne ralentissait toujours pas, une bouffée de chaleur embrasa soudain son torse et son cou, telle une montée de lave. Ignorant cette manifestation physique, il resta focalisé sur sa marche. Un pied devant l'autre : c'était la seule façon d'avancer. En même temps, il fallait éviter tout bruit, préférer les sols rocheux aux brindilles des sous-bois, toujours susceptibles de craquer sous la semelle. La voiture était partie depuis longtemps et il devinait où menait ce sentier, mais rien ne valait l'observation directe. Un pied devant l'autre : bientôt ses mouvements devinrent automatiques et, malgré lui, ses pensées s'envolèrent.

Un pied devant l'autre.

Au moment où ses nouveaux ravisseurs se rassemblèrent autour de lui, l'Américain squelettique baissa la tête. La nouvelle de son évasion avait dû se répandre dans les campagnes environnantes car les montagnards et les autres villageois savaient précisément qui il était et où on devait le ramener.

Il avait cheminé à travers la jungle pendant deux jours entiers, la vie chevillée au corps, et pour quel résultat ? Si près du but et pourtant si loin. Tout allait recommencer, en pire : le commandant du camp allait vouloir venger l'affront qu'il venait de subir. L'officier passerait ses nerfs sur lui et, s'il était en forme, le tabasserait à mort. Il ne restait qu'à espérer qu'il ne soit pas en forme. Mais Janson n'espérait plus, une spirale de découragement l'entraînait vers le bas à la manière d'un courant puissant.

Non ! Il tiendrait bon, il avait trop souffert pour abandonner maintenant. Il ne lâcherait pas tant que Demarest serait en vie. Il ne le laisserait pas triompher.

Du bout de leurs fusils, deux Viets poussaient Janson pour le faire avancer le long du sentier boueux, en restant à une distance respectable de lui, sans prendre de risques. Un devant, l'autre derrière. Tout à l'heure, les villageois l'avaient contemplé bouche bée, se demandant sans doute comment un homme si ravagé, si décharné, pouvait encore bouger. Lui-même se posait la question. Mais il ne connaîtrait ses limites qu'après les avoir atteintes.

Peut-être ne se serait-il pas rebellé si le Viet qui le suivait ne l'avait pas frappé à la nuque, pour lui faire presser le pas. C'en était trop. Janson craqua – il se permit de craquer, il permit à ses réflexes de reprendre le dessus. *Vous devez dominer votre esprit,* leur répétait Demarest à l'entraînement. Il voulait leur apprendre à contrôler leur propre conscience. Finalement, les réflexes acquis en devenaient indissociables des réflexes innés et investissaient toutes les fibres du corps.

Janson se retourna, ses pieds glissèrent sur le sentier comme sur de la glace. Il fit pivoter sa hanche droite sans bouger l'épaule, afin de ne pas alerter le garde. Les doigts tendus, le pouce recroquevillé au creux de la paume, il détendit le bras. Sa main transformée en javelot se ficha dans la gorge de l'homme qui le suivait, brisa le cartilage de la trachée artère ce qui fit basculer sa tête en arrière. Par-dessus son épaule, Janson jeta un coup d'œil sur l'autre garde et, devant son expression épouvantée, récupéra quelques forces. Il lui décocha un puissant coup de pied arrière, talon vers le haut, qui l'atteignit en plein dans l'aine ; le choc fut d'autant plus puissant que l'homme était en train de se ruer sur Janson. Il se plia en deux mais Janson ne s'en tint pas là. Il lui balança un violent coup de pied à la tempe. Quand son pied entra en contact avec le crâne de l'homme, il sentit une vibration lui traverser la jambe, si bien qu'il se demanda un instant s'il s'était brisé un os. Mais c'était le cadet de ses soucis. Il s'empara du AK-47 que tenait le Viet couché derrière lui et, l'utilisant comme une matraque, l'abreuva de coups de crosse jusqu'à ce qu'il ne bouge plus.

« *Xin loi* », grogna-t-il. Désolé.

Il s'enfonça dans la jungle et rampa jusqu'à une butte. Il ne s'arrêterait pas avant d'avoir atteint la rive. Cette fois, il n'était pas seul : il avait une mitraillette avec lui, une arme à la crosse engluée par le sang d'un homme. Il persévérerait, un pied devant l'autre, et tuerait tous ceux qui se dresseraient sur son chemin, sans aucune pitié.

Et il n'en serait pas désolé.

Un pied devant l'autre.

Une heure encore passa avant que Janson n'escalade la dernière corniche rocheuse et arrive en vue du domaine de Smith Mountain. Certes, il s'y attendait, et pourtant le spectacle lui coupa le souffle.

Il avait débouché sur un plateau – devant lui, un millier d'acres d'herbe épaisse, aussi verte que la pelouse d'un terrain de golf. Janson ressortit ses jumelles. Le sol s'abaissait un peu sous la corniche où il se tenait pour se répandre ensuite en une série de crêtes partant frôler la paroi de la montagne, au loin.

Il vit ce que Maurice Hempel avait vu et comprit pourquoi le magnat du diamant était tombé amoureux de cette terre. C'était un véritable paradis pour milliardaires misanthropes.

Cachée, presque inaccessible par les moyens ordinaires, la maison était plantée là. Une demeure magnifique, plus compacte que le domaine Biltmore mais tout aussi parfaitement dessinée, d'après ce qu'il pouvait en juger. Malheureusement, elle était également très bien protégée. Comme si les obstacles naturels ne suffisaient pas, on avait édifié tout autour un parcours d'obstacles high-tech, la rendant absolument impossible à approcher.

Juste devant lui, une barrière métallique haute de trois mètres suffisait à décourager le promeneur de base. Mais cette clôture n'avait rien d'ordinaire. Judicieusement garnie de détecteurs de pression, elle était censée rebuter les cambrioleurs les plus chevronnés. A travers les mailles du réseau métallique, on avait glissé des fils électriques reliés à une série de boîtiers. Deux systèmes en un : un système de détection de pression renforcé par des détecteurs de vibration. Son cœur chavira ; on pouvait franchir une barrière équipée de détecteurs de vibration avec une paire de tenailles et un peu de patience. En revanche, les détecteurs de pression empêchaient toute approche.

Au-delà de la barricade, il vit une rangée d'étais. A première vue, il s'agissait de poteaux d'un mètre vingt de haut, sans rien entre eux. En regardant mieux, on comprenait leur fonction. Chaque poteau recevait et transmettait un flux micro-ondes. Avec un système plus simple, il aurait pu appuyer une perche au sommet d'un poteau et franchir l'obstacle en grimpant le long de la perche. Hélas, les poteaux eux-mêmes étaient protégés par des faisceaux invisibles. Il n'existait tout bonnement aucune solution physique au problème. Pas moyen d'éviter le flux micro-ondes.

Et dans l'étendue herbeuse au-delà des étais ? Apparemment aucun obstacle. Janson examinait le périmètre quand il eut un coup au cœur. Un petit boîtier portant le logo TriStar Security était posé près de l'allée en gravier. Là, sous le sol, se cachait le piège le plus formidable de tous : un câble enterré servant de détecteur de pression. On ne pouvait ni le dépasser ni l'atteindre. Même si, par le plus grand des hasards, il parvenait à vaincre les premiers obstacles, il resterait les détecteurs de pression.

Toute infiltration était impossible. C'était la logique même. Il baissa ses jumelles, recula en roulant sur lui-même et resta assis en silence pendant un long moment. Une vague de découragement et de désespoir le submergea. Si près du but et pourtant si loin.

*

Il faisait presque sombre quand il remonta dans la Taurus marron. Ses vêtements étaient couverts de minuscules bouts de feuilles et de petites échardes. Il revint à Millington et prit la route 58, vers le nord, sans cesser de surveiller son rétroviseur.

Il lui restait peu de temps et il avait tant à faire. Sur un marché aux puces en bord de route, il acheta un batteur à œufs électrique pour récupérer son solénoïde. Dans un petit magasin d'appareils électroniques, il s'offrit pour une bouchée de pain un téléphone portable et quelques accessoires. A l'épicerie de Millington, il fit l'emplette d'une grosse boîte de biscuits au beurre ; seule la boîte en métal l'intéressait. Puis, sur Main Street, il poussa la porte de la quincaillerie, acheta de la glu, une boîte de fusains pour artistes, un rouleau de Chatterton, une paire de cisailles, un atomiseur à air comprimé et de la corde à rideaux extensible. « Vous êtes bricoleur, n'est-ce pas ? demanda la blonde aux jeans coupés en enregistrant ses achats. J'adore les bricoleurs. » Elle lui adressa un sourire prometteur. Janson imagina le barman en train de lui lancer des regards mauvais, de l'autre côté de la rue.

Sa dernière visite le conduisit plus loin sur la route 58. Il pénétra sur le parking de Sipperly, un peu avant la fermeture. A voir l'expression qui se peignit sur son visage, Jed n'était pas franchement ravi de le revoir. Le molosse dressa les oreilles, mais quand il reconnut Janson, il retourna à sa poupée luisante de bave.

Sipperly tira une longue bouffée de sa cigarette et s'avança vers

Janson. « Toutes les voitures sont vendues "en l'état", d'accord ? »
dit-il prudemment.

Janson sortit cinq dollars de son portefeuille. « Pour le chien, fit-il.

— Comment ?

— Vous disiez que je pouvais avoir le chien pour cinq dollars, répondit Janson. Voilà un billet de cinq. »

Sipperly eut un rire poussif, puis voyant que Janson ne plaisantait pas, une expression de cupidité se plaqua sur ses traits poupins. « Bon, blague à part, je suis très attaché à ce clebs, se reprit-il. C'est un champion. Un excellent chien de garde... »

Janson jeta un œil sur la bête, son pelage sale hésitant entre le noir et le fauve, son museau écrasé, ses crocs tordus qui lui sortaient des babines même quand il fermait la gueule, comme ceux d'un bouledogue. Un animal plutôt laid, et c'était un euphémisme.

« Sauf qu'il n'aboie pas, fit remarquer Janson.

— Oui, bien sûr, il manque un petit peu de coffre. Mais c'est vraiment un bon chien. Je ne sais pas si j'aurais le cœur de m'en séparer. Je suis du genre sentimental.

— Cinquante.

— Cent.

— Soixante-quinze.

— Vendu, déclara Jed Sibberly dans un sourire houblonné. En l'état. N'oubliez pas. En l'état. Et vous feriez mieux d'emporter aussi cette cochonnerie de poupée si vous voulez qu'il accepte de monter dans votre voiture. »

L'énorme mâtin renifla son nouveau maître avant de se désintéresser de lui et, en effet, ne sauta sur la banquette arrière que lorsque Janson y eut jeté la poupée de chiffon. L'espace était un peu exigu pour lui mais il ne s'en plaignit pas.

« Merci beaucoup, dit Janson. Ah, au fait, pouvez-vous me dire où je peux trouver un détecteur radar ?

— Vous savez que c'est illégal dans l'Etat de Virginie, hein ? » fit Sipperly sur un ton faussement sévère.

Janson prit un air confus.

« Mais si vous voulez vous laisser tenter malgré tout, vous avez sonné à la bonne porte, c'est moi qui vous le dis. » Sipperly était littéralement radieux. Décidément c'était son jour de chance.

Le soir tombait lorsque Janson rentra au motel ; quand il eut fini de rassembler son équipement et de le charger dans son sac à dos, il faisait nuit. Il sortit sous le clair de lune, le chien en laisse. Malgré le poids du sac à dos, il était tellement tendu que le chemin lui parut plus court.

Juste avant d'atteindre la dernière arête, Janson débarrassa le chien de son collier et lui gratta affectueusement la tête et le cou. Puis il ramassa quelques poignées de terre dont il frotta son pelage déjà crotté. La transformation fut radicale ; sans son collier, il avait l'air d'un animal errant revenu à l'état sauvage, bien plus grand que ces chiens de montagne qu'on voyait parfois errer sur les coteaux. La séance de maquillage terminée, Janson prit la poupée de chiffon et la balança de l'autre côté de la barrière métallique. Le chien partit ventre à terre pour la récupérer, Janson se retrancha sous les arbres et observa la suite des événements.

Le molosse se jeta contre la barrière, retomba, recommença, s'écrasa de nouveau. Les détecteurs de vibration et de pression étaient conçus pour ne pas se déclencher au moindre souffle de vent ou au passage d'un écureuil en goguette, mais l'impact de l'énorme chien sur la grille dépassait largement cette limite-plancher. Avec un gazouillis électronique, les deux systèmes enregistrèrent la présence de l'intrus ; une rangée de diodes bleues s'alluma sur ce segment grillagé.

Janson entendit pivoter la caméra vidéo juchée sur un poteau derrière la barrière ; elle dirigea son objectif sur le problème. Les projecteurs fixés sur l'appareil s'allumèrent en clignotant et un intense faisceau de lumière halogène illumina les quelques mètres de grillage où Butch sévissait. Même sous son abri de feuillages, Janson fut aveuglé par le rayonnement. Ses yeux lui faisaient mal comme s'il regardait le soleil en face. Quatre secondes s'étaient écoulées entre le premier choc et la réponse de la caméra : ce système de sécurité était d'une efficacité redoutable, il fallait bien en convenir.

Le chien ne s'avouait pas vaincu ; il s'attaquait toujours à la barrière sans prendre garde aux fils de fer qui lui accrochaient les pattes de devant : rien ne lui importait que sa poupée de chiffon. Janson fit un effort pour accommoder. Quand il y parvint, il vit la lentille de la caméra s'allonger, sans doute actionnée à distance à partir d'un poste de garde ; ayant repéré l'intrus, les opérateurs étaient à présent en mesure de l'identifier d'un coup de zoom.

L'identification ne dura que quelques secondes. La lumière halogène s'éteignit, la caméra reprit sa position initiale, délaissant les abords de la barrière et se recentrant sur l'allée de gravier. Les diodes bleues s'éteignirent.

Janson entendit encore une fois la clôture métallique s'enfoncer sous le poids du chien : Butch ne renonçait pas. Croyait-il vraiment qu'il récupérerait sa poupée en s'y prenant ainsi ? Ou essayait-il de lui prouver à sa manière qu'il tenait à elle et ne l'abandonnerait pas ? Difficile de sonder la psychologie d'une brute pareille ; plus que sa psychologie, c'était son comportement qui intéressait Janson. Et ce comportement était rien moins que prévisible.

Tout comme le comportement des techniciens actionnant les systèmes de sécurité. Une installation comme celle-ci, valant plusieurs millions de dollars, permettait d'éviter l'envoi d'un garde pour inspecter les lieux. C'était son gros avantage ; on pouvait tout contrôler *à distance*. Cette fois, quand le chien se précipita contre la barrière, les diodes restèrent éteintes. Ils avaient désactivé le segment pour ne plus être dérangés par les fausses alertes. Janson suivait le raisonnement des gardes. Ils s'étaient dit que la bête sauvage se calmerait et s'en irait bientôt pourchasser ailleurs écureuils ou marmottes.

Tandis que Butch s'apprêtait encore une fois à foncer sur la barrière, Janson jeta son sac à dos par-dessus et se précipita lui aussi sur l'obstacle. Arrivé à deux mètres de lui, il imita le chien et bondit littéralement dans les airs. Collant un pied à plat contre le grillage, il enfonça le bout de l'autre dans l'une des mailles métalliques et se hissa en agrippant le treillage à deux mains. En deux ou trois tractions, il arriva au sommet hérissé de pointes acérées. Il savait que pour les éviter, il lui faudrait garder son centre de gravité bien au-dessus : pour y parvenir, il imagina que la barrière était plus haute d'une trentaine de centimètres. Il inversa un instant sa position, tête en bas, et glissa tous ses doigts dans un losange de la grille. Puis, effectuant un mouvement de torsion, fit basculer son corps par-dessus la barrière, en prenant appui sur ses deux mains. Enfin, se rétablissant d'un coup de reins, il retomba sur l'herbe.

Il atterrit sur quelque chose de mou. La poupée de chiffon. Janson la jeta de l'autre côté de la barrière ; le chien la saisit délicatement entre ses babines et partit se réfugier sous les arbres.

Quelques instants plus tard, Janson entendit le moteur de la caméra qui se repositionnait. De nouveau, les projecteurs halogènes s'allumèrent.

La caméra était-elle braquée sur lui ? Aurait-il trébuché sur quelque autre système d'alarme ?

Janson savait qu'on ne pouvait installer de détecteur de pression à moins de cinq mètres d'une barrière grillagée ; le balancement d'un tel édifice métallique perturberait le champ électronique.

Il s'aplatit contre le sol. Son cœur battait lentement. Dans la pénombre, sa tenue noire le rendait presque invisible. Mais sur le gravier beige et l'herbe verte, il risquait de faire tache sous les puissants projecteurs. Quand ses yeux commencèrent à s'habituer à la lumière, il comprit que la caméra n'était pas braquée sur lui mais encore une fois sur le segment de barrière qu'il venait de franchir. Avant de le réactiver, les gardes effectuaient une vérification de routine. Quatre secondes plus tard, les projecteurs s'éteignirent, l'obscurité revint. Janson respira. Le faible clignotement des diodes bleues indiquait que les détecteurs de vibration étaient rebranchés.

Janson s'approcha des poteaux. Une nouvelle inspection ne fit qu'accroître son découragement. Il connaissait ce modèle, il savait qu'il s'agissait d'un système de protection par micro-ondes dernier cri. Sur chaque poteau, caché sous un capuchon d'aluminium, se trouvait un émetteur-récepteur diélectrique ; un signal de 15 GHz réglé sur l'un des nombreux modèles de signaux AM sélectionnables. Toute interférence pouvait ainsi être analysée par le système qui déterminait la taille, la densité et la vitesse de l'intrus avant de transmettre ces informations aux modules de communication multiplexes de l'unité centrale.

Il avait déjà noté que les capteurs bistatiques étaient disposés de manière à doubler les faisceaux. On ne pouvait pas se servir des poteaux pour passer au-dessus du flux, parce qu'au niveau des poteaux le flux était double ; donc, après avoir franchi un champ, on tombait sur un deuxième.

Janson se tourna pour regarder la barrière métallique. Si jamais il donnait l'alerte en activant le signal micro-ondes – et il risquait fort de le faire – il lui faudrait repasser la clôture avant que les gardes n'apparaissent et se mettent à tirer. En plus, non seulement la puissante lumière halogène l'éclairerait comme un phare pour les besoins de la caméra mais elle l'aveuglerait, le figerait sur place. Donc, si nécessaire, il battrait en retraite ; mais cela ne le sauverait pas pour autant.

Janson descendit la fermeture Eclair de son sac à dos et sortit le détecteur de radar. C'était un Phantom II, un modèle haut de gamme qui s'adressait aux automobilistes aimant la vitesse mais pas les contraventions pour excès de vitesse. Son efficacité résidait dans le fait qu'il combinait les avantages du détecteur et du brouilleur. Avec lui, le conducteur ne redoutait plus les radars. Son véhicule devenait « invisible » puisque l'appareil détectait le signal émis par le radar de la police et le renvoyait. Janson l'avait sorti de son coffrage en plastique, raccourci son antenne et augmenté sa capacité. Désormais il fonctionnait sur le spectre de fréquence radio et sur la bande micro-ondes. Avec du Chatterton, il attacha l'engin à l'extrémité de la longue perche d'acier télescopique. Si tout fonctionnait comme il l'espérait, il utiliserait à son avantage l'une des caractéristiques propres à tous les systèmes de sécurité placés à l'extérieur : leur nécessaire tolérance envers les phénomènes naturels et les intempéries. Un système de sécurité ne servait à rien s'il se déclenchait à tout bout de champ. Les systèmes à micro-ondes extérieurs disposaient toujours d'un traitement de signal destiné à distinguer les véritables intrus des milliers de petites perturbations susceptibles de déclencher le signal – une branche arrachée par le vent, une bestiole qui passait par là.

Pourtant, tout cela n'était que pure spéculation. En d'autres circonstances, il aurait pris le temps de vérifier ses hypothèses avant de se lancer. Il jouait sa vie, après tout.

Une fois de plus, il étudia la configuration des poteaux. En règle générale, on plaçait les capteurs bistatiques à deux cents mètres les uns des autres. Ceux-là n'étaient séparés que d'une trentaine de mètres – un luxe qui avait dû faire le bonheur de leur installateur. Mais cette proximité n'aggravait pas le handicap. Bien au contraire. Plus les poteaux étaient éloignés, plus large était le champ couvert. Espacés de deux cents mètres, ils auraient contrôlé une surface ovale, large de douze mètres à mi-chemin entre deux capteurs. Espacés de trente mètres, le périmètre en question atteignait à peine deux mètres de large. Janson comptait se servir de cela.

Comme il s'y attendait, le rayonnement de la deuxième rangée de poteaux venait s'imbriquer dans celui de la première, et vice versa. Par conséquent, le point d'intersection des deux séries de faisceaux était extrêmement étroit. Chaque étai se trouvait à un mètre sur la gauche et soixante centimètres derrière l'autre ; tous les trente mètres, le dispositif se répétait. Dans sa tête, il traça une ligne imaginaire reliant les deux poteaux adjacents, puis la prolongea jusqu'à la paire suivante. Il suffisait de déterminer le centre de ces deux lignes parallèles pour trouver le point où la couverture était la plus étroite. Janson s'avança jusqu'à cette zone imaginaire en tenant devant lui, à bout de bras, la perche d'acier prolongée par le Phantom II. Le système détecterait la présence d'un intrus mais constaterait aussitôt qu'il ne s'agissait pas d'un être humain. Rien ne se passerait jusqu'à ce que Janson lui-même pénètre dans le champ. Et là, ce serait le moment de vérité.

Le brouilleur de radar empêcherait-il les récepteurs d'enregistrer la présence de l'humain Paul Janson ?

Il ne savait même pas si le Phantom II fonctionnait. Par précaution, Janson avait désactivé ses voyants ; rien ne lui indiquerait donc s'il renvoyait bien les signaux reçus. Il devrait faire comme si. Tenant fermement le Phantom II en position, il s'approcha du poteau, petit à petit, le dépassa et s'en éloigna à reculons, en pivotant autour de la perche.

Et... il franchit l'obstacle.

Il était passé.

Il se trouvait maintenant à une distance respectable de la barrière micro-ondes, ce qui ne voulait pas dire pour autant qu'il était en sécurité.

En approchant de la pelouse doucement inclinée vers la maison, il ressentit des picotements à la base de la nuque. Son instinct lui disait que le pire restait à venir.

Il regarda l'affichage LCD sur son voltmètre noir Teltek en le protégeant entre ses mains. Bien que peu sophistiqué, cet appareil lui suffirait.

Rien. Pas d'activité.

Il parcourut encore trois mètres. Les voyants commencèrent à grimper ; il fit un pas de plus, ils bondirent.

Les capteurs de pression souterrains n'étaient plus très loin. Bien que le voltmètre indiquât que le câble enterré se trouvait encore à une certaine distance, Janson savait que le flux électromagnétique des capteurs du TriStar couvrait un champ de plus de deux mètres de large.

D'après le voltmètre, il pénétrerait bientôt dans le champ actif. Vingt centimètres sous le gazon, le câble coaxial « poreux » était conçu pour permettre au flux électromagnétique de s'échapper et d'être détecté par un câble récepteur parallèle contenu dans la même gaine. On obtenait ainsi un champ de détection volumétrique entourant le câble coaxial sur trente centimètres de haut et deux mètres de large. Pourtant, comme pour la plupart des systèmes de détection extérieurs, les microprocesseurs étaient programmés pour différencier les types de perturbations. Un animal de dix kilos ne déclenchait pas l'alarme ; un enfant de quarante, si. Le système prenait également en compte la vitesse des intrus. La neige, la grêle, les feuilles emportées par le vent, les changements de température – tout pouvait altérer le flux. Mais le cerveau du système ne s'en préoccupait pas.

Contrairement à la barrière micro-ondes, on ne pouvait pas vaincre cette épreuve-là en se servant d'un leurre. Les câbles enterrés étaient inaccessibles et le système TriStar protégé contre toute intervention physique. Si quelqu'un cherchait à couper ses circuits, l'alerte serait immédiatement donnée. Il n'y avait qu'une seule façon de franchir l'obstacle.

En passant par-dessus.

Janson récupéra la perche télescopique, dévissa ses segments dans le sens inverse des aiguilles d'une montre pour la déployer entièrement et la bloquer. Puis il recula de quelques pas et, tenant la perche à deux mains, se mit à courir en direction des câbles détecteurs enfouis, en s'efforçant de visionner mentalement la bande invisible large de deux mètres qu'il s'agissait de ne pas piétiner.

Arrivé à proximité, il plongea l'extrémité de la perche dans le sol, juste au-dessus de l'endroit où il supposait que le câble était enterré. Encore un pas avant la prise d'élan. Il lança d'abord son genou droit puis tout son corps, en donnant un bon coup de reins sans lâcher la perche. Si l'élan était suffisant, il retomberait à bonne distance du câble. Il ne fallait pas sauter haut, comme les perchistes olympiques, mais loin ; en fait, il suffisait de s'élever à quelques dizaines de centimètres du sol. La perche était trop fine pour que le détecteur volumétrique la remarque. Alors qu'il fixait avidement la surface herbeuse où il espérait atterrir, il sentit soudain la tige de métal se voiler sous lui.

Oh, mon Dieu, non !

La perche se brisa et Janson tomba lourdement sur le sol, à quelques centimètres du câble coaxial.

Trop près !

A moins que... Comment en être sûr ? Cette incertitude soumettait ses nerfs à rude épreuve.

Quand il roula sur lui-même pour sortir de la zone critique, des gouttes de sueur froide se formèrent sur sa peau. A tout moment, il risquait de subir les conséquences de son échec. Les projecteurs s'allumeraient ; la caméra pivoterait sur son socle, zoomerait sur son visage. Puis des gardes armés jusqu'aux dents se précipiteraient sur les lieux. Janson serait pris au piège, coincé entre les barricades et les systèmes de sécurité.

Il retint son souffle et attendit. Chaque seconde qui passait lui apportait un peu plus de soulagement. Pas de réaction. Il avait réussi. Les trois systèmes de sécurité étaient vaincus.

Janson se leva et considéra la demeure qui se dressait devant lui. De près, on la découvrait dans toute sa splendeur. Construite en grès de Briar Hill, elle était flanquée de deux tourelles coniques. Le toit garni d'une balustrade alambiquée était surmonté d'une autre plus petite. Un tel éclectisme, une telle grandiloquence architecturale semblaient déplacés au milieu de ce désert.

A travers les fenêtres, on n'apercevait que la lumière d'une veilleuse ; les occupants étaient-ils tous dans les pièces du fond ? Il était encore un peu tôt pour dormir. Quelque chose dans le décor chiffonnait Janson, mais il n'aurait su dire quoi. Et ce n'était pas le moment de tergiverser.

Il se glissa sur le flanc droit du bâtiment jusqu'à une petite porte latérale.

Près du battant sombre joliment sculpté, il vit un écran digital électrostatique scellé dans le mur, comme ceux équipant les distributeurs de billets. Il suffisait de taper les bons chiffres pour désactiver l'alarme de l'entrée. Janson sortit le petit atomiseur de son sac à dos et aspergea l'écran d'une fine poudre noire. Si tout se passait bien, elle ferait ressortir les empreintes digitales sur les chiffres et en fonction de la graisse des empreintes, il déterminerait la combinaison.

Malheureusement aucune combinaison n'apparut. Comme il l'avait craint, ils avaient opté pour un affichage vidéo brouillé ; les chiffres apparaissaient dans un ordre hasardeux, selon des séquences différentes chaque fois.

Il essaya de reprendre ses esprits. *Si près du but et pourtant...* Non, il ne s'avouait pas vaincu. Bien sûr, il aurait préféré désactiver l'alarme, mais d'autres solutions pouvaient être envisagées. La porte était sous alarme. Bon d'accord. Mais le système ne se déclencherait qu'en cas d'ouverture. Janson fit glisser le faisceau de sa minitorche sur la surface sombre. Tout en haut, il aperçut plusieurs petites vis : l'alarme était branchée. Dans l'encadrement, les points de contact métalliques étaient reliés à un aimant enfoncé au sommet du battant.

Tant que la porte restait dans cette position, son aimant rivé à l'encadrement, le circuit électrique était fermé. Janson extirpa un gros aimant de son sac à dos et, au moyen d'un adhésif à séchage rapide au cyanoacrylate, le colla tout en bas du chambranle.

Puis il chercha la serrure. Pas de chance décidément : il n'y en avait pas. La porte s'ouvrait au moyen d'une carte magnétique. Pouvait-on se contenter de la forcer ? Non : elle devait être consolidée par une épaisse grille d'acier et un système de verrous multiples. Une porte comme celle-là, il fallait la cajoler pour qu'elle accepte de s'ouvrir. Pour la défoncer, il aurait fallu démolir la moitié du bâtiment.

Heureusement, Janson avait pensé à tout, même à cela. Seulement, avec les outils qu'il possédait, ses chances de succès semblaient réduites. Il avait fabriqué son rossignol magnétique avec du Chatterton, de la résine, et remplacé le centre du solénoïde par une tige d'acier. A l'autre bout de la tige, il avait attaché un fin rectangle d'aluminium découpé dans la boîte à biscuits. La partie électronique – un générateur de bruit aléatoire – était formée d'un simple circuit de transistors pris sur un téléphone portable. Il brancha deux piles sur cet engin de fortune, ce qui créa presque aussitôt un champ magnétique destiné à envoyer des impulsions aux capteurs.

Janson inséra le rectangle de métal dans la fente et attendit. Les secondes s'égrenèrent lentement.

Rien.

Ravalant sa bile, Janson vérifia les contacts des piles et enfonça de nouveau la plaque métallique. De nouveau, les secondes passèrent – et soudain il perçut un déclic. Le solénoïde de la porte était activé. Les serrures et les loquets s'ouvrirent aussitôt.

Relâchant doucement son souffle, Janson poussa le battant.

Si la maison était occupée, comme il le supposait, les alarmes photo-électriques seraient coupées. S'il supposait mal, il le saurait sous peu. Janson referma tranquillement la porte derrière lui et s'engagea dans un long couloir sombre.

Quelques dizaines de mètres plus loin, il vit sur sa gauche un rai de lumière sous une porte à panneaux.

Après examen, il identifia une porte toute simple, sans verrou ni alarme. Qu'y avait-il derrière ? Un bureau ? Une salle de conférences ?

La peur lui tordait le ventre. Son instinct lui criait de se méfier.

Quelque chose n'allait pas.

Pourtant, il ne pouvait pas revenir en arrière. Il glissa la main dans sa tunique, sortit le pistolet coincé par une sangle ventrale, et entra sans hésiter, en tenant l'arme devant lui.

Ses yeux habitués à la pénombre entrevirent un espace violemment éclairé, plusieurs lampes posées par terre ou sur des tables, ainsi qu'un lustre pendant au plafond. Janson ne put s'empêcher de grimacer. L'épouvante le gagna.

Il venait d'entrer dans un superbe salon tout en cuir, tissus damassés et meubles d'époque. Au beau milieu, *huit personnes étaient assises, les yeux braqués sur lui.*

Janson devint exsangue.

Ils l'attendaient.

« Vous en avez mis du temps, monsieur Janson ! » L'homme qui venait de formuler cette remarque parlait sur un ton affable et distingué. « Collins m'avait promis que vous seriez là à huit heures. Il est presque la demie. »

Janson cligna les yeux sans réussir à chasser l'image qui s'imposait à lui.

Il était face au président des Etats-Unis.

CHAPITRE 34

LE président des Etats-Unis. Le directeur des Opérations consulaires. Et les autres ?
Janson était sous le choc, paralysé de stupeur. Pendant ce temps, son esprit fonctionnait à toute allure.
C'était impossible. Et pourtant si.
Janson connaissait la plupart des hommes en costume-cravate qui l'attendaient dans la luxueuse demeure. Il y avait là le secrétaire d'Etat, un homme robuste qui semblait avoir perdu du poids depuis la dernière fois. Le sous-secrétaire des Finances auprès des Affaires étrangères, un économiste rondouillard qui avait fait Princeton. Le président du National Intelligence Council et son teint jaunâtre. Le directeur adjoint de la Defense Intelligence Agency, un homme trapu éternellement mal rasé. Et quelques techniciens nerveux couleur muraille : il les repéra tout de suite à leur look très particulier.
« Prenez un siège, Paul. » En effet, c'était bien Derek Collins. Ses yeux de reptile le détaillaient derrière ses épaisses lunettes à monture de plastique noir. « Mettez-vous à l'aise. » Il désigna le grand salon d'un air désabusé. « Enfin, si on peut être à l'aise dans un endroit comme ça. »
La pièce spacieuse était tapissée de lambris et de stucs, dans le style anglais du XVIIᵉ siècle ; ses cloisons d'acajou ciré brillaient sous le gracieux lustre de cristal. Le sol marqueté combinait les nuances subtiles du chêne et de l'ébène.
« Désolé pour la fausse piste, Paul », ajouta Collins.
La fausse piste ?
« Le coursier était à votre solde », dit Janson sans hausser le ton.
Collins hocha la tête. « Comme vous, nous aurions eu recours à cette société de messagerie. Dès que le coursier nous a signalé votre contact, nous avons sauté sur l'occasion. Je savais que vous n'accepteriez pas une invitation lancée dans les formes. C'était la seule manière de vous attirer ici.
— *M'attirer ici !* » s'exclama-t-il, bouillant d'indignation.
Collins et le président échangèrent un regard. « En plus, c'était la

meilleure manière de démontrer à ces personnes ici présentes que vous êtes toujours dans le coup, dit Collins. Que vos capacités sont à la hauteur de votre réputation. Sacré nom de nom, quelle infiltration ! Et avant de vous fâcher, essayez de comprendre que ces messieurs sont les seuls à connaître la vérité au sujet de Mobius. Pour le meilleur ou pour le pire, vous êtes à présent membre du cénacle. En un mot comme en cent, mon ami, l'Amérique a besoin de vous.

— Allez vous faire voir, Collins ! » Hors de lui, il rengaina son pistolet et posa les mains sur ses hanches.

Le président s'éclaircit la gorge. « Monsieur Janson, nous comptons vraiment sur vous.

— Avec tout mon respect, monsieur, dit-il, j'en ai ma claque des mensonges.

— Allons, Paul ! s'écria Collins.

— Monsieur Janson ? » Le Président le fixait de ce fameux regard pénétrant qu'il savait si bien adapter à toutes les situations, de la plus tragique à la plus cocasse. « La plupart des Washingtoniens mentent comme ils respirent, je vous l'accorde. Les gens mentent, en effet, et ils continueront à mentir chaque fois que le bien de ce pays le nécessitera. Mais je veux que vous compreniez quelque chose. Vous vous trouvez dans une installation fédérale ultrasécurisée et top-secret. Pas d'écoutes, pas d'enregistrement, rien du tout. Qu'est-ce que cela signifie ? Cela signifie que nous pouvons nous laisser aller, tomber le masque. Et c'est exactement ce que nous allons faire. Cette rencontre n'a rien d'officiel. Je ne suis pas là ; vous n'êtes pas là. Encore un mensonge, direz-vous. Mais un mensonge bénéfique, un mensonge qui nous permettra de parler à cœur ouvert. Parce que nous sommes ici pour dire la vérité, toute la vérité – vous comme nous. Mais d'abord, il faut absolument qu'on vous explique le programme Mobius et son évolution.

— Le programme Mobius, répéta Janson. On m'en a déjà touché un mot. Le plus grand philanthrope du monde, l'ambassadeur itinérant, l'"artisan de la paix" ne serait qu'une marionnette. Un fichu cadeau que vous ont fait vos amis de Washington. Ce saint homme des temps modernes a été créé de toutes pièces par... qui ? Un collectif d'organisateurs.

— Saint homme, dites-vous ? l'interrompit le président du National Intelligence Council. Nous évitons d'employer des expressions à connotation religieuse, ici.

— Dieu soit loué, rétorqua Janson d'une voix cinglante.

— Je crains que vous ne vous mépreniez sur l'importance de ce qui est en jeu, avança le secrétaire d'Etat. Etant donné qu'il s'agit du secret le plus explosif de l'histoire de la République, vous comprendrez aisément notre peu d'empressement à vous le faire partager.

— Je vais vous résumer la situation », intervint le Président. Il était clair qu'il présidait la réunion ; un homme habitué à commander n'avait pas à faire preuve d'autorité. « Notre créature est devenue – eh bien, elle n'est plus notre créature. Nous en avons perdu le contrôle.

— Paul ? dit Collins. Je vous en prie, asseyez-vous. Ça risque de durer longtemps. »

Janson s'installa dans un fauteuil proche. La tension dans la pièce était presque palpable.

Le regard du président Berquist dériva vers la fenêtre qui donnait sur le parc, à l'arrière de la maison. Sous le clair de lune, on apercevait le jardin à l'italienne, un labyrinthe rectiligne planté d'ifs taillés et de haies de buis. « Pour citer l'un de mes prédécesseurs, déclarat-il, je dirais que nous avons fait de lui un dieu alors que les cieux ne nous appartenaient pas. » Il jeta un coup d'œil à Douglas Albright, le représentant de la Defense Intelligence Agency. « Doug, si vous commenciez ?

— Je suppose qu'on vous a déjà exposé les origines du programme. Alors vous savez que nous disposions de trois agents exclusifs, spécialement entraînés pour jouer le rôle de Peter Novak. Ce nombre avait son importance.

— Bon, bon. Vous aviez trop investi dans l'affaire pour que votre Daddy Warbucks [1] disparaisse renversé par un taxi, fit Janson sur un ton acide. Et sa femme ?

— Un autre agent américain, dit l'homme de la DIA. Elle est passée sur le billard, elle aussi, au cas où elle rencontrerait une vieille connaissance.

— Vous vous souvenez de Nell Pearson ? » ajouta tranquillement Collins.

Janson resta sans voix. Pas étonnant que l'épouse de Novak lui ait paru étrangement familière. Il était sorti avec Nell Pearson. Leur histoire avait été brève mais mémorable. A l'époque, cela faisait deux ans qu'il travaillait pour les Opérations consulaires ; comme lui, sa collègue était célibataire, jeune et enthousiaste. On les avait envoyés en mission secrète à Belfast, avec pour ordre de se faire passer pour mari et femme. Ils avaient très vite cessé de simuler et vécu une aventure passionnée, torride, où le plaisir des sens s'était largement substitué aux élans du cœur. Leur flamme s'était éteinte aussi subitement qu'elle avait jailli, mais cette femme était restée dans un coin de sa mémoire. Ces longs doigts si élégants : la seule partie du corps impossible à transformer. Et ces yeux : ils l'avaient fait frémir. Même à Amsterdam.

Janson frissonna à l'idée que son ancienne maîtresse était passée sous le bistouri d'un chirurgien, que son apparence avait changé de

---

1. Personnage historique ayant fait fortune en vendant des armes lors de la Première Guerre mondiale.

manière irréversible. « Mais que voulez-vous dire par "nous en avons perdu le contrôle" ? » insista-t-il.

Un ange passa, puis le sous-secrétaire des Finances prit la parole. « Tout a commencé avec un problème de financement : comment rassembler les fonds nécessaires au projet. Pour rendre crédible notre personnage de milliardaire international, il fallait beaucoup d'argent. Inutile de préciser que Mobius ne pouvait se permettre de détourner le budget du Renseignement américain, trop étroitement surveillé. Pour la mise de départ oui, mais pas plus. C'est ainsi que le programme a fait appel aux ressources dont nous disposions. Nous nous sommes servis des interceptions de signaux...

— Bon sang – vous voulez parler d'Echelon ! » s'exclama Janson.

Echelon, système complexe de collecte de renseignements, reposait sur une flotte de satellites placés en orbite proche : tout appel téléphonique international, toute télécommunication par satellite – c'est-à-dire l'essentiel des communications – était intercepté puis échantillonné par cette flottille tournant autour de la Terre. Les milliards d'informations collectées étaient transférées vers une kyrielle de services, contrôlés par la National Security Agency, chargés de les analyser. La NSA avait plusieurs fois démenti la rumeur selon laquelle elle utiliserait les interceptions de signaux dans des buts étrangers à la sécurité nationale, prise dans son sens le plus strict. Non seulement la rumeur disait vrai, mais la réalité dépassait les plus folles extrapolations des sceptiques et des paranoïaques.

Le sous-secrétaire joufflu hocha la tête d'un air sombre. « Echelon nous permettait d'obtenir des renseignements ultrasecrets sur les grandes banques mondiales. La Bundesbank était-elle sur le point de dévaluer le deutsche mark ? La Malaisie allait-elle soutenir le ringgit ? Le 10, Downing Street laisserait-il chuter la livre ? En quoi tout cela nous intéressait-il ? Nous mettions ces données à la disposition de notre créature. C'était un jeu d'enfant. A travers lui, nous avons lancé quelques énormes opérations hautement lucratives. Et très vite, notre mise de départ s'est trouvée multipliée par mille – après, elle n'a plus cessé de croître. Et personne n'avait besoin de savoir que les brillantes intuitions de Novak étaient en fait le résultat du...

— Du détournement d'un programme de surveillance propriété du gouvernement américain, l'interrompit Janson.

— C'est cela, admit le Président. C'est cela. Inutile de dire que le programme Mobius avait été mis en place longtemps avant que je ne prenne mes fonctions. Grâce à ce dispositif hors du commun, Mobius avait donné naissance à un milliardaire tout à fait présentable... à ceci près que nous avions fait l'impasse sur le facteur humain. En fait, nous n'avions pas imaginé un seul instant que cette immense fortune, ce pouvoir incommensurable pourraient monter à la tête d'un de nos agents.

— Etes-vous donc si naïfs ? s'indigna Janson. La loi des probabilités – vous connaissez ? En tout cas elle, elle vous connaît. » Il les dévisagea les uns après les autres. « L'histoire du renseignement américain est truffée de plans géniaux qui ont viré à la catastrophe. Et maintenant, vous parlez du "facteur humain" comme si vos satanés ordinateurs n'étaient pas foutus de le prendre en compte. » Janson se tourna vers Collins. « Quand nous avons discuté tous les deux, je vous ai demandé qui serait assez fou pour accepter de jouer un rôle pareil – de renoncer à sa vie, à sa personnalité. Cette question, je la pose à nouveau.

— Je m'en souviens, dit Collins. J'ai répondu : "On n'a pas toujours le choix." Ce "on" vous le connaissez. Il s'appelle Alan Demarest. »

CHAPITRE 35

U N terrible frisson parcourut l'échine de Janson. Durant quelques secondes, une image s'imposa à lui, au détriment de toutes les autres. Celle de son ancien officier supérieur. Alan Demarest. Il fut pris de nausées, sa tête cognait comme si elle allait éclater.

C'était un mensonge!

Demarest était mort. Exécuté. Au cours de toutes ces années, Janson n'avait pu supporter de vivre avec ses souvenirs que grâce à cette ultime revanche.

Quand Janson était rentré aux Etats-Unis, il avait rédigé de longs rapports qui avaient débouché sur la mise en accusation de Demarest. On avait réuni un tribunal militaire ; le procès s'était tenu dans le plus grand secret ; une décision avait été prise au plus haut niveau ; comme on estimait que le moral de la nation était trop vulnérable pour supporter la divulgation des forfaits commis par Demarest, tout était resté secret, mais la procédure avait été respectée. Janson avait déposé sous serment. Par son témoignage, il avait signé l'arrêt de mort de Demarest. Quelques heures de délibérations avaient suffi pour le conduire devant le peloton d'exécution. L'homme qu'un agent du contre-espionnage avait surnommé le « M. Kurtz du Khe Sanh » était mort fusillé. *Sous les yeux de Janson.*

Mesa Grande. Sur les contreforts des San Bernardino Mountains. Le cercle de tissu cousu devant son cœur – blanc, puis rouge.

Janson fixait Collins sans dire un mot. Une veine battait sur son front.

« Il n'a pas eu le choix, dit Collins, implacable. C'était un homme très brillant – un grand cerveau – qui avait aussi d'incontestables défauts, je ne vous l'apprends pas. C'est ainsi. Nous avions besoin d'un homme comme lui, intelligent, capable. Et, contrairement à ses méthodes, son absolue loyauté envers son pays n'avait jamais été sujette à caution.

— Non, murmura Janson en secouant lentement la tête. Non. C'est impossible. »

Collins haussa les épaules. « Des cartouches à blanc, des pétards. Une mise en scène tout ce qu'il y a de basique. Nous vous avons offert le spectacle que vous attendiez. »

Janson voulut parler mais aucun mot ne sortit.

« On vous a trompé. Et j'en suis désolé. Vous estimiez que Demarest méritait d'être traduit devant la cour martiale et exécuté pour ses exactions. On ne vous a pas contredit, on vous a montré ce que vous vouliez voir. Votre soif de justice était parfaitement légitime – mais vous considériez les choses par le petit bout de la lorgnette, contrairement aux gros bonnets du contre-espionnage qui eux voyaient en Demarest l'homme providentiel, un sujet en or, comme on en rencontre une fois par siècle, surtout dans notre domaine d'activités. La décision est tombée. En fin de compte, il ne s'agissait que d'une simple question de ressources humaines.

— Ressources humaines, répéta Janson, abasourdi.

— On vous a trompé parce que c'était le seul moyen de vous garder à nos côtés. Vous n'étiez pas mal dans votre genre, vous aussi. Pour vous récupérer, il nous fallait d'abord vous convaincre que Demarest avait payé pour ses fautes. Vous étiez satisfait, et nous aussi puisque nous pouvions toujours compter sur vous pour exécuter la tâche pour laquelle Dieu vous avait créé. Aux yeux des organisateurs, toute cette affaire était réglée comme du papier à musique. Demarest se retrouvait devant un choix. Soit il affrontait le tribunal et votre témoignage l'envoyait immanquablement devant le peloton d'exécution. Soit il nous offrait sa vie de manière irrévocable en acceptant de devenir un simple jouet entre nos mains. Il accomplirait toutes les tâches qui lui seraient dévolues. Sans rechigner. Nous disposions désormais d'un très... singulier atout.

— Demarest – vivant. » On aurait dit que ces paroles lui faisaient mal. « C'est lui que vous avez choisi pour ce boulot ?

— Et c'est lui qui vous a recruté.

— Mais qu'est-ce que vous racontez ?

— Le terme "recruter" est peut-être trop gentil », se reprit Collins.

L'homme de la DIA intervint. « La logique de cette mission était incontournable.

— Allez vous faire foutre ! » hurla Janson. Il y voyait clair à présent. Demarest avait été le premier Peter Novak : *primus inter pares*. On avait créé les autres à son image. On l'avait pris comme modèle en raison de ses innombrables talents : linguiste, acteur, officier brillant et plein de ressources, Demarest était le meilleur. S'étaient-ils seulement demandé quels risques ils couraient en investissant d'une telle responsabilité un homme dépourvu de la moindre conscience – un *sociopathe* ?

Les yeux fermés, Janson laissa les images envahir son esprit.

Demarest n'était pas seulement cruel, il avait le don de la cruauté.

Pour lui, faire souffrir son prochain relevait du plus pur raffinement. Janson se souvint de l'odeur de chair grillée qui était montée au moment où les câbles de batterie s'étaient mis à crépiter sur le sexe du prisonnier vietnamien. Il revit le regard de terreur abjecte dans les yeux de l'homme. Il entendit la phrase que Demarest répétait comme un refrain apaisant tout en interrogeant le jeune pêcheur. « Regarde-moi dans les yeux, psalmodiait Demarest. Regarde-moi dans les yeux. »

Le prisonnier respirait comme un animal qui agonise, avec de petits glapissements étranglés. Demarest laissa défiler quelques mesures de plain-chant avant d'enjamber le deuxième prisonnier. « Regarde-moi dans les yeux », répétait-il. Avec le petit couteau qu'il avait sorti de l'étui fixé à sa ceinture, il lui incisa le ventre. La peau et le fascia s'écartèrent aussitôt, à cause de la tension exercée par les cordes. L'homme braillait.

Il braillait comme un dément.

Janson entendait encore ses cris. Ils résonnaient sous son crâne et leur écho le rendait dingue. Et dire qu'ils avaient choisi cette ordure pour tenir le rôle de l'homme le plus puissant de la planète !

Du regard, Derek Collins rechercha l'approbation de ses pairs avant de poursuivre son discours. « J'en viens aux faits. Demarest a pris le contrôle de tout ce que Mobius avait créé pour son propre usage. Sans entrer dans les détails, je dirais qu'il a modifié tous les codes bancaires – et déjoué les mesures que nous avions prises afin justement d'empêcher une telle éventualité. Et pourtant, Dieu sait qu'elles étaient bien pensées ! Nous disposions de cryptosystèmes parfaitement sécurisés. Aucun transfert de devises ne pouvait s'effectuer sans l'autorisation de Mobius. Les codes étaient régulièrement modifiés et répartis entre nos trois agents, afin qu'aucun d'entre eux ne prenne le pas sur les autres – une série de pare-feu, en quelque sorte. Des mesures de sécurité quasiment inviolables.

— Et pourtant elles ont été violées.

— Oui. Il a pris le contrôle. »

Janson secoua la tête, écœuré par ce qu'il entendait. « Traduction : le gigantesque empire de la Liberty Foundation, sa puissance financière et tout le reste – sont passés sous la coupe d'un seul individu, un être instable, un véritable danger public. Traduction : vous ne le contrôlez pas. C'est lui qui vous contrôle. »

Personne n'avait rien à objecter.

« Et les Etats-Unis ne peuvent se permettre de le démasquer, ajouta le secrétaire d'Etat. Au risque de se démasquer eux-mêmes.

— Quand vous êtes-vous rendu compte de ce qui se passait ? » demanda Janson.

Du fond de leurs fauteuils Louis XV, les deux techniciens changèrent de position. Les sièges délicats grincèrent sous leur poids. On les sentait mal à l'aise.

« Ça fait quelques jours, dit Collins. Comme je vous l'ai dit, le programme Mobius disposait de systèmes infaillibles – c'est ce que nous pensions, du moins. Ecoutez, nous nous étions entourés des meilleurs spécialistes – ne croyez surtout pas que nous n'avions pas tout prévu, nous avions *tout* prévu. Nous avions pris toutes les précautions possibles et imaginables. Il lui a fallu du temps mais il a réussi à nous avoir. Tout récemment.

— Et Anura ?

— Son coup de maître, dit le président du National Intelligence Council. Nous avons tous été victimes d'une subtile mystification. Quand on a appris que notre homme était emprisonné là-bas, on s'est mis à paniquer. Et nous avons fait ce que Demarest attendait de nous. Nous lui avons confié la deuxième série de codes, celle qui normalement était exclusivement réservée à l'homme que les guérilleros étaient sur le point d'exécuter. Cette décision nous semblait raisonnable, le temps de voir venir. Mais à ce moment-là, nous ignorions que Demarest avait lui-même *organisé* la prise d'otages. Pour cela, il s'était servi d'un lieutenant nommé Bewick que le Calife ne connaissait que sous le nom de "Médiateur". Toute cette mise en scène était, comment dirais-je, bien huilée.

— Seigneur !

— Pour la même raison, nous n'avons pas compris qu'il était aussi responsable de la mort du troisième agent, un an auparavant. Nous pensions que les fils de notre marionnette étaient solides. Aujourd'hui, nous avons changé d'avis.

— Mais il est trop tard », lâcha Janson. Autour de lui, les visages s'assombrirent, comme si chacune des personnes ici présentes reconnaissait humblement sa faute. « Question : Pourquoi Demarest m'a-t-il embringué là-dedans ? »

Collins fut le premier à répondre. « Ça tombe sous le sens. Ce type ne peut pas vous sentir. Il vous en veut d'avoir brisé sa carrière, de lui avoir ravi sa liberté, d'avoir attenté à sa vie – en le livrant à un gouvernement qu'il estimait avoir servi avec dévotion. Il ne voulait pas seulement votre mort. Il voulait vous voir accusé, humilié. Il voulait qu'on vous rejette, qu'on vous tue. Dent pour dent – tel était son état d'esprit.

— Je sais, vous nous aviez mis en garde, reconnut le président Berquist. Vous avez le droit de nous en vouloir. J'ai vu les rapports que vous avez rédigés en 1973 sur le lieutenant-colonel Demarest. Mais il faut que vous compreniez où nous en sommes. Non seulement Demarest a éliminé ses doublures, mais il est passé à une deuxième phase, bien plus dangereuse.

— Laquelle ?

— La marionnette tue les marionnettistes, intervint Doug Albright. Elle efface le programme. Elle efface Mobius.

— Et qui sont les protagonistes, exactement ?

— Ils sont là devant vous, dans cette pièce. »

Janson les regarda tous. « Il devrait y avoir ici un représentant de la NSA, objecta-t-il.

— Assassiné.

— Qui a conçu l'architecture des systèmes de base ?

— Un vrai génie, un type de la CIA. Assassiné.

— Et la – oh, mon Dieu...

— Oui, la conseillère pour la Sécurité intérieure auprès du Président, dit Albright. Flle n'a pas pu se joindre à nous. Clayton Ackerley non plus – officiellement, il s'est suicidé dans son garage, on l'a trouvé asphyxié au volant de sa voiture. Oh, Demarest ne laisse rien au hasard. Quand il dresse une liste, il n'oublie personne...

— La plupart des gens qui connaissent la vérité sur Peter Novak ont été éliminés, dit le Secrétaire d'Etat d'une voix sourde.

— Hormis ceux qui se trouvent dans cette pièce », précisa Collins.

Janson hocha la tête. Le monde risquait de tomber dans le chaos, mais les hommes qui lui faisaient face étaient sous le coup d'une menace bien plus immédiate. Tant que Demarest serait à la tête de l'empire Novak, chacun d'entre eux aurait à craindre pour sa vie.

« Désolé, Paul. Il est trop tard pour vous inscrire sur la liste des morts en sursis, dit faiblement Collins.

— Bon Dieu, Derek, rétorqua Janson, indigné, en se tournant vers le sous-secrétaire, vous saviez parfaitement à qui vous aviez affaire !

— Nous avions toutes les raisons de croire qu'il resterait pieds et poings liés !

— A présent, la situation s'est inversée. C'est lui qui vous tient à la gorge, répondit Janson.

— Il apparaît nettement que Demarest préparait son coup d'Etat depuis des années, dit le Secrétaire d'Etat. Les récents assassinats ont prouvé que Demarest avait constitué une milice privée, recruté des douzaines d'anciens collègues à lui pour qu'ils lui servent de gardes du corps et d'exécuteurs des basses œuvres. Ces gens connaissent tous nos codes, toutes nos procédures d'action. Et les dignitaires corrompus des anciens Etats communistes – les mêmes qui prétendent le combattre – ont partie liée avec lui. Ils lui ont offert leurs meilleurs centurions.

— Vous appelez cela un coup d'Etat, s'indigna Janson. Mais c'est un terme qu'on emploie habituellement pour désigner le fait de renverser un chef d'Etat pour prendre sa place.

— A sa manière, la Liberty Foundation est aussi puissante qu'un Etat, répliqua le secrétaire. Et bientôt, elle risque de le devenir encore plus.

— Le fait est, intervint le Président pour recentrer le débat, que Demarest possède la preuve absolue de tous nos agissements. Il peut parfaitement nous faire chanter. Vous imaginez? » Le Président inspira bruyamment. « Si le monde découvrait que les Etats-Unis ont manipulé dans l'ombre les grands événements de ces dernières années – sans parler de l'utilisation d'Echelon pour truquer le cours des devises étrangères – il s'ensuivrait une déflagration de dimension planétaire. Le Congrès se déchaînerait, mais ce ne serait rien à côté du reste. Le tiers-monde connaîtrait des dizaines de révolutions à l'iranienne. Nous perdrions tous nos alliés – on nous mettrait aussitôt au ban des nations. L'OTAN lui-même s'effondrerait...

— Adieu, Pax Americana », marmonna Janson. C'était vrai : il s'agissait d'un secret tellement explosif que si jamais il éclatait au grand jour, toute l'histoire aurait besoin d'être réécrite.

Le Président reprit la parole : « A présent, il exige que nous lui confiions le contrôle d'Echelon. Et ce n'est que le hors-d'œuvre. A notre avis, il demandera sous peu qu'on lui fournisse les codes nucléaires.

— Que lui avez-vous répondu, monsieur ?

— Nous avons refusé, naturellement. » Il échangea un coup d'œil avec le secrétaire d'Etat. « *J'ai* refusé, bon sang. Contre l'avis de tous mes conseillers. Je ne veux pas que l'histoire se souvienne de moi comme du Président qui a servi les Etats-Unis sur un plateau à un fou dangereux !

— Il nous a fixé un ultimatum assorti d'une date limite, ajouta Collins. Et le temps passe.

— Et vous ne pouvez pas l'éliminer ?

— Ah, ça c'est une *riche* idée ! rétorqua sèchement Collins. On pourrait lui envoyer un escadron de justiciers armés de chalumeaux et de tenailles pour le travailler un peu. Et dire que nous n'y avions pas pensé ! Attendez un peu – on y a pensé, évidemment. Sacré bon sang, Janson, si on pouvait coincer ce fils de pute, on le transformerait illico en viande froide. Je l'écraserais de mes propres mains. Mais on ne le peut pas.

— Nous avons tout essayé, dit le président du National Intelligence Council. Le berner, le piéger, le débusquer – mais rien n'y fait. C'est l'homme invisible.

— Ça n'a pas grand-chose d'étonnant, ajouta Collins. Demarest est passé maître dans l'art de la dissimulation. Il a passé tant d'années à jouer au ploutocrate reclus. Et à l'heure qu'il est, il possède des moyens bien plus importants que les nôtres. En outre, plus il y a de gens au courant, plus les menaces de chantage augmentent : pas question d'impliquer d'autres personnes dans cette affaire. Cette logique opérationnelle tombe sous le sens. Et on doit s'y tenir. Vous comprenez ? *Il n'y a que nous.*

— Et vous, précisa le président Berquist. Vous êtes notre seul espoir.

— Et que faites-vous des ennemis de "Peter Novak" ? Ceux qui le haïssent de tout leur cœur ? N'y aurait-il pas moyen de recruter un fanatique, une faction... ?

— Il s'agit là d'un stratagème assez pervers, mais intéressant, dit Collins. Votre proposition me plaît beaucoup.

— Bon, maintenant, il faut tout lui dire, lança le Président à Collins en soulignant ses paroles d'un coup d'œil. Dites-lui la vérité.

— En fait, on a déjà essayé de le faire.

— Et alors... ?

— Nous y avons renoncé parce que, comme je disais, on n'arrive pas à le localiser. Ni nous ni le plus enragé des chefs terroristes. »

Janson plissa les yeux. « *Le Calife !* Mon Dieu !

— Gagné ! dit Collins.

— Ce type ne rêve que de vengeance, répondit Janson. L'évasion de son célèbre otage a dû représenter une immense humiliation pour lui. Il a perdu la face devant ses fidèles. Et quand on perd la face, on risque fort de perdre aussi le pouvoir.

— Je pourrais vous montrer un rapport analytique épais de trente centimètres qui aboutit exactement à la même conclusion, dit Collins. Bon, pour l'instant, nous sommes sur la même longueur d'ondes.

— Mais comment faites-vous pour le manipuler ? Pour lui, *tous* les Occidentaux sont des suppôts de Satan. »

Le secrétaire d'Etat s'éclaircit la gorge, visiblement mal à l'aise.

« On joue cartes sur table, insista le Président. On est bien d'accord ? Rien de ce que nous sommes en train de dire ne doit sortir de cette pièce.

— OK, dit Derek Collins. C'est une affaire délicate. Un haut dirigeant du renseignement militaire libyen... nous donne de petits coups de main, de temps à autre. Ibrahim Maghur. C'est un sale type, bien sûr. Officiellement, il est sur notre liste noire. On sait qu'il a participé à l'attentat de la discothèque allemande où deux militaires américains ont trouvé la mort. Il a trempé dans l'attentat de Lockerbie, aussi. Et c'est lui qui conseille et soutient la plupart des organisations terroristes.

— Et pourtant il travaille pour les Américains, dit Janson. Bon sang. Je connais pas mal de soldats à qui ça ferait grincer les dents.

— Comme je le disais, c'est une affaire délicate. Un peu comme l'accord que nous avons passé avec Ali Hassan Salameh. »

Un léger frisson parcourut la colonne vertébrale de Janson. Ali Hassan Salameh n'était autre que l'organisateur du massacre des Jeux olympiques de Munich, en 1972. Et pendant de nombreuses années, il avait été le principal informateur de la CIA au sein de l'Organisation pour la Libération de la Palestine. C'était du temps où les Etats-Unis refusaient de reconnaître cette organisation. Mais ce contact leur permettait d'assurer la protection des Américains basés au Liban. Il les tenait au courant des projets d'assassinat ou d'attentat à la voiture piégée. Un grand nombre d'Américains devaient la vie à cet arrangement immoral. C'était un pacte avec le diable mais ça marchait. Un passage de la deuxième épître aux Corinthiens revint à l'esprit de Janson : *Car quel rapport y a-t-il entre la justice et l'iniquité ? Qu'y a-t-il de commun entre la lumière et les ténèbres ?*

« Donc le Calife est sous les ordres de ce Libyen – notre Libyen ? » Janson avala sa salive. « L'un des terroristes les plus sanguinaires de la planète aurait été *triplement* manipulé. Quelle ironie !

— Je sais que ça semble grotesque, mais nous nous accrochons à toutes les lueurs d'espoir, dit Collins. Nous sommes toujours là, bordel ! Je veux dire, s'il peut encore nous rendre service, pourquoi se gênerait-on ? Seulement le problème demeure : nous n'arrivons pas à repérer Demarest.

— Alors que lui, compléta l'analyste de système au visage terreux, ne semble avoir aucun problème pour nous repérer.

— Donc, en résumé, vous êtes notre seul espoir, répéta le président Berquist.

— Vous étiez son protégé, Paul, dit Collins. Admettez-le. Vous avez étroitement collaboré avec lui. Vous avez fait plusieurs campagnes ensemble. Vous connaissez ses ruses, les bizarreries de son caractère. Il a été votre premier mentor. Et j'ajouterai qu'aucun agent ne vous arrive à la cheville. Vous le savez.

— La flatterie ne vous mènera nulle part, répliqua Janson en grinçant des dents.

— Je suis sincère, Paul. C'est votre ex-patron qui parle. Personne ne vous arrive à la cheville. Personne ne rassemble autant de talents et d'ingéniosité.

— Sauf... se risqua Doug Albright avant de changer d'avis.

— Oui ? » demanda Janson sur un ton qui lui intimait de poursuivre.

Les yeux du représentant de la DIA le fixèrent impitoyablement. « Sauf Alan Demarest. »

CHAPITRE 36

L'AFRICAIN de l'Ouest attendait un coup de fil en regardant pensivement par la fenêtre de son bureau, perché au trente-septième étage. C'était un bel homme aux cheveux argentés admirablement coupés. Ses boutons de manchette en or étincelaient dans le soleil couchant. Il occupait la fonction de secrétaire général des Nations unies depuis cinq ans, et ce qu'il s'apprêtait à faire choquerait la plupart des gens qui le connaissaient. Pourtant c'était le seul moyen d'assurer la pérennité de tout ce à quoi il avait consacré sa vie.

« Helga, dit Mathieu Zinsou, j'attends un coup de fil de Peter Novak. Je ne prendrai aucun autre appel.

— Certainement », répondit l'assistante, une Danoise nommée Helga Lundgren qui travaillait aux côtés du secrétaire général depuis bien longtemps.

C'était l'heure où la lumière du jour faisait se refléter les meubles de son bureau dans la grande baie vitrée. Le décor avait peu changé au cours des années ; remplacer le mobilier moderniste dessiné par l'architecte finnois Eero Saarinen pour l'immeuble des Nations unies eût été un sacrilège. Pour y ajouter une légère touche personnelle, Zinsou avait choisi quelques batiks venant de son pays natal, le Bénin. Des cadeaux offerts par divers émissaires étaient exposés bien en vue. Les autres, il les gardait en réserve pour les ressortir à l'occasion, lors des visites des représentants de telle ou telle nation. Par exemple, quand le ministre des Finances indonésien prenait rendez-vous, un masque javanais apparaissait sur un mur, succédant à la rangée de netsukés d'Edo qui avaient accueilli, le matin même, le secrétaire aux Affaires étrangères du Japon. La décoration comme diplomatie. La formule était de Helga Lundgren.

Le bureau donnait sur l'East River, loin du remue-ménage de Manhattan. Quand son regard se projetait au-delà des reflets fantomatiques de la vitre, Zinsou apercevait l'ancienne zone industrielle du West Queens : l'énorme usine en brique de la Schwartz Chemical Company avec ses quatre immenses cheminées, depuis longtemps abandonnée.

Les vestiges jaunâtres d'un entrepôt anonyme. Plus près, au-dessus de Hunter's Point, quelques nappes de brouillard flottaient autour d'une enseigne au néon où le logo Pepsi-Cola brillait depuis 1936 au sommet d'une usine d'embouteillage fermée, comme une amulette la protégeant des incursions ennemies, ou des promoteurs. Mais c'était perdu d'avance.

Ce paysage n'avait rien d'enchanteur, mais il arrivait que le secrétaire général Zinsou le trouve étrangement fascinant. Il utilisait rarement l'antique télescope de cuivre perché sur son support de chêne, posé devant la fenêtre ; l'essentiel se voyait à l'œil nu. Une forêt pétrifiée de vieilles manufactures. Des fossiles industriels. Une archéologie de la modernité. Des ruines mi-enfouies, mi-excavées. Le soleil déclinant faisait scintiller l'East River et se reflétait sur les chromes inutiles. En contemplant les vestiges des anciens empires industriels, il se demandait ce qu'il adviendrait de son empire à lui, établi comme eux sur les rives de Manhattan. Finirait-il lui aussi dans la grande décharge de l'histoire ?

Le soleil qui glissait derrière l'horizon teintait de rose l'East River. Helga appela son patron pour lui signaler que Peter Novak était au bout du fil. Zinsou décrocha aussitôt.

« Mon cher Mathieu », entendit-il. La voix de Novak avait cette tonalité cristalline que donne la téléphonie digitale – il utilisait certainement un téléphone satellite haut de gamme. Le secrétaire général avait insisté pour que leur conversation se déroule par l'intermédiaire de téléphones cryptés ; cette mesure de précaution supprimait les bruits de fond, ce qui rendait le signal sinistre. Après avoir échangé les civilités d'usage, Mathieu Zinsou décida d'en venir au fait.

Les Nations unies étaient un magnifique navire à court de carburant, c'est-à-dire d'argent. C'était aussi simple que cela.

« Nous disposons par ailleurs de ressources immenses, poursuivit le secrétaire général. Des centaines de milliers de soldats servent sous notre drapeau et arborent fièrement leurs casques bleus. Nous avons des antennes dans toutes les capitales, où travaillent des équipes d'experts jouissant du statut diplomatique. Nous sommes tenus au courant de tout ce qui se passe dans ces pays, à tous les niveaux. Nous connaissons leurs secrets militaires, leurs plans de développement, leurs politiques économiques. Il serait parfaitement logique que nous collaborions avec la Liberty Foundation – par une mise en commun des ressources et des compétences. »

C'était un préambule.

« Les fonctionnaires des Nations unies œuvrent en toute liberté dans presque tous les pays de la planète, poursuivit Zinsou. Nous constatons la souffrance des peuples victimes de l'incompétence et de la rapacité de leurs dirigeants. Mais nous ne pouvons ni réformer leur politique intérieure ni orienter leur diplomatie. Nos lois et nos règles, nos directives et notre position d'observateurs nous réduisent à l'impuissance ! Les succès de votre Liberty Foundation ont jeté le discrédit sur les Nations unies. Et pendant ce temps, notre crise financière actuelle nous coupe bras et jambes.

— Tout ce que vous dites est vrai, répondit Peter Novak. Mais je ne vois là rien de nouveau.

— Certes, acquiesça Zinsou. Rien de nouveau en effet. Nous pourrions attendre les bras croisés, comme nous l'avons fait dans le passé. En dix ans, l'ONU se retrouverait aussi démunie que n'importe laquelle des nations qu'elle est censée soutenir. Nous deviendrions totalement inefficaces – rien de plus qu'un club d'échanges pour émirs querelleurs et despotes de pacotille – et les pays développés nous tourneraient le dos. Une baleine échouée sur les rivages de l'histoire. Ou alors nous réagissons maintenant, avant qu'il ne soit trop tard. Je viens d'être réélu pour un mandat de cinq ans, avec le soutien quasi unanime de l'Assemblée générale. Je suis le seul à pouvoir prendre des décisions radicales. J'ai la popularité et la crédibilité nécessaires. Et si je veux sauver cette organisation, je *dois* prendre ces décisions.

— On vous considère comme un homme qui voit loin et j'ai toujours partagé cet avis, dit Novak. Mais par ailleurs, *mon cher**, on vous reproche votre ambiguïté. Je souhaiterais que vous m'expliquiez mieux votre proposition.

— Pour parler simplement, notre seul salut passe par un partenariat avec la Liberty Foundation. On pourrait créer une cellule de liaison spéciale – faisant la jonction entre la fondation et l'ONU – consacrée au développement économique. Avec le temps, cette cellule pourrait voir son champ d'action s'élargir jusqu'à englober certaines institutions et responsabilités actuellement détenues par l'ONU. Je l'imagine comme une puissante direction œuvrant en secret au sein des Nations unies. Je pourrais servir de relais entre nos deux empires. Notre mission resterait la même, évidemment, mais la Liberty Foundation serait en mesure d'utiliser pour son compte les énormes actifs qui sont les nôtres.

— Vous m'intriguez, Mathieu, dit Novak. C'est intéressant mais nous connaissons tous deux la regrettable inertie bureaucratique. Vous m'exprimez votre admiration pour l'extraordinaire efficacité de la Liberty Foundation et je vous en remercie. Seulement notre réussite tient à une chose : j'ai toujours gardé un contrôle absolu sur toutes nos actions.

— J'en suis parfaitement conscient, répliqua le secrétaire général. Et quand je parle de "partenariat", je souhaite que ce soit bien clair. Mon "ambiguïté", comme vous dites, est nécessairement liée au rôle que je tiens au sein des Nations unies. Mais il ne saurait subsister aucune ambiguïté sur le point suivant : c'est vous Peter qui auriez l'entier contrôle du dispositif. »

A l'autre bout du fil, le silence dura si longtemps que Zinsou se demanda un instant si la ligne n'avait pas été coupée. Puis Novak reprit la parole. « Décidément, vous voyez loin. C'est toujours agréable de rencontrer des gens comme vous.

— Ce serait un *lourd* fardeau à porter. Etes-vous prêt à cela ? » Sans attendre la réponse, Zinsou poursuivit en dressant à son interlocuteur un tableau enthousiaste de l'avenir.

Vingt minutes plus tard, l'homme qui se faisait appeler Peter Novak ne s'était toujours pas départi de sa réticence.

« Il y aurait tant à dire encore, conclut Zinsou. C'est difficile de parler de ces choses-là au téléphone. Pourquoi ne pas nous rencontrer pour discuter de tout cela de vive voix. En tête-à-tête. Je vais peut-être vous paraître pompeux mais je crois vraiment que le monde compte sur nous. »

Un sinistre ricanement sortit du combiné : « On dirait que vous voulez me vendre les Nations unies.

— J'espère ne pas avoir dit une chose pareille ! s'exclama Zinsou sur un ton dégagé. C'est un trésor inestimable. Mais oui, je pense que nous nous comprenons.

— Et à court terme, les membres de la Liberty Foundation auraient rang d'ambassadeurs, l'immunité diplomatique ?

— L'ONU est comme une multinationale avec cent soixante-neuf PDG. Elle n'est pas souple. Mais je rédigerai une charte qui mettra tout cela au clair, répondit le secrétaire général.

— Et vous, mon cher Mathieu ? Que se passera-t-il quand vous arriverez au bout de votre deuxième mandat ? » La voix au téléphone devint plus amicale. « Vous avez servi votre organisation d'une manière si désintéressée pendant tant d'années.

— Je vous remercie de le faire remarquer, répondit le secrétaire général qui nota aussitôt le changement de ton. Mon propre sort passe en second, soyez-en assuré. La chose qui me préoccupe le plus est la survie de cette institution. Pourtant, je serai franc. L'ONU n'est guère généreuse en terme de salaire. Si la Liberty Foundation m'offrait, par exemple, le poste de directeur d'un nouvel établissement... avec des appointements et des indemnités à négocier, évidemment... je serais en mesure de poursuivre mon œuvre en faveur de la paix dans le monde. Pardonnez-moi d'être si direct. Ce que je vous propose est tellement complexe, qu'entre nous il est préférable d'éviter le plus possible tout atermoiement.

— Je crois que je commence à mieux comprendre. Je trouve même tout cela très encourageant, dit Peter Novak sur un ton carrément affable à présent.

— Pourquoi ne dînerions-nous pas ensemble. Quelque chose de

très intime*. Chez moi. Le plus tôt sera le mieux. Je vais regarder mon agenda pour nous arranger cela.

— Mon cher Mathieu », répéta son interlocuteur d'une voix onctueuse où perçait une joie contenue, la joie d'un homme auquel on venait d'offrir les Nations unies sur un plateau, et qui voyait se profiler la victoire finale, une victoire venant couronner de manière magistrale sa formidable carrière. Il s'interrompit soudain : « Je vous rappellerai. » Et il raccrocha.

Le secrétaire général ne reposa pas tout de suite le combiné sur son socle. « *Alors ?** »

Il se tourna vers Paul Janson, assis dans un coin du bureau toujours plus obscur.

L'agent considéra le grand diplomate sans cacher son admiration. « Maintenant, on attend », dit-il.

Mordrait-il à l'appât ? C'était une proposition hardie mais elle tenait debout. Les Nations unies connaissaient effectivement de terribles difficultés financières. Et Mathieu Zinsou n'avait jamais caché ses ambitions. Il s'était juré de sauver cette organisation. De plus, on le savait fin stratège. Durant les cinq années qu'il avait passées à la tête des Nations unies, il avait entrepris une série de réformes radicales telles qu'aucun autre secrétaire général avant lui n'en avait seulement rêvé. Du coup, pouvait-on s'étonner de le voir passer à la vitesse supérieure ?

Cet ingénieux stratagème leur avait été inspiré par une remarque d'Angus Fielding. En effet, Janson s'était entretenu la veille avec l'homme qui, quelques jours auparavant, l'avait menacé d'une arme. Les choses étaient ainsi – adversaires un jour, alliés le lendemain, les gens retournaient leur veste sans trop de scrupules. Au début, ils avaient eu un peu de mal à parler. Fielding avait vu l'intervention de Novak sur CNN et en était resté abasourdi, désemparé, humilié, autant d'émotions auxquelles le professeur émérite de Trinity n'était pas habitué. Sans pour autant dévoiler le terrible secret, Janson avait réussi à interroger l'universitaire qui lui avait volontiers fourni quelques conseils avisés sur la manière de joindre le milliardaire reclus.

Un autre élément pourrait jouer en leur faveur et rendre leur scénario plus crédible. Pendant des années, une rumeur avait couru selon laquelle Zinsou n'était pas l'honnêteté même. Au début de sa carrière, quand il n'était encore que commissaire auprès de l'UNESCO, on lui avait reproché d'avoir usé de son influence pour privilégier une corporation pharmaceutique au détriment d'une autre. D'après la société évincée, son heureuse concurrente lui aurait versé un "intéressement". Avait-on déposé des fonds sur un compte numéroté ? Ces accusations étaient dénuées de tout fondement, mais curieusement, dans un certain milieu, elles avaient laissé des traces. De manière paradoxale, cette petite ombre au tableau rendrait la proposition de Zinsou beaucoup plus vraisemblable.

Mais le facteur déterminant restait la psychologie humaine : Demarest tomberait dans le panneau parce que ce qu'il désirait le plus au monde c'était atteindre le sommet de la gloire. Quand on veut une chose à tout prix, on a tendance à y croire plus que de raison.

Janson s'était approché du bureau de Zinsou. Du gros appareil posé dessus il sortit la cassette digitale sur laquelle la conversation téléphonique avait été enregistrée.

« Vous m'épatez, dit simplement Janson.

— Dois-je prendre cela comme une insulte ? s'écria le secrétaire général avec un petit sourire.

— J'avoue que je ne m'attendais pas à grand-chose. Et encore, j'exagère. Mais c'est un compliment. Ça prouve qu'il n'y a qu'un seul diplomate dans cette pièce.

— Il est fort regrettable que le destin du monde dépende du simple savoir-faire d'un diplomate. Avez-vous pensé à tous les pièges qui peuvent se présenter ?

— Je vous fais entièrement confiance, l'interrompit Janson.

— Votre confiance est un lourd fardeau sur mes faibles épaules. J'ai confiance en moi mais je me sais faillible. Et vous-même devriez vous garder de trop compter sur moi. En théorie, bien sûr.

— Des théories, dit Janson. Des abstractions.

— Vous voulez dire des fausses pudeurs. » Un sourire passa sur les lèvres de Mathieu Zinsou. « Et ce n'est pas le moment d'être pudique. Il faut être concret. Eh bien voilà une remarque concrète : votre plan repose sur une prédiction concernant un homme qui a toujours déjoué toutes les prédictions.

— Aucune prédiction n'est sûre à cent pour cent. Je suis d'accord. Mais il y a des modèles – des règles qui s'imposent même à ceux qui les méprisent. Je connais cet individu.

— Avant-hier, j'aurais dit la même chose. Peter Novak et moi nous sommes rencontrés à deux reprises. Une fois lors d'un dîner officiel à Amsterdam. Une autre à Ankara, à la signature de la résolution de Chypre pour laquelle il avait servi de médiateur – une cérémonie purement officielle. J'étais chargé de le féliciter au nom des Nations unies et d'annoncer le retrait des Casques bleus de la ligne de partition. Bien sûr, depuis j'ai compris que l'homme à qui j'ai serré la main n'était qu'un fantoche. Peut-être même était-il différent les deux fois – les archives du programme Mobius pourraient sans doute nous le dire. Pourtant je dois avouer que je l'ai trouvé à la fois charismatique et sympathique. Deux qualités qui n'étaient pas étrangères au charme émanant de lui.

— Et qu'on vous attribue également », dit prudemment Janson.

Zinsou prononça une phrase en langue fon, l'idiome complexe

parlé par son peuple. Zinsou père descendait des princes du grand empire du Dahomey. « Mon grand-oncle, le chef suprême, adorait ce dicton. Il ne cessait de le répéter devant ses sycophantes ébahis. En gros ça signifie : plus tu me lèches le cul, plus j'ai l'impression que tu essaies de m'entuber. »

Janson rit : « Vous êtes encore plus sage qu'on ne le prétend... »

Zinsou brandit un index dans un geste de réprimande. « Je ne peux m'empêcher de douter. Est-ce que Peter Novak a cru à mon histoire ou faisait-il semblant ? Je dis cela par pur orgueil, bien entendu. Cela froisse mon amour-propre qu'on puisse me croire capable de trahir l'organisation à laquelle j'ai consacré ma vie. » Zinsou jouait avec son gros stylo-plume Montblanc. « Mais je le répète, c'est juste une question d'orgueil.

— Les êtres malfaisants sont toujours enclins à penser que leur prochain leur ressemble. En outre, si ça marche, vous aurez largement de quoi panser votre orgueil blessé. Une réussite comme celle-là serait le plus grand tour de force de votre carrière. »

Un silence gêné s'abattit sur eux. Ils restèrent seuls face à eux-mêmes.

Zinsou n'avait pas l'habitude de faire cavalier seul : après des décennies passées dans les arcanes bureaucratiques des Nations unies, le débat et la conciliation étaient devenus sa seconde nature. Son talent de diplomate avait surtout servi à résoudre les nombreux conflits sévissant au sein même des différents services de l'Organisation – calmer le jeu entre le département des Opérations pour le maintien de la paix et les fonctionnaires chargés des Affaires humanitaires, empêcher que les employés de base ne se braquent contre leurs directeurs. Il connaissait bien les vices de la bureaucratie, les mille et une manières de remettre au lendemain ce qu'on peut faire le jour même, les prises de décisions qui traînent en longueur, car lui-même avait eu recours à tous ces subterfuges durant sa longue carrière. Les stratégies guerrières de service à service étaient aussi subtiles et raffinées que celles prévalant sur les vrais champs de bataille. Et malgré tout, il avait réussi à grimper jusqu'en haut de l'échelle, et en un temps record, ce qui prouvait sa valeur. De plus, dans ces milieux-là, on ne remportait réellement la victoire qu'au moment où l'on parvenait à faire croire aux vaincus qu'ils avaient brillamment tiré leur épingle du jeu.

Zinsou en était venu à comparer ses fonctions à celles d'un chef d'orchestre dirigeant un ensemble composé de solistes. Tâche apparemment impossible de prime abord mais réalisable, tout compte fait. Quand il était en forme, il savait concilier des points de vue diamétralement opposés et convaincre les ennemis les plus farouches de se ranger à la position consensuelle que lui-même avait imaginée avant le début de la réunion. Il avançait masqué, faisant semblant d'approuver des positions qu'en son for intérieur il estimait inacceptable. Il montait en épingle les tensions préexistantes opposant les représentants spéciaux et les hauts commissaires pour les amener ensuite, sans en avoir l'air, vers une entente ponctuelle ; orientant les débats houleux qui butaient sans cesse contre de nouveaux obstacles, il procédait comme un champion de billard : la boule blanche roulait vers le but qu'il lui avait fixé en rebondissant sur toutes les autres. Et à la fin, quand les protagonistes, à force de s'entre-déchirer, en arrivaient à la position qu'il souhaitait les voir adopter, il déclarait, avec un soupir résigné qui reflétait admirablement sa grandeur d'âme, qu'il baissait les armes et se rangeait à leur point de vue. Parmi ces bureaucrates récalcitrants, certains possédaient un ego si démesuré que, pour le satisfaire, ils avaient besoin d'une victoire totale et éclatante. Mais en fait, le vrai pouvoir appartenait à ceux qui privilégiaient la réalité au mépris des apparences. On en trouvait encore pour se laisser abuser par les mines modestes et conciliantes de Zinsou et passer à côté de l'évidence : c'était lui le patron. Ces gens-là étaient des ratés se prenant pour des aigles. Il en existait d'une autre espèce : les courtisans qui croyaient pouvoir manipuler Zinsou en lui offrant leur appui. D'autres encore, plus malins, le soutenaient parce qu'il était le meilleur, tout simplement. Cela faisait des décennies que les Nations unies n'avaient pas eu un secrétaire général aussi efficace que lui, et l'Organisation avait désespérément besoin d'un vrai chef à sa tête. C'était une alliance controversée mais plutôt réussie en fin de compte – aussi bien pour Zinsou que pour la gigantesque institution à laquelle il avait voué son existence.

Mais voilà qu'à présent le virtuose de la négociation se retrouvait seul. Le secret qu'on lui avait confié était si grave qu'il ne pouvait le partager avec quiconque. Pas de colloque, pas de consultation, pas de délibération, réelle ou arrangée. Il n'y avait que cet homme, cet agent américain que Zinsou avait eu du mal à dérider. Deux choses les liaient : ce terrible secret et le sentiment que leurs moyens de riposte souffraient d'une grande précarité. La "doctrine Zinsou", comme la presse l'avait surnommée, s'appuyait essentiellement sur des interventions ayant une chance raisonnable de réussir. Celle-ci faisait exception à la règle.

Mais avaient-ils le choix ?

Janson reprit la parole. « Je vais vous parler de lui. Son esprit est un remarquable instrument, capable d'analyser tous les éléments d'une situation en un temps éclair. Il peut faire preuve d'un charme extraordinaire, quand il s'en donne la peine. Et une cruauté encore plus grande. Mes anciens collègues des services secrets vous diraient que les hommes comme lui valent de l'or à condition qu'on les maintienne à l'intérieur de limites strictement définies. L'erreur des concepteurs du programme Mobius est de l'avoir placé dans un contexte propice au développement de son mauvais côté. Ils ont recouru à ses talents d'improvisateur sans en réprimer les débordements. Il s'est retrouvé seul détenteur d'une incommensurable richesse et d'un pouvoir presque absolu. Il n'était qu'un acteur, mais un acteur ayant une fâcheuse tendance à s'identifier à son personnage. Faute de metteur en scène, il s'est vraiment pris pour l'homme le plus riche du monde. Dès lors, plus rien ne l'empêchait de réécrire le scénario. Et c'est ce qu'il a fait.

— Ce n'était pas prévu.

— En effet, les organisateurs de Mobius n'ont pas vu le vent tourner. Ces gens-là sont très doués pour la technique mais parfaitement nuls en psychologie. Non, ce n'était pas prévu. Pourtant c'était prévisible.

— Pour vous.

— Bien sûr. Mais je suppose qu'à ma place, quelqu'un comme vous aurait aussi entrevu les risques. »

Le secrétaire général Zinsou s'approcha de son énorme bureau et s'assit. « Ce monstre, cet homme qui nous menace tous – vous le connaissez très bien, j'en suis certain. Mais moi, vous ne me connaissez pas. Et ce que vous venez de dire me laisse dubitatif. Pardonnez-moi mais, paradoxalement, l'extrême confiance que vous semblez placer en moi me fait douter de votre fiabilité.

— Pas très diplomatique comme déclaration, hein ? J'apprécie votre franchise, malgré tout. Vous découvrirez peut-être que je vous connais un peu mieux que vous ne l'imaginez.

— Ah oui, ces fameux dossiers de renseignements établis par des agents persuadés que les individus peuvent se réduire à quelques lignes sur une fiche – c'est ce genre de mentalité qui a engendré votre fichu programme Mobius. »

Janson secoua la tête. « Je ne prétends pas que nous avons œuvré dans le même domaine, vous et moi. Non, pas au sens premier. Mais la conjoncture internationale de ces vingt dernières années pouvait laisser présager que nos chemins finiraient par se croiser. Je sais ce qui s'est réellement passé en Sierra Leone, cette semaine de décembre, parce que j'y étais – je surveillais tous les appels émis par l'envoyé de l'ONU responsable du maintien de la paix dans la région, et par le chef de la délégation spéciale chargé de coordonner l'action des Nations unies. Les accords de paix n'ont jamais été signés, vous le savez mieux que moi – cette terrible guerre civile était impossible à juguler. On a demandé au délégué spécial Mathieu Zinsou de transférer à New York le rapport du chef des opérations et la requête d'intervention. Le susnommé haut-commissaire auprès des Nations unies devait ensuite présenter la requête aux représentants du Conseil de sécurité – qui l'auraient bien sûr rejetée. »

Le secrétaire général le considéra d'un air étrange mais ne dit rien.

« Si les Nations unies n'intervenaient pas, poursuivit Janson, vous saviez que des milliers de personnes risquaient de se faire massacrer. » Il n'avait pas besoin d'entrer dans les détails : plusieurs dépôts d'armes légères, stockées par un trafiquant basé au Mali, avaient été localisés. Les chefs des Casques bleus présents sur le terrain savaient de source sûre que le commandant des rebelles allait s'en servir pour déclencher une guerre entre tribus – le lendemain à l'aube. Il comptait envoyer ses troupes sur le territoire ennemi, dans la région de Bayokuta. Une terrible boucherie était à prévoir. Des villages seraient rasés, des enfants mutilés. On pouvait éviter cela à la seule condition que l'ordre soit donné d'éliminer rapidement tous les dépôts d'armes illégaux. Les risques étaient presque nuls. Aussi bien du point de vue moral que militaire, c'était la seule chose à faire. Mais l'administration ne serait sans doute pas du même avis.

« C'est là que ça devient intéressant, poursuivit Janson. Que fait Mathieu Zinsou ? Ce monsieur est un bureaucrate accompli – tout le monde s'accorde à le dire. Un parfait organisateur. A cheval sur le règlement. Seulement voilà, c'est aussi une fine mouche. En l'espace d'une heure, votre bureau envoie un câble au haut-commissariat pour le maintien de la paix : un texte composé de 123 points – je suppose que vous avez rassemblé pour l'occasion toute la paperasserie qui vous est tombée sous la main. Perdue au beau milieu de ce rapport administratif, au numéro 97, se trouvait une proposition assortie de l'indication "Sauf avis contraire". Elle exposait l'action militaire envisagée et sa durée, mais dans des termes si plats que personne n'aurait pu juger de son importance. A la suite de quoi, vous avez informé le général des Nations unies, stationné aux abords de Freetown, que le commandement central avait pris connaissance de ses plans et n'avait élevé aucune objection. En fait, c'était vrai. A ceci près que les membres du haut-commissariat ne remarquèrent le point 97 que trois jours après l'opération.

— Je ne vois pas où tout cela nous mène, fit Zinsou d'un air las.

— Quand le haut-commissariat a réagi, l'intervention avait eu lieu, elle faisait déjà partie de l'histoire – le raid s'était terminé sur un succès total, aucun soldat n'avait été tué, des milliers de civils sans défense avaient eu la vie sauve. Un autre que vous s'en serait attribué toute la gloire. Mais vous pas. En fait, c'est un obscur haut-commissaire de l'ONU – un planqué – qui en a tiré avantage en déclarant fièrement à ses collègues que non seulement il avait autorisé le raid mais que l'idée venait de lui. Tandis qu'on le félicitait, il n'a pu s'empêcher d'éprouver une indéfectible reconnaissance envers Mathieu Zinsou. »

Zinsou regarda fixement Janson. « Le secrétaire général ne confirme ni ne nie. Mais à mon avis, cette histoire ne prouve rien.

— Au contraire – pour moi, elle illustre au mieux votre tactique préférée. Plus tard, lors des conflits de Tachkent, de Madagascar, des Comores, j'ai remarqué que vous n'aviez pas votre pareil pour tirer le meilleur parti des pires situations. J'ai vu certaines choses que personne ne remarquait – certes vous suiviez les règles mais surtout vous faisiez en sorte que les règles vous suivent. »

Zinsou haussa les épaules. « Dans mon pays, nous avons un proverbe qui signifie en résumé : Quand tu es au fond du trou, arrête de creuser.

— En outre, j'ai appris à apprécier votre grande discrétion. Vous auriez pu vous vanter de vos exploits en privé, or vous ne l'avez jamais fait.

— Vos commentaires laissent à penser que j'ai été placé sous surveillance. Une manière de procéder dépourvue de toute garantie et, de plus, profondément contraire au respect de la vie privée.

— Dois-je entendre par là que vous confirmez mes dires ?

— Vous êtes un homme très doué, monsieur Janson. Je vous l'accorde.

— Permettez-moi de vous poser une question : Qu'offrir à un homme qui a tout ?

— Un tel homme n'existe pas, dit Zinsou.

— Précisément. Demarest ne s'intéresse qu'au pouvoir. Et le pouvoir est la seule richesse dont on ne se lasse jamais.

— C'est que le pouvoir engendre l'insatisfaction. » Le secrétaire général semblait perdu dans ses pensées. « Le soi-disant Siècle américain nous l'a appris. Être puissant n'est rien si l'on n'est pas plus puissant que les autres. Ne sous-estimez pas la force de la rancune. La plus grande force des faibles est leur haine des forts. » Il s'enfonça dans son fauteuil et, pour la première fois depuis des années, regretta d'avoir arrêté de fumer. « Mais je vois où vous voulez en venir. Vous estimez que cet homme est un mégalomane. Quelqu'un qui n'en a jamais assez. Et c'est avec le leurre du pouvoir que vous comptez l'appâter.

— Oui, reconnut Janson.

— L'un de mes distingués prédécesseurs avait coutume de dire : "Rien n'est plus dangereux qu'une idée quand on n'en a pas d'autres." Hier, vous avez critiqué de manière fort éloquente la mise en place du programme Mobius. Veillez à ne pas reproduire les mêmes erreurs. Vous prenez un individu, vous tracez son profil...

— L'individu se nomme Demarest, le coupa Janson. Mais appelons-le Peter Novak. Mieux vaut rester dans la peau du personnage, si je puis dire.

— Vous tracez son profil, vous élaborez un modèle et vous observez les agissements de cette créature virtuelle. Mais l'individu en chair et en os se comporte-t-il comme votre modèle ? Ces fameux "organisateurs" que vous vouez aux gémonies vous diront que oui. Mais vous ? Comment pouvez-vous en être si sûr ? »

Janson plongea son regard dans les yeux bruns mais limpides du secrétaire général. Il maîtrisait chaque muscle de son visage. Son expression était celle d'un haut diplomate tutoyant les chefs d'Etat. Mais en y regardant de plus près, on entrevoyait autre chose, une chose qu'il avait du mal à masquer totalement. Et cette chose c'était l'épouvante.

Encore un point commun. Ils avaient tous les deux peur parce qu'ils étaient réalistes et que la réalité était effrayante. « Je crois seulement qu'un mauvais plan vaut mieux que pas de plan du tout, rétorqua Janson. En multipliant les angles d'attaque, nous pourrons peut-être tirer le gros lot. Ou rien du tout. Permettez-moi de citer l'un de mes mentors : bénis soient les souples, car ils ne se déformeront pas.

— Cette phrase me plaît. » Zinsou applaudit. « C'est un gars intelligent qui vous a dit cela.

— Le plus intelligent que j'aie jamais connu, répondit Janson, sinistre. C'est celui qui se fait appeler Peter Novak. »

Il y eut un froid et un autre long silence.

Le secrétaire général fit pivoter son fauteuil pour regarder la fenêtre tout en parlant. « Cette Organisation a été créée par un monde qui en avait assez de la guerre.

— Dumbarton Oaks, dit Janson. 1944. »

Zinsou hocha la tête. « Son mandat s'est élargi mais sa mission principale demeure la promotion de la paix. A ce propos, saviez-vous que cet immeuble avait été construit sur les ruines d'un abattoir ? Quelle ironie, n'est-ce pas ? Le bétail descendait l'East River sur une barge, puis le chef du troupeau le conduisait ici même. C'est une chose que j'ai toujours à l'esprit : ce terrain était autrefois un abattoir. » Il se retourna vers l'agent américain. « Nous devons tout faire pour que le passé ne se reproduise pas. »

« Regardez-moi dans les yeux », dit l'homme brun, d'une voix douce et rassurante. Ses hautes pommettes donnaient à son visage un air asiatique. L'homme qui se faisait appeler Peter Novak se pencha au-dessus du vieil universitaire, couché à plat ventre sur une large plate-forme translucide supportant sa poitrine et ses cuisses tout en laissant son ventre découvert. Cette table était couramment employée pour la chirurgie de la colonne vertébrale car, permettant d'évacuer le sang de l'aire spinale, elle réduisait les hémorragies.

On lui avait fixé un goutte-à-goutte dans le bras gauche. La table était orientée de telle façon que la tête et les épaules du vieil universitaire étaient plus hautes que le reste de son corps. Peter Novak et lui pouvaient donc discuter face à face.

En arrière-fond, on entendait un plain-chant du XIIᵉ siècle. Des voix aiguës qui vibraient à l'unisson, dans une lente psalmodie ; elles parlaient d'extase mais, pour Angus Fielding, cette musique ressemblait davantage à une oraison funèbre.

O ignis spiritus paracliti,
Vita vite omnis creature,
Sanctus es vivificando formas

On avait incisé le dos du vieillard sur quinze centimètres. Des écarteurs de métal écartaient les muscles paraspinaux, exposant les vertèbres blanc ivoire.

« Regardez-moi dans les yeux, Angus », répéta Novak.

Angus Fielding regarda – il ne put s'en empêcher. Les yeux de son bourreau étaient presque noirs. Il n'y lut pas la moindre pitié. Un regard à peine humain, un puits de douleur.

L'homme brun avait renoncé à son accent hongrois ; malgré sa voix atone, on devinait que l'anglais était sa langue maternelle. « Qu'est-ce que vous a raconté Paul Janson ? » demanda-t-il une fois de plus. Le vieillard terrorisé tremblait comme une feuille.

L'homme brun fit un signe de tête à une jeune infirmière orthopédiste qui enfonça un trocart percé d'un trou, aussi long qu'une aiguille à tricoter, dans la gaine fibreuse entourant le disque séparant la cinquième et la sixième vertèbres thoraciques. Moins d'une minute après, la femme hocha la tête : le trocart était en place.

« Et – bonne nouvelle – nous y sommes. »

Ensuite on enfila dans le trocart un fil de cuivre isolé sur toute sa longueur, sauf au bout. Le fil était censé toucher la moelle épinière, le tronc par lequel transitent tous les influx nerveux. Demarest se pencha sur une sorte de cadran qu'il régla jusqu'à ce qu'un léger courant électrique se mette à pulser à travers le cuivre. La réaction fut immédiate.

L'universitaire hurla – un hurlement effroyable qui dura jusqu'à ce qu'il n'y ait plus d'air dans ses poumons.

« C'est une sensation fort singulière, n'est-ce pas ? fit Demarest en coupant le courant.

— Je vous ai dit tout ce que je savais », hoqueta le professeur.

Demarest régla le cadran.

« Je vous ai dit, répéta l'universitaire tandis que la douleur grandissait, transperçant son corps martyrisé. Je vous ai dit ! » Chatoyante, irréelle, la joyeuse mélopée flottait dans l'espace, au-dessus de son lit de douleur.

Sanctus es unguendo
Periculose fractos :
Sanctus es tergendo
Fetida vulnera.

Non, il n'y avait aucune pitié au fond de ces yeux noirs comme des lacs sans fond. Rien qu'une folie paranoïaque. On y lisait la certitude que l'ennemi était là, partout, n'importe où.

« Alors vous persistez, dit Alan Demarest. Vous persistez parce que vous croyez que la douleur cessera si vous parvenez à me convaincre. Mais vous ne m'avez pas convaincu, donc la douleur ne cessera pas. Il s'est adressé à vous parce qu'il vous considérait comme un ami, comme quelqu'un de loyal. J'aimerais tant vous faire comprendre que c'est envers moi que vous devez être loyal. Vous avez mal, n'est-ce pas ? Ça veut dire que vous êtes vivant, non ? N'est-ce pas merveilleux ? Oh, toute votre existence sera un océan de douleur. Je suis sûr que si j'arrivais à vous le faire comprendre, nous commencerions à progresser.

— Oh, mon Dieu, non ! » hurla Fielding. Une nouvelle décharge électrique venait de le traverser.

« Extraordinaire, non ? dit Demarest. Chacune de vos fibres – chacun de vos nerfs – est reliée au centre nerveux que je suis en train de stimuler. Si je pouvais mettre des électrodes sur chaque centimètre carré de votre corps, on obtiendrait la même intensité de douleur. »

De nouveau, un cri résonna dans la pièce – un cri qui aurait pu ne jamais se terminer mais qui s'arrêta au moment où le vieillard eut expulsé tout l'air de ses poumons.

« Une chose est sûre, on ne doit pas confondre douleur et torture, poursuivit Demarest. En tant qu'universitaire, vous apprécierez la nuance. La torture requiert une intention humaine. Et un certain doigté. Se faire tout bêtement dévorer par un requin, par exemple, n'est pas une torture – alors que si on vous suspend au bout d'un câble et qu'on vous oblige à faire trempette dans un bassin rempli de requins, ça c'est de la torture. Et surtout ne croyez pas que je pinaille. Voyez-vous, il ne suffit pas d'avoir l'intention de faire mal pour pratiquer la torture. Il faut aussi que le sujet perçoive vos intentions. A mon avis, vous percevez mon intention de vous faire mal. Plus précisément, vous devez percevoir mon intention de vous faire percevoir mon intention de vous faire mal. On ne peut faire l'économie de ce processus cognitif. Qu'en pensez-vous ? Ça vous évoque quelque chose ?

— Oui ! hurla le vieil homme. Oui ! Oui ! Oui ! » Une nouvelle décharge électrique. Sa tête se mit à trembler violemment, sans qu'il puisse l'arrêter. Cette douleur atroce, il la ressentait comme un viol. Chacune des fibres de son corps était en train d'être violée.

« Mais je suis ouvert à toute autre analyse. Vous avez quelque chose à ajouter ?

— Non ! » brailla Fielding. Jamais il n'aurait pu imaginer pareil supplice.

« Vous savez ce qu'Emerson a dit à propos du génie : "Quand il est bousculé, tourmenté, vaincu, il parvient à la connaissance ; son existence l'a contraint à exercer sa sagacité ; il s'est forgé des certitudes, il apprend son ignorance ; il est guéri de la folie de la vanité." Vous êtes d'accord ?

— Oui ! hurla l'universitaire. Oui ! Non ! Oui ! » Les convulsions musculaires qui secouaient sa colonne vertébrale ne faisaient qu'accroître une souffrance déjà intolérable.

« C'est surprenant, non, de constater la quantité de douleur qu'on peut supporter sans mourir ? On finit même par se demander comment la conscience parvient à engranger une telle somme de souffrance. C'est ça que vous vous dites, pas vrai ? Vous avez raison, c'est bien d'être curieux. Mais il ne faut surtout pas oublier que le corps humain n'a pas changé depuis vingt mille ans. Les circuits du plaisir et de la douleur non plus. On a donc tout lieu de penser qu'il n'existe pas grande différence entre les sensations que l'on pouvait avoir en se faisant torturer à mort par... l'Inquisition espagnole, disons, et celles que je vous offre aujourd'hui. On pourrait se permettre ce genre d'extrapolation, n'est-ce pas ? Mais, comme je suis un puriste, je me m'autoriserai à apporter une nuance non négligeable. Nous avons fait beaucoup de progrès dans le domaine de la neurochimie. En temps ordinaire, le corps humain possède une sorte de soupape de sécurité : quand la stimulation nerveuse atteint un certain niveau, les glandes endorphines entrent en action pour soulager la souffrance. Ou alors on s'évanouit. Bon Dieu, ça me faisait vraiment chier quand ça arrivait. De toute façon, la phénoménologie de la douleur possède ses limites. C'est comme la luminosité : on ne peut percevoir qu'une certaine quantité de lumière. Les cônes et les bâtonnets de la rétine atteignent vite le point maximum de leur stimulation. Mais en ce qui concerne la douleur, la neuroscience contemporaine a changé la donne. Le liquide qui coule de ce goutte-à-goutte est le fruit d'une découverte géniale, mon cher Angus. Vous l'aviez deviné, n'est-ce pas ? On vous a administré une substance appelée naltrexone. C'est un inhibiteur opiacé – il bloque les analgésiques naturels de votre cerveau, les légendaires endorphines et repousse par la même occasion les limites ordinaires de la souffrance. »

Sans se laisser distraire par le sinistre gémissement – presque un hurlement funèbre – qui interrompit sa dissertation, Demarest reprit : « Réfléchissez : la perfusion de naltrexone vous offre la chance d'expérimenter une douleur d'une intensité jusqu'alors inconnue. Aucun de vos ancêtres, même les Homo sapiens qui se faisaient dévorer tout crus par les tigres aux dents de sabre, n'ont jamais éprouvé cela. Et elle peut croître jusqu'à l'infini ou presque. La seule limite, dirais-je, est la patience du tortionnaire. A votre avis, Angus, suis-je du genre patient ? Je sais l'être. Vous le découvrirez. Je sais me montrer extrêmement patient quand le besoin s'en fait sentir. »

A ce moment-là, Angus Fielding, le distingué professeur de Trinity College, fit une chose qu'il n'avait pas faite depuis l'âge de huit ans : il fondit en larmes.

« Oh, vous prierez pour perdre connaissance – mais la perfusion contient également de puissants psychostimulants, un mélange très subtilement dosé de dexméthylphénidate, d'atomoxétine et d'adrafinile. Ça vous maintiendra éveillé, indéfiniment. Vous ne raterez rien. Ce sera tout à fait exquis, l'expérience physique la plus totale. Vous pensez peut-être avoir atteint votre maximum, en termes de souffrance, avoir dépassé tout ce que vous estimez pouvoir endurer. Mais c'est faux. On peut toujours aller plus loin. Je suis en mesure de vous en donner dix fois, cent fois, mille fois plus. Ce que vous avez subi jusqu'à présent n'est rien, comparé à ce qui vous attend. A condition, bien sûr, que vous persistiez dans votre mutisme. » Demarest tendit la main vers le cadran. « Je tiens absolument à obtenir des réponses satisfaisantes à mes questions.

— Tout ce que vous voudrez, souffla Fielding, les joues mouillées de larmes. *Tout ce que vous voudrez.* »

Demarest sourit et son regard sans vie se posa sur le vieux professeur. « Regardez-moi dans les yeux, Angus. Regardez-moi dans les yeux. Et maintenant, confiez-vous à moi. Racontez-moi tout. *Que vous a dit Paul Janson ?* »

CHAPITRE 37

« E COUTE, on a placé un surveillant à l'entrée », dit Jessica Kincaid à Janson assis près d'elle à l'arrière d'un taxi jaune. « Il croit qu'il s'agit d'un exercice d'entraînement. Mais si elle sort et décide de prendre un avion privé à Teeterboro, nous risquons de la perdre définitivement. » Jessica portait un chemisier en jersey orné du logo de la compagnie de téléphone Verizon.

« Tu as enquêté sur les locataires ?

— J'ai tout passé au peigne fin », répondit-elle.

En fait, grâce à quelques discrets appels téléphoniques, elle avait pu confirmer les informations obtenues par la simple observation. A présent, elle en savait plus que nécessaire. L'immeuble abritait une faune typiquement new-yorkaise : des financiers, des directeurs de fondations et de vieux New-Yorkais dont les actions philanthropiques avaient permis de faire oublier les origines douteuses de leur fortune. Bien que luxueux, l'endroit demeurait trop discret pour les nouveaux riches désireux de faire étalage de leur récente prospérité. Ceux-là optaient plutôt pour un penthouse dans l'un des palaces rutilants de Donald Trump [1]. Les ascenseurs du 1060 5e Avenue, étaient encore équipés de leurs portes en cuivre d'origine. Le lambris de pin teinté qui les tapissait datait lui aussi des années 1910. Le syndic de copropriété, qui n'avait rien à envier à la junte birmane en matière d'autoritarisme, rejetait impitoyablement tous les candidats locataires jugés « extravagants » – son expression favorite pour qualifier les indésirables. L'immeuble accueillait les mécènes mais pas les peintres, les riches amateurs d'opéra mais pas les cantatrices. Les protecteurs de la culture y étaient honorés ; les artistes sans lesquels toute culture serait impossible étaient sommés d'aller voir ailleurs.

« Une certaine Agnès Cameron habite l'étage au-dessus, ajouta Kincaid. Elle fait partie du conseil d'administration du Metropolitan Museum of Art. Bon chic bon genre. J'ai appelé le bureau du direc-

_____

1. Donald Trump, célèbre promoteur new-yorkais, a bâti son immense fortune sur les appartements de luxe et les casinos. (N.d.l.T.)

teur, en me faisant passer pour une journaliste chargée d'écrire un article sur elle. J'ai précisé que, selon mes sources, elle était actuellement dans leurs murs, pour une réunion, et que j'avais besoin de la joindre pour qu'elle me confirme deux ou trois petites choses avant parution. Une secrétaire collet monté m'a répondu : "Eh bien, c'est impossible, Mme Cameron est à Paris en ce moment."

— Nous tenons la bonne candidate, alors ?

— On dirait, ouais. Selon les registres de la compagnie du téléphone, elle a fait installer une connexion internet à haut débit chez elle, l'année dernière. »

Elle tendit à Janson une chemise en jersey marquée du logo noir et rouge de Verizon, assortie à la sienne. « Il se trouve que le frère de ton ami Cornelius travaille chez Verizon, expliqua-t-elle. Il les a eus au prix de gros. Pour monsieur et pour madame. » Ensuite elle lui donna une ceinture en cuir contenant divers instruments dont un téléphone orange vif. Pour compléter le déguisement, elle lui avait préparé une boîte à outils en métal gris.

Sous la marquise, un portier faisait le pied de grue. Jessie Kincaid s'avança vers lui. « Nous avons une cliente qui habite ici. Elle est en voyage actuellement et comme son ADSL est en panne, elle nous a demandé de venir la réparer en son absence. » Elle lui colla sous le nez une carte d'identité plastifiée. « La personne s'appelle Cameron.

— Agnès Cameron, 7e étage », dit le portier albanais – à en juger d'après son accent. Il avait les joues couvertes d'acné et portait crânement sa casquette à visière sur ses cheveux bruns ondulés. Il entra pour consulter le vigile. « Des ouvriers qui viennent réparer une ligne téléphonique. L'appartement de Mme Cameron. »

Ils le suivirent dans l'élégant couloir orné de moulures. Le sol était recouvert d'un dallage de marbre à damier noir et blanc.

« Que puis-je faire pour vous ? » Le deuxième portier, un type costaud d'origine albanaise lui aussi, venait de quitter son tabouret rembourré et le vigile avec lequel il s'entretenait. A son attitude, on comprenait que son confrère lui devait obéissance et qu'il était le seul à décider de qui pouvait franchir le seuil de l'immeuble.

Il prit le temps de scruter les deux réparateurs, fronçant les sourcils sans proférer un seul mot, puis s'empara d'un vieil interphone en bakélite et appuya sur quelques touches.

Janson regarda Kincaid : normalement Mme Cameron était absente. Pour toute réponse, elle haussa les épaules presque imperceptiblement.

« Des réparateurs de chez Verizon, dit-il. Verizon. Pour une ligne téléphonique. Pourquoi ? Je ne sais pas. »

Posant la main sur le combiné, il se tourna vers les deux ouvriers. « La gouvernante de Mme Cameron vous prie de revenir quand Mme Cameron sera rentrée. La semaine prochaine. »

Jessie leva les yeux d'un air exaspéré.

« C'est bon, fit Paul Janson, les lèvres serrées. Faites-moi plaisir : quand vous verrez Mme Cameron, dites-lui qu'elle ne doit pas compter sur un autre rendez-vous avant plusieurs mois.

— Plusieurs *mois* ?

— Disons quatre, répondit Janson aussi flegmatique qu'un vrai professionnel de la maintenance. Peut-être moins, peut-être plus. La liste d'attente est interminable. Nous essayons de servir tout le monde dans les meilleurs délais mais quand un rendez-vous est annulé, l'abonné est reporté en fin de liste. Cette dame nous a fait savoir qu'elle souhaitait une réparation rapide, afin de pouvoir utiliser sa ligne dès son retour. Mon supérieur a reçu trois ou quatre appels dans ce sens et il a fini par la faire passer en priorité. Mais c'est une mesure de faveur. Cela dit, si vous y tenez vraiment, on peut s'en aller. Moi ça m'est égal, mais je ne suis pas sûr que Mme Cameron sera du même avis. Et si quelqu'un doit se faire attraper, ce sera vous. »

Dans la voix du réparateur, on sentait une certaine lassitude mais aussi un soupçon d'orgueil blessé ; en tant que représentant d'une entreprise immense et immensément honnie, il en entendait tous les jours des vertes et des pas mûres. Au lieu de critiquer ses employeurs, les gens s'en prenaient à lui personnellement. Il était habitué – mais pas résigné.

Si quelqu'un doit se faire attraper : le portier en chef eut un mouvement de recul. La situation était délicate. Mieux valait éviter les ennuis. Il reprit le combiné et dit sur le ton de la confidence : « Vous savez quoi ? Je pense qu'on devrait les laisser monter. »

Puis, de la tête, il leur indiqua la direction des ascenseurs. « Au fond du couloir à gauche, fit-il. Septième étage. La gouvernante vous ouvrira.

— Vous êtes sûr ? Parce que j'ai eu une longue journée et je préférerais terminer tôt.

— Montez au septième, elle vous fera entrer », répéta le portier dont l'impassibilité semblait troublée par une certaine inquiétude.

Janson et Kincaid suivirent le carrelage lustré jusqu'aux ascenseurs. L'ancienne porte en accordéon était d'origine, mais la cabine avait perdu son liftier. Pas non plus de caméra de surveillance à l'intérieur : le syndic de copropriété avait sans doute estimé que deux portiers et un vigile postés dans le hall suffisaient. Les systèmes de vidéosurveillance faisaient partie de cette prétentieuse technologie dont étaient truffées les résidences construites par M. Trump. Où allait le monde si un couple ne pouvait plus échanger un chaste baiser dans un ascenseur sans craindre les regards indiscrets ?

Ils appuyèrent sur le bouton du septième étage : s'allumerait-il ? Il ne s'alluma pas. Il y avait une sorte de trou de serrure près du bouton. Janson y inséra deux tiges de métal et passa une vingtaine de secondes à tenter de faire démarrer l'ascenseur. Enfin, la cabine consentit à s'élever puis, arrivée à destination, s'arrêta en tressautant. Etant donné la richesse des locataires, le fait de conserver une telle ruine relevait du pur snobisme.

A leur grand soulagement, les portes s'ouvrirent – directement dans le salon de Mme Cameron.

Où était Marta Lang ? Avait-elle entendu la porte de l'ascenseur s'ouvrir et se refermer ? Janson et Kincaid s'engagèrent tranquillement dans le couloir et restèrent un instant à écouter.

Un lointain tintement de porcelaine.

Vers la gauche, au fond d'un couloir obscur, un escalier en colimaçon conduisait à l'étage inférieur. Sur la droite, on voyait une porte donnant sans doute sur une ou plusieurs chambres. Apparemment, l'étage principal se trouvait en dessous. Lang était sûrement là. Du regard, ils inspectèrent l'espace qui les entourait, pour repérer caméras et autres équipements de surveillance. Ils ne remarquèrent rien.

« OK, murmura Janson. Maintenant on suit le manuel.

— Quel manuel ?

— Le mien.

— D'accord. »

De nouveau, le tintement de porcelaine : une tasse qu'on reposait sur sa soucoupe. Janson fixa la cage d'escalier. Il n'y avait personne en vue et, fort heureusement, les marches étaient en marbre ; un grincement de plancher aurait pu trahir leur présence.

Janson fit un signe à Jessie : reste ici. Puis il descendit prestement, le dos collé à la courbe du mur, pistolet à la main.

Devant lui : une vaste pièce obscurcie par de lourdes tentures. A sa gauche : une autre, sorte de salon double. Les murs lambrissés peints en blanc étaient ornés de panneaux moulurés sur lesquels pendaient des peintures, des gravures sans grand intérêt, mais disposées selon une géométrie très étudiée. Quant à l'élégant mobilier, il n'aurait pas déparé dans le pied-à-terre new-yorkais d'un homme d'affaires nippon, tant son prix supposé rivalisait avec son absence de caractère.

En un éclair, Janson modélisa l'espace, le réduisant à une série de vides et de pleins : d'abord, les diverses issues, dangereuses ou pratiques, c'était selon, ensuite les éventuelles cachettes.

Passant d'un mur à l'autre, Janson traversa le salon double. On devinait à peine le parquet verni sous les grands tapis d'Aubusson aux couleurs pastel qui le couvraient. Malgré cela, une latte produisit un léger craquement alors qu'il s'apprêtait à passer dans la deuxième partie du salon. Il sursauta comme s'il avait reçu une décharge électrique. Une gouvernante vêtue d'un uniforme de coton bleu pâle se tenait devant lui.

Paralysée de surprise, elle brandissait un plumeau comme on n'en voit plus. Une terrible grimace – un rictus de peur ? – déformait son visage rond.

« Paul, fais attention ! » cria la voix de Jessie. Il ne l'avait pas entendue descendre mais elle était là, à quelques mètres derrière lui.

Soudain, une bouillie écarlate sortit en giclant de la poitrine de la gouvernante. Quand elle tomba en avant, le tapis absorba le bruit de sa chute.

Janson pivota sur lui-même. Du cylindre perforé vissé au bout de l'arme de Jessie montait une fine volute de cordite.

« Oh, mon Dieu, souffla Janson, saisi de terreur. Tu réalises ce que tu viens de faire ?

— Et toi ? » Jessica s'avança résolument vers le cadavre et, d'un pied, repoussa le plumeau auquel la main de la gouvernante était encore agrippée.

Certes, ce truc servait à faire le ménage mais pas dans le sens domestique du terme : adroitement camouflé sous l'éventail de plumes marron, un redoutable SIG Sauer dépassait, fixé par un élastique au poignet de la morte.

Jessie avait eu raison de tirer. La femme avait enlevé le cran de sûreté et la chambre contenait une balle. Il venait de passer à deux doigts de la mort.

Non seulement Marta Lang n'était pas seule mais en plus elle était bien protégée.

S'était-elle rendu compte de leur présence ? La porte battante au fond du deuxième salon devait donner sur la salle à manger.

Ils entendirent quelqu'un bouger de l'autre côté.

Janson se colla contre le mur de gauche et pivota sur lui-même, en tenant son Beretta au niveau de la poitrine, prêt à appuyer sur la détente ou à s'en servir comme d'une arme contondante, selon le cas. Tout à coup, un homme armé apparut sur le seuil, sans doute alerté par le bruit. Janson l'assomma d'un coup de crosse. Jessie l'attrapa avant qu'il ne s'écroule et l'étendit sur le tapis.

Janson resta quelques secondes sans bouger, le temps de se calmer. Cette violence soudaine l'avait épuisé et il devait à tout prix récupérer sa puissance de concentration.

Brusquement, plusieurs détonations résonnèrent dans la pièce, des balles de magnum perforèrent la porte battante. Des échardes et des écailles de peinture furent projetées dans les airs. Le tireur est-il Marta Lang en personne ? Janson avait la vague impression que oui. Il regarda Kincaid pour vérifier qu'elle se tenait en dehors de la ligne de feu, bien plaquée contre le mur à côté de la porte.

Après une seconde de silence, ils perçurent un léger bruit de pas : aussitôt Janson imagina ce que Marta Lang – ou autre – était en train de faire, et la manière d'y répondre. Elle se penchait derrière la porte pour coller son œil devant un trou, afin d'évaluer les dégâts. Ses tirs avaient balayé la totalité du salon : impossible qu'il y reste âme qui vive.

Tout n'était plus qu'une question de timing. *Maintenant!* Janson bondit et, l'épaule en avant, se jeta de toutes ses forces contre la porte battante, se servant d'elle comme d'un bélier. D'abord elle pivota sans rencontrer de résistance, puis avec un bruit sourd, percuta un corps.

C'était bien Marta Lang. Elle venait de s'affaler contre une grande table de style Hepplewhite. Son gros pistolet automatique était retombé lourdement sur cette même table, à quelques centimètres de sa main.

Aussi agile qu'un chat, Lang se releva, contourna la table et tendit la main pour saisir l'arme.

« A ta place, je laisserais ça », dit Jessica.

Marta Lang leva subrepticement les yeux vers Jessica qui tenait son pistolet à deux mains. Sa position de tir était parfaite. Elle pouvait difficilement la rater et sur son visage on voyait qu'elle n'hésiterait pas à faire feu.

Lang respira à fond. Elle ne dit rien et resta sans bouger pendant un long moment, comme si elle hésitait sur la conduite à tenir. Enfin, elle se redressa en surveillant son pistolet du coin de l'œil. « Vous n'avez pas l'air de plaisanter », dit-elle. La porte lui avait laissé un souvenir cramoisi sur le menton. « Et si on équilibrait un peu les chances ? Histoire de corser le jeu ? »

Janson fit un pas vers elle. Au moment où son corps s'interposa entre Kincaid et Marta Lang, cette dernière tendit de nouveau le bras pour récupérer son arme. Anticipant son geste, Janson la lui arracha des mains. « Mitraillette finnoise. Impressionnant. Vous avez un permis ?

— Vous êtes entrés chez moi par effraction, dit-elle. Vous avez grièvement blessé mes domestiques. C'est de la légitime défense. »

Quand Marta Lang passa la main dans ses cheveux blancs impeccablement coiffés, Janson se dit qu'elle leur réservait une autre surprise. Il en fut pour ses frais. Il n'y avait rien dans sa main. Quelque chose avait changé en elle ; elle parlait, se comportait plus simplement. Il s'aperçut qu'en fait il ne savait rien d'elle.

« Evitons de perdre du temps, tonna Janson. Je vous avertis tout de suite que nous connaissons la vérité au sujet de Peter Novak. Alors, inutile de bluffer. C'est un homme mort. Fini de jouer, bordel !

— Pauvre imbécile, cracha Marta Lang. Vous croyez qu'il suffit de jouer des muscles pour tout résoudre. Vous vous y êtes déjà laissé prendre une fois, non ? Et ça ne vous fait pas réfléchir ?

— Marta, pourquoi ne pas le laisser tomber ? marmonna Janson entre ses dents. C'est votre seule chance. Ils l'ont tous lâché. L'ordre vient du président des Etats-Unis en personne. »

La femme aux cheveux blancs le toisa d'un air méprisant. « Peter Novak est plus puissant que lui. Le président américain n'est que le leader du monde *libre*. » Elle marqua une pause pour que ses paroles produisent leur effet. « Vous pigez ou il faut qu'on vous mette les points sur les *i* ?

— Il vous a bernée. Il a réussi à vous entraîner dans sa folie. Et si vous ne réagissez pas très vite, vous courez à votre perte.

— Quel beau discours ! Comme on vous a bien dressé ! Regardez-moi dans les yeux, Janson – je veux voir si vous êtes sincère. Oui, probablement. Eh bien, tant pis pour vous. Comme on dit dans la chanson : la liberté c'est pour ceux qui n'ont plus rien à perdre. Vous vous prenez pour un héros, pas vrai ? Je suis désolée pour vous, vraiment. Les gens comme vous ne seront jamais libres. On ne cesse de vous manipuler. Moi, les autres... Mais les autres n'ont pas mon imagination. » Elle se tourna vers Jessica. « C'est vrai. Votre petit ami me fait penser à un piano. Un piano n'est qu'un meuble jusqu'à ce qu'on en joue. Et je dois dire qu'en ce moment, les pianistes se bousculent. » Un sourire malsain tordit son visage. « Monsieur Janson, vous n'avez jamais remarqué qu'il n'arrêtait pas de vous coiffer sur le poteau ? Vous êtes tellement prévisible que c'en est touchant – vous appelez cela avoir du *caractère*, je suppose. Il sait exactement comment vous faire marcher, il vous connaît par cœur, il devine vos moindres intentions. Nous avons suivi toutes vos prouesses dans le Palais de Pierre grâce à une caméra installée sur place. Il s'amusait comme un gosse avec son petit GI en plastique. Nous étions aux premières loges, merci pour le spectacle. Connaissant les moindres détails de votre plan, nous avions anticipé toutes ses éventuelles variantes. Nous savions qu'Higgins – le pauvre type que vous avez libéré – ne manquerait pas d'insister pour que vous emmeniez l'Américaine. Et comme vous êtes, il allait de soi que vous laisseriez votre siège à la dame. En parfait gentleman ! Encore une fois, vous êtes tellement *prévisible*. L'hélicopère était piégé, inutile de le préciser. Nous l'avons fait exploser à distance. C'est Peter Novak qui a tout dirigé – il aurait pu mener cette foutue mission à votre place. Vous voyez, Janson, c'est lui qui vous a eu. Et pas l'inverse. Il a toujours tout contrôlé et le fera toujours.

— Permission de gifler cette pute, chef ? s'exclama Jessica en levant la main droite comme un cadet impatient.

— Permission différée, répondit Janson. Ne laissez pas passer votre chance, Marta Lang. Au fait, c'est votre vrai nom ?

— Qu'est-ce qu'un nom ? fit-elle d'un air blasé. Quand *il* vous aura attrapé, vous ne saurez même plus comment *vous* vous appelez. Et maintenant, je vais *vous* poser une question : quand la chasse s'éternise, ne pensez-vous pas que c'est le renard qui commence à courir après les chiens ?

— A votre avis ?

— Ce monde appartient à Peter Novak. Vous n'êtes que son invité. » Un étrange sourire éthéré glissa sur ses traits. Quand Janson avait fait sa connaissance, à Chicago, il l'avait prise pour une étrangère ayant fréquenté les meilleures écoles. A présent, elle s'exprimait comme une Américaine bon teint.

« Peter Novak n'existe pas, dit Jessie.

— Rappelez-vous, ma chère, ce qu'on dit au sujet du diable – sa plus grande ruse consiste à faire croire aux humains qu'il n'existe pas. Ce que vous pensez m'importe peu. »

Soudain une idée traversa la tête de Janson. Sans quitter Marta Lang des yeux, épiant le moindre signe de faiblesse, il demanda : « Alan Demarest – où est-il ?

— Ici. Là. Partout. Mais si vous étiez poli, vous l'appelleriez Peter Novak.

— Où est-il, bordel !

— Je ne dirai rien, fit-elle sur un ton dégagé.

— Comment vous tient-il ? explosa Janson.

— Désolée, mais vous ne savez pas de quoi vous parlez.

— Il vous *tient*, je veux savoir comment.

— Vous ne pigez pas, hein ? répliqua-t-elle avec un profond dédain. *Peter Novak tient le futur.* »

Janson la regarda longuement. « Si vous savez où il est, alors, que Dieu me pardonne, j'arriverai à vous le faire dire. Croyez-moi, après une bonne perfusion de Versed-scopolamine, vous ne ferez plus la différence entre vos pensées et vos paroles. Tout ce qui vous viendra en tête sortira par votre bouche. Nous vous extirperons tout ce que vous avez sous le crâne. Toute la boue viendra avec. Je préférerais que vous parliez sans assistance chimique mais, d'une manière ou d'une autre, vous nous *direz* ce que nous voulons savoir.

— Quelle prétention ! s'exclama-t-elle en prenant Jessica à témoin. Hé vous, soutenez-moi ! Que faites-vous de la solidarité féminine ? La sororité est une arme ! » Puis, se penchant en avant, elle approcha son visage de celui de Janson. « Paul, je suis vraiment désolée que vos amis soient partis en fumée dans le ciel d'Anura. » Elle secoua la main et, d'une voix perfide, ajouta : « Je sais combien la mort de votre petit soldat grec vous a affecté. » Et pouffant de rire, elle conclut : « Eh oui, ce sont des choses qui arrivent. »

Sur le front de Janson, une veine se mit à battre ; il sentit ses joues s'empourprer. Il aurait aimé la gifler de toutes ses forces, lui réduire le visage en bouillie, faire de sa main une arme tranchante pour lui fendre la tête en deux, en arracher le cerveau. Mais tout aussi vite qu'il s'était formé, le brouillard sanglant se dissipa. Elle ne cherchait qu'une seule chose : le faire sortir de ses gonds pour qu'il perde le contrôle. « Puisque vous ne semblez pas comprendre, je vous répète que vous avez le choix entre deux possibilités, dit-il. Juste deux. Et si vous ne vous décidez pas, c'est moi qui déciderai pour vous.

— Ça va prendre du temps ? » demanda-t-elle.

A ce moment-là, Janson reconnut la musique qui passait en fond sonore. Hildegarde de Bingen. Il ressentit des picotements à la base de la nuque. « *Les Chants de l'Extase*, dit-il. L'ombre d'Alan Demarest.

— Hein ? C'est *moi* qui l'ai branché là-dessus, dit-elle en haussant les épaules. Quand on était jeunes. »

Janson la fixa longuement, comme s'il la voyait pour la première fois. Soudain, tous les petits détails qui ne cessaient de le harceler depuis le début formèrent un tout cohérent. Ces mouvements de tête, ces soudains changements d'humeur, de ton, son âge, même certains tics de langage.

« Seigneur, dit-il. Vous êtes...

— Sa sœur jumelle. Je vous ai dit que la sororité était une arme. » Elle entreprit de masser sa peau flasque, sous sa clavicule gauche. « Les célèbres jumeaux Demarest. Le couple maudit. La terreur de Fairfield. Ces crétins de Mobius n'ont jamais su qu'Alan m'avait inscrite au générique. » Tout en parlant, elle ne cessait de se masser l'épaule d'un mouvement circulaire toujours plus insistant, comme si quelque chose la démangeait. « Alors si vous pensez que je vais "le laisser tomber", comme vous l'avez si élégamment proposé, vous vous fourrez le doigt dans l'œil.

— Vous n'avez pas le choix, dit Janson.

— Qu'est-ce qu'elle est en train de faire ? murmura Jessica.

— On a toujours le choix. » Les gestes de Lang sur sa clavicule se firent plus courts, plus localisés ; elle semblait chercher quelque chose sous sa peau. « Ah ! fit-elle. Voilà. Très bien. C'est beaucoup mieux ainsi...

— Paul ! hurla Jessica, comprenant la situation un instant avant Janson. Arrête-la ! »

Mais c'était trop tard. Sans faire de bruit, l'ampoule hypodermique éclata, la femme rejeta la tête en arrière, comme en proie à l'extase, et son visage prit une teinte pourpre. On l'entendit haleter, comme si elle jouissait. Son souffle se termina en un gargouillis, sa mâchoire retomba mollement et un filet de salive s'écoula de la commissure de ses lèvres. Puis ses yeux se révulsèrent. Derrière ses paupières entrouvertes, ils n'étaient plus que deux globes blanchâtres.

Et pendant ce temps, les voix spectrales, venant d'on ne sait où, n'en finissaient pas de répandre leur joyeuse mélopée.

> *Gaudete in ilio*
> *Quem no viderunt in terris multi,*
> *Qui ipsum ardenter vocaverunt.*
> *Gaudete in capite vestro.*

Janson posa la main sur le long cou de Marta Lang. Il savait que son cœur avait cessé de battre. Les symptômes de l'empoisonnement au cyanure étaient fort reconnaissables. Elle avait préféré la mort à la soumission. En se tuant, avait-elle fait preuve de courage ou de couardise ? se demandait Janson.

On a toujours le choix, avait-elle dit, peu avant de se suicider. *On a toujours le choix.* Une autre voix, venue de son passé, vint redoubler celle de Marta Lang : celle du Viêt-cong aux lunettes cerclées de métal. *Ne pas décider c'est encore décider.*

CHAPITRE 38

LA console téléphonique posée sur le bureau du secrétaire général se mit à carillonner. La voix d'Helga : « Je suis navrée de vous déranger, mais c'est encore M. Novak. »

Mathieu Zinsou se tourna vers le haut-commissaire aux Réfugiés, une femme qui, en son temps, avait fait partie du gouvernement irlandais. Alliant un caractère impétueux à une grande facilité de parole, elle avait actuellement maille à partir avec le sous-secrétaire général aux Affaires humanitaires. Ce dernier défendait ses prérogatives territoriales avec une ardeur fort étonnante chez un professionnel du pacifisme. « Madame MacCabe, je suis vraiment désolé, mais je dois prendre cet appel. Je pense avoir compris vos préoccupations au sujet des critiques émises par le département des Affaires politiques, et je suis persuadé que nous parviendrons à une solution si *tout le monde y met du sien*. Demandez à Helga d'arranger une rencontre entre responsables. » Il se leva et inclina la tête pour lui signifier poliment que l'entrevue était terminée.

Puis il décrocha le téléphone. « Je vous passe M. Novak », dit une voix féminine. Après quelques déclics et autres hoquets électroniques, la voix de Peter Novak vibra dans le combiné : « *Mon cher** Mathieu, fit-il en guise d'introduction.

— *Mon cher** Peter, repartit Zinsou. Le simple fait que vous acceptiez d'ouvrir la discusion fait la preuve de votre grandeur d'âme. Je vous en suis infiniment reconnaissant. Depuis que les Rockefeller nous ont fait don du terrain où s'élève l'immeuble des Nations unies, jamais une personne privée n'a offert de...

— Oui, oui, l'interrompit Novak. Je crains toutefois de devoir décliner votre invitation à dîner.

— Quoi ?

— J'ai envie d'une rencontre un peu plus formelle. J'espère que vous me l'accorderez. Nous n'avons pas de secrets l'un pour l'autre, n'est-ce pas ? La transparence a toujours été un principe souverain des Nations unies, non ?

— Eh bien oui, Peter, jusqu'à un certain point.

— Je vais vous faire une proposition et vous me direz si vous l'estimez déraisonnable.

— Je vous écoute.

— Je sais que vendredi, l'Assemblée générale doit se réunir. J'ai toujours rêvé de prononcer un discours devant cette auguste assemblée. Folle vanité ?

— Pas le moins du monde, répliqua vivement Zinsou. Evidemment, rares sont les citoyens privés qui ont eu l'honneur de...

— Mais personne n'oserait me refuser le droit et le privilège... je crois pouvoir m'exprimer ainsi sans craindre la contradiction.

— *Bien sûr*.

— Etant donné que de nombreux chefs d'Etat seront présents, je suppose que vous avez prévu toutes les mesures de sécurité possibles et imaginables. Vous me trouverez peut-être paranoïaque mais je trouve cela rassurant. Si le président des Etats-Unis nous fait l'honneur de sa présence, comme c'est probable, les services secrets enverront un détachement sur les lieux. Très rassurant. Moi-même, je serai sans doute accompagné par le maire de New York, qui m'a toujours manifesté une grande amitié.

— Vous souhaitez apparaître en public, si je comprends bien. Et pas n'importe quel public, dit Zinsou. Cela ne vous ressemble guère, je dois dire. On vous dit tellement discret.

— Justement, répondit la voix. Vous connaissez ma façon de procéder ; j'aime surprendre...

— Mais notre... discussion ? » Zinsou sentit l'angoisse, la confusion monter en lui ; il ne fallait surtout pas que l'autre s'en rende compte.

« Ne vous tracassez pas. Vous verrez, on n'est jamais plus seul qu'au milieu d'une foule. »

« Bon Dieu de bon Dieu ! hurla Janson en repassant l'enregistrement du dernier appel de Demarest.

— Qu'aurais-je pu faire de plus ? demanda Zinsou sans chercher à dissimuler sa peur ni les reproches qu'il s'adressait à lui-même.

— Rien. Si vous aviez trop insisté, il se serait méfié. C'est un grand paranoïaque.

— Que pensez-vous de sa requête ? Troublante, non ?

— Ingénieuse, affirma Janson. Ce type a plus de tours dans son sac que Bobby Fischer.

— Mais si vous voulez le liquider...

— Il y a pensé et il a pris ses précautions. Il sait que ses ennemis sont pieds et poings liés puisqu'il n'est pas question de mettre les services secrets au courant de cette affaire. Il utilise donc nos propres troupes comme bouclier. Ce n'est pas tout. Il montera les escaliers de l'Assemblée générale au côté du maire de New York. Tout attentat contre sa personne mettrait en péril la vie d'un homme politique très connu. Les forces de sécurité vont quadriller le secteur. Tous les chefs d'Etat vont faire l'objet d'une protection hyper-rapprochée. Lui-même bénéficiera de ce formidable champ de force. Si un agent américain essayait de faire un carton, le scandale qui s'ensuivrait aurait des répercutions dramatiques. Tant qu'il se trouvera dans l'immeuble de l'Assemblée générale, nous ne pourrons l'atteindre. Impossible. Imaginez – il sera au milieu de la foule. Etant donné son action désintéressée en faveur de la paix et de la prospérité des nations, la communauté internationale considérera comme un honneur...

— ... d'accueillir un homme qui passe pour la lumière du monde, termina Zinsou en grimaçant.

— C'est du Demarest tout craché. "Caché à la vue de tous" : il adorait cette expression. Il disait que parfois la meilleure cachette consistait à s'exhiber devant tout le monde.

— C'est exactement ce qu'il m'a dit », médita Zinsou. Il contempla le stylo qu'il tenait en main, essayant de le transformer en cigarette par le pouvoir de la pensée. « Et maintenant ? »

Janson prit une gorgée de café tiède. « Soit j'invente quelque chose...

— Soit ? »

Ses yeux étaient durs. « Soit pas. » Il sortit du bureau du secrétaire général sans rien ajouter, laissant le diplomate seul avec ses pensées.

Zinsou sentit sa poitrine se serrer. Il n'avait presque pas fermé l'œil depuis que le président des Etats-Unis l'avait mis au courant de la crise. D'ailleurs, ce dernier ne l'avait fait que parce que Janson avait insisté. Zinsou n'en revenait toujours pas. Comment les Etats-Unis d'Amérique avaient-ils pu se montrer à ce point imprudents ? Sauf qu'il ne s'agissait pas exactement des Etats-Unis d'Amérique ; mais d'un petit cénacle de hauts fonctionnaires. Les organisateurs, comme disait Janson. Le secret était passé d'une administration à une autre, à la manière des codes commandant l'arsenal nucléaire – le danger était quasiment le même, soit dit en passant.

Zinsou tutoyait plus de chefs d'Etat que quiconque sur cette terre. Il savait que le Président sous-estimait le cataclysme qui s'abattait sur la planète si jamais le programme Mobius venait à être révélé. Devant ses yeux, passaient et repassaient les Premiers ministres, les présidents, les chefs de partis, les émirs, les rois... Une légion de dupes. L'entente mondiale née après la guerre serait réduite à néant. Par milliers, traités, cessez-le-feu, accords de paix seraient invalidés, foulés aux pieds, puisque leur instigateur n'était qu'un imposteur – un agent américain infiltré. Et le traité de paix que Peter Novak était en train de négocier à Chypre ? Il deviendrait lettre morte en l'espace de quelques heures, à la demande des Turcs aussi bien que des Grecs. Chaque partie en présence accuserait l'autre de l'avoir manupilée, d'avoir eu connaissance de la vérité depuis le début; un pacte qui auparavant semblait équitable serait désormais interprété comme une entente secrète avec l'ennemi. Et partout ailleurs?

La crise monétaire en Malaisie? Vraiment désolé, mon vieux. Nous en sommes responsables. La petite baisse de la livre sterling, il y a sept ans, qui a fait descendre le PIB britannique de quelques points? Eh bien oui, nous l'avons un peu exploitée, ce qui n'a guère arrangé la situation, c'est le moins qu'on puisse dire. Vraiment désolé, je ne sais pas ce qui nous a traversé l'esprit...

D'un coup, on passerait d'une ère de paix et de prospérité relatives à son contraire absolu. Et que deviendraient les antennes de la Liberty Foundation disséminées à travers le monde, quand on saurait qu'elles faisaient partie d'une vaste opération d'espionnage conçue par les Américains? Les dizaines de gouvernements ayant coopéré avec la Fondation ne survivraient pas à cette humiliation. D'autres, pour rester crédibles aux yeux de leurs citoyens, suspendraient toute relation avec les Etats-Unis et désigneraient leur ancien allié comme l'ennemi à abattre. Les entreprises américaines, même celles n'ayant aucun lien avec la Liberty Foundation, seraient réquisitionnées, leurs avoirs gelés. Le commerce mondial s'effondrerait d'un seul coup. Pendant ce temps, tous les aigris et les déçus de la planète obtiendraient enfin leur *casus belli*; les crises larvées trouveraient un catalyseur. Les partis politiques officiels et les divers mouvements de résistance rallieraient leurs troupes contre l'impérialisme américain. L'entité européenne, encore en passe d'unification, se rassemblerait de manière unanime autour d'un nouvel ennemi commun, les Etats-Unis.

Qui pourrait empêcher cela? Qui oserait prendre la défense d'un pays ayant trahi ses plus proches et ses plus loyaux alliés? Un pays qui aurait, dans le plus grand secret, actionné à son gré tous les rouages politiques de la planète. Ce pays se trouverait désormais en butte à la sainte colère de plusieurs millards d'individus. Et les soupçons retomberaient même sur les organisations purement humanitaires. Ce serait la fin des Nations unies, sinon dans l'immédiat, du moins à très court terme. Elles seraient emportées par une gigantesque vague de rancœur et de méfiance.

Et tout cela déboucherait sur – comment disaient les Américains? – le grand chambardement.

En relisant le câble qu'il venait de recevoir, le Calife eut une agréable prémonition. On aurait dit que les cieux s'entrouvraient sur un rayon de lumière céleste. Peter Novak allait assister au congrès annuel de l'Assemblée générale des Nations unies. Enfin, l'homme – en fin de compte, il n'était que cela : un homme – se montrait à visage découvert. Son discours serait acclamé par cette foule bêlante. On le couvrirait de lauriers immérités. Le Calife lui réservait une couronne de son cru.

Se tournant vers le ministre de la Sécurité de Mansur – un titre fort pompeux pour un ancien marchand de tapis – il déclara sur un ton à la fois courtois et impérieux : « Cette réunion de la communauté internationale sera un grand moment pour la République islamique de Mansur.

— Assurément », répondit le ministre, un petit homme laid coiffé d'un simple turban blanc. En dehors de la stricte application des préceptes coraniques, les dirigeants de ce minuscule pays ne connaissaient pas grand-chose. Un rien les impressionnait.

« Votre délégation sera jugée, à raison ou à tort, sur son sérieux, son comportement et sa discipline. Tout devra se passer pour le mieux, même si par hasard vous tombez sur des êtres malfaisants. Je tiens à ce que la sécurité soit absolue. »

Le ministre de Mansur inclina la tête ; il savait que tout cela le dépassait mais il était assez intelligent pour comprendre qu'il était inutile de faire croire le contraire, du moins en la présence du maître tacticien qui se tenait devant lui.

« Par conséquent, je me joindrai à la délégation. Tout ce dont j'ai besoin c'est d'une couverture diplomatique. Je m'assurerai *personnellement* du bon déroulement de la mission.

— Allah soit loué, lança le petit homme. Qu'espérer de plus ? Votre sacrifice sera notre source d'inspiration. »

Le Calife hocha lentement la tête en guise de remerciement. « Je me contente de faire mon devoir », conclut-il.

Malgré son élégance, l'immeuble étroit ressemblait à tous les bâtiments de grès brun du quartier de Turtle Bay, à New York. Les marches de la véranda gris-brun s'ornaient de bandes noires antidérapantes. La pluie et la glace transformaient souvent l'escalier en patinoire ; sous les bandes, des capteurs électroniques détectaient l'arrivée des importuns. Les rayons du soleil venaient frapper les petits carreaux de la fenêtre du salon : une coquetterie à l'épreuve des balles, même de gros calibre. Le directeur adjoint de la Defense Intelligence Agency avait appelé cette planque Sterile Seven ; il y en avait dix comme elles dans le pays, à l'usage exclusif des organisateurs de Mobius. Janson y serait en sécurité, c'était du moins ce dont on l'avait assuré ; détail non négligeable, il disposerait également d'un équipement de communication dernier cri, dont un accès direct aux titanesques banques de données des divers services de renseignement américains.

Assis dans le bureau du premier étage, Janson contemplait un carnet jaune de ses yeux rougis par le manque de sommeil. Une terrible migraine lui martelait le crâne. Il avait discuté âprement avec les membres survivants du programme Mobius. Tous aussi pessimistes les uns que les autres, ils n'avaient fait aucun effort pour lui remonter le moral.

Comment Novak ferait-il pour entrer dans le pays, si jamais il devait y entrer ? Quelles étaient les chances pour que le contrôle aux frontières leur signale son arrivée ? On avait prévenu tous les aéroports du pays, privés comme publics. De « sérieuses menaces » pesaient sur la vie de Peter Novak. En cas de problème, chaque employé avait reçu l'ordre de contacter la force spéciale de sécurité coordonnée par le Département d'Etat et dévolue à la protection des dignitaires étrangers.

Il téléphona chez Derek Collins, à Phipps Island où le contingent de la Garde nationale avait été triplé. Derrière, il entendait le cliquetis d'un collier de chien.

« Faut avouer que Butch est heureux comme un roi, ici, dit Collins. Ce pauvre clebs me plaît de plus en plus. Après tout ce qui est arrivé, sa présence me fait un bien fou. Bien sûr, tout le monde ne l'apprécie pas. Les ouvriers qui sont venus hier réparer les dégâts, par exemple. Il ne cessait de les lorgner comme s'ils étaient des biftecks sur pattes. Mais je parie que vous n'appelez pas pour que je vous donne des nouvelles de Butch.

— En effet.

— La bonne nouvelle c'est que Cobra est en route – nous en sommes à peu près sûrs, en tout cas. La mauvaise c'est que le corps de Nell Pearson a été découvert hier. La pseudo Mme Novak. Suicide. Elle s'est ouvert les veines dans son bain. Un témoin gênant en moins.

— Seigneur, s'écria Janson. Vous pensez vraiment qu'elle s'est donné la mort ?

— Pensez-vous, c'était juste un "appel à l'aide" ! Bien sûr qu'on l'a zigouillée. Mais personne ne sera jamais capable de le prouver.

— Quel foutu gâchis, fit Janson d'une voix sourde.

— Pour tout arranger, dit Collins d'une voix morne, personne n'a aperçu Puma. Niet, nada, rien. Il se pourrait bien que notre homme ne franchisse aucune frontière – il se trouve peut-être déjà aux Etats-Unis. Arriver incognito a dû être jeu d'enfant pour lui. Il y a plus de *cinq cents* aéroports internationaux sur le territoire. Nos frontières sont forcément poreuses. Je ne vous l'apprends pas.

— Est-ce bien le moment d'envisager le pire, Derek ? demanda l'agent.

— Merci pour cette sympathique remarque, monsieur le coach Vous croyez vraiment que nous sommes tous en train de nous tourner les pouces ? On ne sait même pas lequel d'entre nous sera le prochain sur la liste. En revanche, si à votre tour vous voulez bien faire l'effort d'envisager le pire, vous serez intéressé de connaître les dernières réflexions en provenance de Foggy Bottom. »

Cinq minutes plus tard, Janson raccrochait, profondément ébranlé.

Presque aussitôt, le téléphone gris argent posé sur le bureau couvert de serge verte se mit à sonner. Le timbre discret de la sonnerie l'intrigua. C'était la ligne réservée de la Maison-Blanche.

Il décrocha. Le Président.

« Ecoutez, Paul, Doug et moi avons retourné la question dans tous les sens. Ce discours que Demarest prévoit de faire devant l'Assemblée générale – et si c'était une sorte d'ultimatum implicite ?

— Pardon ?

— Comme vous le savez, il a demandé qu'on lui livre les codes de contrôle du système Echelon. Je l'ai repoussé.

— Repoussé ?

— Je l'ai envoyé sur les roses, quoi ! A mon sens, son message est parfaitement clair. S'il n'obtient pas ce qu'il veut, il va faire un scandale devant l'Assemblée générale. Profiter que le monde entier l'écoute pour tout révéler. Ce n'est qu'une supposition. Nous pourrions très bien nous tromper. Mais plus j'y pense, plus j'estime qu'il faut prendre cette éventualité au sérieux.

— Ergo ?

— Je prie Dieu que le ciel lui tombe sur la tête avant qu'il ne monte à la tribune pour prononcer ce discours.

— Fameux comme plan !

— J'ai décidé de le rencontrer juste avant. Me rendre à ses raisons. Accéder à sa première série d'exigences.

— Avez-vous prévu de faire une apparition aux Nations unies ?

— Officiellement, rien n'est décidé. Le secrétaire d'Etat sera là, de même que l'ambassadeur auprès des Nations unies, le représentant permanent, le négociateur commercial et tous les autres soldats de plomb que nous avons coutume d'envoyer sur place. Mais si ce... troc se fait, je suis obligé d'être présent, étant le seul habilité à prendre ce genre de décision.

— Vous risquez gros.

— Paul, je risque déjà très gros de toute façon. Et vous aussi. »

CHAPITRE 39

𝕿𝖍𝖊 𝕹𝖊𝖜 𝖄𝖔𝖗𝖐 𝕿𝖎𝖒𝖊𝖘

PROCHAIN CONGRÈS DE L'ASSEMBLÉE GÉNÉRALE

DU MONDE ENTIER, DES CENTAINES DE CHEFS D'ÉTAT
ET DE GOUVERNEMENT VONT SE RÉUNIR AU SEIN
D'UN GRAND "DIALOGUE DES CIVILISATIONS"

Par Barbara Corlett

NEW YORK – La plupart des New-Yorkais voient d'un mauvais œil le rassemblement dans leur ville de ces centaines de chefs d'Etat et de gouvernement : une telle affluence risque de rendre la circulation encore plus problématique. Quant à eux, le Département d'Etat et les cercles diplomatiques étrangers ont d'autres préoccupations, de nature plus élevée. On espère que la 58e réunion de l'Assemblée générale conduira à des réformes substantielles et à l'établissement d'une coopération internationale de haut niveau. Le secrétaire général Mathieu Zinsou voit cet événement comme un « partage des eaux », un grand moment dans l'histoire agitée de cette organisation.

Nous sommes d'autant plus impatients que, d'après les rumeurs, Peter Novak, le grand philanthrope dont le monde entier célèbre les actions en faveur des plus démunis, devrait faire une apparition devant l'Assemblée générale. La Liberty Foundation dont il est le créateur a souvent été comparée aux Nations unies pour son rayonnement planétaire et ses succès diplomatiques. Les Nations unies doivent des milliards de dollars à plusieurs nations membres, dont les Etats-Unis, et le secrétaire général ne cache pas que le gel des salaires et les réductions de budget, conséquences de cette dette, l'ont empêché de recruter et de garder à son service nombre de valeureux collaborateurs. Il se peut que M. Novak, dont la gé-

nérosité est devenue légendaire, arrive avec des propositions concrètes destinées à résoudre la crise financière des Nations unies. D'après certains hauts fonctionnaires internationaux, le directeur de la Liberty Foundation pourrait également proposer d'unir ses forces à celles de l'ONU, afin d'organiser des actions conjointes en faveur des pays les plus durement touchés par la guerre et la misère. Toujours aussi discret, M. Novak s'est refusé à fournir le moindre commentaire.
Suite de l'article en p. B4.

Le congrès était prévu pour le lendemain. Son déroulement dépendrait de la qualité des préparatifs.

Un pied devant l'autre.

Janson – bombardé consultant externe auprès du Bureau exécutif du secrétaire général – avait passé les quatre dernières heures à parcourir en tous sens l'immeuble des Nations unies. Qu'avaient-ils oublié ? Janson essayait en vain de dissiper le brouillard qui embrumait son esprit ; il avait très peu dormi au cours des derniers jours et, pour rester éveillé, s'était gavé de café noir et d'aspirine. *Un pied devant l'autre.* Cette inspection de reconnaissance civile était d'une importance cruciale.

Sur les berges de l'East River, entre la 42ᵉ et la 48ᵉ Rue, le bâtiment des Nations unies formait une île à lui tout seul. L'immeuble du Secrétariat le surplombait du haut de ses trente-sept étages ; sur l'horizon new-yorkais, le Chrysler Building et l'Empire State Building, célèbres points de repère, n'étaient que de fines protubérances en comparaison – comme des arbres à côté d'une montagne. Le Secrétariat n'était pas tellement haut, mais en revanche sa masse était impressionnante. Il couvrait un espace dépassant largement la surface moyenne des pâtés de maisons new-yorkais. Le bâtiment était flanqué de parois en verre turquoise Thermopane et en aluminium. Une rangée de pendentifs noirs séparait chaque étage, dont la symétrie n'était interrompue que par les échelles de secours, disposées de manière irrégulière. Aux deux bouts, les murs étaient recouverts de marbre du Vermont – en hommage au sénateur du même Etat, qui avait autrefois présidé le Comité consultatif et rempli les fonctions de représentant permanent des Etats-Unis auprès de l'ONU. En des temps plus sereins, Frank Lloyd Wright l'avait affublé d'un surnom : « la super-guimbarde en route vers l'enfer ». A présent, ce sobriquet prenait des allures de prophétie.

Au nord du Secrétariat, l'immeuble de l'Assemblée générale était construit selon un plan bien plus audacieux. Un curieux rectangle incurvé en son centre et relevé aux extrémités, dominé par un dôme posé là – lui aussi en hommage audit sénateur – comme une gigantesque cheminée. Profitant du fait que le bâtiment de l'Assemblée générale était vide, il le visita de fond en comble comme s'il le voyait pour la première fois. Au sud, une paroi de verre transparente éclairait la salle des délégués, surplombée par de majestueux balcons blancs, disposés sur trois niveaux. Au centre du bâtiment, la salle des assemblées formait un atrium semi-circulaire, garni de sièges en cuir vert rayonnant autour de la tribune centrale, vaste autel de marbre vert et noir. Dominant le tout, l'emblème circulaire des Nations unies – deux guirlandes de blé auréolant une vue stylisée du globe terrestre – était fixé sur un grand mur doré. Bizarrement, ce logo, avec ses cercles concentriques et ses lignes perpendiculaires, lui rappela le réticule d'une lunette de visée ; braquée sur le globe terrestre.

« *Some people wanna fill the world with silly love songs.* » Décidément le Russe chantait comme une casserole.

« Grigori ? » appela Janson dans son téléphone cellulaire. Bien sûr que c'était lui. Janson embrassa du regard le vaste atrium et repéra les deux écrans géants installés de chaque côté de la tribune. « Tu vas bien ?

— Comme un charme, clama Grigori Berman. Je suis chez moi. Avec Ingrid, mon infirmière ! Deuxième jour, j'ai laissé tomber le thermomètre pour qu'elle se penche pour le ramasser. Grand Dieu, cette pouliche a de ces hanches – une Vénus en blouse blanche ! Je lui dis : Ingrid, si on jouait à l'infirmière ? Elle s'écrie, choquée : "Meester Berman, je *suis* infirmière."

— Ecoute, Grigori, j'ai un service à te demander. Si ça t'ennuie, n'hésite pas à me le dire. » Pendant quelques minutes, Janson lui exposa les quelques détails indispensables ; si Berman comprenait à demi-mot tant mieux, sinon tant pis.

Berman laissa Janson terminer son discours avant de lancer : « Maintenant c'est Grigori Berman qui est choqué. Ce que vous proposez, monsieur, est contraire à l'éthique, à la morale et à la loi – une ignoble violation des us et coutumes de l'institution bancaire internationale. » Après une pause, il conclut : « Ça me plaît.

— C'est ce que je pensais, dit Janson. Et tu peux y arriver ?

— *I get by with a little help from my friends,* fredonna Berman.

— Tu es sûr d'être capable de le faire ?

— Demande un peu à *Ingrid* ce que Grigori Berman est capable de faire, répondit-il en postillonnant d'indignation. Rien ne résiste au grand Grigori ! »

*

Janson déconnecta son Ericsson et se remit à arpenter la salle. Il passa derrière le lutrin de marbre vert où se tiendraient les orateurs et observa les rangées de sièges destinés aux délégués. Les quinze premières étaient réservées aux représentants des gouvernements. Sur des affichettes glissées dans une sorte de réglette courant le long des tables incurvées, on lisait des noms de pays tracés en lettres blanches sur fond noir : d'un côté on avait PÉROU, MEXIQUE, INDE, SALVADOR, COLOMBIE, BOLIVIE, plus d'autres perdus dans l'ombre ; de l'autre PARAGUAY, LUXEMBOURG, ISLANDE, EGYPTE, CHINE, BELGIQUE, YÉMEN, ROYAUME-UNI, etc., dans un ordre apparemment aléatoire, comme autant de panneaux de signalisation révélant à la fois l'infinie variété des peuples de cette Terre et leurs non moins infinies dissensions. Sur leurs longs pupitres, les délégués disposaient de boutons sur lesquels il suffisait d'appuyer pour demander la parole, et de prises audio pour brancher les écouteurs diffusant une traduction simultanée des discours dans toutes les langues de la Terre. Derrière les tables des délégués officiels, d'autres rangées s'étageant sur un plan incliné étaient dévolues aux divers membres des équipes diplomatiques. Au plafond, dans un renfoncement, un oculus d'où pendaient des lustres, entouré d'une série de spots disséminés comme des étoiles dans le ciel. Les murs circulaires lambrissés consacraient une bonne partie de leur surface à deux grandes fresques de Fernand Léger. La petite horloge placée au centre d'un vaste balcon de marbre n'était visible que des personnes siégeant à la tribune. Sur le balcon, encore des sièges, en plus grand nombre. Et derrière, discrètement voilées par des rideaux, les cabines vitrées où les interprètes, techniciens et autres membres du personnel du secrétariat des Nations unies vaquaient à leurs occupations.

On se serait cru dans un somptueux théâtre et, à maints égards, c'en était un, effectivement.

Janson quitta la grande salle pour se diriger vers les pièces situées juste derrière la tribune : un bureau réservé au secrétaire général et une « suite présidentielle ». Etant donné la disposition des détachements de sécurité, il serait tout bonnement impossible de prendre d'assaut ces pièces-là. La troisième fois qu'il passa dans le secteur, Janson fut attiré par une sorte de chapelle, ou "espace de méditation" selon l'expression consacrée. C'était une petite salle peu fréquentée, ornée d'une fresque de Chagall, placée au bout du corridor reliant l'entrée principale au grand Hall.

Enfin, Janson descendit la longue rampe située à l'ouest du bâtiment, par laquelle les délégués entreraient. L'architecture du complexe, sa géométrie, constituait en elle-même le meilleur des dispositifs de sécurité : l'immeuble du Secrétariat, surplombant celui de l'Assemblée, le protégeait comme un gigantesque bouclier. Dans les rues adjacentes, aucun véhicule non officiel n'aurait le droit de circuler : seuls les journalistes dûment accrédités et les membres des délégations diplomatiques seraient autorisés à se déplacer dans le voisinage de l'immeuble.

Alan Demarest n'aurait pu trouver mieux en termes de sécurité, sauf peut-être un bunker en Antarctique.

Plus Janson y réfléchissait, plus il admirait le génie tactique de cet homme assoiffé de vengeance. Pour le mettre en échec, il faudrait qu'il arrive quelque chose de vraiment extraordinaire – en somme, ils comptaient sur un miracle.

Car quel rapport y a-t-il entre la justice et l'iniquité ? Qu'y a-t-il de commun entre la lumière et les ténèbres ?

Pourtant, Janson, lui, comprenait que ce miracle était absolument nécessaire s'il voulait vaincre le grand maître des ruses. Il n'avait que faire des plans tirés au cordeau conçus par les organisateurs ; tout ce fatras théorique manquait par trop d'imagination, de fougue. Face à un tel ennemi, ils avaient besoin de quelque chose d'irrationnel : la fureur démente, implacable, dont seul un **vrai** fanatique était capable. C'était clair et net : le meilleur moyen d'anéantir Demarest était d'avoir recours à la seule chose impossible à contrôler.

Evidemment, les organisateurs, dans leur incommensurable fatuité, se croyaient en mesure de tout régenter. Mais cette chose-là les avait toujours dépassés. Ils avaient toujours été impuissants devant la colère des « justes ». En ce moment, ils jouaient tous avec le feu.

Et ils risquaient fort de se brûler.

CHAPITRE 40

A SEPT heures, le lendemain matin, les cortèges de véhicules commencèrent à arriver sur la Plaza des Nations unies. Un arc-en-ciel de cultures et de sensibilités politiques. D'un pas martial, des dictateurs en uniforme de parade montèrent le plan incliné menant au grand Hall, comme s'ils s'apprêtaient à passer leurs troupes en revue. Protégés, galvanisés par la collection de rubans et autres décorations agrafés à leur plastron, ils considéraient d'un air supérieur ces gringalets dirigeant de soi-disant démocraties. De simples banquiers bouffis d'orgueil dont les costumes sombres, les cravates impeccablement nouées suffisaient à démontrer leur allégeance au grand capital et leur mépris pour le glorieux sentiment national. De leur côté, les leaders des démocraties libérales n'avaient que dédain pour tous ces généraux d'opérette qu'ils toisaient avec désapprobation tout en conjecturant sur la situation catastrophique régnant dans les pays qu'ils étaient censés gouverner et sans laquelle ces *caudillos* n'auraient jamais accédé au pouvoir. Et tandis que les minces contemplaient les gros, ils se prenaient à méditer sur leur manque de retenue : pas étonnant que leurs pays aient une telle dette extérieure. Les gros, eux, regardaient leurs homologues occidentaux comme autant de philistins sans couleur ni saveur, de misérables fonctionnaires n'ayant rien de meneurs d'hommes. Telles étaient les pensées qui s'agitaient derrière chaque sourire éclatant.

Comme des amas de molécules, les groupes se mêlaient, s'amalgamaient, se séparaient en changeant constamment de forme. Sous les civilités perçaient des reproches, des questions diffuses. Un président d'un Etat d'Afrique centrale serrait contre son torse puissant le svelte ministre allemand des Affaires étrangères. L'un comme l'autre savaient ce que ce geste signifiait : *où en sommes-nous de la restructuration de la dette ? Serai-je obligé d'honorer le remboursement des emprunts contractés par mon prédécesseur – après tout, c'est moi qui l'ai fait abattre !* Dans son splendide uniforme chamarré, un despote d'Asie centrale accueillit le Premier ministre britannique en lui adressant un sourire éblouissant cachant une remarque sous-jacente :

notre conflit frontalier ne regarde en rien la politique internationale. Le président d'un Etat membre de l'OTAN, un grand empire aujourd'hui déchu et en proie à une série de troubles, avisa son voisin suédois et lui glissa quelques mots au sujet de sa dernière visite à Stockholm. Ce qui signifiait tacitement : *Nos actions contre les villages kurdes à l'intérieur de nos frontières risquent de défriser vos chers militants en faveur des droits de l'homme, mais nous sommes bien obligés de réprimer les opposants qui complotent contre nous.* Chaque poignée de main, chaque étreinte, chaque tape amicale recouvrait un grief. Les griefs sont le ciment de la communauté internationale.

Entre les délégations assemblées, un homme circulait sans se mêler à la foule. Il portait un keffieh, une longue barbe et des lunettes de soleil, comme certains hauts dignitaires arabes. En fait, on aurait pu le prendre pour un des nombreux représentants diplomatiques de Jordanie, d'Arabie Saoudite, du Yémen, de Mansur, d'Oman ou des Emirats Arabes Unis. L'homme semblait à l'aise et plutôt content d'être ici, à New York. Il prévoyait sans doute une petite virée chez Harry Winston [1], ou tout simplement une escapade dans les quartiers chauds de la grande métropole.

En fait, cette barbe épaisse servait à deux choses ; d'abord elle rendait Janson méconnaissable et, ensuite, elle lui permettait de camoufler le petit micro dont les commandes étaient glissées dans la poche de son pantalon. Par mesure de précaution, il avait confié au secrétaire général un autre micro, dissimulé, lui, dans un petit étui placé sur la barrette dorée fermant son col, derrière son gros nœud de cravate.

Après la longue rampe d'accès, on arrivait dans un passage débouchant immédiatement sur l'immeuble de l'Assemblée générale dont la façade de marbre, basse et incurvée, était creusée de sept entrées. Janson continuait sa petite tournée d'inspection tout en affichant cet air ravi qu'ont les gens qui viennent d'apercevoir un vieil ami. Il consulta sa montre ; la 48ᵉ réunion annuelle de l'Assemblée générale débuterait dans cinq minutes. Alan Demarest allait-il se montrer ou leur avait-il encore joué un de ses tours ?

L'apparition de la légende vivante fut d'abord annoncée par un déchaînement de flashes. Les équipes de télé qui avaient consciencieusement enregistré l'arrivée des nombreuses sommités, potentats et plénipotentiaires, braquaient à présent leurs caméras, micros sur perche et projecteurs sur l'insaisissable bienfaiteur de l'humanité. On le distinguait à peine au milieu du groupe compact qui l'accompagnait. Il y avait là le maire de New York qui, le bras passé autour des épaules de Novak, lui murmurait à l'oreille quelque chose d'amusant, à en juger d'après le visage réjoui du ploutocrate. A côté,

---

1. Célèbre joaillier de luxe.

marchant à leur rythme, on apercevait le vieux sénateur de l'Etat de New York, faisant aussi fonction de président adjoint du comité sénatorial pour les Affaires étrangères. Un petit groupe de conseillers et de hauts fonctionnaires municipaux leur emboîtait le pas. Des agents des services secrets, postés aux endroits stratégiques, étaient certainement en train de s'assurer qu'aucun sniper ou autre éventuel trouble-fête ne traînait dans le secteur.

Quand l'homme universellement connu sous le nom de Peter Novak entra dans le Hall Ouest, son escorte le conduisit rapidement dans la suite présidentielle, derrière le Hall de l'Assemblée qui commençait à retentir du claquement des talons de centaines de chaussures cousues main, tandis qu'à l'extérieur le couloir d'accès, lui, se vidait.

Le moment était venu pour Janson de se retrancher dans la cabine de contrôle centrale, située derrière le balcon principal du grand Hall. Autour d'un écran large, une série de petits moniteurs carrés diffusaient en direct les images captées par les caméras disposées un peu partout dans la salle. A sa demande, on avait également installé des caméras dans les suites, derrière la tribune. Le consultant en matière de sécurité du secrétaire général voulait pouvoir garder un œil sur tous les dignitaires.

Janson s'approcha du panneau de contrôle, chercha parmi les dizaines de caméras celle qui lui offrirait le meilleur angle de vue et, enfin, zooma sur le pupitre réservé à la délégation de la République islamique de Mansur.

Là, près d'une allée latérale, était assis un bel homme vêtu d'une tunique large assortie à celles des autres délégués de Mansur. Janson manipula quelques boutons et l'image s'encadra sur le gros moniteur central, venant se substituer à une vue plongeante générale, filmée au grand angulaire. Il agrandit encore l'image, atténua digitalement les ombres et contempla, comme hypnotisé, le visage trop familier qui tenait à présent toute la surface de l'écran plat.

Ahmad Tabari. L'homme qu'on appelait le Calife.

Un bref accès de rage traversa le corps de Janson comme un courant électrique, au moment où il se mit à étudier les traits de ce visage d'ébène : le nez aquilin, la mâchoire volontaire. Le Calife possédait un incontestable charisme, même au repos.

Janson reprit ses réglages et sur l'écran central apparurent des plans filmés par la caméra cachée dans la suite présidentielle.

Un visage tout aussi charismatique que le premier, tout aussi impitoyable, mais à une nuance près : le charisme de cet homme-là tenait à ce qu'il possédait, pas à ce qu'il espérait obtenir. Des cheveux épais, encore très bruns pour son âge, de hautes pommettes, un costume d'une discrète élégance : Peter Novak. Oui, Peter Novak : l'homme avait changé d'identité, Janson devrait en tenir compte et oublier un peu Demarest. Il était assis au bout d'une table en bois clair, près d'un téléphone relié à la fois à un interphone posé sur la haute tribune en marbre du Hall des Assemblées et aux postes des techniciens. Une télévision en circuit fermé permettait aux VIP présents dans la suite présidentielle de suivre ce qui se passait à l'intérieur de la grande salle.

Les portes de la suite s'ouvrirent : deux membres des services secrets munis d'écouteurs d'où pendaient des fils en tire-bouchon entrèrent pour procéder à une inspection visuelle.

Janson appuya sur un autre bouton pour faire pivoter la caméra.

Peter Novak se leva et sourit à son visiteur.

Le président des Etats-Unis.

Lui qui d'habitude débordait d'assurance et de sérénité, arborait en cet instant un teint terreux et un regard inquiet. Même en l'absence de bande sonore, on comprenait facilement que le Président venait de congédier les officiers des services secrets.

Sans un mot, le Président sortit une enveloppe cachetée de la poche de sa veste et la tendit à Peter Novak d'une main tremblante.

Vus de profil, les deux hommes formaient un contraste saisissant : le leader du monde libre semblait abattu et légèrement voûté ; son interlocuteur redressait ses larges épaules d'un air triomphant.

Le Président hocha la tête. Un instant, on crut qu'il s'apprêtait à dire quelque chose, mais il changea d'avis.

Il sortit.

Caméra n° 2. Novak glissa l'enveloppe dans la poche de sa veste – tout comme le Président l'avait sortie de la sienne. Cette enveloppe pouvait changer le cours de l'histoire mondiale. Et cela, Janson le savait.

En outre, ce n'était qu'un premier acompte.

Le Calife jeta un œil sur sa montre. Le timing serait primordial. La présence des détecteurs de métaux interdisait aux membres des délégations d'introduire des armes à feu dans l'enceinte de l'Assemblée ; il le savait depuis le départ, et ça ne le gênait pas beaucoup. Le bâtiment était truffé d'armes de toutes sortes : celles des vigiles des Nations unies, celles des divers gardes du corps. Il ne se faisait guère d'illusions sur eux. Il n'en ferait qu'une bouchée, lui qui avait combattu et triomphé des plus redoutables guerriers du monde. C'était par son courage et ses talents militaires qu'il avait conquis le cœur et le respect éternel de ses sujets aussi misérables qu'ignorants. Pour eux, la valeur guerrière comptait plus que la maîtrise de l'idéologie ou la connaissance parfaite des versets du Coran. Ce peuple avait besoin de leaders dotés d'une ardeur et d'une force autant physiques qu'intellectuelles.

Son aura d'invincibilité s'était ternie lors de cette épouvantable nuit, dans le Steenpaleis. Mais elle retrouverait toute sa brillance, et plus encore, dès qu'il aurait accompli son plus haut fait d'armes, et son plus audacieux. Il passerait à l'acte et, profitant du tumulte qui s'ensuivrait, s'échapperait discrètement pour rejoindre la vedette rapide amarrée sur l'East River, à quelques dizaines de mètres du bâtiment. Le monde apprendrait à ses dépens qu'on ne doit jamais ignorer une cause juste.

Oui, mettre la main sur une arme puissante n'avait rien de bien compliqué. Ce serait presque aussi facile que la prendre sur l'étagère d'un magasin. Par prudence, néanmoins, il valait mieux attendre le dernier moment. Plus il agirait tôt, plus il risquerait de se faire repérer. Après tout, pour obtenir cette arme, il lui faudrait au préalable se débarrasser de son possesseur.

D'après le programme remis à l'ambassadeur de Mansur auprès des Nations unies, Peter Novak était censé commencer son discours dans cinq minutes. Habillé comme un membre de la garde personnelle de l'ambassadeur, le Calife s'éclipsa, prétextant une envie pressante. Il poussa la porte à loquet, sortit de la grande salle et se dirigea vers la chapelle.

Le Calife marchait très vite, ses sandales résonnant sur le carrelage. Le bruit attira l'attention d'un agent des services secrets américains, un type à la mâchoire carrée et aux cheveux ras. C'était encore mieux qu'un simple officier de sécurité ; son armement serait autrement plus performant.

« Monsieur, dit-il en s'adressant à l'agent en costume sombre. J'assure la protection du président de la République islamique de Mansur. »

L'agent des services secrets regarda ailleurs ; les chefs d'Etat étrangers n'entraient pas dans sa sphère de compétence.

« On m'a prévenu que quelqu'un se cachait – là-dedans ! » Le Calife désigna la chapelle.

« Je peux demander qu'on aille vérifier, répondit l'Américain impassible. Je n'ai pas le droit de quitter mon poste.

— C'est juste là. D'ailleurs, je pense qu'il s'agit d'une fausse alerte.

— Nous avons passé tout l'immeuble au peigne fin, il y a quelques heures. Et du coup j'ai tendance à penser comme vous.

— Vous jetterez bien quand même un coup d'œil avec moi, n'est-ce pas ? Ça ne vous prendra que trente secondes. Il n'y a certainement rien à signaler, mais dans le cas contraire, on aura du mal à leur expliquer pourquoi nous n'avons rien fait. »

Un soupir résigné. « Je vous suis. »

Le Calife ouvrit la petite porte en bois menant à la chapelle et laissa passer l'homme des services secrets.

La chapelle était une salle longue, étroite et basse de plafond, éclairée par des appliques. Un petit projecteur était braqué sur une boîte noire laquée posée tout au fond et surmontée d'une dalle de verre luisante – selon l'idée que se faisait de la religiosité laïque quelque designer occidental. Le mur face à la porte s'ornait d'une fresque composée de croissants, de cercles, de carrés et de triangles entremêlés, symbolisant visiblement les diverses religions et croyances de la planète. Ce fatras absurde montrait bien la vanité des Occidentaux ; on aurait dit l'intérieur d'un Big Mac. Evidemment, cette illusion d'harmonie reposait sur le prédicat de permissivité érigé en force de loi par le tout-puissant monde occidental. De l'autre côté, près de l'entrée, s'alignaient quelques petits bancs avec des assises en paille. Le sol était pavé d'ardoises vaguement rectangulaires.

« Il n'y a aucun endroit pour se cacher ici, dit l'homme. Je ne vois rien. »

La lourde porte capitonnée se referma derrière eux, étouffant les bruits du couloir.

« Encore heureux, répondit le Calife. Comme vous n'avez pas d'arme, vous auriez du mal à vous défendre face à un assassin ! »

L'homme des services secrets sourit et entrouvrit sa veste marine en posant les mains sur ses hanches de manière à dégager le holster qu'il portait à l'épaule et le revolver à canon long enfoncé dedans.

« Toutes mes excuses », s'écria le Calife. Il tourna le dos à l'Américain en faisant semblant d'examiner la fresque. Puis recula.

« Vous me faites perdre mon temps », lâcha l'agent.

Brusquement, le Calife projeta sa tête en arrière et percuta le menton de l'homme. Puis, profitant de son étourdissement momentané, glissa la main sous sa veste et s'empara du Magnum .357, un Ruger SP101 équipé d'un canon de quatre pouces pour une précision renforcée. Ensuite, il l'assomma d'un coup de crosse, assez violemment pour que l'infidèle ne se réveille pas avant plusieurs heures.

Après cela, il rangea le Ruger dans sa petite valise de cuir repoussé et tira le corps volumineux de l'agent derrière la boîte en ébène qui le dissimulerait aux yeux des éventuels visiteurs.

Il était temps de regagner le grand Hall. Temps de venger les affronts. Temps d'écrire l'histoire.

Il prouverait que le titre prestigieux que lui avaient attribué ses fidèles était bien mérité. Il était le Calife.

Et il ne faillirait pas.

Dans la suite présidentielle, un voyant s'alluma sur le petit téléphone noir : « à vous dans cinq minutes », signifiait-il – c'était ainsi qu'on annonçait aux orateurs qu'ils étaient sur le point de se produire devant la plus prestigieuse des assemblées.

Novak saisit le combiné, écouta et dit : « Merci. »

Devant ses écrans, Janson eut soudain un étrange pressentiment.

Quelque chose ne tournait pas rond.

Il se dépêcha d'appuyer sur le bouton de rembobinage et repassa les dix dernières secondes de la bande vidéo.

Le voyant qui brillait sur le téléphone. Peter Novak saisissant le combiné, le portant à son oreille...

Quelque chose ne tournait pas rond.

Mais quoi ? Son inconscient lui signalait un danger, comme un tocsin sonne l'alarme. Il fallait réfléchir et trouver la solution, mais il était fatigué, tellement fatigué, accablé par un épuisement qui répandait comme un brouillard dans son cerveau.

Il repassa de nouveau les dix dernières secondes.

La lumière de l'interphone.

Peter Novak, protégé par un bataillon de vigiles mais seul pour l'instant, dans sa suite, saisissant le combiné pour s'entendre demander de se préparer pour son apparition sous les feux des projecteurs mondiaux.

Saisissant le combiné avec la main droite.

Peter Novak portant le combiné à son oreille.

L'oreille droite.

Janson eut l'impression qu'une couche de glace venait de se solidifier autour de son corps. Les brumes de son cerveau se dissipèrent en un clin d'œil. Il y voyait clair à présent, et cette clarté était si perçante qu'elle lui faisait mal. Une cascade d'images passa devant ses yeux. C'était exaspérant tant ces visages, ces voix se distinguaient mal les uns des autres. Demarest assis à son bureau de Khe Sanh, en train de décrocher un téléphone. *Ces rapports du H&I sont pires qu'inutiles !* Il tenait le combiné tout contre son oreille, il écoutait et, finalement, se remettait à parler : *Tant de choses peuvent arriver dans une zone de cessez-le-feu.* Demarest dans les marécages de Ham Luong tendant la main vers le radio-téléphone, écoutant attentivement avant d'aboyer ses ordres. Il tenait l'appareil de la main *gauche* et le tenait collé à son oreille *gauche*.

Alan Demarest était gaucher. Il avait toujours été gaucher et seulement gaucher.

L'homme dans la suite présidentielle n'était pas Alan Demarest.

Dieu tout-puissant ! Janson sentit le sang lui monter à la tête et cogner dans ses tempes.

Il avait envoyé un sosie à sa place. Un imposteur. Janson n'avait cessé de les mettre en garde contre le danger consistant à sous-estimer leur adversaire. Et il avait eu raison.

La ruse tombait sous le sens, quand on connaissait un peu le personnage. *Si ton ennemi a une bonne idée, tu la lui voles*, lui avait dit Demarest sur les champs de bataille du Viêt-nam. Les organisateurs de Mobius étaient devenus les ennemis de Demarest. Il avait d'abord gagné sa liberté en détruisant ses doubles, puis au fil des ans, avait patiemment fomenté sa prise de pouvoir, en prenant le temps d'accumuler biens matériels et humains ; il s'était créé un sosie – un sosie qui n'obéissait qu'à lui.

Pourquoi n'y avait-il pas pensé avant ?

L'homme dans la suite présidentielle n'était pas Peter Novak ; mais il travaillait pour lui. Un stratagème cadrant parfaitement avec la tournure d'esprit de Demarest. Il suffisait de... changer de point de vue. *Regarde les deux cygnes blancs au lieu du noir. Regarde la tranche de gâteau au lieu du gâteau entamé. Rabas le cube de Necker dans l'autre sens. Maîtrise la gestalt.*

L'homme qui s'apprêtait à prononcer un discours devant l'Assemblée générale était le chef du troupeau, le bélier menant ses congénères vers le lieu de l'holocauste.

Dans quelques petites minutes, cette copie de copie, ce double ersatz de Novak, monterait sur le podium de marbre vert.

Et serait abattu.

En ce moment, ceux qui avaient travaillé à la perte de Novak couraient à leur propre perte. Quel formidable retour de bâton ! Alan Demarest allait voir se confirmer ses soupçons les plus paranoïaques : il démasquerait ses ennemis puis dévoilerait le complot caché derrière cette prétendue invitation.

En même temps, ils perdraient à jamais la trace d'Alan Demarest. Nell Pearson était morte. La pseudo-Marta Lang était morte. Plus personne pour les conduire jusqu'à lui – personne sauf l'homme qui attendait dans la suite. Un homme qui avait dû passer six mois de sa vie à se remettre de son opération. Un homme qui – volontairement ou pas – avait sacrifié sa propre identité au maniaque génial qui tenait l'avenir du monde entre ses mains. S'il mourait, Janson perdrait sa dernière piste.

Et s'il montait à la tribune, il mourrait à coup sûr.

Ils avaient déclenché un mécanisme impossible à enrayer. Ils n'y pouvaient plus rien ; depuis le départ, ils s'en étaient remis au hasard, par nécessité. Mais ce hasard était en train de se retourner contre eux.

D'un geste frénétique, Janson passa à la caméra braquée sur la délégation de Mansur et repéra vite le siège du Calife, près de l'allée latérale.

Vide.

Où était-il ?

Il fallait le retrouver : c'était leur seule chance d'empêcher la catastrophe.

Janson activa son micro et parla, sachant que ses paroles seraient retransmises dans l'écouteur du secrétaire général.

« Il faut que vous retardiez l'apparition de Novak. J'ai besoin de dix minutes. »

Le secrétaire général était assis sur le haut banc de marbre derrière la tribune. Il souriait en hochant la tête. « C'est impossible, murmura-t-il sans modifier l'expression de son visage.

— Faites-le ! tonna Janson. Vous êtes le secrétaire général, bon sang ! Débrouillez-vous. »

Puis il se précipita dans les escaliers moquettés et s'engouffra dans le couloir menant au grand Hall. Il fallait à tout prix retrouver le fanatique Anurien. L'assassinat qu'il s'apprêtait à commettre ne sauverait pas le monde ; il le vouerait à sa perte.

CHAPITRE 41

J ANSON descendit le couloir carrelé de blanc. Ses semelles de caoutchouc étouffaient le bruit de ses pas. Si le Calife n'était plus dans le Hall ça voulait probablement dire qu'il était en train de récupérer l'arme introduite et dissimulée dans le bâtiment par lui ou l'un de ses complices. Le couloir Sud, vivement éclairé par la lumière du jour passant à travers une grande paroi de verre, était vide. L'escalator géant lui aussi. Il se précipita vers le salon des délégués. Assises sur un canapé de cuir blanc, deux femmes blondes conversaient avec animation : à en juger d'après leur allure, elles devaient appartenir à une délégation scandinave, trop nombreuse pour réussir à caser tous ses membres dans le grand Hall. Autrement rien.

Où pouvait-il bien être ? Fébrilement, Janson passa en revue toutes les possibilités.

Formule ta question autrement : à sa place, où te cacherais-tu ?

La chapelle. Une pièce longue et étroite qu'on utilisait rarement mais qui restait toujours accessible, jouxtant la suite du secrétaire général, juste derrière le mur circulaire fermant le grand Hall. La seule pièce du bâtiment où l'on pouvait échapper aux regards.

Janson piqua un sprint. Ses foulées amorties par le caoutchouc étaient presque inaudibles mais son souffle, lui, devenait de plus en plus bruyant.

Quand il poussa la lourde porte capitonnée, il vit un homme vêtu d'une longue tunique blanche, penché derrière une grosse boîte en ébène. Le bruit du battant qui se refermait le fit sursauter. Il se tourna vers Janson.

Le Calife.

L'espace d'un instant, la haine faillit l'étouffer mais très vite, Janson se composa une expression de surprise amicale.

Le Calife brisa le silence. « *Khaif hallak ya akhi.* »

Janson, se rappelant qu'il était méconnaissable sous son épaisse barbe et son keffieh, se força à sourire. Le Calife venait peut-être de lui lancer quelque plaisanterie, mais ce n'était que pure supposition. Pour lui répondre, Janson adopta l'accent raffiné d'Oxford/Cambridge. Les princes arabes avaient coutume de fréquenter les meilleures universités britanniques et, parfois, s'en arrogeaient les usages.

« Mon cher frère, dit-il, j'espère que je ne vous dérange pas. Mais voyez-vous, j'ai été pris d'une terrible migraine. Je suis entré ici pour me recueillir et communier avec le Prophète. »

Le Calife s'avança vers lui à grands pas. « Mais nous risquons de manquer la cérémonie et ce serait bien dommage. Vous en conviendrez, n'est-ce pas ? fit-il remarquer d'une voix qui ressemblait au sifflement d'un serpent.

— Vous avez parfaitement raison, mon frère », admit Janson.

Le Calife marchait vers lui sans le quitter des yeux. Janson avait la chair de poule. L'autre n'était plus qu'à quelques mètres. Lorsqu'il fut sur le point de le rejoindre, Janson se rappela que, selon les cultures, les gens avaient coutume de se tenir plus ou moins près les uns des autres. Les Arabes par exemple se touchaient presque quand ils se parlaient. Le Calife lui posa la main sur l'épaule.

C'était un geste d'amitié, de confiance – l'homme qui avait tué sa femme le traitait en ami.

Janson tressaillit.

Les images affluèrent dans son esprit : une cataracte de feu, de violence, l'immeuble de bureaux réduit en cendres, dans le centre de Caligo, l'appel téléphonique lui apprenant la mort de sa femme.

Le visage du Calife se durcit soudain.

Janson s'était trahi.

L'assassin savait.

La gueule d'un revolver à canon long s'enfonça dans la poitrine de Janson. Le Calife avait pris sa décision ; son étrange visiteur ne s'échapperait pas.

Du haut de la tribune, Mathieu Zinsou contemplait la foule assemblée dans le Hall. Les grands de ce monde commençaient à s'impatienter. Il avait promis d'abréger ses remarques introductives mais, en réalité, jamais il n'avait été aussi bavard. Il fallait bien meubler, gagner du temps. L'ambassadeur américain auprès des Nations unies échangeait des regards excédés avec son collègue de la représentation permanente ; comment se faisait-il que ce grand diplomate, ce subtil orateur célébré par tous, soit tout à coup devenu un parfait raseur ? »

Les yeux du secrétaire général se reposèrent bien vite sur les pages de son discours. Ces quatre paragraphes, il les avait déjà lus ; il n'avait rien préparé de plus. Et il était trop tendu pour imaginer une suite un tant soit peu intéressante. Il aurait fallu le connaître intimement pour deviner ses joues exsangues sous sa peau brune.

« Nous avons pu constater des améliorations encourageantes, partout dans le monde, dit-il, horriblement embarrassé, en accentuant les voyelles de cette phrase d'une affligeante banalité. Les relations internationales se sont détendues et développées dans l'ensemble des pays européens. Entre l'Espagne et la Turquie, la Roumanie et l'Allemagne, la Suisse, la France, l'Italie et la Hongrie, la Bulgarie, la Slovaquie, sans parler de la République tchèque, de la Slovénie et bien sûr, de la Pologne. D'authentiques progrès ont également été accomplis dans ce sens en Amérique latine – au Pérou, au Venezuela, en Equateur, au Paraguay, au Chili, en Guyane et en Guyane française, en Colombie, en Uruguay, en Bolivie, en Argentine... » Il ménagea une pause : *dommage qu'il n'y ait pas cent pays en Amérique du Sud.* Il laissa courir son regard sur les délégations alignées devant lui, passant d'une affichette à une autre. « Et, bien sûr, au Surinam! ajouta-t-il avec un soulagement aussi fugace que le clignotement d'un ver luisant. Nous sommes très satisfaits de l'évolution de la situation au Surinam. Vraiment très satisfaits. » Combien de temps tiendrait-il ainsi ? Mais que fabriquait Janson ?

Zinsou s'éclaircit la gorge. Habituellement, il transpirait peu ; aujourd'hui c'était tout le contraire. « Et pour être tout à fait exhaustif, il convient de signaler les progrès accomplis en la matière par les nations de la Bordure pacifique... »

Janson regarda longuement l'homme qui lui avait volé sa joie de vivre, l'homme qui lui avait dérobé son plus grand trésor.

Il plia un peu les genoux en gardant les pieds écartés d'une largeur d'épaules. « Je vous ai offensé », geignit-il. Aussitôt après, il passa son coude gauche au-dessus de l'épaule droite du Calife et, des deux mains, lui saisit le poignet et lui tordit violemment le bras droit – celui qui tenait l'arme – vers le haut, pour le bloquer. Puis de sa jambe gauche, il effectua un balayage qui les précipita tous les deux sur le sol d'ardoise. De la main gauche, le Calife ne cessait de cogner sur la tempe de Janson incapable de se protéger sans relâcher l'étreinte immobilisant son adversaire. Il ne lui restait plus qu'à serrer les dents en attendant de trouver une parade. Pour se défendre, il fallait attaquer, blesser le Calife. Il lui bloqua le poignet, paume levée. Sans chercher à résister, le Calife dirigea le Ruger vers Janson.

Dans une fraction de seconde, son index appuierait sur la détente.

Janson ne lui en laissa pas le temps. Il lui écrasa la main droite contre le sol ; l'Anurien eut un spasme de douleur, ses doigts se desserrèrent. D'un geste fulgurant, Janson saisit le pistolet et se redressa péniblement. Le Calife, lui, resta prostré.

Janson tenait l'arme, à présent.

Sans attendre, il activa son micro miniature. « La menace est neutralisée », dit Janson au secrétaire général des Nations unies.

A peine eut-il prononcé ces paroles que le Calife, vif comme un cobra, bondissait sur ses jambes et refermait son bras autour de sa gorge, en serrant à l'étouffer. Janson résista de toutes ses forces, se tortilla pour tenter de le repousser, de se débarrasser de cet adversaire plus jeune et plus léger que lui, mais le terroriste était une boule de nerfs. Comparé à lui, l'Américain se sentait énorme et pesant, comme un ours attaqué par une panthère.

Alors, au lieu de lutter, il tendit les bras derrière lui et les serra comme un étau autour du torse du Calife. Puis d'une poussée, il se jeta en arrière et tomba lourdement sur le sol. Sa chute fut amortie par le corps de son agresseur qui se retrouva coincé entre Janson et le carrelage.

Quand l'haleine du Calife effleura sa nuque, il comprit que le choc avait étourdi son adversaire.

Lui aussi à bout de souffle, perclus de douleur, Janson roula sur lui-même et s'apprêtait à se remettre sur ses jambes quand il vit l'autre se relever avec une incroyable vigueur et se jeter sur lui toutes griffes dehors.

S'ils avaient été éloignés de quelques mètres, Janson se serait baissé ou écarté. Mais là, c'était impossible. En plus, Janson manquait de rapidité et surtout d'agilité.

Un ours.

Il allait falloir changer de tactique. Janson tendit les bras, attrapa le Calife comme pour l'étreindre et, bandant tous ses muscles, commença à lui comprimer la cage thoracique. Plus fort, encore plus fort.

Malgré cette terrible pression, l'autre ne cessait de lui marteler la nuque avec les poings. Janson ne tiendrait pas très longtemps dans cette position. Aussi, dans un effort désespéré, renonça-t-il à étouffer son agresseur pour le soulever. Il le plaça à l'horizontale pendant que l'autre se débattait comme une grosse anguille. Alors d'un geste brusque, Janson tomba accroupi, un genou planté en terre, l'autre replié à angle droit. Dans le même mouvement, il laissa choir le corps léger du Calife contre son fémur et appuya.

Le dos du Calife produisit un son horrible, à mi-chemin entre le craquement et le claquement. Sa bouche se tordit, il voulut crier mais c'était trop tard.

Janson le saisit par les épaules, le jeta par terre et lui cogna la tête sur le pavage d'ardoise, plusieurs fois, jusqu'à ce qu'on n'entende plus le bruit de la boîte crânienne contre la pierre. L'arrière de son crâne n'était plus qu'une bouillie sanglante, un mélange informe d'os et de matière cervicale.

Les yeux du Calife devinrent vagues et vitreux. On dit que les yeux sont le miroir de l'âme ; mais cet homme-là n'avait pas d'âme. Du moins, il n'en avait plus.

Janson enfonça le Ruger dans son holster d'épaule, sortit un petit miroir de poche, arrangea sa barbe, son keffieh, et vérifia que son vêtement ne portait pas de taches de sang. Puis il sortit de la chapelle, gagna le Hall de l'Assemblée générale et se posta au fond, sans bouger.

Pendant des années, il s'était imaginé en train de tuer l'homme qui avait assassiné sa femme. C'était chose faite.

Et tout ce qu'il ressentait c'était de l'écœurement.

L'homme aux cheveux noirs, debout à la tribune, prononçait un discours sur les grands défis du XIXe siècle. Janson ne le lâchait pas des yeux. Il ressemblait à Peter Novak. Tout le monde le prenait pour lui. Et pourtant, quelque chose manquait au personnage. Cette superbe autorité qui caractérisait le légendaire philanthrope. Sa voix sortait comme un murmure hésitant ; il semblait légèrement nerveux, déphasé. Quand il en aurait terminé, chacun s'accorderait à dire : *Excellent discours, bien sûr. Pourtant ce pauvre M. Novak n'avait pas l'air dans son assiette, vous ne trouvez pas ?*

« Voilà un demi-siècle, disait l'homme à la tribune, le sol qui s'étend sous nos pieds, le terrain où s'élève cette auguste institution appartenait aux Rockefeller. Ils en firent don aux Nations unies. Dès ses origines, cette organisation on ne peut plus publique a bénéficié de la générosité des particuliers. A mon tour, je souhaite lui apporter mon aide modeste mais sincère. On parle de la "reconnaissance envers la communauté" : ma propre communauté a toujours été celle des nations. Aidez-moi à vous aider. Montrez-moi comment je puis vous être utile. Ce serait non seulement un plaisir mais un honneur – je me sens redevable envers vous. Le monde a été bon pour moi. Permettez-moi de lui renvoyer l'ascenseur. »

Ce discours était du Novak tout craché. Tantôt charmeur tantôt coupant, tantôt humble tantôt arrogant, pour terminer sur un élan presque triomphal. Mais le ton qui accompagnait les paroles manquait étrangement d'assurance.

Et Janson savait pourquoi.

Le maître de l'évasion s'était encore évadé. Janson n'était décidément pas à la hauteur de son ancien mentor. Comment avait-il pu imaginer le vaincre aussi facilement ? *N'essaie pas de te battre avec Dieu, tes bras sont trop courts,* lui avait dit Demarest un jour, sans vraiment plaisanter. Ce n'était pas entièrement faux, hélas. Le disciple se mesurait au maître ; l'étudiant testait son savoir sur son professeur. Seule la vanité l'avait empêché de comprendre que son présent échec avait été préparé de longue date.

Quand l'homme à la tribune mit un point final à son intervention, le public se leva pour l'applaudir. Sa virtuosité rhétorique avait compensé son manque de style. De plus, en pareille circonstance, qui aurait osé lui tenir rigueur d'une passagère baisse de régime ? Le visage inexpressif, Janson sortit de la salle. Quand la porte se referma sur lui, le tonnerre d'applaudissements se changea en un lointain murmure.

Si Demarest n'était pas aux Nations unies, où était-il ?

Le secrétaire général quitta la tribune avec l'orateur, et les deux hommes passèrent dans la pièce aménagée derrière le grand Hall, pour une pause de vingt minutes.

Constatant que son écouteur avait été arraché dans la lutte, Janson le remit en place et, au même moment, perçut des bribes de phrases entrecoupées de grésillements. Il se souvint du micro caché sous le col de Mathieu Zinsou ; l'appareil fonctionnait encore.

« Non, c'est à moi de vous remercier. En fin de compte, j'aimerais que nous ayons cet entretien dont vous m'avez parlé. » La voix était lointaine mais audible.

« Certainement », répondit Zinsou. Comme il parlait tout près du micro, on l'entendait mieux.

« Et si nous passions dans votre bureau, au secrétariat ?

— Vous voulez dire, *tout de suite* ?

— Je suis un peu pressé par le temps, j'en ai peur. Il vaut mieux qu'on discute maintenant. »

Zinsou hésita. « Dans ce cas, suivez-moi. C'est au 37ᵉ étage. » Janson se demanda si le secrétaire général avait ajouté cette précision pour appeler à l'aide.

Quelque chose était en train de se passer. Mais quoi ?

Janson se précipita vers la rampe est du bâtiment de l'Assemblée générale puis rallia l'immeuble du Secrétariat. Il boitait. A chaque pas, son genou droit lui faisait mal et les ecchymoses qui couvraient son corps commençaient à gonfler et à brûler — non seulement l'Anurien avait cogné fort mais il avait su frapper où il le fallait. Pourtant il ne devait pas en tenir compte.

Une fois dans le hall du Secrétariat, il sortit le badge qu'on lui avait fourni et le montra au garde qui lui fit signe de passer. Il appuya sur le bouton du 37ᵉ étage. Dans quelques minutes, Mathieu Zinsou et le complice d'Alan Demarest lui emboîteraient le pas.

Dès que l'ascenseur se mit à monter, la transmission s'interrompit. La cabine métallique bloquait le signal.

Une minute plus tard, il arrivait au 37ᵉ étage. Janson se remémora le plan au sol : les cages d'ascenseurs se trouvaient au centre d'un grand espace rectangulaire. Les bureaux des sous-secrétaires et des adjoints spéciaux s'alignaient le long du mur ouest ; au nord, il y avait deux vastes salles de conférences sans fenêtre ; au sud, une petite bibliothèque, aveugle elle aussi. Le bureau lambrissé de teck du secrétaire général était situé à l'est. Presque tous les bureaux étaient vides à cause de l'événement qui se déroulait aujourd'hui ; les membres du personnel ayant tous été réquisitionnés pour accueillir les délégations.

Janson ôta ses écouteurs, décolla sa barbe et attendit près des ascenseurs, dans le renfoncement de la bibliothèque, afin de surveiller à la fois le couloir menant au bureau du secrétaire général et les cabines d'ascenseurs.

Il savait que son attente serait de courte durée.

L'ascenseur sonna.

« Et ce sera notre étage », dit Mathieu Zinsou tandis que les portes s'ouvraient. Il fit un geste poli, comme pour dire après vous, cher ami.

Janson était-il toujours dans leur camp ? se demandait Zinsou. Ou la pression avait-elle été trop forte ? Après tout, l'agent américain s'était trouvé investi d'une responsabilité écrasante. Personne n'avait jamais été confronté à une situation aussi dramatique.

« Vous nous pardonnerez – la quasi-totalité des membres de mon personnel se trouve actuellement dans le bâtiment de l'Assemblée générale. Ou autre part. Ces réunions annuelles sont comme un jour férié pour les employés des Nations unies.

— Oui, je m'en suis rendu compte », répondit son compagnon d'une voix atone.

Quand Zinsou ouvrit la porte, il sursauta. La silhouette d'un homme assis à son propre bureau se profilait en contre-jour devant le ciel pâlissant.

Que diable se passait-il ?

Il se tourna vers son compagnon : « Je ne comprends pas. Il semble que nous ayons un visiteur-surprise. »

L'inconnu se leva et s'avança vers Zinsou muet d'étonnement.

Le casque de cheveux noirs à peine grisonnants, les hautes pommettes qui lui donnaient l'air d'un Asiatique. Le visage universellement connu comme celui de Peter Novak.

Zinsou se tourna vers l'homme qui l'accompagnait.

Les mêmes traits. Un double presque parfait.

Et pourtant Zinsou percevait certaines différences, et pas seulement physiques. Dans le comportement, dans l'expression du visage. Il y avait quelque chose d'hésitant, de circonspect chez l'homme debout à ses côtés : quelque chose d'implacable et d'impérieux chez celui qui lui faisait face. La marionnette et le marionnettiste. Zinsou comprit que Janson avait dit vrai et cette constatation atténua légèrement l'impression de vertige qui s'emparait de lui.

L'homme qui se tenait à côté de Zinsou tendit une enveloppe à son double.

Ce dernier hocha la tête de manière imperceptible. « Merci, Lazlo, dit-il. Vous pouvez disposer. »

L'imposteur tourna les talons et sortit sans ajouter un seul mot.

« Mon *cher* Mathieu, s'écria Novak en lui tendant la main. *Mon très cher frère**. »

CHAPITRE 42

D ANS son écouteur, Janson entendit très distinctement la voix
de Zinsou : « *Oh, mon Dieu.* » En même temps, il vit le
pseudo-Peter Novak appeler l'ascenseur.

Il s'en allait.

Puis une autre voix masculine : « Pardonnez cet imbroglio. »

Janson se précipita vers l'ascenseur et entra dans la cabine. Le
pseudo-Peter Novak recula, effrayé – sans toutefois sembler le reconnaître.

« Qui êtes-vous au juste ? » demanda Janson.

L'homme en costume sombre le considéra d'un air guindé : « Nous
nous connaissons ? »

« Je nage complètement », avoua le secrétaire général.

Son interlocuteur, en revanche, paraissait tout à fait sûr de lui, détendu, rayonnant. « Je suis navré, mais j'ai cru bon de prendre certaines précautions. Cet homme me sert de doublure, comme vous venez
sans doute de le comprendre.

— Vous avez envoyé un double à votre place ?

— Vous avez déjà entendu parler du *"morning Stalin"*, n'est-ce
pas ? Lors de certaines apparitions en public, le dictateur soviétique se
faisait remplacer par un sosie – histoire de déjouer les complots. J'ai
eu vent de certaines rumeurs. On aurait projeté de m'assassiner durant
l'Assemblée générale. Mon équipe de sécurité en était persuadée. Je
ne pouvais pas courir le risque.

— Je vois, dit Zinsou. Mais vous n'êtes pas le seul à avoir des ennemis, vous ne l'ignorez pas. Les Premiers ministres russe, chinois,
pour ne citer qu'eux, en ont aussi. Et pourtant ils ont pris la parole. Le
président des Etats-Unis lui-même nous a honorés de sa présence,
aujourd'hui. Cette institution mérite sa réputation de sécurité, du
moins à l'intérieur de nos locaux new-yorkais.

— Je sais tout cela, *mon cher**. Seulement voilà, mes ennemis à
moi sont d'un genre différent. Les chefs d'Etat que vous venez de
mentionner n'ont aucune raison de soupçonner le secrétaire général

de comploter contre eux. Saviez-vous que la première personne ayant occupé ce bureau et la haute fonction qui est la vôtre, s'appelait Lie [1] ? Moi, ça ne m'a pas échappé. »

Le sang se glaça dans les veines de Zinsou. Après quelques terribles secondes de silence, il répondit simplement : « Je suis désolé que vous pensiez une chose pareille. »

Peter Novak tapota l'épaule du secrétaire général en souriant d'un air doucereux. « Ne vous méprenez pas sur le sens de mes paroles. Je le pensais mais je ne le pense plus. Je voulais juste en avoir le cœur net. »

La sueur perlait sur le front de Zinsou. Rien ne se déroulait comme prévu. Leur plan ne servait plus à grand-chose. « Une tasse de café ? proposa-t-il.

— Non, merci.

— Eh bien, je crois que moi je vais en prendre une, dit Zinsou en tendant la main vers la console téléphonique posée sur son bureau.

— Je préférerais que vous vous en passiez.

— Très bien. » Zinsou ne le quittait pas des yeux. « Du thé, peut-être ? Il me suffit de demander à Helga de...

— Non. Evitez d'appeler qui que ce soit, je vous prie. Pas besoin de décommander vos rendez-vous ni de discuter avec votre assistante, ou autre. Vous allez peut-être me trouver paranoïaque, mais nous n'avons pas beaucoup de temps. Dans quelques petites minutes, je serai à bord de l'hélicoptère qui m'attend sur l'hélipad, là-haut sur le toit : j'ai pris toutes mes dispositions.

— Je vois, dit Zinsou qui ne voyait rien du tout.

— Dans ce cas, venons-en à ce qui nous occupe, répliqua l'homme élégant aux cheveux noirs et brillants. Voici mes coordonnées. » Il lui tendit une carte de visite blanche. « Composez ce numéro et je vous rappellerai dans l'heure. Nous aurons besoin de rester en contact permanent au fur et à mesure de nos tractations. Votre compte en Suisse a déjà été approvisionné, vous n'avez qu'à vérifier – une simple avance au regard de la somme conséquente dont nous conviendrons en temps et en heure. A laquelle s'ajouteront des versements mensuels dont vous bénéficierez tant que notre partenariat durera. »

Zinsou avala sa salive. « Très judicieux.

— J'ai décidé cela pour votre propre tranquillité. Car je tiens à vous épargner tout souci afin que vous vous consacriez entièrement à résoudre les vrais problèmes, sans commettre d'erreurs de jugement.

— Je comprends.

— Si vous comprenez, tant mieux. C'est l'essentiel. Dans vos discours, vous parlez fréquemment de l'étroite limite séparant la civili-

---

1. Mensonge. (N.d.l.T.)

sation de la sauvagerie. J'espère pour vous que vous ne joindrez pas l'acte à la parole. »

*

Janson coinçait la porte de l'ascenseur en gardant une jambe devant le voyant électronique. « Donnez-moi l'enveloppe, ordonna-t-il.

— Je ne vois pas de quoi vous parlez », rétorqua l'homme sans se départir de son accent hongrois. Il le mettait au défi mais on sentait qu'il n'en menait pas large.

Janson rassembla les doigts de sa main droite et les enfonça comme une pointe de javelot dans la gorge de l'homme qui tomba à genoux en suffoquant. Janson le tira hors de l'ascenseur. Quand l'autre tenta de répliquer d'un vague uppercut, Janson évita le coup et l'assomma avec son Ruger, en prenant garde de ne pas frapper trop fort. L'imposteur s'effondra, inconscient. Après une fouille rapide, Janson fut bien obligé de constater que l'homme n'avait pas d'enveloppe sur lui.

Sans faire de bruit, Janson se dirigea vers le bureau de Zinsou et s'immobilisa près de la porte. Il entendait parfaitement ce qui se passait de l'autre côté, grâce à l'écouteur et aux bruits de conversation venant de derrière le battant.

La voix claire et métallique de Zinsou résonna dans son oreille : « J'avoue que je ne m'attendais guère... »

Janson tourna la poignée, ouvrit la porte à toute volée et fit irruption dans le bureau, le Ruger en main. Aussitôt, Demarest se glissa derrière Zinsou, le corps du secrétaire général formant bouclier entre Janson et lui.

Janson tira quand même : trois coups qui leur passèrent au-dessus de la tête et fracassèrent la vitre. Le verre se craquela avant de voler en éclats.

Puis le silence s'abattit sur la scène.

« Alan Demarest, dit Janson. J'adore votre nouvelle coupe.

— Zéro pointé, Paul. Mais qui a bien pu t'apprendre à tirer ? » Janson reconnut la voix puissante et sévère qui l'avait hanté pendant de si nombreuses années.

Une rafale de vent froid souleva les feuilles du bloc-notes posé sur le bureau du secrétaire général. Le bruissement du papier souligna le caractère incongru de leur situation. Une fenêtre brisée, pas de garde-fou hormis une sommaire rambarde en aluminium, et la plaza trente-sept étages plus bas. Les bruits de circulation montant de la FDR Drive se mêlaient aux piaillements des mouettes qui tournoyaient juste sous leur nez. Au-dessus, un amoncellement de nuages noirs indiquait que la pluie n'allait pas tarder.

Janson regarda le visage d'Alan Demarest se découpant derrière celui de Zinsou. Ce dernier faisait de visibles efforts pour conserver son sang-froid et, d'ailleurs, il y parvenait mieux que beaucoup d'autres dans la même position. Quelques centimètres sous les yeux de Demarest, sombres comme des puits sans fond, s'ouvrait la gueule noire du Smith & Wesson . 5.

« Laissez-le partir, ordonna Janson.

— La prudence a toujours été ma politique, répliqua Demarest.

— Vous êtes armé, je suis armé. Il n'a pas besoin de rester.

— Tu me déçois. J'étais persuadé que tu serais un bien meilleur adversaire.

— Zinsou ! Allez-y. *Sortez d'ici !* », lança Janson d'une voix tranchante. Le secrétaire général le regarda un instant puis s'éloigna des deux ennemis mortels. S'adressant à Demarest, Janson déclara : « Si vous le tuez, je vous tue. Je ne laisserai pas passer une si belle occasion. Vous me croyez ?

— Oui, Paul, je te crois », fit Demarest sans hausser le ton.

Janson attendit que la porte se referme.

Malgré leur dureté, les yeux de Demarest restaient empreints d'une certaine gaieté. « Un jour, on a demandé à Woody Hayes, l'entraîneur de foot, pourquoi ses équipes tentaient si rarement la passe en avant. Il répondit : "Si on lance la balle dans les airs, trois choses peuvent arriver dont deux mauvaises". »

Bizarrement, cette remarque lui évoqua d'autres souvenirs. Phan Nguyen était littéralement obsédé par le football américain. « Vous m'avez envoyé en enfer, dit-il. Je pense qu'il est grand temps de vous rendre la politesse.

— Pourquoi cette colère, Paul ? Pourquoi tant de haine dans ton cœur ?

— Vous savez pourquoi.

— Autrefois les choses étaient différentes. Autrefois nous étions liés – nous avions quelque chose en commun, quelque chose de profond. Tu auras beau le nier, tu sais que c'est vrai.

— Je ne sais pas ce qui est vrai, plus maintenant. Et c'est à vous que je le dois.

— Tu me dois tellement de choses ! Je t'ai formé, j'ai fait de toi ce que tu es. Tu n'as pas oublié, j'espère ! Moi, je n'ai jamais changé d'avis. Tu étais mon préféré. Si intelligent, si courageux, si ingénieux. Tu apprenais très très vite. Tu avais un avenir magnifique devant toi. Hélas, tu as mal tourné... » Il secoua la tête. « J'aurais pu faire de toi un homme exceptionnel, si seulement tu l'avais voulu. Je te comprenais mieux que quiconque. Je savais de quoi tu étais vraiment capable. En fait, c'est peut-être cela qui t'a fait peur. C'est peut-être pour ça que tu m'as trahi. Mais en me trahissant, tu t'es trahi toi-même. Tu as renoncé à ce que tu étais tout au fond de toi.

— Vous pensez vraiment ce que vous dites ? demanda Janson, fasciné malgré lui.

— Nous sommes des êtres différents, toi comme moi. Nous possédons des vérités que les autres ne maîtrisent pas. Les Scythes appelaient cela la justice. Les lois sont comme des toiles d'araignée – assez fortes pour attraper les faibles, mais trop faibles pour attraper les forts.

— Ben voyons.

— Nous sommes forts. Plus forts que les autres. Ensemble, nous aurions été les maîtres. Je voulais que tu reconnaisses ton erreur. C'est pour ça que je t'ai contacté, que je t'ai envoyé à Anura sur cette dernière mission. Regarde autour de toi, Paul. Pense au monde dans lequel tu vis. Regarde-le bien. Il t'horripile tout autant que moi – les médiocres, les bureaucrates suffisants, les gratte-papier qui ne ratent jamais une occasion de laisser passer les occasions, le cul posé sur leur chaise. Ce ramassis d'incapables auquel nous avons confié la marche du monde. Franchement, tu ne t'es jamais dit que le monde irait bien mieux si tu prenais leur place ? Tu aimes ton pays ? Moi aussi, Paul. Toi et moi possédons la même clairvoyance. Réfléchis un peu, Paul. Tu as sacrifié tes meilleures années au service d'un gouvernement qui pour te remercier a décidé de te supprimer. Et cette décision ne leur a pas pris plus de cinq secondes. Je me sentais obligé de t'ouvrir les yeux, de te montrer le vrai visage des gens au service desquels tu as failli sacrifier ta vie, et plus d'une fois. Je devais te démontrer leurs intentions, leur prodigieux cynisme. Et je l'ai fait. Autrefois, tu t'es servi d'eux pour m'anéantir. Je t'ai rendu la monnaie de ta pièce, mais seulement dans l'espoir de te faire voir la vérité en face. »

Bien qu'écœuré par la laborieuse rhétorique de Demarest, Janson ne trouvait rien à répondre.

« Ton cœur est rempli de haine. Et je le comprends. Mais Dieu lui-même a abandonné son fils dans le jardin de Gethsémani. J'ai fait de même avec toi. Tu m'appelais à l'aide et je suis resté sourd. C'est ainsi, chacun doit suivre sa route, accomplir son destin. Tu avais besoin de moi mais je n'étais pas là. Tu t'es senti délaissé. En fait, tu apprenais si vite que j'ai commis une erreur : j'ai cru pouvoir t'enseigner des choses pour lesquelles tu n'étais pas encore prêt. Et je t'ai laissé partir. Tu as dû estimer que je méritais la punition que tu m'as infligée.

— Quelle punition ?

— Ta trahison. » Les yeux de Demarest se plissèrent. « Tu croyais pouvoir me détruire. Seulement voilà, *ils* avaient besoin de moi. Ils ont toujours eu besoin d'hommes comme moi. Ou comme toi. J'ai fait ce que je devais faire – mon devoir. J'ai toujours fait mon devoir. Mais il arrive que les gens comme moi deviennent une gêne. Alors on prend des mesures. Je suis devenu une gêne pour toi. Et tu sais pourquoi ? Parce que tu me ressemblais trop. Comment pourrait-il en être autrement ? Je t'ai transmis tant de choses. Tout ce que tu sais, c'est moi qui te l'ai appris. Mes leçons t'ont sauvé la vie une bonne douzaine de fois. *Alors, de quel droit oses-tu me juger ?* » L'élan de colère qui l'enflamma soudain eut enfin raison de son calme inquiétant.

« Ce sont vos crimes qui vous ont valu cette déchéance, dit Janson. Je vous observais. Je voyais parfaitement ce que vous étiez. Un monstre.

— Oh, je t'en prie. Je n'étais que ton miroir. Mais tu n'as pas apprécié de te voir comme tu étais vraiment.

— *Non !*

— Nous sommes pareils, toi et moi. Et ça, tu n'as pas eu le cran de l'accepter.

— Nous n'étions pas pareils.

— Oh que si ! Et sur de nombreux plans nous le sommes toujours. Tu sais que j'ai gardé un œil sur toi, durant toutes ces années ? Ils t'ont surnommé "la machine". Tout ça pour éviter de dire : "la machine à tuer". Parce que tu n'es rien d'autre. Mais oui. Et tu te crois en droit de me juger ? Oh, Paul, tu comprends pourquoi tu tenais tant à te débarrasser de moi ? Je n'arrive pas à croire que tu te connaisses si mal. Tu m'as désigné comme le monstre pendant que toi tu te prenais pour un saint. C'est rassurant, certes, mais il n'en reste pas moins que tu as eu peur de ce que je t'ai montré.

— Oui, j'ai vu un individu profondément perturbé.

— Ne te leurre pas, Paul. Ce que je t'ai montré, c'est ton vrai visage. Ce que j'étais, tu l'étais toi aussi.

— Non ! » rugit Janson atterré. Il connaissait la violence, il la maniait en expert : c'était une vérité incontournable. Mais pour lui, la violence n'était pas une fin en soi : il ne l'employait qu'en dernier ressort et toujours pour éviter le pire. De la légitime défense, un point c'est tout.

« Comme j'avais coutume de le répéter, nous en savons plus que nous ne croyons. Aurais-tu oublié ce que tu as fait au Viêt-nam ? Serais-tu devenu amnésique ?

— Ne vous fatiguez pas. Vos fichues méthodes de persuasion sont sans effet sur moi, gronda Janson.

— J'ai lu les dépositions que tu as rédigées contre moi, poursuivit Demarest sur un ton désinvolte. Mais je n'ai rien vu sur tes propres exactions.

— Alors c'est vous qui êtes à l'origine de ces rumeurs sur mon compte – toutes ces histoires tordues. »

Demarest ne cilla pas. « Tes victimes sont encore de ce monde, pas toujours en bon état mais vivantes. Envoie donc quelqu'un les interroger. Elles se souviennent de toi. Et ne sont pas près d'oublier ce que tu leur as fait subir.

— C'est un mensonge ! Un ignoble mensonge !

— Tu en es sûr ? » Cette question n'était qu'une manière de tester sa réaction. « Non, tu n'en es pas sûr. Pas sûr du tout. » Une pause. « Il y a en toi une chose dont tu n'arrives pas à te débarrasser, des souvenirs qui te hantent, n'est-ce pas ? Des cauchemars récurrents, non ? »

Janson ne put s'empêcher de faire oui de la tête.

« Malgré toutes ces années, ils reviennent toujours dans ton sommeil. Mais pourquoi ?

— Qu'est-ce que ça peut vous faire ?

— Serait-ce de la culpabilité ? Ecoute, Paul – essaie d'analyser ça, fais ressortir le problème.

— La ferme, espèce de salaud !

— Tes souvenirs sont incomplets. *Qu'est-ce qui se cache en dessous ?*

— Taisez-vous ! hurla Janson d'une voix pourtant mal assurée. Je n'ai pas l'intention d'en entendre davantage. »

Demarest répéta sa question plus calmement. « Qu'est-ce qui se cache en dessous ? »

A présent, les images lui revenaient comme des instantanés, des tableaux immobiles, figés, défilant l'un après l'autre devant ses yeux, tels des ectoplasmes superposés à la scène qu'il était en train de vivre.

Encore un kilomètre à parcourir à travers la jungle, tête baissée, épaules voûtées. Et encore un autre. Se frayer un chemin à la mâchette, en prenant soin d'éviter les hameaux et les villages abritant les sympathisants viêt-cong.

Et à force de se battre avec les lianes et la végétation enchevêtrée, déboucher un beau matin sur un espace libre, vaste, de forme ovale et entièrement calciné.

A l'odeur, il comprit ce qui venait de se passer – au-dessus des émanations confondues de la sauce de poisson, des feux de cuisine, des excréments des humains, des buffles et des poulets, formant engrais, il y avait l'odeur âcre et puissante du napalm.

L'air en était saturé. Partout ce n'était que cendres, suie et ruines noircies, brûlées jusqu'au cœur par un feu chimique à combustion rapide. En trébuchant, il traversa le village ; ses pieds s'enfonçaient dans le charbon. On aurait dit que Dieu, armé d'une loupe gigantesque, s'était amusé avec les rayons du soleil. Et lorsqu'il réussit à s'accoutumer aux relents du napalm, une autre odeur lui monta aux narines, celle de la chair grillée. Une fois refroidie, elle nourrirait les oiseaux, la vermine et les insectes. Mais pour l'instant, elle était encore chaude.

Janson dénombra une douzaine de huttes, parmi les vestiges fumants qui se dressaient encore dans la clairière. Un peu à l'extérieur du hameau, miraculeusement épargnée par les flammes, une cabane en feuilles de cocotier. Une cuisine sans doute. Un plat de riz attendait dans un coin. On venait de le cuire. Et un ragoût de crevettes aux vermicelles. Des bananes tranchées, frites, parfumées au curry. Un bol de litchis et de durians. Ce n'était pas un repas ordinaire. Au bout de quelques instants, il comprit de quoi il s'agissait.

Un repas de noces.

A quelques mètres de là, les corps des jeunes mariés étaient étendus près de ceux de leurs parents. Des volutes de fumée s'en échappaient encore. Par un incroyable hasard, seule la nourriture avait échappé à la destruction. Janson posa son AK-47 et se mit à manger goulûment avec les mains. Il enfourna les crevettes et le riz, étancha sa soif au chaudron d'eau tiède qui aurait dû servir à cuire une deuxième platée de riz. Il mangea tant qu'il se rendit malade. Après avoir vomi, il mangea encore puis tomba exténué et s'endormit. Comme c'était étrange – malgré sa maigreur, il avait l'impression de peser des tonnes !

Quand il eut recouvré quelque force, il s'enfonça de nouveau dans la jungle inhabitée et marcha droit devant lui. Un pied devant l'autre.

Avancer sans réfléchir, agir sans se poser de questions : c'est à cela qu'il devrait son salut.

Puis soudain, son esprit se remit à fonctionner et sa première pensée consciente lui fut amenée par le vent. La mer !

L'odeur de la mer !

Derrière une petite colline, il y avait la côte. La liberté. Il savait que dans ce secteur patrouillaient des canonnières américaines surveillant la rive. Un peu plus loin, les Américains avaient établi une petite base navale. Cela aussi il le savait. Dès qu'il atteindrait la berge, il serait libre. Ses frères de la Marine le recueilleraient et l'emmèneraient loin d'ici, vers un endroit où l'on prendrait soin de lui.

Libre !

C'est probable, Phan Nguyen, c'est probable.

Mais peut-être n'était-ce qu'une hallucination ? Cela faisait très longtemps, trop longtemps, qu'il n'avait rien trouvé à boire. Il y voyait trouble à cause d'une carence en acide nicotinique. Un symptôme courant. Ses capacités cognitives étaient amoindries par la malnutrition. Mais quand il respirait profondément, il reconnaissait l'odeur du sel, des lichens et du soleil ; il en était sûr. La liberté était là, juste après la colline.

Adieu à jamais, Phan Nguyen.

Il grimpa péniblement la pente douce. La végétation s'éclaircissait peu à peu. Soudain, il sursauta.

Une silhouette fonçait sur lui. Un homme ? Un animal ? Il y voyait tellement mal. Tous ses sens lui faisaient défaut. Ce n'était pourtant pas le moment. Si près du but !

Ses doigts décharnés se crispèrent, comme des pattes d'araignée, sur la détente de sa mitraillette. Tomber dans une embuscade alors qu'il était à deux doigts de rentrer chez lui – après ce qu'il avait enduré, une telle déveine dépasserait toute imagination.

La forme bougea de nouveau. Janson tira une courte rafale. Trois balles. Le bruit et le recul de l'arme le surprirent par leur puissance. Il était si faible. Il courut vers sa supposée victime.

Rien. Il ne voyait rien. Appuyé au tronc noueux d'un manguier, il tordit le cou dans tous les sens, sans autre résultat. Mais quand il baissa les yeux, il comprit ce qu'il venait de faire.

Un enfant torse nu, vêtu d'un pantalon marron et chaussé de minuscules sandales. Sa main tenait encore une bouteille de Coca-Cola dont le contenu se répandait sur le sol.

Il devait avoir dans les sept ans. Quel était son crime – hein ? Jouer à cache-cache ? Courir après les papillons ?

Le petit garçon gisait sur le sol. C'était un bel enfant, le plus beau que Janson ait jamais vu. Il semblait étrangement paisible. Seule erreur au tableau : la blessure pourpre qu'il portait à la poitrine, trois trous rapprochés d'où s'écoulait sa vie battante.

Il leva vers l'Américain efflanqué deux grands yeux bruns, doux et fixes.

Et il sourit.

Le garçon souriait.

Les images lui revenaient à présent ; elles paraissaient nouvelles mais ne l'étaient pas. Son esprit les avait simplement occultées, dès le lendemain et pour les années qui allaient suivre. Et pourtant, même enfouies au plus profond, elles l'avaient taraudé, tourmenté, paralysé par moments. Il revit le petit garçon couché sur les marches de la cave du Palais de Pierre, sa propre main figée sur la détente, et mesura la force des souvenirs enfouis.

Il se souvenait à présent.

Il s'était écroulé à genoux près de l'enfant, l'avait serré tout contre lui dans une étreinte réunissant le mort et le moribond, la victime et le bourreau.

Car quel rapport y a-t-il entre la justice et l'iniquité ? Qu'y a-t-il de commun entre la lumière et les ténèbres ?

Et il fit ce que jamais il n'avait fait dans ce pays. Il pleura.

La suite était presque insoutenable : alertés par les coups de feu, les parents de l'enfant étaient arrivés sur les lieux. Il revoyait leurs visages accablés – affligés, oui, mais sans colère. Ils étaient au-delà de cela. L'homme et la femme lui prirent l'enfant ; le père marmonnait une mélopée funèbre... et la mère secouait la tête, violemment, comme pour en chasser l'horrible réalité qui ne la quitterait plus. Alors, son enfant mort dans les bras, elle s'était tournée vers le soldat américain, sans rien dire, comme si les mots étaient devenus secondaires.

Puis elle avait fini par murmurer : *Vous les Américains.*

Les uns après les autres, tous les visages s'évanouirent, sauf un, celui de Demarest. Son regard cruel était toujours posé sur Janson.

Demarest n'avait pas cessé de parler. « Le passé est un ailleurs. Un ailleurs dont tu n'es jamais revenu. »

C'était vrai.

« Tu n'as jamais réussi à m'oublier, n'est-ce pas ? poursuivit Demarest.

— Non, murmura Janson d'une voix brisée.

— Et pourquoi cela ? Tu peux me le dire ? Parce que le lien qui nous unissait était réel. Et puissant. "L'opposition est la vraie amitié", disait William Blake. Oh, Paul – quelle grande histoire nous avons partagée ! T'a-t-elle hanté ? Moi oui. »

Janson ne répondit pas.

« Un jour, le gouvernement des Etats-Unis m'a offert les clés du royaume. Grâce à lui, j'ai pu créer le plus grand empire que la terre ait porté. Bien sûr, je ne le leur ai pas laissé. Mais on a beau disposer de trésors infinis, il est toujours aussi difficile de régler ses comptes. J'avais besoin de t'entendre dire la vérité sur nous deux. Je t'ai créé, Paul. Je t'ai modelé dans de l'argile, comme Dieu a fabriqué l'homme.

— *Non.* » Ce simple mot sortit comme un grognement des profondeurs de son être.

Demarest fit encore un pas. « Il est temps de voir clair en toi, dit-il gentiment. Il y a toujours eu quelque chose entre nous. Quelque chose de très proche de l'amour. »

Janson le regarda intensément. Sur les traits du célèbre philanthrope, se glissèrent en filigrane ceux du lieutenant-colonel Demarest. La chirurgie n'avait pas entièrement effacé le visage honni. Il frissonna.

« Et encore plus proche de la haine », lâcha enfin Janson.

Les yeux de Demarest se mirent à luire comme des charbons ardents. « Je t'ai *fabriqué* et rien n'y changera. Accepte-le. Accepte ce que tu es. Quand tu auras accepté, tout sera différent. *Les cauchemars cesseront*, Paul. La vie deviendra bien plus facile. Suis mon exemple. Moi, je dors comme un bébé. Imagine un peu – ça ne vaudrait pas le coup, Paul ? »

Janson prit une profonde inspiration. Il retrouvait ses esprits et sa force de concentration. « Je ne veux pas.

— Quoi ? Tu ne veux pas te débarrasser de tes cauchemars ? Vous vous mentez à vous-même, *lieutenant*.

— Je ne suis pas votre lieutenant ! Et je préfère garder mes cauchemars.

— Si tu n'as jamais guéri c'est que tu ne t'en es jamais donné la possibilité.

— C'est cela que vous appelez guérir ? Si vous dormez si bien c'est que quelque chose à l'intérieur de vous – appelez cela l'âme, appelez cela comme vous voudrez – est mort. Peut-être l'avez-vous perdue un jour, peut-être n'en avez-vous jamais eu, mais c'est la seule chose qui fasse de nous des êtres humains.

— Des êtres *humains*? Tu veux dire des *faibles*. Les gens ont tendance à confondre les deux.

— Mes cauchemars font partie de moi, dit Janson d'une voix claire et ferme. Je dois vivre avec le souvenir de ce que j'ai accompli. Je n'ai pas besoin d'aimer ce souvenir. J'ai fait du bien, j'ai fait du mal. Et je n'ai pas besoin qu'on me *réconcilie* avec le mal que j'ai fait. Vous me proposez d'oublier ma souffrance? Mais cette souffrance est mon seul moyen de savoir qui je suis et qui je ne suis pas. *Cette souffrance me permet de savoir que je ne suis pas vous.* »

A ces mots, Demarest bondit et porta un coup violent sur la main de Janson, projetant son arme contre le sol de marbre.

Quand il leva son pistolet, Demarest prit un air mélancolique. « J'ai tenté de te raisonner. *J'ai tenté de te toucher.* J'ai tout fait pour te ramener à la raison, te faire comprendre qui tu es vraiment. Je voulais juste que tu admettes la vérité – la vérité sur nous deux.

— La vérité? La vérité c'est que vous êtes un monstre. Pourquoi n'êtes-vous pas mort à Mesa Grande? Ç'aurait tellement mieux valu.

— C'est remarquable – tu en sais beaucoup et en même temps très peu. Tu es très puissant mais très faible aussi. » Il secoua la tête. « Un homme qui tue l'enfant d'un autre et ne peut même pas protéger le sien...

— De quoi diable parlez-vous donc?

— L'attentat contre l'ambassade à Caligo – a-t-il ébranlé ton univers? Quand j'ai suggéré cette action, il y a cinq ans, c'était ce que j'avais en tête. Tu me pardonneras mais j'avais du mal à me faire à l'idée que tu allais devenir père. Un Paul junior – non, tout mais pas ça! Sur place, les talents en la matière ne manquaient pas – ces farouches révolutionnaires qui rêvent d'Allah et des vierges du Paradis. Une bombe bourrée d'engrais *fertilisant*. Malheureusement pour moi, je crois être le seul capable d'apprécier ce détail à sa juste valeur. Mais enfin, tu te voyais vraiment dans la peau d'un père, toi le tueur d'enfant? »

Janson sentit son corps se changer en pierre.

Demarest laissa échapper un profond soupir. « Il est temps pour moi de partir. J'ai de grands projets pour le monde, tu sais. Pour tout dire, résoudre les conflits m'ennuie prodigieusement. En revanche, les promouvoir me plaît beaucoup. La guerre est au goût du jour. Les êtres humains *adorent* les batailles et les bains de sang. Que l'homme s'accomplisse, amen.

— Cette décision ne vous appartient pas », déclara Janson en déployant les plus grands efforts pour parvenir à articuler.

Demarest sourit. « *Carpe diem* – profite du jour qui passe. *Carpe mundum* – profite du monde.

— Ils ont fait de vous un dieu, dit Janson en citant les propres mots du Président, alors que les Cieux ne leur appartenaient pas.

— Les Cieux ne sont pas de mon ressort. Mais j'ai l'esprit large. Pourquoi ne rédigerais-tu pas un rapport sur l'au-delà quand tu y seras ? J'attendrai avec impatience ton rapport sur saint Pierre et les Portes du Paradis. » Son visage était vide de toute expression lorsqu'il pointa son pistolet sur le front de Janson. « Bon voyage », dit-il, et son doigt se courba sur la détente.

Janson sentit quelque chose de tiède lui éclabousser le visage. Il cligna les yeux et vit que le liquide salissant son visage avait jailli du trou qui perçait le crâne de Demarest. Le sniper avait fait mouche aussi facilement que s'il avait tiré à bout portant, la vitre n'étant plus là pour dévier le projectile.

Janson tendit les bras, prit la tête de Demarest entre ses mains et serra pour que l'homme ne s'écroule pas tout de suite. « *Xin loi* », dit-il. *Je suis désolé*. Il mentait.

Le visage de Demarest restait parfaitement lisse, inexpressif : on l'aurait dit plongé dans une intense réflexion ; ou bien endormi.

Janson lâcha prise ; Demarest s'effondra comme une poupée de chiffon. Sa vie s'en était allée.

Lorsque Janson colla son œil sur l'antique télescope du secrétaire général, il vit Jessie postée à l'endroit même où il lui avait demandé de se tenir ; sur l'autre rive de l'East River, perchée au sommet de la vieille usine d'embouteillage, juste sous l'énorme enseigne au néon. Avec les gestes adroits du professionnel venant de réussir une mission, elle était en train de démonter son arme. Puis elle leva les yeux comme si elle sentait son regard posé sur elle. A cet instant même, Janson eut une sensation étrange, d'une légèreté infinie : tout danger était écarté.

Il s'éloigna du télescope et contempla le paysage. Une légère brise lui rafraîchit le visage. Hunter's Point. Le lieu du chasseur. Un nom prédestiné.

Surplombant la silhouette de sa bien-aimée, l'énorme enseigne Coca-Cola rougeoyait dans la pénombre. Janson plissa les yeux pour mieux distinguer le reflet du néon sur la surface miroitante de la rivière. L'espace d'un instant, il crut voir un fleuve de sang.

CHAPITRE 43

« J E tiens à vous remercier de nous avoir prêté main-forte, monsieur Janson », dit le président Charles W. Berquist Jr., assis au bout de la grande table ovale. Les quelques personnes qui l'entouraient, hauts fonctionnaires et analystes appartenant aux principales agences de renseignement des Etats-Unis, venaient de le rejoindre dans ce bel immeuble austère de la 16ᵉ Rue, en passant par une entrée latérale, si discrète que personne ne les avait vus entrer. Cette réunion ne serait pas enregistrée, elle n'était même pas censée avoir eu lieu. Comme tant d'autres. « La nation vous doit une fière chandelle mais, hélas, elle ne le saura jamais. En revanche, moi je le sais. Je pense que vous ne serez pas surpris si je vous décerne une autre Distinguished Intelligence Star [1]. »

Janson haussa les épaules. « Je devrais peut-être me reconvertir dans le commerce de la ferraille.

— Ce n'est pas tout. Je voulais aussi que vous appreniez de ma bouche les bonnes nouvelles qui viennent de tomber. Grâce à votre intervention, nous allons peut-être ressusciter le programme Mobius. Doug et les autres m'ont mis au courant de leurs progrès, et je forme les plus grands espoirs.

— Ah bon ? fit Janson impassible.

— Ça n'a pas l'air de vous étonner, dit le président Berquist, un peu gêné. Vous deviez vous y attendre.

— Quand vous aurez fréquenté les organisateurs aussi longtemps que moi, vous ne serez plus guère surpris de constater à quel point ils sont capables d'allier intelligence et stupidité. »

Le Président se rembrunit, chagriné par le ton cynique de l'agent. « Ce sont des personnes extraordinairement compétentes, savez-vous ?

— Oui. Et extraordinairement arrogantes aussi. Janson secoua lentement la tête. Enfin, laissez tomber, ça vaut pas le coup.

---

1. Haute distinction décernée en récompense de services rendus à la nation dans le cadre de la CIA. (N.d.l.T.)

— Comment osez-vous parler ainsi à notre Président ? intervint Douglas Albright, le directeur adjoint de la DIA.

— Et vous, comment faites-vous pour continuer à agir comme si rien ne s'était passé ? Finirez-vous par apprendre quelque chose un jour ? répliqua Janson.

— Nous avons beaucoup appris, dit Albright. Et nous ne commettrons pas deux fois la même erreur.

— C'est vrai – il en reste pas mal d'autres à commettre. »

Le secrétaire d'Etat prit la parole. « Je suis d'accord avec Doug. Abandonner le programme maintenant reviendrait à tirer un trait sur des dizaines de milliers d'heures de travail. En plus, ce serait comme empêcher une cloche de sonner. Aux yeux du monde, Peter Novak existe encore.

— Nous pouvons le recréer, le refaçonner en nous ménageant toute une série de garde-fous supplémentaires, dit Albright en lançant un regard encourageant au secrétaire d'Etat. Il existe une centaine de mesures à prendre pour éviter que l'affaire Demarest ne se reproduise.

— Je ne vous *crois* pas, messieurs, s'écria Janson. Voilà quelques jours, vous reconnaissiez avoir commis une erreur colossale. Une faute de calcul élémentaire, aussi bien sur le plan politique que moral. Vous compreniez – du moins vous *sembliez* comprendre – qu'un plan basé sur une mystification aussi énorme était voué à l'échec. Et que vous étiez incapables de prévoir d'où viendrait le hic.

— Nous étions paniqués, répondit le secrétaire d'Etat. Nous n'avions pas pris le temps de réfléchir à la question. On avait juste envie de tout envoyer au diable. Mais Doug ici présent a réexaminé le problème avec nous, calmement, rationnellement. Avec ce programme, nous disposons d'un trésor enfoui tout bonnement prodigieux. C'est comme l'énergie atomique – il subsiste toujours un risque d'accident. Personne n'aurait l'idée de le nier. Mais ce risque est mimine comparé aux *bénéfices* potentiels pour l'humanité. » Au fur et à mesure qu'il parlait, sa voix se faisait plus suave, plus sonore ; il s'exprimait comme le grand diplomate qu'il était, rompu aux conférences de presse et aux interviews télévisées. On aurait eu du mal à reconnaître le pauvre type qui tremblait de tous ses membres, l'autre jour, dans le domaine Hempel. « Si nous autres, responsables politiques, renoncions à ce projet à cause d'une catastrophe qui n'a pas eu lieu, tout compte fait, nous commettrions une erreur impardonnable. Ce serait comme abdiquer devant l'ennemi. Vous pouvez comprendre ça, n'est-ce pas ? Sommes-nous sur la même longueur d'ondes ?

— Nous ne sommes pas branchés sur la même radio !

— Reprenez-vous, lança Albright d'un ton sec. Il est vrai que nous vous devons tout – vous avez été parfait. Et grâce à vous, tout redevient possible. » Point n'était besoin de rappeler les détails : après avoir glissé les deux hommes sous un drap, on les avait sortis de l'immeuble du Secrétariat pour les conduire dans un lieu inconnu. « La doublure de Novak est en bonne forme. Nous avons conduit ce monsieur dans un quartier de haute sécurité pour le soumettre à un interrogatoire intensif. Comme vous le soupçonniez, il était si terrifié qu'il a coopéré sans faire de manières. Evidemment, Demarest ne lui avait pas confié les codes de contrôle. Mais peu importe. Demarest n'étant plus là pour les brouiller constamment, nos techniciens ont pu pénétrer les systèmes. Donc, nous sommes de nouveau maîtres de la situation.

— Auriez-vous déjà oublié qu'il n'y a pas si longtemps, vous avez commis l'erreur de vous croire maîtres de la situation ? » Janson secoua lentement la tête.

« En tout cas, nous contrôlons la doublure de Demarest, fit remarquer le technicien au teint de papier mâché que Janson avait vu au domaine Hempel. C'est un type nommé Laszlo Kocsis qui enseignait l'anglais dans un lycée technique en Hongrie. Il est passé sur le billard voilà dix-huit mois. Demarest l'avait soumis à un chantage. Pour résumer la situation, soit il exécutait ses ordres et empochait dix millions de dollars, soit sa famille était massacrée. Cet homme n'avait pas la carrure. Aujourd'hui, il nous mange dans la main.

— Comme vous l'aviez prévu, ajouta complaisamment le représentant de la DIA. Nous lui offrirons une petite île dans les Caraïbes. C'est un solitaire, cette cage dorée lui conviendra parfaitement. Et pour lui ôter toute velléité de fuite, nous lui adjoindrons une unité des Opérations consulaires pour le surveiller vingt-quatre heures sur vingt-quatre. La Liberty Foundation nous accordera bien quelque subvention, histoire de financer ce petit arrangement.

— Mais ne nous laissons pas distraire par ces détails de pure forme, intervint le Président avec un sourire coincé. L'essentiel est que tout rentre dans l'ordre.

— Et que le programme Mobius recommence à tourner, dit Janson.

— Grâce à vous », répliqua le président Berquist. Il fit un clin d'œil, comme pour démontrer que sa haute position n'excluait pas une certaine bienveillance.

« Mais en mieux, ajouta Albright. Puisque nous en savons beaucoup plus qu'avant.

— Alors, Janson, est-ce que vous saisissez notre raisonnement ? » s'enquit le secrétaire d'Etat.

Janson regarda toutes les personnes présentes dans cette salle du Meridian International Center comme s'il était à la place du Président. Et que vit-il ? Des visages bouffis de certitude, appartenant aux grands serviteurs de l'Etat, aux hauts fonctionnaires, aux fins analystes assurant la bonne marche des affaires publiques à Washington, quelle que soit la coloration politique de l'Administration au pouvoir. Les rescapés du programme Mobius. Ils étaient les meilleurs, les plus intelligents, et ce depuis toujours. Dès l'enfance, ils avaient croulé sous les récompenses, les diplômes les plus prestigieux ; toute leur vie, ils avaient fait la fierté de leurs chefs. Ils s'estimaient supérieurs en tout et à tous, persuadés que tous les moyens étaient bons pour parvenir à leurs fins, que n'importe quelle donnée, même la plus improbable, pouvait être soumise au jeu des probabilités, que l'incertitude elle-même succombait aux calculs savants dont ils se croyaient les maîtres.

Plusieurs d'entre eux avaient péri à cause d'un caprice de la nature humaine, un caprice ayant échappé à leurs prévisions. Mais quelle importance ? Ils n'avaient rien appris.

« Je ne joue pas, messieurs, vos règles ne sont pas les miennes, dit Janson. Le programme Mobius a vécu.

— Et qui l'a décidé ? grogna le Président.

— Vous.

— Qu'est-ce qui vous prend, Paul ? dit-il en se renfrognant. Vous déraisonnez.

— Bien au contraire. » Janson le regarda en face. « Vous savez ce qu'on dit à Washington : il n'y a pas d'alliés permanents, seulement des intérêts permanents. Ce programme, vous ne l'avez pas conçu. Vous en avez hérité de votre prédécesseur qui lui-même l'a hérité du sien, et ainsi de suite...

— Mais tout est comme ça, depuis notre programme de défense jusqu'à notre politique monétaire.

— Certes. Les fonctionnaires à vie sont chargés de faire tourner les rouages – alors que vous, vous ne faites que passer.

— Je tiens à ce que nous considérions la question avec un certain recul, dit le président Berquist en haussant les épaules.

— Dites-moi, monsieur le Président. Vous venez de recevoir et d'accepter une contribution personnelle d'un montant de 1,5 million de dollars. Et ce d'une manière parfaitement illégale ». Tout en parlant, Janson entendait Grigori Berman hurler de rire dans sa propriété de Berwick House. Ce genre de grosse blague avait le don de le ravir au plus haut point. « Comment allez-vous expliquer cela au Congrès et au peuple américain ?

— De quoi diable parlez-vous donc ?

— Je parle du scandale du Beltway – Watergate puissance dix. Je parle d'une carrière politique qui part en fumée. Appelez donc votre banquier. Une somme à sept chiffres vient d'être virée sur votre compte personnel, en provenance d'un compte appartenant à Peter Novak sur l'International Netherlands Group Bank. Les signatures digitales sont impossibles à falsifier – enfin, presque. J'en conclus qu'un ploutocrate étranger vous compte au nombre de ses salariés. Imaginez qu'un esprit chagrin, un membre du parti adverse, par exemple, se mette à fouiner dans vos affaires. Et qu'on fasse le lien avec cette loi sur le secret bancaire que vous avez ratifiée la semaine dernière. Et avec pas mal d'autres choses, d'ailleurs. Un dossier assez lourd pour occuper un procureur spécial pendant des années. Je vois d'ici le gros titre à la une du *Washington Post* : LE PRÉSIDENT À LA SOLDE D'UN MILLIARDAIRE ? L'ENQUÊTE SUIT SON COURS. Enfin, ce genre de chose. Les tabloïds new-yorkais en profiteront pour nous sortir une des belles formules dont ils ont le secret : PRÉSIDENT À LOUER par exemple. Vous savez que ces journaux-là s'entendent à fanatiser l'opinion – ça déclenchera un tel raffut que vous n'arriverez même plus à vous entendre penser.

— Un ramassis de *conneries* ! explosa le Président.

— Et nous aurons tous le plaisir de vous voir vous expliquer devant le Congrès. Les détails seront envoyés demain par courriel au ministère de la Justice ainsi qu'aux membres compétents de la Maison-Blanche et du Sénat.

— Mais Peter Novak...

— Novak ? Si j'étais vous, je n'insisterais pas trop sur ce sujet. Je crains que ni lui ni vous ne sortiez intacts de ce bourbier.

— Vous me faites marcher, s'écria le Président.

— Appelez votre banquier », répéta Janson.

Le Président regarda longuement Janson. Il avait accédé aux plus hautes instances du pouvoir grâce à son instinct personnel et politique, et ce même instinct lui disait que Janson ne bluffait pas.

« Vous commettez une terrible erreur, lâcha Berquist.

— Je peux revenir en arrière, dit Janson. Il n'est pas trop tard.

— Merci.

— Mais bientôt il sera trop tard. Voilà pourquoi il faut que vous preniez une décision au sujet de Mobius.

— Mais...

— Appelez votre banquier. »

Le Président quitta la pièce. Quelques minutes passèrent avant qu'il ne regagne son siège.

« Cette manœuvre est profondément méprisable. » La rage donnait une couleur verdâtre au visage taillé à la serpe du Président d'origine scandinave. « Et indigne de vous ! Mon Dieu, vous avez servi votre pays avec une telle loyauté !

— Et pour me récompenser de cette loyauté, vous avez tenté de me supprimer.

— C'est de l'histoire ancienne. » Berquist rougit. « Vous êtes en train de me faire chanter, ni plus ni moins.

— Ne nous laissons pas distraire par ces détails de pure forme », dit Janson d'une voix atone.

Le Président se leva, les traits crispés, les paupières battantes. Et sans un mot, se rassit. On ne comptait plus les contradicteurs auxquels il avait cloué le bec, ni les adversaires, les protestataires qui avaient succombé à son charme et à sa force de persuasion. Il pouvait y arriver.

« J'ai voué mon existence au service du peuple, dit-il à Janson en gonflant sa voix de baryton d'un accent de sincérité. Je ne vis que pour le bonheur de mes concitoyens. J'ai besoin que vous le compreniez. Les décisions qui ont été prises dans cette pièce ne sont pas le fruit de l'inconséquence ni du cynisme. Quand j'ai prêté serment, j'ai juré de protéger et défendre cette nation – et ce serment, mon père l'avait prêté vingt ans avant moi. C'est un devoir moral que j'assume avec le plus grand sérieux... »

Janson bâilla.

« Derek, dit le Président en se tournant vers le directeur des Opérations consulaires, le seul à cette table qui ne se soit pas encore exprimé. Parlez-lui. Faites-lui entendre raison. »

Le sous-secrétaire Derek Collins ôta ses grosses lunettes à monture noire et massa les deux points rouges qui marquaient l'arête de son nez. Il avait l'air d'un homme sur le point de faire quelque chose qu'il risquait de regretter. « J'ai vainement tenté de vous dire... vous ne connaissez pas cet homme, dit Collins. Personne ici ne le connaît.

— Derek ? » Le Président était visiblement à bout de patience.

« Protéger et défendre, poursuivit Collins. Des mots lourds de signification. Un lourd fardeau. Une belle idée dont la réalisation nécessite parfois l'accomplissement d'actions très laides. L'exercice du pouvoir est une chose bien pénible, hein ? » Il regarda Janson. « Il n'y a pas de saints dans cette pièce, ne vous méprenez pas. Mais si certains d'entre vous respectent encore la notion de démocratie, telle qu'on nous l'a enseignée, ils comprendront que parmi nous, aujourd'hui, se trouve une personne qui pendant de longues années s'est battue pour préserver la raison et l'intégrité. Cet homme est un satané fils de pute mais un vrai patriote, si ce mot a encore un sens, et que vous l'approuviez ou non, c'est lui qui en fin de compte...

— Merci, Derek », l'interrompit le président Berquist d'un air solennel mais ravi.

« Je parle de Paul Janson, termina le sous-secrétaire en se tournant vers l'homme qui présidait la tablée. Et si vous ne faites pas ce qu'il dit, monsieur le Président, c'est que vous êtes encore plus stupide que votre père.

— Sous-secrétaire Collins, aboya Berquist, j'accepte avec plaisir votre démission.

— Monsieur le Président, repartit Collins sans hausser le ton. J'accepte la vôtre avec le même plaisir. »

Le président Berquist se figea. « Bordel, Janson. Vous voyez ce que vous avez fait ? »

Janson fixa le directeur des Opérations consulaires. « Vous chantez fichtrement bien pour un faucon », dit-il dans un demi-sourire.

Puis, s'adressant au Président : « Vous savez ce qu'on dit : "Allez voir à la source". Le conseil qu'on vient de vous donner vous éclaire sur les inquiétudes de vos conseillers. Vous devriez commencer à peser le pour et le contre. Cela vaut aussi pour vous, monsieur le Secrétaire. » On aurait dit que l'interpellé allait se mettre à vomir. Janson lui décocha un regard noir avant de revenir à Berquist. « Comme je l'ai dit, tout le monde ici sait bien que vous ne faites que passer. Ces gens étaient là avant vous, ils seront encore là après la fin de votre mandat. Peu leur importent vos intérêts immédiats et personnels. Ils *veulent* que vous preniez un "certain recul". »

Berquist garda le silence pendant trente secondes. C'était un homme profondément pragmatique. Un homme qui savait où était son intérêt, un calculateur qui ne devait sa survie politique qu'à sa froide détermination. Tout le reste venait en second. Son front luisait de sueur.

Il esquissa un sourire forcé. « Paul, dit-il, je crains que cette discussion n'ait été engagée sur de mauvaises bases. J'aimerais beaucoup connaître le fond de votre pensée.

— Monsieur le Président, protesta Douglas Albright. C'est *totalement* exclu. Nous avons épluché la question des tas de fois, et...

— Parfait, Doug. Je suppose donc que vous savez comment annuler ce que Paul Janson menace de faire ? Je n'ai entendu personne ici s'inquiéter de ce problème.

— Là n'est pas la question ! tonna Albright. Nous parlons des intérêts à long terme de cette entité géopolitique, pas de la réputation d'un certain Berquist Jr ! Il n'y a pas de comparaison ! Mobius nous dépasse tous autant que nous sommes. Il n'y a qu'une seule décision à prendre.

— Et si jamais euh... que ferions-nous si un scandale politique... ?

— Mon cul, monsieur le Président, articula Albright. Je suis navré, Monsieur. Vous avez eu votre chance. Vous avez fait tout ce qui était de votre ressort à vous, les politiciens. Réduction des impôts, lancement d'une campagne de moralisation sur Hollywood, guerre en Colombie – histoire de doper les sondages. Les Américains ont la mémoire tellement courte. Mais, pardonnez ma franchise, vous ne pouvez sacrifier ce programme sur l'autel de vos ambitions politiques.

— C'est toujours intéressant de vous entendre me donner des leçons, Doug, dit Berquist en se penchant pour serrer les épaules musclées de l'analyste. Mais je crois que vous en avez assez dit pour aujourd'hui.

— Je vous en prie, monsieur le Président...

— Mettez-la en veilleuse, Doug, ordonna Berquist. Laissez-moi réfléchir. J'ai besoin de réévaluer en profondeur les orientations de la politique présidentielle.

— Il s'agit de réévaluer les orientations de la politique mondiale, s'écria Albright, la voix étranglée par l'indignation. Et vous, tout ce qui vous intéresse, c'est de savoir si vous avez une chance d'être réélu.

— Cette fois, je vous donne raison. Je dois commencer à m'encroûter. Je suis obnubilé par mes fonctions, j'ai du mal à voir au-delà. » Il se tourna vers Janson. « C'est vous qui avez les cartes en main, à vous de distribuer, dit-il. J'arriverai à m'y faire.

— Excellent choix, monsieur le Président », fit Janson d'une voix neutre.

Berquist lui adressa un sourire à la fois triomphal et suppliant. « Maintenant, bordel, rendez-moi mon fauteuil de Président ! »

The New York Times

PETER NOVAK CÈDE LE CONTRÔLE DE LA LIBERTY FOUNDATION

*

LE CÉLÈBRE MILLIARDAIRE ET PHILANTHROPE TRANSMET
LA PRÉSIDENCE DE LA FONDATION
À UN CONSEIL D'ADMINISTRATION INTERNATIONAL

MATHIEU ZINSOU EN SERA LE NOUVEAU DIRECTEUR

Janson Steinhardt

AMSTERDAM – Lors de la conférence de presse qui s'est tenue au siège de la Liberty Foundation à Amsterdam, le légendaire financier et humaniste Peter Novak a annoncé qu'il renonçait à la présidence de la Liberty Foundation qu'il avait créée et dirigée pendant plus de quinze ans. L'organisation n'aura pas à redouter les difficultés financières puisque M. Novak a également annoncé qu'il transmettait tous ses capitaux à la Fondation qui obtiendra bientôt le statut d'entreprise publique. Le conseil d'administration comprendra des citoyens de première importance venus du monde entier, sous la présidence du secrétaire général des Nations unies, Mathieu Zinsou. « Mon œuvre est terminée », a déclaré M. Novak, selon les termes du discours qu'il avait préparé pour l'occasion. « La Liberty Foundation a vocation à s'étendre. Elle ne doit plus rester entre les mains d'un seul individu, quel qu'il soit. Depuis les origines, je projette d'en déléguer l'administration à un comité de directeurs investis de larges responsabilités. Cette organisation entre dans une nouvelle phase dont le mot d'ordre doit être la transparence. »

En général, les réactions ont été positives. Certains observateurs ont exprimé leur surprise, d'autres ont prétendu que ce changement était prévisible. Selon des sources proches de M. Novak, le récent décès de son épouse aurait précipité sa décision de se retirer. On dit aussi que le tempérament solitaire du grand financier entrait de plus en plus en conflit avec le rôle public que se doit d'assumer le président d'une telle fondation. Novak ne s'est pas étendu sur ses projets d'avenir, mais certains de ses assistants ont laissé entendre qu'il avait prévu de s'accorder une retraite bien méritée. « Messieurs, Peter Novak a décidé d'échapper à vos critiques », a déclaré non sans une certaine ironie l'un de ses adjoints aux membres de la presse. Pourtant, on sait que le mystérieux milliardaire a toujours aimé les surprises, et ceux qui le connaissent tendent à penser qu'on aurait tort de l'évacuer définitivement du devant de la scène.

« Il reviendra », nous a promis Jan Kubelik, le ministre des Affaires étrangères de la République tchèque, lors de la conférence du G7 réunie à New York. « Soyez-en assurés. Peter Novak n'a pas encore dit son dernier mot. »

Epilogue

UNE jeune femme gracile, aux cheveux bruns hérissés, était couchée à plat ventre sur un toit, parfaitement immobile. La crosse et le canon de son fusil, long d'un mètre vingt, reposaient sur des sacs de sable. Protégée par l'ombre du beffroi, on ne la voyait de nulle part. Son œil droit était rivé à la lunette de visée et, quand elle ouvrit l'autre, Dubrovnik lui parut étrangement plate, vue de là-haut. Les toits de tuiles rouges disséminés devant elle ressemblaient à des carreaux de faïence, des tessons de poterie antique. Sous le clocher où elle attendait depuis des heures, s'étendait une mer de visages entourant la plate-forme en bois érigée au centre de la vieille ville.

Ces gens s'étaient rassemblés pour accueillir le pape. Une foule de fidèles, de croyants impatients de voir apparaître le Saint Père qui avait choisi d'inaugurer son voyage en Croatie en prononçant un discours dans cette ville symbole du martyre infligé au peuple croate. Dix ans s'étaient écoulés depuis que l'armée yougoslave avait assiégé la cité portuaire sur l'Adriatique, mais ses citoyens gardaient toujours en mémoire le souvenir de ce sanglant épisode.

Nombre d'entre eux possédaient des photos plastifiées grandes comme un timbre à l'effigie du bien-aimé pontife. Ces gens l'appréciaient non seulement pour sa façon d'opposer une parole de vérité à la langue de bois des gouvernants, mais aussi pour son indubitable rayonnement – son charisme, certes, et surtout sa compassion. Il ne se contentait pas de dénigrer la violence et le terrorisme du fond de ses appartements du Vatican; il portait son message de paix au cœur même des pays déchirés par la guerre. Dernièrement, la rumeur s'était propagée que le pape avait l'intention d'évoquer dans son discours un épisode historique que la plupart des Croates préféraient oublier. Durant la Seconde Guerre mondiale, catholiques et orthodoxes orientaux s'étaient rendus coupables de certaines exactions. Le souverain pontife estimait que le temps était venu, autant pour le Vatican que pour la Croatie, d'affronter le douloureux héritage que le gouvernement fasciste des oustachis avait légué à ce peuple meurtri.

Bien que le gouvernement et la plupart des Croates ne soient guère enchantés de voir le pape mettre son nez dans leurs affaires, son courage moral avait apparemment contribué à renforcer la dévotion des foules massées à Dubrovnik. A l'annonce de sa visite, des rumeurs de complot avaient filtré – les contacts de Janson à Zagreb venaient de les lui confirmer. Un groupe de sécessionnistes aigris, constitué de Serbes minoritaires, espérait prendre sa revanche sur l'histoire en tuant le personnage que cette nation à prédominance catholique vénérait par-dessus tout. Un réseau d'ultra-nationalistes croates les avait rejoints dans leur lutte : ces derniers se méfiant des tendances réformistes du pontife, cherchaient à extirper les factions trop modérées qui gangrenaient leur mouvement. Après une provocation de cette ampleur – et qu'y avait-il de plus provocateur que le meurtre d'un pape vénéré ? – personne ne se dresserait plus sur leur route. Même les citoyens ordinaires n'auraient de cesse que de se joindre au sanglant nettoyage de la Croatie.

Comme tous les extrémistes, ils étaient bien sûr incapables d'imaginer les conséquences de leur acte. Rien d'autre ne leur importait que son accomplissement. Or les conséquences étaient lourdes. L'attentat meurtrier perpétré par les Serbes serait vengé par le massacre de leurs concitoyens installés en Croatie. Ce qui provoquerait aussitôt une réaction violente de la part du gouvernement serbe : Dubrovnik et les autres villes croates subiraient de nouveaux bombardements. Et la Croatie à son tour n'aurait d'autre choix que de déclarer la guerre à ses anciens ennemis. La région la plus instable d'Europe exploserait encore une fois, les pays voisins seraient contraints de prendre parti et tout cela déboucherait peut-être sur une autre guerre mondiale. La première n'avait-elle pas débuté avec l'assassinat d'une haute personnalité dans les Balkans ? Tout cela pouvait très bien recommencer.

Tandis qu'une douce brise soufflait entre les bâtiments médiévaux de la vieille ville, un homme aux cheveux gris coupés court – un type parfaitement anodin – arpentait la rue Bozardar Filipovic. « A quatre degrés de la médiane, dit-il à voix basse. L'immeuble au milieu de la rue. Dernier étage. Tu as un visuel ? »

La femme se repositionna légèrement et ajusta son Swarovski 12 × 50 : le sniper s'encadra dans sa lunette. Elle avait déjà vu ce visage couturé dans son trombinoscope : Milic Pavlovic. Il ne s'agissait pas d'un de ces fanatiques serbes sévissant à Dubrovnik, mais d'un tueur professionnel engagé par eux.

Les terroristes avaient choisi le meilleur.

Le Vatican aussi. Il tenait à éliminer l'assassin en toute discrétion.

Janson et Kincaid avaient repris du service. Ils assuraient à présent la protection des grands de ce monde. Mais ce travail n'était qu'une sorte de passe-temps pour Janson, Jessica lui ayant fort pertinemment fait remarquer que les millions dormant sur son compte dans les îles Caïmans lui revenaient en propre – si quelqu'un les avait mérités, c'était bien lui. Janson, quant à lui, estimait qu'ils étaient trop jeunes pour prendre leur retraite. Il avait bien essayé d'échapper à son destin mais c'était impossible, pour lui comme pour elle ; il l'avait enfin compris. C'était l'hypocrisie – l'orgueil des organisateurs – qu'il ne supportait plus. Cela dit, ni l'un ni l'autre n'aurait pu se contenter d'une existence paisible. « Pas question de s'enterrer dans une petite île des Caraïbes, avait expliqué Janson. J'ai déjà donné. » Son prodigieux magot leur permettrait avant tout d'avoir les coudées franches dans le choix de leur clientèle et de ne pas lésiner sur les frais de fonctionnement.

Kincaid chuchota dans son micro miniaturisé, sachant que Janson attendait qu'elle se manifeste. « Ce foutu gilet pare-balles ! » fit-elle en étirant son long corps souple engoncé dans la protection en Kevlar. Ces gilets lui donnaient chaud, elle avait toujours eu horreur d'en mettre, mais Janson avait insisté. « Dis-moi la vérité – tu trouves que ça me grossit ?

— Tu crois peut-être que je vais te répondre alors que tu as un doigt sur la détente ? »

Elle se mit en position – crosse contre la joue – au moment où l'assassin au visage taillé à la serpe assemblait son bipode et enfonçait un chargeur dans son fusil.

Le pape ferait son apparition dans quelques minutes.

La voix de Janson murmura dans son oreille : « Tout va bien ?

— Comme sur des roulettes, mon minou, dit-elle.

— Sois prudente, d'accord ? Rappelle-toi qu'il y en a d'autres en renfort dans l'entrepôt, au point B. Si jamais ils s'aperçoivent de ta présence, tu es à leur portée.

— Je maîtrise la situation, répondit-elle, et tout en disant cela un grand calme l'envahit, celui du tireur d'élite prêt à faire feu.

— Je sais. Je te conseille juste d'être prudente.

— T'en fais pas, mon amour. Ça va être du gâteau. »

Dans la collection « Grand Format »

STEVE MARTINI
Irréfutable
L'avocat
Le jury
La liste
Pas de pitié pour le juge
Principal témoin
Réaction en chaîne
Trouble influence

PETER MOORE SMITH
Les écorchés

DAVID MORRELL
Démenti formel
Disparition fatale
Double image
In extremis
Le contrat Sienn

PERRI O'SHAUGHNESSY
Amnésie fatale
Entrave à la justice
Intentions de nuire
Intimes convictions
Le prix de la rupture

MICHAEL PALMER
De mort naturelle
Fatal
Le patient
Situation critique
Traitement spécial
Un remède miracle

JOHN RAMSEY MILLER
La dernière famille

LISA SCOTTOLINE
La bluffeuse
Dans l'ombre de Mary
Dernier recours
Erreur sur la personne
Justice expéditive
Rien à perdre

SIDNEY SHELDON
Crimes en direct
Matin, midi et soir
Racontez-moi vos rêves
Rien n'est éternel
Un plan infaillible

KARIN SLAUGHTER
Au fil du rasoir
Mort aveugle

Cet ouvrage a été imprimé par

FIRMIN DIDOT

GROUPE CPI

Mesnil-sur-l'Estrée

pour le compte des Éditions Grasset
en janvier 2005

Imprimé en France

Dépôt légal : janvier 2005
N° d'édition : 13577 - N° d'impression : 71556
ISBN : 2-246-60091-X
ISSN : 1263-9559